Sachsgrün, Nummer 31, um 1910
Materialwarenhandlung Friedrich Stöhr
Ein Holzbohlenhaus mit Holzschindeln und Stroh gedeckt. Das Foto gewährt einen Blick in den Dorfalltag.

Das Vogtland-Jahrbuch

34. Jahrgang

Jetzt mit größerer Schrift!

Herausgegeben von

Curt Röder

Meiner Frau Ines Röder zu ihrem 50. Geburtstag gewidmet

2•0•1•7

Vogtländischer Heimatverlag Neupert, Plauen i. V., Klostermarkt 9

Hartmut Hanner (1924-2016)
An dieser Stelle *möchte der Verlag Autoren gedenken, die teilweise über viele Jahre das „Vogtland-Jahrbuch" mit ihren Beiträgen oder Bildern formten und gestalteten.*

Richtigstellung Jahrbuch 2016, betrifft den Beitrag „Provinciola Sarowe, ein von der Reichsabtei Fulda bevorzugtes Gebiet im Vogtland?" auf Seite 13.
Durch ein Versehen des Verlages wurde der Vorname des Autors vertauscht. Es muß statt Walter richtig Eberhard Arzt, Dresden, heißen. Wir bitten dies zu entschuldigen.
Ein Hinweis des Autors Tremel zu seinem Beitrag Seite 89 Mitte. In dem Wohnhaus wohnten zwei Familien, nicht miteinander verwandt, aber mit gleichem Familiennamen.

Titelfoto: Ein romantischer Blick auf die Burgruine Liebau. Im Jahre 1327 wurde die Burg erstmals als „castrum lubawe" erwähnt. auf einem Bergsporn am rechten Hang der Elster gelegen, träumt das Gemäuer schon lange dem Verfall preisgegeben vor sich hin. Foto: Archiv Verlag /Heckel

Vorsatz: Die Kolonialwarenhandlung Friedrich Stöhr um 1910 in Sachsgrün. Zwischen dem Heute und diesem Foto liegen Welten. Foto: Archiv Verlag

Nachsatz: Einweihung der für den Betrieb der „Zellwolle" erforderlichen Pirker Talsperre am 6. Juni 1939. Das rechte Motorschiff, an dem man sich zur Rundfahrt drängt, war die „Sachsen". Foto: Archiv Verlag/Heckel

Eine Bemerkung zum Inhalt des Jahrbuches:
Alle in dieser Dokumentation in Wort und Bild aufgeführten zeitgeschichtlichen Beiträge dienen dem Zweck der staatsbürgerlichen Aufklärung oder Berichterstattung über Vorgänge des Zeitgeschehens gemäß §§ 86/86a, Deutsches StGB.
Hinweis: Aufgrund des Alters kann ein Teil des Bildmaterials nicht mit heutigen Qualitätsmaßstäben gemessen werden.
Die Beiträge geben die Meinung des jeweiligen Verfassers wieder und sind nicht immer mit der des Verlages identisch. Redaktionsschluß Oktober 2016.
Hinweis des Verlages: Die Zahlen am Ende eines Beitrags weisen auf den Zeitpunkt seines Entstehens hin.

Klostermarkt 9 · 08523 Plauen · Tel. 03741/226820 oder 03741/280175
Internet: www.vogtlaendischer-heimatverlag-neupert-plauen.de
E-Mail: neideitel@t-online.de
Satz und Repro: Ines Röder
Ausgabe 2017

ISBN 978-3935801-39-3

Inhaltsverzeichnis

Geleitwort 2017 8
Walter Lukas: Meine Heimat 11
Max Tandler: Zum neuen Jahr 13
Herbert Feustel: Bergbesteigung vor über 100 Jahren 14
Günter Möckel: Frühling 15
Curt Röder: Einem Russen verdankt das Land Sachsen seine Landesfarben 15
Gedankensplitter aus dem Jahre 1892 16
Rudolf Heubner: Vogtland 17
Dr. R. Trögel: Die vogtländische Landschaft in Vergangenheit und Gegenwart (um 1926 entstanden) 18
Kurt Arnold Findeisen: In goldenen Schlüsselblumentagen 28
Peter Benz: 1752 wurde Neuvogtland gegründet 29
Aus dem Verlagsarchiv: Sachsens Regierung aus der Sicht von 1865 32
Herbert Feustel: Schleiz – Stadt im Thüringischen Vogtland 34
Aus dem Verlagsarchiv: Wie Bürger damals ihre Rechte einklagen konnten 35
Aus dem Verlagsarchiv: Von der Menschheit allgemein (um 1935) 37
Aus dem Verlagsarchiv: Etwas zum Nachdenken 40
Amandus Haase: Die Ruine Stein im Jahr 1939 41
Irene Kasselmann: Mei Brill 47
Kurt Arnold Findeisen: Über ein Brückengeländer gelehnt 48
Aus dem Verlagsarchiv: Galgenspuk in Oelsnitz 49
Aus dem Verlagsarchiv: Die Entwicklung des Handwerks in Oelsnitz 51
Gerhard Müller, Treuen: Üm sechse droa dr Persiluhr oder wie is Lebm sue spielt … 55
Renate Schlott: Die Liebe 57
Gerhard Müller: In dr Nuet frißt dr Teifel Fliegn! 57
Brigitte Raffel: Mein Fluß 62
Aus dem Verlagsarchiv: Alte vogtländische Kriminalfälle 63
Walter Lukas: Stadtdiakon, Lehrer, Redakteur 64
Alwin Neupert: Das Schloß der Vögte in Plauen um 1903 70
Ein paar ausgewählte Ereignisse aus dem Alltag der Stadt Plauen von 1902 bis 1908 75
Klaus Söllner: Wie alt ist das Plauener Schloß? 77
Alwin Neupert: Feinschmecker und starke Esser im alten Plauen vor 1910 80
Aus einem alten Lesebuch 85
Volker Barthel: Ehemalige Ziegeleien in und um Plauen 87
Das historische Foto 96
Roland Wondrak: So war's immer schon! 96
Manfred Peter: Für alle, die vor 1945 geboren wurden 97
Johannes Michel: Wie iech ämol su richttich Schiß ghatten hat 98
Brigitte Raffel: Kostümballzauber 100
Manfred Peter: Ich schaue wieder einmal zurück 101
Irene Kasselmann: De Quell dr Kraft 107

Aus dem Verlagsarchiv: Aus Westdeutschland als Gast zu Besuch beim Plauener Oberbürgermeister Fritz Sieber am 6. August 1955 108
Aus dem Verlagsarchiv: 1934 Zugunglück auf der Strecke Weischlitz–Gera 114
Rundas 116
Irene Kasselmann: Zwei Briefe 117
Werner Dähn: Zum Tag der Nationalen Volksarmee am 1. März 119
Karl-Heinz Liebold: NVA – Jahrestag – Gedanken von Karl-Heinz Liebold 120
Aus dem Verlagsarchiv: Wenn man Eile hat 125
Hans Wild: Ostern ist da! 126
Luise Lotter: Unter Verdacht 127
Werner Flach: Im Wandel der Zeit: Heute versunken – Die Schäferei und das Jägerhaus 128
Günter Nuhr und Anja Fraaß: Dor Dank zen Muttertog 133
René Weidlich: Mutti 133
Werner Flach: Flüchtlinge heute und gestern – Ursachen und Unterschiede 134
Bernhard Stöckel: Zur Geschichte der vogtländischen Saline Altensalz 138
Werner Flach: Schicksal der Gemeinde Pöhl, Februar 2011 141
Werner Flach: Die Finkenburg 147
Margarete Hoyer: Die Sperlingsburg 149
Aus dem Verlagsarchiv: Fraß das Brot samt dem Teller 150
V. Reetz: 1945 Gefährliche „Hamsterfahrt“ 151
Brigitte Raffel: Oma 152
Gerhard Stark: Eine Auswahl an Kinderspielen von einst 152
Das besondere Foto 154
Dr. Rudolf Falk: Der Dreißigjährige Krieg im Spiegel vogtländischer Dorfkirchenbücher 159
Aus dem Verlagsarchiv: Alte Hausinschriften 170
Bernhard Aechtner: Sue is halt be uns im Mai 171
Herbert Feustel: Johannestag – der Höhepunkt des Jahres 172
Manfred Zill: Dr Pfingstochs 172
Aus dem Verlagsarchiv: „Leckerspeise“ 173
Louis Riedel: Wenn der Dorfteich Grützbrei wär 174
Gerhard Müller: Sauere Fleck 175
Aus dem Verlagsarchiv: + / -- 7,30 mm 176
Aus dem Verlagsarchiv: Was die Welt deutschem Erfindergeist verdankt 185
Matthias Jacob: Der erotische Bücherwurm 186
Das historische Foto 189
Charlotte Freitag: Morgenrot 189
Andreas Raithel: Lang ist es her: Fast vergessene Sagen der Stadt Reichenbach und ihres Umfeldes (Teil 2) 190
Wo ein Schiefer bricht an der egerischen Brücke 190
Der Stierschlag August des Starken in Reichenbach 191
Das Gottesholz bei Reichenbach 192
Das Beil des Zimmergesellen 192

Otter als Glücksbringer 193
Historische Ansichten aus Reichenbach 194
Ansicht von Reichenbach um 1837 194
Aus dem Verlagsarchiv: Reichenbach, Rückblicke, Zahlen und Fakten
aus dem Jahr 1933 196
Peter Benz: Dathe – Hain als neuer Park eingeweiht 198
Aus dem Verlagsarchiv: Leise, Peterle, leise 203
Herbert Feustel: Feinfrost im Hochsommer 204
Helmut Martin: Mühlgrün, ein Ortsteil von Auerbach 205
Ludwig Stich: Die Petroleumlampe – eine treue Lichtspenderin von ehedem 208
Böhmische Knödel 212
Herbert Feustel: Das Zügel zum Teufel gefahren 213
Siglinde Auer: Gründung der Horlbeckschen Stiftung in Greiz im Jahre 1855 214
Aus dem Verlagsarchiv: Eine englische Königstochter und ihre Kupferstichsammlung in Greiz 218
Manfred Peter: Eine Begegnung mit dem Landsherrn Heinrich XXII. 222
Robert Hänsel: Aus dem Volkstum der Kreise Schleiz und Lobenstein 225
Herbert Feustel: Der Froschbann 229
Ja, gäb' es keine Senioren 229
Rundas 231
Werner Flach: Das Vogtland und seine Grenzen in der jüngeren Zeit 232
Arno Jehring: Zwiegespräch um Mitternacht 237
Christine Müller: 's liebe Alter 238
Aus dem Verlagsarchiv: Alter werden 240
Eberhard Gerischer: Die Hausspinne 241
Irene Kasselmann: Dr Mop 242
Edmund Enders: Beziehungen Ellefelds zu Falkenstein in vergangenen Zeiten 243
Willy Rudert: Alt-Falkensteiner Bilderbogen 246
Aus dem Verlagsarchiv: Etwas über die Falkensteiner Waldhäuser 248
Arno Jehring: Augusttage 249
Gerhard Stark: Su war se, de gute alte Zeit 250
Charlotte Freitag: Mandelbäumchen 252
Fritz Alfred Zimmer: Einsamer Sommergang 253
Eugen Roth: Billige Reise 254
Gerhard Müller: Wer net vrraast, koa nix drziehln … 254
M. H. Fiedler: Der Heuschreckenkreuzzug 1693 256
Aus dem Verlagsarchiv: Berühmte Adorfer Orgelbauer 260
Aus dem Verlagsarchiv: Die Adorfer Muschlerei einst 263
Aus dem Verlagsarchiv: Rudolf Schuster, ein vergessener Sohn des Musikwinkels 267
Aus dem Verlagsarchiv: St. Peter auf der Kottenheide um 1960 269
Aus dem Verlagsarchiv: Die sächsischen Topasfelsen um 1865 271

Aus dem Verlagsarchiv: Statt nach Rußland – ins Vogtland am 16.10.1929 273
Magnus Wohlrab: Loblied af de Schwamme 276
Aus dem Verlagsarchiv: Ein Blick in das Erzgebirge um 1865 277
Jutta Kurzenberger: Eine Wunderheilung?! 280
Maria Dietzel: Iech brach mei Daham 282
Jutta Kurzenberger: Kaffee niedlich 283
Aus dem Verlagsarchiv: Klingenthaler Klänge 284
Jutta Kurzenberger: Hotel Produktionsstätte Ruine 287
Aus dem Verlagsarchiv: Die Geschichte vom Waldgut Untersachsenberg 288
Aus dem Verlagsarchiv: 87 Jahre Jugendherberge am Aschberg (1960) 291
Aus dem Verlagsarchiv: Der Aschberg 292
Walter Lukas, Plauen: Marieney 293
Günter Nuhr: Kerbe im Vogtland 294
Willy Rudert: Mitn Pantoffel derschloong 295
Johannes Michel: Kirmes 296
Aus dem Verlagsarchiv: Der ewige Irrtum 297
Leopold Eckstein: Die nahe Verwandtschaft des Südvogtländers mit dem Egerländer 298
Aus dem Verlagsarchiv: Sächsische Bäder im Jahre 1865 299
Brigitte Raffel: Wilder Wein 300
Aus dem Verlagsarchiv: Ein ständiges Eilen, ein ewiges Wandern 301
Aus dem Verlagsarchiv: Als noch die Bärentreiber kamen 302
Gerhard Müller: Reiche Leit! 303
Marga Koch: Die dritte Jahreszeit 304
Manfred Zill: Herbestkürbisfosnetgrusl 313
Irene Kasselmann: De Arznei 314
Rundas 314
Herbert Feustel: Der Förster und der Teufel 315
Rundas 315
Manfred Zill: Herbesttanz 316
Max Schmerler: Gedicht in vogtländischer Mundart 317
Aus dem Verlagsarchiv: Ein Reisebericht über eine Fahrt mit dem „Roßbicher Bockel“ 318
Walter Lukas: Unser Herbst 322
Gerhard Stark: Erinnerung 323
Bernd Müller: „Köhler, Breitfeld & Co.“ 325
Friedegard u. Joachim Jahn: Die Räuber von Maria Kulm 327
Aus dem Verlagsarchiv: Stalin wollte Oberfranken 329
Aus dem Verlagsarchiv: Die Beneš-Dekrete 332
Josef Weiss: Im Juni 1946 wurden wir aus unserer Heimat Schwaderbach vertrieben 333
Otto Zerlik: Allerseelen 339
Aus dem Verlagsarchiv: Allerseelen 340
Aus dem Verlagsarchiv: Erinnern 341
Gustav Brandl: Ein Holzrückerschicksal aus dem Kaiserwald 342
Aus dem Verlagsarchiv: Tag und Nacht im Schützengraben 343

René Weidlich: Weihnachtsmarkt 346
Theodor Moder: Dezember 347
Helmuth Steglich: Roprich Vaarscheln 348
Dr. Friedrich Barthel: Naa, sue e Rupperich 349
Christin Gottlob Wild: Wiegnlied 351
Aus dem Verlagsarchiv: Drehtormlied 352
Max Schmerler: 's schönste Fest 354
Dr. Friedrich Barthel: Wie dr Bleys Louis is Schnitzen gelernt hat 355
Dr. Friedrich Barthel: Von Paradiesgarten zum Heimatberg 356
Hans Wild: Wenn de Mutter Waschfest hot 359
Rundas 361
Dr. Friedrich Barthel: Der Moosmann 362
Willy Rudert: Der Muosmah 363
Johannes Arnold: Der Moosmann ist immer noch im Lande 364
Theodor Moder: Die Augen der Kinder strahlten 366
Theodor Moder: Ein vorweihnachtlicher Bummel durch Markneukirchen im Jahre 1956 367
Gertrud Drechsler: Ball kimmt Weihnachten 369
Elisabeth Baumgarten: Fest des Friedens 370
Walter Forberg: Weihnachtslied 371
Hans Heinrich: In unserer kleinen Stadt 372
Dr. Friedrich Barthel: Weihnachten im Spiegel vogtländischen Wortgutes 373
Theodor Moder: Dezember 376
Kurt Jakob: Weihnacht 377
Aus dem Verlagsarchiv: Weihnachten vor 100 Jahren 378
Wiegenlied zer Weihnachtszeit 378
Paul Fuchs: Is schänste Fest 379
Kurt Arnold: Vom Himmel hoch, da komm ich her 380
De Raachernachtwächter 383
Aus dem Verlagsarchiv: Tormglückauf 384
Kurt Arnold Findeisen: Es ist ein' Ros' entsprungen 385
Irene Kasselmann: „Ner kann Schnie“ 388
Herbert Feustel: Bleigießen auf dem Weg vom Aberglauben zum Party-Gag 389
Aus dem Verlagsarchiv: Warum Silvester? 390
Renate Schlott: Jahresausklang 391
Farbtafeln: 177–185, 305–312

Geleitwort

Glosse – Quo vadis Deutschland 2017?

Lieber Leser, die folgenden 3 Seiten sind Gedankensplitter, die zum Nachdenken über die Gegenwart und die Vergangenheit anregen sollen – ich gehe davon aus, daß sie ein glücklicher Bürger der BRD sind, denn noch nie ging es den Deutschen so gut wie in der heutigen Zeit. Ich möchte als Zeitenwanderer, zu dem ich mich durch meine Tätigkeit berufen fühle, über einige aktuelle Themen, die im Jahre 2016 unsere Gesellschaft spalten, laut nachdenken. Alles ist schon einmal dagewesen, irgendwann früher mit anderen Uniformen, anderen Menschen, aber immer mit der gleichen Oben- und Untendenkweise. Ich weiß jetzt schon, wie diese Situation, in der wir uns befinden, einmal ausgehen wird. Na, die Merkeln und ihr Umfeld denken bestimmt an die Sprichwörter: „Angst ist der Mantel der Macht" bzw. „Daß nicht sein kann, was nicht sein darf." Dies ist auch das Lieblingsmotto der „Medienwelt". Man bläht den Polizeiapparat gewaltig auf, dies auch als Warnung an das Volk gedacht. Wer anderes im Sinn hat, als die Regierung der DDR, handelt im Interesse des Klassenfeindes. Uff, Entschuldigung, es muß heißen der BRD sowie der Rechten. Na, wenn das Volk die momentane Regierung nicht abschaffen kann (siehe Wahlergebnisse 2016, Pegida und auch demnächst), dann wäre es doch am Einfachsten, wenn die Regierung das Volk abschaffen würde. Heutzutage kann ein unbescholtener Bürger schnell auf die rechte Seite gestellt werden. Diese verwenden in ihrem Vokabular immer noch den längst „abgedroschenen" Begriff Vaterland. Laut Duden bedeutet Vaterland das Land, aus dem die Väter und wir selbst stammen, zu dessen Volk und Nation man gehört, dem man sich zugehörig fühlt – Land als Heimat eines Volkes.

In einer Zeit der Globalisierung, in der wir zum „Weltbürgertum" mutieren, kann man diesen Begriff „getrost" den „Rechten" überlassen. Wissen Sie, woran der Laie einen Rechten bzw. einen Nazi erkennt? Die offizielle Deutung: Also, es ist immer ein Deutscher, neuerdings vermehrt „Ossis", 1989 waren sie alle noch Helden, im Gegensatz zu 2016, denn der ist dumm und natürlich nationalsozialistisch veranlagt. Es muß ein Deutscher sein, der seine Wurzeln in diesem Land hat. Seine Opfer oder deren Vorfahren sind, na klar, Nichtdeutsche, sie haben eine andere Religion oder Hautfarbe. Sie sind muslimisch, arabisch-semitisch oder jüdisch-semitisch. Moment mal, Italiener und Türken haben wir ja auch noch in den deutschen Landen. Sie alle lieben Deutschland. Wo diese Liebe wohl herstammen mag? Sie wollen aber ihren Glauben, ihre Sprache sowie ihre bisherigen Umgangsformen nur ungern oder gar nicht aufgeben. Das Gastland möge dies doch einsehen und sich ihren Forderungen beugen. Daß man als Flüchtling bisherige Sitten und Brauchtum aufgeben muß, ja die ganze bisherige eigene Identität eine andere werden muß, hat kaum einer der Schutzsuchenden bei der Einreise nach Europa bedacht. Die überzogene Erwartungshaltung der Flüchtlinge birgt andauerndes Konfliktpotential zwischen ihnen und den Einheimischen. Hier stoßen das Abend- und das Morgenland aufeinander, deren jeweilige Glaubensausrichtungen sind aus meiner Sicht nicht miteinander vereinbar.

Aber gemach, lieber Neubürger, Regierung, Politiker und auch sonstige Verwaltungen im Lande tun ihr Möglichstes. Auch haben wir viele Gutmenschen. In den neuen Bundesländern ist ein Teil der Bevölkerung aber auch sehr „pingelig". Kaum hatten sie sich 1989 die Freiheit erkämpft, Weltbürger zu werden, jedes Jahr im Oktober wird an ihr „heldenhaftes Verhalten" zudem erinnert, seitdem können sie sich einen Opel oder Benz kaufen statt einer „Pappe". Schon aber fing das Gejammer an. Unsichere Zeiten sind angebrochen, mit Drogen wird gehandelt, überall würde eingebrochen, alles bekäme Füße.

An die armen Menschen, die aus Ost oder Süd stammen, denkt keiner. Welche Entbehrung müssen diese Menschen auf sich nehmen, bis sie wieder mit reicher Beute aus Germany heimwärts können. Wenn der eigene Benz halt auch geklaut wurde, die Wohnung ausgeräumt ist, das Portemonnaie ein gewiefter Taschendieb nunmehr sein eigen nennt, müßte nunmehr der Bürger unseres Landes nicht stolz äußern: „Auch ich habe im Zug der Globalisierung mein Scherflein dazu beigetragen", daß sich Wohlstand auch außerhalb der BRD ansiedeln kann. Politiker und Spitzenfunktionäre sind hierbei Spielverderber, sie schützen ihr Eigentum so gut, da es ihnen niemand wegnehmen kann. Oder haben Sie schon einmal gehört, daß man die Merkeln bemaust hat?

Im Gegensatz zur DDR-Zeit trauen sich Frauen ungern auf die Straße, wenn es dunkel wird, dies betrifft nicht nur die Frauen, sondern auch Männer. Hat schon jemand mal das Verkaufspersonal in den Geschäften befragt, mit welchen Gefühlen sie nach Ladenschluß nach Hause gehen? Ehemalige Plauener zu Besuch in der Stadt äußerten in meinem Geschäft: „Nach Plauen kommen wir nicht wieder ..." Die Formulierung der regionalen Medien, darauf angesprochen würden, wenn sie überhaupt reagieren, dieses Thema so erklären, ja, ja, die Alkoholiker mit ihren Hunden sowie das wilde Herumpinkeln im Zentrum ... usw. Das eigentliche Problem, das viele Bürger verunsichert, wird nicht genannt.

Sich in Glaubenskämpfe einzumischen, wie es Europa in Syrien tut, dafür wird das Volk einen hohen Preis bezahlen, nämlich unsere eigene innere Sicherheit. In Syrien werden die Besiegten in den Untergrund gehen, was das heißt, kann sich jeder denken, Terror aus dem Untergrund, (siehe auch Chemnitz bei uns am 8.10.16). Ob Deutschland beim Wiederaufbau Syriens die Wirtschaftsaufträge erhält, die man sich als „Gutmensch" erhofft, wird sich noch zeigen. Dem Land Syrien und seiner Bevölkerung kann nur wirksam vor Ort geholfen werden. Hierzu sollte die EU aufrufen (schon 1960 sagte mein Opa immer „Kompanie ist Lumperie", dies zum Thema EU meinerseits). In unserem Denken und der Beurteilung der Vergangenheit sind wir Gefangene unserer Zeit.

Auch ein interessantes Thema: nicht nur die Jugend entwickelt ein krankhaftes Verhalten zu Handys und Smartphons, es ist ein Zeichen unserer Zeit. Diese Zeit wird neue Generationen von Erdenbürgern, die degenerierte Verhaltensweisen aus unserer heute schon „altertümlichen Sicht" zeigen. Das Internet formt den Menschen auch in seinem Verhalten, unter anderem vom Stimmvieh zum denkenden Wähler. Wenn er konsequent in seinem Verhalten ist, ist er in Zukunft sehr zum Ärger von Staaten und Institutionen nicht mehr für ein „Appel und Ei" beeinflußbar. Der 3. Oktober 2016 in Dresden wurde durch das Internet beeinflußt.

„Gegen Dummheit kämpfen selbst die Götter vergebens." Bevor ein Land sich „auflöst", beginnt man zuerst mit der Demontage der Sprache, die Deutschen sind ja schon voll drin, man müßte die Sprache eigentlich nicht mehr deutsch, sondern denglisch nennen. Bei den Franzosen gibt es eine Festlegung, jedes Fremdwort soweit möglich in die französische Sprache aufzunehmen. In Deutschland entfremdet man bewußt die eigene Sprache der Bevölkerung.

Tempus fugi, die Zeit eilt dahin. Aus Geldgeilheit gibt es in den Supermärkten schon ab August, in diesem Jahr bei 34 Grad plus, Weihnachtsartikel zu kaufen. Wenn die Bevölkerung nicht so dumm wär, diese jetzt schon zu kaufen, wäre das Weihnachtsfest noch ein

„Weihnachtszeit“, so ist es nur noch purer Konsum und bereitet keine Freude mehr. Vorschlag an die Supermärkte: Man könnte doch zu Weihnachten schon Osterhasen mit verkaufen. Die Menschheit läßt sich noch das letzte bißchen an traditionellem Brauchtum wegnehmen. Das Fest ist nunmehr zum schnöden „Kohle, Kohle machen“ verkommen.

Quo vadis, Plauen? Einst auf Platz 28 aller deutschen Städte mit über 128 000 Einwohnern gelegen hatte sie die meisten Millionären in Deutschland (222).

Plauen ist heute auf dem Weg zu Schlumpfhausen. Ihre Größe und ihr Schillern in der Reihe der deutschen Städte war nur von kurzer Dauer. Eine Wirtschaftskriese vor und nach dem 1. Weltkrieg, der totale Exitus 1945 mit über 2400 toten Frauen, Kindern und alten Menschen. Dies 120 Stunden, bevor das Ruinenmeer kampflos von den Alliierten besetzt wurde. 1945 wurde der Stadt Plauen das „Rückgrat für immer gebrochen“. Zur DDR-Zeit wurde an der Stadt „geklebt“, „gekittet“, „gebastelt“ nach bestem Wissen und Gewissen, aber die Stadt Plauen lag zu dicht an der Grenze und besaß in dem DDR-Staat zu keiner Zeit eine nachhaltige Priorität.

Dann kam 1989 der Kapitalismus zurück. Die Menschen hofften, daß es ihrer Stadt und ihnen nunmehr besser gehen werde. Als erstes entstanden jede Menge Konsumtempel (über den eigentlichen Bedarf), gleichzeitig wurden diverse Arbeitsplätze und auch alle Großbetriebe plattgemacht (hier fehlt der Raum, um sie alle aufzuzählen). In der Gegenwart dürften die Stadtverwaltung und das Klinikum die größten Arbeitgeber in der Stadt sein. Doch was für einen volkswirtschaftlichen Nutzen bringt uns das? Mit immer neuen Einfällen zum Thema Erhöhung von Gebühren sitzt die Stadtverwaltung wie eine Zecke im Genick der Menschen. Sie provitiert hierbei zum Nachteil der noch vorhandenen Gewerbetreibenden.

Die einstmalige Kreisfreiheit wurde der Stadt auch entzogen. Zur Erinnerung daran, was einmal hier ansässig war: Es gab ein Wehrersatzamt, ein Schulamt, ein Landwirtschaftsamt, die Planungsstelle des Planungsverbandes, das Umweltfachamt, die Hauptzollverwaltung, eine Polizeidirektion, das Vereins- und Handelsregister, das Insolvenzgericht, eine Justitzvollzugsanstalt, die Haftrichterzuständigkeit, die Außenkammer des Landgerichtes. Diese Aufzählung erhebt keinen Anspruch auf Vollständigkeit. Die Frage sei gestellt, was wird aus den Gebäuden, die das Landratsamt bisher nutzte? Ich sehe den überteuerten Neubau für das Landratsamt im ehemaligen Konsument Warenhaus (der Verlag ist im Besitz seines Archivs) als eine Art Trostpflaster mit bewußt verpulverten Steuermitteln. In nicht allzuferner Zeit wird den Vogtländern aus dem Oberzentrum Zwickau der Marsch geblasen werden, den Gesetzen und der Logik folgend.

Wenn demnächst in Hof der neue Konsumtempel fertig sein wird, werden auch hier die Karten zu ungunsten Plauens neu gemischt werden. Das südliche Vogtland, die Tschechen, Franken, Hofer, die Thüringer, aber auch die Plauener selbst werden der geldgeilen Stadtverwaltung hier die kalte Schulter zeigen. Das dies auch anders geht, werden die Hofer beweisen, in Plauen wird man das zu spät begriffen haben. Im jetzigen und dem künftigen Schlumpfhausen sollten zuziehende Menschen mit Handycaps gut betucht sein. Die Rechte behinderter Menschen hören sich ja auf dem Papier ganz gut an, sie nützen aber nichts, wenn der Verwaltungsapparat der Stadt großzügig diese Rechte ignoriert. Sein gesetzliches Recht muß man sich in Plauen häufig mit einem Anwalt erstreiten.

Das versichert Ihnen Ihr Zeitenwanderer im Oktober 2016 Jean Curt Röder

Walter Lukas, Plauen:

Meine Heimat

Weit schweift mein Blick in blaue Ferne,
saugt dankbar jede Schönheit auf.
Ich hab, mein Vogtland, dich so gerne,
erkunde dich in wachem Lauf.

Ich möcht noch lange dich durchwandern,
von deinen Reizen viel erzählen.
Tauschen möchte ich mit keiner andern Heimat.
Dich nur würd ich wieder wählen!

(17.5. 2003)

Einstmals ein bedeutender Erwerbszweig im Vogtland, das Pichen um 1880. Die Bäume mußten dafür das Harz liefern.

Zeichn.: Archiv Verlag

Max Tandler:

Zum neuen Jahr

's neie Johr is wieder do,
brengt Summer und brengt Winter,
brengt Sorchen und brengt Freede mit
für Alte und für Kinder.

De Hitze, Kälte, Freede, Mut,
die schoffen mir ni ob,
des wor esu und bleibt esu
und stellt mr sich um Koop.

Mir wulln enander Gutis tu,
su viel und gutt mir's kinn
und salwer gutt sei und ni schlacht,
des andre ward sich finn.

Wildnis allein, selbst die großartigste, kann wohl ergreifend und überwältigend wirken, aber niemals anheimelnd.

Die Natur wirkt nicht durch ihre sichtbaren Reize allein, sondern zum nüchternen ebensolcher durch das unsichtbare Zaubergewand, womit Sagen und Geschichte sie umwoben haben. Dadurch wird erst der toten Natur Leben eingehaucht, und die Steine reden. Was man mit den Augen sieht, erblickt man dort erst durch das Gemüt, und schafft dadurch ein neues verklärtes und dadurch ein ebenso wahres Bild dessen, was durch äußeren Reiz die Netzhaut darbot.

(ca. 1907)
Geograph Wilhelm Grube.

Herbert Feustel, Wilkau-Haßlau:

Bergbesteigung vor über 100 Jahren

Winterwanderungen im oberen Erzgebirge waren einst ein Problem. In alten Chroniken erfährt man darüber einiges. Als am 12. Februar 1888 eine Keilbergbesteigung zum höchsten Gipfel des Erzgebirges (Klinovec 1244 Meter) durchgeführt werden sollte, wanderten zunächst die Gastwirte von Gottesgab (dem heutigen Bozidar). Man stellte dann einen mutigen Träger zur Verfügung, der mit warmen Sachen und Proviant ausgerüstet war. Gefährlicher war jedoch die Fichtelbergbesteigung vom 3. März 1889. Drei Chemnitzer Turner unternahmen den Aufstieg vom Roten Vorwerk aus. Überall riet man ihnen ab. Über die Himmelsleiter stiegen sie auf. Bis in die Hüften sanken sie in den Schnee. Erst nach zwei Stunden erreichten sie den Gipfel. Das Berggasthaus war noch im Bau. Beim Abstieg wäre einer der Kühnen beinahe in den Schneemassen des Jungferngrundes umgekommen. Heute kann man ohne Gefahr den Gipfel erreichen. Gute Autostraßen und Wege führen dorthin. Am 21. Juli 1889 wurde die Fichtelberggaststätte mit Aussichtsturm eingeweiht. Jahre später erfolgten Um- und Anbauten am Berghaus. In der Nacht vom 25. zum 26. Februar 1963 brannte das alte Fichtelberghotel bis auf die Grundmauern ab. Im Sommer 1967 wurde ein neues Hotel mit Aussichtsturm der Öffentlichkeit übergeben. Einige Jahre nach der Wende, erhielt der Gipfel ein neues Berghotel.

100 Jahre später: Lothar Schaarschmidts mühsamer Aufstieg am 8. Februar 2003 zum Silberbacher Spitzberg kurz vor der Gipfelspitze bei 70 cm Schneehöhe. Er kam ganz schön ins Schwitzen.

Foto. L. Schaarschmidt

Günter Möckel, Auerbach-Rebesgrün:

Frühling

Der Nebel weicht, das Tal erwacht,
der Morgensonne flieht die Nacht.
Und auf den tauig frischen Wiesen
die gelben Butterblumen sprießen.

Im dichten Holze gurgelt hell
das kühle Wasser aus dem Quell.
Und an dem grünen Waldessaum
lockt golden schon der Weidenbaum.

Das junge Reh tritt aus dem Forst.
Der Habicht überschwebt den Horst.
Die Lerche jubiliert mit frohem Klang.
Das ist des Frühlings holder Lobgesang.

(Entstanden 1953)

Curt Röder, Plauen:

Einem Russen verdankt das Land Sachsen seine Landesfarben

Bei den Demos 1989 tauchten sie erstmals wieder auf, die weiß-grünen Farben Sachsens. Selbstbewußt wird sie mit in dem Heer der schwarz-rot-goldenen getragen, doch nur die wenigsten wissen, wie Sachsen zu diesen Farben kam. Für Interessierte deshalb ganz kurz die Geschichte der Weiß Grünen Farben der Sachsen.

Nach dem Oktober 1813 (Völkerschlacht) verwaltete der russische Fürstgeneral Repnin als Generalgouverneur das Königreich Sachsen. Der sächsische König selbst wurde bis 7. 6. 1815 in Friedrichsfelde als Gefangener gehalten (zur Erinnerung, er war Verbündeter Napoleons).

Repnin bestimmte in einer Bekanntmachung vom 12.11.1813, daß die grüne Farbe als sächsische Nationalfarbe zu gelten hat, Kokarden sind grün mit gelben und schwarzen Streifen zu umgeben. Die sächsische Landwehr wurde kurz darauf gegründet, führte ein grünes Kreuz in weißer Farbe.

Der König, zurückgekehrt, verfügte am 16. 6. 1815 ein Reskript, weiße Korkade mit grünem Rand ist als äußeres Zeichen der Eintracht und der Belebung des nationalen Sinnes von allen öffentlichen Beamten zu tragen. Von dieser Seite gesehen, paßt das Weiß-Grün eigentlich sehr gut in unsere heutige Zeit.

Der am 12.8.1815 gestiftete Zivildienstorden war an einem weißen Band mit grünen Streifen zu tragen.

Da wir nun gerade bei den Farben Sachsens sind, Altsächsische Farben waren schwarz, gelb, auch die sächsisch-thüringischen Herzogtümr haben 1822 grün-weiß statt schwarz-gelb als Landesfarben angenommen. Nur das Großherzogtum Sachsen-Weimar hatte die Farben des sächsischen Wappens schwarz-grün-gelb beibehalten.

Gedankensplitter aus dem Jahre 1892

Wer Wert besitzt, ist gern allein
mit sich und den Gedanken sein
auf allen Lebensgängen,
doch eine Null hat dessen bang,
ja, eine Null fühlt stets den Drang
sich anderen aufzuhängen.

***

Was nützt dir, o Dichter
dein lehrreich' Gedicht?
Die Leute, die's angeht –
die lesen's doch nicht!

***

Wenn dir ein Glück geworden, so trachte
es wenigstens nachträglich zu verdienen.
Wenn du voll Launen und Mucken bist,
kannst du ein Freund nicht sein –
je leichter einer beleidigt ist,
je schwerer wird er verzeih'n.

***

Zeit ist Geld – heißt es, und dabei
wird doch das meiste Geld hinausgeworfen,
um die Zeit zu vertreiben.

(aus dem Verlagsarchiv)

Die Ruine Elsterberg um 1910

Rudolf Heubner, Dresden (1867–1967):

Vogtland

Dem grünen Vogtland bin ich gut.
Aus seiner Erde aufgesprossen,
wie fühl ich stark durch mich ergossen
das alte rasche Frankenblut!

Ein rauher Frühling zieht herauf
mit Wolkenjagd und Wetterbrausen,
und in der Stürme wildem Sausen
weckt er die ersten Blumen auf.

Dann ruht das Land in zartem Duft,
wenn erst die lauten Winde schweigen,
und aus der feuchten Krume steigen
die Morgennebel in die Luft.

Noch fließt ein kühler Winterhauch
durch's Bachtal, wo an stillen Plätzchen
in Büschen stehn die Weidenkätzchen
und schon im Grün der Haselstrauch.

Und unter grauem Felsgestein
wie drängen sich die flinken Wellen!
Und aus dem ernsten Walde schwellen
geheimnisvolle Laute …

Nur allgemach enthüllt sich hier
die Sonne, daß es Sommer werde,
und spröd und zäh wie diese Erde
so ist ihr Volk, so sind wir auch.

Drum bin ich auch dem Lande gut.
In seinen Dörfern starke Dirnen
und Männer mit bedächt'gen Stirnen,
das alte stete Bauernblut.

Und liegt erschöpft in schwüler Zeit
das Tiefland unterm Sonnenglühen,
dann muß um unsre Berge blühen
die ganze frische Herrlichkeit.

Dann fühlen wir, was uns das Land
in rauher Kraft vorausgegeben,
dann ist ein Glück in allem Leben
und Segen über jeder Hand.

Dr. R. Trögel Auerbach:

Die vogtländische Landschaft in Vergangenheit und Gegenwart (um 1926 entstanden)

Auf windumbrauster, einsamer Bergeshöhe hält ein Wanderer Umschau und Rast. Bis zum fernen Horizont dehnt sich das heimatliche Land. Unendliche Wälder im flimmernden Sonnendunst, hügelige Ketten nähern sich einander und fliehen sich wieder in wechselvollem Spiel, einsame Gehöfte bergen sich verloren in gewundene Täler oder lehnen sich an schützende Hänge, blinkende Dächer und ragende Türme inmitten einer bunten Flut von Feldern und Wiesen künden von tätigem Menschenschaffen in ruhigen Dörfern und betriebsamen Städten, und die Straßen reihen als staubhelle Bänder die Siedlungen aneinander wie Perlen im Geschmeide der Landschaft. Täler und Höhen, fruchtbare Flächen und dunkle Wälder einen sich vor seinem Auge zu einem bei allem Wechsel doch geschlossenen Ganzen. Die Blicke trinken Formen und Farben, und das Ohr vernimmt im Rauschen des Windes, im fernen Glockenton wie im vielstimmigen Vogelchor, im Murmeln des Baches wie in dem dumpf brandenden Lärm der Großstadt den Lebensodem der Landschaft. Denn das, was der Mensch Landschaft nennt, ist mehr als ein bloß Ruhendes, Starres, wie es sich etwa auf einer Photographie zeigt; gleich dem Menschen ist auch die Landschaft ein Stück lebendiger Schöpfung, geworden in leid- und freudvoller Geschichte und immerdar noch werdend im Wandel der Jahre und ihrer Zeiten. Sie spricht zum Schauenden, predigt und tröstet, zermalmt und erhebt, sucht den denkenden Geist ebenso wie das empfindende Gemüt. Geheimnisvolle

Endlose Wälder boten sich den Blicken der ersten Siedler. *Zeichn.: Bruno Paul (†)*

Kräfte umspinnen Mensch und Landschaft zauberhaft stark, umspannen sie von jeher. Es ist für den wandernden Heimatfreund von eigenem Reiz, wenn er diesen Zusammenhängen rückschauend in die Vergangenheit nachgeht.

Auch die vogtländische Landschaft zeigt ein besonderes Antlitz, auch sie offenbart einen Charakter von ausgeprägter Eigenart. Julius Mosen, den der romantische Drang zur blauen Ferne hinauszwang aus dem waldstillen Vogtlanddorf in die große Welt, ließ seine Gedanken vom rieselnden Nebelsaume der Nordseeküste auf den Flügeln leidvoller Sehnsucht heimwandern in „das vogtländische Hügelland . . . mit seinen Waldeinsamkeiten, in welche gar schmale Wiesentäler oft nur wie grüne Streifen, mit hier und dort weit, gar weit auseinander liegenden kleinen verirrten Häusern sich hinein verlieren und stundenlang den Blick nach sich ziehen, als müßte dort hinten weit in der Ferne unter den harztropfenden Tannen, dort wo die Berge terrassenartig in dunkler Bläue empor steigen, irgend ein Geheimnis verborgen sein, das uns an sich lockt und sich uns enthüllen möchte.“ In diesem melancholisch träumenden Charakter sieht der Dichter den Grundzug des vogtländlichen Landschaftsbildes. Wie viel mehr muß das vor Jahrhunderten und Jahrtausenden der Fall gewesen sein! Da war sie, im Urbeginn der Geschichte, eine Landschaft des einsamen Schweigens. Gleich einem ungeheuren Meere rauschten meilentiefe Wälder, wo jetzt Menschen siedeln. Orts- und Flurnamen legen beredtes Zeugnis davon ab, daß neben Fichten (Fichzig) und Tannen, Buchen und Eichen (Eich, Buch, Buchwald, Eichigt),

Eine urwüchsige Landschaft bot sich den Siedlungswilligen.

Birken (Birkigt, Pirk), Eschen (Eschenbach), Erlen und Weiden (Erlbach, Ehrlich bei Obertriebel, Ellefeld = Erlenfeld, Weidigt bei Bobenneukirchen, Saalig = Salweide bei Schöneck, Linden und Eschen (Linda, Schönlind, Meßbach urkundlich 1440 Espig mit angetretenem Artikel „im Espich“, vogtländisch Meßpich), kleinere Gehölze bildeten oder sich in die ungeheuren Nadelholzbestände mischten. Abhorn zwischen Rodewisch und Lengenfeld verdankt, wie die 1140 bezeugte, auch als Familiennamen lebendige Form Ohorn genannt, einem Ahornwäldchen seinen Namen. Selbst die Eibe, jetzt nur noch ein Parkgewächs, warf ihr dunkles Grün (sie galt den Germanen als Sinnbild des Todes) zu den Farbtönen der übrigen Waldbäume (Eibenstock, Eibenberg bei Elsterberg, der Eimberg bei Werda). Wildapfel und Holzbirne grüßten den Frühling mit weißem Blütenschnee im jungfrischen Grün (Affalter im benachbarten Erzgebirge = aphaltriu, Apfelbaum, wie Holunder gebildet). Haselnuß und Schlehe säumten die Wälder; Sorga (von Zarge) bei Auerbach vermag die in seinem Namen ruhende Bedeutung (Buschrand, Waldsaum) durch seine Lage recht gut zu veranschaulichen. Solch tiefer Wald hieß einst entweder hart (eine Hardt bei Eger, vielleicht auch der Harzberg bei Bergen) oder loh (nicht nur die Bezeichnungen Hanneloh von Falkenstein, Bärenloh bei Bad Elster, sondern auch die felsigen Lochsteine südlich von Falkenstein bewahren, wie der nahe Lochberg noch wahrscheinlicher macht, die Erinnerung an den alten Waldnamen). Dem Kundigen erscheint die Lochschänke als ein Wirtshaus am oder im Wald, und auch die Lochhäuser bei Treuen sind nichts anderes als Waldhäuser. Die Einsamkeit des Urwaldes lastete auf den schattenden Wipfeln, unter denen Wild und allerlei Federvieh ohne Zahl Wohnstatt und Heimat fand.

Wie alles begann …

Die Forschung hat die engen Beziehungen zwischen Siedlungsgeschichte und Erdgeschichte aufgedeckt. Sie hat gezeigt, daß die Schiefer und Grünsteine des Devon und in geringerem Maße die stark verwitterten Kulmböden guten Ackerboden und damit die erste Voraussetzung für alle Kultur liefern. Landschaften dieser geologischen Beschaffenheit waren es darum, die von den Sorben unter den leichten Hakenpflug genommen wurden. In diesem Landrevier, wie Hildegard Bachmann (Forscherin slawischer Kultur) das alte slawische Kulturgebiet nennt, liegen noch heute die stattlichen Bauerndörfer. Slawen sorbischen Stammes müssen auch in den Auenniederungen der Flüsse und Bäche gefischt und gejagt haben.

Das künden die Namen Göltzsch und Oelsnitz und andere mehr. Die Schieferböden der höheren Schichten des Silur und Cambrium sind von den Slawen nur notgedrungen am Rande ihres eigentlichen Siedlungsgebietes in Bearbeitung genommen worden. Die Granite, Phyllite und Glimmerschiefer des Oberlandes hingegen wurden erst durch die zähe Arbeit der deutschen Siedler bezwungen, die mit Weib und Kind, Vieh und fahrender Habe aus dem übervölkerten Westen und Südwesten hoffnungsfroh nach dem Osten kamen, wo es jungfräuliches Land in Hülle und Fülle gab. Der Bauer folgte dem reisigen Ritter und dem Mönch in der Kutte; der Pflug vollendete, was scharfe Schwerter und die milde Lehre vom Kreuz begonnen hatten. Kühner deutscher Mut eroberte das Land und schuf in den Burgen, die mitten im Waldgebiet auf jähen Felsen horsteten, Stützpunkte ritterlicher Macht. Schwer lag die Faust der Herren auf den Sorben, sie hielt das Schwert und dachte nicht an friedliche Rodung. Da waren die Mönche anderen Sinnes: Bekehrung der Heiden und Urbarmachung des Landes war das Ziel ihres frommen Eifers. Zu den Burgen und festen Schlössern kamen nun Kapellen, Kirchen und Klöster. Freilich bescheiden genug waren die Anfänge des weltbeherrschenden Rom in der heidnischen Wildnis. Roh aus Holz gezimmert, schmucklos und bescheiden, sammelten die ersten Kirchlein wie die 1080 vom Bischof Günther von Naumburg zu Reichenbach geweihte die jungen Gemeinden; nach einem Brand erst erstand der stolzere Steinbau.

Als der erste Bauer ostfränkischer, bayrischer oder thüringischer Herkunft den ersten Axthieb tat, begann der zähe Kampf menschlicher Tatkraft mit der schier unüberwindlichen Natur. Unendlich mühevoll gestaltete sich eine Rodung aus wilder Wurzel. Mit Axt und Säge und loderndem Feuerbrand gingen die Männer den Waldriesen zu Leibe. Den „Wald schwenden", d. h. schwinden machen, nannten sie diesen Kampf mit den dunklen Mächten der Urzeit. Ortsnamen wie Brand in der Plauener Gegend und Schwand im Burgsteingebiet sind lebendige Zeugen (die Ableitung von dem Namen der slawischen Gottheit Swantewit ist ganz unhaltbar). Immer weiter ward der Wald die Höhen hinan gedrängt; immer zahlreicher wurden die grünen Inseln inmitten des dunkelbrandenden Meeres, und Rauch stieg friedlich aus entlegenen Walddörfern. Das Dorf Dröda ist schon dem Namen nach eine solch echte Waldkolonie, bedeutet es doch nichts anderes als „in der Oede" (mit angetretenem Artikel der Oed wie Meßbach). Die Gebirgstäler hinauf zogen sich bald Reihendörfer mit ihren Waldhufen, meist nach dem Gründer genannt (Ramoldsreuth, 1301 Rammigsruth = Neuland eines Raming; Hermsgrün bei Adorf = Hermannsgrün, Pilgrams-, Wernitz-, Arns-, Marxgrün = Pilgrimsgrune, Arnoldisgrune, Marghardisgrune, Irfersgrün = Ernforngrune, Mechelgrün = Mechtildengrune). Vornamen, noch jetzt gebräuchliche oder ausgestorbene, sind also auch in dem ersten Teil der Zusammensetzungen Reumtengrün, Reinsdorf und anderen zu suchen; durch Abschleifung ist die heutige Form entstanden (Reinbotengrune, Reynoldsdorf). Mundarten- und Namenforschung haben als sicher erwiesen, daß Dörfer auf grün fränkische, solche auf reuth oberpfälzisch-bayrische und die auf rode thüringische Gründungen sind. Alle drei, auch als selbstständige Ortsnamen vorkommend (Reuth bei Bad Elster, bei Elsterberg, in der Nähe der Stelzenhöhe, Grün bei Lengenfeld, Rodau) bezeichnen eine durch Roden und Reuthen im grünen Wald und Hain entstandene Gründung aus wilder Wurzel. Das „onomatologische" Ortsnamengepräge, womit die Tatsache bezeichnet werden soll, daß 21 v. H. sämtlicher Ortsnamen des Vogtlandes auf grün enden, bekundet, daß der Hauptteil der vogtländischen Kolonisten ostfränkischer Herkunft war. Mit dem 14. Jahrhundert mag die erste deutsche Besiedlungsperiode abgeschlossen gewesen sein. Das Bild der Landschaft trägt nun wesentlich andere Züge. Die Wipfelwogen des Waldes sind immer weiter vor Feld und Wiese zurückgewichen; Burgen trotzen von engem Felsgelaß, fromme Kapellen mit wundertätigem Marienbild wie der Burgstein an der Grenze der Bistümer Naumburg und Bamberg sind das Ziel gläubiger Wallfahrerscharen, und überall an günstigen Stellen schafft Bauernfleiß in Walddörfern: An sanften Abhängen (Papstleithen, Mühl-, Crinitzleithen, Leite = Tallehne oder auf einsamer Ebene (Ebmat von ahd. ebinodi, mhd. ebene, 1378 Ebmod; an Quellen und Bächen (Ursprung = Quell, Brunn, Hasel-, Sieben-, Bösenbrunn, Ebersbrunn, der Quell des Alhold, eines deutschen Ministerialen; Lauterbach, dessen Gewässer über Granitboden klar und lauter zu Tal eilt im Gegensatz zu dem über lehmigen Grund trübe dahin fließenden Leimbach, von ahd. leimo = Lehm). Am schäumenden Wehr im Talgrund klappern fleißige Mühlen, und nicht nur einmal entwickeln sich Dörfer aus ihnen. Während der im Vogtland häufige Name Kerner, zu Kirn und Kirnbach gestellt, die Erinnerung an den mühsamen Handmühlenbetrieb der germanischen Vorfahren bewahrt, ist das lateinische Lehnwort Mühle die Bezeichnung für die vervollkommnete römische Art des Mahlens (Mühltroff, 1274 zum ersten Male urkundlich als Muldorf erwähnt, also Mühldorf, wie Wilsdruff = Wielandsdorf, Ohrdruf = Dorf an der Ohre; Mehlteuer und Mehltau bei Adorf in der Flußaue rechts der Elster, 1318 Melteure von lat. molitura = die Wassermühle). In den hohlen Waldbäumen sammelten Wildbienen süße Beute, und wenn jetzt ein Weiler unterhalb von Rodewisch den Namen Zeidelweide führt, so ist das gleich den im Vogtland häufigen Familiennamen Zeidler, Seidel, eine Erinnerung an die lebhaft betriebene Bienenzucht des Mittelalters (Zeidelweide = Ort, wo Bienen weiden, d. h. ihre Nahrung suchen, Zeitelmoos im Fichtelgebirge).

An bedeutsamen Straßenzügen, auf denen die Planwagen der Kaufleute des Reiches das natürliche Durchgangsland, als welches das Vogtland geographisch erscheint, durchziehen, entstehen Städte zu ihrem Schutz, die Marktrecht haben. Teils sind es Gründungen weltlicher oder geistlicher Herren (Auerbach von den Plauenschen Vögten um 1350 am Fuße der Burg Urbach), teils Weiterentwicklung älterer Dörfer wie Markneukirchen, noch jetzt Neikirchen im Volksmund, Neumarkt. Mauerring und Graben, Turm und Tor schützen schlichten, aber tätigen Bürgersinn der kleinen Gemeinwesen. Manche freilich entbehren dieses festen Schutzes und bleiben offene Städte, wie Falkenstein oder Lengenfeld, dessen ganze Anlage noch deutlich die Form des alten deutschen Waldhufendorfes ahnen läßt. Schlimme Zeiten führt das wilde Faustrecht herauf. Zwischen Grünbach und Werda liegt Siehdichfür. In Falkenstein sagt Kinderwitz nichts anderes als: Siehdichfür und Guckdich um! Unbewußt gibt es die Deutung: Ein echter Trutzname, dem Sorglosen zur Warnung entgegen klingend. Mehr als zehnmal kommt der Name in Deutschland vor. Das vogtländische Dörflein liegt am Rande des Schönecker Forstes, da wo die schnurgerade Straße (der sogenannte Kegelschub) in denselben eintritt. Da mag der Ruf zur Vorsicht in unsicheren Zeiten, als Raubritter den Kaufleuten auflauerten, wohl angebracht gewesen sein.

Eine neue, wenn auch weit weniger kräftige Siedlungswelle setzte in der Mitte des 15. Jahrhunderts ein. Sie schlug bis in die entlegenen Gebiete des alten Waldrevieres, die Täler der oberen Göltzsch, Mulde und Zwota, Hammer- und Hüttenwerke und dürftige Waldstreusiedlungen hervorrufend. Während Karten- und Landschaftsbild der Gegenwart verhältnismäßig geschlossene Industriegebiete aufweist, sind in jener Frühzeit gewerblicher Unternehmungen industrielle Anlagen kleinen Umfangs über das Land verstreut. Namentlich inmitten des Waldes, der die Holzkohle liefert, am rauschenden Bach, dessen Kraft

Der Burgstein Archiv: Verlag

man nutzte, ehe der Dampf Alleinherrschaft errang, pocht und hämmert es nun, und glühender Feuerschein loht gespenstig zum nachtdunklen Himmel. In dichterischer Fassung geben folgende Worte das typische Bild der alten Eisenindustrie:

Des Wassers und des Feuers Kraft
verbündet sieht er hier;
das Mühlrad von der Flut gerafft,
umwälzt sich für und für;
die Werke klappern Tag und Nacht,
im Takt pocht der Hammer Schlag,
und bildsam von den mächt'gen Streichen
muß selbst das Eisen sich erweichen.

Nachdem alle Goldsucherträume, die im Sande der Göltzsch oberhalb von Auerbach und bei Reichenbach reichen Segen zu waschen erhofften, ausgeträumt waren, schürften die Bergleute auf Eisen, Kupfer und Zinn.

Als sich das 15. Jahrhundert seinem Ende näherte, nahm der Bergbau im Vogtland einen starken Aufschwung.

Obwohl auch Kupferbergwerke im Gange waren, mag der Abbau von Braun- und Spateisenstein als besonders ergiebig und ausdauernd gewesen sein. Die Eisenerze (auch in der Nähe des Bendelsteins in Auerbach sollen welche abgebaut worden sein) wurden im Vogtland selbst verschmolzen und zu Stabeisen, Schienen, Scharren und Waffen verarbeitet. Drei Hammerwerke waren allein nach Auerbach eingepfarrt, von denen das zu Niederauerbach, später in ein Messingwerk umgewandelt, die wohl überhaupt älteste gewerbliche Anlage in sächsischen Landen darstellt. Noch im 16. und 17. Jahrhundert wurden in der Tiefe der Auerbacher Wälder an vielen Orten neue Hammerwerke aus rauher Wurzel erhoben, 1595 auf Trützschlerschem Grund und Boden an der Mulde „überm Vogelstüblein" der Muldenhammer, nach zwei Jahren schon infolge eines Brandes der Frischhütte hinunter auf Georg Abel Trützschlers Wiese verlegt, wo heute Hammerbrücke die letzte Erinnerung bewahrt; 1679 Rautenkranz und Sachsengrund an der großen Pyra, wo neben den Hammergebäuden Wohnhäuschen für die Arbeiter, Berg- und Handwerksleuten, eine Mahl- und Brettmühle, Brau- und Malzhaus, ein Kalk- und Ziegelofen bald ein Dorf mitten im Wald entstehen ließen. Axtschläge schallten laut durch die grüne Einsamkeit, Baumriesen krachten sterbend auf moosigen Grund, die Säge kreischte, in Gruben und später in Meilern ward das Holz zu Holzkohle, die in mächtigen Korbwagen zu den Hüttenwerken gefahren wurden (noch heute ist in Rodewisch die Kohlenstraße bekannt, die weiter in höhere waldreiche Regionen verlaufen ist). Um den riesigen Holzverbrauch durch Aschern und Köhlern zu regeln, wurden 1560 und 1697 strenge Anordnungen erlassen. Tausende und Abertausende von Klaftern Holzes und von Stöcken, während des Sommers droben in den Grenzwaldungen geschlagen, im Winter auf Pferdeschlitten an größere Gewässer gebracht, flossen, wenn im Frühjahr darauf die Schneeschmelze Teiche und Bäche anschwellen ließ, in den Floßgräben talwärts bis ins holzarme Niederland. Der Hausvater auf dem kursächsischen Thron legte 1578 den Grund zu dem gut durchdachten und ausgedehnten Floßwesen, das Hunderten von Männern Lohn und Brot gab. Aus dem schwarzen Teich schwemmte das Wasser die Scheite zum großen Rautenkranzer Holzanger. Und im nächsten Frühjahr schwamm es weiter, entweder in die Mulde oder mit der Göltzsch zur Elster, die es bis zum Floßplatz nach Leipzig trug. In den Tagen Luthers ging eine leider nur zu kurze Zeit blühenden Zinnbergbaues an den Städten Auerbach und Falkenstein vorüber wie ein Sonnenblick in nebelschweren Tagen. Auerbach erhielt eine Bergordnung, und reicher Segen lohnte hier wie dort die Arbeit der Menschen, die im Berg tätig waren. Nichts ist mehr von all der Bergherrlichkeit geblieben als ferne Erinnerung. Schächte und Stollen sind längst verfallen, kaum daß man noch weiß, wo Hammer und Schlägel erklangen. Hier und da dunkelt geheimnisvoll ein Mundloch, und gedankenlos gehen Ortsnamen wie Gottesberg, Morgenröthe, Zeugnisse frommen Knappenglaubens, Frischhütte und Hochofen durch den Mund des gegenwärtigen Geschlechts. Vereinzelt bot der dunkle Schacht der Erde menschlichem Gewerbefleiß andere seltene Gaben: zu Altensalz und Erlbach ward Salz gesotten, im Göltzschtal oberhalb von Mylau rauchte eine Alaunhütte, in der aus schiefrigem Gestein Alaun und Schwefel gewonnen wurde; wo jetzt der Schneckenstein einsam über die Wipfel der Waldbäume hinausragt, standen noch im 18. Jahrhundert etliche Häuser, und eifrige Hände suchten nach den kostbaren Topasen (dieses Umland wurde später bekannt durch Abbau von Uranerz durch die SDAG Wismut). Die Wälder spendeten freigiebig schlichtere Gabe; in den Pechhütten ließen die Gewerke Pech sieden, und der Rußbuttenmann trug seine leichte Ware aus den Rußhütten (Pechhütte = ein Waldstück südlich von Falkenstein, Pechseifen bei Tannenbergssthal, Familiennamen Becher und Harzbecker). Noch im 19. Jahrhundert wußte das Ortslexikon von Auerbach nicht mehr zu sagen, als daß es der Hauptsitz der sächsischen Pechsiederei und des Rußhandels sei. So führt das Vogtland sein karges Dasein abseits des großen Weltgeschehens. Der naiv treuherzigen Redseligkeit eines Geistlichen aus den für unser Vogtland so arg betrüblichen Zeiten des großen Religionskrieges verdankt die heimatliche Kulturgeschichte eine Quelle ersten Ranges; in gutgemeinten, holprigen Reimen verfaßt der Magister Christopherus Fürgang seiner Vaterstadt Oelsnitz zu Ehren, die dem um seines Glaubens willen aus Böhmen vertriebenen Exulanten Zuflucht und kärgliches Brot gewährte, ein umfangreiches Lobgedicht, damit einst die Bürger „und ihre lieben Kinder vieler Sachen sich erinnern könnten". Greifbar deutlich bis in alle Einzelheiten entwirft er in seinen Gedanken ein Bild der Landschaft jener Tage. Noch ahnt die friedliche Stadt, die von Bergen eingeschlossen in der fruchtbaren Elsteraue hinter Mauer und Tor ruht, nichts von dem furchtbaren Unheil, das sieben Jahre später wie eine gewitterschwarze Wolke am Horizont aufziehen wird. Freundliche Gärten, in denen sich fruchtschwere Obstbäume über Gemüsebeete neigen, umgeben das Städtlein, in dessen Straßen und Gassen nur wenige aus Stein über die schlichten Holz- oder Fachwerkhäuser ragen. Die Elster eilt an dem friedvollen Bild vorüber, ohne sich im Anschauen zu verlieren; denn gleich einem guten Kaufmann steht ihr der Sinn „auff Leipzig stark". Dort an dem Gewässer klappern die nimmermüden Mühlen, dort arbeiten die Wäscherinnen unter hölzernem Dach, dort wird das Holz, das die Elster aus den Wäldern herabflößt, zum Stoß hoch aufgeschichtet. Der „Ackermann der Wackermann" geht seiner friedvollen, aber mühseligen Arbeit nach. In aller Morgenfrüh treibt er sein Gespann unter Hot und Hüh dem Felde zu: er steckt vor, zieht Furchen, streut hoffenden Herzens den Samen aus. Der Kreislauf der Monate bringt „herbei die liebe Zeit, da reif geworden das Getreid". Lauter Erntejubel sammelt das goldene Korn in die bäuerliche Schatzkammer. Die Schnitter wetzen und schwingen ihre Sicheln, und die alte Volksweise „Rausche, Sichelein, durch das Korn" klingt über den Acker. Wenn Herbststürme über die Felder tosen und Winterruhe mit schneeigem Tuch sie deckt, da klingt das Lied des Dreschflegels aus offener Tenne. Die Wagen rollen zur Mühle am Flusse oder des Montags zum Kornmarkt in die Stadt, wo die Bäcker (Becke, vgl. Familiennamen Beck, Becker) aus dem Mehl „schön Brod, wohlgeschmacke Kümmelstollen, Kuchen, Semmel und Weckn backen, danach man tut die Finger lecken". Grasreiche Auenwiesen stehen im Sommer in bunter Blumenherrlichkeit, Bienen taumeln honigtrunken über den süßen Klee, und Kinder ergötzen sich an der herben Säure des Ampfers. In den „Schupfen" (Schuppen = Scheunen), wird das Heu geborgen. Dann weiden zahlreiche Herden hin und wieder zerstreut auf Bergen, Äckern und Wiesen. Jeder, der ein Haus oder Häuslein sein eigen nennt, hat auch seine kleine Herde an Vieh. Was dem Wohltätigen die buntscheckigen Kühe sind, das ist dem Armen seine Ziege mit strotzendem Euter. Wie friedlich mutet das Schäfer- und Hirtenidyll in unfreundlicher Zeit an, in mehr als einem Zuge an das behagliche Pastorale erinnernd, mit welchem die größte Dichtung des wilden Krieges, der „Simplizissimus" beginnt. Viele Orte sind von einem Kranz von Bergen umgeben. Für seine Vogtlandliebe hat der Dichter besondere Vorliebe. In vielen Versen preist er sie, und immer neue Bilder und Vergleiche findet er, um den Segen, den sie spenden, zu veranschaulichen, denn nur den Nutzen des Gebirges kennt er wie jenes Jahrhundert überhaupt; die Schönheit ist noch nicht entdeckt. Gar unerschöpflich ist ihr Reichtum. Das Vieh mästet sich an den Früchten, Pilze und Beeren und Vögel, von denen der Ziemer oder Zeimer (Wacholderdrossel) der allerbeste ist, wandern in die Küchen der Menschen. Berge sind Apotheken voller heilkräftiger Kräuter und Wurzeln. Die Berge sind Punkte in der Landschaft, wo ein frischer Lufthauch und eine weite Fernsicht alle Sorgen aus dem Herzen vertreiben. Frohe Bergweisen erklingen; denn auch Oelsnitz war zu Fürgangs Zeiten Bergstadt wie Auerbach und Falkenstein. So bietet die Stadt das Bild eines in engen Grenzen blühenden Gemeinwesens, das mit den umliegenden Dörfern, die wie die lieben Kinderlein nahe bei der Mutter sind, die typischen Züge einer geschlossenen Stadtwirtschaft offenbart. So oder ähnlich mögen auch andere vogtländische Landschaften bis weit ins 19. Jahrhundert hinein ausgeschaut haben.

Aus alter Zeit, das Bornkinnel in Irfersgrün. Federzeichn.: A. Raithel

Städte und Dörfer trieben ihre kleinen Geschäfte des Alltags, freudvolle und leidvolle Tage kamen und gingen, um aufs Neue zu kommen. Krieg und Brand ließen bescheidenen Wohlstand in Schutt und Trümmer sinken, aber hoffende Tatkraft baute sie immer wieder auf. Die Kunst der Landschaftsschilderungen ist jüngeren Datums; wir sind darum auf mittelbare Quellen angewiesen. Aber allen Reisenden, die Schilderungen niedergeschrieben haben, steht der Mensch und seine Arbeit in der Landschaft im Vordergrund, nicht aber die Landschaft selbst in ihrem Wesen und Leben. Erst das Ende des 18. Jahrhunderts bringt mit der inneren Befreiung der Einzelpersönlichkeit auch den geschärften Blick für die umgebende Außenwelt.

Wir Menschen der Gegenwart, denen Natur und Technik unterwürfige

Dienerinnen sind, können uns den Lebenszuschnitt des beginnenden 19. Jahrhunderts gar nicht schlicht und einfach genug vorstellen. Selbst die Häuser der Stadt Plauen sind nur mit Schindeln gedeckt, die Wege während der schlechten Jahreszeit grundlos zum größten Mißvergnügen der Reisenden, die etwa nach dem heilkräftigen böhmischen Badeort Karlsbad oder nach dem schlichteren Christianen-Eberhardinen Bad (dem heutigen Reiboldsgrün) im Wald oberhalb von Auerbach fuhren oder ritten.

Die großen Landstraßen waren, in Krieg und Frieden gleichermaßen, die Adern eines lebendigen Verkehrs. Wie einst Kaiser Karl V. von Eger auf der uralten Heerstraße im Tal der Elster entlangzog, wie auf dem gleichen Weg die Geisel des Vogtlandes, Holk, grauenvolles Andenken zurückließ, so sah die Straße Hof–Plauen–Reichenbach den großen Korsen und seine sieggewohnten Soldaten. Aber auch der trübselige Zug der Salzburger Emigranten ging auf vogtländischen Straßen einer dunklen Zukunft entgegen. Handelsherren strebten zur Leipziger Messe, Lastfuhrwerke, beladen mit Getreide, Salz, Bauholz aus der Umgebung, mit Hopfen aus Oberfranken, Sämereien aus Bamberg, Töpferwaren aus Rehau knarrten schwerfällig dem Stadttore entgegen, wo der Akziseschreiber seines unerfreulichen Amtes waltete. Ein ununterbrochenes Kommen und Gehen vom ersten Morgengrauen bis zum Torschluß. Fußgänger, vornehme Reiter, breite Reisekutschen, schwerbeladene Planwagen, Bauern mit Schubkarren, Viehherden, reitende und fahrende Posten mit Taritrara, der Schnellläufer Krügel, der in minimaler Zeit von Plauen nach Dresden eilt, und noch mancherlei andere typische Gestalten verliehen der Landstraße ein Leben, das auch die Landschaft mit einem kräftigen Odem durchpulste. Zahlen sprechen am besten: 1815/16 passierten die Plauener Stadttore 1723 Wagen, 1091 Schubkarren, 158 Reitpferde, 239 Stück Rindvieh.

In Julius Mosen entsteht der heimatlichen Landschaft der liebevollste Schilderer; in seinen leider unvollendeten Jugenderinnerungen, in den unvergänglich schönen Erzählungen „Heimweh“ und „Ismael“, den „Bildern im Moose“ eingefügt, findet seine sehnsüchtige Liebe zum Vogtland ergreifenden Ausdruck, und in dem Lied „Wo auf hohen Tannenspitzen“ hat er das Lied des Heimwehs geschaffen. Es ist darum nicht verwunderlich, wenn sein Werk wie ein treuer Schatz gehütet und in seinen Ausgaben dem Volk nahegebracht wird. Dies trifft auch auf den ihm wesensverwandten K. A. Findeisen zu.

Mit tiefstem Verständnis hat dieser Dichter, dem die Fähigkeit des sich Einfühlens in die Landschaft wie wenigen gegeben ist, auch die Seele des Vogtlandes enthüllt. Im ewigen Kreislauf des Jahres und seiner Zeiten, wenn die Himmelschlüssel im grünen Talgrund blühen, die Sommernacht den Duft reifenden Korns in weichen Wellen über die Dörfer trägt, die Dolden der Vogelbeere korallenrot im goldfarbenen Laub glühen, des Kreuzschnabels verlorene Weise über den winterlichen Wald klingt, immer behält des Dichters Wort am Ende seines „Vogtlandliedes“ recht:

„Daheim, daheim ist doch daheim,
ich glaub es, bis ich sterbe.“

Und endlich: auch der Maler gibt es

genug, die dem Odem der vogtländischen Landschaft mit feinen Sinnen lauschen. Am tiefsten aber fühlte ihren Herzschlag Hermann Vogel, der Unvergeßliche, der, frommen Kinder- glaubens voll, selbst die Christgeburt sich nicht anders zu denken vermochte als unter dem Schieferdach eines schlichten vogtländischen Bauernhauses zu Heinersgrün. Wir alle vernehmen es, der Heimat Zauberlied, von dem er, Maler und Dichter zugleich, schlichtes Zeugnis ablegt in den Versen:

„Noch heute summt durch meinen
Traum
ein fernes Lied, so leis und lind,
so liebend, wie wenn in den Schlaf
die Mutter singt ihr krankes Kind!
's ist ein gar eigen, stilles Lied,
so waldeskräftig, sonnenmild,
bald fröhlich wie der Mühlenbach,
wenn er um moos'ge Felsen quillt,
und bald wie Waldesbrausen ernst,
dem scheu der Sprung der lauscht:
es ist der Heimat Zauberlied,
das durch die Fichtenkrone rauscht!"

(Vorstehender Beitrag wurde vom Auerbacher Heimatfreund Gerhard Stark regelrecht „ausgegraben". Dieser Auerbacher Autor Dr. R. Trögel dürfte im allgemeinen nicht mehr bekannt sein. Der Verlag bedankt sich für die Zusendung)

Kurt Arnold Findeisen, Dresden (1883–1966):

In goldenen Schlüsselblumentagen

In goldenen Schlüsselblumentagen
von Silberlicht durchspielt das Blau,
und wundergläubig glänzt die Au
in goldnen Schlüsselblumentagen.

Wie füllt mit Rauschen sich die Stunde!
O trunkene Orgel der Natur
hinab hinauf in Moll und Dur!
Wie füllt mit Rauschen sich die Stunde!

Nun, Seele, lern den Kuckuck fragen,
vielleicht, daß er im Zauberkreis
ein Wort vom Ewigen Frieden weiß!
Nun, Seele, lern den Kuckuck fragen
in goldnen Schlüsselblumentagen.

Peter Benz, Reichenbach:

1752 wurde Neuvogtland gegründet

Fleißige Menschen aus der vogtländischen Region siedelten sich in Berlin an.

In Berlin gab es einst eine Kolonie Voigtland, in der ehrsame Bürger aus diesem sächsischen Landstrich arbeiteten. Im Laufe der Zeit veränderte sich die Zusammensetzung der Bevölkerung. In der DDR-Zeit wurde auch im einstigen Neuvogtland die Mauer errichtet. Vorerst lassen wir die schönen Jahre im neuen Vogtland Revue passieren.

Rosenthaler Vorstadt

Am 22. September 1751 verfügte König Friedrich II. die Ansiedlung von auswärtigen Bauleuten mit ihren Familien. Bereits am 30. Mai 1752 erfolgte die Gründung der Ansiedlung und die Verteilung des Landes. Nach der Herkunft der angesiedelten Handwerker nannte man diesen Stadtteil im 18. und 19. Jahrhundert auch Neu-Voigtland. Von der ursprünglichen Bebauung mit einstöckigen Zweifamilienhäusern ist wegen des Baugeschehens der folgenden Jahrhunderte nichts mehr erhalten. Die Struktur der Grundstücke ist heute noch an den Nord-Südstraßen (Brunnenstraße, Bergstraße, Ackerstraße, Gartenstraße) [Rosenthaler Vorstadt] zu sehen. Nachdem dieses Gebiet von 1829–1831 nach Berlin eingemeindet worden war, wurde sie bis zum Beginn des Ersten Weltkriegs fast vollständig mit typischen Berliner Mietskasernen bebaut, von denen ein großer Teil den Zweiten Weltkrieg überdauert hat und bis heute erhalten blieb.

Die Möglichkeit, die Sandfläche zu bepflanzen oder zu bebauen wurde aus Kostengründen viele Jahrzehnte verschoben. Erst 1732 wagte es der Oberinspektor Habermaaß, dem Sand einen kleinen Damm entgegenzusetzen, auf dem er eine Reihe von Erlen anpflanzte. 1733 erhielt er Unterstützung vom Prof. Gleditsch, der ihm riet, unterschiedliche Arten von Gras auf dem Sand zu pflanzen, da diese ihren Wurzeln tief im Boden verankern und damit das Umherfliegen des Sandes verhindern würden. Und offensichtlich war dieses Vorgehen erfolgreich.

Das Rosenthaler Tor um 1860.

An Anfang der 50er Jahre sollte auch das Gelände außerhalb der Mauer zwischen dem Hamburger Tor und dem Rosenthaler Tor bebaut werden.

Das Hamburger Tor befand sich an der Stelle, wo heute die Gartenstraße zwischen der Torstraße und der Linienstraße verläuft. Das Rosenthaler Tor stand auf der Rosenthaler Straße zwischen dem gleichnamigen Platz und der Linienstraße. Dieses Gebiet wird „Rosenthaler Vorstadt" genannt.

1751 gab Friedrich II. den Auftrag zur Bebauung der Fläche in vier Reihen mit jeweils 15 eingeschossigen Häusern. Er plante dort die zahlreichen Handwerker unterzubringen, die als Saisonarbeiter in den Sommermonaten am Aufbau der Stadt arbeiten, jedoch im Winter wieder zurück nach Hause fuhren und vor allem dort das verdiente Geld ausgaben. Viele dieser Handwerker kamen aus dem Vogtland (die frühere Schreibweise lautet Voigtland), das im heutigen Bundesland Sachsen liegt. Um die Handwerker dazu zu bewegen, ganzjährlich hier wohnen zu bleiben, sollte ihnen die Zahlung der Steuer erlassen werden.

1752 stellte der König den Handwerkern dann 9000 Reichstaler für Baumaterialien zur Verfügung, wenn sie sich die Häuser selber bauen würden.

Sofort nach dieser Order wurde damit begonnen, die einzelnen Grundstücke abzustecken. Die vier „Reihen" waren auf zwei Grundstücke verteilt: Südlich wurden sie durch die Stadtmauer begrenzt, im Norden durch die heutige Invalidenstraße. Im Osten verlief die „1. Reihe", die der heutigen Brunnenstraße entspricht, die westliche „4. Reihe" begrenzt die heutige Bergstraße. Und mittendrin verliefen die „2. und 3. Reihe", im Verlauf der jetzigen Ackerstraße. Diese Blockaufteilung hat sich bis zum Ende des 20. Jahrhunderts nicht mehr verändert. Sämtliche 60 Häuser hatten den gleichen Grundriß, mit nur einem Stockwerk und Wohnungen für zwei Familien. Jede dieser Wohnungen besaß eine Stube mit zwei Fenstern zur Straße hinaus, eine Kammer und eine Küche mit jeweils einem Fenster zum Hof bzw. Garten. Zur Versorgung mit Wasser wurden vier Brunnen angelegt. Doch von all den damals gebauten Gebäuden steht heute nichts mehr. Allerdings wurden zur selben

Dieser Baustil „Weberhaus" in Potsdam/Babelsberg wurde auch in Neuvogtland angewandt. Fotos: Autor

Zeit ähnliche Gebäude in der „Weberkolonie Nowawes“ bei Potsdam angelegt, die noch heute zu betrachten sind.

Da das nun bebaute Gebiet der Rosenthaler Vorstadt Auswärtigen zur Verfügung gestellt worden ist, wurde es als Kolonie bezeichnet und nach der Herkunft der zukünftigen Bewohner benannt: Fortan hieß es also „Kolonie Neu-Voigtland“, und noch fast 250 Jahre später nennen einige hier lebende Menschen die Gegend „das Vogtland“.

In den Folgejahren veränderte sich die Zusammensetzung derjenigen, die in der Kolonie lebten, grundlegend. Nach einer Erhebung im Jahre 1754 lebten in den 120 Wohnungen 66 Maurer und 50 Zimmerer (jeweils mit Familie). Heute wird nur noch das Stadtviertel rund um den Rosenthaler Platz und die Brunnenstraße als Rosenthaler Vorstadt bezeichnet.

28 Jahre geteiltes Neuvogtland

Bevor die traurige Zeit des Ostteils von Neuvogtland nach dem 13. August 1961 betrachtet wird, einen Blick in die heutige Zeit.

Die Bernauer Straße, welche die Ackerstraße kreuzt, war Schauplatz der Weltgeschichte. Die südlichen Häuser gehörten zu Berlin-Mitte, die Fußwege, die Straße und die nördliche Bebauung zum Wedding, wo auch die Mauer verlief.

Nach dem 13. August 1961

Besonders spektakulär verliefen Fluchtaktionen an der Bernauer Straße, wo die Fassaden mehrerer Wohnhäuser die Sektorengrenze bildeten. Aber nicht immer glückten diese Unterfangen. Es gab auch hier Tote und Verletzte. Unter den Augen versammelter West-Berliner nutzten zahlreiche Ost-Berliner diese Häuser zur Flucht. Aus Rache verfügte die Vopo, daß ab 24. September 1961 die circa 2000 Bewohner der Bernauer Straße innerhalb von vier Tagen ihre Wohnungen räumen mußten. Darunter befanden sich sicher noch Neuvogtländer. Anschließend wurden Hauseingänge und Fenster zugemauert.

In Höhe der Ackerstraße wurden 1963 von sogenannten Grenztruppen-Pionieren eine Mauer aus Betonplatten errichtet.

Heute können auch Besucher aus dem Vogtland beide Seiten des Neuvogtlandes ungestört betrachten.

Vogtländer auf der „Walz“

Aus dem Verlagsarchiv:

Sachsens Regierung aus der Sicht von 1865

Über die Einrichtung unseres Staates merke dir Folgendes: Der König ist das Oberhaupt des Staates, und die Leitung und Verwaltung der öffentlichen Angelegenheiten ist von ihm den Staatsministern übertragen. Die einzelnen Ministerien sind folgende:

1. Das Ministerium der Justiz, in dessen Hand die oberste Aufsicht über die Rechtspflege liegt. Unter ihm stehen zunächst das Oberappellationsgericht zu Dresden, die Appelationsgerichte der 4 Regierungsbezirke und die königlichen Bezirksgerichte und Gerichtsämter.

2. Das Ministerium der Finanzen, welches die gesamte Einnahme und Ausgabe des Staates verwaltet. Jene kommt von den dem Staate gehörigen Grundstücken, Waldungen, Flößen, Jagden, Bergwerken, von dem Postwesen, den Eisenbahnen, dem Chausseegelde und Salzverkauf sowie von den teils auf die Grundstücke der Staatsbürger, teils auf Gegenstände des Verbrauchs gelegten Steuern. Sie wird als Ausgabe zum Unterhalt des königlichen Hauses, der öffentlichen Anstalten und Beamten des Heeres und zur Tilgung des Staatsschulden verwendet.

3. Das Ministerium des Innern, unter seiner Obhut stehen alle auf Sicherheit, Ordnung und Gewerbe der Einwohner bezüglichen Anstalten, also unter anderem auch die Communalgarden in den Städten, das Corps der Gendarmen und die Strafanstalten zu Waldheim (seit 1716) und Zwickau seit 1775), die Arbeitshäuser zu Voigtsberg bei Oelsnitz im Vogtlande und zu Hohenstein bei Pirna, sowie die Strafanstalten für weibliche Sträflinge zu Hubertusburg bei Mutzschen und zu Hoheneck bei Stollberg.

4. Das Ministerium des Krieges, welches die hinsichtlich des Heeres nötigen Anordnungen trifft. Unsere Armee besteht nämlich ungefähr aus 29683 Mann und begreift 16 Bataillone Fußvolk (Infanterie) und 1 Jäger-Brigade. 4 Regimenter Reiterei (Kavallerie) und die Artillerie. Überdies gibt es in Sachsen auch eine Festung, den Königstein.

5. Das Ministerium des Kultus und öffentlichen Unterrichts.

6. Das Ministerium der auswärtigen Angelegenheite, welches die Verhandlungen unseres Staates mit anderen Staaten durch Gesandte leitet.

7. Das Ministerium des königlichen Hauses. Unter den Ministerien der Justiz, der Finanzen, des Innern, des Kriegs und des Kultus stehen die 4 Kreisdirektionen, welche zu Dresden, Leipzig, Zwickau und Bautzen ihren Sitz haben. Die Bezirke des Kreisdirektionen sind wieder in Amtshauptmannschaften eingeteilt. In wichtigen Angelegenheiten wird ein Staatsrat zusammenberufen, welchen die Staatsminister und einige andere in hohen Staatswürden stehenden Männer bilden. Das Oberhaupt des Staates führt den Titel: König von Sachsen. Das Wappen des Königreiches besteht aus 5 schwarzen Balken im goldenen

Felde mit quer darüber gelegter Krone der alten sächsischen Herzöge, welche man den Rautenkranz nennt. Der Wappenschild, auf dem die Königskrone ruht, wird gehalten von 2 Löwen: der eine, schwarz, ist aus dem Wappen des Markgraftums Meißen, der andere, oben golden und unten silbern, ist aus dem Pleißnerlandes.

Sachsen ist also ein von Natur begünstigtes, ein gewerbfleißiges, durch Kunst, Wissenschaft und Regionalität hoch gebildetes und ein wohl eingerichtetes Land. Es ist unser Vaterland! Was fühlen wir für dasselbe? Was wollen wir ihm weihen? Ein Herz voll heißer Liebe, welche uns zu dem Entschluß treibt, durch strenge Rechtlichkeit, rastlose Tätigkeit und unweigerlichen Gehorsam gegen das Gesetz uns seiner werth zu erweisen. Dann wird auch durch uns seine Wohlfahrt befördert werden, denn haben auch wir an dem Ruhme Teil, daß in unserem Vaterlande ein Volk wohne, welches ein ruhiges stilles Leben führt in aller Gottseligkeit und Ehrbarkeit. (1. Thimoth 2, 2)

Der Stolz Sachsens: Die Göltzschtalbrücke, die größte Backsteinbrücke der Welt, erbaut von Andreas Schubert (Projektant) und Ferdinand Dost (Bauleiter) von 1846–1851.

Herbert Feustel, Wilkau-Haßlau:

Schleiz – Stadt im Thüringischen Vogtland

Abseits der sächsischen Landesgrenze liegt die Stadt Schleiz. Die Kreisstadt gehört heute zum Saale-Orla-Kreis. Die kleine Industriestadt liegt an der Wisenta. Schleiz war im Mittelalter eine wichtige Stadt, lag sie doch an dem Hauptverkehrsweg Leipzig–Hof–Nürnberg.

Als Napoleon von Saalburg kam, zog er mit seinen Truppen durch Schleiz, nahm im Schloß Quartier und besiegte auf den Höhen von Öttersdorf die Preußen am 8. und 9. Oktober 1806.

Monatelang glich Schleiz einen Heerlager. Aber auch berühmte Männer sind in Schleiz als Gäste gewesen. So Bach, Goethe und Blücher, Lützow und Körner trugen 1813 den Gedanken der Befreiung vom Joch Napoleons als erste in das Städtchen. Das Stadtbild macht heute einen nüchternen Eindruck. Die Hälfte der Stadt ist 1837 und 1856 abgebrannt. Schwer war der Wiederaufbau damaliger Zeit. Anno 1232 wird der Ort erstmalig genannt. Schleiz heißt „Schlehenort". Vor 350 Jahren war Schleiz größer als Greiz, entsprach etwa der Bedeutung der Städte Gera und Plauen. Seit dem Bau der Eisenbahn aber blieb der Ort zurück. Fürstliche Willkür lehnte jede Bahnverbindung um Schleiz ab. So waren eine Bahn von Gera über Schleiz nach Hof geplant. Eine Zweigbahn von Schleiz sollte bis Lichtenfels führen.

So war Schleiz ein Ort im „Dornröschenschlaf", ein Symbol ausgeprägttesten Partikularismus.

Das Schleizer Schloß

Aus dieser Zeit stammt der Spottvers:

Gott gib Regen und Sonnenschein
über Schleiz, Greiz und Lobenstein!
Woll'n die anderen auch was hab'n,
mögen sie's ihm selber sag'n.

Die Abgeschiedenheit von der Welt wurde durch Buslinien überwunden. Heute fährt eine Zweigbahn, der Förderverein Wisentatalbahn e. V. von Plauen nach Schleiz, allerdings nicht regelmäßig. Die Strecke von

Schleiz nach Saalburg besteht nicht mehr. In den Mauern der Stadt wurde 1682 Johann Friedrich Böttger, der Erfinder des Porzellans in Europa, geboren.

Konrad Duden (1829-1911) stammte aus Schleiz, er verfaßte den Schleizer Duden, die spätere Rechtschreibung. Das Schloß des Fürsten Reuß wurde bei einen Fliegerangriff am 8. April 1945 zerstört. Ein Kleinod der Stadt ist die Bergkirche. Sie steht auf dem „Liebfrauenberge“. Ein gotischer Bau, ausgestattet mit Einbauten der Renaissance und des Barocks. Grabdenkmale des Barocks schmücken den Friedhof rund um die Bergkirche.

Aus dem Verlagsarchiv:

Wie Bürger damals ihre Rechte einklagen konnten

Von den Schleizer Stadtrechten aus dem Jahre 1492

Das Rechtswesen in einer mittelalterlichen Stadt hatte die ihm eigenen Festlegungen.

Durch Bußgeldzahlungen, die ursprünglich Blutrache und Fehde ablösten, blieb lange Zeit ein vergebliches Unterfangen. Selbst zeitgenössische Überlieferungen räumen ein, daß es der Stadtherrschaft des Mittelalters ungleich wichtiger war, den gesellschaftlichen Frieden in der Stadt zu erhalten, als dem Opfer eines Verbrechens Gerechtigkeit widerfahren zu lassen. Die der Stadt Schleiz 1492 verliehenen Stadtrechte enthalten mehrere Passagen, wie Bürger ihre Anliegen überhaupt einklagen konnten. Solche Artikel liefern einen aufschlußreichen Einblick in die Gepflogenheiten der mittelalterlichen Rechtsprechung.

So sollten Stadtbürger nicht vor das herrschaftliche Gericht gehen und klagen, wenn sie dazu nicht das Einverständnis des Bürgermeisters oder des Rates der Stadt eingeholt und gegen eine Gebühr von zehn Groschen erhalten hatten.

Sie durften sich sowieso nicht an die Landesherrschaft wenden, wenn ihr Anliegen nach den Statuten der Stadt vor den Rat der Stadt gehörte.

Ging es bei Klage um eine Schuldforderung, so mußte der Rat den Beschuldigten zum Rathaus bestellen, bei Weigerung sogar zum Erscheinen zwingen (wofür dann aber zwei Groschen Strafgeld erhoben wurden).

Hier wurde der Beklagte befragt, ob er dem Kläger Geld schulde oder nicht. Bekannte er die Schuld, so wurde ihm aufgetragen, daß er sie innerhalb von vierzehn Tagen tilgt. Sollte dies nicht geschehen, so mußten Bürgermeister oder Rat die Schuld durch den Stadtknecht mittels Pfändung vollstrecken lassen. Im Falle des Geständnisses wurde die Schuld eingetrieben, ohne daß auf dem Rechtswege erst noch

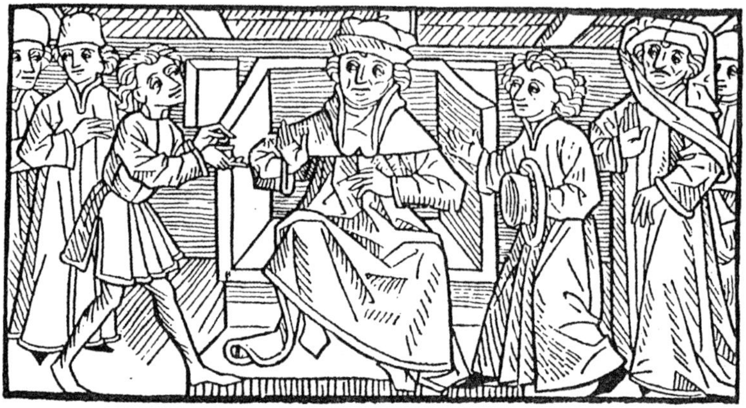

Vor dem Stadtrichter wird ein Rechtsstreit verhandelt.

Holzschnitt: Archiv Verlag

festgestellt wurde, ob der Beklagte tatsächlich schuldig war. Leugnete oder verneinte der Beklagte aber die Schuld, so wurde die Angelegenheit an das Gericht verwiesen. So lange vom Gericht die Schuld noch nicht bewiesen war, durfte der Beklagte nicht „auf das Tor geboten“ (in der Torstube über dem Stadttor in Haft genommen werden.

Nahm der Beschuldigte jedoch eine Bedenkzeit von vierzehn Tagen für seine Antwort auf die Anschuldigungen in Anspruch und gab nach dieser Frist keine klare Antwort, so mußte er dem Rat der Stadt fünf Groschen Strafe zahlen; war der Kläger von auswärts, mußte der Beschuldigte diesem außerdem die Kosten für den Aufenthalt in der Stadt zahlen.

Die Klage wurde nunmehr ohne weitere Verhandlung als berechtigt anerkannt und dem Beklagten die Tilgung der eingeforderten Schuld auferlegt. Die Stadtrechte legten außerdem besondere Strafen fest, wenn es bei Gerichtsverhandlungen zum „myssbaren“ (zum üblen Betragen), zu wörtlichen Beleidigungen (entsprechende Wörter wurden einzeln aufgeführt) oder gar zu Tätlichkeiten kam.

War der Beleidigte ein Mann, mußte der Beleidiger zwei alte Schock zur Buße zahlen. Das Bußgeld ging allerdings in drei Teile an die Landesherrschaft, an die Stadt und den Beleidigten.

Eine spätere Erweiterung dieses Artikels bedachte das anscheinend vor Gericht zunehmende „Schähen, Schänden, Lästern und Schlagen bei Frauen, Jungfrauen und Mägden“ mit besonderer Strafe, wobei solchen Weibspersonen zur öffentlichen Abschreckung Krötensteine, Fiedel oder Pfeiffen angehängt worden sind.

Aus dem Verlagsarchiv:

Von der Menschheit allgemein (um 1935)

Wie viele Hochzeiten täglich?

Zu Anfang des Weltkrieges fanden allein in Berlin täglich 8000 Kriegstrauungen statt. Ähnlich verhielt es sich in den anderen kriegführenden Ländern. Nach dem Krieg setzte eine Ehescheu ein, so daß es sich lohnte, Junggesellen „durch die Steuern zu erfassen". Seit ungefähr 7 Jahren hat die Heiratsflut in Europa im Vergleich zur Vorkriegszeit wieder zugenommen. Täglich werden in Europa etwa 11000 Ehen geschlossen, im Jahre also etwa 4 Millionen. Auf die Ukraine fällt allein ein Viertel dieser Anzahl, dann folgen Belgien, Ungarn, Deutschland, an zehnter Stelle Österreich, während in Norwegen die wenigsten Eheschließungen stattfinden. Interessant ist, daß die meisten Hochzeiten in allen Ländern der nördlichen Halbkugel im Juni stattfinden.

Hier mag als hervorragender Ehemann ein Norbert Thieme erwähnt werden, der 103jährig im Jahre 1935 starb, nachdem er seine 15 Ehefrauen überlebt hatte.

Ehe und Ehelosigkeit

Von je 200 Personen, die das 40. Lebensjahr erreichen, sind durchschnittlich 125 verheiratet und 75 ledig, das ist ein Verhältnis von 5:3. Bei 60 Jahren ergibt sich das Verhältnis von 48:22, bei 70 Jahren von 27:11, bei 90 Jahren von 9:8.

Das älteste Scheidungsurteil

Die älteste Urkunde über eine Ehescheidung wurde in einem ägyptischen Grabe aus dem 3. Jahrhundert vor unserer Zeitrechnung gefunden.

Kinderreiche Familien

1935 wurde der Frau Barbara Schmozerus in Bönningheim, Würtemberg, ein steinernes Denkmal gesetzt, weil sie im 15. Jahrhundert 53 Kindern, 38 Knaben und 15 Mädchen, das Leben geschenkt hat. 1926 gebar in Valladolid eine 68jährige Frau ihren 29. Sohn. Nach der Statistik kommt erst auf 3300 Frauen über 50 Jahre eine einzige Geburt. 1751 wurde im Kanton Bern ein Mädchen geboren, das schon bei seiner Geburt entwickelte Brüste besaß und neunjährig ein Kind gebar, sie ist völlig gesund geblieben und starb 1826. Im Jahre 1828 brachte eine Frau in Ägypten zugleich vier Mädchen und zwei Knaben zur Welt. Auf der ganzen Erde werden etwa 337000 Zwillinge jährlich geboren, 37000 Drillinge und 65 Vierlinge oder täglich rund 1000 Zwillinge, 10 Drillinge und alle 5 Tage Vierlinge. Die heute lebenden Menschen, die aus Drillingsgeburten stammen, könnten eine Großstadt mit 200000 Einwohnern bilden.

Wieviele Kinder kann ein Mann haben?

Es ist überliefert, daß König August der Starke von seinen vielen Freundinnen 350 Kinder erhielt. In drei Normalehen hatte ein Kanadier, der auf Rhode Island lebte, insgesamt 41 Kinder. Seine erste Frau hat ihm wiederholt Zwillinge, seine zweite Frau dreimal Drillinge geboren, 36 Kinder blieben am Leben. Bei der Zählung der großen Familien in Italien (1928) wurde festgestellt, daß ein Bauer in Trettori bei Avelino 30 illegitime Kinder hat, von denen noch 26 am Leben sind. In Kanada ist die Durchschnittszahl der Kinder auf eine Familie 8 bis 10, aber 18 Kinder sind nicht selten, ja 25 und mehr Kinder wurden von einer Mutter geboren. Oft sind noch fünf Generationen gleichzeitig am Leben.

Woraus besteht der menschliche Körper?

Wenn dem menschlichen Körper alle zwischen den Atomen befindlichen Räume genommen würden und seine Protonen und Elektronen, also alle seine kleinsten Stoffteilchen, zu einer Masse vereinigt würden, könnte man den Stoff noch gerade mit dem Vergrößerungsglas erkennen. Der Stoff in einem menschlichen Körper soll der tausendmillionste Teil seiner Erscheinung sein. Er soll aus Atomen bestehen, deren Anzahl durch eine Eins mit 27 Nullen ausgedrückt wird und die in ihrer vielfachen Vereinigung einen Zellenstaat aus 8 Millionen Zellen bilden. Das Skelett fügt sich aus 222 Knochen, die durch 750 quergestreifte Muskeln bewegt werden, zusammen. Bei einem Gewicht von 61,8 kg besteht der menschliche Körper aus etwa 40694 g Wasser, 11357 g Kohlenstoff, 1694 g Wasserstoff, 1626 g Stickstoff und aus 2716 g Aschenbestandteilen.

Der Mensch besteht überwiegend. aus Wasser.

Der menschliche Körper besteht zu 65 v. H. aus Wasser. Gehirn, Milz und Rückenmark enthalten sogar 75 v. H. Das Blut besteht zu vier Fünfteln aus Wasser, während das wasserreichste Organ der sogenannte Glaskörper im Auge ist, der zu 99 v. H. aus Wasser besteht.

Sachwert des menschlichen Körpers

Dr. Pierle in Texas behauptet, daß man aus dem menschlichen Fett 17 Riegel Waschseife, aus dem Eisengehalt 6 Nägel von je 2 cm Länge und aus dem Zucker für 3 Tassen Kaffee Süßstoff gewinnen könne. Ferner liefert der Körper noch 20 Löffel Salz. Aus dem Kohlenstoff, in Form von Graphit verwendet, ließen sich 9000 Bleistifte herstellen. Der Kalk würde zum Weißen eines Hühnerstall ausreichen, während sich aus dem vorhanden Glyzerin etwa 15 kg Dynamit und aus dem Phosphor etwa 800 000 Streichholzköpfchen machen ließen. Schließlich verarbeitet der Körper so viele Kilo Gase, daß man mit diesen Wasser- und Sauerstoffgasen die Laternen auf einer 500 m langen Straße ein paar Stunden beleuchten könnte.

Temperaturgrenzen

Professort Chaubert, der französische „Feuerkönig", soll sich wiederholt längere Zeit in einem Raum aufgehalten haben, der auf 260° C erhitzt war(?). Der Ofen, in dem der englische Bildhauer Chantrey seine Gußformen trocknete, wurde bis 174° C erhitzt, trotzdem betraten seine Arbeiter, nur mit Holzschuhen bekleidet, diese Räume. Einige empfanden dabei heftiges Stechen im Ohrläppchen und in den Augen. Der tiefste Kältegrad wurde von dem Polarforscher Schwatka gemessen, der eine Expedition zur Aufsuchung Franklins leitete. Er beobachtete, daß das Thermometer an einem Tag im Januar minus 75° C zeigt. Trotz dieser Kälte verlegte er sein Lager täglich 20 km nördlicher.

Bei nur 23° C Körpertemperatur lischt das menschliche Leben aus.

Wie lange kann ein Mensch schlafen und wachen?

Der kretische Dichter Epimenides soll in einer Höhle auf der Suche nach einem Schaf seines Vaters, 75 Jahre geschlafen und dann noch bis in sein 137. Jahr normal gelebt haben. (Wahrscheinlich handelt es sich um eine kretische Lüge!) Ein Mann namens Horms hat 30 Jahre in seinem Häuschen bei St. Charles in Minnesota fast ununterbrochen geschlafen. Er wog 89 kg, als sein Dauerschlaf begann, und als er erwachte, betrug sein Gewicht noch 38 kg. Ein Dresdener Weichensteller schlief nach einem Unfall 18 Jahre und starb 1899 eines gewaltsamen Todes.

Während 8 Stunden Schlaf verändert der Mensch über 35-mal seine Lage. Die erste und kürzeste Schlafperiode stellt sich unmittelbar nach dem Einschlafen ein und übersteigt selten 14 Minuten. Die zweite und dritte Periode sind dann intensiver. Paul Kern, Oberbeamter im Dienst der Sozialversicherung in Budapest, erhielt im Kriege einen Schläfenschuß und hat seitdem kein Auge schließen können. Sein Gehirn wie alle übrigen Organe haben aber ohne Ermüdungserscheinungen normal weitergearbeitet. Normalerweise kann ein Mensch bis zu 84 Stunden wachen.

(aus den 30er Jahren)

Aus dem Verlagsarchiv:

Etwas zum Nachdenken

Jeder Tag ist ein kleines Leben,
jedes Erwachen und Aufstehen ein kleines Gebot,
jeder frische Morgen eine kleine Jugend
und jedes Zubettgehen und Einschlafen ein kleiner Tod.

***

Freundschaften sind wie alte Dächer,
man muß sie ständig reparieren, damit sie halten.

***

Wir gehen mit dieser Welt um,
als hätten wir noch eine zweite im Kofferraum.

***

Das Merkwürdige an der Zukunft
ist wohl die Vorstellung, daß man unsere Zeit
später die gute alte Zeit nennen wird.

John Steinbeck

***

Daß alles vergeht,
weiß man schon in der Jugend,
aber wie schnell alles vergeht,
erfährt man erst im Alter.

Marie von Ebner-Eschenbach

Das gab es auch einmal!

Der Landstreicher

Zeitschrift für arbeitslose Wanderer und

Mitteilungsblatt Bund Deutscher Landstreicher

Erscheint monatlich Juni 1933 Heftpreis 20 Pfg.

Schriftleitung und Verlag: B. D. L. Geschäftsstelle: Pausa i. Sa. Postschließfach 48

Amandus Haase, Zwickau (1886–1947)

Die Ruine Stein im Jahr 1939

Durch den Bau der Talsperre Pirk hat das Landschaftsbild zwischen Magwitz und Raschau eine vollständige Umgestaltung erfahren. Es breitet sich heute dort ein See, wo den Menschen früher blumige Au erfreute. Die Eigenart der vogtländischen Landschaft ist durch den sSee gewahrt geblieben, sie hat durch verständnisvolle Landschaftsgestaltung sogar noch gewonnen.

Die Überflutung der Elsteraue bedingte eine vorherige Sicherung und Untersuchung der dort vorhandenen Denkmale des Bodens. Der bronzezeitliche Siedlungsplatz auf dem Flurstück „Nasser Acker", dicht westlich des Eiditzlohbaches, wurde, da er vollständig vom Wasser überflutet wird, von Funden geräumt und Fundumstände und sonstige Merkmale gesichert.

Die Ruine der mittelalterlichen Burg Stein schlummerte unterhalb von Planschwitz, unter Eichen und Gebüsch, von Sagen umwoben, auf steiler Felsenkanzel. Professor Dr. Johnson rückte sie 1899 in das Blickfeld der Heimatforschung (siehe Vogtl. Anzeiger, 1899, Nr. 148). Seit diesem Jahr wurde versucht, all die Fragen zu klären, die an Hand von Urkunden und anderen Überlieferungen nicht beantwortet werden konnten: Das Alter der Burg, die Größe und die Zeit ihrer Erbauung sowie die Ursache des Verfalls. Leider erfolglos. Als nun zur Gewißheit wurde, daß ein Teil der Burg vom Wasser der Talsperre überspült werde, wurde versucht, durch eine Grabung die Fragen zu klären. Der Landesdenkmalpfleger Dr. Bachmann, Dresden, gab die Erlaubnis dazu. 1937 wurde mit der Grabung begonnen, und 1938 wurde sie beendet. Der Erfolg war befriedigend, wenn man berücksichtigt, daß nur wenige Urkunden erhalten sind und daß die Burg sehr wenig oder gar nicht als Herrensitz Verwendung gefunden hat.

In der Urkunde vom 13. März 1327, in der sich die Vögte von Plauen unter die Lehnsoberhoheit des Königs Johann von Böhmen begeben, wird „die Stein" (munitio Lapis) erstmalig als Befestigung genannt, 1358, unter Kaiser Karl IV., geht die Stein in die Lehnsoberhoheit der Markgrafen von Meißen über. 1419 ist v. Kospoth Besitzer. 1438 werden die Zedtwitze damit belehnt. Dann gehört sie v. Tettau (1555), v. Reidberg (1609), Trützschler v. Falkenstein (1729), hierauf Dr. Hickmann und später dessen Schwiegersohn Rudert. Unter dem Besitz von Haße (1758), der das Herrenhaus von Planschwitz und die Wirtschaftsgebäude um- bzw. aufbauen ließ, scheint der gesamte bäuerliche Betrieb von der Stein nach Planschwitz verlegt worden zu sein. Dr. Schneider (1843), Übrig (1879), Rinn (1911) haben alle in Planschwitz gewohnt. Seit 1937 ist der Weiße-Elster-Verband Besitzer.

Die Wirtschaftsgebäude, in den Lehensakten werden fünf angegeben, standen dicht südlich der Ruine in Richtung der Eisenbahn und werden nach der Verlegung des bäuerlichen Betriebes verlassen sein. Die Stein scheint hin und wieder als Witwensitz gedient zu haben: 1533 saß eine Frau v. Zedtwitz drauf. In diesem Jahr wurden Bisiatoren ins Vogtland geschickt, um sich von der Durchführung der Reformen Luthers zu überzeugen. In ihren Protokollen findet sich folgender Vermerk: „Die Frau zum Stein, die v. Zedtwitz, hat man zweimal erfordert von wegen des, als solle sie von dem Worte Gottes und Sakramenten usw. schimpflich und übel reden, ist aber allwegen außenblieben“ (nach Prof. Johnson). 1642 starb auf Stein die Witwe des 1639 verstorbenen Hans Georg v. Falkenstein, die Anna Dorothea geb. v. Schleinitz. Die Falkenstein saßen zu dieser Zeit auf Planschwitz. Ein Eintrag in einer Steuerschrift vom 30. September 1681 dürfte damit auch seine Erklärung gefunden haben. Es heißt dort: „... ist niemand darauf als der Hausknecht und seine Frau.“ Es ist dabei zu berücksichtigen, daß zu jener Zeit das Wort „Hausknecht“ so viel bedeutete wie heute „Verwalter“.

Zur Burg Stein gehörte die Steinmühle, die dort gestanden hat, wo die Sperrmauer den westlichen Talhang erreicht. Als Müller und zugleich als Fischmeister sind Schwab und zuletzt Bahmann bekannt geworden. Die Mühle wurde im Dreißigjährigen Krieg wüst.

Der ältere Teil der Burg Stein befindet sich auf der Nordwestseite der Burgstatt. Er bestand aus einem kleinen Rechteckbau und einem angesetzten Rundturm. Höchstwahrscheinlich ist das Haus nach damaliger Bauweise einstöckig gewesen. Der Turm war mindestens einstöckig, denn bei ihm sind noch der Treppenansatz und zwei Stufen vorhanden. Aus den Scherbenfunden ist zu schließen, daß dieser älteste Teil der Stein nicht vor dem 14. Jahrhundert errichtet worden ist.

Da nun um die Wende des 13. zum 14. Jahrhundert Ulrich Sack auf Planschwitz saß, kann angenommen werden, daß dieser der Erbauer der Stein war, zumal aus der Lage der zur Stein gehörigen Grundstücke ersichtlich ist, daß sie ursprünglich zu Planschwitz gehört haben müssen. Die Abtrennung des kleinen Rittersitzes kann verschiedene Gründe gehabt haben. Wahrscheinlich aber war die Aussicht auf Wegegeld mit bestimmend, denn auf diese Einnahme dürfte die gehobene Stellung der Säcke unter den Gefolgsmannen der Vögte von Plauen zurückzuführen sein, was ja auch bei dem Geschlecht der Schönecke angenommen wird. Die Besitzungen der Säcke liegen alle an oder in unmittelbarer Nähe wichtiger Straßenzüge. Der Elsterübergang der Ostweststraße und damit die Aussicht auf Geleitgeld wird somit die Ursache gewesen sein, ein anderer Grund, in den weiteren Darstellungen erwähnt, dürfte erst an zweiter Stelle kommen.

Die Lage war für eine Burg günstig. An der West- und Nordseite steilabfallende Felsen, die zum Teil nach der Elster überhängen und von einem fischreichen Wasser bespült werden. An der Ostseite weitet sich eine Felsenkluft. Nur im Süden mußte die Verbindung mit der Hochfläche künstlich unterbrochen werden, war aber auch dort durch Spalten vorgezeichnet. Von der Stein aus waren die festen Häuser Dobeneck, Planschwitz, Türbel und, wenn es noch gestanden haben sollte, auch das Haus auf der Ringwallanlage an der Schwander, Weischlitzer Straße zu sehen. Es konnte leicht gewarnt oder Hilfe herbeigerufen werden.

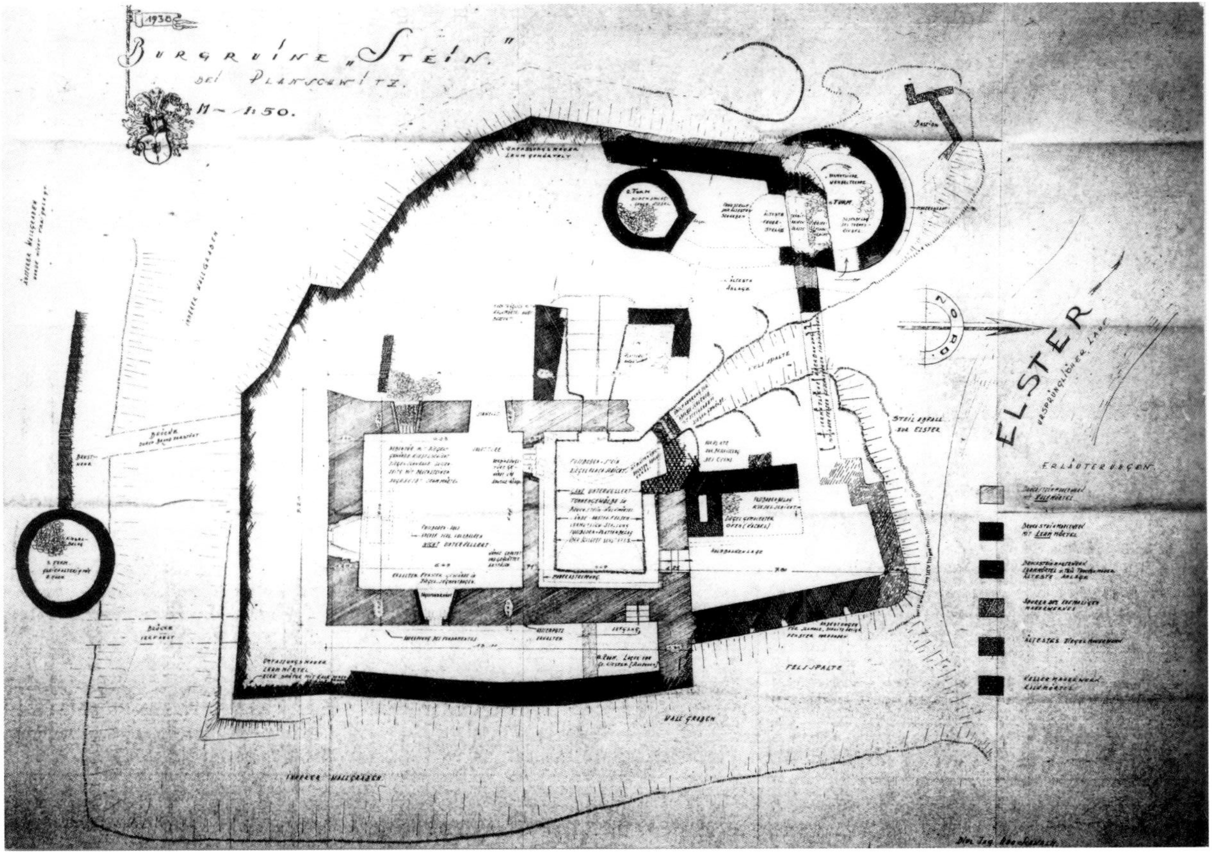

Grundriß der Ruine Stein

Archiv: Verlag

Später verödete die Straße an der Stein, weil der Verkehr über Magwitz und schließlich an der festen Burg (castrum) Türbel vorbei über die Elster führte, denn dort war eine Holzbrücke errichtet worden, die nachweislich bereits Friedrich I. von Hohenzollern auf dem Wege nach der Mark benutzte (1415). Die Brücke befand sich von der Steinbrücke am Pirker Bahnhof etwa 100 Meter entfernt elsteraufwärts, dort, wo eine alte Eiche ihre weitausladenden Äste über eine flache Mulde breitet. Die flache Mulde oder, wie der Vogtländer sagt, die Hohle, die von der Hochfläche steil herab zur Elster führt, ist das letzte Wahrzeichen der alten Straße.

Die Burganlage der Stein ist wahrscheinlich in der Mitte des 14. Jahrhunderts erweitert worden. Dem Erweiterungsbau verdanken die beiden Wallgräben, das Kellergewölbe mit Eingang und Schleuse, die Umfassungsmauer, die Bastionen oder Türme 1 und 2 sowie der Rechtecksbau an der Nordostseite ihre Entstehung. Die Umfassungsmauer, aus Bruchsteinen und Lehm ausgeführt, ist an dem bereits vorhandenen Turm angesetzt worden. Der Eingang befand sich gegenüber von Bastion oder Turm 1. Die Anordnung und alle Maße sind aus der Rißzeichnung ersichtlich. Die Bastion oder der Turm 1 dürfte auf den Wall zwischen äußerem und innerem Graben aufgesetzt worden sein, weil nur von dort der östliche Teil des äußeren Grabens eingesehen werden konnte, der breit und allmählich nach dem Elsterknick zu ausläuft. Die Gräben und das Gewölbe mit Zugang und Schleuse sind unter Ausnutzung vorhandener Spalte aus der harten Diabasbreccie gehauen worden. Der äußere Wallgraben wurde nicht freigelegt. Über den inneren führte eine schmale Brücke, deren verbrannte Reste noch auf der Sohle des Grabens zu sehen waren. Sie befanden sich in einer 20 bis 25 cm hohen Brandschicht. Diese Schicht enthielt viele Knochen, zum Teil noch im Verband, drei Skelette (Pferd, Kalb, Hund), drei Armbrustbolzen, einer an der Spitze breitgeschlagen, die Spitze eines Bolzens, der mit der Wurfmaschine (Blide) geschossen wurde, einige Scherben aus dem 14. und 15. Jahrhundert und ein Stilett. Über der Brandschicht lag eine 5 bis 15 cm hohe Lehm- und Humusschicht, in der kleine Scherben aus dem 15. und 16. und viele größere aus dem 17. Jahrhundert sowie ein sächsischer Löwenpfennig aus der Zeit der Kurfürsten Ernst und Friedrich des Weisen lagen. Über der Lehm und Humusschicht war der Wallgraben mit dem Schutt des verfallenen Hauptgebäudes ausgefüllt. Im Schutt waren Reste einer anderen Brücke wahrzunehmen. Er enthielt viele Scherben und Bruchstücke von Ofenkacheln aus dem 16. bis 18. Jahrhundert, Nägel, Türhaspen und -bänder, Kettenglieder usw. An der Südseite des Grabens, zwischen Knick und dem Turm, befand sich ein Abfallhaufen. Darin lagen verbrannte Knochen von Pferd, Rind, Schwein, Reh, Gans, Ente und einiger nicht feststellbarer Vogelarten, viele Fischknochen von Hecht, Forelle, Karpfen und Weißfisch, aus Knochen angefertigte Scheiben, Griffe, Pfeifen, dann Spinnwirbel, Stecknadeln, Fingerhüte aus Bronze, Messer, ein Gürtelschloß aus Bronze, ein Anhängsel, eine Perle aus Bein und viel Scherben.

Die Fundstücke weisen darauf hin, daß im 15. Jahrhundert an der Burg

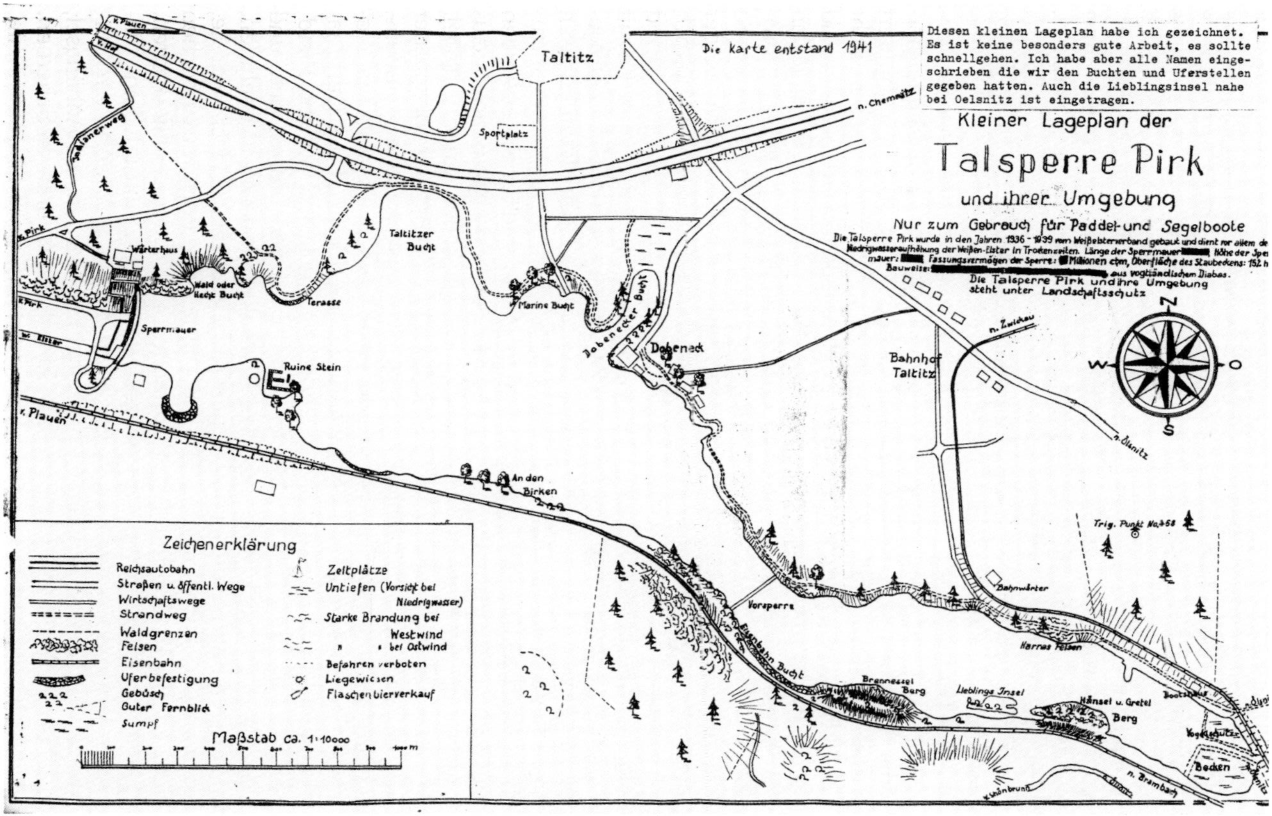
Diesen kleinen Lageplan habe ich gezeichnet. Es ist keine besonders gute Arbeit, es sollte schnellgehen. Ich habe aber alle Namen eingeschrieben die wir den Buchten und Uferstellen gegeben hatten. Auch die Lieblingsinsel nahe bei Oelsnitz ist eingetragen.
Die karte entstand 1941
Kleiner Lageplan der
Talsperre Pirk
und ihrer Umgebung
Nur zum Gebrauch für Paddel- und Segelboote
Die Talsperre Pirk wurde in den Jahren 1936 - 1939 vom Weißelsterverband gebaut und dient vor allem de Niedrigwasseraufhöhung der Weißen-Elster in Trockenzeiten. Länge der Sperrmauer [redacted], Höhe der Sperrmauer: [redacted], Fassungsvermögen der Sperre: [redacted] Millionen cbm, Oberfläche des Staubeckens: 152 h
Bauweise: [redacted] aus vogtländischem Diabas.
Die Talsperre Pirk und ihre Umgebung steht unter Landschaftsschutz
N
W
O
S
Taltitz
Sportplatz
n. Chemnitz
v. Plauen
v. Hof
Talsperre Pirk
Wärterhaus
Sperrmauer
Wald oder Hecht Bucht
Terasse
Taltitzer Bucht
Marine Bucht
Dobenecker Bucht
Dobeneck
Ruine Stein
v. Plauen
An den Birken
Bahnhof Taltitz
n. Zwickau
n. Ölsnitz
Trig. Punkt No. 458
Bahnwärter
Vorsperre
Harras Felsen
Eisenbahn Bucht
Brennessel Berg
Lieblings Insel
Hänsel u. Gretel Berg
Bootshaus
Vogelschutz
Becken
n. Brambach
Zeichenerklärung
Reichsautobahn
Straßen u. öffentl. Wege
Wirtschaftswege
Strandweg
Waldgrenzen
Felsen
Eisenbahn
Uferbefestigung
Gebüsch
Guter Fernblick
Sumpf
Zeltplätze
Untiefen (Vorsicht bei Niedrigwasser)
Starke Brandung bei Westwind
" " bei Ostwind
Befahren verboten
Liegewiesen
Flaschenbierverkauf
Maßstab ca. 1:10000

Stein eine Kampfhandlung stattgefunden hat. Ob allerdings die Hussiten dabei beteiligt waren, ließ sich nicht feststellen, obwohl es die Sage behauptet.

Das Hauptgebäude dürfte der Bauart nach im 15. Jahrhundert errichtet worden und den Schuttmassen nach zu urteilen auch zweistöckig gewesen sein. Die beim Bau verwendeten Ziegel, außer Dachziegel, sind gemeilert. Die zu Tür- und Fensterstürzen sowie zu Gewände und Lagersteinen behauenen Granite stammen von Bergen, Brambach und dem Kornberg. Gleichzeitig mit dem Bau des Hauptgebäudes wurden die Außenmauer und der Rechteckbau an der Vorderseite instandgesetzt.

Die älteste Feuerstelle, an der auch noch Spuren einer Übermauerung (Backofen?) festgestellt werden konnten, befindet sich im ältesten Teil der Burg, zwischen Bastion oder Turm 2 und dem Rundturm.

Die spätere Feuerstelle ist in dem nordöstlichen Rechteckbau ein- und an das Hauptgebäude angebaut worden. Sie mußte von der Hofseite aus bedient werden. Wahrscheinlich war in der nach Norden zu befindlichen Wand des Hauptgebäudes der Kamin eingebaut, mit dem weitere Feuerstellen in Verbindung gestanden haben dürften.

In und an der Feuerstelle und in dem dazugehörigen Raum wurden die Bruchstücke von Ofenkacheln gefunden, die dem 15. bis 18. Jahrhundert angehören, sowie eine Ofenwandplatte, die dem 18. Jahrhundert zugerechnet wird. Weiter wurden zwei Pfennige (Friedrich Wilhelm v. Ausbach 1719), ein sogenannter Engelgroschen vom Jahre 1622, viele Uniformknöpfe aus dem 17. Jahrhundert, Scherben aus dem 15. bis 18. Jahrhundert und viel kleines Zeug gefunden, das nicht zeitgemäß erfaßt werden kann.

Die älteste Keramik ist von Süddeutschland her beeinflußt (Kragenränder), dann tritt Wildsteiner und Waldenburger Material auf, und im 17. und 18. Jahrhundert ist ein Durcheinander aller Gefäßtypen und Ursprungsorte zu beobachten.

Sonderbar war es, daß an jeder Tür- und Fensteröffnung mindestens eine Bodenscherbe lag, die mit Bodenmarken (Radstempel) versehen war. Die Bodenmarken werden als Handwerkszeichen gedeutet und sind bis in das 17. Jahrhundert gebräuchlich. Wie aber die Fundumstände vermuten lassen, haben die Bodenmarken bei der abergläubischen Bevölkerung eine andere Bedeutung im 18. Jahrhundert angenommen und haben zum Zweck der Abwendung schädlichen Zaubers und sonstigen eingebildeten Unheils Verwendung gefunden.

Von der Stein sind die Schatzsage in mehreren Veränderungen, die Irrlichtsage und, wie schon angeführt, die Sage über ihre Zerstörung bekannt.

Es ist nicht ausgeschlossen, daß die Stein eine Zeitlang als Huthaus Verwendung gefunden hat, weil in dem Schutt viele Stückchen Flußspat, Kupfer- und Eisenerze umherlagen und der Dreifaltigkeitsgang in unmittelbarer Nähe ausstreicht.

Der Verfall der Burg ist durch den Bahnbau 1873, durch den Steinbruchbetrieb um die Jahrhundertwende und vor allem durch die Anwohner schnell herbeigeführt worden, welche Steine und Ziegel abgefahren haben. Den „Schatzsuchern“ muß auch ein Anteil daran zugeschoben werden. Die Mauer des Hauptgebäudes wurde etwas ausgebessert, mit einer Deckschicht aus Zement versehen und bleibt so der Nachwelt erhalten. Die Funde werden dem Vogtländischen Kreismuseum in Plauen überwiesen.

Aus einer Felsenspalte des Steilhanges an der Nordseite konnte eine größere graphitierte bronzezeitliche Scherbe geborgen werden. Der Fund ist von größter Bedeutung. Beweist er doch die Anwesenheit des Menschen auf der Burgstatt bereits in vorgeschichtlicher Zeit (etwa 1100 bis 1000 vor der Zeitwende).

Den Besuchern der Burgstatt sollen die Mauern aber nicht die Reste eines alten Gemäuers sein, sondern die Wahrzeichen der bewegten Vergangenheit des Vogtlandes und des vogtländischen Menschen. Es ist ein Denkmal, errichtet in dem Jahre, als der Kampf um den vogtländischen Raum sein Ende gefunden hat.

Für die Unterstützung und tatkräftige Förderung der Arbeiten gebührt dem Vorstand des Weiße-Elster-Verbandes und dem Bauleiter der Talsperre Pirk der Dank aller.

Irene Kasselmann, Auerbach:

Mei Brill

Wue is mei Brill?
Wue is se när?
Iech such mei Brill!
Mei Brill muß her!
Droan Spiegel laatsch iech
grod vurbei.
Koas sue wos gebn?
Koas denn dös sei?
Do klotzt miech oa
e Fraa miet Brill,
miet Brill,
die iech grod such
und will!

Die Elsterbrücke in Weischlitz *Archiv: Verlag*

Kurt Arnold Findeisen, Dresden (1883–1966):

Über ein Brückengeländer gelehnt

Sieh, wie im kristallenen Gleiten
Kringel um die Kiesel haschen,
hingedehnt wie eines weiten
Silbernetzes schwanke Maschen.

Manchmal fängt sich drin der falbe
Schatten einer Vogelschwinge,
manches Mal auch nur der halbe
Abglanz ferner Frühlingsdinge.

Letzte Einfalt meiner argen
Süchte fühl ich tief getroffen:
Jahre wird nach diesem kargen
Funkeln meine Seele hoffen.

Aus dem Verlagsarchiv:

Galgenspuk in Oelsnitz

Im 16. Jahrhundert, so erzählt ein altes, einst vielgelesenes „Hausbuch“, „äffte ein Erzzauberer und durchtriebener Schwarzkünstler“ namens George Baumann, aus Oelsnitz gebürtig, viele Leute. Er strich ohne Rast im Lande umher und durchwandelte die fürnehmsten Städte, kaufte zu Hof, Eger, Zwickau, Leipzig und anderen Orten auf Märkten allerhand köstliche Sachen auf das teuerste ein, bezahlte sie mit barem Gelde, und wenn er dann nach Hause kam, fand er dort sein Geld in seinem Kasten wieder. Einst reichte er einem Bauern in Voigtsberg, der gerade Heu machte, einen Groschen mit der Bitte, sein Pferd ein wenig zu füttern. Dem Bauern dünkte das viel, aber zu seinem Schrecken fraß der Gaul in einer Viertelstunde mehr als zwei Fuder. Einem anderen verkaufte er um eine ziemliche Summe sein Pferd, das sich dann, als dieser damit durch die Elster reiten wollte, zu dessen Entsetzen in ein Bündel Stroh verwandelte. Der Bauer wollte sich dafür schadlos halten. Er setzte dem Betrüger nach und fand ihn in seiner Stube auf einem Faulbett liegend, als ob er schliefe. Da nahm er ihn beim Fuße und rüttelte ihn, um ihn aufzuwecken, aber er wollte nicht erwachen. Er rüttelte noch stärker, da fiel der Schenkel auf die Erde und blutete, als ob er mit einer Holzaxt abgehauen wäre. Darob erschrak der Bauer, vergaß des Pferdes und seines Geldes und ging seiner Wege. Schließlich nahm man Baumann aber „in einer gewissen Stadt“ fest und wollte ihn hängen. Als man ihn schon auf die Richtstatt gebracht, sagte er zu den Gerichtspersonen: „Ihr Herren, wenn ihr mich nun an den Galgen henken lasset und wieder in die Stadt reitet, so kommt zu mir in den Ratskeller, daß wir ein Kännchen Wein miteinander trinken.“ Die Gerichten sprachen: „Fahre denn hin, Jörge, und vergiß jetzo solcher Scherzreden!“ Aber als nach vollzogenem Urteil der Richter und die Schöppen in die Stadt zurückkehrten und sich im Keller stärken wollten, saß George Baumann dort allbereit und hatte sich ein Maß Wein einzapfen lassen und brachte es ihnen zu. Man wollte ihn wieder beim Kopfe nehmen, aber er entwischte ihnen unversehens aus den Händen. Als das Maß seiner Sünden voll war, konnte er aber der göttlichen Rache doch nicht entgehen. Zu Naumburg waren ihm „kluge Leute“ an List über. „Denn als man ihm an seinem ganzen Leibe alle Haare abgenommen und die Erde mit keinem Fuße berühren lassen, ist sein Lehrmeister und Führer von ihm gewichen und er in einem langen Frauenmantel an dem Galgen gehenkt worden.“

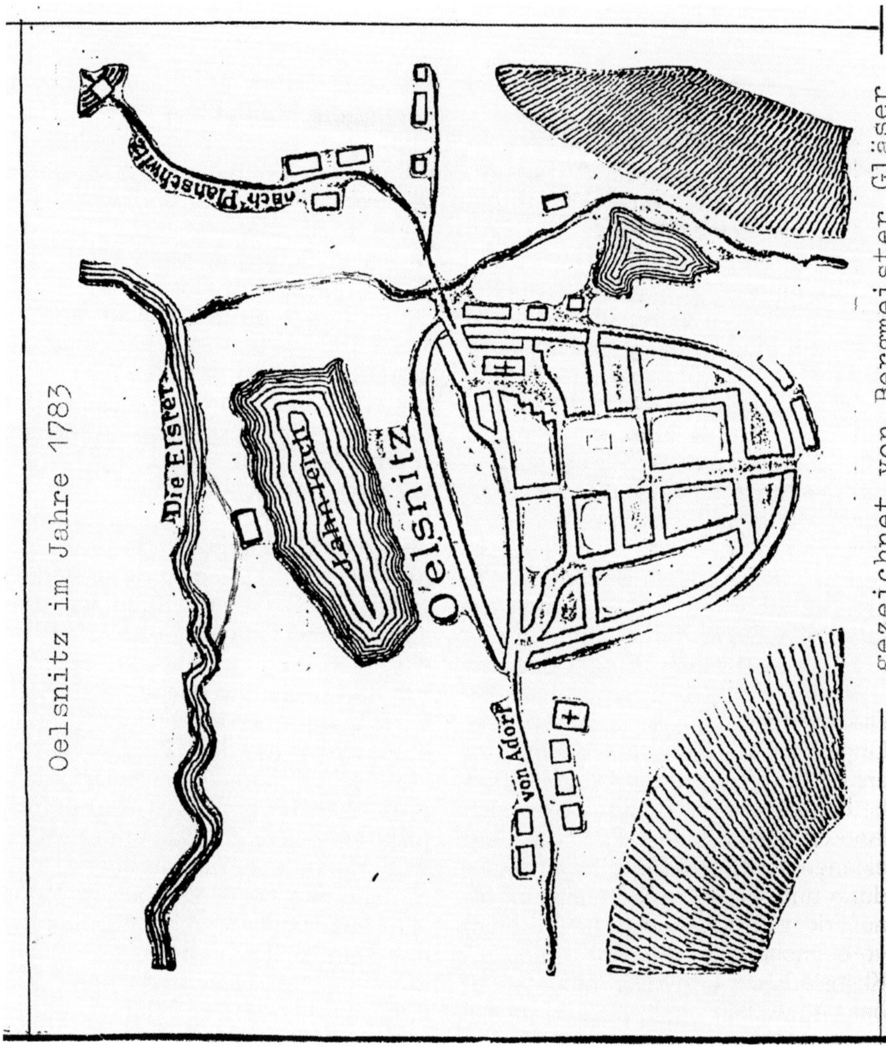
Oelsnitz im Jahre 1783
nach Planschwitz
Die Elster
Oelsnitz
von Adorf
gezeichnet von Bergmeister Gläser

Eine Bäckerei im 16. Jahrhundert

Aus dem Verlagsarchiv:

Die Entwicklung des Handwerks in Oelsnitz

Die günstige und schöne Lage des Ortes läßt darauf schließen, daß die ersten Bewohner der Stadt Ackerbau betrieben. Sie erzeugten anfangs ihre landwirtschaftlichen Produkte für den eigenen Bedarf und fertigten Bekleidung und Geräte selbst an. Während auf dem Dorfe die Landwirtschaft vorherrschend blieb, entstand in der Kleinstadt, zu der sich auch Oelsnitz bald entwickelte, der Typ des Ackerbürgers, der Landwirtschaft und sogenanntes städtisches Gewerbe betrieb. Ein Bauer, der sich besonders gut aufs Schlachten, Weben oder Schmieden verstand, spezialisierte sich nun auf sein Handwerk. Frauen und Kinder besorgten die Landwirtschaft, während der Mann neben seinem Beruf nur noch bei einigen schweren körperlichen Arbeiten in der Landwirtschaft seiner Familie zur Hand ging. Der Typ des Ackerbürgers war bis ins 19. Jahrhundert hinein vorherrschend.

Als erste Handwerker im „Hauptberuf" waren sicher die Schmiede, Weber, Müller und Bäcker vertreten. Bedingt durch den wachsenden Bedarf in den Dörfern, das Anwachsen der Stadt und das Ansteigen der kulturellen Bedürfnisse entwickelten sich in der Folgezeit neue Handwerkszweige. Wenn der Handwerker in den ersten Zeiten seine Erzeugnisse fast ausnahmslos für den Bedarf der ortsansässigen Einwohner produziert, so konnte später eine ganze Reihe von Handwerkszweigen, die über günstige Produktions- und Absatzbedingungen verfügten, über Handel und Märkte in die weitere Umgebung liefern.

Die Spezialisierung des Handwerks war eng verknüpft mit dem Aufkommen des Zunftwesens. So gab es damals mehrere Arten von Schmieden, wie z. B. Huf-, Kupfer-, Kessel-, Waffen-, Nagel- und Messerschmiede.

Aus dem 14. und 15. Jahrhundert, der Blütezeit der deutschen Zünfte, ist über das einheimische Handwerk leider fast nichts überliefert. Es wird aber angenommen, daß das Zunftwesen in Oelsnitz zu dieser Zeit noch nicht allzusehr verbreitet war. Interessant ist in diesem Zusammenhang, wie in früheren Zeiten die Ausübung eines Handwerks geregelt wurde. Jahn berichtet darüber in seiner Chronik (Seite 358) wie folgt: „Nur das Bürgerrecht berechtigt zum Betrieb städtischer Gewerbe, zur Erlangung städtischer Grundstücke und zur Teilnahme an Nutzungen städtischer Berechtigungen als Jagd, Fischerei usw., verpflichtet aber zugleich auch zur Mitwirkung für kommunliche Zwecke, als zum Beitrage für öffentliche Anstalten, zur Aufrechterhaltung der Sicherheit, zum Beistand in gemeinsamer Not, wenn die polizeilichen Anordnungen nicht auszureichen vermögen.“

Die Jahnsche Chronik berichtet weiter von der Bedeutung der Tuchmacherei und der Goldschmiedekunst im 16. und 17. Jahrhundert.

Die Oelsnitzer Tuche waren in alten Zeiten wegen ihrer Dauerhaftigkeit und Zuverlässigkeit sehr berühmt, allgemein im Vogtland beliebt und gesucht, und noch ist diese Beschäftigung unter einem Teil der hiesigen Bevölkerung im schönsten Flor, obwohl das unsere Glanz und Schein liebende Zeit (1841) sehr oft von falschem Schimmer geblendet unsere Werkstätten übergeht. Aus Mangel an Beschäftigung haben sich neuerdings viele dieses Gewerbes der Fertigung anderer Arten wollener Zeuge ergeben, doch ist der alte Ruhm der Oelsnitzer Tuchmacherei noch nicht zu Grabe gegangen.

Anders verhält es es sich mit der Goldschmiedekunst, die seit der letzten Hälfte des vorigen Jahrhunderts (des 18.) so in Verfall gekommen ist, daß von ihrer früheren Blüte keine Spuren mehr zu finden sind. Die Veranlassung dazu gaben die fabrikmäßig eingerichteten Werkstätten an anderen Orten, in welchen dergleichen Gegenstände weit schneller und wohlfeiler geliefert werden können, als es dem einzelnen Künstler möglich ist. (In Oelsnitz gab es zeitweise 15 Goldschmiede.) Von Oelsnitz aus sind mehrere erfahrene Künstler in diesem Fach in die größten Städte gezogen, und Petersburg und Paris haben sie gern als ihre Bürger aufgenommen.

Unter den Familien, welche als erste die Tuchmacherei ausübten, werden von Jahn die Oltzscha, Schnauder, Schmerler und Wenigel genannt, während die Familien Hübschmann und Jahn die Goldschmiedekunst betrieben.

Im 16. und 17. Jahrhundert wurden eine Reihe von Innungen gegründet, und zwar (soweit überliefert) 1535 Stellmacher, Schmiede, Sattler und Bäcker, 1584 Maurer, Zimmerer, Mühlenbauer, Steinmetze und Böttcher, 1635 Lohgerber, 1646 Schuhmacher,

Die Jakobikirche nach 1780 bis 1836 (Türme mit Rundbogenfenstern, Sakristei vor dem Chor, Gebäude rechts im Hintergrund Diakonat, im Vordergrund Superintendentur)

Am Webstuhl *Zeichn.: Erich Fuchs*

Strumpfwirkerwerkstatt um 1753 *Archiv: Verlag*

1658 Töpfer, 1659 Glaser und Fleischer, 1660 Tischler und Schlosser, 1672 Weber und 1766 Schneider.

Die sogenannte Schließung der Zünfte machte es infolge der unerschwinglichen hohen Eintrittsgelder und übertriebenen strengen Zunftsatzungen einem Handwerksgesellen praktisch unmöglich, in eine Innung aufgenommen zu werden oder ein Handwerk außerhalb der Innung zu betreiben. Die Folge davon waren heftige Kämpfe der organisierten Meister mit den „Pönhasen“, „Störern“ und „Stümpern“ (so nannte man damals die „Nichtorganisierten“), bei denen sich die letzteren aber doch durchsetzen konnten.

Um die Wende des 17. Jahrhunderts war die Oelsnitzer Bäckerzunft ein typisches Beispiel für eine geschlossene Innung, wie die Chronik berichtet. In dem Statut der Stadt ist eine Bäckerordnung enthalten, nach der 14 Bäckerstellen begründet werden und sich die Preise teils nach Wert des Getreides und teils nach den Preisen gleicher Waren in anderen Städten richten. Um die gleiche Zeit war es jedem Fleischer gestattet, auf der Stadtflur 75 Schafe zu hüten, er mußte jedoch das Fleisch zu einem vorgeschriebenen Preis verkaufen. Ein Spiegelbild der Bedürfnisse der damaligen Zeit gibt Jahn in seiner Übersicht der 1840 bestehenden Innungen. So befanden sich folgende Handwerker in Oelsnitz:

Schuhmacher	mit	60	Meistern
Gerber	mit	36	Meistern
Fleischer	mit	24	Meistern
Kürschner	mit	2	Meistern
Bäcker	mit	14	Meistern
Tuchmacher	mit	35	Meistern
Zimmerer	mit	5	Meistern
Schmiede	mit	7	Meistern
Wagner	mit	4	Meistern
Schlosser	mit	10	Meistern
Tischler	mit	20	Meistern
Weber	mit	371	Meistern
Töpfer	mit	13	Meistern
Schneider	mit	35	Meistern
Weißgerber	mit	10	Meistern
Böttger und Drechsler	mit	11	Meistern
Maurer	mit	4	Meistern
Goldschmiede	mit	3	Meistern
Strumpfwirker	mit	6	Meistern
Glaser	mit	10	Meistern

Daraus ist ersichtlich, daß unsere Schuhmacher damals überwiegend Schuhe machten. Die Gerber werden ihre Erzeugnisse wahrscheinlich zu einem Teil nach auswärts geliefert haben.

(leicht gekürzt)

Der neugierige Sperk

Gerhard Müller, Treuen:

Üm sechse droa dr Persiluhr oder wie is Lebm sue spielt ...

Seit mr in Oelsnitz außnrüm muß, kimmt mr nimmer droan Rothaus vrbei, wenn mr de Egerstroß naus nei's Oberland zen Bodn und zen Tankn foahrn will. Vun Falknstaa oder von Theime rei muß iech übern Hepplplatz, und do sieh iech se droa dr Eck wieder stieh, de Persiluhr, die e Zeitlang ganz vrschwundn woar und die iech nooch über 60 lange Goahrn sue gut wie vrgessn hatt'.

De „Persiluhr" woar dozemol for viel gunge Leit die Stell', an der se siech getroffm habm, wenn se wos unternemme wo'tn. Mir fällt aah dös Haus drnebm wieder auf, aah wenn mirsch heit ze Tog ball' nimmer oaguckn koa.

Früher habm de Schaufenster när sue geglänzt und gefunkelt: Rechts an dr Eck woar de Cosa, e Schockeloadn- und Prallinelodn, und links gobs Gloszeig und Porzellan. Besunnersch ne Winter über, wenn's bezeitn finster und speet wieder hell wuern is, habm die Fenster när sue geleicht' und gestroahlt, ass mr aafach mol neiguckn mußt', wenn mr vrbeigange is.

Iech ho oaber net när desterwegn öftersch hiegeschaut. Wenn iech nooch sechse vun dr Lehr' haam bie, is mr do manchmol e Maadel übern Weg geloffm, dös do drinne Vrkäiferin woar und aah üm die Zeit aufgehärt hot. Hinter- oder vuerenanner sei mr übern Hepplplatz nüber und de Schleizer Stroß naufgeloffm. Iech mußt grodaus af Rasche zu, sie is rechts o'gebuegn und de Schütznstroß nauf.

Nu woar iech in den Alter, wu mr de erschtn Mol ze Tanz gieh doarft, und waal Moarxgrü net allzeweit vun Rasche weg is, sei mir Raschener öftersch do aufgelegn. Mr muß net lang rotn, wer mr do als erschtes nei's Aag gefalln is: Is Maadel asn Lodn nebm dr Persiluhr. Iech ho se nooch' öftersch zen Tanzn aufgeführt, waal se dös gut gekunnt hot, und iech ho miech mit ihr glei' gut unterhaltn känne. Iech ho drfoahrn, ass se Erika haaßt und drin den Bauernzeig nebm ne Wärtshaus woahnt.

Korz vuer dr Polezeistund gobs immer e Tour „Damenwahl", und de Erika hot miech „gehult". Mir habm aah de letzte Tour mitenanner getanzt, und is Haamschaffm woar sue selbvrständlich, als hättn mir uns scha goahrlang gekännt.

De nächstn Wochn wor iech merschtns e Stund später drhaam, waal mr droa dr Persiluhr afenanner gewart' habm und iech immer miet de Schütznstroß nauf rechts o'gebuegn bie. Mir hattn uns viel ze drziehln und habm oft mitenanner gelacht.

Schnell warn do e poar Moanit vrgange, und sue sei mr is Frühgoahr aah af Taltitz ze Tanz gange, und is Haamlaafm woar do drnooch besunnersch lang und schie.

Ne Taltitzer Summernachtsball in den Goahr wer' iech mei Lebtog net vrgessn. Mir habm getanzt wie dr Lump droan Steckn, und zr Tanzpause mußtn mr aafach emol naus de laue Nachtluft. Is woar Vollmond, und wie vun selber sei mr ne Feldweg hinter nüber de Toalsperr' zu geschlenkert. Is Wasser hot gefunkelt, dr Moand hot siech gespiegelt, und mir warn alle baade när frueh. Wie mir sue stenne und staune, sog iech wie vun sel-

Rathaus zu Oelsnitz, noch ohne Persiluhr. *Archiv: Verlag*

ber: „Iech teet itze mol bodn", und de Erika guckt miech oa und soocht när: „Iech aah!" Und sue habm mr uns nacket ausgezuegn und sei in aller U'schuld Hand in Hand nei's Wasser, sei naus geschwumme, habm uns geneckt, habm gekichert und gelacht. Drnooch habm mr uns ans Ufer nei's Gros gesetzt und gewart', bis mr truckn warn. Mr habm uns wieder oagezuegn, sei Hand in Hand vür ne Saal getrödelt und habm grod nuch de letztn Tourn miet tanzn känne; und dr Haamweg woar sue lang und sue schie wie immer.

Ne Herbst und ne Winter über hot siech de Persiluhr gewunnert, wenn mr mol net af enanner gewart' habm, und ganz sue u'schuldig wie zen Taltitzer Sommernachtsball warn mr aah nimmer. Über manches oaber kunntn mr überhaupt net redn, waal mr zu vrschiedn drüber gedacht habm. Mir woar de Aarbet drin Balwierlodn ze langweilig wuern, und iech kunnt kaan Gefalln mehr droa finne. Desterwegn sei mr öftersch nei's Streitn kumme, und wie iech dr Erika drziehlt ho, ass iech nooch dor Lehr' in Leipig studiern will, habm mr uns nimmer sue oft getroffm. Wie iech is Frühgoahr noochert Post 'kriegt ho, ass iech oagenumme wuern bie, woar de Butter braun. „Wenn de fortmachst", hot se miech oagefaucht, „is Schluß mit uns, andre Städtchen, andre Mädchen!"

„Und?" ho iech gebettelt, „wennst de nu aah miet studierst?" – „Dodraus werd nix!" ho iech zr Antwort 'kriegt, „iech bleib drhaam!"

Mir is ganz schie schwergefalln, miech dodrmiet o'zefinne, oaber dr Summer stand vuer dr Tür, und do hot siech rausgestellt, ass de Erika recht hatt': Is gob tatsächlich drin annern „Städtchen" aah annere „Mädchen".

Die Zeit mit dr Erika und dös Bodn damals drin unnerer Toalsperr' wer' iech trotzdem net vrgessn, waal iech miech do vun 'r en Bu' ze 'r en Moa gemausert ho und waal iech mit ihr drlebt ho, wie schie is Lebm sei koa, wenn mr när gung genug is.

Dr Erika bie iech wiederbegeng't. Ihr Maadel hot meiner Cousine ihrn Bu' geheirat', und iech woar mit meiner Fraa und maan güngstn Maadel zr Hochzig ei'gelodn. Gered't habm mr kaum mitenanner, zu sehr hattn mr uns inzwischn asenanner gelebt.

Miech hot de Persiluhr nooch den vieling Goahrne wengstns drin Gedankn nuch emol gung sei lossn, und aah dös woar schie!

(Mai 2013)

Renate Schlott, Plauen:

Die Liebe

Die Liebe macht alles ganz.
Sie heilt den Bruch unserer Herzen.
Sie lädt uns ein erneut zum Tanz.
Sie lindert unsere Schmerzen.

Es tut weh, wir möchten Schreien,
weil dem Tage das Licht fehlt.
Wir können nicht gleich verzeihen.
Was man uns tat, jetzt noch quält.

Ich habe die Liebe nicht verraten.
Sie ist, wie wir Menschen, ein Geheimnis, ach,
ich bereue nichts, obwohl ich kam zu Schaden,
denn meine Seele leider zerbrach.

Diesen Bruch kann ich schlecht kitten.
So bleibe ich verwirrt.
Ich möchte nur um eines bitten,
mir zu sagen, wenn mein Herz sich irrt.

Gerhard Müller, Treuen:

In dr Nuet frißt dr Teifel Fliegn!

„Dr Hunger traabt Brotworscht nei", habm de altn Bauern früher oft gesoocht, wenn se noohnge Schlachtfest is frisch Geraacherte as dr Raacherkammer is erschte Mol prowiert habm.

De Kinner und de güngern Leit kenne heitzetog die Rednsoart goar nimmer, waal se nie drlebt habm, wos Hunger aagntlich sue richtig bedaat'. Heitzetog werd manches Mol mehr Essn nei ne Abfallkübel geschütt' als druebm Teller woar. Ne Leitn werd itze eigeredt, ass Flaasch und Worscht u'gesund sei und ass se besser „vegetarisch" oder goar „vegan" lebm sölln, waal dös ne Kärper „entschlackt" und waal de Viecher, wenn se geschlacht' wer'n, Schmerz drleidn müßtn, und dös wär unmenschlich. Ass de Wissnschaft drwaale rausgefunne hot, ass aah ne Pflanzn ewos wieh tut, wenn se geernt‘ wer‘n, habm die Neigescheitn nuch goar net zr Kenntnis genumme oder se vrdränge dös aafach als Ausred‘, waal siech mit ihrn Drnährungsfimmel viel Geld vrdiene läßt.

Mir Altn, die ne 2. Weltkrieg drlebt habm, oder die, die ze dere Zeit gebuern wuern sei, wissn, ass Hunger oarg wieh toa koa. Mir kunntn dozemol net sogn: „Dös koa iech net essn, dös schmeckt mr net, dös is u'gesund, dös macht miech dick, dös schad't maan Stoffwechsel“; mir warn aafach frueh, wenn mr überhaupt ewos zwischn de Zeäh gekriegt hattn, und sue habm mr jede Gelegn'et genutzt, ewos drvoa ze drgattern, egoal, obs fett oder moger woar, ob „Vitamine“ oder „Mineralstoffe“ drinne warn oder net, ob dr „Cholesteringehalt“ huech oder niedrig woar.

Wie dös „Drgattern“ ze dere Zeit ausgeseäh hot, dodrvoa will iech eweng wos as meiner Kinnerzeit drziehln; emende hilft's eweng, ass nimmer sue viel Fresserei aafach weggeschmissn werd und ass mr merkt, ass manches, wos mr goar net sue richtig kennt, gut schmeckn koa und emende aah nuch gesund is.

Von den bissel, wos uns af de Essnmoarkn zugetaalt wuern is, will iech goar net redn; zen Vrhungern woars ze viel, zen Sattwer‘n woars viel zeweng, und sue hot mr siech halt an dös gehaltn, ze den mr dorch Zufall, Geschick oder gute Freind nuch kumme is.

Mit den gutn Freindn will iech oafange. Dr Baumanns Kort, e Vrwandter von uns, hot vuer ne Krieg oagefange, Nutria ze züchtn, waal ‘r de Fell hot gut vrkaafm känne; dr Kadaver is an de Hünd in dr Nachborschaft vrfüttert wuern. Wie uns noochert Oafang dr värziger Goahr dr Mogn bis nei de Kniekehln gehängt hot, habm mr uns gesoocht, wenn dös Flaasch ne Hundsviechern bekimmt, wer'n aah mir net droa sterbm, und sue hot mei Mutter aan zamgericht‘, wie se bis dohie Hos gemacht hot. Scha dr Brotnduft hot uns de Zeäh tropfm lossn, und noochn Essn woar von den Brotn kaa Feesele Flaasch mehr übriggebliebm, sue gut hot uns dös geschmeckt. Aah de annern Leit sei do drhinter kumme, und sue sei mr nimmer sue sehr oft ze en Nutria von Baumanns Kort kumme.

Mei Opa hot Taubm gezücht‘, und de gunge, die net schie gerotn warn, gob's mei Tog als Sunntigsbrotn. Zr schlechtn Zeit sei se noochert alle afm Teller geland't; När, is warn halt ze weng, üm uns „nachhaltig“ ze drnährn.

Geärchert hot‘s uns immer, wenn de Sperkn koame und is Taubm- und Hühnerfutter weggefressn habm; und do is uns ei‘gefalln, wenn Taubm schmeckn, müßtn siech doch aah de Sperkn brotn lossn. Mir habm e Gatter aufgestellt, dös af aaner Seit‘ mit 'r en Steckele o'gestützt und dort e Schnur noagebundn, die übern Huef bis noa‘s Küchnfenster goang. De Sperkn sei unters Gatter gefluegn und habm siech über de Kärner hergemacht. Mir habm droa dr Schnur gezuegn, es Gatter is zammgeklappt, und de Sperkn warn gefange. As „Pietät“ loss‘ iech itze eweng wos weg; iech will när nuch drziehln, wie mr de Federn vun den klaan Viechern runtergebracht habm. Se sei nei e flache Pfann‘ gelegt und mit woarme Bienewachs übergossn wuern wie de kielign Weihnachtsgäns. Woar dös Wachs kalt, kunnt‘

mr dös gewachste Federklaad aafach o'scheeln. Is Ausnemme woar eweng piepslig, goang oaber net schwer. Zammgericht' sei se noochert wie de gunge Taubm wuern, und geschmeckt habm se ball nuch besser; när, is woar halt blueß ewos forn huln Zoah; droa ne gunge Taubm woar ebm doch ewos mehr.

Ne Opa seine poar Taubm sei immer wenger wuern, und sue sei mr draufkumme, ass is aah wille Taubm und Krohe gob. Vun Opa wusst' mr, ass die üm de Himmelfoahrt rüm flügg' wer'n, und sue habm mr scha nooch Uestern oagefange, draußn Wald nooch Nestern ze suhng; mit'n Vuegeldreck untern Baamern habm se uns vrrotn, wu se genist' habm. Ze dere Zeit sei noochert kaane Ausflüg mehr gemacht wuern; is goang af de Baamer Nester ausnemme. Iech muß sogn, iech ho zwischn gunge Krohe und gunge Taubm kaan Unterschied geschmeckt; när, nooch zwaa Wochn woars dodrmiet aah vrbei, und mir musstn uns wieder nooch ewos annern ümguckn.

Waals afm Sommer zugoang, sei mr no de Pärker Toalsperr bodn gange, und do habm mr geseäh, wie ben Wildns Boawärterhaisel drinne Vorbeckn ganze Schwärm grueßer Koarpfm rümgezuegn sei, waal de Laichzeit luesgoang. Dr Wildns Siecher koam drauf, wie mr die Fisch drwischn kunntn: 'R hot noa e Mistgoabel en lange Stiel gemacht, hot siech noa ne Boahdamm gesetzt – heit gieht do e Stück de neie Ümgiehungsstroß drüber –, und wenn dr Koarpfmschwoarm koam, is 'r mit seiner langen Mistgoabel nei's Wasser gerammelt und hot aan aufgespießt – manchmol jednfalls. E poar Tog speeter soaß net när dr Siecher mit seiner „Harpune" droan Damm. Zwaa, drei Raschener Gunge warn's immer, die miet af de Koarpfmgoocht gange sei, und aan, zwaa grueße Fisch habm, sue lang Laichzeit woar, ball jedn drittn Tog droa glaabm müssn. Aaner is noochert gegn Butter ei'getauscht und dr annere drmiet oagericht' wuern. Seitdem waaß ich, wie gut „Koarpfm Vuegtländisch" schmeckt.

Oaber aah die poar Wochn warn ball vrbei, und mr sei drnooch wieder drin dr Elster (siehe Bild C) rümgewotn und habm Ruetaagn, Bleie, Barsch und Schleie gefange – wenn se siech drwischn lossn habm. Dös woar oarg mühselig, desterwegn goangs noochert aah öftersch mol nübern Dockelsberg nei de Schwamme. Ass do haamzu e poar Erdäpfelstöck rausgezuegn wuern sei, und, wos untn droa hing, miet drinne Schwammesäckel geland't is, koa mr siech denkn. Dr Bärs Bauer hot miech emol drwischt drbei, hot mr aane gepflastert und geschimpft: „Du bist e ganz hartnäckiger Spitzbu'!" Wos seine Erdäpfelbeet und ne Himmersch Hans saan Petersbirnbaam oaging, hatt 'r do net ganz u'recht.

Von den Grüzeig, dös mr von Frühgoahr bis nei ne Herbst gehult und aah „gefressn" habm, will iech goar net drziehln; mir kimmt's heit wieder huech, wenn iech dodroa denk.

Ne Winter über hing dr Mogn noochert nuch eweng tiefer, und guter Rot woar teier, wie do ewos ze essn ze „drgattern" woar.

Hintn „Stifts Hölzel" habm mr ben Schnieschuhfoahrn Karnickelspurn geseäh und aah ne Bau gefunne, wu se neiginge, und sue habm mr uns noa's Ausgrobm gemacht. Mit Hack und Schaufel sei mr hinter und habm uns e poar Stundn geploocht wie de Hund, bis mr aan' rauszieh kunntn, aah wenn 'r gekratzt und gebissn hot wie e Katz. Geschmeckt hot 'r gut, oaber de Groberei hatt' mehr Kraft gekost', als mr uns mit den klaane Hos' noaessn kunntn; und sue musstn mr uns nuch ewos annersch eifalln lossn, üm af „unnere Kostn" ze kumme.

Dr Robert woar dr ält'ste von uns und is es erschte Goahr be en Flaascher nei de Lehr' gange. Sei Maaster hatt' siech zen Handwognziehe und dr Spitzbubm wegn en grueßn Hund oageschafft. Dr Hundskriepel oaber hot net ei'geschlogn, und 'r so't weg. Dr Robert hot gefroocht, ob 'rn miet haamnemme koa. Dr Maaster woar frueh, ass 'r dös Viech af die Oart lues 'kriegt hot, und sue koam's ze en „Schlachtfest", dös iech mei Tog net vrgessn wer'.

Oagefange hot's drin Waschhaus in en Hinterhuef von Mehlings Haisern. Wie ben Sperknschlachtn mächt' iech aah do as „Pietätsgründn" af de ganze Prozedur vrzichtn. Gebrotn hot ne ne Heinz sei Mutter, und aufgetrogn is 'r be denen drin dr Küch wuern. Mir warn vier Gunge und de Christa, die zen Essn drzukoam. Geschmeckt hot dr Brotn sue gut, ass mr scha überlegt habm, wu mr is nächste Objekt zen Schlachtn her kriegn känntn. Mr soaßn nuch eweng droan Tisch und habm drvoa geschwärmt. Dr Robert wor for en Aagnblick vrschwundn. Af aamol goang de Tür auf und 'r koam mit den blutign Hundskopf untern Oarm nei de Küch. For uns Gunge woar dös nix annersch als e Spoaß, oaber de Christa hot e Poar Aagn gemacht wie dr tuete Hundskopf und hot übern ganzn Tisch gespeit. Kaan Bissn hot se drinne gelossn, und ne Heinz sei Mutter und mir musstn die ganze Sauerei wieder aufwischn. De Christa is kieesweiß zr Tür naus und hot wochnlang nimmer mit uns geredt.

Mir habm kaan u'gerotne Hund mehr aufgetriebm. Wenn heit ze Tog ergndewu drin 'r en Wärtshaus Hundsbrotn emol oagebuetn wer'n teet, iech teetn wieder emol prowiern.

Zwaamol hot uns dr „Reiner Zufall" tüchtig unter de Oarm gegriffm. Mir sei sunntigs immer ze meiner Oma und ze maan Opa af Mogwitz geloffm, waals do immer ewos Guts zen Mittogessn gob. Üm net ne Kämmerknecht nauf ze müssn, sei merschtns ben Odelbasäng ne Feldrand oberhalb dr Boahgleis' entlang gange. Unterwegs gobs Himbeer- und Brombeerstreicher, und wenn de Beer reif warn, sei die mietgenumme wuern. Wie mr korz vuer dr Schwarzleitn warn, koam vun Perk rauf e Güterzug geschnauft. In den Augnblick, wu dr Zug roa woar, is vuer uns e Schwoarm Rebhühner aufgeschreckt – ze dere Zeit gob's die nuch –, der wil' dorchenanner af den Zug zugeflattert is, wu 'r zwischn den Waggons unter de Reeder koam. Elfe sei net wieder aufgefluegn. Mir habm se ei'gesammelt und miet af Mogwitz genumme, wu se vun dr ganzn Familie vroarbeit' wuern sei. Waals dozemol nuch kaane Gefrierschränk' gob, hot de ganze Vrwandschaft ewos drvoa gehabt.

Vun den ganzn Geflügelzeig, wos iech bis itze prowiert ho, habm mr die gebrot'nen Rebhühner am bestn geschmeckt.

Ne zweitn Zufallstreffer habm mr glei' noohnge Krieg geland't.

De Amer'kaner, die be uns ei'marschiert warn, habm dozemol

scha ne altn Boahdamm zwischn Wildns Boahwärterhaus und ne Oelsnitzer Boahhuef als Ümgiehungsstroß genutzt, waal de Raschener Elsterbrück gesprengt wuern woar. Tog und Nacht sei do huechbelodne Laster von dr Taltitzer Stroß rei übern Boahdamm ro' dorch die zwaa schmoln Eisnboahbrückn korz vor ne Stellwerk in Richtung Schänbrunn waatter gedonnert. Mir habm grod af dr Stumpfns Wies Hei gemacht, do hot's af aamol geprasselt. Von aan Laster as dr Kolonne hot's e grueße Holzkist' ro'gekracht; se woar br Brück uebm oder an dr Seit oegeeckt und is uns fast vuer de Füß gefalln. De Kolonne is u'beerrt waattergefoahrn. Wie se korz emol o'gerissn is, sei mr hiegerennt und habm de Kist' fix hinter en Rosnbusch geschlaapft. Zeerscht dachtn mr, ass aaner von den Lastern ümkehrt und se hult, oaber nix is passiert. Sue schnell hattn mr nuch kaa Fuder Hei drin dr Stumpfns Schei' o'gelodn wie dös, wu mr grod drüber warn. Mit'n Gescherr wieder no de Wies' karrn und e poar Goabelspießer frisches Hei' auflodn warn aans. Is Pfer' is vuer'n Rosnbusch postiert wuern, und de Holzkist' is zwischn dr Heiladung vrschwundn. Se woar ganz schie schwer. Wieder goangs nei de Schei', und dr Kistndeckel wuered aufgeklietzt. Dicke Leinesäck, u'gefähr grueß wie e Vierpfundbruet, warn drinne. Wie mr aan aufgeschnietn hattn, gobs vr Fraad ball' kaa Haltn mehr: In jeds Säckel woar e geraacherter Schinkn ei'geneeht. De Heimacher habm se brüderlich unter siech aufgtaalt. Waal mr goar net alles selber essn kunntn, sei de Nachborn und de Vrwandtschaft miet vrsorcht, Bruet und annere Lebmsmittel drgegn ei'getauscht wuern.

Oaber aah der Segn woar emol ze end', und dr Alltog hot uns wieder ei'gehult. Mir habm nuch emol sue e Kist' gefunne, oaber do warn när Streichhölzer drinne; essn kunnt' mr die net, zen Tauschn gegn wos annersch sei se drwegn oagange.

Iech will's gut sei lossn mit'n Drziehln, aah wenn's nuch lang net alles woar, wos mr oagestellt habm, när üm satt ze wer'n. For uns Bubm woar dös e gute Lehr', die manchn gunge Leitn heitzetog fehlt, wenn mr sieht, wos die alles weghaue. Trotzdem wünsch' iech niemandn, ass 'r sö'te Zeitn drlebm muss.

Dr Hunger woar do neämlich nuch is klaanere Übel. Jeder as unnerer Generation hot do net när aan Oa'gehär'gn vrluern, und mir trauern heit nuch drüm.

Wenn iech de letztn Moanet de Zeitung les' oder nei ne Fernseher guck', kumm iech manchmol nei's Zweifeln und frog miech, ob de Leit wörklich genuch as ihrer Geschichte gelernt habm. (November 2014)

Brigitte Raffel, Plauen:

Mein Fluß

Sitz' ich an deinem Ufer,
ist meine Seele frei.
Schick' die Gedanken mit dem Wasser
auf die Reise, panta rhei.

Genieße das Rauschen deiner Wellen,
werd eins mit dir.
Bist meines Friedens Quelle,
dafür dank' ich dir.

Wand're gern an deinem Ufer,
kam sogar bis an das Meer.
Doch dort war dein Weg zu Ende,
dachte ich, mein Herz war schwer.

Wolken stiegen aus dem Wasser.
Wind blies sie geschwind ins Land.
Regen nährte meines Flusses Quelle,
die aus des Berges Tiefen wieder zu mir fand.

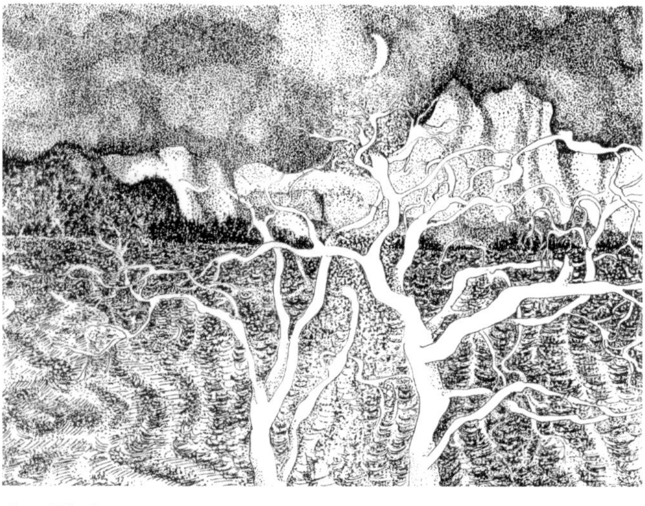

Am Fluß — *Archiv: Verlag*

Aus dem Verlagsarchiv:

Alte vogtländische Kriminalfälle

In Kriegs- und Nachkriegszeiten zeigte wie überall auch im Vogtland die Kriminalstatistik eine steigende Tendenz. Vor allem ging es dabei um Kleintier- und Lebensmitteldiebstähle. In einem Auerbacher Polizeibericht vom 23. März 1919 heißt es dazu: „Auch in den letztvergangenen Nächten sind wieder Diebe an der Arbeit gewesen.

In Mühlgrün wurde einem Einwohner eine Ziege gestohlen und an Ort und Stelle abgeschlachtet, die Eingeweide haben die Spitzbuben zurückgelassen.

Ebenfalls gleich abgeschlachtet haben Diebe in Soldatenuniform in der Mühlgrüner Papiermühle eine Ziege und acht Hühner. Das Hinzukommen des Besitzers ließ die drei schleunigst Reißaus nehmen, ihre Diebesbeute ließen sie im Stich. In der Nacht vom 21. zum 22. März 1919 wurden aus der Niederlassung von Gustav Uhlmann in der Steinbrunnstraße vier Fässer mit zwei Zenter und vierzig Pfund Butter gestohlen, die zur Verteilung an die Bevölkerung bestimmt waren. Für die Ermittlung der Einbrecher sind 50 Mark Belohnung ausgesetzt."

Im Dezember registrierten die Behörden der Amtshauptmannschaft Auerbach 78 Gesindediebstähle. Nur in 45 Fällen gelang es, die Diebstähle aufzuklären und die Diebe dingfest zu machen.

Auch der Schmuggel blühte zu jener Zeit an der vogtländisch-böhmischen Grenze. Von Böhmen aus wurden beträchtliche Mengen Spiritus und Rum ins Vogtland geschmuggelt und hier zu fabelhaften Preisen abgesetzt. Im Grenzort Reuth bei Bad Brambach war ein großer Posten Wollgarn, Diebesgut aus Deutschland, gelagert, der nach Böhmen geschmuggelt werden sollte. Während des illegalen Transportes über die Grenze waren aber 178 Kilogramm Wollgarn im Wert von 60 000 Kronen „verloren gegangen". Das heißt also, daß das gestohlene Gut noch einmal gestohlen wurde. Der dadurch entstandene Streit zwischen Dieben, Hehlern und Schmugglern machte die Polizei aufmerksam, die drei Verdächtige aus der Bande festnahm und dem Bezirksgericht Asch überstellte.

Nach dem zweiten Weltkrieg war das ähnlich. In den Monaten November und Dezember 1947 registrierte das VP-Kreisamt 457 Diebstähle von Gänsen, Enten, Hühnern und Kaninchen. Um 1948 dieser Flut von Kleintierdiebstählen vorzubeugen, wurden im gesamten Kreisgebiet Sonderstreifen der „Hundeführerstaffeln" durchgeführt. Der Erfolg war durchschlagend. Vom 25. November bis 23. Dezember 1948 wurden nur vier Kleintierdiebstähle gezählt.

(Karl Schubert, Rodewisch (†)

Walter Lukas, Plauen:

Stadtdiakon, Lehrer, Redakteur

Aus dem Leben des verdienstvollen Plaueners Moritz Erdmann Engel

Die Straße zwischen Neundorfer Straße und Friedensstraße, die Engelstraße, haben die Plauener dem Andenken eines verdienstvollen Bürgers ihrer Stadt gewidmet.

Damit ehren sie den Stadtdiakonus, Lehrer, Schriftsteller, Publizisten, Redakteur und langjährigen Herausgeber des „Voigtländischen Anzeigers“, Moritz Erdmann Engel.

Er war ein geachteter und einflußreicher Plauener, der seine Kraft unermüdlich in den Dienst der Allgemeinheit stellte und vielseitig zum Wohle seiner Vaterstadt wirkte.

Moritz Erdmann Engel erblickte am 27. Juli 1767 das Licht der Welt.

Plauen war zu dieser Zeit ein kleines Städtchen, das etwa 5000 Einwohner zählte. Ein Großteil von ihnen bewirtschaftete noch als Ackerbürger mit eigenem Vieh kleinere Felder, weil die Profession allein sie nicht ernährte.

Noch immer hatte die Stadt an den Folgen und Auswirkungen des Siebenjährigen Krieges (1756–1763) mit seinen belastenden Einquartierungen, den ständigen Durchmärschen von preußischen und österreichischen Truppen sowie den hohen Kontributionszahlungen zu leiden.

Es waren aber auch bereits Anfänge einer industriellen Entwicklung vorhanden. So stellte Fabrikant Haußner im Jahre 1791 die erste Spinnmaschine in Plauen auf.

25 Jahre später arbeiteten bereits 6 Spinnereien in Plauen.

Der allmählich wachsende Wohlstand der bürgerlichen Bevölkerungskreise fand in der Errichtung schöner Gebäude seinen sichtbaren Ausdruck.

So erbaute zum Beispiel der Plauener Baumwollwarenhändler Baumgärtel, der auch „Fürst von Plauen“ genannt wurde, ebenfalls im Jahre 1791 die beiden Häuser Nr. 9 und 11 in der Jüdengasse (heute Nobelstraße).

In seiner späteren journalistischen und publizistischen Tätigkeit hat Engel stets aufmerksam das Aufblühen seiner Heimatstadt verfolgt.

Sein Vater, ein kurfürstlich-sächsischer Steuereinnehmer, und seine Mutter, Christiane Sophie geb. Portzsch, ermöglichten ihrem einzigen Sohn den Besuch der städtischen Lateinschule und danach ein weiterführendes Studium.

Seine Studien an der ehrwürdigen Leipziger Universität betrieb er ab 1787 zusammen mit seinem Kommilitonen Facilides, dem späteren Plauener Stadtsyndikus, der einer angesehenen Plauener Familie entstammte, deren Vorfahren bereits 140 Jahre zuvor aus Böhmen eingewandert waren.

Nach Abschluß seines Studiums erhielt Engel im Jahre 1792 eine Anstellung als Quintus (Hilfslehrer) am Plauener Lyceum.

Trotz der zeitaufwändigen und anstrengenden pädagogischen Arbeit fühlt sich der junge Lehrer zum Zeitungswesen hingezogen.

So übernimmt er im Jahre 1794 die alleinige Redaktion der „Plauener Zeitung", die ab dem Jahre 1804 unter seiner Verantwortung wöchentlich als „Voigtländischer Anzeiger" erscheint.

42 Jahre lang leitet er die Geschicke dieses renommierten Blattes und lernt dabei alle Höhen und Tiefen der journalistischen und publizistischen Tagesarbeit kennen

Als er zum Beispiel im Jahre 1809, als Plauen von napoleonischen Truppen besetzt war, in einem von ihm verfassten Artikel den preußischen Major von Schill als „feurigen Patrioten" bezeichnet, muß er eine Verwarnung durch den damaligen französischen Kommandanten in Plauen hinnehmen

Im Jahre 1799 schloß Engel mit der Plauenerin Auguste Louise Wohlfahrt die Ehe.

Im darauffolgenden Jahr bewarb er sich um ein geistliches Amt.

Der damalige Superintendent Dr. Tischer (von 1798–1823 in diesem Amt), der sich besonders für den Bau des Vogtländischen Kreisschulhauses am Schulberg sowie die Restaurierung des Inneren der Johanniskirche eingesetzt hatte, erwählte Engel zum Landdiakon in Jößnitz.

Bereits 1801 wurde er als Stadtdiakonus nach Plauen berufen und wirkte 35 Jahre lang segensreich in dieser verantwortungsvollen Stellung.

Er setzte sich in Ausübung dieses geistlichen Amtes besonders für die Armen und Schwachen, die Kranken und Notleidenden ein und erfüllte so das Gebot der christlichen Nächstenliebe.

So zum Beispiel im Jahre 1806, als im Oktober durch Plauen ziehende Truppen auf brutalste Weise Requirierungen vornahmen und Plünderungen verübten.

Stadtdiakon, Dichter und Publizist, Moritz Erdmann Engel 1767–1836.

Archiv: Verlag

Auch die häufigen Einquartierungen französischer und bayrischer Truppen in den Folgejahren 1807/08 wie auch der Durchzug des 16000 Mann starken sächsischen Korps unter Marschall Bernadotte im Jahre 1809 hatten Not und Leid für die Einwohner zur Folge, die Engel unermüdlich zu lindern suchte.

Der Durchzug von Napoleons „Großer Armee" auf dem Marsch nach Rußland im Jahre 1812 sowie das Eintreffen der ersten Flüchtlinge aus Rußland im Jahre 1813 führten zu einer weiteren Verschlechterung der Lage für die Plauener Bevölkerung.

1814 brach in der Stadt auch noch das „Lazarettfieber" (Typhus) aus, an dessen Folgen außer den Soldaten 327 Personen starben.

In den Not- und Hungerjahren 1816/1817, in denen eine große Teuerung einsetzte, weil verheerende Unwetter und Überschwemmungen das Getreide vernichtet hatten, organisierte Engel Sammlungen von Geld- und Sachspenden und half, wo er nur konnte, bedürftigen und hungernden Menschen.

In seiner Tätigkeit als Geistlicher und Lehrer war er stets auf das Gemeinwohl bedacht.

In seiner Zeit galt dieser gebildete Mann als der geistige Mittelpunkt des gesellschaftlichen Lebens in Plauen.

So wirkte er zum Beispiel im Vorstand der bürgerlichen "Erholungsgesellschaft", die 1810/1811 ein Gartengrundstück an der Neundorfer Straße erwarb, um darauf ein Gesellschaftshaus zu erbauen.

In der im Jahre 1789 gegründeten Plauener Freimaurerloge „Zu den drei Flammen" bekleidete er deren höchste Würde als „Meister vom Stuhl.

Viele Jahre nahm er auch als Sekretär eines landwirtschaftlichen Vereins Einfluss auf die Verbesserung von Landwirtschaft und Viehhaltung und trug damit auch zur Verbesserung der Lebensverhältnisse ärmerer Schichten der Plauener Bevölkerung bei.

Moritz Erdmann Engel war aber auch ein Plauener vom rechten Schlag und überdies ein Mensch, der die Geselligkeit liebte und suchte.

Eine bei vielen seiner Zeitgenossen beliebte Sammlung von Liedern und Gedichten unter dem Titel „Liederkranz für frohe Lebensstunden", die allein 17 Beiträge von ihm enthielt, ist ein Beleg für seine Aufgeschlossenheit, seine mit urwüchsigem Humor gepaarte Lebenslust und seine Zuwendung zu den Mitmenschen.

Aber der Magister fühlte sich auch immer zur Literatur und zur Kunst hingezogen.

Weit verbreitet waren neben dem bereits erwähnten „Liederkranz ..." seine Schriften „Kommunionbuch für Gebildete im christlichen Volk" und „Religionsgesänge für Schulen"(1813) sowie „Geist der Bibel für Schule und Haus"(1824).

Diese Werke wurden auch als Religionsbücher in den Schulen eingesetzt.

Von ihm stammt auch das Kinderbuch „Moral in Fabeln" – ein Lesebuch für Kinder mit Denkreimen und Bildern.

So verwundert es nicht, daß ihn die Universität Wittenberg im Jahre 1803 zum Dichter krönte.

Hätte sich Julius Mosen, der künftige Verfasser des „Andreas-Hofer-Liedes", das heute als Text der Südtiroler Nationalhymne dient, einen besseren Deutschlehrer wünschen können, als er im Jahre 1817 in das Plauener Gymnasium eintrat?

Wohl kaum!

Denn sein Lehrer, Magister Engel, war ein vielseitig gebildeter Mensch, der als Theologe nicht nur die alten Sprachen glänzend beherrschte, sondern auch die „neuen" Sprachen pflegte, was in seiner Zeit durchaus nicht selbstverständlich war.

So hatte er sein Englisch im Privatunterricht bei keinem Geringeren als Johann Gottfried Seume (1763–1810) gelernt, dem Verfasser des berühmten „Spaziergang nach Syrakus" (1803).

Versteht sich, daß Magister Engel damit seinen Schülern besonders imponierte.

Im Jahre 1820 gründete er als Deutschlehrer des Gymnasiums einen literarischen Zirkel, zu dem auch sein Schüler Julius Mosen gehörte.

Der Lehrer erkannte und förderte dessen Talent, ermunterte ihn zu eigenen Gedichten und unterwies die ausgewählte Schülerschar in der Metrik.

Im „Vogtländischen Anzeiger“ vom 10. August 1822 warb er mit einer Subscriptions-Anzeige für einen Gedichtband, in dem Mosen und einige Mitschüler erste lyrische Versuche veröffentlichten.

Aber auch auf anderen Gebieten stellte er sein Wissen uneigennützig zur Verfügung und leistete damit einen wichtigen Beitrag zur Verbesserung der allgemeinen Lebensbedingungen der Plauener Bevölkerung.

In dem von ihm redigierten „Voigtländischen Anzeiger“ veröffentlichte er u. a. auch solche Artikel, die Anregungen zur Verbesserung der Ergebnisse beim Flachsanbau, bei der Obstbaumzucht und bei der Kartoffelpflanzung enthielten.

Sein großer Garten vor dem „Straßberger Tor“ galt als mustergültig und Beispiel für modernen Obstanbau.

Artikel über „Gesunde Ernährung“ und „Hygiene“ gehörten ebenfalls zu den von ihm in seiner Zeitung behandelten Themen.

Auch über die Frage, wie man Arbeitslose beschäftigen könnte, machte er sich Gedanken und rückt so, trotz der zeitlichen Entfernung, näher an uns heran.

Engel starb 68-jährig am 10. Februar 1836.

In einem Nachruf heißt es u. a., daß er das Evangelium nicht nur predigte, sondern durch sein tätiges Christentum mit Leben erfüllte.

Erntetanz

Zeichn.: Ludwig Richter

Plauen im Jahre 1843.

Zahl der bewohnten Gebäude: 715, der Einwohner: 10648.

Nach der amtlichen Feststellung wurden gezählt: 10584 evangelisch-lutherische, 4 reformierte, 39 katholische, 1 israelitischer Einwohner; 73 Handwerksgesellen, 131 Dienstboten.

Im Alter gab es zwischen dem 60. u. 70. Lebensjahr 544 Personen,
70. „ 80. „ 170 „
80. „ 90. „ 22 „

Taubstumme gab es 2, Blinde 3.

Nach Stand, Beruf und Erwerb:

5 Aerzte
14 Advokaten u. Gerichtsdirektoren
1 Apotheker, 2 Gehülfen, 1 Lehrling
2 Architekten
3 Appreteurs
1 Antiquar
2 Buchhändler, 1 Lehrling
2 Buchdruckereibesitzer, 3 Gehülfen, 3 Lehrlinge
7 Buchbinder, 2 Gesellen, 5 Lehrlinge
38 Bäcker, 14 Gesellen, 19 Lehrlinge
2 Bäckerwittwen
1 Badediener
1 Bergmeister
3 Beutlermeister
1 Beilschmidt
5 Blattsetzer u. Blattbinder
5 Bleicher, 8 Gehülfen
11 Böttcher, 7 Gesellen, 4 Lehrlinge
1 Böttcher u. Mälzer
6 Brauer u. Mälzer, 7 Gesellen, als Gehülfen
1 Büchsenmacher
1 Bürstenmacher
10 Cattundrucker
8 Chirurgen u. Barbiere, 2 Barbiergehülfen
2 Conditoren, 1 Gehülfe, 1 Lebküchlerin
35 Copisten u. Privatexpedienten
7 Decatisseurs
9 Drechsler, 2 Gesellen, 1 Lehrling
3 Essenkehrer, 1 Geselle, 1 Lehrling
152 Fabrikarbeiter
1 Feilenhauer, 1 Lehrling
3 Färber, 2 Gesellen, 1 Lehrling
6 Flaschner, 1 Wittwe, 8 Gesellen, 2 Lehrlinge
35 Fleischermeister, 11 Gesellen, 4 Lehrlinge
7 Formstecher, 1 Lehrling
2 Friseurs, 1 Lehrling
14 Fuhrleute u. Lohnkutscher
20 Gast- u. Schänkwirthe
1 Geldwechsler
2 Geometer
37 Gewerb- u. Baugewerb-Schüler
54 Gymnasiasten
Bürgerschüler
4 Glaser, 1 Geselle, 1 Lehrling
4 Gold- u. Silber-Arbeiter, 2 Gehülfen
2 Graveurs u. Petschaftstecher
8 Gürtler, 3 Gesellen, 1 Lehrling
2 Güterablàder
2 Getreidevermesser
12 Gärtner- und Gartenarbeiter
74 Händler u. Händlerinnen
28 Handlungsdiener, 18 Handlungslehrlinge
1 Hauslehrer
3 Hausmänner
6 Hebammen
4 Hutmacher, 2 Gesellen
3 Ingenieurs u. 1 Pontonieurs
3 Instrumentenmacher
42 Kirchen- u. Schuldiener, als:
5 Geistliche
9 Lehrer am Gymnasio
4 „ „ Seminar
3 „ an Gewerb- u. Baugewerb-Schule
19 „ „ Bürgerschule
1 Kirchner
1 Thürmer
1 Todtengräber
50 Kaufleute, Banquiers, Fabrikanten

4 Knopfmacher, 2 Gesellen, 3 Lehrlinge
3 Kammacher
3 Kürschner, 3 Gesellen, 2 Lehrlinge
2 Kupferschmidte, 1 Geselle
3 Korbmacher
3 Lackirer, 1 Gehülfe
1 Lederhändler
2 Leichenwäscherinnen
1 Lithograph
5 Lohgerber, 2 Wittwen, 1 Geselle, 1 Lehrling
2 Maler, 1 Lehrling
1 Maler und Lithograph
8 Markthelfer
7 Marqueure u. Kellner
5 Maurermeister, 24 Gesellen, 2 Lehrlinge
5 Maschinenbauer
1 Mechanikus, 2 Gehülfen
4 Musiker, 5 Gehülfen, 6 Lehrlinge
10 Müller, 11 Gesellen, 3 Lehrlinge
2 Mühlenzeugarbeiter
6 Nadler, 2 Gesellen, 1 Lehrling
1 Nadlerswittwe
6 Nagelschmidte, 1 Wittwe, 2 Gesellen, 1 Lehrling
25 Oekonomen
1 Papiermühlenbesitzerin, 6 Papiermacher
6 Pensioners u. Rentiers
5 Petinetfabrikanten, 14 Petinetarbeiter
7 Posamentierer, 2 Gesellen, 1 Lehrling
2 Privatlehrer
7 Putzmacherinnen
5 Rechtskandidaten
1 Regenschirmfabrikant, 1 Geselle
5 Riemer
2 Rußbrenner, 1 Lehrling
6 Sattler, 5 Gesellen, 3 Lehrlinge
1 Sattlerswittwe
8 Seifensieder, 2 Gesellen, 1 Lehrling
13 Seiler, 3 Gesellen, 2 Lehrlinge
45 Seminaristen
2 Siebmacher
1 Scharfrichter, 1 Knecht
2 Schleifer, 1 Lehrling
4 Schieferdecker
9 Schlosser, 9 Gesellen, 5 Lehrlinge
11 Schmiede, 8 Gesellen, 2 Lehrlinge
78 Schneider, 1 Wittwe, 50 Gesellen, 13 Lehrlinge
103 Schuhmacher, 1 Wittwe, 43 Gesellen, 26 Lehrlinge
2 Schulamtskandidaten
1 Steindruckereibesitzer, 1 Geselle
2 Steinsetzer
9 Strumpfwirker, 6 Gesellen
56 Staatsdiener, Beamte, Aktuarien, Copisten u. Diener
35 städtisches Justiz- u. Verwaltungs-Personal
228 Tagelöhner u. Handarbeiter
1 Thierarzt
40 Tischler, 28 Gesellen, 15 Lehrlinge
5 Töpfer, 3 Wittwen, 8 Gesellen
1 Todtenbeschauer
1 Tuchscheerer
2 Tuchmacher
5 Trödlerinnen
3 Uhrmacher, 1 Gehülfe
7 Wagner, 1 Geselle, 3 Lehrlinge
1 Weißgerber
599 Weber, 65 Wittwen, 428 Gesellen, 206 Lehrlinge
17 Wirker, 55 Wirkerinnen
1 Zeugschmidt
5 Zimmermeister, 23 Gesellen, 1 Lehrling
2 Zinngießer, 1 Lehrling
1 Zigarrenfabrikant
1 Ziegler, 1 Ziegelstreicher

ferner:

2 Andreherinnen
5 Aufwärterinnen
5 Ausbesserinnen
9 Ausschneiderinnen
501 Näherinnen u. Stickerinnen
143 Spulerinnen
5 Wäscherinnen
55 männliche Dienstboten
433 weibliche Dienstboten.

Plauen, den 23. Dezbr. 1843.

Der Rath.

Alwin Neupert, Plauen (1841–1923):

Das Schloß der Vögte in Plauen um 1903

Ehe noch auf der in das Tal der Syra und Elster steil abfallenden Höhe ein festes, die Stadt beherrschendes Schloß sich erhob, befand sich hier zur Sorbenzeit wahrscheinlich schon eine Befestigung, für deren Existenz der alte slawische Name „Hradschin" (Bergfeste) Zeugnis ablegt. Das Schloß selbst hat zu keiner Zeit offiziell den Namen Hradschin geführt, vielmehr ist nur die nordwestlich hinter dem Schlosse gelegene Häuserreihe auch im Volksmund jederzeit so genannt worden. Das Schloß wurde Mitte des 13. Jahrhunderts von einem Sohn Heinrichs des Reichen von Weida erbaut und wurde der bleibende Wohnsitz der Vögte von Plauen. Am 25. Januar 1430 erschienen die Hussiten unter Procop vor Plauen und bemächtigten sich durch treulosen Vertragsbruch des Schlosses, wohin aus der Stadt und Umgegend viele Adlige, Geistliche und Bürger sich geflüchtet hatten. Unter diesen richteten die Hussiten ein furchtbares Blutbad an (das Blut soll gleich einem Bache den Schloßberg hinabgeflossen sein). In Sebastian Münsters Kosmographie werden 170 Personen namentlich aufgeführt, die auf dem Schloß niedergemetzelt wurden.

Nach einer teilweisen Zerstörung des Schlosses stürmten die Hussiten in die wehrlose Stadt, plünderten, raubten, misshandelten und mordeten in gewohnter Weise und steckten vor ihrem Abzug die Stadt in Brand, sodaß dieselbe bis auf den Grund in Asche gelegt wurde.

Bei dem großen Stadtbrand vom 15. Mai 1548 wurde auch das Schloß ein Raub der Flammen und blieb sodann 122 Jahre „wüste liegen". Im Jahre 1670 traf der damalige neue Landesherr, Herzog Moritz von Sachsen-Zeitz, Anstalten, das „wüstgelegene" Schloß zu Plauen wieder zu erheben und von neuem zu erbauen. Nach vierjähriger Bauzeit konnte am Johannistag 1674 der „fordere oder erste" Stock (das untere Schloßgebäude, in welchem sich das Königl. Amtsgericht und Königl. Landgericht befanden) „70 Ellen lang und 29 Ellen breit" feierlich eingeweiht werden. 1675 wurde der Bau des „Querstock" überm Hof (das obere Schloßgebäude, die Räume der Königl. Staatsanwaltschaft enthaltend) in Angriff genommen. In und an

Ruinen des Schlosses der Vögte nach Dillich-Merian

den Schloßgebäuden wurden im 19. Jahrhundert mannigfache Um- und Anbauten vorgenommen (so bei der Errichtung der 1831 dem Rentamt mit übertragenen und 1868 wieder aufgehobenen Salzverwalterei, bei der Überlassung der städtischen Gerichtsbarkeit an den Staat und der Übertragung des Stadtgerichtes an das K. Justizamt am 1. Januar 1849, bei der Verlegung der Expedition und Wohnung des Rentamtmanns in das obere Schloßgebäude im Jahre 1852, in demselben Jahre bei der Erbauung des jetzigen Gefangenenhauses, bei der im Jahre 1856 erfolgten Errichtung des K. Bezirksgericht, sowie bei der Herstellung des Expeditionslokals für die Königl. Bezirkssteuereinnahme im Jahre 1870, bis 1878/79 auf dem unteren Schloßgebäude ein Stockwerk aufgesetzt wurde, welches nicht gerade zur Zierde der Stadt dient. Ein großer Neubau für die Zwecke der genannten Königl. Behörden ist in Ausführung begriffen.

Dicht neben dem Schloß, jedoch unterhalb desselben, stand ein großes im Inneren herrschaftlich ausgestattetes Gebäude, welches eine längere Reihe von Jahren den Zwecken der Herberge zur Heimat gedient hat, im Volksmund „das alte Amt“ genannt.

Den ältesten Teil des Schlosses bildete der (im Jahre 1788 in Privatbesitz übergegangene) unregelmäßig zehnseitige, starke rote Turm (der Familie Gritzner gehörig). Dieser Turm, der Bergfried des alten Schlosses der Vögte, hat einen Umfang von 52 Ellen und eine gleiche Höhe und hat bis jetzt in seinem unteren Teil allen Stürmen der Zeit, auch dem Feuer, getrotzt. Nach dem „Kopienbuch der Stadt Plauen“ von 1548 hat der Turm durch den Brand vom 14. Mai 1548 (er wird als der „16eckige blaue“ Turm am Schloß bezeichnet) sicher auch stark gelitten – 1606 wird er erst wieder „ausgebaut“. 1708 durch den Brand beschädigt, wird er 1715 mit einem Kostenaufwand von 192 fl. mit verändertem Dachabschluß wieder hergestellt.

Das Schloß der Vögte nach Sebastian Münster

Nach dem Einzug der landesherrlichen Staatsbehörden in das Schloß verschwanden auch bald die Überbleibsel von der alten Befestigung des Schlosses, wie die Zwingermauern und die Gräben, von denen die letzteren sich in Gärten verwandelten. Ferner erbaute 1781 der Landrichter Eger auf Schloßgrund und Boden in der Nähe des roten Turmes ein Wohnhaus (das im Jahre 1859 abgebrannte und nicht wieder aufgebaute Haus Abt. A 286), und 1786 erhielt die Ehegattin des Amtsmanns Wehner

Blick durch das Eingangsportal in den Schloßhof in den 20er Jahren.

Ein Blick in den Eingangsbereich des Schlosses, der Fotograf blickt in Richtung Mosenstraße.

Fotos: Archi Verlag

(seit 1758 Amtmann in Plauen, feierte 1801 sein goldenes Amtsjubiläum und starb 1810 im neunzigsten Jahr) die Erlaubnis zum Bau eines Hauses unmittelbar am roten Turm, sowie zur Anlegung eines Kellers in dem Turm. Nach Vollendung des Hauses (Abt. A. 287) im Jahre 1788 erlangte Frau Besitzerin gegen einen jährlichen geringen Erbzins auch „die andere Hälfte des rothen Thurmes" und 1800 den „an ihrem Hause ohnweit Eger's Haus an der Schloßmauer gelegenen wüsten Platz".

Auf Wunsch des derzeitigen Besitzers ist der Turm erst vor kurzem von fachmännischer Seite besichtigt worden, da angenommen worden war, daß in demselben ein Archivraum verborgen sei. Ein solcher Raum ist nicht vorhanden. Der Turm hat eine Mauerstärke von 3 m, der Durchmesser des Innenraumes beträgt im Parterre ebenfalls 3 Meter.

(Aus „Alt Plauen" A: Neupert sen. 1903)

1902, ein Blick auf den sechzehneckigen Turm, rechts ein Teil des schmuckvollen Eingangsportals zum Schloßhof.

Der Betrachter blickt auf den Brunnen mit dem heiligen Georg im Hof des Landgerichts. Er soll an die im ersten Weltkrieg gefallenen Plauener Justitzangestellten erinnern. Im Hintergrund sieht man den Grintznerschen Turm mit seinen Anbauten. Um 1930.

Ein paar ausgewählte Ereignisse aus dem Alltag der Stadt Plauen von 1902 bis 1908

Der Brand 1904 in Chrieschwitz. Die Kinder der 50er Jahre, sangen noch das bekannte Plauener Lied „In Chrieschwitz hats gebrennt, da sei mr hiegerennt, dort wollt mr Äpfel klauc, da ham se uns verhaue".

Juli 1902: Das „Alte Amt" (zuletzt Herberge zur Heimat) wird anläßlich der Gerichtsneubauten abgebrochen.

10. Oktober 1902: Die alte Frohnfeste (Amtsberg 6) wird zum Abbruch versteigert.

11. Januar 1903:

Amtseinweisung des zum Gefängnis geistlichen in Plauen ernannten bisherigen Hilfsgeistlichen in Dresden, Pastor Max William Hayn.

7./8. September 1904:

Im Ortsteil Reusa brennen zwei Wohngebäude nieder, im Rittergut Chrieschwitz ausgedehnte Wirtschaftsgebäude (Scheune und Stallung).

12. Oktober 1904: Die Zufuhr von Wasser in der wasserarmen Zeit hat die Stadt 13 000 Mark gekostet.

7. Juli 1905: Das Todesurteil gegen Franz Eduard Neumann in Plauen wegen der Ermordung des Gutsbesitzers Forner ist heute früh 5 Uhr in einem völlig umschlossenen Hof des Landsgerichtsgebäudes mittels Fallschwert vollstreckt worden. Sein Neffe Karl Hermann Neumann aus Hartmannsgrün ist zu lebenslänglicher Zuchthausstrafe begnadigt worden.

10. August 1905: Ein fürchterliches Unwetter, orkanartiger Sturm mit Regenschauern und Graupelkörnern richtet in der Stadt und deren nächsten Umgebung gewaltigen Schaden an. Im Stadtwald sind Tausende von Bäumen entwurzelt und gebrochen, noch viel mehr stark gebogen. Die Aufräumungsarbeiten werden ein volles Jahr in Anspruch nehmen.

12. Oktober 1905: Plauen zählte 5163 bewohnte Gebäude, mit 104 190 Einwohnern, am 12. Oktober 1906 dagegen 5330 bewohnte Gebäude mit 107 923 Einwohnern.

24. März 1906: Der Handarbeiter Thoß ermordet seine Frau in deren

Wohnung in der Jößnitzer Straße, verletzt seine Schwiegermutter durch Beilhiebe und schießt stundenlang aus dem Fenster auf jeden, der die Straße passiert oder sich dem Haus zu nahen wagt, wobei er fünf Personen mehr oder weniger verletzt. Ein Schutzmann feuert vom gegenüberliegenden Haus aus auf ihn und macht ihn durch zwei Revolverschüsse wehrlos. Thoß hatte vorher in der anstoßenden Kammer Feuer gelegt, das bald gelöscht wurde. Sein 1¼-jähriges Kind hatte er an einem Strick auf die Straße hinabgelassen, nachdem er die Stubenkammer mit Möbeln verbarrikadiert hatte. Der Mordbrenner wurde zunächst ins Krankenhaus und später ins Gerichtsgefängnis überführt.

1. Oktober 1906: Das bisherige Gerichtsgefängnis wird in eine Gefangenenanstalt umgewandelt. Mit Anstaltsdirektor, einem Wirtschaftsinspektor und einem Oberaufseher, ferner zwei weiblichen Aufseherinnen, vierzehn männlichen Aufsehern sowie fünf Militäranwärtern.

3./4. November 1908: Abermaliges heftiges Erdbeben in Plauen, noch mehr im oberen Vogtland.

Der Verlag: *Das Schloß der Vögte war einmal ein Stück Identität für Plauen, ebenso wie der Neustadtplatz, aus einer fernen Zeit. 1945 wurden beide wie die Stadt selbst durch alliierte Terrorbomber 120 Stunden, bevor die Stadt Plauen kampflos besetzt wurde, zerstört. Es wurde die Mär verbreitet, die Vomag sowie „wichtige Verkehrsverbindungen" machten dies erforderlich. Ein weiterer Treppenwitz der Geschichte ist die „Rettung" der schon stark beschädigten Elsterbrücke durch „Helden" in amerikanischer Uniform. Unter dem Titel „Eine Generation verabschiedet sich" arbeitet der Verlag an einer Dokumentation über nicht nur regionale Geschehnisse. Thema ist auch: Was der Mensch seinesgleichen antut, trägt er erst einmal eine Uniform und wird durch eine höhere Macht in seinem Tun und Handeln geschützt. Der Mensch ist ein Raubtier über seine ganze bisherige Entwicklung geblieben. Man betrachte auch die aktuellen Ereignisse. Das wird auch einmal vielleicht nicht erst in fernen Zeiten das Schicksal des Homo Sapiens besiegeln.*

In den Nachkriegsjahren war es wirtschaftliches Unvermögen, später danach Desinteresse sowie Gleichgültigkeit. Das Schloßareal hatte keine Lobby, bis heute prägt dies das Verhalten der verantwortlichen zuständigen Personen. Was für einen touristischen Stellenwert hätte ein existierendes Schloß der Vögte für Plauen haben können. Statt dessen tauchen jetzt und in Zukunft immer neue Generationen von Archäologen auf dem Schloßareal auf, sofern Geld hierfür lockergemacht wird. Als Ergebnis stellen sie meist fest, daß alle „verehrten Kollegen" vor ihnen in ihren bisherigen Meinungen zum Sachverhalt falsch lagen. Aber sie, sie wüßten Dank neuester Technik nunmehr, wie die ganze Geschichte wirklich war. In einer neuen Doku wird dies ab sofort nachzulesen sein – bis nach Jahr und Tag neue Archäologen …

Zur Erinnerung und aus aktuellem Anlaß hat der Verlag auf den folgenden Seiten noch einmal den fundierten Aufsatz von Klaus Söllner „Wie alt ist das Plauener Schloß" eingestellt.

Die Bausubstanz auf dem Schloßberg nach dem letzten Terrorangriff auf die Stadt 1945, das Alte Plauen gab es nicht mehr. Archiv Verlag /A. Sch.

Klaus Söllner, Dresden:

Wie alt ist das Plauener Schloß?

In Oelsnitz im Vogtland hat die Wiederauffindung eines alten Wandspruches wieder an die Sage erinnert, daß bereits der römische Feldherr Drusus auf dem Voigtsberg sein Lager aufgeschlagen haben soll. Urkundlich wird im Jahr 1249 zum ersten Mal ein Eberhard von Voigtsberg genannt, in diesem Jahr dürfte Schloß Voigtsberg schon vorhanden gewesen sein.

In Plauen soll das Schloßgrundstück, das auf dem Talsporn liegt, der wohl meist als Amtsberg bezeichnet wird, vom Strafvollzug am 28. August 2007 freigezogen werden. Deshalb ist es an der Zeit, sich über Vergangenheit und Zukunft des Schlosses Gedanken zu machen, war doch das Schloß schon im Mittelalter eine der Hauptdominanten der Stadt. Durch seine markante Lage und seine historische Bedeutung ausgezeichnet, ist es trotz teilweiser Zerstörung immer noch von durchaus malerischer Wirkung.

Die Längsseite, die ihr Gesicht der Stadt zuwendet, ist eindeutig als baueinheitlich zu erkennen, denn die parallelen Reihen von gekappten Rüsthölzern laufen durch bis in den Roten Turm hinein, vor dem neuen Verputz ein selten schöner Baubefund, der sicher auch eine dendrochronologische Datierung gestattet. Diese Längsseite dürfte ein Teil der ältesten Bausubstanz sein, die original erhaltene Burgmauer ist hier mindestens 12 m hoch. Auch auf der gegenüberliegenden Längsseite sind außerhalb des oberen Schloßgebäudes von 1675 weitere Teile einer alten Mauer, stärker als die gegenüberliegende, noch erhalten, darauf lief zusätzlich zu den im oberen Schloßbau von 1675 vorhandenen Scharten 1973 noch eine Reihe von alten Schießscharten entlang.

Die weiterhin erhaltenen sichtbaren oder unter der Erde liegenden Teile, wie der obere Schloßbau mit seinen Arkaden oder der große Doppelkeller

Ausschnitt von W. Dilich, 1628

Repro: Verlag

des unteren Schloßbaues, der verschüttete Zwinger und die Rundbastion am Elstertalhang, sollen in einem späteren Beitrag behandelt werden.

Was sagt nun die urkundliche Überlieferung über die erste Entstehung des Schlosses aus? Der Altsprachler Dr. Walter Ludwig, dem wir die kenntnisreiche Übersetzung und scharfsinnige Interpretierung vieler Urkunden verdanken, kam zu dem Ergebnis, das Schloß müsse 1224 bereits erbaut gewesen sein, aber Prof. Dr. Gerhard Billig, der Archäologe und bekannte Burgenkundler, betrachtete diese Aussage skeptisch. Die Frage blieb in der Schwebe. Angesichts der 750-Jahr-Feier des Schlosses Voigtsberg im Jahre 1999 fiel dem Unterzeichneten die Aufgabe zu, das urkundliche Material über das historische Geschehen im Gau Dobna systematisch durchzugehen, er begann damit im Januar 1997. Dr. Walter Ludwig war bei seiner Altersbestimmung des Plauener Schlosses 1957 von der Schenkung der Johanniskirche an den Deutschen Orden im Jahre 1224 ausgegangen. Schenker war der Vogt Heinrich IV. von Weida, der sich später Vogt von Gera nennt. Der Unterzeichnete nennt im folgenden Text alle Linien der Vögte vereinfachend als „Weidaer". Anknüpfend an die Urkunden von 1224, 1236 und 1244 konnte Dr. Ludwig richtungsweisende Aussagen zur ältesten Plauener Ortsgeschichte machen. Er entdeckte einen Hinweis auf die erste Ordenniederlassung, lokalisierte einen Obstgarten (pomerium), eine ebene Fläche (planicies), eine Straße mit Gebäuden (platea), datierte die Untere Mühle an der Einmündung der Syra in die Elster als 1122 schon erbaut und bestimmte den Standort der Badestube an der Elster. Das Schloß setzte er mit sprachgeschichtlicher Begründung neben den Obstgarten, der an oder auf dem heutigen Amtsberg lag. Das war eine Fülle von beglückenden Erkenntnissen, die sich nahtlos zusammenzufügen schienen. Dabei hat er aber eines übersehen, die Urkunde von 1224 sagt nichts darüber, daß das Schloß neben dem pomerium liegt.

Es hindert uns also nichts daran, in dem 1224 genannten castrum oder Schloß auch das „Alte Schloß" zu sehen, dessen Reste im heutigen Malzhaus, vielleicht auch im benachbarten ehemaligen Brauhaus, noch enthalten sind. Daß hier ein offenbar auf Repräsentation berechneter romanischer Bau stand, kann man deutlich sehen und „mit den Händen greifen". Bis zu acht Gewände kleiner rundbogiger Fensterchen sind nachweisbar, teils in situ*, teils versetzt, teils neu ausgegraben, zwei Rundstabprofile, eine wohl auch noch spätromanische Erkertür und weitere vier gotische Spitzbogenfenster, letztere offenbar von einem Umbau um 1300.

Dieser Schloßbau ist ein großes Rätsel. Er geht wohl kaum noch auf die Grafen von Eberstein, die sich auf ihren Siegeln Everstein nennen, zurück, da deren Einfluß wohl schon seit 1125 durch Lothar von Supplinburg zurückgedrängt wurde.

Des Rätsels Lösung könnte sein, den Blick auf die Vögte von Straßberg zu richten, die 1194 erstmalig genannt werden. Der Autor sieht in diesen reichsunmittelbare staufische Vögte für den gesamten Gau Dobna und Träger der Kolonisation in diesem Gau, die Weidaer haben damit nichts zu tun. Der Ausgangspunkt für die Ebersteiner und Straßberger war Straßberg, wo die Dobna, das ist der Rosenbach, in die Elster mündet, daß auf deren Mündungsgebiet der Name „croseniсz" liegt, ist kein Gegenbeweis. Weitere Ausführungen muß sich der Autor hier versagen. Daß schon die Ebersteiner begannen, den Schwerpunkt nach Plauen zu verlegen, hat sicher besitzrechtliche Gründe.

Was lag näher, als daß die Straßberger als krönenden Abschluß ihrer Kolonisationstätigkeit neben der Gaukirche einen künstlerisch ausgestalteten Palasbau errichteten? Der Fund eines romanischen Würfelkapitells mit Ge-

Ansicht des Plauener Schlosses um 1720
Repro: Verlag

sichtsdarstellung im Hause Straßberger Straße 2 könnte damit in Zusammenhang stehen. Der in der Urkunde von 1224 auch genannte urbanus Konrad residierte wohl auf diesem Schlosse. Wahrscheinlich war er ein Straßberger und ist wohl identisch mit Konrad von Magwitz.

Seine Bedeutung ist daran abzulesen, daß dessen Frau Jutta dem bedeutenden Ministerialengeschlecht der Kämmerer von Mühlhausen entstammt. Ihr zweiter Sohn erhält deshalb den Traditionsnamen Dietrich Kämmerer. Sein Onkel Dietrich Kämmerer bezeugt die Schenkung des Lehens Kulm an das Kloster Waldsassen. Auch in der folgenden Generation der Kämmerer gibt es eine Jutta, wohl die Nichte der Jutta von Magwitz. 1327 siegeln die Magwitzer mit einem leopardierten Löwen, ein Hinweis auf die Mühlhausener staufische Ministerialität.

1224 können die Weidaer Plauen erwerben, Heinrich von Straßberg macht durch seinen Eintritt in das Naumburger Domkapitel den Weg dazu frei. Die Weidaer sichern den Besitz durch die Kirchenschenkung, und sie beginnen sofort, dem Straßberger Schloß den wuchtigen Burgbau auf dem Schloßberg entgegenzusetzen. Das Zusammengehen mit dem Deutschen Orden, in dem sie weiterhin eine herausragende Rolle spielen, garantiert ihren weiteren machtvollen Aufstieg. Ihre Bauten, wie die Osterburg in Weida, die eindrucksvolle Klosterkirche in Mildenfurth, wohl auch die Doppelturmfront der Plauener Johanniskirche und die auf Höhenentwicklung berechnete Wehranlage auf dem Schloßberg, zeigen großen Zuschnitt. Wir stehen an einem Brennpunkt der Reichspolitik. Wie man auch dazu stehen mag, diese Denkmale verdienen eine würdige Behandlung. Unsere polnischen und tschechischen Nachbarn haben uns längst vorgemacht, wie man damit umgeht.

Alwin Neupert, Plauen (1841–1923):

Feinschmecker und starke Esser im alten Plauen vor 1910

Wein wurde in dem alten Plauen wenig getrunken, desto mehr das leichte Bier und dazwischen Schnaps. Aus den Schankstätten und zumal im Sommer drangen aus den Hausfluren derselben nicht selten wüste Gesänge der bezechten Gäste auf die Straße. So hörten die Gymnasiasten auf dem Schulweg zum alten Gymnasium am Schulberg, wenn sie am weißen Lamm (damals den Gebrüdern Anton und Wilhelm Hartenstein, genannt „Großens Bum" (Buben) gehörig vorübergingen, sehr häufig nicht gerade melodische Gesänge z. B.:

Sauf, Bruder, sauf,
es geht nicht alles drauf,
morgen kommt der Schwiegervater,
bringt 'nen Sack voll harte Taler,
sauf, Bruder, sauf,
es geht nicht alles drauf.

Der Text ähnlicher Rundgesänge war manchmal so zotig und unflätig, daß deren Wiedergabe ausgeschlossen ist.

Daß dabei eine große Menge Bier vertilgt wurde, ist ja selbstverständlich, auch bis auf die neueste Zeit hat es Trinker gegeben, die täglich ein fast unheimliches Quantum Bier haben mußten.

Als der neubegründete Plauische Aktienbrauverein den Ausschank seines Lagerbieres begann, kostete das Glas (0,5 Liter) 10 Pfennige. Viel besucht war von der Bürgerschaft damals die Gesellschaft Freundschaft. Ein behäbiges Mitglied, welches meist in der Mundart – selten ein Wort hochdeutsch – sprach, erklärte: ÖSennese, wenn ich sunntogs naus der Freundschaft geh', steck ich mir e Hämfele Neugrosch 'nei der Westentasch, und

allemol wenn ich 6 Glos getrunken ho, bezohl ich die, es sieht so schlecht aus, wenn zeletzt der Kellner fregt: ‚Her P., wieviel ham se're heit' und mer söll song: 19 oder 21, drüm werd aller 6 Glos gleich bezohlt.

Wie allerwärts gab es auch im alten Plauen bei weitem weniger starke Esser, als solche, welche hoch in der Tranksteuer waren, da ihre Leber auf der Sommerseite lag. Seit Ausbruch des Weltkrieges mußten auch diese stärksten Trinker sich mit einem bescheidenen Quantum Bier begnügen, noch vielmehr mußten aber in den vier Kriegsjahren die starken Esser bei dem sich steigernden Mangel an Fisch, Geflügel, Wildpret und Fleisch den Schmachtriemen enger und enger ziehen, immerhin hat der Wohlhabende sich noch öfters sein Leibessen zu verschaffen gewußt, wenn auch nicht so ausgiebig, als dies im alten Plauen der Fall war.

Gewiß, fast jeder hat eine Vorliebe für eine Lieblingsspeise, und gibt es sein Leibessen, so nimmt er es mit zweien auf, aber aus dem alten Plauen, so in der Mitte des 19. Jahrhunderts, werden ganz andere Leistungen berichtet.

Ein behäbiger Bürger wollte allwöchentlich Nudeln und sein Leibessen, haben. Da diese kochend heiß auf den Tisch kamen, mußte ihm seine Ehehälfte, während er den ersten Teller auslöffelte, schon den zweiten Teller gefüllt zur Abkühlung bereitstellen. Als ihm eines Tages sein Leibgericht besonders gut schmeckte und die Suppenterrine nahezu zur Hälfte geleert war, wandte er sich mit der herzlichen Bitte an die Gattin: „Laß mit die paar Ludeln, Albertine, mach'n Leuten wos annersch, und leerte die Terrine bis auf den letzten Löffel.

Ein anderer aß für sein Leben gern Hasenbraten und sonntags mußte solcher so oft als möglich auf den Tisch kommen: „Do denken die dumme Leit, de Läuftle wärn net gut und geh'm se der Dienstmagd. Die Läuftele sein ja gerod 's Beste an Hasen, die knaupel ich allemol nei bis de Klös' rei'kumme, noochert den halben Rücken und 4 bis 6 grüne Klöß, do hungerts ein' so bald net wieder." – Auch mancher, der nicht zu den gewohnheitsmäßigen „starken" Essern gehörte, leistete im Einzelfall manchmal Erstaunliches. So fand ein Fleischermeister, welcher viel zum Einkauf über Land fuhr – auch er ruht längst unter dem Rasen – eines Abends, als er spät und hungrig nach Hause kam, fand er in der Röhre des Kochofens eine Pökelrinderzunge weichgekocht vor und, hungrig wie er war, ließ er sich diese Zunge mitsamt dem „Schlunk" gut schmecken bis auf die Zungenspitze, die „Leck", die noch etwas hart war. Am anderen Morgen zeitig kommt seine Ehehälfte an sein Bett: „Die Frau Direktor E. schickt nach der Rindszunge, die sie für ein Picknick bestellt hatte, ich kann sie nicht finden." – „Sog ner, die hätt ich gegessen, so sell derfür eine schöne Salvelatwurst mitnehme."

Daß infolge von Wetten mancher, der eine gute Klinge schlägt, sich zu besonderen Leistungen aufschwingt, ist ja jederzeit vorgekommen. So verpflichtete sich ein Herr in den besten Jahren, drei Lendenbeafsteeks von vereinbarter Größe und Gewicht auf einem Niedersitz zu essen und gewann die Wette glänzend. Jetzt während des Weltkrieges sind derartige Wetten ja ausgeschlossen.

Eine eigenartige Wette kam vor langer, langer Zeit einmal in der Erholungsgesellschaft zum Austrag. Man hatte über die berechtigte und unberechtigte Abneigung einzelner gegen gewisse Speisen gesprochen und besonders als Beispiel auf den Krebs hingewiesen, der durch seine Ernährung Ekel und Widerwillen erregen müßte und doch von den Feinschmeckern als Delikatesse hoch geschätzt würde, während niemand Pferdefleisch essen wollte, obwohl Pferde nur das reinlichste und beste Futter annehmen. Ebenso wählerisch im Futter, sogar im Mehl sei die Maus, sagte der anwesende als Aurikel- und Nelkenzüchter im In- und Auslande bekannte Maler H., der Widerwille gegen den Genuß mancher Speisen beruhe lediglich auf Einbildung, er mache sich anheischig, 4 gebratene Mäuse zu essen. Es kam zu einer Wette. H. mußte die Mäuse selbst abziehen, wozu sich die Wirtin nicht verstehen wollte, dagegen briet sie diese so knusprig wie Leipziger Lerchen. Der Wettende aß sie mit großem Appetite auf und hatte die Wette gewonnen, worauf die verwettete beträchtliche Anzahl Flaschen Wein sofort an Ort und Stelle gemeinschaftlich geleert wurde.

Als Feinschmecker waren zwei Herren aus den ersten Kreisen der Gesellschaft anerkannt, die durch die aparte und elegante Art, wie sie aßen, geradezu auf ihre Umgebung bei Tische appetitanregend einwirkten, der eine war der prak. Arzt Dr. med. S., der andere Prof. R.

Dr. S. lebte von seiner Frau getrennt, deren Zimmer in seinem Sprechzimmer, mit einem Flor bedeckt hing. Auf dem Hirtenberg, wo jetzt der Turnplatz der Oberrealschule sich befindet, hatte er sich ein eigenes eigenartiges Heim geschaffen, teils Gewächshaus, teils Gartenhaus. Im Sprechzimmer sah der Besucher Präparate in Spiritus, ausgestopfte exotische Vögel, seltene Blumen, ein Papagei begrüßte ihn mit schnarrender Stimme. Dr. S. hatte den Ruf eines tüchtigen Arztes schon von Mühltroff, seinem früheren Wohnsitz, mit nach Plauen gebracht. Ihm glückten oft wunderbare Kuren an Patienten, deren Heilung von anderen Ärzten als aussichtslos angesehen worden war, von armen Leuten nahm er kein Honorar und gab ihnen auch noch die Heilmittel umsonst. Ein wohlbeleibter, starker, großer Mann, erfreute sich eines dementsprechenden Appetites. Karpfen aß er besonders gern, zumal Kopf, Schwanz und das Mittelstück. Noch mehr stellte er seinen Mann bei Schlachtfesten. Allein vom Wellfleisch konnte er einen „gehauften" Teller vertilgen, trank aber nur Wasser dazu, während die übrigen Gäste einen „Strichzieher", „Faustpinsel" oder gar einen „Anetzer" (die drei Pinsel der Scharwerksmaurer zur Veranschaulichung der Größe der Schnapsgläser) Korn mit Kümmel gemischt für unerläßlich notwendig hielten.

Dr. S. hatte sich später ein krankes Bein abnehmen lassen müssen, und nun mußten die Patienten ihn in seiner Klause aufsuchen. In besonders dringenden Fällen ließ er sich zwar von zwei Packträgern auf einem Stuhlschlitten, dessen Kufen auf Räder gestellt waren in die Wohnung des Patienten befördern, indem der eine das Vehikel zog, der andere es schob, allein den schweren Mann die Treppen auf und ab zu befördern, machte immer große Schwierigkeiten. Dr. S. starb kurz nach Beendigung des deutsch-französischen Krieges. Seine Schmetterlings- und Vogelsammlung ging in den Besitz der 1. Bürgerschule über.

Prof. R. war gleichfalls eine korpulente, gewaltige Persönlichkeit. An Eleganz in der Handhabung von Messer und Gabel, Beseitigung von Gräten bei Fisch und Knöchelchen vom Geflügel war er dem Dr. S. noch überlegen. Er war ein guter Redner, und als er bei einem Festessen in der Erholung einen längeren Trinkspruch ausbrachte, wollte der bedienende Kellner ihn mit dem zu servierenden Gang übergehen. R. hatte aber wohl bemerkt, daß seine Tischnachbarn sich bereits die besten Stücke zugelangt hatten und nicht viel für ihn übrig bleiben würde, da unterbrach er seine Rede und herrschte den Kellner an: „Die Platte bleibt hier", und kam so noch zu den gewünschten guten Stücken.

In einem engeren Freundeskreis gutsituierter Bürger war es zur Gewohnheit geworden, alljährlich im Winter an einem in die Woche fallenden Feiertag ein Austernessen zu veranstalten. Einmal war aber anstatt des bestellten Fäßchens ein ziemliches Faß Austern angekommen, überdies waren einige im letzten Augenblick abgehalten worden an dem Frühstück teilzunehmen. Obwohl unter den Teilnehmern ein paar besonders leistungsfähige Austernverehrer sich befanden, denen es keine Belästigung war 5 bis 6 Dutzend zu verzehren, so war das Faß erst bis zur Hälfte geleert, als man auf den Gedanken kam, den Prof. R. zu Hilfe zu rufen. R. hatte zwar bereits zu Mittag gegessen und pflegte der Ruhe, als die Abordnung ihn zur Teilnahme an dem Austernessen einlud. „Nun, ihr Hindskerle, Austern habt ihr und Chablis habt ihr auch und könnt allein nicht fertig werden, nun da muß ich doch einmal sehen", sprach's, zog seinen Rock an und ging sofort mit. Aber auch für seine Kraft war das Quantum zu groß, um auf den Boden des Fasses zu kommen, der Restbestand wurde an befreundete Familien verteilt.

Als einer der stärksten Esser galt Mitte des vorigen Jahrhunderts in Plauen ein Handelsmann namens Göbel. Er ging viel mit einem Bündel Waren beladen über Land hausieren, und da er besonders auch Pferdedecken vertrieb, war er unter dem Namen „Pfer-Göbel" bekannt. Von ihm rührt der bekannte Ausspruch her, der zum geflügelten Worte geworden ist:

Die Ent' is e dummer Vogel,
eine is zu wenig, zwei sein're zu viel.

Nicht selten mußte ihm, wenn er abends spät nach Hause kam, seine Frau noch grüne Klöße kochen, um seinen gewaltigen Hunger zu stillen. Eines Sonnabend abends hatte seine bessere Hälfte, da sie am Sonntag Vormittag in die Kirche gehen wollte, die Sonntagsgans schon vorrätig gebraten und sich zeitig zur Ruhe begeben. Gegen Mitternacht erst kam G. nach Hause, sah gewohnheitsmäßig in die Röhre des Kochofens und fand die knusprige Gans. Ein Bein abknicken und Verzehren war das erste, das zweite Bein, die Pfaffenstückchen und die Flügel folgten, und früh fand die Gattin beim Kaffeekochen fast nur noch das Gerippe vor.

An Leistungsfähigkeit im Essen wurde G. noch übertroffen durch den „Postadel". Ein ehemaliger Postillon, namens Karl Adam W., genoß bei Postmeister Julius Irmisch als „Haushospes" gewissermaßen Gnadenbrot. Vielfach gab sein mehr als guter Appetit Veranlassung zu Wetten. So verpflichtete er sich in einem Falle, zwölf Salzheringe aus der Tonne ungewässert zu verzehren, die er nicht zu bezahlen brauchte, wenn er die Wette gewann, vielmehr sollte er dann Freibier haben und trinken können, soviel er wollte. Acht Heringe hatte er glücklich vertilgt, merkte aber, daß es ihm nicht mehr gelingen würde, die vereinbarte Zahl zu erreichen. Er praktizierte zwei Stück in den Schürzenlatz seiner blauen Leinwandschürze und aß nun die beiden letzten auf dem Teller liegenden Heringe noch auf. Das Manöver war jedoch bemerkt worden, und es gab indessen kein Freibier, sondern Adel mußte seinen Riesendurst mit Wasser löschen.

Im Spätherbst hatte einmal Adel den Dreschern das Mittagessen in die Scheune zu bringen. Es gab gerstene Mehlklöße und Schöpsenfleisch mit Zwiebelbrühe. Man spricht nicht mit Unrecht von einem starken Esser: „Er ißt wie ein Scheunendrescher", und die Frau Postmeister hatte für die vier Drescher etwa 24 Klöße gerechnet. Das Ganze, in einem Krug mit wollenen Tuch zugebunden, sollte möglichst heiß den Dreschern munden. Unterwegs rastet Adel am Feldrain, die Sonne scheint warm, er lüftet das Tuch und, verführt von dem guten Geruch, löffelt er sich erst einen, dann noch einen, schließlich einen dritten Kloß aus dem Krug. Die Drescher werden es nicht merken, wenn er noch einen vierten und fünften Kloß verzehrt, aber nun gab es kein Halten mehr, nachdem er mehr wie die Hälfte vertilgt hatte, getraute er sich nicht mehr in die Scheune, leerte den Krug bis auf den letzten Kloß und verkroch sich sodann in einem ausrangierten Postwagen, der in einer Remise des Posthofes stand und verfiel, gesättigt wie eine Boa constrictor, welche ein Kalb verschlungen hat, in einen tiefen Schlaf. Seine Unmäßigkeit bereitete ihm ein tragisches Ende. Zu Weihnachten schenkte ihm der durch sein vorzügliches Gebäck renommierte Bäcker L. in der Kirchgasse einen Stollen, den Adel auf einen Niedersitz, obwohl er ganz neugebacken war, vertilgt, und damit führte er sein Ende herbei.

(leicht gekürzt, der Verlag)

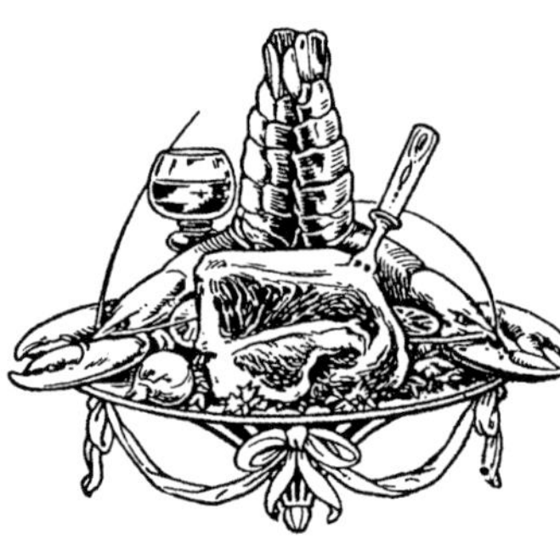

Damals hieß es: Wissen ist Macht! Heute sagt man: Nichts Wissen macht nichts!

Aus einem alten Lesebuch

Vor allem eins, mein Kind: Sei treu und wahr,
laß nie die Lüge deinen Mund entweih'n!
Von alters her im deutschen Volke war
der höchste Ruhm, getreu und wahr zu sein.

Du bist ein deutsches Kind, so denke dran!
Noch bist du jung, noch ist es nicht so schwer,
aus einem Knaben aber wird ein Mann,
das Bäumchen biegt sich, doch der Baum nicht mehr.

Sprich ja und nein und dreh und deutle nicht,
was du berichtest, sage kurz und schlicht,
was du gelobtest, sei dir höchste Pflicht,
dein Wort sei heilig, drum verschwend es nicht!

Leicht schleicht die Lüge sich ans Herz heran,
zuerst ein Zwerg, ein Riese hintennach,
doch dein Gewissen zeigt den Feind dir an,
und eine Stimme ruft in dir: „Sei wach!"

Dann wach und kämpf, es ist ein Feind bereit:
die Lüg' in dir, sie drohet dir Gefahr!
Kind, Deutsche kämpfen allezeit!
Du deutsches Kind, sei tapfer, treu und wahr!°

Was du einst versprochen in der Kirche vor' Altar
das halte fest in deinem Herzen.
Achte Anderer Glauben und laß dir deinen Herrn und Gott
von keinem Zweifler rauben. (R.Reinick)

Oben stehendes Gedicht stammt aus einem Schülerlesebuch „Geist und Herz" 1. bis 3. Schuljahr (1927–1935). Bis 1935 wurde in den Schulen zu Beginn des Unterrichts „Guten Morgen", „Guten Tag" und „Auf Wiedersehen" gesagt. (Der Beitrag wurde eingesendet von Frau Margarte Hoyer).

Nr. 1: Meyers Ziegelei, Nr. 2 und 3: Roßbachs Ziegelei, Nr. 4 Ehemalige große Scheune, von der noch ein Teil steht, Nr. 5: Gut Heidenreich.

Die Aufnahme stammt aus dem Buch „Historische Aufnahmen von Plauen“ 1925

Volker Barthel, Plauen:

Ehemalige Ziegeleien in und um Plauen

Zur Historie des Ziegels

Der Ziegel war und ist ein Ersatzbaustoff für Natursteine, und er fand vor allem in Regionen Verwendung, wo das Naturmaterial nicht vorhanden war.

Der Verbau der Ziegel geht weit in unsere Vergangenheit zurück. Auf dem Indischen Kontinent zum Beispiel nutzte man sie bereits vor 5000 Jahren, wenn diese sich auch in Material, Form und Farbe von denen, wie wir sie heute kennen, unterschieden. Im europäischen Raum verbreiteten vor allem die Römer die Anwendung des Ziegels.

Zum Teil in Fragmenten aber auch in ganzen Gebäuden aus dieser Zeit (Antike) ist diese Bauweise noch gut erkennbar.

Da ist zum Beispiel in Trier die Konstantinsbasilika. In ganz hervorragender Weise kam der Ziegel (Backstein) in der Zeit der Gotik, Ende des 12. Anfang des 13. Jahrhunderts zur Anwendung. Unter dem Begriff „Backsteingotik" entstanden wunderschöne Bauten. Vorwiegend fand man diese im norddeutschen Raum. Aber auch in unserer Region gibt es Beispiele, wo die hohe Funktionalität und Optik der Ziegelbauweise demonstriert wird.Wie die Göltzschtalbrücke und ihre kleinere Schwester, die Elstertalbrücke. Abschließend kann man sagen: Der Ziegel ist ein Baustoff, der nach wie vor in unterschiedlichster Weise eingesetzt und verbaut wird.

Zur Brenntechnik

Bereits 2000 Jahre vor Chr. kamen die Chinesen auf die Idee, die heißen Gase aus einer im Vollfeuer stehenden Brennkammer zum Vorwärmen des in einer weiteren Ofenkammer stehenden Brenngutes zu verwenden. Auch das Prinzip, das Brennmaterial von oben in die Heizkammer einzubringen, war hier schon bekannt.1776 wird von einem J. G. Müller berichtet, er auf diese Weise 6 Öfen miteinander in Verbindung gebracht hat. 1839 entwickelte der Maurermeister Amold in Fürstenwalde das Prinzip weiter, indem er die Kammern ringförmig anlegte. Der heute noch bekannte Ringofen war erfunden. Weitere Leute befaßten sich mit dieser Technik, verpaßten aber, sich dieselbe patentieren zu lassen. Anders der Berliner Baumeister Eduard Hoffmann 1818–1900, der zusammen mit dem Wiener Stadtbaurat A. Licht 1856 den ersten Prospekt für einen Ringziegelofen herausgab. Um 1858 erhielt er das preusische sowie das bayerische Patent darauf. Aber bereits 1870 mußte er nach gerichtlichen Auseinandersetzungen dasselbe wieder abgeben.

Trotzdem erhielt sich in der Fachwelt der Begriff „Hoffmannscher Ringziegelofen", Übrigens arbeiteten alle hier beschriebenen Ziegeleien mit dieser Technik. Leider gibt es nicht mehr viele Denkmale, die diese historische Technologie erkennbar und begehbar zeigten. Eine der wenigen Einrichtungen ist das Ziegelmuseum Mildenberg bei Zehdenick.

Obwohl der Ziegel in unserer Zeit vielfach durch Beton sowie Glas und Stahl ersetzt wird, hat er immer noch seine Rolle als ganz wichtiger Baustoff behalten. Auch weil er in seiner Entwicklung vom manuell gefertigten „Handstrichziegel" bis zum heutigen hoch belastbaren Ziegel stetig weiter entwickelt wurde. Für Leser, die ein tieferes Interesse am „Ziegel" haben, empfehle ich den Beitrag der Herren Weise und Cebulla, im Heft Nr. 45 des Vogtländischen Altertumsforschenden Vereins zu Hohenleuben e. V.

Nun zu den Ziegeleien in Plauen und Umgebung.

Wie weit die Geschichte dieses Industriezweiges zurückreicht, ist leider nicht mehr belegbar nachzuweisen. Aber in seiner größten Dichte in Plauen kann man den Zeitraum von etwa 1830 bis 1930 annehmen. Um 1900 gibt es etwa 12 Ziegeleien verteilt über das gesamte Stadtgebiet, wobei es im Stadtteil Haselbrunn die meisten dieser Anlagen gab. Insgesamt waren es 7 Ziegeleien. Diese Häufigkeit ist wohl auf das reiche Vorkommen von Lehm zurückzuführen, dem Grundstoff, der ausschlaggebend ist zur Ziegelherstellung. Aber es gab sie eben auch in anderen Stadtteilen wie Chrieschwitz, Preißelpöhl oder im Westen der Stadt.

Zum Niedergang dieser Industrie, der bereits Anfang der 20ziger Jahre des 20. Jahrhunderts eintrat: Aus dem Wirtschaftsbericht der Stadt Plauen geht hervor, daß allein in den Jahren 1919 bis 21 vier Plauener Ziegeleien geschlossen wurden. Diese waren im einzelnen.

Köchel & Roßbach (vormals Härtel), die Firma Baumgärtel, Schindler & Co. in Chrieschwitz, Ziegelei Vogel in Kleinfriesen. Ich möchte hier einige Ziegeleien aufführen, von denen leider nur der Standort oder die Namen der Ziegler (so nannte man die Eigentümer) bekannt ist. Dressels Dampfziegelei Besitzer Albin & Reinhold Dressel in Meßbach, Ziegelei von Enno Baumgärtel, Ziegelwerke Lorenz & Schuller in Oberpirk, Dampfziegelei Helene Hofmann, Ziegelei Auerbach & Co. in Unterlosa, Ton und Ziegelwerke Weischlitz GmbH in Unterweischlitz, Ziegelei in Jößnitz Eigentümer: Ludwig Gräf, Hugo Oskar Walther, Viktor Walther Völkel, Ziegelei in Stöckigt Eigentümer ebenfalls Hugo Oskar Walther. Zu folgenden Ziegeleien habe ich mehr oder weniger Informationen gefunden. Zur Ziegelei Klopfer in Kauschwitz verweise ich auf einen Beitrag in der Ortschronik vom Jahr 2013. Zu den beiden Ziegeleien im Heidenreich finden sich folgende Angaben. 1874 erwirbt F. A. Roßbach einen Teil des Roßbachschen Besitzes im Heidenreich von seinem Vater F. W. Roßbach. Auf demselben errichtete er eine Ziegelei, indem er über eine Mitteilung in der Presse vom 3. 9. 1884 die Errichtung eines Ringziegelofens informiert. 1885 begann der Bau eines dazugehörigen Brennofens. Bis 1888 gab es ständige Erweiterungs- sowie Anbauten. Bereits 1889 wurde auf Dampfbetrieb umgestellt. 1891 entstanden zwei weitere Schuppen zur Lufttrocknung der Ziegel. Ein zweiter Abschnitt der betrieblichen Modernisierung begann 1907 mit dem Um- und Ausbau des Maschinenhauses. Im Jahr 1913 gab es mit einem weiteren Ziegellagerschuppen den letzten Neubau. Bereits im Jahr 1930 wurde der Betrieb eingestellt. Während des 2. Weltkriegs gab es noch einmal eine kurze Nutzung als Kartoffellager. Aber schwere Bombentreffer zerstörten am 10. 4. 1945 die Ziegelei fast vollständig. Noch nutzbares Baumaterial wurde für die beiden Ziegeleien Roßbach I und III an der Haselbrunner Straße verwendet.

Die Geschichte von Meyers Ziegelei begann fast zur gleichen Zeit wie die von Roßbach II.

Im Jahr 1883 erwarb Friedrich Otto Meyer (1830–1901) mit seiner Ehefrau Friederike Liberta Meyer (1839–1906) das Vorwerk Haselbrunn, nachfolgend bekanntgeworden unter dem Namen „Meyers Gut". Auf dem dazu gehörigen Grund und Boden befand sich bereits eine Ziegelei. Mit Sicherheit war das ein wichtiges Argument für den Kauf. Über eine Anzeige in der Presse wird die Errichtung eines Ringofens mitgeteilt. Auch hier erfolgte im Jahr 1889 die Umstellung auf Dampfbetrieb. Eine Verbesserung der technischen Ausstattung erforderte die Errichtung eines zweiten Schornsteins. Diese Baumaßnahme ging einher mit der Errichtung eines Lokschuppens und einer elektrischen Steinbrechanlage. Als Geschäftserweiterung erschloß die Familie einen Steinbruch im Heidenreich, heute noch zu sehen als „Felsenteich". Nach dem Tod von F. O. Meyer im Jahr 1901 führt seine Witwe die Geschäfte weiter. Eine wichtige geschäftliche Entscheidung war das Unternehmen in eine GmbH umzu wandeln. So zwang sie ihre vier Kinder zur Mitverantwortung und legte so den Weg für die Zukunft fest. Aber nach ihrem Tod 1906 und wohl auch auf Grund wirtschaftlicher Schwierigkeiten (1. Weltkrieg). Wurde das Geschäftsmodell nochmals verändert.

Es entstand eine Aktiengesellschaft. In diesen Jahren gab es noch einmal technische Veränderungen sowie Erweiterungen. Schließlich geht die Ziegelei AG. im Jahr 1932 in Konkurs und wird unter Zwangsverwaltung gestellt. Im Zuge der Versteigerung erwirbt Dr. Fritz Anlauft die Ziegelei und gründet eine Kommanditgesellschaft. 1935 wird der Betrieb völlig eingestellt. Die Gebäude werden teilweise abgerissen oder vermietet wie z. B. der Ringofen als Kartoffellager.

1943 gab es auf dem Gelände drei Wohnbaracken für Kriegsgefangene, die in den Siemens-Schuckert Werken arbeiteten. In den 60ziger Jahren entstand auf dem ehemaligen Ziegeleigelände die Gartenanlage „Wiesengrund".

Zwei weitere Ziegeleien befanden sich im nahen Althaselbrunn. 1877 beantragt der Bauunternehmer A. Reinhold auf seinem Grundstück die Errichtung eines Ziegelmeilers sowie den seit 20 Jahren stillgelegten Ziegelbrennofen wieder in Betrieb zu setzen. Im März 1881 erfolgt die Zulassung sowie Errichtung desselben. Bis zum Jahr 1884 gab es mehrere Anbauten durchgeführt durch „Gebr. Reinhold". Weitere Aktivitäten gab es in den Jahren 1911/12. Eine größere Maßnahme war 1914 die Erhöhung des vorhandenen Schornsteins auf 32 m. Danach reißen die Informationen ab und beginnen erst im Jahr 1949 wieder nach dem Abriß der durch den Krieg zerstörten Ziegelei einschließlich des Schornsteins am 23. 12. 1949.

In unmittelbarer Nachbarschaft befand sich die Ziegelei des Herrn Louis Stüber. 1889 beantragte Herr Maurer-

Meyer's Ziegelwerke Gesellschaft mit beschränkter Haftung **Inh.: Otto Meyer's Erben** **Plauen-Haselbrunn**

15 Minuten vom oberen Bahnhof entfernt.

Im Jahre 1889 wurde diese Ziegelei errichtet und hat sich im Laufe der Jahre zu einem ansehnlichen Werke entwickelt; fabriziert werden gute Mauersteine, sowie Decken- und Hohlsteine.

In Verbindung mit der Ziegelei ist im vorigen Jahre eine größere elektrische Steinbrech- sowie Bohranlage (Dyamantbohrung) errichtet worden, deren Erzeugnisse sich zu Straßenbau, hauptsächlich aber für Betonarbeiten sehr gut eingeführt haben.

Hergestellt wird: Klarschlag, Knack, Graupen (für Gartenwege) sowie Sand.

Foto: Autor

Vermutlich ein sehr seltenes Bild, ein Porträt von Friedrich Otto Meyer (1830–1901). Foto: Archiv Verlag

Die Meyersche Ziegelei – am rechten Schornstein eine Werbetafel für seine Firma. Foto: Archiv Verlag

meister J. G. Winkler die Errichtung eines Ringziegelofens. Interessanter Weise stellte Herr Winkler 1890 den Antrag für die Errichtung eines Ziegelmeilers, der für die Dauer von 14 Tagen etwa 80 000 Stück Ziegel brennen sollte.

Das war eine einmalige Aktion. Man muß dazu sagen, daß diese Art Ziegel zu brennen zu dieser Zeit sehr ungewöhnlich war. 1894 erscheint der neue Besitzer L. Stüber und führt den Betrieb weiter. 1897 gibt es nochmals Erweiterungsbauten sowie den Einbau eines 2-PS-Petroleummotors.

1907 gibt es ein größeres Bauvorhaben. Es geht um die Errichtung eines Schrägaufzugs für Loren von der Lehmgrube in den Pressenraum. Hier enden leider die Aufzeichnungen.

Eine der Haselbrunner Ziegeleien war die von Hugo Oskar Walther. Bekanntmachung im VAZ (Vogtländischer Anzeiger) vom 1. 5. 1884. Herr Maurermeister Christian Friedrich Keßler informiert über die Errichtung einer Ziegelei mit Ringofen auf seinem Grundstück Nr. 165 Flurbuch Haselbrunn. Im gleichen Jahr noch kommt ein Wohnhaus und ein Trockenschuppen dazu. Im Jahr 1886 wird die Anlage auf Dampfbetrieb umgestellt. Bis in das Jahr 1894 gibt es beständig An- und Erweiterungsarbeiten. 1897 erscheint an Stelle von Keßler ein Carl Friedrich Ehrler, der bereits im Jahr 1898 von H. O. Walther abgelöst wird. Unter seiner Regie gab es noch mehrere Erweiterungen. Aber auch hier gibt es leider keine weiteren Aufzeichnungen. Auf dem Gelände dieser ehemaligen Ziegelei befindet sich heute der Sportplatz des Fußballvereins VSV 90 Plauen und wohl Teile der „Vogtlandmilch GmbH".

Eine der größeren war die Neumannsche Ziegelei. Mitteilung im VAZ vom 9. 1. 1890: Herr Maurermeister Bernhard Louis Neumann beabsichtigt auf seinem Grundstück Nr. 221 Flurbuch Haselbrunn eine Ringofenanlage mit Dampfbetrieb zu errichten. Am 24. 3. des Jahres bereits erfolgt durch die Firma Hermann Tröger der Einbau einer Dampfkesselanlage. Übrigens hat diese Firma auch in anderen Ziegeleien solche oder ähnliche Anlagen eingebaut. 1894 erfolgt die Errichtung eines Wohnhauses. Diese Bautätigkeiten setzen sich fort bis in das Jahr 1899. 1904 kommt nochmals ein besonders großer Trockenschuppen hinzu, hier bereits für „Neumann Ziegelwerke GmbH". Im gleichen Jahr noch kommt es zur Errichtung einer Lehmförderanlage mit einem 4 PS starken Motor. Zu dem Motor sollte man sagen, wir sind im Jahr 1904! 1912 kommt es noch einmal zu einer technischen Verbesserung durch den Einbau einer maschinellen Kettenförderung des Lehms zur Ziegelpresse.

Am 11. 4. 1914 Genehmigung zum Aufstellen einer gebrauchten Dampfmaschine (Baujahr 1896) mit einer Leistung von 60 PS. In den Jahren danach gibt es einen regen Schriftverkehr mit der Reichsbahndirektion und der Stadt Plauen wegen der Errichtung einer Beförderungsbrücke vom angrenzenden Kohlenbahnhof zur Ziegelei. Das Problem war, sie kreuzte die Alleestraße Im Jahr 1935 gibt es auf Grund eines Einspruchs einer Aufsichtsbehörde den Abriß eines Lastenaufzugs.

1948 ergibt eine Überprüfung des Schornsteins, der immerhin eine Höhe von 42 m hat, starke Baumängel. Da die Ziegelproduktion zu dieser

Ein Teil von Meyers Belegschaft stellt sich vor der Schmalspurbahn dem Fotografen.

Fotos: Archiv Verlag

Die Ziegelei mit Abraumhalde im Winter.

Meyers „Nachwuchs“ vor der Haustür.

Frau Meyer ist standesgemäß mit dem Kutscher unterwegs.

Zeit bereits eingestellt war, pachtet der Kohlehändler Rudolf Dick das Gelände oder einen Teil und produziert dort Naßpreßsteine. Dieselben waren ein Produkt aus Braunkohleresten, aus Brikettabrieb und Wasser. Dies war in den Nachkriegsjahren ein wichtiges Brennmaterial für die Haushalte. Ein letztes Schriftstück gibt es vom 27.7.1954 an das „VEB Naßpreßsteinwerk“ Morgenbergstraße 21. Dabei geht es um die Belastung des alten Ringofens, durch Regale zur Lagerung der Naßpreßsteine. Später gab es nochmals eine Umnutzung der ehemaligen Ziegelei als Lager und Sammelstelle für Altstoffe. Heute würde man wohl „Recyclinghof“ sagen. Am 27.1.1966 vernichtete ein Feuer die Reste des alten Ringofens.

Das war praktisch das Ende der Neumannschen Ziegelei.

Heute befindet sich auf dem Gelände der obere Teil des „Kaufland“.

Noch ein wichtiges Unternehmen aus dieser Branche gilt es zu erwähnen. Die Ziegeleien Roßbach I und III an der Haselbrunner Straße, Einmündung Langestraße. Leider ist über die Errichtung dieser beiden Ziegeleien nichts Nachweisbares zu finden. Es gibt einen Kaufvertrag zwischen dem Ziegler Carl Friedrich August Roßbach und der Gemeinde Haselbrunn. Über den Kauf von zwei Grundstücken auf besagtem Gelände vom Jahr 1897. Aber zu dieser Zeit haben mit Sicherheit die beiden Ziegeleien schon existiert. 1912 gibt es den Neubau eines Schuppens für den Einbau einer Wasserpumpenanlage. 1928 erfolgt Antrag von FA Roßbach, den bereits 1913 stillgelegten Ringofen abbrechen zu dürfen. Sehr wahrscheinlich handelte es sich hierbei um die Anlage „Ziegelei I“. Denn in Roßbachs „Ziegelei III“ wurden noch bis nach dem 2. Weltkrieg Ziegel hergestellt. Ab 1949 bis 1964 führt Hans Roßbach das Unternehmen. 1955 wird eine neue Kesselanlage eingebaut.

1961 gab es einen rigorosen Produktwechsel. Auch hier wurden Naßpreßsteine hergestellt.

Geschuldet war das vor allem objektiven Problemen bei der Beschaffung von Maschinenteilen, bei der Versorgung mit Personal (eine Ziegelei war ein Saisonbetrieb) und anderen Schwierigkeiten als Folge der Nachkriegszeit. Eine Folge war auch die Umwandlung in ein Unternehmen mit staatlicher Beteiligung „FA Roßbach Ziegelei KG“. 1964 scheidet Hans Roßbach aus Altersgründen aus, und damit endet die Geschichte der Familie Roßbach als „Ziegler“.

Zwei weitere Ziegeleien befanden sich im Westen der Stadt am Ortsrand an der Straßberger Straße. Bekanntmachung im VAZ vom 25. 5. 1895. Herr Ferdinand Max Härtel errichtet auf seinem Grundstück Flurbuch Nr. 121 einen Ringziegelofen. Es kommen ein Wohnhaus sowie weitere Ziegeltrockenschuppen dazu. 1897 erfolgt der Umbau eines alten Ziegelofens zu einem Kalkbrennofen. 1900 kommt es zum Einbau eines stationären Hochdruck-Lokomobils. 1902 erwirbt der Kaufmann Köchel mit FA Roßbach die Ziegelei. Man kann wohl Herrn Roßbach unterstellen, auf diese Weise einen Mitkonkurrenten auszuschalten. Denn bereits 1920 gibt es ein Ersuchen, die produktiven Teile der Ziegelei abzureißen und die verbleibenden Trockenschuppen zu Notwohnungen umzubauen, was letztlich auch genehmigt wurde.

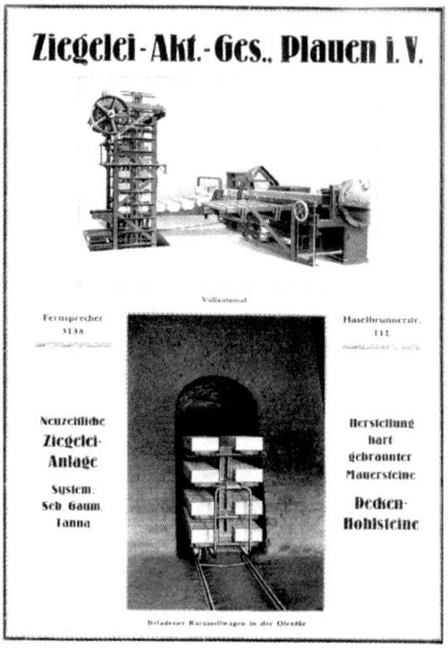

Anzeige aus dem Jahr 1926.

Baggerbetrieb statt wie früher Handarbeit in Roßbachs Ziegelei.

1950 der neue Kessel wird angeliefert.

Man posiert vor dem angelieferten neuen Kessel.

Fotos: Autor

In unmittelbarer Nachbarschaft befand sich die Ziegelei des Bäckermeisters Carl Friedrich Eichhorn, der selbst im VAZ vom 17.4.1873 anzeigt, auf seinem Grundstück eine Ziegelei zu errichten.

Es mutet schon ein wenig merkwürdig an, daß ein Bäckermeister sich als Ziegler versucht. Aber es zeigt eben auch, wie lukrativ die Produktion von Ziegeln zu dieser Zeit war. 1877 stellt Herr Eichhorn einen Antrag zur Errichtung eines Kalkbrennofens. Dem wird stattgegeben. Zur Ziegelei gibt es noch einmal einen belegten Vorgang. 1959 kommt es zum Abriß eines verbliebenen Schuppens der ehemaligen Ziegelei. Auf dem Gelände der beiden ehemaligen Ziegeleien befindet sich heute die Gartenanlage „Sommerglück“.

Bei zwei weiteren Ziegeleien geht es zuerst um die von Richard Schindler. Derselbe errichtet 1901 auf Chrieschwitzer Flur eine eher kleine Ziegelei, die wahrscheinlich auch wenig profitabel war. Denn bereits 1913 gibt es eine Teilstilllegung. Ein Grund für den Niedergang war wohl auch die schlechte Erreichbarkeit. In den Jahren 1915/16 gibt es einen regen Schriftverkehr zwischen Schindler und der Stadtverwaltung zu der Problematik Wegerecht und deren Nutzungsgebühren. 1920 wird vom aktuellen Besitzer Oswald Schindler eine Abbruchgenehmigung beantragt. Die wird ihm bei Androhung von Strafe verweigert. In den 30er Jahren kommt es schließlich doch zum Abbruch. 1941 verändert der neue Eigentümer Franz Eulenstein das übriggebliebene Ziegelmeisterhaus.

Bei der zweiten Ziegelei geht es um die von Gustav Richter. In Verlängerung der Heubnerstraße befand sich das Grundstück des Maurermeisters Ernst Graupner. Derselbe gibt am 25. 2. 1873 im VAZ bekannt, dort selbst eine Ziegelei zu errichten. 1875 kommt es zu An- und Erweiterungsbauten durch die beiden Maurermeister Graupner und Richter. 1890 gibt es nochmals bauliche Veränderungen. Aber bereits 1928 ist die Ziegelei bis auf einen Schuppen wieder abgerissen. Ab 1929 gibt es für eine kurze Zeit eine Nachnutzung des Schuppens als Wagenhalle durch den Händler Alfred Pätz. Heute befindet sich auf dem Gelände die Gartenanlage „Nußberg“.

Zu den hier beschriebenen Ziegeleien und ihren Besitzern gibt das Adreßbuch von 1884 weitere Ziegler bekannt. Im einzelnen sind das: E. W. Krause, G. G. Lorenz, G. F. Hofmann, J. G. Erler, C. G. Todtleben. Leider läßt sich zu den genannten Personen und ihren Ziegeleien keine Aussage mehr finden.

Quellen:
Bauaktenarchiv Stadtarchiv Plauen
Frau Cerbe geb. Roßbach, Herr Rolf Meyer

Das historische Foto

Arbeiter und damalige Technik im Theumaer Steinbruch der 20er Jahre.

Archiv: Verlag

Roland Wondrak:

So war's immer schon!

Väter, Mütter gerne schildern,
wie's in ihrer Jugend war.
An vergilbten alten Bildern
legen sie ihr Leben dar.

Ihren Kindern sie's erzählen.
Die begreifen's oftmals schwer.
Sich mit eignen Sorgen quälen,
im normalen Hin und Her.

Die Bilder man vom Tische nimmt.
Vergißt Gehörtes wieder schnell.
Alltagslärm den Ton bestimmt.
Der Blick nach vorn ist aktuell.

So erlebt es jede Generation.
Frühere Zeit, sie rückt nach hinten.
So war's damals immer schon!
Sein Glück muß jeder selber finden.

Manfred Peter, Büsum:

Für alle, die vor 1945 geboren wurden

Wir wurden vor der Erfindung des Fernsehens, des Penicillins, der Schluckimpfung, der Tiefkühlkost und des Kunststoffs geboren und kannten Kontaktlinsen und auch die Pille noch nicht.

Wir kauften Mehl und Zucker noch in Tüten und nicht verpackt im Supermarkt.

Wir waren schon da, bevor es Radar, Kreditkarten, Telefax, die Kernspaltung, Laser und Kugelschreiber gab.

Es gab noch keine Geschirrspüler, Wäschetrockner, Klimaanlagen, Last-Minute-Flüge, und der Mensch war auch noch nicht auf dem Mond gelandet.

Wir haben erst geheiratet und dann zusammengelebt. Und mit jemandem zu gehen, hieß fast verlobt zu sein. Zu unserer Zeit waren Käfer noch keine Volkswagen.

Wir dachten nicht daran, daß der Wiener Wald etwas mit gebratenen Hähnchen zu tun hatte, und Arbeitslosigkeit war eine Drohung und noch kein Versicherungsfall.

Wir waren da, bevor es den Hausmann, die Emanzipation, Pampers, Aussteiger und computergesteuerte Heiratsvermittlungen gab.

Zu unserer Zeit gab es noch keine Gruppentherapie, Weight Watchers, Sonnenstudios und kein Kindererziehungsjahr für Väter und Zweitwagen. Wir haben damals niemals UKW aus Transistorradios, Musik vom Tonband oder die New Yorker Symphoniker via Satellit gehört. Es gab auch keine elektronischen Schreibmaschinen, künstliche Herzen, Joghurt und Jungen, die Ohrringe trugen.

Die Kinder fuhren noch nicht mit dem Skate Bord, sie rollerten oder kreiselten, spielten Hopse und mit Murmeln.

Die Worte Software für alles, was man beim Computer nicht anfassen kann, und Non-Food für alles, was man nicht essen und trinken kann, waren noch nicht erfunden.

In dieser Zeit hieß Made in Japan billiger Schund, und man hatte auch nie etwas von Pizzas, Mc Donalds und Instant Coffee gehört.

Wir liefen schon auf der Straße herum, als man für 5 Pfennige ein Eis, einen Beutel Studentenfutter oder drei Schrippen für einen Groschen kaufen konnte.

Wir kannten keine Paprikaschoten, keine Zucchinis, keinen Broccoli.

Wir haben Briefe mit 6-Pfennig-Marken frankiert und konnten für 25 Pfennige mit der Straßenbahn von einem Ende der Stadt bis zum anderen fahren.

Im Winter konnte man mit Skiern zwar die Berge herunterfahren, aber niemals auf dem Wasser laufen.

Wir sind auch die letzte Gneration, die so dumm ist zu glauben, daß eine Frau einen Mann heiraten muß, um ein Baby zu bekommen.

Wir mußten fast alles selber tun und mit dem auskommen, was wir hatten. Und Bock mußten wir immer haben!

Diese ganze Entwicklung haben wir über uns ergehen lassen müssen.

Wen wundert es da schon, wenn wir manchmal ein wenig konfus sind, weil es eine so tiefe Kluft zwischen den Generationen gibt?

Aber wir haben es überlebt.

Johannes Michel (†), geb. in Plauen:

Wie iech ämol su richttich Schiß ghatten hat

S war während ne Kriech, isch war zer Ausbildung als Fernaufklärer in Grossenhain. Do senn mr scho mit dr Besatzung zamgestellt worn und gefluong, mi dere mer zum Fronteinsatz koome sollten. Iech war ze dere Zeit noch Bordfunker – später war iech Beobachter – und Unteroffizier. Se hattn miech aach für än Auswahllehrgang als Kriegsoffizier ausgesucht, der grod ze End gange war.

Ein Bild, das mich später im Einsatz zeigt. Archiv: Verlag

Do hot miech doch mei Herzstück, des später mei Fraa worn is, von Frankfort aus besucht. No jaa, mer warn bal Tooch und Nacht beiännaner, des is netäsu wörtlich ze nemme, nachts mußte a als Unteroffizier in dr Kasern sei, wenn de kaan Urlaubschei ghatten host, Nachturlaub hots ner bis zwölfe gehm. Nu an dem seeligen Ohmd warn mer halt aach widder beiännanner und mer ham de Zeit vergessen. Eh iech mol nooch der Zeit umguck, wars zwölfe vorbei. Himmel na de Wänd, des mir des passiern musst. Ä aanzich mol übern Zapfen gewichen und desderweng bestrooft, dann is dei Offiziersausbildung hie.

Übern Zaun wott iech net steing. Möchlichkeit ämende net aufzefalln war, morgens, wenn die vielen annern, die außerhalb dr Kasserne gewohnt ham, durch de Wach genne, do werd net äsu kontrolliert und Unteroffiziern war do aach ä ganze Nupp drbei.

Iech mußte es riskieren. Im Hotel hoh iech noch ä Zimmer krieht und nooch is halt de Nacht noch ä weng länger worn.

Ne annern Morng bie iech dann losgemarschiert, ho ä weg gwart, bis ä paar mehr zamkomme senn, und bie mit dene durch de Wach maschiert. S is gange, wie iech gdacht hat, den Staa hätt er härn soll, der mr do vom Herz gfalln is.

Niemand hots gemerkt, daß de Zapfengewichst host. Oder ämemde doch?

Wie iech nämlich am schwarzen Brett ä weng später vorbeikomme bie, do hot ä Zettel draagehnge: Uffz Michel um 10 ben Chef melden. Himmelarschundzwern!

Ham ses doch gspannt, daß iech heiternacht net da war? Ade du mein Kriegsoffizier, aus der Traum.

Um zehn bie iech hie zen Chef. Wie ich neikomm, lach dr miech aa. Wos isn itze lus, do kaa doch ebbes net stimme? Is hot was net gestimmt, ner net äsu, wie iech gefürch hatt.

„Ich kann Ihnen mitteilen, daß Sie die Prüfung als Kriegsoffizier bestanden haben und ich Sie hiermit zum Kriegsoffizersanwärter ernennen kann."

Naa, su ebbes. Iech wußte bal nimmer wos mit mir gschieht. Ze Tod betrübt zeerscht, itze himmelhochjauchzend, grod umgedreht, wie's sinst immer gett.

Wenns domals net gut gange wär, iech net Offizier hätt wern könne, wär mei ganzes Lehm annerschter gelaafen.

Bei diesem Bruch konnten wir noch lachen, Monate später hatte ich nichts mehr zu lachen. *Archiv: Verlag*

Brigitte Raffel, Plauen:

Kostümballzauber

Alljährlich zu der Faschingszeit,
da woll'n wir uns verkleiden,
um mit Stimmung, Frohsinn, Heiterkeit
den Winter auszutreiben.

Zum Maskenball geht's kostümiert,
um unerkannt zu bleiben,
und mit der Larve im Gesicht,
da kann man seine Späße treiben.

Da kommt auf einmal Casanova
ganz hurtig auf mich zu.
Woll'n wir ne Runde tanzen?
Ich raub' dir deine Ruh'!

Batman, Rambo und ein Musketier
die war'n alle sehr galant.
Ich hab' mir meinen Spaß gemacht,
hab' trotz Maskerade sie erkannt.

Wir feierten die ganze Nacht
bei Tanzmusik und Wein.
Die Kapelle spielte heiße Rhythmen,
so schön kann der Fasching sein.

Fasching

Manfred Peter, Büsum:

Ich schaue wieder einmal zurück

Mein Rückerinnern beginne ich mit dem morgendlichen Aufstehen in den kälteren Jahreszeiten. Während wir heute wie selbstverständlich aus dem warmen Bett in eine wohl temperierte Badestube gehen, gingen wir in eine kalte Küche. Es war die Mutter, die zum Küchenherd eilte, Feuer machte und einen mit Wasser gefüllten Topf zum Kaffee zubereitet auf den Herd stellte. Warmes Wasser kam, so kann man verallgemeinernd sagen, ausschließlich vom Herd, nicht wie heute aus der Wand. In den größeren Städten erleichterte das Wasserwärmen ein Gaskocher.

Warmwasserheizungen mit mehreren Heizkörpern, wie heute üblich, lernte ich nur in öffentlichen Gebäuden kennen. Geheizt wurden sie mit Koks, einem beim Entgasen von Steinkohlen gewonnenen hochwertigen Brennstoff. Erst Anfang der 60er Jahre löste das Heizöl, gelagert in Tanks, den Koks ab. Nicht viel später begann das Gas, soweit die Leitungen bis zum Haus gelegt waren, das Öl zu verdrängen. Mit leiser Wehmut denke ich an den anheimelnden, behaglichen, mit Briketts geheizten Kachelofen in der guten Stube zurück. Leider wurde er meist nur sonntags geheizt.

Nach dem morgendlichen Aufstehn und Zurechtmachen wurde und wird gefrühstückt. An der Zusammensetzung des Frühstücks hat sich nichts geändert. Damals und jetzt wird von frugal (sparsam) bis opulent gegessen. Bei den Gasthöfen und Hotels war es meist so, daß bei einer Übernachtung daß Frühstück extra bezahlt wurde. Den Preis bestimmte die Zusammen-

Oberer Graben: Unsere Gaststätte vor der Zerstörung 1945

setzung. Wünschte man z. B. ein weiteres Brötchen, so erhöhte sich der Preis entsprechend. Heute essen wir nach Appetit und Hunger vom Büffett. Das hätte vor dem Krieg niemand für möglich halten können.

Ein weiteres Wort zu den Übernachtungsstätten. Vor gut 50 Jahren, als die allgemeine Reiselust einsetzte, fragte ich beim ausgesuchten Hotel stets erst an, ob ein Parkplatz für mein

Auto vorhanden sei, bevor ich es nach einem freien Zimmer tat. Die vor 100 Jahren in der Stadtmitte erbauten Hotels waren nicht für mit eigenen Autos anreisende Gäste geplant worden. Unsere Supermärkte zeigen es, ohne entsprechend große Parkplätze ist kein Geschäft zu machen.

Zum heutigen Gaststättengewerbe habe ich das Folgende scherzhaft zu sagen. Eingeladen zu einem Festmahl kann ich mich beim Betreten des Festsaales meines Schmunzelns nicht erwehren. Ich blicke auf die festlich, liebevoll geschmückten Tafeln. Alle Meter stehen in Kühlboxen Wasserflaschen. Meine Gedanken eilen zur Vorkriegszeit und erraten die Worte der Eingeladenen. „Laß uns wieder gehen, Wasser haben wir zu Hause genug", werden sie wohl gesagt, zumindest gedacht haben. Dazu diese versöhnlichen, klärenden Worte: Die Mehrzahl der geladenen Gäste reist heutzutage mit dem Auto an und will ihren Führerschein nicht in Gefahr bringen. So hat das feuchtfröhliche Feiern an Verbreitung verloren. Anders war das bei meiner Generation. Sie war nach dem Krieg nicht nur ausgezehrt, sondern auch ausgetrocknet. Gar nicht erlebt habe ich in der Vorkriegszeit, daß sich Männer bei der Begrüßung umarmten oder sogar einen Begrüßungskuß austauschten. Auch meine Mutter hat selbst ihre Schwestern nur mit Handschlag begrüßt, wie es üblich war. Das Männer beim Grüßen ihre Kopfbedeckung zogen, war, kann man sagen, eine selbstverständliche Lebensform, eine Verbeugung keine Seltenheit. Ich meine, daß das Dulden gleichgeschlechtlicher Partnerschaften mit zu den heute gängigen Arten beigetragen hat.

Musik wurde bis 1900 allein von Musizierenden gemacht. Erst in den 1920er Jahren begann Musik aus Lautsprechern zu erschallen. Es war das Grammophon, das mit dem Abspielen von Schallplatten Musik in die Wohnung brachte. Öffentlich blieb es bei der Musikanten-Musik. In den 30er Jahren trat das Radio seinen Siegeszug an, der politisch geförderte Volksempfänger tat es bis in die hinteren Schichten unseres Volkes. 1939 machte ich die Tanzstunde mit. Ein Klavierspieler half uns bei den ersten Schritten. Beim Mittel- und Schlußball brachte er einen Geiger mit. Verstärker hatte oder kannte man noch nicht. Mindestens 6 Mann spielten bei Tanzveranstaltungen. Ebenso viele und noch mehr waren es, die bei Volksfesten in den Bierzelten mit Blasmusik für Stimmung sorgten. So ging es nach dem Krieg auch weiter. Doch, in gleicher Weise wie die Stundenlöhne der Musiker anstiegen, schrumpfte der Umfang der Kapellen bis die Musizierenden wieder von der elektronischen Musik abgelöst wurden. Bei Veranstaltungen präsentiert ein Diskjockey unterhaltsame Schallplatten. Zu Hause versorgt uns ein CD-Player mit Musik. Ich befürchte, daß die klassisch ausgerichtete Hausmusik in den besseren Familien sich wohl auch auf dem Rückgang befindet.

Viel alltägliches Kleidungszubehör ist heutzutage aus der Mode gekommen. Meine Mutter legte meinem Vater, man kann fast sagen mit schöner Regelmäßigkeit, Socken und Ärmelhalter unter den Weihnachtsbaum. An den Sockenhaltern, die um die Unterschenkel gelegt waren, waren die Socken strapsähnlich befestigt. Die um den Oberarm gelegten Ärmelhalter hielten zu lange Hemdsärmel zurück. Wer seinen Arbeitsplatz am Schreibtisch hatte, trug meist Ärmelschoner, die über die Unterarme gezogen die Jackettärmel schonten. Textilien waren bei weitem nicht so preisgünstig wie heutzutage. Deshalb bedurften sie der Schonung. Auch meine Lehrer, die die naturwissenschaftlichen Fächer lehrten, trugen einen weißen oder grauen Arbeitskittel, um ihre Kleidung vor möglichen Versuchsfolgen zu schützen. Früher banden sich viele über die berufliche Notwendigkeit hinaus blaue Arbeitsschürzen um. Heute tut es ein Overall.

Ein Kleidungszubehör, so scheint mir, ist heutzutage nur noch bei Festlichkeiten getragenen Oberhemden besserer Güte hin und wieder zu entdecken: Manschettenknöpfe. Heute werden unsere Ärmelenden meist geknöpft. Früher endeten eine große Zahl der Oberhemden mit Manschettenknöpfen, mit knopflosen Ärmelaufschlägen. Die eingefügten Löcher hielt ein metallener Manschettenknopf zusammen. Ein Ende davon hatte einen beweglichen Verschluß, das andere war ansprechend gestaltet. Bei meinen Manschettenknöpfen waren es meine Initialen, ein Weihnachtsgeschenk meiner Mutter.

Beim Einkauf unverpackter Waren geben wir heute die gewünschte Menge in Gramm oder Kilogramm an. Beide Bezeichnungen gab es früher auch, sie wurden aber kaum gebraucht. Man verlangte ein Achtel Leberwurst (62,5g), ein Viertel (125g), ein halbes Pfund (250g), ein Pfund (500g), 2 Pfund (1000g, ein Kilo zu sagen war eher ungewöhnlich). Man sagte ein Zentner, aber nicht 50 Kilogramm. Wenn ich früher mögliche Zählmaße in Erinnerung bringe, so muß ich bekennen, daß sie bis auf das Dutzend schon damals weniger bekannt und gebräuchlich waren. Erwähnung fanden sie im Schulunterricht. So heißen ein halbes Dutzend (6 Stück), ein Dutzend (12 Stück), eine Mandel (15 Stück), ein Schock (60 Stück), ein Groß (144 Stück). Für Maße und Gewichte gilt: heute sind wir besser dran.

Über die Anfänge der Geschichte der Tankmöglichkeiten weiß ich so gut wie nichts. Ganz am Anfang soll der Kraftstoff in der Apotheke gekauft worden sein. Ich habe die Entwicklung der Benzinversorgung von einer einzelnen Zapfsäule hin zu den uns heute vertrauten Großtankstellen mit einem beachtlichen Angebot an Waren des täglichen Bedarfs begleitet. Diese Entwicklung bestimmte die Mitte der 30er Jahre einsetzende Motorisierung. Vorher stand an der Straßenseite eines Bürgersteiges wie verlassen eine schlanke metallene Säule, einer Werkstatt, einer Gaststätte oder auch einem Privatmann zugehörig. Die Säule beinhaltete grob gesprochen zwei nebeneinanderstehende gläserne Behälter, die je fünf Liter Benzin aufnehmen konnten mit einem gemeinsamen Schlauch zum Auto. Ein stangenförmiger, längerer Hebel diente zum Einpumpen des Benzins in eines der Glasbehälter, getätigt vom Betreiber. Während ein Behälter leer lief, wurde der andere mit Benzin aufgepumpt. Am Ende des Auftankens wurde der Schlauch zweimal angehoben, um Gewißheit zu haben, daß kein Tropfen im Schlauch zurückblieb. Ein gefüllter 5-Literkanister gehörte damals zum üblichen Zubehör. Ich vermute, daß die Autos einen kleineren Tank hatten, keinesfalls einen Anzeiger des Füllmengen-

Mutter und Vater hinterm Tresen, 1957.

„Zur Bleibe“, vorn der „Stammtisch ohne Ecken“, Max und Martha Peter, 1958.

standes. Noch eines, der Tank konnte nicht wie heute verschlossen werden. Ich hörte, daß böse Menschen Würfelzucker über den Schraubverschluß hineinwarfen. Den Benzinpreis weiß ich noch genau: Der Liter Aral kostete 41 Pfennige, Shell 36 Pfennige. Wo in Plauen die erste mechanische Großtankstelle ihren Standort hatte, weiß ich nicht. Ich bilde mir ein am Ende der Pausaer Straße.

Ohne übertreiben zu wollen, kann man sagen, unsere Hafen- und auch Landwirtschaft haben sich ein neues Abbild gegeben, natürlich auf Kosten vieler, vieler Arbeitsplätze. Da legt ein Schiff an, beladen mit Hunderten Containern, gerade ein Mann, der Kranführer, besorgt das Ent- und wieder Beladen. Vor dem Krieg machten das viele Stauer, und es dauerte Tage. Zeit für die Seeleute, Land, Leute und Hafenmilieu kennenzulernen. Diese Seefahrer-Romantik gibt es kaum noch.

Gleich nach dem Krieg arbeitete ich vier Jahre in der Landwirtschaft. Ich erlebte die Bauernhöfe so, wie sie mir vor dem Krieg mit ihrer Anzahl an Groß- und Kleinvieh je nach Größe des Hofes selbstverständlich waren. Damals veranlaßte der Hunger viele Städter aufs Land zu gehen, um dort von den Bauern gewünschte Ware gegen begehrte Naturalien einzutauschen. Für solch einen Tauschhandel reichte das amtlich genehmigte Schlachtkontingent nicht aus. Es wurde geschickt schwarz geschlachtet, um einer Bestrafung zu entgehen. 50 Jahre danach schlachteten Bauern nicht mehr. Fleisch und Wurst kauft man günstiger und bequemer in der Stadt. Bei Milch, Eiern und Gemüse sieht es nicht viel anders aus. Unsere Bauern wirtschaften heute vorwiegend spezialisiert. Produziert wird in großen, ganz großen Mengen: Fleisch, Milch, Eier, Getreide, Gemüse. Der technische Fortschritt ist dabei hilfreich und kostensparend. Was wir in meiner Landarbeitszeit zu sechst vollbrachten, macht ein Bauer heutzutage allein, vielleicht hin und wieder mit einer Aushilfskraft. Es gibt aber auch etwas ganz Neues auf dem Lande: Ferien auf dem Bauernhof. Viele Bauern nennen es zusätzliches Standbein gegen die fallenden Erzeugerpreise.

Einen ganz großen Wandel hat meine Generation erlebt bei der gesellschaftlichen Stellung der Frau, vor allem in der Ehe. Dieser Wandel setzte vor hundert Jahren ein, war aber mehr oder weniger begrenzt auf das politische Engagieren selbst und verantwortungsbewußter Frauen. Die allgemeine Stellung einer Frau war immer noch die einer Hausfrau, der die Erziehung der Kinder und die Haushaltsführung oblagen. Das nötige Geld verdiente der Mann. Nur die vielen unverheirateten Frauen mußten ihren Unterhalt selbst verdienen. Das Befreien der Frauen aus der Abhängigkeit und Bevormundung, das Erlangen von Mündigkeit und Selbstbestimmung, Emanzipation genannt, trieb, meine ich, der wirtschaftliche Aufschwung der Nachkriegszeit voran. Auf einmal gab es alles, und man wollte ein möglichst großes Stück vom Kuchen haben. Dafür allerdings langte das Einkommen des allein verdienenden Mannes nicht. Jetzt verdiente die Ehefrau hinzu, Arbeitsplätze gab es zunehmend, und stand damit gleichberechtigt an der Seite ihres Ehemannes. Doch wohin mit ihren traditionellen Aufgaben, der Kinderer-

Ein Blick in die Gaststube, links der Stammtisch „Sitzbrüh" und der Sägespäneofen. Es war halt gemütlich bei uns. Fotos: Autor

ziehung und Hauswirtschaft? Geholfen haben Menschen und Maschinen: die Großeltern, der Kindergarten, die Schule, die Waschmaschine, die Spülmaschine, der Staubsauger, sonstige Dienstleistungen. Was dann noch übrig bleibt, erledigten beide Eheleute gemeinsam. Einige Eheleute haben zwei Autos, wenn es die Lage des Arbeitsplatzes verlangt. Singles, Alleinerziehende, Lebensgefährten sind Worte, die in der Vorkriegszeit keinen Platz hatten. Vereinfachend kann man sagen, früher warteten die Frauen geheiratet zu werden. In die Ehe brachten sie eine unterschiedlich große Aussteuer und das von ihrer Mutter abgeguckte Hauswirtschaften mit, heutzutage einen erlernten Beruf, der sie ihren Mann über das Gleichgestelltsein hinaus unabhängig macht, was wiederum eine Trennung, so ist es leider, erleichtert. Daß Frauen einmal gefährliche Berufe, Polizistin oder Soldatin, ohne Zwang ergreifen, war früher undenkbar.

Irene Kasselmann, Auerbach:

De Quell dr Kraft

Wenn iech Wut ho, koa iech alles!
Wenn iech Wut ho, ho iech Kraft!
Ohne Wut hätt iech sue manches
in mann Lebn goar net geschafft.

Fährt dr Bus mr vur dr Noos weg,
wörd be mir kaa Zähr geflennt.
Iech koa miech af mei Wut vurloon,
nimm de Baa nei manne Händ!

Iech laatsch ze Fuß de waate Streck.
Kurbelnd trabbt de Wut miech oa.
Bie iech droan Ziel, nooch waaß iech net,
bie iech Weibl oder Moa?

Is eigeklemmt mei Stöcklschuh,
und dr Hacken bricht mr o,
noochert steigt de Gall mr huech,
und de Wut is aah glei do!

Nooch laaf iech boarfuß dorch ne Regn,
dingeno, zingstdingenauf.
Und hooot dr Hund dort wos verlorn,
reg iech miech glei widder auf.

Wenn iech Wut ho, laaf iech nachts nuch
ganz allaane dorch ne Wald.
Wenn miech nooch aaner ieberfällt,
kriegt der ann vorn Latz geknallt.

Denn,
wenn iech Wut ho koa iech alles!
„Wut“, dös is de Kraft vun Stier.
Wenn iech in Roasch und wutig bie,
steckt dös Vieh, dr Stier, in mir!

*Wenn ich Wut hab,
ka ich alles …*

Aus dem Verlagsarchiv:

Aus Westdeutschland als Gast zu Besuch beim Plauener Oberbürgermeister Fritz Sieber am 6. August 1955

Heidenangst an der Zonengrenze, Häuser sind grau in der Hauptstadt des Vogtlandes, Fritz Sieber: „Wir brauchen Arbeitskräfte", billiges Essen für die Wismut-Kumpels, Hochbetrieb in HO-Gaststätten.

Ich sage es offen: mein Herz schlug bis zum Halse hinauf, als ich meinen Koffer möglichst einfach gekleidet über den Tannbach zum sowjetischen Posten am Zonengrenzübergang Töpen-Juchhöh zog, der für mich das Tor einer dreitägigen Reise durch das sächsische Grenzgebiet um Plauen war.

Die erste Kontrolle: ein pausbackiger, gelbgesichtiger Volkspolizist in olivgrüner Uniform studierte meine Ausweise, winkte dann lässig mit der Hand. Ich durfte weiter, hinauf zu den braunen Holzbaracken, wo lange Schlangen von wartenden Fahrzeugen beiderseits des Schlagbaumes standen. Es waren meist Autos mit Berliner Kennzeichen, die zweite Kontrolle. Von dem Wagen, den mir der Oberbürgermeister der Stadt Plauen für 10 Uhr vormittags angekündigt hatte, keine Spur. Nach langem Suchen kam aus einer Seitentür der Baracke, vor deren Schaltern sich etwa hundert Männer und Frauen drängten, ein ebenfalls olivgrün Uniformierter. Ich sprach ihn an, fragte nach dem Offizier vom Grenzdienst. Der Gefragte schaute mich mit entschuldigendem Grinsen an, er verstand mich nicht. Ich war einem jungen russischen Offizier in die Finger gelaufen. Etwas verdattert stammelte ich eine Entschuldigung, die er noch weniger verstand als meine anderen

Blick auf den Tunnel noch mit Resten des Café Trömel und dem im Wiederaufbau begriffenen Warenhaus „Union".

Worte. Schleunigst war ich in der Menschenschlange wieder untergetaucht. Da drängte sich ein anderer Olivgrüner durch die Menge. „Aha“, dachte ich, „jetzt hast du den Richtigen erwischt. „Tatsächlich, es war der Offizier vom Dienst. Er wußte sofort, worum es ging. Das Auto stand schon jenseits der Baracke. Ein Vopo-Unterleutnant führte mich an den Wartenden vorbei zur Gepäckkontrolle. Die streng blickende Volkspolizistin trug eine Art schwarze Uniform, die einem Autoschlosserkittel glich, auf der blonden strengen Frisur saß eine breite Baskenmütze mit der Kokarde der Volkspolizei. Meine Koffer interessierten sie nicht. Am Dienstwagen der Stadt Plauen wartete ein freundlicher Herr, Fritz Roch mit Namen, Referent für außerschulische Erziehung.

Mit dem schwarzen Citroen, Baujahr 1939, er stank penetrant nach dem ostzonenüblichen Benzol-Benzin, ging es auf verhältnismäßig guten Asphaltstraßen nordwärts, vorbei an Feldern, die vom Hagel zerschlagen waren, durch Dörfer, die zu dieser Tagesstunde kaum bewohnt schienen. Das erste Gespräch mit meinem Begleiter verlief etwas stockend. Einer suchte den anderen zu beschnuppern. Dann kamen wir darauf, daß wir eigentlich Landsleute waren. Er stammte aus Pilsen, war Sohn eines sozialdemokratischen Abgeordneten des einstigen Prager Parlamentes, hatte sich als gelernter Autoschweißer mit Hilfe der SED zum Lehrer hochgearbeitet und sitzt nun in der Stadtverwaltung von Plauen. Er entpuppte sich nach zehn Minuten als ein genau so redegewandter wie konzilianter Dialektiker, dem mit keinem Argument aus dem „kapitalistischen Westen“ beizukommen war. Zwei Welten begegneten einander, tauschten durch zwei ihrer Vertreter hingeworfene Fetzen von Meinungen aus und kamen … zu keinem Ergebnis, das geeignet wäre, die Hoffnung auf ein Wiederzusammenfinden eines zerstückelten Volkes zu nähren.

Viele Pieck-Bilder

Fahrt durch Plauen. Graue überalterte Häuserreihen kamen auf mich zu. Gelbe Straßenbahnen ratterten durch den spärlichen Verkehr, der in einer westlichen Stadt von 100 000 Einwohnern mindestens dreimal so stark gewesen wäre. Spuren des Bombenkrieges Plauen, die verhältnismäßig reichste Stadt Deutschlands, war am 10. April zu 80 Prozent zerstört worden, verfolgten mich bis zum Rathaus, einem dunkelgrauen, burgähnlichen Gebäude, das ebenfalls noch zu einem Drittel in Trümmern liegt.

Im Vorzimmer des Oberbürgermeisters hing unter einem Wilhelm-Pieck-Bild, das ich bis dahin schon in vielfacher Ausfertigung auf Transparenten und in den langen Gängen des Rathauses gesehen hatte, ein buntes Bild mit der Parole: „Der Wertmesser für jeden Deutschen ist seine Einstellung zur Sowjetunion.“

Ich fragte verwundert meinen Begleiter Roch nach einer Auslegung dieses Spruches. Als ob er auf diese Frage gewartet hatte, kam auch schon die Antwort. „Jeder Deutsche, überhaupt jeder gute Mensch, mußte ein Freund der Sowjetunion sein. Das erkennt bei uns fast jeder an.“

Kein Arbeitsamt

Der Oberbürgermeister ließ bitten. Ein starker, grauhaariger Mann in den Fünfzigern empfing mich. Auch er hatte wie mein Begleiter keinen Schlips umgebunden. Freundliche Begrüßungsworte, dann eine kleine Einführung in die sowjetrepublikanische Kommunalpolitik. Oberbürgermeister Fritz Sieber, Mitglied der SED, erlernter Beruf Schlossermeister, alter Kommunist, der unter Hitler 12 Jahre in Buchenwald gesessen hatte, sprach vom Wiederaufbau seiner Stadt. „30 Prozent aller zerstörten Häuser haben wir wieder aufbauen können. In den ersten drei Nachkriegsjahren gewannen wir durch Neuaufbau oder Instandsetzung 7000 Wohnungen. Seit 1950 geht es mit dem Wohnungsbau noch schneller aufwärts. Allein auf dem Privatsektor konnten 2500 Wohnungen errichtet werden. Zur Zeit sind über 600 Wohnungen, meist durch staatliche Mittel finanziert, in Bau“, trug der Oberbürgermeister mit kräftiger Stimme vor. „Was uns fehlt, sind Arbeitskräfte. Bei uns in der DDR gibt es keine Arbeitslosen. Allein im städtischen Bauhof brauchen wir dringend 200 Mann.“

In Plauen gibt es kein Arbeitsamt. „Wozu auch“, rief Sieber aus, „wir sparen bei der Verwaltung ein, wo wir nur können. Ein solches Amt wäre völlig überflüssig.“

„Wie vermitteln Sie nun Arbeit und woher bekommen Sie die Arbeitskräfte?“

Prompt folgte die Antwort: „Durch Zeitungsinserate und persönliche Werbung.“ Dabei zeigte der Oberbürgermeister mir sofort ein Zeitungsblatt, auf dessen Anzeigenseite etwa zwei Spalten Stellenangebote zu finden waren. Man suchte Friseure, Gartenarbeiter oder Hemdenplätterinnen.

Dann hörte ich einen Kurzvortrag über die Gliederung des Plauener Stadtparlaments. Der Oberbürgermeister, dessen Amtsbereich noch in drei Unterbezirke gegliedert ist, hat drei hauptamtliche Stellvertreter. Sein Ratsgremium besteht aus 50 Stadtverordneten der sogenannten „Nationalen Front“, in der alle in der DDR zugelassenen Parteien und Berufsorganisationen vertreten sind. „Wenn die Bevölkerung mit mir nicht zufrieden ist, kann sie mich über die Stadtverordneten jederzeit abberufen“, sagte Sieber lächelnd. „Aber das dürfte kaum passieren, denn ich war mir meiner Verantwortung bisher immer voll bewußt und tue nur das, was dem Volk zugute kommt.“ Und ebenso stolz bemerkte er, daß sein 28jähriger Sohn an der Moskauer Universität Volkswirtschaft studiert.

Schmale Ration

Es war Mittag geworden. Im Ratskeller, in dem sich einst allsonntäglich die Gäste aus Oberfranken drängeln, tischte man mir eine große Portion Paprikagulasch auf. Sie hatte bei Abgabe von Lebensmittelmarken etwa 1,40 DM Ost gekostet. Nach den Preisen der staatlichen Verkaufsorganisation HO, also ohne Abgabe von Marken, kommt dasselbe Essen auf 2,50 Mark. Im Plauener Ratskeller essen alltäglich auch die Bergarbeiter der deutsch-sowjetischen Uranschürfgesellschaft Wismut AG. Die Kumpels zahlen für einen Mittagstisch bei Übertagearbeit 1,50 Mark, bei Untertagearbeit 1,10 Mark. Einen Teil der Gesamtkosten trägt die „Wismut“. Auf dem separaten Speisezettel der Bergleute gab es wahlweise Ungarisches Rindergulasch mit Rotkraut und Salzkartoffeln.

Die Vorzüge des sozialistischen Staates, von dem seine Vertreter mir

Oben: OB Friedrich Sieber, 1. Stellvertreter Rudolf Güther
Mitte: Werner Stüber, Stellvertreter für Landwirtschaft; Christian Wünsche, Stellvertreter für Kultur; Wolfgang Luft, Sekretär des Rates
Unten: Herbert Költzsch, Stellvertreter für Wirtschaft und Verkehr, Vorsitzender der Plankommision; Werner Wendel, Stellvertreter für innere Angelegenheiten; Heinz Roßmann, Stellvertreter für Handel und Versorgung. Archiv: Verlag

am Tisch erklärten, daß er noch lange nicht das Ideal ihrer Wünsche erreicht habe, schilderten nacheinander einige Mitarbeiter des Oberbürgermeisters.

Der Referent des Gesundheitswesens, ein kriegsversehrter Arbeiter mit SED-Abzeichen, schwärmte von der neuen Poliklinik seiner Stadt, in der sich auch jeder Angehörige der Sozialversicherungskasse kostenlos ambulant behandeln lassen kann. Jede Mutter erhält auch, so versicherte der schlipslose Gesundheitsexperte, beim ersten Kind 50, beim zweiten 100, beim dritten Kind 130, beim vierten Kind 300 und beim fünften Kind 500 Mark aus der Staatskasse. Wir tranken zu den Kurzvorträgen etwas dünnes Plauener Bier zu 48 Pfennig je Schoppen. Sein Gehalt wollte Oberbürgermeister Sieber nicht verraten, „das ist Betriebsgeheimnis". Als ich ihm sagte, daß ein Oberbürgermeister einer etwa gleichgroßen Stadt im Westen rund 1800 Mark monatlich an Gehalt bezieht, schüttelte er den Kopf und meinte: „Ich verdiene sehr viel weniger. Aber meine Stenotypistin steckt, wenn sie langjährige Fachkraft ist, bis 400 Mark im Monat ein", bemerkte er dazu. „Wissen Sie, bei uns gibt es Leistungsstufen. Männer oder Frauen, die im Produktionsprozeß stehen, verdienen mehr als zum Beispiel ein Stadtangestellter. Der ist ja auch nicht zu denen zu rechnen, die Werte für das Volk schaffen." Die Verwalterin der Lebensmittelkarten zählte mir dann auf, was jeder monatlich beanspruchen kann. Ein einfacher Arbeiter, der auf einen Durchschnittsmonatslohn zwischen 400 und 500 Mark kommt, erhält für den Monat August 1980 Gramm Fleisch, 1300 Gramm Fett und 1340 Gramm Zucker. Kauft der Arbeiter die ganze Karte auf, so kosten ihn die darauf stehenden Lebensmittel etwa 15 Mark. Hausfrauen, Angestellte und Rentner sind schlechter dran, sie erhalten die Grundmarke mit 1330 Gramm Fleisch, 915 Gramm Fett und 1200 Gramm Zucker. Schwerstarbeiter mit einem Nettoverdienst von 600 Mark monatlich erhalten monatlich 2000 Gramm Fleisch, 1600 Gramm Fett und 1800 Gramm Zucker. Auf die Schwerstarbeitskräfte A, die auch von Ärzten, Ingenieuren und Künstlern bezogen wird, las ich: 2500 Gramm Fleisch, 1800 Gramm Fett und die gleiche Menge Zucker. Kinder bis zu fünf Jahren erhalten 15 Liter Vollmilch.

Kaufleute klagen

„Kommen die Leute damit aus?" fragte ich. „Ja", war die sofortige Antwort der Tischrunde. „Aber die meisten Leute kaufen auch in den HO-Läden, dort sind die Waren natürlich teurer. Die Arbeiter können sich das ohne weiteres leisten", behauptete der Oberbürgermeister, „denn in den Arbeiterfamilien schaffen auch die Frauen mit."

Vor dem Rathaus sprach ich den Wäschehändler Otto Müller an. Er betreibt neben dem großen Tor ein kleines Trikotagengeschäft. Früher führte er einen großen Laden, den die Bomben zerstört haben. „Ich komme gerade aus mit dem, was ich verdiene. Soviel wie früher bleibt mir ja nicht übrig. Man muß halt Handwerker sein, die stehen heute viel besser da als ein kleiner Kaufmann." Müller zahlt 80 Mark Monatsmiete für sein Geschäft, das eine Grundfläche von 35 Quadratmetern hat. In seinem Schaufenster lagen, nicht gerade in der eleganten Anordnung westlicher Geschäfte,

Blick über den Rathenauplatz am Oberen Bahnhof. Ganz schwach ist die Unterführung zu den Bahnhofsgebäuden zu erkennen, die den 2. Weltkrieg überlebt hatten. Wer kennt noch dieses Ensemble? Fotos: Archiv Verlag

die Textilwaren: Perlonstrümpfe mit schwarzer Naht zu 11,35 Mark, Baumwollsocken mit der Preisauszeichnung von 2,35 Mark, eine dunkelblaue Badehose aus Mischwolle für 6,21 Mark.

Im Central-Hotel studierte ich die Speisekarte. Mit Markenabgabe kostete ein Gedeck, bestehend aus Suppe, Schweinskotelett mit Beilagen, Kartoffeln und Nachtisch 2,50 Mark. Ohne Marken, also nach HO-Preisen, steigt der Betrag auf 3,35 Mark.

Luxus ist Luxus

Deils Hotel war mein Quartier, ein düsteres Gebäude mit altersgrauen Fassaden, knarrenden Treppen, abbröckelndem, gelbem Lackputz im Stiegenhaus, mit Zimmern, die an dunkelste Vorwährungszeiten in Westdeutschland erinnern. In meinem Einbettzimmer ein roher Schrank, eine mittelalterliche Tischlampe, als Deckenbeleuchtung eine weiße Milchglaskugel, in der Ecke vor dem Waschbecken ein angerosteter Eisenofen, darüber die rauchgeschwärzte grünlichgraue Wand. Vor den Fenstern mindestens zehn Jahre alte braungestreifte Vorhänge. „In den nächsten Jahren werden wir ein großes repräsentatives Hotel bauen. Jetzt haben wir dazu noch kein Geld, erst kommt die Industrie“, hatte mich vorher der Oberbürgermeister auf die Mängel der Unterbringung vorbereitet. Der Tagespreis meines Zimmers betrug 4,50 Mark ohne Morgenkaffee.

Walter Freitag

Aus dem Verlagsarchiv:

1934 Zugunglück auf der Strecke Weischlitz–Gera

Beim Möschwitzer Tunnel entgleist – ein Toter, drei Schwerverletzte.

Am Dienstag, dem 3.7.1934, nachmittag 16.25 Uhr ist bei Kilometerstein 46,5, das ist zwischen Chrieschwitz und Barthmühle, die Lokomotive des Personenzuges 2185 entgleist. Dadurch wurden auch der Packwagen und ein Personenwagen mit aus dem Gleis geworfen. Leider sind bei dem Unglück auch ein Reisender getötet und drei schwer verletzt worden.

Das zerstörte erste Abteil

Der Hilfszug aus Adorf ist bald darauf an der Unglücksstelle eingetroffen, ebenso Ärzte, Sanitätspersonal, zwei Sanitätswagen und der Gerätewagen mit Mannschaften der Plauener Berufsfeuerwehr. Auch die Technische Nothilfe hat ihre gesamten Kräfte eingesetzt.

Der Personenverkehr wird durch Umsteigen aufrechterhalten.

Die Nachricht von dem Unglück hatte sich in unserer Stadt und in der nächsten Umgebung sehr rasch verbreitet. So kam es, daß bereits kurz nach dem bedauerlichen Ereignis auf den Straßen und Wegen Zuschauer herbeiströmten. Sowohl auf dem Elsteruferweg wie auch auf dem steilen Abhang von Möschwitz herab kamen sie, um Zeugen des Geschehens zu sein.

Inmitten des romantischen Tales, eingeschlossen von Wiesen und bewaldeten Höhen, liegt der verunglückte Eisenbahnzug. Kreuz und quer über dem eingleisigen Schienenstrang die Lokomotove mit den aus den Gleisen gesprungenen und gehobenen Wagen. Die große, schwere Sechs-Achsen-Lokomotive, eine der neuen Typen, ist die linke Böschung hinabgestürzt und hat sich mit den Vorderrädern tief in die Erde hineingewühlt. Der Unterbau ist aufgerissen. Eine vollbelaubte, stämmige Birke liegt, gefällt von dem eisernen Riesen, vor ihm. Auch der Packmeister, wie die technische Bezeichnung für den Gepäckwagen lautet, ist aus den Schienen gesprungen, hat sich von der Lokomotive losgerissen und liegt halbrechts umgekippt, aber nicht völlig umgestürzt. Der dem Packmeister folgende erste Personenwagen hat sich ebenfalls vom Gepäckwagen losgerissen und steht quer über dem Gleis. Sein erstes Abteil ist eingedrückt, Wand und Bank sind zersplittert. Auch der hinter ihm befindliche Personenwagen hat sich aus den Schienen gehoben und zur Hälfte nach links übergelegt.

Zwei weitere Personenwagen sind auf den Schienen stehengeblieben.

Leider hat die Entgleisung des Zuges, deren Ursache noch nicht feststeht, außer drei mittelschwer verletzten Reisenden auch einem Toten gefordert. Sie befanden sich alle im ersten Wagen, der tödlich Verunglückte im ersten Abteil hinter dem Gepäckwagen. Der Tote, der aus dem zusammengeschobenen Abteil erst herausgesägt werden mußte, ist der Tuchreisende Albin Dinger aus Greiz. Die drei Schwerverletzten wurden sogleich durch die Sanitätskraftwagen dem städtischen Krankenhaus Plauen zugeführt.

Unter den Verletzten befindet sich auch ein technischer Mitarbeiter unseres Betriebes, Schriftsetzer Paul Fröhlich, der seit langen Jahren schon seine Wohnstätte in Greiz hat und alltäglich von seiner Arbeitsstätte mit dem gleichen Zug nach Greiz zurückfuhr. Er hat einen rechten Unterschenkelbruch und innere Verletzungen davongetragen. Außer ihm wurden noch schwer verletzt der in der Vomag beschäftigte Former Paul Ernst Klug aus Greiz, der ebenfalls innere Verletzungen hat, und der Eisendreher Albin Walther Köhler aus Cossengrün, auch er erlitt innere Verletzungen und Hautabschürfungen. Leicht verletzt wurde ein gewisser Oskar Buschner aus Oberwärschen bei Weißenfels.

Als das Unglück bekannt wurde, veranlaßte man von den eisenbahnamtlichen Stellen sofort alles Nötige. Vom Zugführer des verunglückten Zuges wurde vom Blockposten 8b, in dessen unmittelbarer Nähe die Entgleisung geschah, Meldung nach dem unteren Bahnhof Plauen gegeben und von dort aus die sogenannte „Örtliche Hilfe“, und zwar Feuerwehr, Ärzte und die Sanitätskolonne, die mit fünf Mannschaften und einem Motorfahrer als Ordonnanz zugleich mit der Feuerwehr als erste am Platz waren, alarmiert. Auch die Teno-Bereitschaft wurde eingesetzt. 16.45 Uhr befand sich die Feuerwehr mit Pionierwagen und Gerätewagen sowie zwei Krankenwagen bereits auf der Fahrt nach Möschwitz. Inzwischen waren an der Unfallstelle auch sehr schnell eine Anzahl Ärzte eingetroffen, so u. a. Dr. Kaiser, Dr. Schneider, Dr. Zeuch, Sanitätsrat Dr. Koch und Dr. Schmidt. Außer Reichsbahnoberrat Wünsche vom Reichsbahnbetriebsamt, der mit einigen seiner Beamten erschienen war, und Beamten des Reichsbahnverkehrsamtes und des Maschinenamtes hatten sich Oberbürgermeister Wörner, Polizeidirektor Franz und Polizeimajor Albrecht, Kreisleiter Hitzler, Branddirektor Rößler sowie Staatsanwalt Krause und Ingenieur Horn an die Stätte des Unfalls begeben.

17.45 Uhr traf der sofort angeforderte Hilfszug mit Ärzte- und groß-

Dieser Anblick bot sich den Rettern beim Erreichen der Unfallstelle.

Archiv: Verlag

em Gerätewagen aus Adorf ein, und später mußte auch der Hilfszug aus Gera bestellt werden. Der Zugverkehr auf der unterbrochenen Strecke Weischlitz–Greiz wurde durch Umsteigen bzw. Stellung von Ersatzzügen aufrechterhalten. Der Bäderschnellzug D 90 Eger–Weimar mußte über Plauen Oberer Bahnhof, Reichenbach, Gößnitz und Gera umgeleitet werden. Sofort nach Eintreffen der Hilfszüge begannen die Aufräumungs- und Aufgleisungsarbeiten, die die ganze Nacht in Anspruch nahmen.

Rundas

Wer nischt is
und wer nischt ka,
der geht af de
Eisenbah.

Plauen, Oelsnitz

Irene Kasselmann, Auerbach:

Zwei Briefe

„Vater, es ist ein Brief angekommen!
Vater, der Brief ist für dich!“
Da hat uns Vater auf den Arm genommen,
meinen Bruder und mich.

Er schaute uns an mit traurigem Blick.
Von Tränen war naß sein Gesicht.
„Lebt wohl, meine Lieben! Ich muß in den Krieg.
Vergeßt euren Vater nicht.“

Als Mutter weinte, weinten auch wir.
Doch wir konnten den Schmerz nicht verstehn.
Mein Bruder war drei. Ich war damals vier.
„Was ist Krieg? Kann man den sehn?“

Nicht lange war Vater von uns fort,
da kam schon wieder ein Brief.
Er sei gefallen am fernen Ort.
Eine Kugel traf ihn so tief.

Jahre vergingen, unser Schmerz aber nicht.
Jetzt konnten wir langsam verstehn,
bei Bomben und Hunger – und ohne Licht,
daß man den Krieg konnte sehn.

Musterung zum Militär.
Ausbildung an Schwert und Speer.
Falls mal jemand wen bedroht.
Sterben ist der schönste Tod.

Politik geilt auch Dein „Ich“,
oftmals peinlich, lächerlich,
ungeschliffen und verroht.
Sterben ist der schönste Tod.

Leben heißt auf dieser Welt:
Großbetrug, Lüge und Geld!
Durchzuwaten durch den Kot,
bis du abstürzt in den Schlot,
Sterben ist der schönste Tod!

(Dr. Hartmut Todtleben, Markneukirchen)

Hat noch jemand etwas gegen Deutsche? Nein. Der Beweis: Jetzt heißt es wieder „The Germans to the Font!“

Idyll bei Brockau.
Zeichn.: W. Albert

Werner Dähn, Klingenthal:

Zum Tag der Nationalen Volksarmee am 1. März

Vorwärts Genossen Kämpfer! Im Gleichschritt voran!
Und schultert fest die Gewehre!
Hundertschaften stehen Mann für Mann
und schützen die proletarische Ehre.

Wir bauen Fabriken und Traktoren zugleich.
Weil der Frieden bedroht, auch die Waffen.
Mütter und Kinder, unser Schutz gilt Euch
und dem gemeinsamen Schaffen.

Der Geist von Karl Liebknecht beseelt unser Tun
und der der Roten Matrosen von Kiel.
Deshalb werden wir nicht rasten und ruhn,
bis erreicht unser großes Ziel.

Ob Arbeiter, Bauer, wir alle sind bereit,
die Stirn den Feinden zu bieten.
Deshalb tragen wir das Ehrenkleid
und schützen den Völkerfrieden.

NVA-Scherzkarte aus dem Jahr 1975. Foto: Archiv Verlag

Karl-Heinz Liebold, Rodewisch:

NVA – Jahrestag – Gedanken von Karl-Heinz Liebold

Am 1. März 2016 jährt sich zum siebzigsten Mal ein denkwürdiges Ereignis: Ein Kind des Kalten Krieges, die Gründung der Nationalen Volksarmee in der DDR. Hunderttausende von jungen Männern (auch ganz wenige Frauen) werden bis zum letzten Zapfenstreich im Jahr 1990 Soldaten sein. Fast alle nicht ganz freiwillig, die Wehrpflicht und geschlossene Grenzen machten dies möglich.

Irgendwann im zeitigen Frühjahr 1972 hat mich der real existierende Sozialismus fest im Griff. Die Aufforderung zur Nachmusterung flattert ins Haus. Bei der ersten militärärztlichen Untersuchung strotzte ich vor lauter Gesundheit und wurde als MOT-Schütze (ehemals Infanterie), also reines Kanonenfutter, für den „Ehrendienst" vorgemerkt. Die nun anstehende Einberufungsuntersuchung bestätigte nur noch einmal den Weitblick der Kommißärzte. Der Marschbefehl war nur noch eine Formsache. Verdammte Scheiße, das hatte gerade noch gefehlt! Mit Achtzehn hatte ich mich kategorisch gegen ein Längerdienen gestemmt, inzwischen Zweiundzwanzig mit Frau und Kind kam die Rache.

Für „gediente Zeitgenossen" sind die nun folgenden Schilderungen einfach nur eigenes Erleben. Doch für die jungen Frauen und Männer, welche im gegenwärtigen Deutschland ohne Wehrpflicht an ihrer Karriere basteln, hier meine Bitte, einfach meinen Zeitzeugenbericht aufmerksam lesen. Vielleicht sogar mal drüber nachdenken, wie Frieden „gemacht" wurde. Mit Säbelrasseln und Abschreckung, wie

Es ist schön Soldat zu sein ... lustige Karte des Militärverlages 1977.

Archiv: Verlag

sonst! Doch was ist mit den anderen, dieser klitzekleinen Minderheit unter den jungen Menschen, welche einzig und allein für Geld, als Söldner, marodierend durch die halbe Welt ziehen und oft schon nach wenigen Monaten traumatisiert dem Steuerzahler für immer und ewig auf der Tasche liegen? Und dafür dann auch noch Mitleid und Anerkennung der Gesellschaft erwarten. Welchen Anteil an der Entscheidung für so einen Schritt haben Eltern, Großeltern, Geschwister, Freunde? Wahrscheinlich gar keinen, denn erst wenn die Abenteurer in Foliensäcken heimkommen, gibt es ein Erwachen. Nein, das sind nicht meine Soldaten und das sind auch nicht meine Kriege. Nach all den militärischen Katastrophen der Deutschen werde ich mich wohl niemals in die Denkweisen unserer Volksvertreter versetzen können. Diese Sätze mußte ich mir einfach hinsichtlich der weltweiten militärischen Einmischungen unseres Landes von der Seele schreiben.

Aber noch schreiben wir das Jahr 1972. Sicher, ich bin jetzt selbst ein allerdings wehrpflichtiger, Soldat. Diese Tatsache allein garantierte bis zur Auflösung der alten Machtblöcke einen einigermaßen stabilen Weltfrieden. Nicht ein einziger NVA-Angehöriger wird in dieser Zeit auch nur einen Stiefel in kriegerischer Absicht auf fremdes Territorium setzen.

Das Ende dieser 18 Monate mal mit einem Satz vorweg genommen. Es war ein Schlüsselerlebnis, eine meiner wichtigsten Erfahrungen für ein bewußtes Sein. Disziplin und Dienen bestimmen bis zum heutigen Tag mein Leben.

Treffpunkt für Alleinreisende wie ich, das große Heer der Rekruten wurde stets mit Sammeltransporten in die vorgesehenen Standorte gekarrt, war der S-Bahnhof Potsdam. Auf einen G5-Laster verfrachtet, beginnt nun der Leidensweg, die totale Unterordnung. Die Nationale Volksarmee kam mir vor wie eine Mischung aus preußischem Kadavergehorsam mit überheblichen faschistoiden Zügen und Stalins menschenverachtendem Regime. Das EK (Entlassungskandidaten)-System hatte oft unmenschliche und perverse Auswüchse. Bisweilen führte das bei nervenschwachen jungen Genossen bis zu Suizidgedanken. Das klingt leicht überzogen, hat sich auch von Woche zu Woche verändert. Denn mit dem stählernen Willen zum Überleben in dieser eisigen Männerwelt kommt Selbstbewußtsein und Vertrauen in deine Kraft und deine Fähigkeiten. Irgendwann, etwa nach einem knappen Jahr, waren aus normalen jungen Männern Elitesoldaten geworden.

Das war nicht überall so in der NVA, viele Einheiten waren heruntergekommen und verwildert, die Kommandeure oft einem guten Tropfen nicht abgeneigt. Nicht so das Aufklärungsbataillon EINS in Lehnin nahe Potsdam.

Die Aufklärer waren stets das Aushängeschild der Division. Heute, nach über vierzig Jahren, kann ich ruhig über ein paar militärische Interna schreiben. Den DDR-Staat und seine Armee gibt es längst nicht mehr. Es kommen Zweifel auf, ob Strategie und Taktik mit der damaligen technischen Ausrüstung bei einem Waffengang zum Erfolg geführt hätten. Allein schon die Vintage-Technik der Funkgeräte Made in UdSSR hat tüchtige Sorgen bereitet. Das Bataillon hatte zur Krönung noch eine sogenannte Fernaufklärungskompanie, die Schneckenfresser. Was? Eine kurze Erläuterung zu dem Spottnamen und den Aufgaben eben genannter Weichtiergourmets. Natürlich habe ich, außer

Übungssprünge aus dem Kampfhubschrauber.

im Feinschmeckerrestaurant Renoir im Auerbacher Ortsteil Schnarrtanne, niemals Schnecken verspachtelt. Aber immerhin hielt sich seit Jahren das Gerücht, die von der Dritten (Kompanie) fressen nach einer Woche Gefechtseinsatz alles, inklusive dieser ekligen Schleimer. Der Einsatz einer Fernaufklärungsgruppe sah in etwa so aus. Eine Gruppe von jeweils vier Soldaten wird bis zu 24 Stunden vor einer anzunehmenden bewaffneten Auseinandersetzung bis zu 200 km tief im feindlichen Hinterland abgesetzt. In der Regel aus Kampfhubschraubern. Diese Dinger flogen dicht über den Baumwipfeln, um gegnerisches Radar auszutricksen. Auszumachen waren militärische Einrichtungen, bevorzugt Raketenstellungen. Dann soviel wie möglich Koordinaten sammeln und über Funk an die Kommandostellen senden. Danach im „Feindesland“ auf die hoffentlich glorreichen Kameraden und deren Eintreffen ausharren. Und genau das haben wir sprichwörtlich bis zur Selbstaufgabe geübt, allerdings auf unserem Hoheitsgebiet.

Da nach etwa zwei Tagen sämtliche eßbaren Vorräte aufgebraucht waren, mußte Mutter Natur, Wald und Flur weiterhelfen. Keine Schnecken! Bei Nacht und Nebel auch mal eine Dorfkneipe oder der Hintereingang eines Konsum. Gutherzige Anwohner haben uns nach den ersten Schrecksekunden auch mal eine Lebensmittelspende überlassen. Kaum zu schildern, wie wir nach einer guten Woche im Freien auf die Zivilbevölkerung wirken mußten. Total verdreckt, unrasiert, sicher auch gestunken und bis an die Zähne bewaffnet. Und dann noch die unmißverständliche Aufforderung an die Leute, das Maul zu halten, Kontakte mit den Einwohnern waren bei Strafe untersagt und mit dem Scheitern der Mission verbunden. Soweit, so gut.

Genau in diesen Haufen ist der Schwarzrohrleger Karle aus dem fernen Vogtland für 18 Monate verbannt. Die ersten Tage und Wochen wurden selbst für mich, 1,83 hoch und 76 kg schwer, total durchtrainiert und fit, eine harte Prüfung. Sport in allen erdenklichen Varianten und Härte bestimmten den Ausbildungsrhythmus. Und immer wieder schießen, schießen, schießen. Daß ich die Schützenschnur „erballerte“, keine Frage und irgendwann wurde auch noch die Truppenfahne ausgerollt und ich davorgestellt – übrigens die höchste Auszeichnung in der NVA für Soldaten im Grundwehrdienst.

Wie gesagt, der Ausbildungsstand und die Motivation der Fernaufklärer überstieg gegen Ende der Dienstzeit selbst die der höheren Dienstgrade, die der restlichen „Fußlatscher“ sowieso. Den Schneckenfressern wurde Respekt gezollt, die Hemmschwelle für die Arbeiter-und-Bauern-Macht, was auch immer das für eine imaginäre Größe darstellte, durchs Feuer zu gehen, war auf ein gefährlich niedriges Level gesunken. Frei nach dem Motto, wer bei drei nicht auf den nächsten Baum klettert oder auf dem Koppelschloß liegt, steht vor der Himmelstür. Genau dies ist die dunkle Seite meines „Schlüsselerlebnisses“, später im Zivilleben vielleicht nicht mehr dazu fähig zu sein, ein Verhältnis zu sich selbst und seiner eventuellen persönlichen Schuld zu entwickeln. Genau hier ist eine gute Gelegenheit, nachfolgende Generationen mit dem erst 1982 in Gesetzesform gegossenen „Schießbefehl“ zu konfrontieren. Bis dahin wurde der Wortlaut willkürlich von den Vorgesetzten gewählt. Der Tenor war stets gleich, der Schußwaffengebrauch als „letztes Mittel“, den Eindringling oder Gesuchten dingfest zu machen. Das Reglement ist irgendwie international gleich, auch in der damaligen Bundesrepublik. Zweimaliges Anrufen, Warnschuß und dann erst gezieltes Feuer auf die unteren Gliedmaßen. Und das auch nur bei unmittelbarer Gefahr für das eigene Leben oder das Dritter. Mal Nachlesen bei Wikipedia hilft Geschichtsverfälschungen besser zuzuordnen. Außer ganz selten an einer Schießbude habe ich nie mehr eine Waffe in die Hand genommen.

Ein Foto von mir mit meiner frisch erworbenen Schützenschnur und der Truppenfahne, als Zeichen der besonderen Anerkennung.

Fotos: Autor

Ich möchte hier auch den Rahmen von meinem Erlebten nicht unendlich weit spannen. Nur das noch. Am 6. Oktober 1973, also gut drei Wochen vor meiner Entlassung ins Zivilleben, geschieht das Unfaßbare! Stille Alarmierung und Herstellung der vollen Gefechtsbereitschaft. Im Klartext bedeutete dies für Tage, womöglich für Wochen, im Kampfanzug schlafen, das aufmunitionierte Sturmgewehr am Winkeleisen-Bettrahmen und die scharfe Pistole unterm Kopfkissen. Der sonst übliche Kasernenhofton war verstummt, groß saubergemacht wurde auch nicht mehr. Aus den dürftigen Medieninformationen hatten wir trotzdem eine schreckliche Gewißheit. Das bisher Abstrakte hatte plötzlich eine Form angenommen, die gefühlten Umrisse, Kanten eines Schriftwerkes, dem Zweiten Buch Mose. „Auge um Auge, Zahn um Zahn“, die biblische Prophezeiung war noch nie so nah. Die Streitkräfte der VAR (Vereinigte Arabische Republik) waren angetreten, ihre von den Israelis 1967 widerrechtlich annektierten Gebiete zurückzuerobern. Das Morden wird später als Oktoberkrieg, beziehungsweise Jom-Kippur-Krieg in die Geschichtsbücher eingehen. Unsere Kommandeure sahen die Lage eher nüchtern. Wenn in den nächsten Tagen kein für alle tragbarer Waffenstillstand geschmiedet wird, Angriff auf die Westdeutsche Bundesrepublik. Am 24. Oktober war Waffenruhe!

OK! Am 30. Oktober 1973 fuhr „mein“ Zug nach anderthalb Jahren zurück ins Vogtland. Ich habe an die Zeit noch viele schöne, einprägsame Erinnerungen, die weniger schönen und schlimmen Geschichten verdrängen wir Menschen ja sowieso lieber.

Kurz noch eine prägende Erinnerung für die Zeit nach der „Fahne“. Nie wieder Camping, Zeltlager, Caravaning oder ähnliches. Von März bis September 1973 haben meine Kameraden und ich in Zelten gehaust, allen Wetterkapriolen wie Schnee, Kälte, Sturm, Hitze und Dauerregen ausgesetzt. Der Grund war die komplexe Sanierung des Kasernenblocks. Die sanitären Einrichtungen, ein „Donnerbalken“ und drei Halbzoll Kaltwasserhähne für rund sechzig Mann, waren vom Feinsten. Dazu in den Sommermonaten Heerscharen von Stechmücken, ich brauche es nie wieder.

Zum Schluß noch eine ebenfalls wahre Begebenheit aus dem Jahr 1997, fünfundzwanzig Jahre nach meiner Dienstzeit. Hauptstoßrichtung im Fall war für unsere Einheit der Großraum Dortmund/Unna 200 km westwärts. Im April 97 waren meine Frau und ich mit einer kleinen Reisegruppe auf der indonesischen Insel Sulawesi, dem früheren Celebes, unterwegs. Schnell schlossen wir Freundschaft mit einem etwa gleichaltrigen Paar aus Arnsberg im Sauerland. Eines Abends gab’s unter den Männern das Thema Bundeswehr und NVA. Wo und wann hast du denn eigentlich gedient, so meine Frage. Ich, so der Sauerländer, war 1973 in einer Bundeswehrkaserne bei Unna stationiert. Ich war schlagartig wie versteinert, so sah also mein ehemaliger potentieller Gegner aus, der Klassenfeind.

Hoffentlich passiert uns Deutschen so etwas nie wieder!

In all den Jahren wollte ich die Kaserne und die Gegend im Land der drei Meere (das Sandmeer, das Kiefernmeer und das Garnichtsmehr) noch einmal aufsuchen. Es hat irgendwie nie geklappt, immer fehlte die Zeit. Erst jetzt, mit Hilfe von Google-Maps, bin ich im Tiefflug über die Mark. Nach kurzem Suchen war die Zeitreise beendet.

Die Sprechblase über dem ehemaligen Kasernengelände postet: Spargelhof Beelitz GmbH & Co KG. So wurde also aus dem einst so stolzen Aufklärungsbataillon eine Spargelkolchose – sinngemäß zu einem Slogan der Friedensbewegung aus den Achtzigern doch noch Schwerter zu Pflugscharen!

Aus dem Verlagsarchiv:

Wenn man Eile hat

„Am 12. April 1730 nachmittags 2 Uhr fuhr August der Starke von Dresden ab, traf am dritten Tage in Fraustadt ein, expedierte Dero Polnische Reichssachsen mit größter Geschwindigkeit und deliberierte mit denen Proceribus (den Vornehmen) über des Reiches Angelegenheiten, schickte sich aber alsbald wieder zur Retour, weil die sächsischen Affären Dero allerhöchste Gegenwart nicht lange entbehren können, und traf am 19. April nachmittags 2 Uhr wieder in Dresden ein." Auf dieser geschwinden Fahrt schleppte er sich freilich wohl nicht mit den beiden großen Kupferkesseln, in denen er sonst immer Wasser aus dem Schlangenbrunnen des Dresdener Schloßhofes nach Polen mitnahm. Anders auf seiner letzten Fahrt. Als seine Leiche, drei Jahre später, von Warschau nach Dresden überführt wurde, bestand die „königliche Equipage" aus 4000 Personen, 20 beladenen Maultieren und 74 sechsspännigen und vierspännigen Wagen.

August der Starke,
Kurfürst von Sachsen König von Polen (1670/1694 –1733)

Hans Wild, Zwota (1898–1970):

Ostern ist da!

Von den Türmen mit Frohlocken
jauchzt der Chor der Osterglocken
seinen Siegesruf ins Land.
Flammenspiel und Frührotblitzen
zünden Berg- und Waldesspitzen
an zum Friedensfackelbrand.
Ostern ist da!

Sieghaft' Streben frischer Säfte,
Kampfesspiel verjüngter Kräfte
aus dem Schoß der Erde bricht.
Und in ahnungsreichem Weben
triumphiert das junge Leben:
„Fiat lux! Empor zum Licht!“
Ostern ist da!

Auf, mein Herz! Nun laß das Sorgen.
Nicht mit Zagen weckt der Morgen,
auch der Frühling nicht die Welt.
Nur in mutig zähem Ringen
reift das Werk in allen Dingen
und die Frucht auf Flur und Feld.
Ostern ist da!

Von den Türmen sollen Glocken
Ehren künden mit Frohlocken:
„Völker, auf zum Friedensreich.
Laßt gemeinsam aus den Engen
Kräfte zur Entfaltung drängen.
Ihr für uns, und wir für Euch!
Ostern ist da!

Luise Lotter, Plauen:

Unter Verdacht

Zweimal im Jahr besuchte ich eine Cousine in Thüringen. Obwohl der Kreis Hildburghausen fast auf dem gleichen Breitengrad liegt wie Plauen, war nur über Gera, Erfurt, Meiningen hinzukommen. Über Hof, Lichtenfels, Coburg, Sonneberg war es nicht möglich. Erschwerend kam hinzu, daß meine Cousine im Sperrgebiet an der Grenze zu Bayern wohnte, das nicht ohne Passierschein erreicht werden konnte.

Von Hildburghausen aus war noch eine Busfahrt nach Streufdorf notwendig. Ich mußte unbedingt pünktlich nach Verabredung ankommen, denn meine Cousine holte mich ab und hatte den Passierschein bei sich, ohne den ging es nicht. Es kam auch vor, daß die Einreise abgelehnt wurde. Begründung: Keine nahe Verwandtschaft. Warum? Willkür der Bearbeiter? Politische Lage? Ich mußte dann bei der Tochter meiner Cousine in Hildburghausen bleiben.

Da ich gehbehindert bin, hatte ich immer Angst, mal den Anschlußzug in Gera zu verpassen. Das durfte keinesfalls geschehen, darum fuhr ich den Umweg über Glauchau und von da aus mit den Zug nach Katzhütte bis Gera, damit ich schon mal rechtzeitig da war. Es blieben ca. 2 Stunden Zeit, die ich für einen Stadtbummel nutzte. Gera war damals Bezirksstadt, mit etwas Glück konnte man Dinge auftreiben, die man in Plauen nicht bekam. Ich wollte doch auch kleine Gastgeschenke mitbringen. Mein Beutel aus Gardinenstoff, transparent, war voller Erdnußflips-Beutel, ich wollte aber noch „Nugana" kaufen, zielgerichtet flitzte ich durch einen anderen Laden, ohne diese Tafeln zu entdecken. Es wurde Zeit, zurück zum Bahnhof zu kommen und mein Reisegepäck aus dem Schließfach zu holen. Da verdächtigte mich doch die Kassiererin des Diebstahls, dachte, ich hätte Geflügel gestohlen, die Beutel mit den Flips muteten so an. Mein schneller Schritt hatte Verdacht erweckt. Natürlich klärte sich alles schnell auf, nach Kontrolle und Erklärung meinerseits. Aber die Zeit saß mir im Nacken. Ich schaffte den Zug noch, war aber mit den Nerven am Ende, zu groß istdie Angst gewesen, den Zug zu verpassen. Später konnte ich über dieses Vorkommnis lachen. Das konnte eben nur wegen der damaligen Situation geschehen, dem geteilten Land, dem Grenzregime und der Jagd nach Mangelware.

Werner Flach, Helmasgrün:

Im Wandel der Zeit: Heute versunken – Die Schäferei und das Jägerhaus

Beide Anwesen, zwischen Helmsgrün und Pöhl gelegen, gibt es seit dem Anstau der Talsperre Pöhl ab 1962 nicht mehr. Sie wurden 1962 abgerissen, bevor die Fluten kamen. Während das Jägerhaus auf der Flur Pöhl gestanden hat, gehörte die Schäferei zur Flur Helmsgrün, nur die ca. 200 Meter oberhalb stehende Feldscheune war wieder auf der Flur Pöhl. Zwischen den Gebäuden Jägerhaus und Schäferei schlängelte sich im Tal der von Helmsgrün kommende Bellwitzbach in Richtung Pöhl der Trieb zu. Mitten durch das Gehöft der Schäferei ging einst die öffentliche Ortsverbindungsstraße von Helmsgrün nach Pöhl mit der Straßenbezeichnung L II O Nr. 30, was damals bedeutete: Landstraße zweiter Ordnung, die heutigen Gemeindestraßen. Die unten im Tal erst 1928 gebaute Betonbrücke über den Bach wurde nicht abgerissen und steht heute noch, hoch vom Stausee überflutet. Beide Anwesen einschließlich der großen Feldscheune gehörten bis 1945 dem Rittergut in Pöhl.

Die Schäferei entstand als Vorwerk vom Rittergut Pöhl-Helmsgrün Anfang des 19. Jahrhunderts, als man gegen 1825 die Wirtschaftsgebäude des Rittergutes in Helmsgrün abriß und das Vorwerk als „Nachfolger" vom Gut Helmsgrün an der Flurgrenze Helmsgrün-Pöhl errichtete. Die Wirtschaftsgebäude in Helmsgrün standen auf dem Gelände des heutigen ehemaligen Bauerngutes Grimm, Dorfstraße 19. Und auf dem Gelände des Vorwerkes stand vor dem Bau eine kleine Schäferei vom Rittergut. Daher der gebräuchliche Name Schäferei. Lehnsherr vom Rittergut in Pöhl war ab 1816 Hans Burghard von Bodenhausen. 1890 brannten die Gebäude des Vorwerkes vollständig ab. Rudolf von Bodenhau-

Die Schäferei 1930

sen ließ die Gebäude 1895 wieder neu errichten. So entstanden westlich im Gelände das große Wohnhaus, über der Straße nördlich am Hang zum Bellwitzbach ein lang gezogener großer Rinderstall mit anschließendem Futterhaus, östlich der Straße die Scheune mit vorgelagertem Pferdedöbel und südlich zwischen Straße und Wohnhaus der Schafstall, wenn man so will, ein kompletter Vierseitenhof. Alle diese Gebäude waren beim Abriß 1962 noch vorhanden, wenn auch der Schafstall, lange nicht mehr genutzt, bereits eine Ruine war.

Das Jägerhaus 1960

Die bereits erwähnte große Feldscheune in Richtung Bosenhübel wurde 1906 errichtet. Sie wurde ebenfalls 1962 abgerissen und stand dort, wo heute der FKK-Parkplatz bei den Ebereschenanpflanzungen ist. Die Schäferei und das Jägerhaus erhielten bereits 1910 über eine Freileitung mit hölzernen Masten von Helmsgrün aus am Totenweg rechts entlang den Elektroanschluß. Linksseitig am Totenweg stand die aus Pöhl kommende Telefonleitung für Helmsgrün, die in Pöhl beim Haus Stöckert heraus das Dorf verließ und über das Breite Feld an der Feldscheune vorbei zum Totenweg führte. Diese beiden Leitungen mußten ebenfalls wegen des Talsperrenbaues abgerissen werden. Helmsgrün bekam eine neue Telefonleitung aus dem Raum Neudörfel.

Zum Gelände der Schäferei kann man noch den in einer Wiese in Richtung Bosenhübel gelegenen Johannisteich hinzuzählen, der 1958 vom Volksgut Christgrün eingeebnet wurde, weil das Gewässer neben dem entstehenden großen Stausee nicht mehr gebraucht wurde. Dieses damalige Fisch- und Wasservogelgewässer

Vater Übel im Lanz Buldog 22 PS, Wirtschaftsvogt von 1901 bis 1934

wäre heute ein guter Rückzugsort für viele Vögel und andere Tiere, die ins-

Friedrich Gerisch um 1900, Wirtschaftsvogt von 1891 bis 1901

besondere zur Sommersaison an der Talsperre fast keine Ruhe mehr finden. Und noch zur Schäferei könnte man dazu zählen die oberhalb vom Johannisteich 1945 auf Bodenreformland entstandene Kleingartenanlage für 27 Pöhler Bodenreformnehmer, die aber von den Pöhlern bereits ab 1950 wieder aufgegeben wurde.

1948 erhielt auch die Feldscheune noch den Stromanschluß. Dazu wurde eine neue Freileitung von der Rodlera über den Galling kommend über den Bellwitzbachgrund zur Schäferei und weiter hoch zur Feldscheune gezogen und die bisherige Freileitung von Helmsgrün kommend, abgerissen. Den kompletten Rückbau der Stromversorgung für dieses Gebiet damals zeigt sich heute insbesondere für den Zweckverband Talsperre Pöhl als ein großer Fehler. Für das Gebiet am FKK, sollte es nach dem Zweckverband gehen, wäre dringend Stromanschluß vonnöten. Gibt es doch dort eine kleine Gaststätte und einen Stellplatz für Wohnmobile, und das alles ohne Strom und Wasser. Nur ist die Verlegung einer neuen Stromleitung mit enormen Kosten verbunden und wird wahrscheinlich auch nicht so schnell zu realisieren sein.

Schon einmal scheiterte ein Projekt am Schäfereiberg wegen fehlendem Stromanschluß 1984. Damals wollte das Volksgut in Christgrün dort eine große Pumpenanlage für die Bewässerung ihrer Grünlandflächen über eine Rohrleitung im Raum Helmsgrün und Gansgrün mit Talsperrenwasser errichten. Die Anlage wurde dann 1986 in Helmsgrün am Bellwitzbach unterhalb der Milchviehanlage errichtet und dazu noch ein Staubecken am Bach.

Und nun einiges über die Bewohner in der Schäferei. Als Bediensteter vom Rittergut Pöhl war auf der Schäferei ein Wirtschaftsvogt tätig. Dies war von 1891 bis 1901 Friedrich August Gerisch, geboren 1832 und gestorben 1917. Er wohnte in der Schäferei mit seiner Frau Karolina Christina Gerisch, geborene Fichtner, und den Kindern Alma Klara, Hans Oskar und Franz Emil. Mit im Haus wohnten die Familienangehörigen Franz Richard Gerisch, Lina Ida Gerisch mit Tochter Frieda, Max Otto Gerisch und Ida Helene Gerisch mit Tochter Liddi. Nach dem Abbrand des Vorwerkes 1890 und bis zum Wiederaufbau 1896 wohnte die Familie Gerisch mit den Kindern und

Angehörigen in der Schäfereiwohnung im Gut in Pöhl. Am 7. Juli 1901 erwirbt Bodenhausen das Kupfersche Gut in Pöhl Haus Nr. 2. Darin wohnt die Familie Gerisch ab 1901 mit den restlichen Kindern bis zum Tod der Ehefrau im Januar 1905.

Neuer Wirtschaftsvogt im Vorwerk wird ab 1901 der Schwiegersohn von Friedrich Gerisch, Richard Uebel, der die Funktion bis 1934 ausübt. Richard Uebel ist mit Lina Ida Uebel, geborene Gerisch verheiratet. Sie haben die Kinder Frieda Gerisch (ledige Tochter der Lina Gerisch), Max Otto Uebel, Paul Oskar Uebel und Alma Martha Uebel. Mit im Vorwerk wohnt eine Dienstmagd. 1935 ziehen Richard und Lina Uebel zu ihrer inzwischen in Herlasgrün wohnenden Tochter Alma verheiratete Elm. Das Haus, daß zu den Stiftshäusern gehört, steht auf der Flur Christgrün und gehörte auch immer zu Christgrün. Nach 1935 zieht der Landarbeiter Hugo Seidel mit seiner Frau in der Schäferei ein. Es gibt keinen Landvogt mehr. Seine Kinder Karlheinz, Hildegard, Renate und Rainer werden alle auf der Schäferei geboren. Mit im Wohngebäude der Schäferei wohnt der Landarbeiter Fritz Wunderlich mit seiner Frau Emma.

Auf der Schäferei war auch der erste Traktor vom Rittergut Pöhl stationiert, ein Lanz Buldog mit 22 PS. Er diente noch nach 1945 als Antriebsmaschine für die mobile Dreschmaschine, die über einen langen Flachriemen mit der Schwungscheibe des Traktors verbunden war und so in Gang gebracht wurde. Legendärer Traktorfahrer noch nach 1945 war der Pöhler Karl Hendel. 1945 zog die Familie Seidel in das Herrenhaus nach Pöhl um. Das Haus in der Schäferei stand nicht lange leer, wohnten doch auch noch die Wunderlichs darin. 1946 wurde darin die Umsiedlerfamilie der Frieda Wiesner mit ihren 5 Kindern, ihrer Schwester und deren Sohn untergebracht. Außerdem mußten zwei Neubauernfamilien, die nun auf der Schäferei wirtschafteten, dort auch eine Wohnung erhalten. Der eine Neubauer war der enteignete Rittergutsbesitzer von Liebau Philipp Sieber und der zweite der im Kupferschen Gut in Pöhl wohnende Landarbeiter Albert Strobel. Da wurde es eng in diesem Haus. Albert Strobel brachte neben seiner Ehefrau Frieda noch die Kinder Hildegard und Helmut mit. Besser wurde die Situation, als Albert Strobel hinter dem Rinderstall das Futtergebäude zu seinem Wohnhaus ausbaute. Sieber mußte 1947 die Schäferei wieder verlassen. Die Neubauernstelle übernimmt Paul Piehler aus Greiz, gibt aber auch bereits 1954 wieder auf. Die Flächen übernimmt dann das Volksgut in Christgrün.

Und nun noch einiges zum Jägerhaus. Gebaut wurde das Gebäude als Jagdsitz für den Schloßherrn. Später wohnte darin der Hofjäger vom Rittergutsbesitzer bis endlich darin Landarbeiter vom Gut eine Wohnung fanden. Zuletzt waren es der Waldarbeiter im Rittergut Hermann Pohland und seine Frau, die Landarbeiterin Alma Pohland. Nach deren Tod zog 1946 die Familie der Witwe Seidel, die früher in der Schäferei gewohnt hatte, vom Herrenhaus in Pöhl hier heraus ins Jägerhaus. Schwierig war im Jägerhaus die Versorgung der Bewohner mit Trinkwasser. Während in der Schäferei ein Brunnen zur Verfügung stand, holten sich die Bewohner vom Jägerhaus ihr Wasser aus einer offenen Schöpfstelle

Schäferei und Jägerhaus im Jahr 1959. Fotos Flach/Elm

in einem Wasserloch in der Grundwiese in der Nähe des Hauses.

Nun kam der Talsperrenbau, und die Bewohner mußten umziehen. Sie verzogen alle in die nähere Umgebung nach Jocketa, nach Herlasgrün und nach Netzschkau. Von der ehemaligen Schäferei, deren Standort heute noch zu finden ist, wo die ehemalige Straße im Stausee verschwindet, kündet nur noch der Schäfereiberg mit dem Häuschen für den Kassierer vom FKK-Parkplatz. Den ehemaligen Standort vom Jägerhaus findet man am ehemaligen Weg, der von der ehemaligen Jugendherberge am Galling durch die Siedlung der Segler von Mylau hinab ins Tal verläuft und auch in den Stausee mündet.

Quellen:
-Steinmüller: Helmsgrün, Zur Geschichte eines kleinen vogtländischen Bauerndorfes 1993
-Flach: Die letzten 50 Jahre Gemeinde Helmsgrün 2010
-Angaben zur Familie Gerich-Uebel von Rainer Elm, Enkel von Richard Uebel
-eigene Aufzeichnungen

(geschrieben Januar 2016)

Günter Nuhr und Anja Fraaß, Plauen:

Dor Dank zen Muttertog

De Mutti ist's, die an mich denkt
und Tog für Tog mir Liebe schenkt.
Hoh ich emol Kummer oder Sorg'n,
laaft emol net alles wie es soll,
nimmt se fest mich in de Arme
und ich fühl mich wieder wohl.
Stets umsorgt se mich mit Liebe,
aa wenn traurig oft ihr Herz.
Ich wünsch' ihr Kraft, Gesundheit, Fraad,
hilf ihr vertreiben allen Schmerz.
Drim schenk ich ihr nen Blummestrauß,
schließ tief in's Herz sie ein.
Ich sog ihr Dank und wünsche mir,
so soll es immer sein.

René Weidlich, Plauen:

Mutti

Mutti ist die allerbeste,
drum feiern wir das heute feste.
Einer Sonnenblume ähnelt sie,
ihr Strahlen endet niemals nie.
Mehr Wert ist sie als Gut und Geld,
sie ist das Beste auf dieser Welt.
Sie hilft in allen Lebenslagen,
man sieht sie dabei nicht verzagen.
Auch wenn's tut an den Nerven nagen,
hört man sie niemals wehleidig klagen.
Drum möchten wir heut „Dankeschön sagen".

Werner Flach, Helmsgrün:

Flüchtlinge heute und gestern – Ursachen und Unterschiede

Die sogenannte Flüchtlingskrise ist Tagesthema seit fast einem Jahr. Die Ursachen der heutigen Welle ist darin begründet, daß die Länder mit der sogenannten freiheitlichen demokratischen Rechtsordnung, von der sich vor allem die jetzige Bundesrepublik Deutschland ständig brüstet, den anderen Völkern auf dieser Erde zu Verstehen gibt, daß nur diese Ordnung die richtige ist und andere Bestrebungen nicht anerkannt werden, obwohl es doch immer protzig gesagt wird, daß der Selbstbestimmung der Völker von außen nicht reindirigiert werden darf. Relativ stabile Regierungen in vielen Ländern Nordafrikas und im vorderen Orient wurden zu Fall gebracht und werden heute noch bombardiert und wird alles zusammengeschlagen, was sich Menschen einst in mühevoller Arbeit errichtet haben. So sind wir erst einmal bei dem täglichen Terrorismus angekommen. Der Terrorismus liegt schon in sehr langer Zeit begründet und hatte seinen Höhepunkt unter anderem bei der Zertrümmerung der deutschen Städte am Ende des II. Weltkrieges. Soll keiner sagen: Es war ja Krieg. Krieg ist die höchste Form des Terrorismus. Und die USA, Großbritannien und Frankreich fliegen Lufteinsätze wie eh und je und wundern sich, daß auch sie heute von Anschlägen betroffen sind. Diese Anschläge sind genauso abzulehnen wie die ständigen Bombenangriffe. Und die Aufständischen in den Entwicklungsländern waren früher die Befreiungskämpfer. Leider bedienen sich diese und auch andere religiöse Gruppen der gleichen terroristischen Methoden wie die von der westlichen Welt. Deshalb braucht man sich nicht zu wundern, daß so viele Menschen freiwillig, den Krieg im Rücken, ihre Heimat verlassen. Noch dazu, daß sie von den Deutschen ja eigentlich eingeladen wurden, weil es bei uns allen gutgeht und wir dringend Arbeitskräfte benötigen. Und so steht heute insbesondere Deutschland vor einem großen Problem.

In unserem kleinen Dorf Helmsgrün spürt man von den Flüchtlingen noch gar nichts, auch wenig in der Gemeinde Pöhl. Leerstehende Wohnhäuser oder unterbelegte Wohnungen bis hin zum seit 2005 leer stehenden großen Bettenhaus vom ehemaligen Ferienheim (ehemaliger Gasthof) mitten im Dorf, sind heute keine Unterkünfte für Asyl-Bewerber bzw. Flüchtlinge. Die Ansprüche dafür sind meist von größerer Natur. Dafür ist Helmsgrün kein geeigneter Standort. Das größte Problem mit den Flüchtlingen heute ist, daß sie kein Deutsch sprechen und von vielen Nationalitäten kommen. Und so arm sind manche auch nicht, die nach Deutschland kommen, sonst könnten sie sich nicht die Schlepperkosten leisten, mit denen sie nach Europa gebracht werden.

Nach 1945 war die Ausgangssituation eine ganz andere. Die Ursachen der vielen Flüchtlinge damals waren in dem verbrecherischen Krieg von Nazi-Deutschland zu suchen. Vor allem die Länder in Osteuropa mußten unter großen Opfern durch den Krieg leiden. Und so flüchteten viele Schlesier und Ostpreußen vor den herannahenden sowjetischen Truppen und wurden am Ende noch ausgewiesen und gelangten so ins Kerngebiet von Deutschland. Sie gingen also nicht freiwillig und dann in der Hoffnung, bald wieder in die Heimat zurückkehren zu können, was jedoch ein Trugschluß war. Die Deutschen im tschechischen Sudetenland mußten binnen einer Frist und unter Mitnahme von wenigem Hab und Gut ihre Heimat verlassen – so auch die sogenannten Deutsch-Ungarn und die Deutschstämmigen aus Rumänien. Hier liegt der große Unterschied von der heutigen Flüchtlingswelle. Sie gingen nicht freiwillig. Und so kamen nach 1945 auch Flüchtlinge in Helmsgrün an mit ihrem wenigen Gepäck. Was für sie und für uns von Vorteil war, sie sprachen Deutsch, wenn auch in einem Dialekt, an den sich die Vogtländer erst gewöhnen mußten. Und sie bekamen eine Wohnung, so gut es ging.

Doch was bezeichnete man nach 1945 auf dem Dorf als eine Wohnung. Die Bauern hatten schon ihre „gute Stube", wenn sie vielleicht in diesem Raum auch im Jahr nur einmal zu Weihnachten kamen. Vorhanden war eine Wohnküche, das Schlafzimmer für den Bauern und Kammern für die Kinder. Bei den Arbeiterfamilien sah die ganze Wohnkultur schon etwas anders aus. Neben der Wohnküche, dem Schlafzimmer für die Eltern, war nicht in jedem Fall ein Kinderzimmer vorhanden, und insbesondere die kleinen Kinder schliefen im Zimmer der Eltern. Und wie stand es mit dem WC? Generell stand der Trockenabort im kleinen Holzhäuschen außerhalb vom Wohnhaus, beim Bauern über den Hof in der Nähe des Misthaufens. Einen Trockenabort im Treppenhaus im Wohnhaus hatte im Dorf damals nur Walter Lang in seinem 1928 neu gebauten Haus, heute Dorfstraße 5. Im sogenannten Waschhaus, im Keller untergebracht oder als separater Anbau am Wohnhaus angebaut, konnten die Leute ihre Wäsche waschen im Waschtrog und mit Waschbrett, versteht sich. Das Wasser wurde generell an der Handpumpe am Brunnen geholt und im Waschkessel aufgeheizt. Fließendes Wasser hatten zu dieser Zeit im Dorf nur drei Bauern über je einem Brunnen, der sich oberhalb im Gelände vom Hof befand und das Wasser so über freien Lauf über eine Leitung ins Gebäude und in den Stall lief. Und in der Wohnung gab es auch kein fließendes Wasser. Die ersten Druckkessel mit elektrischer Pumpe kamen erst Jahre später. Ein Telefon gab es 1946 im Dorf nur über einen öffentlichen Fernsprecher, der in der Poststelle war, damals bei Erna Hartmann in der Stube, heute Dorfstraße 1.

Und so wurden die ankommenden Flüchtlinge vorwiegend bei den Bauern untergebracht. Dort gab es meist einige leerstehende Kammern, die für die Unterkunft erst einmal ausreichten. Die Kinder der neu Ankommenden gingen sofort mit uns in die Schule nach Pöhl. Da es kaum Sozialleistungen gab, wurde den Erwachsenen sofort eine Arbeit zugewiesen. So konnten sie im wesentlichen ihren Lebensunterhalt gleich selbst erwirtschaften. Tätigkeiten gab es auf dem Dorf in der Regel in der Landwirtschaft oder in der Gemeinde als Straßenarbeiter zum Beispiel. Der Begriff Flüchtlinge wurde in Umsiedler umbenannt. Man wollte mit dieser Bezeichnung ein Zeichen setzen, daß die neuen Mitbewohner den Ortsansässigen gleichgestellt sind. Sie wurden so schnell wie möglich ins Dorfleben integriert, so daß die Unterschiede nach und nach ausgeglichen wurden, was nicht immer gelang.

Mit dem Zuzug der Flüchtlinge zog auch die Einwohnerzahl im Dorf kräftig an, was zu Problemen mit der Versorgung von ausreichendem Wohnraum führte. 1947 hatten 27 Einwohner von Helmsgrün in vier Haushalten keinen normalen Wohnraum. Als sogenannte „Untermieter" lebten im Dorf zum Zeitpunkt fünf Umsiedlerfamilien mit 23 Personen. Am 31.8.1947 hatte Helmsgrün 64 Wohnungen, meist nach dem Standard wie oben beschrieben, mit insgesamt 205 Zimmern und einem Gesamtwohnraum bei 249 Einwohnern von 1919,7 qm. Damit entfielen auf einen Einwohner statistisch gesehen ca. 7,7 qm Wohnraum. Zu der damaligen angespannten Wohnungssituation auf den Dörfern kam noch die Tatsache, daß auch in Plauen ausgebombte Menschen hier Zuflucht fanden und Unterkunft suchten. So ist die in Plauen in der Carolastraße völlig ausgebombte Familie Knüpfer in Helmsgrün bei Verwandten untergekommen – auch eine Flüchtlingsfamilie, wenn man so will.

Zieht man Vergleiche mit heute, wieviel müßte da zum Beispiel die Stadt Plauen heute Flüchtlinge aufnehmen, wenn das kleine Dorf Helmsgrün damals unter den insgesamt 249 Einwohnern 23 Umsiedler hatte, also fast 10 %. Der Vergleich hinkt natürlich kräftig. Obwohl nicht alle Umsiedlerfamilien in Helmsgrün seßhaft wurden, lebten am 4.1.1959 noch 8 Umsiedlerfamilien mit insgesamt 30 Personen im Dorf. Seitdem hat sich jedoch auch die Einwohnerzahl in Helmsgrün/Rodlera bis zum Jahr 1984 auf nur noch 124 Einwohner reduziert und heute, 2016 sind es auch nicht mehr.

Leider sind heute längst nicht mehr all die Familien mit ihren Namen bekannt, die damals bei uns Aufnahme fanden. So kam zum Beispiel Frau Kuballa mit ihren beiden Söhnen Manfred und Heinz im Bauerngut Haase in einem Nebengebäude unter. Die Kuballas verzogen nach zweijährigem Aufenthalt im Dorf gen Westen. Die Familie Alfred Fabig wurde seßhaft, weil sie in Helmsgrün die kleine Bauernwirtschaft von Albert Böttcher pachten konnte und später auch kaufen. Die Familie Franz Rödig erhielt aus der Bodenreform Land und wurde 1947 Neubauer auf der Schäferei. Ebenfalls auf der Schäferei erhielten Frieda Wiesner mit ihren fünf Kindern und ihre Schwägerin Auguste Kleiber mit Sohn Walter Unterkunft und zugleich auch Arbeit im Volksgut in Pöhl. Nachkommen von diesen Familien sind heute noch in der näheren Umgebung wohnhaft. Wilhelm, Martha und Tochter Hildegard Skroch aus Schlesien fanden ebenfalls in Helmsgrün eine bleibende Unterkunft und Wilhelm Arbeit im Steinbruch in Herlasgrün. Später bereits als Rentner verdiente er sich als Straßenarbeiter in der Gemeinde noch einige Mark dazu. Es gab im Dorf auch Einheiratungen von männlichen Flüchtlingen mit einheimischen Frauen. So heiratete der Schlesier Alfred Kuder die Witwe Fanny Petzoldt und der Breslauer Gerhard Lätsch die Witwe Christine Prung, wobei Christine vorher ein besonders schweres Schicksal traf. Erst 1944 heiratete sie den aus Glausche in Schlesien stammenden Soldaten Herbert Prung im Zuge einer damals üblichen Ferntrauung, wo der im Kriegsdienst stehende Bräutigam nicht an der Trauung teilnehmen konnte und die Trauung aber wegen der ungewissen Kriegszeit trotzdem vollzogen werden sollte, um der Braut damit eine gewisse soziale Absicherung zu geben, egal wie die Sache am Ende auslief. Prung kam aus dem Krieg nicht zurück und wurde als vermißt gemeldet.

In der Rodlera wurden seßhaft die Eheleute Wilhelm und Amalie Alack mit dem Enkelsohn Siegfried, der heute in Berlin lebt. Die Eheleute Franz und Franziska Schiller erhielten damals ein leerstehendes Wohnhaus (Schulze) als Wohnung, das sie bis an ihr Lebensende bewohnten. Weiter fanden in der kleinen Rodlera noch Anna Marschalek und Anna Zlatowicz mit den Kindern Maria, Manfred und Hans Unterkunft. Weiter kaufte der Umsiedler Friedrich Girgsdies 1949 das Haus von Emil Jung und bewohnte es mit seiner Frau Helene und den Söhnen Willy und Richard. Der Schlesier Hans Schindler heiratete in der Rodlera die Gertraude Wohlrab. Weitere Umsiedler, die in Helmsgrün/ Rodlera kurzzeitig wohnten und alle in die BRD ausreisten, waren Lisa Muschong, Johann und Josef Link, Erhard Ruf, Liesbeth, Gisela und Jürgen Panzer sowie Katherina Esterling. Die Unterbringung verlief damals problemloser ab als heute. Es gab keine Demonstrationen oder andere Aufrufe gegen die Flüchtlinge. Von Anna Zlatowicz wurde bekannt, daß sie 1949 als Fürsorgefall die monatliche Unterstützung in Höhe von 45 Mark vom Kreisgesundheitsamt Plauen nicht in Anspruch nahm. Das Amt wollete die Zuweisung schließen, sollte Zlatowicz weiter die Zuweisung nicht annehmen.

Und so sind heute ehemalige Flüchtlings- bzw. Umsiedlerfamilien und ihre Nachkommen höchstens noch von manchen untypischen vogtländischen Namen zu erkennen. Haben die älteren Schlesier und Ostpreußen kaum ihren Dialekt verloren, sprechen ihre Nachkommen heute alle auch nicht anders als wir Vogtländer.

Quelle:
- Gemeindearchiv
- Eigene Aufzeichnungen

(aufgeschrieben Januar 2016)

Bernhard Stöckel, Jocketa (†):

Zur Geschichte der vogtländischen Saline Altensalz

Der Beitrag stammt aus dem Jahr 1936

Um welche Zeit bei Altensalz zum ersten Male Kochsalz aus salzhaltigem Wasser „gesotten" wurde, läßt sich – solange nicht Werkzeuge und dergl. aus vorgeschichtlicher Zeit aufgefunden werden – nicht annähernd angeben. Zwar sind im Jahre 1641 in den Schächten eingebaute spiegelblanke Röhren vom Bergmeister Börner angetroffen worden, daß es aber Bronzeröhren aus vorgeschichtlicher, etwa keltischer Zeit gewesen sein können, kann nur vermutet werden.

Die früheste geschichtliche Erwähnung des Ortes Altensalz (in antiquo sale) erfolgte im Jahre 1321. Die älteste erhalten gebliebene Urkunde jedoch, die sich auf eine weitere Quelle „nahe bei Alden Salz " bezieht, trägt als Ausfertigungstag den 18. Dezember 1529. Da ehemals Salzquellen eine hohen Wert hatten (wurden doch Kriege um solche geführt), kann es nicht wundernehmen, daß für die Nutzbarmachung unseres Salzwassers öfters Mühe und Kosten aufgewendet worden sind. Aber der Kochsalzgehalt des Wassers war zu klein, nur ausnahmsweise mehr als 2%, während noch andere Solequellen viel reicher sind, auch liefern häufig wilde Wässer hinzu, die den schwachen Gehalt noch weiter herabsetzen, und schließlich waren die offen im Talgrunde gelegenen Schächte öfteren Hochwasserfluten ausgesetzt, welche Bachschotter, Steine, Sand und dergl. mitführten, wodurch gewöhnlich die Anlagen in hohem Maße verunreinigt wurden. Eine besonders große Überschwemmung, die viel Schaden anrichtete, fand im Jahre 1542 statt.

Von wichtigen Ereignissen und Bemühungen um das Salzwerk bei Altensalz seien folgende hervorgehoben: 1576 legte ein Zwickauer Bürger, Christian Bestel, Mutung ein. 1596 befiehlt der Kurfürst, Altensalzer Sole nach Dresden zu senden, darauf kam Anweisung, die drei Pingen bei Altensalz gewältigen (säubern) zu lassen. 1603 unternahm diese Arbeit Andreas Möstel aus Plauen, der die Brunnen auszimmern ließ, aber nicht vermögend war, eine „Kunst" zu errichten (Vorrichtung zur Hebung der Sole). 1626/1628 suchte Wolf Christian v. Schönberg um Verleihung nach. 1630 verlangte Kurfürst Johann Georg I. genauen Kostenanschlag über die geplante Ausrichtung des Salzwerkes. Den Anschlag lieferte der Ratszimmermeister Forberg zu Oelsnitz. 1637/39 erfolgte die Belehnung Hanns Georgs v. Carlowitz. 1641 war Salzbrunnen und bleigang mit einem Steiger und drei Arbeitern belegt. 1641, den 8. Nov., war ein „ungestümes" Regen- und Schneewetter, sodaß die Schächte überschwemmt wurden und mit

Das heilkräftige Altensalzer Mineralwasser

den geplanten Gradierarbeiten nicht begonnen werden konnte. 1642 waren Gewältigungs- bzw. Säuberungsarbeiten erforderlich. 1642, den 4. Juli, fand Probesieden statt: Das Salz war sehr scharf, besser als das Hallische, jedoch noch ziemlich roh, es wurde ein Privilegium an v. Carlowitz erteilt, die Holzfreiheit, Militärbefreiung, Erb-, Brau-, Schank- und Mahlgerechtigkeit waren dabei. Im selben Jahre lagerten Kaiserliche und Schwedische Truppen in und bei Altensalz. Trotzdem wurde das Gradierhaus fertig, 168 Ellen lang und 11 Ellen hoch. 1642 konnten dann mit dem Wasserrad und der „Kunst" stündlich etwa 8cbm Sole auf die Gradieranlage gehoben werden. Es wurde ein neuer „Roth" gebaut, 22 Ellen lang, der das Rad trieb, wurde über 400 m lang aufgewältigt, mehr Sätze hineingerichtet, um die wilden Wässer und die Sole getrennt zu halten. 1649, im ersten Friedensjahr nach dem 30jährigen Krieg, wurden schon 146 Scheffel Salz erzeugt. 1656 ist die Gradierung abgebrannt. Da zu der zeit auch verschiedene Ausbesserungen und ein neues Kunstrad nötig gewesen wären, kam das Werk zum Erliegen. 1717 begann eine neue Aufgewältigungs- und Betriebsperiode auf Anregung des Professors Lehmann in Leipzig. 1722 wurde der Kunstschacht gewältigt. der „andere Schacht neben der Trieb" wird nach der Tiefe immer enger und geht in den Felsen. Die wilden Wässer kommen aber nicht durch den Felsen, sondern über denselben. 1723, den 9. April, wurde die Menge der zufließenden Sole festgestellt, in einer Minute wurden 132 Meßkannen ermittelt. Auf 1 Zentner Sole wurde 1 Pfund Salz als Ausbeute angenommen, etwa 1. v. H. 1727/28 hat das Werk 1600 und 600 Thaler Vorschuß vom kurfürsten erhalten, 1729 wurde das Privilegium an Professor Lehmann erteilt. 1731 wird berichtet, daß die Sole neunmal aufs Gradierwerk gepumpt werden mußte, trotzdem wurde die wöchentliche Salzerzeugung von 4 auf 9 Scheffel gebracht. 1735 wurde das dritte Gradierhaus fertig. Geplant wurde nun, durch Bohrungen mehr und stärkere Sole zu gewinnen. – 1735 wird berichtet, daß Streitigkeiten und Unehrlichkeiten bei dem Personal eingerissen waren und die fälligen Zubußen der Gewerken nicht eingingen. Die Mauern am Siedehause verfielen usw. Schließlich wurde 1737 das Salzwerk aufgelöst.

Im Jahre 1815 bei der Abtretung eines großen Teils Sachsens sind auch die Salinen Dürrenberg und Kösen an Preußen gefallen und so ergab sich für das restliche Sachsen die Notwendigkeit, den Bedarf an Kochsalz entweder verzollt einzuführen oder im eigenen Lande zu erzeugen. Man erinnerte sich der ehemaligen Saline zu Altensalz und hoffte durch Tiefbohrung starkes Salzwasser erschließen zu können, wie in den Salzbezirken Mitteldeutschlands. In den Jahren 1825/27 wurde auf dem linken Ufer der Trieb gegenüber den alten Schächten an etwas erhöhter Stelle eine mühevolle Tiefbohrung ausgeführt, aber kein salzreiches Wasser angetroffen. Es hat sich also damals bereits ergeben, was 80 Jahre später Oberbergrat Prof. Dr. Keilhack-Berlin festgestellt hat: „Im ganzen Nord- und Mitteldeutschland ist die älteste Salz liefernde Schichtengruppe diejenige des mittleren und oberen Zechsteins“. Das ist durch zahlreiche Bohrungen nachgewiesen. Die hier im mittleren Vogtlande auftretenden älteren Gebirgsschichten: Kambrium, Silur, devon und Kulm enthalten kein Steinsalz und deshalb ist auch das „Salzwasser“ von Altensalz ganz anderen Ursprungs.

Das aus 210 m Tiefe heraufkommende Bohrlochwasser ist ein kalkreiches Mineralwasser, das seit einigen Jahren zu Trinkbrunnen mit bestem Erfolg verwendet wird. Wie schon oft im Leben anstatt des Gesuchten etwas anderes in Erscheinung getreten ist, so hat auch hier das Suchen nach siedewürdiger starker Sole ein wertvolles Heilwasser ergeben.

Anmerkung des Verlages: Mit dem Anstauen der Talsperre Pöhl geriet die Quelle unter den Wasserspiegel und damit in Vergessenheit.

Werner Flach, Helmsgrün:

Schicksal der Gemeinde Pöhl, Februar 2011

Mit großer Hoffnung und Zuversicht wurde am 20. Dezember 1993 im Haus Schloßhalbinsel die Gründungsversammlung für die neue Gemeinde Pöhl durchgeführt.

Bereits am 15.12.1993 genehmigte das Landratsamt Plauen den Zusammenschluß der bisher selbstständigen Gemeinden Helmsgrün, Herlasgrün, Ruppertsgrün, Möschwitz und Jocketa zur Einheitsgemeinde Pöhl mit Wirkung vom 1. Januar 1994.

Der Name Pöhl wurde bewußt gewählt in Gedenken an das in den Fluten der Talsperre Pöhl versunkene Dorf, obwohl eine Vielzahl der Jocketaer ihren Dorfnamen in der gebildeten „Großgemeinde" gesehen hätten. Eine Großgemeinde aus heutiger Sicht war die neue Gemeinde mit ihren unter 3000 Einwohnern sicher nicht. Trotzdem konnte durch eine Ausnahmegenehmigung (mindestens 1200 Einwohner) durch das Landratsamt der neue Bürgermeister seine Funktion hauptamtlich durchführen, obwohl die sächsische Gemeindeordnung dies erst bei einer Bevölkerungszahl von mindestens 3000 Einwohnern vorsah. Sah man doch in der Entwicklung, daß die Gemeinde Pöhl bald die 5000-Einwohnerzahl erreichen würde, etwa mit dem Zusammenschluß mit Neuensalz oder mit Limbach. Aus diesem Traum wurde jedoch nichts. Limbach bildete eine Verwaltungsgemeinschaft mit Netzschkau und Neuensalz eine mit Treuen.

Trotz einiger Neubauten in den vergangenen Jahren in fast allen Ortsteilen sank die Einwohnerzahl seit der Gründung der Gemeinde 1994 von 2941 Einwohnern auf 2729 Einwohner 2010 und sinkt weiter auf 2683 im Jahr 2011 (siehe Veranstaltungsplan 2011-2012). Die bisherigen Bürgermeister waren: Werner Flach bis 1994, Claus Müller von 1994 bis 1997. Von 1997 bis 1998 wurde Friedhard Kaul kommissarisch eingesetzt und ist Amtsinhaber seit der Wahl 1998 bis heute.

Seit 2010 wird eine neue Gemeindegebietsreform in Sachsen ins Gespräch gebracht. Mit einer Prokopfprämie von 100 Euro werden die Gemeindezusammenschlüsse auf „freiwilliger" Basis vom Freistaat vorerst gefördert. In Zukunft soll es in Sachsen keine Gemeinde mehr unter 5000 Einwohnern geben. Den „freiwilligen" Anfang im Vogtlandkreis mit Wirkung vom 1. Januar 2011 vollzogen die Gemeinden der bisherigen Verwaltungsgemeinschaft Rosenbach, Leubnitz, Mehltheuer und Syrau zur Gemeinde Rosenbach i. Vogtl. und die Gemeinde Burgstein, die sich der Gemeinde Weischlitz anschloß.

Nun wird in Pöhl und besonders in den umliegenden Städten und Gemeinden spekuliert, wer mit wem oder überhaupt in Zukunft die 5000-Einwohnergrenze erreichen könnte.

Von dem „Kuchen Pöhl" möchte gerne Elsterberg etwas abbekommen, auch Netzschkau und gewiß auch Treuen. Wenn nicht gleich das ganze Gemeindeterritorium, so zumindest einen Teil davon möchte die eine oder andere Kommune schon haben. Sogar die Stadt Plauen wird ins Gespräch gebracht. Was fehlt, ist eine Aussage, ob die Pöhler um den Bestand ihrer Gemeinde kämpfen wollen und sich Gedanken machen um den Fortbestand ihrer Gemeinde.

Bedauerlich ist, daß Bürgermeister Friedhard Kaul eigentlich seine Gemeinde schon aufgibt. Er gibt der Gemeinde Pöhl ab 2012 keine Zukunft mehr.

In einem Zeitungsartikel im Vogtland-Anzeiger vom 12.1.2011 erwartet Kaul, das Pöhl eingemeindet wird nach Plauen, Netzschkau oder Elsterberg, vielleicht auch nach Treuen. Wenn der Gemeinderat keine Entscheidung fällt, wird es der Landtag nach 2014 tun. Sicher räumt sich Friedhard Kaul bei der nächsten Bürgermeisterwahl 2012 wenig Chancen ein, zumindest als hauptamtlicher Bürgermeister. Nach der Änderung der Hauptsatzung vom 2.9.2011 ist der Bürgermeister von Pöhl „Ehrenbeamter auf Zeit".

Die Sache ist eigentlich sehr bedauerlich und sehr schade. Wurde doch die neue Gemeinde vor 16 Jahren mit dem ehrwürdigen Namen des untergegangenen Dorfes mit viel Zuversicht und hohen Erwartungen gebildet und nicht, daß der Name Pöhl nach den wenigen Jahren nun doch noch für immer verschwindet. Aber die Zeit will es anders. Alles wird begründet mit dem immer weniger vorhandenen Geld. Von Bürgernähe kann man sicher in den immer größer werdenden Gebilden nicht mehr sprechen. Zur Zeit wird auf jeder Ebene lamentiert. Wo bleiben denn die Propheten der 1990er Jahre, daß Geld keine Rolle mehr spielt und alles machbar wird von dem man keine Vorstellungen hat?

Wie wäre es denn mit diesem nicht ganz ernst gemeinten Teilungsvorschlag?

Von 1835 bis 1874 gab es die Amtshauptmannschaft des Vogtlandes und darin eine Einteilung in Gerichtsamtsbezirke. Danach gehörten die heutigen Ortsteile Trieb, Liebau, Ruppertsgrün, Christgrün und Jocketa zum Gerichtsamt Elsterberg. Der Ortsteil Herlasgrün gehörte zum Gerichtsamt Treuen und die Ortsteile Helmsgrün, Neudörfel, Pöhl (alt) und Möschwitz gehörten zum Gerichtsamt Plauen.

Interessant ist auch ein Blick in die Vergangenheit des Territoriums unserer heutigen Gemeinde Pöhl:

Die Gemeinde Pöhl hat per 9.2.2011 eine Fläche von 3659 ha.

Im gleichen Territorium lebten z. B. im Jahr 1959 3653 Menschen, 924 mehr als heute und 1966 200 Menschen weniger als 1959.

Die Orte im Einzelnen:

Pöhl (alt) urkundliche Ersterwähnung 1288 de Bele 1961 überflutet.
Ortsteile: Kalkofenhäuser, Hammerhäuser, alle 1961 überflutet
Größe 1959: 467 ha, Einwohner 420, 90 Einwohner/qkm
Pöhl hatte zwei Gasthöfe, eine Poststelle und die Schule
Letzter Bürgermeister: Otto Blüher

Neudörfel urkundliche Ersterwähnung 1412 Nuwendorff
Seit 1963 Ortsteil der Gemeinde Jocketa
Größe 1959: 216 ha, Einwohner 86, 40 Einwohner/qkm

1 Gasthof, 1 Poststelle
Letzter Bürgermeister: Frau Rietschel

Helmsgrün urkundliche Ersterwähnung 1418 Helmbrechtzgrün
Ortsteile: Rodlera, Schäferei, Schloßhalbinsel
Rodlera urkundliche Ersterwähnung 1578 – schon immer Flur Helmsgrün Schäferei wurde 1961 überflutet. Die aus der Flur Pöhl stammende Schloßhalbinsel wurde 1961 in die Gemeinde Jocketa eingemeindet, verwaltungsmäßig jedoch der Gemeinde Helmsgrün zugeordnet.
Größe 1959: 355 ha, Einwohner 231, 65 Einwohner/qkm 1 Gasthof
Einwohner 1966: 175, 56 weniger gegenüber 1959 46 Einwohner/qkm
1 Gasthof, 1 Verkaufsstelle (Konsum), Wasserversorgung aus Brunnen, 1 Poststelle
11 Abgeordnete der Gemeindevertretung bei 66 Haushalten.
Letzter Bürgermeister: Werner Flach
Letzter DDR-Bürgermeister: Werner Flach

Herlasgrün urkundliche Ersterwähnung 1380 Herlyssgrün
Ortsteile: Frohsinn, Fichtenhäuser (südl. der Straße)
Das Wohnhaus Reitel auf der Limbacher Flur der Fichtenhäuser wurde 1991 nach Herlasgrün umgemeindet.
Größe 1959: 579 ha, Einwohner 629, 109 Einwohner/qkm
4 Gasthöfe, 1 Poststelle
Einwohner 1966: 656 27 mehr gegenüber 1959
3 Gasthöfe, 6 Verkaufsstellen (darunter 2 Konsum), Wasserversorgung aus Brunnen
eigene Schule bis etwa 1975, Bahnhof
21 Abgeordnete der Gemeindevertretung bei 255 Haushalten
Letzter Bürgermeister: Lutz Huster
Letzter DDR-Bürgermeister: Marlies Singer

Ruppertsgrün urkundliche Ersterwähnung 1365 Rupersggrün
Ortsteile: Bachhäuser (Klein Christgrün), Ziegelhütte, Liebau seit 1950, Christgrün seit 1974, Rentzschmühle
Größe 1959: 646 ha, Einwohner 812, 126 Einwohner/qkm
3 Gasthöfe
Einwohner 1966: 767 45 weniger gegenüber 1959
2 Gasthöfe, 4 Verkaufsstellen (davon 1 Konsum), Wasserversorgung öffentl. Leitung, eigene Schule bis etwa 1975, 1 Poststelle, Bahnhaltestelle
18 Abgeordnete der Gemeindevertretung bei 313 Haushalten
Letzter Bürgermeister: Siegfried Oppel
Letzter DDR-Bürgermeister: Margitta Seckel

Christgrün urkundliche Ersterwähnung 1366 Christiansgrune
Seit 1974 Ortsteil der Gemeinde Ruppertsgrün
Ortsteile: Dreckschänke (seit etwa 1985 keine Gebäude mehr), Stiftshäuser (in Verwaltung der Gemeinde Herlasgrün)
Größe 1959: 405 ha, Einwohner 245 80 Einwohner/qkm
1 Gasthof, 1 Poststelle
Einwohner 1966: 258 13 mehr gegenüber 1959
1 Gasthof, 1 Verkaufsstelle (Konsum), Wasserversorgung öffentl. Leitung, Abwasseranschluß.
eigene Schule mit Reimersgrün bis etwa 1950
13 Abgeordnete der Gemeindevertretung bei 92 Haushalten
Letzter Bürgermeister: Walter Müller

Liebau urkundliche Ersterwähnung 1327 Lubawe
Ortsteil: Schafhübel
Beide seit 1950 Ortsteil der Gemeinde Ruppertsgrün
Größe 1959: Fläche und Einwohnerzahl in der Gemeinde Ruppertsgrün enthalten
1966: 1 Gasthof

Rentzschmühle urkundliche Ersterwähnung 1420 Renezschmol
Ortsteil von Ruppertsgrün
Die Fluren der Rentzschmühle sind dreigeteilt:
1 Teil Flur Ruppertsgrün, 1 Teil Flur Trieb und 1 Teil Flur Cossengrün.
Die Fluren Trieb und Ruppertsgrün sind heute Bestandteil der Gemeinde Pöhl. Der Cossengrüner Teil gehört zur thüringischen Gemeinde „Vogtländisches Oberland".
Größe 1959: Fläche und Einwohnerzahl in der Gemeinde Ruppertsgrün enthalten.
1966: 1 Gaststätte, Bahnhaltestelle

Barthmühle urkundliche Ersterwähnung 1394 Bartmul
Ortsteil von Jocketa, Bahnhaltestelle
Die Fluren der Barthmühle sind viergeteilt:
1 Teil Flur Jocketa, 1 Teil Flur Liebau, 1 Teil Flur Trieb und 1 Teil Flur Röttis.
Die Fluren Jocketa, Trieb und Liebau sind heute Bestandteil der Gemeinde Pöhl. Der Röttiser Teil (Ortsteil von Jößnitz) gehört heute zur Stadt Plauen. Die bebauten Grundstücke der Flur Röttis in der Barthmühle wurden 1991 nach Jocketa umgemeindet.
Größe 1959: Fläche und Einwohnerzahl in der Gemeinde Jocketa enthalten.
1966: 1 Gaststätte und ein Ferienheim, Bahnhaltestelle,

Trieb urkundliche Ersterwähnung 1420 zur Trebe
Seit 1974 Ortsteil der Gemeinde Jocketa
Größe 1959: 222 ha, Einwohner 153 69 Einwohner/qkm

Einwohner 1966: 124 29 weniger gegenüber 1959
1 Gasthof, Wasserversorgung aus Brunnen, 1 Poststelle
9 Abgeordnete der Gemeindevertretung bei 50 Haushalten
Letzter Bürgermeister: Paul Eisel

Möschwitz urkundliche Ersterwähnung 1266 Meschwize
Ortsteile: Obermöschwitz, Bahnhaus
Größe 1959: 533 ha, Einwohner 281 53 Einwohner /qkm
1 Gasthof, eigene Schule bis 1951, 1 Poststelle
Einwohner 1966: 264 17 weniger gegenüber 1959
Wasserversorgung öffentl. Leitung
15 Abgeordnete der Gemeindevertretung bei 112 Haushalten
Letzter Bürgermeister: Ursula Schubert
Letzter DDR-Bürgermeister: Ursula Schubert

Jocketa urkundliche Ersterwähnung 1438 Kogte
Ortsteile: Alt-Jocketa, Neujocketa, Barthmühle,
Trieb seit 1974, Neudörfel seit 1963, Flur Pöhl seit 1961
Größe 1959: 223 ha, Einwohner 796 357 Einwohner/qkm
Einwohner 1966: 1225 429 mehr gegenüber 1959 (Übersiedlung der Pöhler) Größe 907 ha 126 Einwohner/qkm
Wasserversorgung öffentl. Leitung, Polytechnische Oberschule, 1 Postamt, 6 Gaststätten und 5 Verkaufsstellen (davon 4 Konsum), 1 Landwarenhaus.
24 Abgeordnete der Gemeindevertretung bei 444 Haushalten
Letzter Bürgermeister: Alfred Teubert
Letzter DDR-Bürgermeister: Gert Müller

Einwohnerzahlen vom Gebiet der heutigen Gemeinde Pöhl (Auswahl)

Orte	1834	1871	1890	1910	1925	1939	1946	1964	1990
Helmsgrün	130	196	159	219	242	225	233	175	131
Rodlera	36	40	47	x					
Herlasgrün	209	348	464	591	593	633	701	656	586
Jocketa	60	181	215	372	533	589	886	1225	1167
Pöhl (alt)	271	438	417	437	409	374	466	xx	
Neudörfel	66	95	73	73	68	76	88	xx	
Trieb	100	94	106	114	132	126	168	124	xx
Möschwitz	231	266	297	381	377	345	360	264	208
Ruppertsgrün	498	680	599	608	704	722	805	767	819
Liebau	86	120	141	148	167	151	209	xxx	
Christgrün	137	201	185	196	203	176	211	258	xxx
Gesamt:	1824	2659	2703	3139	3428	3043	4127	3469	2911

x ab hier in Helmsgrün enthalten, xx ab hier in Jocketa enthalten, xxx ab hier in Ruppertsgrün enthalten

Helmsgrün mit der Schloßhalbinsel 400 m Höhenlage, 1418 urkundlich erwähnt. Archiv: Verlag

Von der Einwohnerzahl her hat die Gemeinde Pöhl auf ihrem Territorium die Zahl der Einwohner aus dem Jahr 1871 nahezu wieder erreicht. Der Höchststand vom Jahr 1946 resultiert von der Aufnahme von Flüchtlingen aus den ehemaligen deutschen Ostgebieten infolge des II. Weltkrieges. Interessant ist die Entwicklung in der Gemeinde Jocketa vom ehemaligen kleinen Bauerndorf (Alt-Jocketa, kleiner als Neudörfel) mit gerade einmal 60 Einwohnern 1834 und dem stetigen Wachsen bis 1225 Einwohnern 1964 als Folge der Übersiedlung der meisten ehemaligen Bürger aus Pöhl und der Eingemeindung von Neudörfel und von Trieb. Ruppertsgrün hat die Eingemeindung von Liebau an Einwohnern wenig gebracht, ebenso bei der Eingemeindung von Christgrün. Aus heutiger Sicht ist die relativ hohe Einwohnerzahl der Rodlera vom Jahr 1890 mit 47 kaum vorstellbar. Leben doch heute 2010 in diesem Ortsteil gerade einmal nur noch 11 Personen, zwei davon nur hier gemeldet.

Anmerkung: Da der Artikel bereits 2011 geschrieben wurde, sei daher auf einige Veränderungen bis heute aufmerksam zu machen. Seit 2012 ist in Pöhl ehrenamtlich die Bürgermeisterin Daniela Hommel-Kreißl im Amt. Und die Gemeinde Pöhl gibt es noch.

Seit ihrem Amtsantritt war die Eingemeindung kein Thema mehr bis zu einer Sitzung des Gemeinderates im November 2015. Da wurde vorgeschlagen, daß Thema Eingemeindung wieder auf die Tagesordnung zu setzen (Vogtland-Anzeiger vom 26.11.2015). Und die Einwohnerzahl der Gemeinde Pöhl sinkt weiter und hat am 1.1.2016 einen aktuellen Stand von 2557. Das Nachbardorf Cossengrün ist nach der Auflösung der Gemeinde Vogtländisches Oberland 2014 heute Ortsteil der Stadt Greiz.

Quellenangabe:- Statistisches Taschenbuch Plauen-Land 1959 und 1966, Steinmüller: Jocketa, vom Bauerndorf zum Fremdenverkehrsort 1994, Verlag Klaus Gumnior, Der Vogtland Atlas 2003, Seiten 47 und 93

Werner Flach, Helmsgrün:

Die Finkenburg

Das einstmals weit weg vom Dorf Pöhl stehende Einzelgehöft unter diesem Namen kennt heute bestimmt fast niemand mehr. Und trotzdem gab es das kleine Gehöft mit Wohnhaus und Scheune auf der Flur Pöhl bis zu seinem Abbruch infolge des Talsperrenbaues 1962. Gestanden haben die Gebäude am rechten Hang des Gölischbaches, von den Gemeinden Pöhl und Helmsgrün mit einen Kilometer fast gleich weg entfernt. Die überflutete Fläche ist heute unterhalb vom FKK-Strand am Bosenhübel zu finden und war beim Niedrigstand der Talsperre 1988 zum Teil wieder frei sichtbar. Am Anwesen vorbei ging vor dem Bau der Talsperre der in älteren Karten als „der Weg nach Plauen“ bezeichnete von Helmsgrün kommende und am Eichberg vorbei führende Wirtschaftsweg. Dieser Weg ging von hier hinunter in die Triebwiesen, dabei die von Pöhl nach Gansgrün und Altensalz führende Straße überquerend und weiter auf der anderen Seite des Tales hoch nach Obermöschwitz.

Vor der Straße im Triebgrund befand sich rechtsseitig ein Kalksteinbruch auf dem Grundstück Nr. 23 vom Rittergut Pöhl und im Besitz von Friedrich Wilhelm Fink, dem Namensgeber der Finkenburg, der 1860 errichtet wurde. Fink ließ in der Nähe des Steinbruches noch einige Gebäude errichten für die Unterkunft seiner Beschäftigten, die aber nach Schließung des Steinbruchs zur Jahrhundertwende wieder abgebrochen wurden. Fink hatte nebenbei noch eine kleine Landwirtschaft und war von 1872 bis 1876 Gemeindevorstand in Pöhl.

Finkenburg-Eichhorn im Jahr 1955. Foto: Flach

Der jetzigen älteren Generation ist das Haus dahinten am Wald eher noch als das Haus von Paul Eichhorn in Erinnerung, der bereits vor 1943 dort wohnte in dem Haus mit der Pöhler Nr. 56. Für die Bewohner damals vor 1950 gab es weder Strom noch Telefon. Das Trinkwasser wurde aus einem 22 Meter tiefen Brunnen geschöpft.

Das Gehöft, das Paul Eichhorn, der wegen einer Schußverletzung vom II. Weltkrieg seit 1945 Rentner war, bewohnte er mit seiner Frau. Sie ernährten sich vor allen von der kleinen Landwirtschaft, die damals als Kleinbauer bezeichnet wurde mit einem Landbesitz von 2,71 ha Acker und 0,74 ha Wiese. Aber am bekanntesten war der Ziegenbock, der in der Herbstzeit besondere üble Gerüche rund um das Anwesen versprühte. Die Pöhler und Helmsgrüner Ziegenhalter waren dann jährlich um diese Zeit Gast im Gehöft von Paul Eichhorn. Hinzu kam man mit der Ziege, die immer an einem Strick geführt wurde, schnell voran. Sie konnte es gar nicht erwarten zu der Stelle der „Gerüche" zu kommen. Aber dann heimwärts, nach dem Rendezvous beim Bock, mußte man die Ziege förmlich nach Hause zerren, so schwer fiel ihr der Abschied. Nach dem Tode der Eichhorns Anfang der 1950er Jahre stand das Gebäude erst einmal leer, bis die Familie Reichmann aus Pöhl dahinten Quartier nahm und nach ihren Auszug der Pöhler Hermann Döbel von seinem bisherigen Wohnsitz, einem Anbau an der Mühle in Pöhl, dahinter zog. Nach 1950 wurde eine Stromfreileitung, die bereits bis zum Turnplatz bestand, bis hinter zum „Döbels Haus" gezogen. So wurde das Haus nur von den Pöhlern genannt, nachdem Hermann Döbel dort eingezogen war. Mit Beginn des Talsperrenbaues ab 1958 stand das „Ziegenbockhaus" wieder leer. Von 1959 bis zu seinem Abriß 1962 war die Waldidylle Unterkunft vom Bauleiter der Talsperre Heinz Hager aus Plauen.

Benutzte Quellen:
- Chronik der Gemeinde Pöhl von Ernst Wolf 1943
- ´Chronik Pöhl von Heinrich Schneider 1960
- Spaziergänge am Ufer der Talsperre Pöhl von Heinz Hager 1996
- eigene Aufzeichnungen (aufgeschrieben Januar 2016)

Der Brückenbau bei Thoßfell, Bauleiter war damals Helmut Schmalfuß. Unterhalb ist noch die alte Brücke zu sehen, davor der Wassergraben. Archiv: Verlag

Margarete Hoyer, Netzschkau (†):

Die Sperlingsburg

Auf diesem Bild sehen Sie die Autobahnbrücke bei Altensalz, der heutigen A72.

Das obere Haus war Baubude, Verwaltungsgebäude und Unterkunft von 2 Ingenieuren in der Zeit des Baues der Brücke 1936 bis 1938. Die Pfeiler wurden nicht in das Wasser der Talsperre Pöhl gebaut, die gab es damals noch nicht. Das Gelände befindet sich im Gebiet der Vorsperre Neuensalz-Rabenbach, Thoßfell-Trieb. Diese beiden Bäche enden jetzt dort.

Dieser Bau der Brücke endete dort. Die Hammermühle,mußte wegen dem Vorsperrenbau 1962/63 abgerissen werden. Dieses Bild ist zur Zeit der Einweihung der Brücke entstanden. Die Einweihungsfeier war in Zobes im Saal. Das Lied von Zobes wurde von Lehrer Walter Wächter geschrieben und nur dieses Mal von auswärtigen Arbeitern gesungen.

„Die Sperlingsburg" brannte an einem Herbstabend 1938 in der Zeit nach 20 Uhr ab. Ich war gerade in der Zwirnerei Thoßfell in der Nachmittagschicht ganz oben in der Färberei beschäftig´t. Da ertönte auf dem Dach die Firmensirene. Ein Mann rief sofort im Pförtnerhaus die Feuerwehr an. Wo brennt es? Ihr könnt arbeiten, die Sperlingsburg brennt. Die Feuerwehr besprengte den nahen Wald, die Sperlingsburg war nicht zu retten.

Es war ein sehr schöner Holzbau, alles voll Munition, die jetzt in die Luft flog. Es klang wie ein Maschinengewehr. Was sollte diese viele Munition hier am Waldrand? Ein Jahr später brach am 1. September der Krieg aus, und die Zeit der Lebensmittelmarken begann.

Zeichn.: M. Hoyer

Aus dem Verlagsarchiv:

Fraß das Brot samt dem Teller

Nimmersatt Jacob Kahle gab selbst Medizinern Rätsel auf

Vor ca. 270 Jahren starb zu Wittenberg ein Gärtner namens Jacob Kahle im seinerzeit beachtlichen Alter von 79 Jahren. Doch nicht deshalb war er im gleichen Jahr Gegenstand einer Doktorarbeit. Die Mediziner interessierte vielmehr sein Magen, und der hatte Unglaubliches geleistet.

Mit „glaubwürdigen Acten und eydlichen Zeugen-Aussagen“ ließ sich belegen, daß Jacob Kahle „bey seinem Leben nicht nur eine ungeheure Menge von Speisen, sondern auch fremde und ungewöhnliche dinge zu sich nahm, und, zum Exempel, auf einmahl 8 Schock Pflaumen, nebst den Kernen, und zu einer anderen Zeit 4 Metzen Kirschen, ebenfalls mit den Kernen gegessen hat“.

Ferner konnte er, wie es in einem zeitgenössischen Bericht heißt, „seinen Appetit auch mit fremden und sonst der menschlichen Natur ungewöhnlichen Dingen vergnügen ... so, daß er zuweilen Speisen, sammt den tönernen Schüsseln und Tellern, Stücken von den Oefen, Glas und Steine, fraß. Lebendige Vögel, Mäuse, Raupen und dergleichen, wurden von ihm mit der größten Delicatesse verzehrt, ja, er soll einmahl kein Bedenken getragen haben, ein blechernes Schreibe-Zeug sammt Dinte, Streusand, Federn und Federmesser, aufzufressen, wie solches von einem der vereydeten Zeugen, der es selbst mit angesehen hat, ausgesagt ward. Ferner machte er sich ein andermahl in Gegenwart vieler Leute, und um etwas Geld zu verdienen über einen Dudelsack her, fraß ihn auf, und überdies verfolgte er den Besitzer desselben, der darüber erschrak, und aus Furcht, daß ihm ein gleiches begegnen möchte, zum Fenster hinaus sprang, noch ziemlich weit.“

Alle diese Sonderlichkeiten verhalfen dem Gärtner zum Spitznamen „Freß-Kahle“, was er gelassen hinnahm. Weniger erbaulich, ja gefährlich, war jedoch die Beschuldigung durch „gemeine Leute“, er habe sich der Hülfe eines bösen Geistes bey seinen Unternehmungen bedient. Die Gelehrten der damals noch bestehenden Wittenberger Universität nahmen sich der Sache an und erkannten auf irdische Realitäten. Der Jacob Kahle war gerettet. Doch die Herren Doktoren und Professoren halfen nicht ganz uneigennützig. Als der „wohlbekannte Gärtner“ verstarb, hielt sich der Herr D. Böhner für berechtigt, die Section des Cörpers an dem hiesigen Theatro anatomisch vorzunehmen“.

(um 1970)

Eine Karikatur. Wovon nach dem Krieg die meisten Menschen träumten: sich einmal richtig sattessen. Archiv: Verlag

V. Reetz:

1945 Gefährliche „Hamsterfahrt“

An einem Tag im Mai sahen wir, wie drüben in Richtung Wüstendittersdorf plötzlich eine riesige schwarze Qualmwolke in den Himmel stieg. Kurze Zeit später verbreitete sich dann die Nachricht, daß hier auf der Straße bei Wüstendittersdorf vier Menschen ermordet wurden, die mit einem Auto auf „Hamsterfahrt“ in Lössau waren. Bei der Rückfahrt wurden sie von SS-Leuten, die bei Wüstendittersdorf vor den Amerikanern untergetaucht waren, angehalten, ihrer Kleider beraubt und dann erschossen. Das Auto wurde angezündet. Am Tatort blieben die Leichen und die SS-Uniformen zurück.

Aber auch zivile Verbrecher aller Art trieben sich zu jener Zeit in der Umgebung von Schleiz herum und verbreiteten Angst und Schrecken. Opfer einer solchen Verbrecherbande wurde z. B. der Autobahnwärter Max Daßler aus der Stadtrandsiedlung, den Banditen an das Geländer der Pörmitzer Autobahnbrücke fesselten und erschossen.

Ein Rotarmist entwendete einem Oettersdorfer Einwohner das Fahrrad. Als dieser dem Soldaten nacheilte, wurde er vom Fahrraddieb im Wäldchen bei Pörmitz erschossen. Der Täter wurde ermittelt und später auf dem Schleizer Oberschulplatz hingerichtet.

Brigitte Raffel, Plauen:

Oma

Oma, warum kräht der Hahn?
Wer macht bei Sonne und Mond die Lichter an?
Warum weht der Wind um's Haus?
Wie kommt auf den Kopf die Laus?
Wieso kommt nicht erst der Donner und dann der Blitz,
fragt der Enkel mich verschmitzt.
Warum sieht man Sterne nur bei Nacht?
Warum sind so viele Körner in das Brot „gebackt"?
Stets hab' ich für ihn eine Antwort parat und der Kopf glüht.
Doch so kommt es, daß man die Welt mit Kinderaugen sieht.

Gerhard Stark, Auerbach:

Eine Auswahl an Kinderspielen von einst

Als die heute 70 oder 80jährigen noch Kinder waren, war das Fotografieren noch kein „Volkssport" wie heute, deswegen gibt es wenig Fotos von spielenden Kindern. Die vom Verlag beigefügten Genrebilder sollen den Ein oder Anderen beim Betrachten anregen, an seine eigene Kindheit zurückzudenken. Es gab keine Laptops, unser Spielzeug war einfach aber stabil, eigentlich spielten wir bei jedem Wetter im Freien und waren mit unseren Kumpels glücklich, wenn wir mit ihnen Murmeln oder Kasperletheater spielten, und die Kleineren sahen zu dabei. Manche unserer alten Spiele, wie Räuber und Gendarm, Schanzer, Katapult bauen und damit schießen, Blasrohre bauen und damit den Mädchen auf die Waden schießen, Versteckerle spielen, nachts im Wald mit der Taschenlampe „Sucherle" spielen, Papierdrachen bauen und steigen lassen. Dabei gab es regelrechte Talente,

Stinkbomben aus alten Filmen bauten, Treppenhäuser damit ausräucherten und Klingelrutscher machten.

Wer als Kind ein Tretauto oder einen Roller hatte, vielleicht sogar noch einen Luftroller, der war schon was Besonderes damals in der Clique.

Die Mädchen machten Gummitwist, Hula-Hop, malten mit Kreide Hupfkästle auf die Straße und fuhren mit ihren Puppenwagen spazieren.

Im Winter gab es Hätzeln, Rodeln, vier oder fünf Schlitten zusammenbinden, und auf abschüssigen Straßen hinabfahren. Jede Zeit hat ihre kleinen und größeren Freuden, wir waren glücklich damals.

Aus der Sicht der heutigen Jugendlichen waren wir damals aber sicher nicht ganz auf dem „Sender", so ändern sich halt die Zeiten.

Was den heutigen Kindern fehlt, ist gemeinsam etwas auf die Beine zu stellen und das Zusammengehörigkeitsgefühl im allgemeinen zu fördern. Ob diese Generation im hohen Alter einmal Klassentreffen durchführen wird, wie die Generation vor ihnen, kann ich mir nicht vorstellen. Wir erziehen Egoisten, Eigenbrödler, irgendwie wird das mal ein ungesunder Menschenschlag. Die Eltern und die Gesellschaft versagen hier scheinbar.

Nachfolgend seien noch ein paar Spiele von damals erwähnt, die Herr Gerhard Stark aus Auerbach auf Anregung des Verlages dankenswerter Weise zusammengetragen hat.

Mich würde es nicht wundern, wenn der eine oder andere Leser leuchtende Augen bekommen hat.

Wer diese Aufstellung noch ergänzen möchte, kann gern dem Verlag seine Erinnerung an die damalige Zeit mitteilen. Fangen wir also an.

Der Verlag

*

Fischer, wie tief ist das Wasser?

Auf der einen Straßenseite standen beliebig viele Kinder, die dann im Chor das eine oder andere Kind, welches den Fischer darstellte und auf der anderen Straßenseite stand, fragten, wie tief das Wasser ist und wie man hinüberkommt. So wie es dem Fischer einfiel, so mußte die Straße (die den Fluß darstellte) überquert werden. Und da gab es viele Möglichkeiten. Auf dem linken oder dem rechten Bein oder auf beiden Beinen hüpfend, oder mit sonstigen körperlichen Verrenkungen mußte der „Fluß" überquert werden. Wer zuerst auf der anderen Seite war, spielte dann den Fischer.

Meister, wir wollen Arbeit haben

Auf der einen Straßenseite standen beliebig viele Kinder und fragten im Chor nach Arbeit. Das Kind, welches auf der anderen Straßenseite den Meister darstellte, zeigte durch Körperbewegungen einen Handwerksberuf, der zu erraten war.

Das Kind, welches das Handwerk zuerst erriet, durfte dann den Meister spielen.

Ich weiß etwas, was du nicht weißt und das sieht braun (oder eine andere Farbe) aus

Bei schlechtem Wetter waren oft zwei oder drei Kinder, die aus dem Fenster schauten. Ein Kind konnte sich auf irgend etwas festlegen, was auch die anderen Kinder sehen konnten. Diese mußten dann die Farbe und den Gegenstand des ausgesuchten Gegenstandes erraten. Wer es zuerst erriet, war der nächste Fragesteller.

Pfeifenbau

Ein Taschenmesser gehörte in die Hosentasche eines Jungen. Benutzt wurde das Holz der Weide oder Vogelbeere (Eberesche). Da entstanden wahre Kunstwerke. Der Klang der Pfeife richtete sich nach der Stärke des Holzes und den Einkerbungen, die eingeschnitten wurden, nachdem durch Abklopfen der Rinde der vordere Teil abgezogen wurde. Dieses Teil der Rinde wurde nach dem Einschnitt der Kerben wieder aufgeschoben. Nach dem Abtrocknen zog sich

Das besondere Foto

Die ersten Schritte neben meinem ersten eigenen Wagen.

Im Bad in Schönau. Spanner gab es damals noch nicht, und fürs Magazin fehlte mir noch das gewisse „Etwas".

Ich und mein Bruder.

In ihren unverwüstlichen Lederhosen und wie üblich barfuß posieren zwei Freunde.

Biene und Peterle, ein Ausflug ins Grüne.

Na, ist es nicht schick? Mein erstes eigenes Tretmobil.

das abgezogene Rindenteil zusammen und dichtete den geschnittenen Luftkanal ab.

Rindenschiffchen schnitzen

Wenn im Sägewerk Kiefernstämme angeliefert wurden, konnte man mitunter schöne große Rindenstücke beschneiden. Wenn wir im Sägewerk nichts fanden, da holten wir uns die Rindenstücke zum Schiffe schnitzen von stehenden Bäumen. Dabei durfte man nicht erwischt werden. Die hellen Stellen am Baum beschmierten wir mit Dreck, damit sie nicht so zu sehen waren.

Schiffe entstanden in allen Größen und Variationen. An einem Gewässer konnte dann jeder zeigen, ob sein Schiff im Wasser lag und auch gerade schwamm.

Das Spiel mit dem Kreisel

Der Kreisel war ca. 6-7 cm hoch. Er war konisch gedrechselt. Oben hatte er mehrere eingefräste Rillen. Eine selbst gebaute Peitsche (alter gerader Ast oder kaputter oder geklauter Besenstiel) mit einer Schnur trieb den Kreisel an. Die Schnur durfte nicht zu dick sein. Sie mußte nun um die eingefrästen Rillen gewickelt werden. Mit einem kunstvollen Schwung wurde der Kreisel in die rotierende Bewegung gebracht. Durch immer weiteres Schlagen mit der Peitsche wurde der Kreisel immer in der Drehbewegung gehalten. Bedingung war: Die Schnur durfte durch das Schlagen vorn nicht ausfransen. Kreisel mit einer Metallspitze (runder Nagelkopf) gingen am besten. Wenn die Kreisel dazu noch in verschiedenen Farben bemalt waren, gaben sie in ihren Drehbewegungen ein schönes Bild ab.

Wasserräderbau

Das Holz ist egal. Zwei Astgabeln zu beiden Seiten des Baches aufgestellt, in die Gabel wurde ein gerades Stück Ast gelegt. An dieser Art Welle (es durfte nicht eiern) wurde das eigentliche Wasserrad gebaut und montiert. Ein kleines Kunstwerk wurde es, wenn ein Klopfwerk mit angebaut worden ist. Der Takt des Klopfens richtete sich immer nach der Fließgeschwindigkeit des Wassers.

Steine titschen

Bei Windstille wurden flache Steine über die Wasseroberfläche eines Teiches geschossen. Der Stein mußte im richtigen Winkel und scharf geschossen auf die Oberfläche des Wassers auftreffen. Jeder versuchte, daß sein Stein so oft wie möglich auf der Oberfläche des Wassers aufsetzte. Es passierte schon, daß der Stein ca. 10 bis 15 Mal auf das Wasser auftitschte.

Autobau mit einem Rad

Aus dem Schutt, den es in jedem Ort gab, wurden Räder gesucht. Egal ob vom Kinderwagen, Handwagen oder das Vorderrad eines defekten Fahrrades. Es ging alles. In primitiver Art und Weise wurden an diesen Rädern alte Holzleisten oder gerade Äste von irgendwelchen Bäumen befestigt. Hauptsache, das Rad drehte sich, wenn es durch die Führung der Leiste bewegt wurde. So haben wir uns mit unseren selbstgebauten Autos beschäftigt.

Steckenpferd

Kleinere Kinder hatten oft auch ein Steckenpferd, von Vater oder Großvater gefertigt. Aus einem Stück Holz wurde ein Pferdekopf gesägt und mit

Balkenreste, alte Kinderwagenräder sowie die Mithilfe des Vaters machten sogar Holzmotorradrennen möglich. Repro: Verlag

Erinnerung an den Schulanfang

Keine Aufnahme von Malorca, sondern von einer vogtländischen Wiese. Alle Fotos: Archiv Verlag

Neben der Autobahn kurz vor Plauen. Es wird keine Coca Cola getrunken, sondern schlicht und ergreifend Milch.

Ausgelassene Kinder beim Schulfest in Unterlosa 1949.

Wenn die Freundin ein Fahrrad hatte, setzte man sich hinten auf den Gepäckträger. So kam man auch vom Fleck.

Eine 250er Jawa war der Traum von vielen heranwachsenden „Halbstarken“ in den 50er/60er Jahren.

Archiv: Verlag

Und damit beenden wir heute unseren Rückblick.
Wer von den Lesern noch interessante Fotos aus seiner Jugend hat, kann sie dem Verlag unverbindlich zukommen lassen. Vielleicht finden sie eine Veröffentlichung.
Wer kennt diese Personen auf den Fotos noch?

Farbe bemalt. Quer im Pferdehals wurde ein Stück Holz als Griff und unten wurde eine Leiste oder alter Besenstiel befestigt, fertig war das Pferd, billig und gut.

Spiele mit Karten und Spielsteinen

Bei schlechtem Wetter saßen wir Kinder in der Wohnung und spielten Mühle, Halma, Mensch ärger dich nicht. Mit Skatkarten (abgegriffene Karten gab es in manchen Wirtshäusern) wurde Offiziersskat, 66ziger oder Unteranlegen gespielt. Auch die Spiele mit Quartetts waren sehr beliebt und lehrreich. Das Allgemeinwissen wurde beim Spiel gefördert. Viele Erklärungen über Städte, Tiere oder Pflanzen konnte man nachlesen. Lehrreiche Quartette dieser Art gibt es meines Wissens nicht mehr.

Auch das Spiel „Schwarzer Peter" machte viel Spaß und baute auf ein Quartett auf. Wer zuletzt den „Schwarzen Peter" hatte, bekam vom Ofentürle einen Strich Ruß auf die Stirn gemalt.

Stadt, Land, Fluß

... hieß auch eine unterhaltsame Beschäftigung.

Auf eine Heftseite im Querformat wurden oben Rubriken aufgeschrieben wie: Stadt, Land, Fluß, Vorname, Tier, Beruf usw. Ein Kind sagte in Gedanken in beliebiger Geschwindigkeit das ABC auf, und ein anderes Kind sagte irgendwann „stop".

Der Buchstabe, bei dem das in Gedanken auftauchende ABC war, mußte als Anfangsbuchstabe für die oben aufgeführten Rubriken genommen werden. Hier war Wissen und Schnelligkeit gefragt. Der Teilnehmer, der in alle aufgeführten Rubriken das geforderte geschrieben hatte, gebot ein Stop. Alle anderen mußten ihre Eintragungen beenden.

Ein ausgeklügeltes Punktsystem ermittelte dann den Sieger. Bei keiner Eintragung gab es Nullpunkte. Hatte nur einer der Teilnehmer in einer Rubrik einen Vermerk, gab es die höchste Zahl der zu vergebenden Punkte.

Kreuz oder Null

Eine Beschäftigung für 2 Personen, dessen Namen ich nicht mehr kenne. Eine Person nimmt Null, die andere das Kreuz. Wer anfängt wird ausgeknobelt. Man muß versuchen, sein Zeichen entweder diagonal, senkrecht oder waagerecht einzubringen. Der andere muß durch Setzen von seinem Zeichen das verhindern.

Diese Art Beschäftigung ist auch im Internet nicht zu finden.

Teenager in der Pause bei der Feldarbeit. Irgendwann tauchte einmal der Mann fürs Leben auf, und Kindheit und Jugend sind vorbei. Dann ging im Lauf der Natur wieder alles von vorn los. *Archiv: Verlag*

Dr. Rudolf Falk, Plauen (1897–1953):

Der Dreißigjährige Krieg im Spiegel vogtländischer Dorfkirchenbücher

Der Dreißigjährige Krieg im Spiegel vogtländischer Dorfkirchenbücher.

Wir haben uns mit Recht daran gewöhnt, den Inbegriff schrecklicher deutscher Volksnot im Dreißigjährigen Krieg zu sehen. Mit Unrecht aber hat man früher gar zu viele Schattenseiten des 17. Jahrhunderts auf das Konto jener langwierigen Kämpfe geschrieben.

Schon längst hat z. B. die Literaturgeschichte für ihr Gebiet bewiesen, daß nicht alles, was jene Zeit an kulturellem Tiefstand aufweist, sich durch den Krieg erklären läßt, ganz abgesehen davon, daß dieses Jahrhundert doch auch das des Glanzes barocker deutscher Baukunst gewesen ist. Soviel Brutalität über Deutschland damals auch hereinbrach, soviel Schrecken das Land auch erschütterte und Kind und Kindeskindern übermittelt wurde, man muß sich immer vor Augen halten, daß die allerdings sicher häufigen Quälereien und Brandschatzungen, die die Bevölkerung von durchziehenden Truppen zu erdulden hatte, vom bevölkerungspolitischen und volkswirtschaftlichen Standpunkt aus schwerlich das bedeuten konnten, was eine volkstümliche, übertreibende und zu sehr verallgemeinernde Auffassung späterer Zeiten glaubte annehmen zu dürfen. Wer wissen will, wie sich der Dreißigjährige Krieg volkswirtschaftlich und bevölkerungspolitisch ausgewirkt hat, der darf nicht jenen Quellen das Übergewicht geben, die die Not eben überstandener Drangsale schildern, sondern er muß den trockneren, aber aufschlußreicheren Zahlenreihen amtlicher Register nachspüren.

In der folgenden Arbeit sei das getan. Sie untersucht an Hand von Dorfkirchenbüchern die Auswirkungen des Krieges auf einen allerdings sehr kleinen Teil des unteren Vogtlandes. Das Vogtland gilt als eines derjenigen deutschen Gebiete, die durch den Krieg ganz besonders gelitten haben. Diesen traurigen Ruhm verdankt es den Heerstraßen, die große Massen Kriegsvolkes durch seine sonst so stillen Täler lockten. Man darf annehmen, daß die Ortschaften, namentlich die Dörfer, die an den Straßen oder in ihrer unmittelbaren Nähe lagen, am stärksten unter der Kriegsfurie zu leiden hatten. Im folgenden seien daher die Auswirkungen des Krieges in der Hauptsache für einige solcher Dörfer zahlenmäßig, soweit das überhaupt möglich ist, festgelegt. Nur vergleichsweise sei uns erlaubt, in abgelegenere Gebiete ferne der großen Straßen abzuschweifen. Die in Betracht gezogenen Kirchspiele sind folgende:

Altensalz, Gansgrün, Göpfersgrün, Neuensalz, Thoßfell, Voigtsgrün, Zobes, Dröda, Geilsdorf, (Burgstein, Kleinzöbern, Pirk, Türbel), Jößnitz, Röttis, Kürbitz, Weischlitz, Pöhl (Helmsgrün), Jocketa, Möschwitz, Neudörfel, Rodlera), Ruppertsgrün (Liebau, Rentzschmühle), Schönbach

„Die Apokalypse“ Holzschnit: Albrecht Dürer

(Gossengrün, Cunsdorf), Syrau (Frotschau), Großzöbern (Berglas).

Wer da glaubt, in den Kirchenbüchern gewissermaßen den Leichengeruch der im Dreißigjährigen Krieg Hingemetzelten zu verspüren, der wird sich eine gründliche Korrektur seiner Ansichten gefallen lassen müssen. Aufzeichnungen von Mord, den Soldaten verübt, sind so vereinzelt, daß sie für unsere Betrachtungen gar keine Rolle spielen: 26 Menschen sind laut den Kirchenbüchern in den genannten Orten entweder durch die Soldaten getötet oder so zugerichtet worden, daß sie an den erhaltenen Verletzungen später gestorben sind, eingerechnet sind dabei auch die auf der Flucht Verunglückten.

(Einzelne Gemeinden haben sich vor den heranrückenden Truppen in den nahen Wäldern verborgen.) So bedauerlich diese Verluste vom menschlichen Standpunkt aus sind, vom volkswirtschaftlichen aus bedeuten sie nichts.

Ihre Zahl erscheint allerdings auffallend gering im Vergleich zu den mehr oder minder ausführlich angegebenen Plünderungen. Demgegenüber bieten die Geburtslisten eine ähnliche Überraschung: es gibt eine ganze Reihe unehelicher Geburten, aber deren, die Soldaten die Vaterschaft zusprechen, sind nur wenige, und man merkt den Eintragungen an, daß der Schreiber offenbar nicht immer von der Schuld der Soldaten überzeugt gewesen ist.

Bedeutsam aber müssen die Geburts- und Sterberegister erscheinen, wenn wir sie unter bevölkerungspolitischem Gesichtspunkt betrachten, desto auffallender müssen sie sich in diesen Tabellen widerspiegeln.

Die ausgewerteten Listen umfassen die Zeit von 1605 bis 1662. Die Jahre, die davon vor oder nach dem Kriege liegen, sind um der Vergleichsmöglichkeit wissen einbezogen worden. Es haben aber bei den einzelnen Berechnungen innerhalb dieses Zeitraumes nicht immer genau die gleichen Zeitabschnitte behandelt werden können. Lücken oder Unklarheiten in der Aufzeichnung standen dem entgegen. Die folgenden Listen zeigen das Ergebnis der Untersuchung. Sie sollen Aufschluß geben über: Sterblichkeit, Insonderheit über Kindersterblichkeit,

Geburten, Fehlgeburten und schließlich schließlich über die Verteilung der Geburten auf die einzelnen Familien. Freilich tun sie das nicht für alle Kirchspiele gleichmäßig: Zuweilen sind z. B. die toten Kinder in Bezug auf ihr Alter oder die Neugeborenen in Bezug auf ihr Geschlecht so wenig genau voneinander unterschieden, daß Klarheit nicht zu erhalten ist, von den Schwierigkeiten, die die Handschrift gelegentlich recht ausgiebig bietet, gar nicht zu reden. Schwierig ist es auch die Zahl und Stärke der einzelnen Familien festzustellen: entsprechende Zahlenangaben gibt es darüber so gut wie gar nicht.

Die entsprechenden Ermittlungen sind im allgemeinen auf Grund der Taufregister mehr oder weniger ins einzelne gehend durchgeführt worden. Es läßt sich somit angeben, wieviel Familien in einem bestimmten Zeitraum gelebt haben und wieviel Kinder ihnen geboren worden sind. Daraus ist bequem zu errechnen, wieviel Kinder in dieser Zeit durchschnittlich einer Familie geboren worden sind. Dabei ist natürlich zu bedenken, daß den errechneten Zahlen das Übel jeder Durchschnittsrechnung anhaftet: sie sind eben nur Durchschnitt und geben nicht an, wieviel die einzelnen Familien tatsächlich Kinder hatten. Aber auch das ist aus dem Taufregister ersichtlich und in den folgenden Tabellen verwertet worden.

Nur in zwei Fällen ist vergleichsweise nach anderer Methode verfahren worden.

Für Syrau ist die Familienzahl an Hand der Kommunikantenlisten zusammengestellt worden. Danach hätte 1625 der Ort 53 und 1648 nur 43 Ehepaare gezählt. Wenn man danach die Berechnungen für durchschnittlich 48 Familien vornimmt, so stellt sich die Zahl der auf eine Familie entfallenden Kinder um 1,7 höher als in den nach anderen Methoden berechneten Orten.

In Wahrheit muß die Zahl für Syrau zu hoch sein, da ja bei der Berechnung die zwischen 1625 und 1648 neu geschlossenen und wieder (etwa durch die Pest) getöteten Ehen unmöglich erfaßt worden sein können.

Noch anders ist die Berechnung für Schönbach durchgeführt worden: für 1607 sind im Kirchenbuch 67 Ehepaare angegeben, verrechnet man die bis 1652 im Trauregister neu gebuchten in der üblichen Weise, so ergibt sich für Schönbach die gleiche Familienstärke wie in den anderen nach den Taufen berechneten Orten.

Von diesen letzten beiden Verfahren bietet nur das zweite den Vorteil rascher Arbeitsmöglichkeit, und dieses auch nur unter der sonst nirgends erfüllten Voraussetzung, daß im Anfang des interessierten Zeitraumes die Zahl der Ehepaare angegeben ist, keines von beiden aber gewährt Aufschluß über die Stärke jeder einzelnen Familie. Sie sind daher nur ausnahmsweise und des Vergleichs wegen verwendet worden.

Eine Fehlerquelle ist freilich bei unserer Methode, die Familienstärke zu errechnen, nicht zu vermeiden: sie tritt mit den Grenzfällen in Erscheinung, das heißt mit den Familien, die am Anfang und am Ende des behandelten Zeitraumes auftauchten, da eine Anzahl ihrer Kinder nicht in den von uns berücksichtigten Jahren geboren ist. Indes erscheint dieser Mangel bei der auffallenden Kinderarmut unbedenklich. Diese wird – abgesehen von den unseren Untersuchungen zugrunde liegenden Angaben – auch durch einige andere Notizen des Schönbacher Kirchenbuches offenbar: das Verzeichnis der Hauswirte und sämtlicher Beichtkinder im Kirchspiel Schönbach von 1652 besagt: Schönbach 66 Beichtkinder auf 22 Hauswirte, Cunsdorf 49 Beichtkinder auf 18 Hauswirte, Gossengrün 42 Beichtkinder auf 15 Hauswirte. Berücksichtigt man, daß damals schon die Zwölfjährigen konfirmiert wurden, so läßt die erstaunlich niedrige Zahl der Beichtkinder eine bemerkenswerte Kinderarmut erkennen. Hinzu kommt, daß kinderlose Ehen von unserer nun folgenden Tabelle außer in Syrau und Schönbach nicht berücksichtigt werden konnte, was als ein allerdings ungewisser Ausgleich der Fehlerquelle dienen könnte.

Die unter der Spalte „Sterblichkeit" vermerkten Zahlen geben im allgemeinen die Jahre an, in denen die Sterblichkeitsziffer außerordentlich hoch erscheint.

Entsprechende Kirchenbucheinträge, die dafür eine Erklärung geben können, sind dabei vermerkt worden. Wo solche fehlen, ist aus einem Vergleich mit anderen Orten meist leicht Auskunft zu erhalten. Um dieses Aufschlusses willen sind gelegentlich auch dann Seuchen vermerkt worden, wenn sie in dem betreffenden Ort verhältnismäßig harmlos aufgetreten sind.

Dieser Tatbestand soll durch den in Klammern gesetzten Ausdruck „unbedeutend" gekennzeichnet werden. Die Tabelle läßt so die ausfallende Tatsache in Erscheinung treten, daß eine wesentliche Beeinflussung der Sterblichkeit durch die Soldaten nur in einem Fall in Kürbitz zu verzeichnen ist. Dort haben sie 1632 sehr übel gehaust. Sie haben „den Schulmeister braun und blau geprügelt, den Pfarrer gebunden, gerädert, aufgehänget und gesenget, zu bekennen, wo das Geld vergraben liegt", einen 90jährigen Greis hat man bei der Plünderung so geschlagen, daß Lähmungen der Arme und Beine die Folge war, und ein Kind mußte infolge des erlittenen Schreckens so an „Grimmen und Reißen im Leibe" leiden, daß es schließlich daran zugrunde gegangen ist. Die Zahl derer, die auf solche Weise oder durch Erschießen damals in Kürbitz umgebracht worden ist, beläuft sich auf 8. Im übrigen sind so schlimme Gewalttätigkeiten für seinen der behandelten Orte in den Kirchenbüchern mehr verzeichnet.

Kürbitz eingerechnet, kommt auf sämtliche Kirchspiele nach den vorhandenen Totenlisten 26 Menschen, die in den dreißig Kriegsjahren durch die Soldaten ermordet worden oder auf der Flucht umgekommen sind, bei – zum Vergleich sei es angegeben – einer Gesamtzahl von 2288 Toten.

Ganz gewiß gibt dies Verhältnis die infolge des Krieges Umgekommenen zu niedrig an; sind doch die Quellen für die bearbeiteten Kirchspiele, wie aus der Tabelle ersichtlich, gerade für die für unsere Untersuchung besonders wichtige Zeit mehr oder minder lückenhaft. Immerhin werden die Jahre 1632 und 1640, in denen das Vogtland besonders vom Kriege betroffen worden ist, von 3 Kirchspielen vollständig, von 4 weiteren wird wenigstens das eine oder andere registriert. Jene drei Barochien haben während des gesamten Krieges zusammen 18 Personen als Kriegsopfer zu beklagen, diese vier in allen registrierten Jahren des Krieges 6. Diese Zahl ist, wie z. B.

	Abgänge						Geburten							
Kirchspiel	Jahre	Sterblichkeit (abnorm hoch)	Kindersterblichkeit im Vergl. zur Gesamtsterblichkt.	Kindersterblichkeit im Vergl. zur Geburtenzahl	Sterblichkeit der Wochenkinder	Sterblichkeit der Wöchnerinnen	Jahre für die Familienzusammenstellung	Knabenüberschuß	Zahl der Familien	Kinder auf 1 Familie	Höchstzahl auf 1 Familie	Familien mit 5 u. mehr Kindern	Familien mit 1 Kind	Geburtenentwicklung
Altensalz	1616/54 es fehlen 1632/33	1616, 1626 Seuche 1635 Ruhr (unbd.) 1640	45%	37%		2%		4%						1616/25 : 340 26/35 : 202 36/45 : 251 46/54 : 239
Dröda							1613/32	5% Mädchenüberschuß	20	2,4	6 (2 mal)	3	40%	1613/22 : 17 23/32 : 32 33/42 : 20 43/52 : 20
Geilsdorf	1613/52 es fehlen 1635/45	1632/33 Pest 1624 Ruhr	46%	42%		2%	1613/33	5,8%	102	2	13 (1 mal)	7	54,9%	1605/14 : 102 15/24 : 111 25/34 : 78 40/49 : 66 50/55 : 58
Großzöbern	1643/52		21%	9%		7%		5,4%						
Jößnitz	1615/30 e. fehl. 1632 u. 1642/48	1633 Pest 1640/41	30,5%	21,8%	10,5%		1613/43	5%	90	2,6	8 (2 mal)	12	40%	1613/22 : 73 23/32 : 97 33/42 : 59 43/52 : 70 53/58 : 45
Kürbitz	1613/52	1625 Ruhr (unbd.) 31/32 Plünderung 36/37 Rote Ruhr 40 Fieber	36%	39,9%			1613/30	1,5%	109	2,1	8 (1 mal)	10	50%	1613/22 : 113 23/32 : 151 33/42 : 82 43/52 : 108
Pöhl	1643/62		44%	24%			1643/62	2,7%	95	1,8	6 (1 mal)	5	57%	1643/52 : 78 53/62 : 107
Ruppertsgrün	1613/53 es fehlen 1639/40	1616 Ruhr (unbd.) 1633 Pest	38,8%	32,6%	14,9%		1628/53	10,5%	73	2,4	10 (1 mal)	11	47%	1605/14 : 105 15/24 : 79 25/34 : 95 35/44 : 66 45/54 : 65
Schönbach	- 1610/49	1616 Ruhr, 1617, 1633/34 1639/40 Pest	31%	25%	13%		1607/52	6,8%	268	2				1610/19 : 124 20/29 : 173 30/39 : 83 40/49 : 83 50/53 : 53 54/63 : 108
Syrau	1625/56	1633 Pest, 39/40, 1652	32,7%	32%		3%	1625/48	4%	48	3,9				1624/33 : 73 34/43 : 70 44/53 : 101 54/62 : 82

Ruppertsgrün zeigt, entschieden zu niedrig. Der bekannteste Bericht der Ruppertsgrüner und Liebauer Schöffen (sächs. Kirchengalerie), der aber nicht in den Kirchenbüchern steht, ergänzt die Ruppertsgrüner Kirchenbuchlücke für 1640. Danach sind damals in Ruppertsgrün mindestens fünf Personen umgebracht worden – mindestens, denn der Bericht bringt nur zum Teil genaue Angaben und ergeht sich sonst in allgemeinen Bemerkungen wie „etliche alte verlebte gute fromme Leute haben sie niedergemacht, ... daß viel Leute ... darüber tot bleiben müssen". Im übrigen wird des gewaltigen Schadens gedacht, den Plünderungen und Brandschatzungen dem Dorf gebracht haben. Die Soldaten haben hier offenbar ähnlich gehaust, wie es 1632 schon Kürbitz erleben mußte. Während aber dort die Verluste an Menschenleben, die der Einfall der Gemeinde gebracht hat, genau nachzuprüfen sind, lassen die Ruppertsgrüner Schöffen wider Erwarten die nötige Klarheit vermissen. Bauern pflegen für solche Vorkommnisse ein gutes Gedächtnis zu haben und bei entsprechenden Aufzeichnungen nichts zu übersehen. Auch die Kirchbücher heben die durch den Feind Getöteten deutlich hervor. Der Schöffenbericht verfährt anders und, wie mir scheint, mit gutem Grund.

Er ist eine eidesstattliche Versicherung, er beruft sich auf Erzherzog Leopold Wilhelm von Österreich gewissermaßen als Zeugen und auf dessen Klage der Verwüstungen wegen, und der Bericht ist „eingesandt " worden.

Seine wiederholten Hinweise auf den erlittenen wirtschaftlichen Schaden lassen erkennen, daß die Bauern einen Schadenserlaß erwirken wollten. So erklärte sich die oben erwähnte Unklarheit. Unter den „vielen" Umgekommenen wird man sich keine zu hohe Zahl denken dürfen.

Sonst wäre sie sicher genau angegeben worden, schon aus praktischen Gründen. Vermerkenswert aber erscheint, wie der Umfang des von Truppen angerichteten Schadens von den Schöffen als durchaus außergewöhnlich empfunden wird.

Weiter ist zu beachten, daß die unvollständigen Kirchenbücher sich in Bezug auf 1632 und 1640 insofern ergänzen, als ihre Lücken sich nicht auf dieselben Jahre beziehen, und ein Vergleich ergibt für die teilweis registrierten Gemeinden keine erheblichen Verluste an Menschen. Ein entsprechender Schluß auf die Orte, deren Register für das gleiche Jahr lückenhaft ist, muß zwar, wie Ruppertsgrün zeigt, nicht richtig sein, wird aber doch, wie ebenfalls das Beispiel von Ruppertsgrün mit dem Hinweis auf seine Ausnahmestellung andeutet, in den meisten Fällen das Richtige treffen. Nach alledem kann die Zahl der unmittelbaren Kriegsopfer für unsere Dörfer nicht sehr hoch gewesen sein. Jedenfalls bildet sie keinen nennenswerten Bruchteil der Gesamtzahl aller Toten.

Schlimmer als die Soldaten haben die Seuchen gewütet, freilich nicht überall in gleichem Maße und zu derselben Zeit. Nur so wird die Meldung der Quelle verständlich, daß Pfarrer und andere von der Pest in andere Orte geflohen seien.

Und gelegentliche Lücken in den Kirchenbüchern lassen keinen Zweifel an der Richtigkeit dieser Überlieferung aufkommen. Als Beleg für die verschiedenartigen Auswirkungen

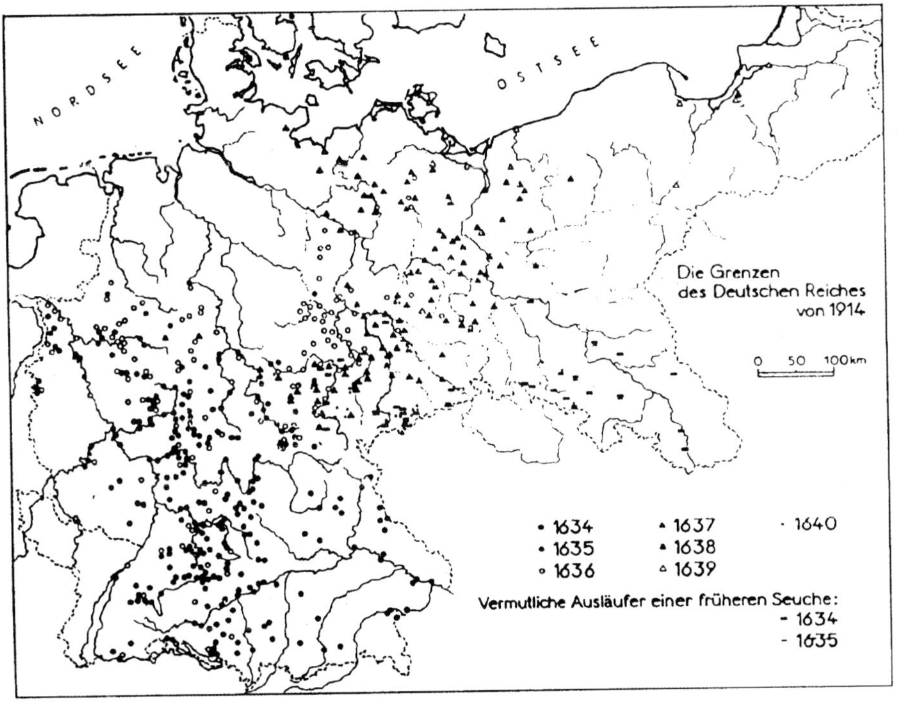

Die Ausbreitung der Pest in den deutschen Städten 1634–1640

der Pest z. B. diene folgende Angabe: 1633 starben im Kirchspiel Jößnitz 107 Personen (sonst jährlich zwischen 1 und 11); 1631/32 im Kirchspiel Kürbitz 51, wobei die den Soldaten zum Opfer Gefallenen eingerechnet sind (sonst jährlich zwischen 6 und 16); 1632 im Kirchspiel Schönbach 13 Personen, 1633 15 Personen und 1634 19 Personen (sonst jährlich zwischen 2 und 10); 1640/41 im Kirchspiel Jößnitz je 17; 1640 im Kirchspiel Kürbitz 25; 1639 im Kirchspiel Schönbach 67 und 1640 22.

Die Pestjahre spiegeln sich auch, obschon, offenbar infolge der üblichen Kinderarmut, nicht so grell, wie man erwarten könnte, in der Spalte der „Geburtsentwicklung". Setzt man diese in Beziehung zu den einzelnen Seuchenjahren, dann ergeben sich im allgemeinen die zu erwartenden Zusammenhänge: die Abhängigkeit der Geburtenzahlen vom Gesundheitsstand der Bevölkerung. So ist das vielfache Sinken der Geburtenziffern bedingt.

1616 ist im Kirchenbuch von Altensalz vermerkt: „Sind also 7 Personen mehr geboren denn gestorben, welichs ein rarum ist." Trotzdem läßt ein Vergleich der jeweiligen Geburten und Sterbeziffern mit Ausnahme von Kürbitz (wo 451 Geburten 487 Abgängen gegenüberstehen) das Anwachsen der Bevölkerung erkennen.

Um so schwerer fällt es in unserer Zeit, sich eine richtige Vorstellung von den Verheerungen zu machen, die dennoch Pest und Ruhr damals in manchen Orten des Vogtlandes anrichteten. Nicht jeder Pfarrer war stark genug, seiner Gemeinde in jenen bösen Tagen die Treue zu halten, und so mußten viele ohne Pfarrer und Lehrer den letzten Gang antreten, vom üblichen Geleit der Gemeinde gar nicht zu reden. An eine regelrechte feierliche Beerdigung wurde infolge der Ansteckungsgefahr vielfach nicht mehr gedacht. Im Wald, im Feld, im Garten wurden die Toten und zwar zuweilen des Nachts eingegraben. Sie wurden „ohne Zeremonie" unter die Erde gebracht. Manch jammervolles Bild steigt aus den Zeilen auf, in denen so oft hinter den betreffenden Namen das gleichmütige Wort „peste" steht. Alle Behaglichkeit, mit der einzelne Pfarrer bei der Führung der Register ihre lateinischen und gelegentliche auch griechischen Schulkenntnisse bis dato angebracht, ist verschwunden. Breite Ergüsse sind durch hastige Kürze ersetzt. Es ist, als ob das Entsetzen, das bei den Eintragungen geherrscht, auch den Leser ergriffe. Wir fühlen den Jammer des armen Vaters, der Frau und Kinder ins Totenbuch eintragen muß, bis eine neue fremde Schrift andeutet, daß auch er ein Opfer der allgemeinen Not geworden ist. Und wir sehen den unglücklichen Vater, der seinen hoffnungsvollen Sohn, einen jungen Studenten, allein mit dem Totengräber zu Grabe schleppen muß, da niemand weiter aus der verängstigten Gemeinde dem Ruhrtoten zu nahen wagt.

Wieweit man für solche Bilder des Grauens den Krieg als Ursache angeben darf, steht schon deshalb nicht fest, weil Seuchen sich auch bereits (Tabellen) vor dem Kriege, oder ehe er sich bei uns auswirken konnte, geltend gemacht haben.

Auch 1600 war im Vogtland die Pest, und 1521 sind in Plauen nicht weniger als 900 Personen, 1463 gar 1400 an der Pest gestorben. Natürlich können gleichwohl als Ursache für die Epidemien des Dreißigjährigen Krieges seine wirtschaflichen Auswirkungen sehr wohl in Frage kommen. Diesen sei daher im folgenden unsere Aufmerksamkeit zugewandt.

Da Plünderungen in unseren Kirchenbüchern nur angedeutet sind, können Schlüsse auf den jeweiligen Vermögensstand der Bevölkerung nur aus den Rechnungsbüchern der Pfarrer gemacht werden. Dort sind die Geld- und Naturalzinsen, die von den Bauern dem Geistlichen geleistet werden mußten, verzeichnet. Regel- bzw. Unregelmäßigkeit der Angaben einerseits und die Ausgaben der Pfarrer andererseits spiegeln natürlich deren und der Dörfer wirtschaftliche Lage wieder. Leider aber werden Rechnungsbücher nur selten angetroffen. In unserem Bezirk sind solche nur in Schönbach, Syrau, Großzöbern und Altensalz vorhanden.

In Altensalz ist Rechenschaft über Geldeinnahmen und Ausgaben geführt worden. Von 1617 bis 1651 erscheint nie ein Defizit.

Die Ausgaben sind in den einzelnen Jahren nicht gleich hoch gewesen. Wenn an der Kirche Baulichkeiten vorgenommen werden mußten, stiegen sie natürlich entsprechend.

Auch die Einnahmen waren nicht gleichmäßig, sie erscheinen in den Jahren 1632 bis 1642 relativ niedriger als sonst. Wenn man den aus Einnahmen und Ausgaben sich ergebenden Überschuß jeweils mit Einnahmen des folgenden Jahres vergleicht, so ergibt sich ein ganz bestimmtes Anwachsen der Einnahmen, da der Rest wieder ausgeglichen wurde. Ist das erwartete Anwachsen nicht festzustellen und fehlen entsprechende Erklärungen im Ausgabenregister für das Vorjahr (Kirchenbau usw.), so müssen die üblichen Gelder nicht eingegangen sein. Die entsprechende Berechnung ergibt sich für 1632 bis 1642 von den zu erwartenden Einnahmen für drei Jahre zwei Drittel, für vier Jahre nur die Hälfte und für zwei Jahre sogar nur ein Drittel. Und nur zwei Jahre sind dazwischen normal. Trotzdem sind im ganzen gesehen die Einnahmen gestiegen, selbst von 1632–1642 nur nicht in dem zu erwartenden Maße.

Soweit sich übersehen läßt, liegen die Verhältnisse auch in Syrau ähnlich. Freilich sind dessen Rechnungen erst von 1639 an nachzuprüfen. Dort hat sich die Spanne zwischen Einnahmen und Ausgaben von 1639 bis 1652 immer zugunsten der Einnahmen, die gleichmäßig stiegen, entwickelt, besonders gilt dies von 1644 ab, da vorher die Ausgaben für den Pfarrerneubau die Kapitalbildung erschwerten, ja 1640 sogar eine kleine Anleihe nötig machten, die 1648 durch eine Schenkung des Junkers abgelöst wurde. Die Ausgaben sind in den einzelnen Kriegsjahren, die unserer Prüfung zugänglich sind, nie so hoch gewesen wie 1651 und 1652, da an der Pfarre gebaut und ein neuer Pfarrer eingesetzt werden mußte.

Und doch hatte man schon 1641/42 große Ausgaben wegen des Neubaus der 1638 abgebrannten Pfarre. Daß ein solcher in dieser Zeit überhaupt möglich wurde und die zahlreichen Arbeiten an den Kirchen von Altensalz und Schönbach, wo man 1638 selbst einen Glockenguß vorgenommen hat, sprechen gegen große wirtschaftliche Not.

Ganz besonders interessant erscheinen infolge ihrer Vollständigkeit die Kirchenrechnung von Schönbach. Für die Walburgis, Michaelis- und Dezemberabgaben kam 1557 und 1640 die gleiche Zahl von steuerpflichtigen Gütern in Frage. Um die von ihnen geleisteten Zahlungen vor und während des Dreißigjährigen Krieges kontrollieren können zu können, sind alle steuerlichen Eingänge, also Naturalien und klingende Münze, für 1612 und 1641 verglichen worden, und zwar mit dem Ergebnis, daß die tatsächlichen Einnahmen 1641 ein weniger höher gewesen sind als 1612. Dabei ist noch zu berücksichtigen, daß planmäßig noch einige Scheffel Getreide und eine geringe Summe Geldes mehr hätten einkommen müssen.

Auch in den folgenden Jahren werden gelegentlich unbedeutende Rückstände an Kapital und Geldzinsen vermerkt. Nur einmal im Jahr 1642, in dem aber „die Intraden richtig einkommen“, ist eine höhere Geldeinbuße eingetragen. Die scheint aber mehr theoretischer Art zu sein: das Konsistorium hatte beschlossen, gewisse von Soldaten geraubte Widenkühe, das sind solche, die Eigentum des Gotteshauses sind, nicht ersetzen zu lassen, sondern einen neuen Zins dafür auszuschreiben. Zögerndes Verhalten, das die Bauern dieser Forderung gegenüber zur Schau trugen, scheint jene Verlustbuchung bewirkt zu haben. Im ganzen zeigt das Einnahmen- und

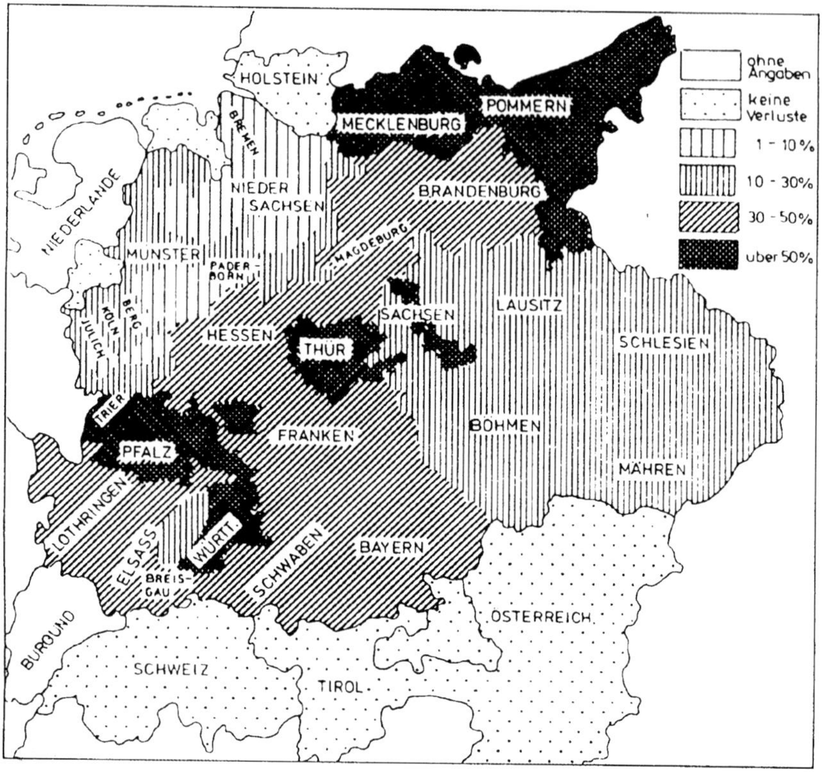

Die Bevölkerungsverluste während des Dreißigjährigen Krieges.

Skizzen: M. Wasold

Ausgabenregister von 1618 bis 1650, von den geringen Verlusten abgesehen, durchaus normalen Verlauf.

Während also die Pfarrechnung von Schönbach, Syrau und Altensalz wirtschaftliche Auswirkungen des Krieges wider Erwarten gar nicht oder nur in verhältnismäßig geringem Maße andeuten, spiegeln sich solche in denen von Großzöbern allerdings deutlicher wider. Die erste Rechnung liegt hier aber erst 1644 vor, in welchem Jahre die Bilanz mit einem geringen Überschuß schließt, der in gleicher Höhe erst 1648 wieder erreicht wird und offenbar als normal galt. 1645 aber ist vermerkt, daß an Erb- und Kapitalzinsen infolge von Plünderungen nichts zu erheben gewesen sei, und der Pfarrer beklagt sich, daß er ebenso wie im nächsten Jahre keine Besoldung erhalten habe. Erst 1647 bleibt beim Abschluß ein ganz geringer Überschuß, und es wird mit Befriedigung angegeben, daß Pfarrer und Schulmeister richtig bezahlt worden seien. Wie groß der Schaden 1645 in Großzöbern gewesen ist, läßt sich freilich nach diesen Angaben insofern nicht beurteilen, als Geldeinnahmen hier keine bedeutende Rolle gespielt haben und Naturaleinkünfte nicht angegeben sind.

Im ganzen gesehen, ergibt aber auch das Studium der kirchlichen Rechnungsbücher nichts anders als das der übrigen Register: wohl ist in ihnen die Not des Dreißigjährigen Krieges erkennbar, doch erscheint diese – von den nicht klar zu überschauenden Verhältnissen in Großzöbern abgesehen – nirgends katastrophal, meist ist sie aber überraschend gering.

Man wird somit nun auch schwerlich in wirtschaftlicher Not die Hauptursache für die Seuchen des Krieges suchen dürfen.

Daß die wirtschaftliche Not nicht übergroß gewesen sein kann, wird nicht bloß von den verhandenen Rechnungsabschlüssen abgeleitet, sondern auch von gewissen Ausgaben für Dinge, die in schlimmster Notlage als Luxus gelten müssen. Dazu muß die Vorliebe gerechnet werden, die man in der Schönbacher Pfarre immer wieder dem „Badstübchen" angedeihen ließ. Auch in Syrau sind Ausgaben für ein Badstübchen gebucht worden. Und daß man 1640 in Schönbach, nachdem der „neue Pfarrer seine Probepredigt getan" 7 Pfund Kalbfleisch und 2 Kämmele „Essig" verzehrt hat, um auch dem Magen die Festtagsstimmung nicht vorzuenthalten, spricht ebensowenig für bitterste Not wie die Ausgaben für Bier, „so die Gottesväter bei der Rehnungs Überschau verzehrt". In Schönbach war das 1643 ebensoviel, wie des Schulmeisters Frau dafür erhielt, „daß sie 5 Jahre die Altartüchlein gewaschen". Ganz ähnlich verhält es sich mit den Unterstützungen, die der Pfarrer von Schönbach an Erulanten, Brandgeschädigte, wandernde Schulmeister und Pfarrerwitwen, Armen, die „zu den Brunnen reisten" u. a. auszahlte. Wenn auch diese Ausgaben im zweiten Drittel des Krieges im Vergleich zu früher niedriger werden, so bleiben sie doch noch immer relativ hoch.

Dabei ist noch zu bedenken, daß selbst die Steuerausfälle durchaus nicht immer genau im entsprechenden Verhälnis zu den wirtschaftlichen Schwierigkeiten zu stehen brauchen. Vielmehr dürften diese auch gelegentlich mißbraucht worden sein, wie dies z. B. eine Vermerkung des Großzöberner Kirchenbuches belegt.

Dort wird für 1648 das Mehr an Kassenbestand gegenüber dem Vorjahr folgendermaßen erklärt: „Weil die Kreditoren vernommen, daß die geschehene Kirchenrechnung von den kurfürstlichen sächsischen ... Kommissarien soll vorgenommen werden, haben sie den Erbzins sowohl an Kapitalinteressen an 18 Taler 16 Groschen praesente die erlegt ..."

Nichtsdestoweniger spiegelt sich der Krieg trotz der außerordentlichen Zurückhaltung, die sich unsere Kirchenbücher in Bezug auf Kriegsberichterstattung auferlegen, in beiläufigen Notizen wie z. B in solchen von „vermehrter Kriegsgefahr" die zur Erklärung irgendwelcher Ungewöhnlichkeiten dienen sollten, oder in Anspielungen auf Soldaten, die zur Wache auf dem Rittergut gehörten, seit 1628 mehr oder minder deutlich wider. Und von 1637 ab gibt es kein Jahr mehr, das nicht in der angedeuteten Weise in ein oder dem anderen Buch verankert wäre, und es wird damit nur zu klar, wie lebhaft das Vogtland in den Kriegsstrudel hineingezogen wurde. Zusammenfassend darf man also feststellen, daß mit der einzigen Ausnahme von Großzöbern in den 33 von uns ins Auge gefaßten Gemeinden, gleichgültig, ob sie den Heeresstraßen nahe oder ihnen ferne waren, der Dreißigjährige Krieg trotz deutlicher Spuren laut der überprüften Quellen weder bevölkerungspolitisch noch wirtschaftlich verheerend gewirkt hat.

Aus dem Verlagsarchiv:

Alte Hausinschriften

Wir bauen hier so feste und sind doch fremde Gäste,
und da wir sollen ewig sein, da bauen wir gar wenig ein.

Wer Übles redet von mir und den Meinen,
der gehe nach Haus und betrachte die Seinen,
findet an denen er keine Gebrechen,
so mag er von mir und den Meinen sprechen.

Wer will bauen an Gassen und Straßen,
der muß die Leute reden lassen.

Der eine betracht's,
der andre belacht's,
wenn's nicht gefällt,
mich kost's mein Geld.

Mein Garten dünkt mich kindisch klein,
schau ich nur von ohngefähr hinein.
Doch fang ich an, ihn umzugraben,
mein' ich, ein Königreich zu haben.

Dies Haus ist mein und doch nicht mein,
beim Nächsten wird es auch so sein,
den dritten trägt man hinaus,
nun frag ich, wem gehört die Haus?

Ich lebe und weiß nicht wie lang,
ich sterbe und weiß nicht wann,
ich fahre und weiß nicht wohin,
mich wundert, daß ich so fröhlich bin.

Bernhard Aechtner, Halle:

Sue is halt be uns im Mai

Mol eng, mol Schnoi, mol Sunneschei,
mal Graibelwetter drunternei.
Is Toogs zevor e Pfitz geworn,
wor se a fröih scho zougefrorn.
Der Nordwied pfafft an anoch oa,
ma friert dou wöi a alter Moa,
goa selt'n warmer Sunneschei.
Su is halt be uns im Mai.

Sei döi Eismanner erscht verbei,
noch wärd's be uns erscht richtig Mai.
Nooch wär's a wärmer Toog fer Toog,
u a döi Nachfröst laon nooch.
Wer im April gepflanzt, gesät,
wöimietig an sein Beeten stöiht,
der pflanzt u sät a zwatz Mol nei.
Su is halt be uns im Mai.

Vergessen ham dou schnell de Leit
döi ewig lange Winterzeit.
Es hilft e jeder gern weng miet,
wenn's drassenrim viel Arwet git.
Dou is der maaste Aufenthalt
auf Feeld u Wies u a im Wald.
Moi kimmt mer nooch vo draas'n rei,
su is halt be uns im Mai.

E Wohltat is de Maienzeit,
besunnersch noch fier sette Leit,
döi nei in de Fabrik möib gea,
ne ganzen Tog möin drinne stea,
kenne se omst noch vor ne Haus
an frischer Luft siech rouhe aus.
Dou göiht's weng schpäter in Bett nei,
Su is halt be uns im Mai.

Der Mai, Monat der Verliebten — *Zeichn.: M. Seybold*

Herbert Feustel, Wilkau-Haßlau:

Johannestag – der Höhepunkt des Jahres

Mitte des Jahres erleben wir den Johannestag. In früherer Zeit auch als Sommersonnenwende bekannt. Ein Liebespaar, das gemeinsam durch die Flammen sprang, galt als versprochen. Noch heute finden auf den Friedhöfen Gottesdienste statt. Man gedenkt der Toten. In dieser Zeit des Mittsommerfestes ist die Natur in voller Kraft. Nach alten Überlieferungen soll man an diesem Tag bestimmte Heilkräuter sammeln. Der Volksglaube spricht von neun Kräutern. Dazu gehören Johanneskraut und Kamille. Als Allheilmittel gilt die Johannesblume, auch unter dem Namen „Arnika“ oder „Bergwohlverleih“ bekannt. Diese Blume steht unter strengem Naturschutz. Man kann in Fachgeschäften Arnikasalbe sowie Tinkturen erhalten. Nach dem Johannestag werden die Tage langsam wieder kürzer, es geht dem Spätsommer zu.

Manfred Zill, Willitzgrün:

Dr Pfingstochs

Zwischn Birkn, Ficht u Buchn
geht dr Hans ne Pfingstochs suchn,
stieflt schnurstracks dorch ne Wald,
macht an jeder Eck mol halt,
sieht vom Pfingstochs nirgnst e Spur,
simpeliert in aaner Tour,
wie sieht sue e Ochs woll aus?
Wie putzt sich e Pfingstochs raus?

Am Kreizweech uem ber altn Tann
trifft er san Freind, ne Ott Christian.
Der mustert ne weng vo dr Seit,
maant: „Donnrewetter, feine Leit!“
Des müsset er wirklich mol sogn.
„Mit Aezuch, Hemm, mit Schlips u Krogn
rammelst bis zen Wald do raus.
Siehst grod sue wie dr Pfingstochs aus!“

Mittelalterliche Küche

Aus dem Verlagsarchiv:

„Leckerspeise"

Im Jahre 1588 kamen die ersten Kartoffeln nach Deutschland, drei Jahre danach nach Dresden, wo sie aber zunächst nur als Ziersträucher in den Gärten gezogen wurden. Dann dauerte es nahezu hundert Jahre, bis wir sie zum ersten Male in den Händen eines deutschen Bauern finden, es war der Landwirt Rogler aus Selb, der sie am Kapellenberge, dem äußersten, südwestlichsten Zipfel des Vogtlandes, anpflanzte. Ein Menschenalter später brachte sie der Zimmergeselle Kummer aus Unterwürschnitz von der Wanderschaft mit heim, der als der Erste gilt, der sie in Sachsen baute. Um dieselbe Zeit lesen wir auch zum ersten Mal davon, daß man hierzulande Kartoffeln aß.

In den Materialien zur Großenhainer Stadtchronik vom Jahre 1712 heißt es: „In diesem Jahre wurden die ersten Erd-Birnen, eigentlich eine amerikanische Frucht, hierher an den Ober-Gleits- und Accis-Commissarius Lucius von guten Freunden aus dem Gebirge geschickt und waren damals so eine Rarität, daß sich gute Freunde darauf zu Gaste baten und für eine Leckerspeise gerechnet wurden."

Louis Riedel, Meßbach (1847–1919):

Wenn der Dorfteich Grützbrei wär

Wenn der Durfteich Grützbrei wär'
und der Pfarrbarch[1] Butter,
und 's käm su e rachter Sunnstrahl[2] har,
der zerschmölz' de Butter,
und de Butter flöß' in Durfteich nei,
dös mäßt ab'r emal e Grützbrei sei.

Wenn die Braupfann' voll Wurschtflasch[3] wär'
und e Darm wär' hundert Elln,
und 's käme su e fufzig Fleischer har
zu dem Darm von hundert Elln,
und die stuppten 's ganze Wurschtfleisch nei,
dös müßt ab'r emal ne Bratwurscht sei.

Und wenn das Elstertal e Backtruch[4] wär'
und der wär' voller Kuhngtäg[5]
und's käm' su e rachter Ries dohar[6],
der wirkt aus den Kuhngtäg,
und 's käme Rosine wie de Krautköpp[7] nei,
dös müßt ab'r emal e Kermeskuhn sei

(Vogtländisches Volkslied)

1Pfarrberg, 2 so ein rechter Sonnenstrahl, 3 Wurstfleisch, 4 Backtrog,
5 Kuchenteig, 6 so ein richtiger Riese daher, 7 Krautköpfe, 8 Kirmeskuchen

Gerhard Müller, Treuen:

Sauere Fleck

Schod drüm! Iech kenn kaa Wärtshaus mehr, wu „Sauere Fleck“ af dr Speisekart' stenne. Mei Tog ho iech die gern 'gessn, ob se mei Mutter gekocht hatt' oder ob iech mr se speeter drin unnern Dorfwärtshaus bestellt ho. Vielleicht sei itze de Zutatn, mir habm früher Geschling drzu gesoocht, for de vieling wehlerischn Leit ze gewiehnlich, als ass se überhaupt nuch oagebuetn wer'n.

Früher, wu's nuch nix waater gob, hot mr siech alle zeäh Finger drnooch geleckt. Iech bie als Bu' mol drzu kumme wie e ‚blind's Huhn ze en Korn', und dös will iech ietze drziehln.

De Amis warn fort, und de Russn koame. Se habm siech in Rasche druntn Rittergut ei'quartiert. Do log nuch Futter for ihre Pfer', die se aah nuch af unnern Elstertolwiesn weiden lossn habm. Mir neigierign Kundn dorftn zegoar öftersch emol mit nausreitn. Dös woar for uns ewos ganz Neies, aah wenn dr Hintern drnooch, waal mrsch net gewiehnt warn, gebrennt hot wie Feier. Mir sei drnooch lieber no de Elsterbrück gange und habm ne zen Kühln nei's Wasser gehaltn, als ass mr drauf vrzicht' habm. Aah ben Schlachtn und ben Kochn dorftn mr aufpassn, und e Happm Bruet is mannichsmol aah o'falln.

Ich koam emol drzu, wie se grod e Kalb geschlacht' habm. En Schuß nei ne Kopf und dös Kälbel mitn Hinterbaane noa de Stalltür hänge woarn aans. Se habm ne Bauch aufgeschnietn und de Innereien (is Geschling) nei e Schüssel getoa. Do log dös Zeig nu, und de Soldoatn müssn mrsch oa'geseäh habm, ass iech net När neigierig woar, iech hatt' aah Hunger wie vrrückt. Jednfalls hot der mit zwaa Straafm afm Schulterstückn is Herz und de Lung rausgepuepelt und mir üm ne Hals gehängt. Vun Kalbsblut ruet gefärbt und mit den Zeig an dr Brust rüm hänge, bie iech haam gerennt. Mei Mutter hot, wie se miech geseäh hatt, gebleäkt wie droan Spieß. Is sei e poar Minutn vrgange, bis se begriffm hatt', ass ihr Bu' net epper vrwund't woar. Se hot mr dös Zeig o'genumme und nei e Schüssel gtoa. Iech musst' mr is Blut o'waschn und wos annersch oa'zieh. Wie iech ihr drziehlt hatt', wu und wie iech ze den ‚Schoal' kumme bie, woar dr ganze Schreck vrgessn. Iech musst drin dr Küch' Feier machn, dr grueße Topf mit Wasser wuered aufgesetzt, und de Portioniererei goang lues. Ne ganzn Umbst is geschnietn, gekocht, wieder geschnietn, o'geschmeckt und auf- und ausgetaalt wuern. Iech kunnt mr nemme, sueviel iech wo't, und is warn de bestn „Sauern Fleck“, die iech in maan ganzn Lebm 'gessn ho. Zegoar de Nachborn sei miet bedacht wuern.

Iech bie speeter nuch oft no zen Russn gange, aah zen Reitn habm se miech öftersch wieder mietgenumme, oaber sue en ‚Woarme Regn' af de ausgehungertn Mognwänd ho iech net wieder drlebt.

Magen, Herz, Lunge, Milz

Alter optischer Telegraf 1860

Aus dem Verlagsarchiv:

+ / – 7,30 mm

Bald nach der Erneuerung des Deutschen Reiches wurde es, wie sich das leicht begreifen läßt, zunächst einmal ausgemessen. So auch Sachsen. Das war keine so leichte Sache. Eigenartige Holzgerüste, die wir auf unseren Wanderungen hier und da an erhöhten „Triangulations“- Punkten antreffen, sind an Ort und Stelle stumme Zeugen dieser Arbeit. Blickt man von einem solchen in die Runde, so lassen sich, in verschiedener Richtung, weitere erkennen, von einem zum anderen wurden die Entfernungen gemessen. So überspannte ein vollständiges Netz das ganze Land. Mit Hilfe der von diesen Linien eingeschlossenen Winkel ließ sich der Flächeninhalt der einzeln Maschen desselben berechnen. Doch wo und wie wurde der Anfang damit gemacht? Auf der „Großenhainer Basis“. Zwischen Raschütz und Querla, mit dem Zwischenpunkte Großenhain, wurden in der Zeit vom 7. August bis 3. September 1872 die ersten Ermittlungen zu diesem Zweck angestellt. Hin und her. Man brauchte zur Hinmessung 118,5, zur Rückmessung 88, im ganzen also 206,5 Stunden, d. i. durchschnittlich, mit Berücksichtigung der Sonn- und Regentage, 8 Stunden täglich, der Normalarbeitstag! Was kam dabei heraus? Das Hauptergebnis war, daß die Entfernung zwischen den beiden Basispunkten Raschütz–Querla 8908,684 764 m beträgt. Ein schwieriges Exempel! Indessen es stimmte nicht ganz. Bei dem Hin- und Her ergab sich doch immer noch ein „mit Fehler“ von +/- 7,130 mm, das ist $^{1}/_{124347}$ der ganzen Länge. Immerhin: dieses Ergebnis war von einer Genauigkeit, wie sie bis dahin bei keiner anderen derartigen Messung erreicht worden war.

In Falkenstein wird das Neue Jahr 2015 mit einem ansprechenden Neujahrskonzert begrüßt.
Foto: Schneider

Diese Jugendweihe in Markneukirchen wird der Schritt ins Leben sein. Das Schicksal wird diese kleine Gemeinschaft in nicht allzuferner Zeit weltweit zerstreuen. Wünschen wir jedem einzelnen viel Glück für seine Zukunft.
Foto: Schneider

Eich im April 2016. Interessierten Waldbesitzern wird vorgeführt, wie Douglasien fachgerecht gepflanzt werden. Foto: Schneider

Oelsnitz am 2. 4. 2016. Mitarbeiter der Kinderhilfe Westafrika und des Oelsnitzer Marienstifts präsentieren sich als Heinzelmännchen zum letztenmal vor dem Container, bevor dieser seine Reise nach Burkina Faso antritt.

Foto: Schneider

Der Frühling ist da. Unsere 139jährige Kastanie schmückt sich mit Blüten.
Foto: Röder

Markneukirchen / Wohlhausen: Der liebevoll gestaltete Osterbrunnen des hiesigen Gewerbevereins lenkt die Blicke auf sich. Foto: Schneider

Weit schweift der Blick von der Juchhöh über die sanften Hügel und Täler des Vogtlands. Foto: Röder

Wir hatten im Sommer 2016 Gäste daheim, ein Entenpärchen. In den vielen Monaten des Daseins kam man sich dabei näher. Unsere Enten verhielten sich anders, als sie von sogenannten Fachleuten beschrieben werden. Wir nannten sie Plitsch und Plum. Foto: Röder

Graslitz am 25. 6. 2016 auf dem Hausberg. Die Blasmusik begeisterte Gäste aus nah und fern. Foto: Schneider

Diese auf 120 Jahre geschätzte sechsstämmige Buche steht in der Schönecker Straße in Markneukirchen. Foto: Schneider

16 Junge Musiker aus den USA besuchten im Juni 2016 die Erlebniswelt Musikinstrumentenbau in Markneukirchen und folgen interessiert den Ausführungen über das Entstehen einer Geige. Foto: Schneider

26. 6. 2016, ein neues Tanklöschfahrzeug wird den Schöneckern übergeben. Die Freude war bei jung und alt groß. Der Nachwuchs der Schönecker Freiwilligen Feuerwehr wartet schon tatendurstig auf seinen Einsatz. Foto: Schneider

Ein Blick auf die Ruine Stein bei abgelassenem Wasser der Talsperre Pirk.
Foto: Heckel

Ein ungewohnter Blick von oben in den Steinbruch bei Lauterbach. Der Eindruck: Eine große Wunde in der Landschaft. Foto: Schneider

Fast ein Postkartenmotiv: Dieser Schnappschuß vom Oelsnitzer Rathaus.

Foto: Schneider

19. 7. 2016, an der alten Schule in Gettengrün herrscht reges Treiben. Der Dorf- und Heimatverein hatte eingeladen. Foto: Schneider

Aus dem Verlagsarchiv:

Was die Welt deutschem Erfindergeist verdankt

Aus der Sicht des Jahres 1936

Dem deutschen Erfindergeist verdankt die Welt unter anderem die Buchdruckerkunst, die um 1440 von Gutenberg, Faust und Schöffer in Mainz erfunden wurde; die von Senefelder 1796 erfundene Lithographie und den 1891 von Vogel und Ulrich erfundenen Dreifarbendruck; die 1439 in Nürnberg erfundene Feuerspritze, die 1670 durch von der Heyden mit Windkessel verbessert wurde (Minmar); die Kupferstechkunst, deren älteste Erzeugnisse die Blätter des sogenannten Spielkartenmeisters um 1440 sind; die erste Glühlampe von Goebel und die erste Regenerationslampe von Werner von Siemens; die erste Uhr, die volkstümliche Maschine der Menschheit; das Mikroskop, das 1590 von Janssen erfunden sein soll, und das Ultramikroskop 1903 von dem Österreicher Zsigmondy; das Schießpulver; das Porzelan; die erste Schreibfeder von Wiese (1579); das erste Telephon von Philipp Reis; die erste Schiffsschraube von dem Österreicher Ressel (1812); das erste Tauchboot von Bauer; die Zahnradbahn von Riggenbach (1868); die erste elektrische Lokomotive von Werner von Siemens (1879) und die erste elektrische Schnellbahn (1903); ebenso das erste Kabel 1847 und Dynamomaschine (1866). Zucker aus Runkelrüben gewann zuerst Marggraf 1747; die Tapete erfand Zuber 1790; der erste Dieselmotor arbeitete 1896 in Deutschland; Daimler stellte 1883 den ersten Motorwagen mit Explosionsmotor und Selbstzündung her, nachdem schon 1720 Bildenwehr in Augsburg die Zeichnung eines Selbstfahrers (= Automobil), der eine Kanone trägt, geliefert hatte. Dücker baute 1860 die erste Drahtseilbahn; Madersperger hat 1830 die erste Nähmaschine erfunden; Edison war zwar der Vorreiter der Tonfilmerfindung, erziehlte aber kein Ergebnis mit seinen Versuchen, das Problem mit Hilfe seiner Schallplattenübertragung zu lösen, sondern es wurde in Deutschland von Vogt, Masolle und Engel gelöst. Der deutsche Film verdankt sein Entstehen Oskar Meßter und Ottomar Anschütz; Lichtbilder mittels Asphalt stellte Nieper 1816 her; die telegraphische Lichtbildübertragung wurde 1904 durch Korn erfunden; eine Überkamera, die 25000 Bilder in einer Sekunde lieferte, wurde 1935 hergestellt.

(1936)

Matthias Jacob, Edingen:

Der erotische Bücherwurm

Die kleine Stadt Mylau verdankt ihre Entstehung, mehr wohl noch ihren Fortbestand, einer Burg. Böhmische Herrscher hatten sie vor langer, langer Zeit errichtet, als die Menschen noch nicht wußten, daß die Erde eine Kugel ist. Im Laufe der Jahrhunderte wechselte die sperrige Immobilie mehrfach den Besitzer, war schließlich sogar zur Fabrik degradiert und wurde am Ende, was viele Burgen und Schlösser wurden: ein Museum. Genauer gesagt, ein Heimatmuseum, denn mit den großen Sammlungen mittelalterlicher Schmiedekunst wie in der Heidecksburg oder dem Dresdener Historischen Museum konnte sich niemand messen, was da ausgestellt war. Dafür hatte man von allem etwas ausgestopfte Tiere, Mineralien, exotische Schmetterlinge, Hausrat aus allen möglichen Epochen und Volksschichten, ein paar Hieb-, Stich- und Feuerwaffen, Folterwerkzeug, Webstühle (die waren wohl gleich stehengeblieben, als die Fabrik nicht mehr gebraucht wurde) und einige Reste sakraler Kunst aus der alten Mylauer Feldsteinkirche. Ein Raum war der Geschichte des Kreises nach 1945 gewidmet, er war der langweiligste von allen. Welches Kind interessiert sich für das Miniaturmodell eines „Kraftfuttermischwerkes", wenn nebenan echte Gewehre und etwas weiter eine alte Ritterrüstung zu bestaunen sind.

Dieses Heimatmuseum wurde von Herrn Dr. Leipoldt geleitet, einem kleinen buckligen Mann mit Gelehrtenbrille auf einer Hakennase. Ich traf ihn zum ersten Mal, um ihn um ein Gutachten zu bitten. Ich hatte beim Herumstreunen einen Stein gefunden, der eine Versteinerung enthielt, und bat ihn um sein fachmännisches Urteil (vielleicht mußte ja die Geschichte der Welt, wenigstens die des östlichen Vogtlandes wegen der Bedeutung meines Fundes neu geschrieben werden). So besuchte ich den lokalen Gelehrten, den man auch weniger respektvoll „das Leibl" nannte, in seiner Studierstube. Die hatte er sich schön ausgesucht, mit Panoramablick in Richtung Göltzschtalbrücke, also über die ganze Stadt hinweg. Mit meinem Stein konnte ich ihn nicht so recht beeindrucken, der Abdruck war zu klein und man konnte nicht sagen, ob es nun ein Rindenstück vom Schachtelhalmbaum war oder ein Hautfetzen vom Urkrokodil oder ein Zipfelchen vom Ende eines Dinoschwanzes. Ich durfte das Teil behalten und hab es heute noch.

Aber die Begegnung mit Dr. Leibl hatte doch etwas Gutes: Als ich im darauffolgenden Jahr einen Ferienjob suchte, um mir mein erstes Kofferradio zu finanzieren, da fragte ich beim Doktor an, ob er nicht jemanden im Museum brauchen könne. Und siehe, er konnte. So kam es, daß ich zeitweiliger Angestellter des Museums wurde. Meine Aufgabe hatte man mir schnell erklärt: Das Museum verfügte über eine historische Bibliothek, die der Öffentlichkeit nicht zugänglich war.

Burg Mylau, mein Arbeitsplatz.

Die vielen Bücher dort sollten neu katalogisiert und mit entsprechenden Rückenschildchen versehen werden. Das war meine Arbeit. Der Museums-Doktor brachte mich in ein düsteres kaltes Zimmer, gab mir Papier, Tusche und Leim und hieß mich alle Bücher neu zu beschriften. Dann ging er und kam auch nicht wieder. Nun könnten die beschriebenen Umstände einen jungen Menschen in tiefe Betrübnis stürzen und nach einem Rumpelstielzchen rufen lassen, mich machten sie froh und glücklich. Von klein an hatte ich alles gelesen, was mir zwischen die Finger kam, und nun war ich von tausenden Büchern umgeben, eines interessanter als das andere. Da war an fleißiges Katalogisieren erstmal nicht zu denken, da mußte gestöbert werden.

Abgesehen von den Büchern entdeckte ich eine höchst interessante rundfunktechnische Vorrichtung, mittels derer man ganz Mylau über Lautsprecher beschallen konnte. Das geschah vor allem an hohen Feiertage wie dem 1. Mai und dem 7. Oktober, aber auch zu Heimatfesten. Von hier oben kam also diese Marschmusik, zu der mein Opa immer die rätselhaftesten Worte sang, daß eine Seele vom Alkohol gerettet sei.

Bei den Büchern interessierten mich vor allem die sogenannten Sittengeschichten, welche gewöhnlich einige stark erotische Kapitel, ja fast schon pornografische Abschnitte enthielten. Da war an historischen Beispielen dargestellt, was jeden gesunden Halbwüchsigen mehr interessiert als das Mischen von Kraftfutter, zum Beispiel daß der sächsische August das intimste Körperteil seiner Lieblingsmätresse auf einen Taler prägen ließ.

Ganz anders dagegen die Insektenkunde: in diesen Tagen waren mir alle Insektenarten mit ihren lateinischen Bezeichnungen vertraut, denn ich mußte feststellen, ob ein Band in die Abteilung Coleoptera (Käfer), Diptera (Zweiflügler) oder gar Lepidoptera (Schmetterlinge) gehörte. Das war exakte Wissenschaft, da kam Fortpflanzung nur im streng biologischen Sinn und manchmal völlig ohne Hilfe eines anderen Geschlechtes vor. So verbrachte ich meine Tage also zwischen antiken Erotica, Schallplatten mit preußischer Feiertagsmusik und Darstellungen des Pieris vulgaris (Gemeiner Krautscheißer) und seiner Artgenossen.

Dieser Teil meines Tuns fand völlig unter Ausschluß der Öffentlichkeit statt, nur zu den Mittagspausen gesellte ich mich zu den anderen Angestellten des Museums. Das waren eine Dame und ein Herr, die die Aufsicht führten. Ansonsten waren sie beide etwas kauzig, was man ja bei dieser Tätigkeit entweder sein muß oder bald wird. Die Dame wurde allgemein „die Luise“ genannt und wohnte im benachbarten Greiz im Gartenpalais des Schloßparks. Sie war allen schönen Künsten zugetan und hatte etwas feingeistiges im Wesen, was wohl auch zur Wahl des Arbeitsplatzes wie der Wohnung geführt hatte. Ihr Kollege war ein kleiner dicker Mann, der recht gut den böhmischen Fremdenführer aus Max Reinhards berühmter Kabarettszene abgegeben hätte.

Diese beiden fanden mich aber immerhin vertrauenswürdig genug, um mir die komplette Schließgewalt über alle Räume des Museums in Form eines großen Schlüsselbundes zu übertragen. So war ich es, der frühmorgens den ersten Rundgang machte und alle Türen aufschloß, darunter alte quietschende Schlösser, die nie einen Tropfen Öl gesehen hatten oder die neueren Sicherheitsschlösser, wo der Schlüssel nur noch ein spitzer Zapfen war mit drei Zackenreihen an den Seiten. Erstere funktionierten seit Barbarossas Zeiten zuverlässig, letztere waren Erfindungen der Neuzeit und bedurften eines feinen Gefühls beim Einführen und beim Suchen des rechten Druck- und Drehpunktes.

Natürlich machte ich auch mal bei Tag einen Rundgang, um mich den Besuchern zu zeigen und vor allem, um dann durch Türen zu gehen, die dem gemeinen Museumsfreund verschlossen waren. Oder ich hob in einem unbeobachteten Augenblick das lange Schwert des eisernen Ritters aus der Halterung, um es einmal zu schwingen und danach erschöpft zurück zu bringen. Man mußte als Ritter mehr als nur sportlich gewesen sein, Ivanhoe aus der Fernsehkiste kämpfte offenbar mit leichtem Metall.

Die Tage mit Coleoptera, dem Yorkschen Marsch auf Schelllack und dem in Gold geprägten Lustorgan der Gräfin Cosel gingen schnell vorbei. Am Ende wurde mir mein Lohn ausgezahlt (es war eine von den intellektuellen Arbeiten und die wurden eher karg entlohnt). Nun konnte ich mir mein Kofferradio kaufen.

Charlotte Freitag, Plauen (1918–2000):

Morgenrot

Ein neuer Tag bricht an
mit zartem Morgenrot.
Doch ist kein Hoffen mehr,
denn du bist tot.

Du, dem mein Denken galt
beim ersten Morgenrot,
der all mein Sehnen war,
du bist nun tot.

Auf deinem Hügel liegt
ein Schein vom Morgenrot,
und Blumen werden blühen,
doch du bist tot.

Mir wird das Herz so schwer,
seh' ich das Morgenrot,
und meine Seele weint,
denn du bist tot.

Das historische Foto

Als Fotograf und Illustrator beliebt und bekannt war der Ellefelder Bruno Paul (1903–1992). Hier arbeitet er an einem Holzschnitt für den Auerbacher Kulturspiegel (etwa 1960).

Archiv: Verlag

Andreas Raithel, Lengenfeld (1957–2011):

Lang ist es her: Fast vergessene Sagen der Stadt Reichenbach und ihres Umfeldes (Teil 2)

Wo ein Schiefer bricht an der egerischen Brücke

1702 erschien in Nordhausen der „Wegweiser zu verborgenen Erzgängen etc. als Anhang zu einem Extract aller Berg-, Salz- und Hüttenwerkssachen".

Der Verfasser, Dr. David Kellner, schreibt auf Seite 523: „Zwischen Reichenbach und Limbach an der egerischen Brücke frage nach dem Schneckengraben, daselbst sind viel Gruben und Schächte, in welchen ein Schiefer bricht. So findest du auch quärzige Nieren, worin ein guter Marcasith, Kupfer und Gold enthalten sind. In diesem Schneckengraben zur rechten Hand in dem Gebirge gegen Mittag zu stehet ein Letten am Tage, darinnen findest du auch einen schönen Marcasith, hübsch verwürfelicht und eckig, als wenn er poliret wäre."

Bei Kellners Buch handelt es sich um ein sogenanntes Walenbuch. Die Walen oder Venetianer waren wandernde italienische Erzsucher, denen man besondere Kenntnisse im Finden von Gold, Edelsteinen u. ä. zuschrieb. Sie werden in der Sage als geheimnisvolle Landfahrer beschrieben. Tatsächlich gab es im Spätmittelalter venezianische Mineraliensucher, die in die Alpen und in die deutschen Mittelgebirge kamen, um nach Kobalt, Mangan und zeitweilig auch Alaun zu suchen. Venedigs Privileg, die Spiegelherstellung von Murano, profitierte von den Mineralogen!

Was stimmt nun an unserer Sage? Die „egerische Brücke" bei Mühlwand, die heute älteste Brücke im Landkreis Reichenbach, hat ihren Namen daher, daß hier eine mittelalterliche Handelsstraße von Hof bzw. Eger das Tal der Göltzsch quert und weiter nach Reichenbach, Dresden und Leipzig führt. Neben dieser alten ehrwürdigen Brücke ist vor einigen Jahren eine neue errichtet worden. An der Brücke, „wo ein Schiefer bricht", steht der Gasthof „Zum Alaunwerk", dessen Name auf den von 1691–1827 betriebenen Bergbau auf Alaunschiefer hinweist.

Daß Alaunschiefer, wie er in Mühlwand gebrochen wurde, auch geringste Mengen an Gold enthält (in Mühlwand 0,8 g/t), interessiert vielleicht den Chemiker von heute, doch vor 200 bis 300 Jahren hätte die Goldsuche nichts gebracht. Markasit (kristallisiertes Schwefeleisen) und Kupfer konnten im Alaunschiefer nicht nachgewiesen werden. Der Verfasser des Walenbuches von 1702 machte sich aber die Kenntnis zunutze, daß in der Göltzsch Gold geseift wurde.

aus: Freie Presse, 22./23. Juni 1991

Der Stierschlag August des Starken in Reichenbach

1854 erschien in Dresden „Der Sagenschatz des Königreiches Sachsen von Dr. Johann Georg Theodor Gräße, dem Direktor des Grünen Gewölbes.

Gräße überliefert folgendes: „Als der sächsische Herkules, Kurfürst August der Starke, König von Polen, es nach der Sage nicht mehr für anziehend genug fand, vom Wiener Stephansturm zwei Trompeter, auf jeder Hand einen, hinauszuhalten und sich von ihnen etwas blasen zu lassen, oder in Ungarn Hufeisen zu zerbrechen und in Krakau mit einem Schlag einen polnischen Ochsen zu köpfen, machte er seinen Hof und sich selber zum Echo des luxuriösen Pariser Hoflebens unter Ludwig dem Vierzehnten. Als er einst gen Reichenbach im Voigtlande reiste und die Leute just nichts Besseres zu seiner Unterhaltung wußten, erzählten sie ihm von einer in der Nähe hausenden Ritterswittib, die früher am Hofe für eine Schönheit gegolten, und der zu Ehren die Pulse des Königs auch einmal höher geschlagen hatten. Flugs setzte er sich auf seinen Schimmel, wickelte sich, um unerkannt zu bleiben, in einen dicken grauen Morgenrock und trabte spornstreichs dem Wittwensitze der trauernden Schönheit zu, um ihr incognito einen Beusch abzustatten. Da er schon von fern die Thürme des Schlosses blinken sah, ritt er auf Rainen und Feldwegen geraden Weges fürbaß. Rechts und links weideten stattliche Herden voigtländischen Rindviehs, dessen Vetterschaft dem einsamen Reiter schon manche saftige Keule hatte abgeben müssen.

Ein kräftiger, rebellischer Stier mochte einen seiner Verderber wittern, und der Futterneid gegen das wohlgenährte Leibroß des Königs, das mit lüsternen Augen die saftigen Kräuter der Aue zu betrachten schien, erweckte plötzlich kriegslustige Wallungen in seinem Ochsenhirn: mit rollendem Auge rannte er auf den Reiter zu. Der König zog sein Schwert und spaltete ihm mit einem gewaltigen Streiche das Haupt vom Rumpfe, der blutend niederstürzte. Dem Rinderhirten verging Hören und Sehen ob dieser That. Endlich lief er wie vom Wahnsinn gehetzt nach dem Dorfe und bot alle streitbare Mannschaft zur Blutrache auf. Noch ehe August das Dorf erreichte, stellte sich ihm eine Flegel- und Gabelbewaffnete Schaar mit drohender Gebärde und zorniger Rede in den Weg: ungestüm forderten sie Ersatz und schwangen wild ihre Wehren. Der König ersah in dieser Bedrängnis keine Hilfe. Er riß seinen Rock auf und rief: ‚Ich bin der König!‘ – und alle Flegel sanken in den Staub. Ob der Held noch zu der schönen Witwe gekommen, hat die Sage leider nicht aufbewahrt."

Deutlich ist zu spüren, daß die Sage (von Julius Schanz) literarisch bearbeitet wurde. Die Sage nennt Charaktereigenschaften August des Starken, die vor allem dem jungen Kurprinzen einig waren. Als Friedrich August 1692 den Bruder, Johann Georg IV., nach Brandenburg begleitete, gab er in Berlin etliche Proben seiner Kraft: Er rollte einen starken silbernen Teller wie ein Blatt Papier zusammen, drehte ein Stück Eisen mit nur einer Hand wie eine Schraube krumm. Das Historische Museum in Dresden bewahrt ein von August zerbrochenes Hufeisen nebst einem dazugehörigen Zertifikat aus dem Jahr 1711 auf. Erst später nannte man ihn „den Starken“.

Daß August der Starke in Reichenbach war, will der Chronist Winkler wissen. Danach soll sich 1706, bei der Einquartierung der Schweden im Nordischen Krieg, August der Starke mit zwei seiner Widersacher in oder bei Reichenbach getroffen haben: mit dem Schwedenkönig Karol XII. und dem polnischen Gegenkönig Stanislaus Leszinsky. Auch der Chronist Olischer teilt diesen Sachverhalt 1729 mit.

Das Gottesholz bei Reichenbach

In früheren Jahrhunderten hatte Reichenbach auch außerhalb seiner Flur Besitz, so die Galgenleite an der Zwickauer Straße bei der Schneiderschen Ziegelei, das Wolfsholz, das Stadtgutholz und das Gottesholz mit Gotteswiese auf Oberreichenbacher bzw. Neumarker Flur.

Wie das Gottesholz in den Besitz der Reichenbacher Kirche kam, will folgende von Dr. Ernst Köhler überlieferte Sage wissen: „Im Jahr 1400 erschoß der Besitzer des gutes Neumark, ein Herr von Wolfsramdorf, indem er eine Kugelbüchse zum Fenster hinaus hielt, aus Unvorsichtigkeit eine Magd, welche sich im oberen Theile des Gartens, wo jetzt die Frohnfeste steht, mit Arbeit zu schaffen machte. Darauf verschenkte der genannte Herr einen Theil der Gutswaldung, das „Eheholz“ genannt, an den Gotteskasten zu Reichenbach, und man nannte von da an diesen Theil, der noch heute (1867) zu Reichenbach gehört, das Gottesholz.“

Das Beil des Zimmergesellen

Ludwig Bechstein (1801 bis 1860) zählt neben den Brüdern Grimm zu den wichtigsten Sammlern deutscher Sagen und Märchen. Er gehörte zu den prominenten Mitgliedern des 1825 gegründeten „Vogtländischen Altertumsforschenden Vereins zu Hohenleuben“. In seinem Thüringer Sagenbuch“, 1858 erschienen, hat er auch Sagen aus dem Vogtland veröffentlicht. Die folgende Sage „Das Beil des Zimmergesellen“ kann auf ihren historischen Kern nicht geprüft werden, da Reichenbach durch mehrere große Stadtbrände, so zum Beispiel 1632, 1681, 1720, 1773 und 1833 zerstört wurde.

„Im Flecken Reichenbach, in der Nähe von Elsterberg und Greiz, wurde einst ein neues Haus gerichtet. Die Gesellen arbeiteten wacker, der Bauherr spendete Bier und Branntwein vollauf, der Dachstuhl war schon fast ganz in die Höhe und der Spruchsprecher stand schon mit dem Bänderstrauß bereit, den er auf den Giebel stecken wollte. Da geschah es, daß ein anderer Geselle, eben als er den letzten Schlag mit dem Axtrücken auf den Pflock tun wollte, der die Giebelbalken verbindet, das Gleichgewicht verlor, schwankte und sich nicht halten konnte, sondern herunterstürzte. Glücklicherweise verlor er mit dem Gleichgewicht nicht auch die Besinnung, vielmehr besann er sich im Fallen auf seine Rettung, und hieb mit gewaltiger Kraft sein Beil, das er noch in der Hand behalten, so fest in einen Balken, daß er selbst daran hängen blieb und Zeit gewann, mit den Füßen sich anzuklammern. Keiner brachte das Beil wieder aus dem Balken und so blieb es als ein Wahrzeichen darin, als nachher das Haus vollends fertig war. Jedem Fremden wurde es gezeigt, und die Zimmerleute waren stolz auf diese Kraft und Geistesgegenwart ihres Kameraden.

Lange Zeit war das Beil zu sehen, bis ein unglücklicher Brand Reichenbach heimsuchte und auch jenes Haus samt dem Beil des Zimmergesellen aufzehrte."

Otter als Glücksbringer

1871 erschien in Gera das „Sagenbuch des Voigtlandes" von Robert Eisel. Diesem Sammelwerk ist folgende Sage entlehnt:

„Ein Mädchen war bei Reichenbach i. V., im Grase liegend, eingeschlafen. Kommt eine Otter daher und kriecht ihr in den Mund: da war das gesunde kräftige Mädchen auf einmal krank, schwoll an und kam dem Tode nahe. Niemand wußte zu helfen, bis zuletzt einer die Ursache errieth. Da sie sich nun der Stelle entsann, wo sie im Wald geschlafen hatte, ehe sie krank wurde, gingen beide wieder dorthin. Kaum lag sie wieder dort, so kroch ihr die Otter auch schon wieder aus dem Mund heraus und hinter ihr drein eine ganze Menge junger Ottern. Sie zogen sich alle miteinander in einen faulen Stock. Wie die letzte heraus und in den Stock hinein war, riß der Doktor das Mädchen empor und beide flohen so rasch sie konnten. Bald kamen mit wüthendem Gezisch die Ottern hinter ihnen her und sie würden nicht glücklich und gesund davongekommen sein, wäre der Doktor nicht auf den gescheidten Einfall gekommen, seinen Rock auszuziehen und hinter sich zu schleudern. Über den sind die Ottern sogleich hergefallen."

Schlangen, vor allem Ottern, finden sich häufig in den Sagen. Das Tier ohne Beine, das sich dennoch bewegt, sein schimmernder Körper, sein Züngeln, das plötzliche Auftauchen und wieder Verschwinden und die Giftwirkung der Kreuzotter – all das waren Dinge, die auf den Menschen einen faszinierenden Eindruck machten. Die Häutung des Tieres machte es zum Symbol der Unsterblichkeit.

Im Vogtland wurde deshalb auch die Hausotter als glücksbringender Hausgeist verehrt. Besonders an toten Flußarmen, Mühlgräben, Weihern, Fischteichen und ähnlichem in der Umgebung von Reichenbach fand man die Schlangen.

Historische Ansichten aus Reichenbach

Ansicht von Reichenbach um 1837.

Gruppenbild von Chargen aus der Kommunalgardezeit Mitte der 1860er Jahre.

Der Bahnhof in Neumark. Im Jahre 1846 wurde die Eisenbahn eröffnet.

Unterhalb der schwarzen Tafel bei den Schieferbrüchen 1832. Die Parade der Kommunalgarde vor dem Prinzen Johann. Repros: Archiv Verlag

Das ehemalige Metzsch'sche Gerichtshaus, jetzt Museum (ca. 1930), links das Haus des Justitzinspektors Baumgarten, jetzt Wohlfahrtsamt.

Ehemaliges „Hof"-Postamt Reichenbach. Abgerissen nach dem Neubau 1904.

Pfarrhaus am Kirchplatz vor dem Abriß 1896. Es stand an der Stelle des ehem. Komturhauses des Deutschen Ritterordens.

Links die neue Schützenburg, 1882 erbaut, 1914 abgebrannt. Rechts die alte Schützenburg, 1904 abgebrochen.

Die Friedrichstraße (Marktstraße) nach 1913.

Reichenbach, Zenkergasse und Zwickauer Straße.

Die Brunner Windmühle, abgebrochen im Dezember 1907

Das Original Richard Kästner, genannt der vogtländische Kasper.

Repros: Verlag

Aus dem Verlagsarchiv:

Reichenbach, Rückblicke, Zahlen und Fakten aus dem Jahr 1933

Wußten Sie schon, daß in Reichenbach …

… die Einwohnerzahl vom Jahre 1861 ab von 10198 auf 31856 im Jahre 1931 gestiegen ist, sich innerhalb dieser 70 Jahre also eine Zunahme von 21500 Einwohnern ergab? Bei der Volkszählung am 16. Juni 1933 wurden in Reichenbach 32002 Einwohner festgestellt.

… die Gesamtfläche des Stadtgebietes rund 1504 Quadratkilometer beträgt?

… unter der Erde rund 55 Kilometer Rohrleitungen gelegt wurden, die der Kanalisation, also namentlich der Entwässerung des Stadtgebietes dienen?

… vom Gas- und Wasserwerk jährlich rund 0,837 Millionen Kubikmeter Wasser abgegeben werden und rund 2,2 Millionen Kubikmeter Gas selbst erzeugt wurden?

…jährlich 13301100 KW elektrischer Strom verbraucht werden?

… 2920 Häuser, 10329 Haushaltungen und 180 Straßen (mit etwa 67 Kilometern Gesamtlänge zählt, von denen nach der Stärke ihrer Bevölkerungsziffer die ersten zehn die folgenden sind: 1. Zwickauer Straße: 1642 Anwohner, 2. Blücherstraße: 1276, 3. Burgstraße: 1143, 4. Oberreichenbacher Straße: 1054, 5. Johannstraße: 771, 6. Bahnhofstraße: 771, 7. Hainstraße: 762, 8. Schützenstraße: 601, 9. Ziegelweg: 504, 10. Humboldstraße: 473 Anwohner aufweist?

… der Reichenbacher Marktplatz 4630 Quadratmeter mißt und rund 13890 Personen Raum gewährt?

… der Reichenbacher Hauptfriedhof 8,95,4 Hektar Fläche umfaßt, der Oberreichenbacher Friedhof 1,11,4, der Cunsdorfer Friedhof 0,35,2 Hektar und der alte Friedhof 1,36 Hektar?

… die Müllabfuhr im Jahre 1932 78048 Tonnen betrug und die Düngerabfuhr im gleichen Jahr 4590 Kubikmeter, das sind auf den Kopf der Bevölkerung jährlich rund 2,4 Tonnen bzw. 0,14 Kubikmeter?

… die Zahl der Gast- und Schankwirtschaften am 1. Juli 1933 77 betrug?

… der höchste Fabrikschornstein in Reichenbach mit 75 m, der des Städtischen Elektrizitätswerkes, die nächsthöchsten mit je 70 m diejenigen Firmen H. Hempel und F. W. Keßler jr. sind? Und die höchste Esse in weiterer Umgebung bei 81½ m diejenige der Firma Georg Schleber und bei 90 m diejenige der Papierfabrik Otto Günther in Greiz ist?

… der letzte Turm der alten Stadtmauer von Reichenbach im Mai 1895 abgetragen worden ist?

… es keine Esel mehr gibt, seit auch die letzten Mahlmühlen von hier verschwunden sind?

… eine Straßenbautechnische Sehenswürdigkeit in Reichenbach die beiden Straßenzüge der Liebaustarße und der Ackerstraße sind, die in einem Neigungswinkel von etwa 1 : 4,5 um den Ausgang vorigen Jahrhunderts angelegt worden sind und alle bis dahin in Reichenbach sprichwörtlich gewesenen ungewöhnlichen Straßensteigungen, selbst den Spitalberg oder Spittelberg, wie die heutige Plauensche Straße früher benannt worden ist, weit hinter sich lassen?

... im Jahre 1729 im Angerholz bei Reichenbach der letzte Bär von einem Reichenbacher erlegt worden ist?

... die Mylau-Greizer Göltzschtalstraße in diesem Sommer 20 Jahre bestand?

REICHENBACH

1925

So stellte man sich um 1910 die „grandiose" Zukunft Reichenbachs vor.

Archiv: Verlag

Peter Benz, Reichenbach:

Dathe – Hain als neuer Park eingeweiht

Zur Erinnerung an den berühmten Zoologen und Ehrenbürger der Stadt Reichenbach, Professor Dr. Dr. h. c. Dathe, wurden am Sonnabend, den 9. Januar 2016 im Beisein der Kinder Falk Dathe und Almut Fuchs eine Gedenktafel und ein kleiner Park eingeweiht. Die Grünanlage ist auch bekannt unter dem Namen Dammsteinsenke. Der Zeitpunkt der Umbenennung wurde bewußt gewählt, da Professor Dathe seinen 25. Todestag am 6. Januar hatte. Ursprünglich bekam die im gleichen Kiez befindliche Schule den Namen dieser Persönlichkeit. Diese Bildungseinrichtung wurde beim Schulträgerwechsel in Pestalozzischule umbenannt. Für Reichenbachs Parkvereinschef Peter Tillack ist der Dathe-Hain der fünfte Reichenbacher Park, um den sich die Vereinsmitglieder kümmern wollen. In der Folge wichtige Daten aus seinem Leben. Heinrich Dathe kam am 7. November 1910 als Sohn des Bürovorstehers Curt Conrad Dathe in der Weinholdstraße zur Welt.

Nach dem Besuch der Weinholdschule wurde er Schüler des Realgymnasiums. 1924 zog er mit seinen Eltern nach Leipzig. Dort absolvierte er das Gymnasium an der bekannten Nikolaischule. 1934 erwarb er dann das Abitur. Während der Schul- und Semesterferien weilte er regelmäßig in Reichenbach. Gemeinsam durchstreifte er heimische Gefilde. Zu den Gleichgesinnten gehörten unter anderem Rudolf Männel, Moritz Ritter und Alfred Zeuner. Ihn interessierten alle Dinge, die mit Flora und Fauna in engem Zusammenhang standen. Großes Interesse zeigte Heinrich Dathe für die Vogelwelt. Häufig besuchte er bei diesen Unternehmungen den Lengenfelder Tierpräparator Robert Gerisch. Weiterhin interessierte sich Heinrich Dathe für die Kleinsäuger des Vogtlandes. Ihn faszinierten besonders die Insektenfresser wie Igel, Maulwurf und Spitzmäuse. Vor allem untersuchte er die Verbreitung des Hamsters.

Gedenktafel am Geburtshaus von H. Dathe.

1934, noch während des Studiums, wurde Heinrich Dathe vom damaligen Direktor des Leipziger Zoos, Prof. Dr. Karl Max Schneider, für die Beschilderung der Tiergehege, die Führung des Tierbuches und andere Tätigkeiten herangezogen. Ein Jahr später begann er als Volontärassistent seine tiergärtnerische Laufbahn. 1936 rückte Heinrich Dathe zum Hilfsassistenten auf und wurde am 30. September zum wissenschaftlichen Assistenten am zoologischen Garten Leipzig befördert. Im gleichen Jahr promovierte er zum Doktor, für seine anatomische Arbeit zur Fortpflanzungsbiologie stachelschweinartiger Nagetiere.

1940 erfolgte seine Ernennung zum Direktorialassistenten und Stellvertreter des Direktors. Heinrich Dathe empfand seine Berufung an den Leipziger Zoo als Chance und Verpflichtung, seine unmittelbare Zusammenarbeit mit dem in der Welt hoch geachteten Professor Dr. Karl Max Schneider, seinem Direktor und Lehrmeister, als Auszeichnung. Der Zweite Weltkrieg unterbrach die erfolg verheißende Karriere. Im Frankreich-Feldzug wurde Dr. Dathe verwundet. Deshalb wurde er zum Garnisionsdienst kommandiert. 1943 heiratete Heinrich Dathe Elisabeth Friedrich. Sie betreute ihn während einer Kur in Bad Elster als Krankenschwester. Aus dieser Ehe gingen eine Tochter und zwei Söhne hervor.

Das Geburtshaus von Heinrich Dathe in Reichenbach, Weinholdstraße 3. Fotos: Autor

Kurz vor Kriegsende kam er an die italienische Front. Dort geriet er dann in amerikanische und später in englische Gefangenschaft. In dieser Zeit setzte er seine Pflanzen- und Tierstudien in südlichen Gefilden fort. Vor seinen Kameraden hielt er zahlreiche Vorträge. Unmittelbar vor dem Weihnachtsfest des Jahres 1947 kehrte Dr. Dathe aus der Kriegsgefangenschaft heim. Die Tiergärten konnten ihm damals keine Anstellung geben. Darum half er anfänglich bei einem Verlag, um seine Frau und die Kinder ernähren zu können. 1950 übte er wieder eine Tätigkeit im Leipziger Zoo aus. Er begründete den Tierpark in Ostberlin.

Als Berlin noch Hauptstadt des Deutschen Reiches war, genügte ein Zoo im Westteil der Stadt. Mit der Spaltung änderte sich die Lage. Der Ostteil verfügte über keine Anlage dieser Art. Deshalb befaßte sich 1954 der Magistrat von Ostberlin mit der Errichtung eines Tierparks. In Vertretung des verreisten Professors Schneider beriet Dr. Heinrich Dathe die Ostberliner Stadtväter.

Als idealer Bebauungsplatz bot sich der Park um das Schloß in Berlin Friedrichsfelde an. Das Schloß wurde um 1695 vom Kaufmann Benjamin Beule, einem Holländer, erbaut. Der Park wurde vor 155 Jahren von dem bedeutendsten Gartengestalter Peter Lenné umgewandelt und nach Osten hin vergrößert. Damals war

Friedrichsfelde noch eine Gemeinde des Berliner Randgebietes (Mark Brandenburg). Der alte Schloßpark nebst Gebäude stehen unter Denkmalschutz.

Am 27. August 1954 war es dann soweit. Die Gründung war beschlossene Sache und Dr. Dathe wurde zum Direktor berufen, Bis zum 31. Dezember des gleichen Jahres blieb er weiter Wissenschaftlicher Assistent und engster Mitarbeiter von Professor Dr. Karl Max Schneider am Zoologischen Garten Leipzig.

Nach dem Tode von Karl Max Schneider trug Dr. Dathe bis zum Dienstantritt des neuen Leipziger Zoodirektors Ludwig Zukowsky neben seinem Berliner Amt die Verantwortung für die Einrichtung in der Messestadt.

Mit dem Bau des Tierparkes in Berlin Friedrichsfelde wurde am 8. April 1955 begonnen. Bereits am 2. Juli des gleichen Jahres konnte der erste Bauabschnitt übergeben werden. Zahlreiche Spenden trafen ein. Die eigens dafür ins Leben gerufene Tierparklotterie brachte das Unternehmen voran. Es kam zur Gründung der „Gemeinschaft der Förderer des Tierparks Berlin“. Der verdienstvolle Tierparkchef wurde 1956 Ordentliches Mitglied im Verband Deutscher Zoodirektoren. Auf staatliche Anordnung mußte er 1968 austreten. Das war die Zeit, als sich die DDR immer mehr von einem gemeinsamen Deutschland entfernte. Im Juni 1990 erfolgte seine Wiederaufnahme.

Immer mehr Besucher kamen aus nah und fern nach Berlin Friedrichsfelde. So waren es bis zum 15jährigen Bestehen im Jahre 1970 mehr als 26 Millionen Besucher. Die Anlagen wurden ständig erweitert. Zu den bekanntesten Bauten zählt das Alfred-Brehm-Haus. Am 30. 6. 1963 konnte dieser Mehrzweckbau der Öffentlichkeit übergeben werden. Er zählt mit seinen 5300 qm zu den größten Tierhäusern der Welt.

In der Folgezeit wurde das alte Schloß restauriert. Zahlreiche Bücher und der in regelmäßigen Abständen herausgegebene Tierparkführer zeugen von seinem ständigen Wirken für die Tierwelt. Großer Beliebtheit erfreute sich unter den Hörern die am Sonntagmorgen vom Berliner Rundfunk ausgestrahlte Sendung: „Im Tierpark belauscht.“ Dieses Programm gestalteten Professor Dr. Heinrich Dathe und die Reporterin Karin Rohn gemeinsam. Aufgrund seines Engagements für die Tierwelt erhielt Dathe zahlreiche Auszeichnungen. Zwei Jahre nach der Eröffnung wurde ihm der Professorentitel verliehen.

1987 starb seine Frau Elisabeth Dathe. In der Ärztin Dr. Elisabeth Schmidt aus Eberswalde, welche Heinrich Dathe auf einer Ornithologentagung kennenlernte, fand er noch einmal eine gute Ehepartnerin.

Vom 19. bis 23. 5. 1990 veranstaltete der Zoologische Garten Leipzig ein internationales Symposium über die Haltung, Zucht und Wiederauswilderung des Przewalskipferdes. Dieser Einhufer ist in der Wildnis bereits ausgestorben. Mit den nahezu 1000 Tieren, die sich gegenwärtig in Menschenhand befinden, kann diese Art, wenn sie weiterhin sorgsam behütet wird, zunächst einmal als gerettet betrachtet werden. Anlässlich dieser Tagung hielt Prof. Dr. Dathe die Begrüßungsrede.

Zu seinem 80.Geburtstag fiel dem Jubilar eine Anekdote ein, die er für den Reichenbacher Kalender schrieb. Es versteht sich, dass er diesen Beitrag in seiner heimatlichen Mundart unter der Überschrift „Wie iech ze mann Noame kumme bie“ verfaßte

Sein Vater wollte den Jungen

Dr. Heinrich Dathe, eine Tuschezeichnung seines Freundes Ulrich Nagel 1946. Archiv: Verlag

„Heinz“ nennen. Der damalige Standesbeamte Emil Leonhardt (Leinweber) sagte, daß Heinz kein schöner Name sei. Deshalb sagte Leonhardt: „Nenne Se ne Heinrich, Herr Dathe ! Wie Se nooch derhamm riefen, des koa mir egoa1 sei.“

Mit Häme ins Grab

Verständlicherweise machte die Wende auch um den Tierpark Berlin-Friedrichsfelde keinen Bogen. Aber auf das „Wie“ kam es danach an. Darum ist nicht zu akzeptieren, wie eine einst geachtete und eng mit dieser zoologischen Einrichtung verbundene Persönlichkeit von heute auf morgen ins Abseits gestellt wurde.

Das Dilemma begann am 7. Dezember 1990 mit einem Brief vom Stellvertreter der Stadträtin für Kultur. Mit den Amtsgeschäften sollte eine jüngere Persönlichkeit betraut werden. Dadurch sollten ihm

„zusätzliche Belastungen“ erspart bleiben, meinte der stellvertretende Stadtrat Richard Dahlheim. Das Ganze geschah unter dem damaligen Modeslogan: „abwickeln.“ Gleichzeitig sollte Professor Dr. Heinrich Dathe bis Jahresende seine Dienstwohnung, in der er 36 Jahre lebte, nach dem Motto: „Über Weihnachten ist ja genug Zeit“, räumen.

Am 6. Januar 1991 schloß der Mann, welcher die Höhen und Tiefen des Tierparks von den ersten Stunden an miterlebte, für immer die Augen. Eine Berliner Illustrierte schrieb einen treffenden Nachruf unter dem eitel: „Mit Häme ins Grab.“ Zahlreiche Reichenbacher, Leipziger, Berliner und andere Tierfreunde waren von seinem plötzlichen Tod sehr getroffen. In Reichenbach wurde eine Schule nach ihm benannt. Ihm zu Ehren entstand dort eine Gedenkecke. Mit dem Trägerwechsel wurde der Schulname in Pestalozzi, einen gebürtigen Schweizer, umbenannt.

Auch der Leipziger Zoologische Garten widmete sich in einem Nachruf in den jährlich erscheinenden Mitteilungsblättern „Panthera“ (1991) dem Leben von Professor Dr. Heinrich Dathe.

Der Direktor Prof. Siegfried Seifert, ein gebürtiger Vogtländer, resümierte, daß sich Dathes berufliche Laufbahn in zwei große Zeitabschnitte und Wirkungskreise erfüllte. Das war die Tätigkeit als wissenschaftlicher Assistent und Stellvertreter des Direktors am Leipziger Zoo und als Gründer sowie Direktor des Tierparkes in Berlin-Friedrichsfelde. Selbstverständlich ging er völlig auf in der Verfolgung des Zieles, in Berlin einen großen und modernen Landschaftszoo aufzubauen. Er hing aber auch bis zuletzt an der einstigen Stätte seines Wirkens, an Leipzig.

In zahlreichen wissenschaftlichen und populärwissenschaftlichen Vorträgen, anlässlich von Rundfunk- oder Fernsehauftritten, nahm er immer wieder Bezug auf Erfahrungen, die er in der Messestadt gesammelt hatte, Professor Dr. Seifert schrieb in seinem Nachruf: „Und so haben neben den Berlinern auch wir Leipziger Zoomitarbeiter und Freunde nicht nur einen großen Tiergärtner, sondern unseren Heinrich Dathe verloren. In Wort und Tat bekannte er sich immer zu der Zielstellung tiergärtnerischer Arbeit, über die Tierliebe zur Menschenliebe hinzuführen."

Der Leipziger Zoodirektor Professor Dr. Seifert reiste oft gemeinsam mit dem Berliner Tierparkdirektor zu Beratungen oder Tagungen. Auf der oft so langen Fahrt sprachen sie in Ruhe und ungestört über die verschiedensten Themen. Gelegentlich taten sie das sogar in der gemeinsamen Muttersprache, in der vogtländischen Mundart. Professor Dr. Seifert stammt nämlich aus Rodewisch im Vogtland. Zum Schluß der Worte des Gedenkens schätzte der Leipziger Zoodirektor den gebürtigen Reichenbacher so ein: „Heinrich Dathe konnte auf ein erfülltes Leben zurückblicken. Es ist gekennzeichnet von großer Leistung und großem Erfolg, von hoher Anerkennung und hoher Verehrung. Daran können auch Kummer und Enttäuschung, die er kurz vor seinem, Tode ertragen mußte, nichts mindern, Das ist ein Trost für alle, die ihm nahestanden."

Heinrich Dathe im Jahre 1985

Kind mit Laterne

Aus dem Verlagsarchiv:

Leise, Peterle, leise

Stille, Peterle, stille,
der Mond hat eine Brille,
ein graues Wölkchen schob sich vor,
das sitzt ihm grad auf Nas' und Ohr.
Stille, Peterle, stille.

Träume, Peterle, träume,
der Mond guckt durch die Bäume,
ich glaube gar, nun bleibt er stehn,
um Peterle im Schlaf zu sehn.
Träume, Peterle, träume.

(Worte: Paula Dehmel
Melodie: Reinhold Zimmermann

Der Mensch, Beherrscher der Natur?
Repro: Verlag

Herbert Feustel, Wilkau-Haßlau:

Feinfrost im Hochsommer

Das Wetter ist wohl zu jeder Jahreszeit häufiges Thema. Einst war das Wetter besser. Doch auch im Mittelalter gab es Wetterkapriolen. Anno 1135 und 1194 standen überall die Mühlen still, Teiche und Bäche waren von der Dürre ausgetrocknet. Im Januar 1328 blühten in der Altenburger Gegend die Kirschbäume. Bereits im Mai ernteten die Bauern den größten Teil der Feldfrüchte. Im Vorland des Vogtlandes standen im April 1420 die Rosen in schönster Pracht. 1294 und 1472 hatte es drei Monate nicht geregnet. 1478 hatten sich die Jahreszeiten völlig verschoben. Im Januar blühten sämtliche Obstbäume, dafür schneite es bereits im August im Erzgebirge. 1509 versiegten fast alle Brunnen. Die Flüsse konnte man durchlaufen. Einen außergewöhnlichen Dezember erlebten unsere Vorfahren in Werdau. Dort war zu Weihnachten 1555 solch warmes Wetter, daß die Kinder im Wald barfuß gehen konnten. 1771/72 hatte unsere Heimat im Frühjahr und Sommer kaltes Wetter, dazu lange Niederschläge und die große Hungersnot im Erzgebirge. Ein sehr milder Winter war 1866. Im Jahre 1805 zog der Frühling sehr spät ein, um Bärenwalde, Geigengrün und Rothenkirchen gab es am 3. Juni noch starke Nachtfröste.

Erinnern wir uns an das Jahr 1947! Der Winter hielt bis zum 1. April an. Die Zwickauer Mulde war bis zu einem halben Meter zugefroren. Ab Januar gab es 25 Grad Kälte. Als Anfang April der Eisgang einsetzte, konnte man an den Ufern der Mulde hohe und starke Eisblöcke sehen. Erst Anfang Juni waren sie geschmolzen. Dafür gab es 1947 einen langen, warmen und trockenen Sommer.

Helmut Martin, Auerbach (1925–2011):

Mühlgrün, ein Ortsteil von Auerbach

Ein historischer Abriß (Stand 1995)

Urkundliche Erstbenennung 1450 als Muhlgrune, dann weiter 1460 Villa Molgrun, 1533 Mollgrun, 1778 Mühlgrün, 1819 Mühlgrün. Mundartlich = milgrie! Flurkundlich, Ort an einer Mühle, die Mühle im Grünen.

Als erste menschliche Besiedlung stand hier am Wasser der Göltzsch eine Mühle die man „Kleppermühle" nannte. Im Jahre 1533 war diese Mühle im Besitz der Edlen von der Planitz auf der Burg Auerbach. Später hatten die Erben der Planitze auf dem Rittergut Sorga diese Mühle im Besitz. In den Folgejahren ging diese in den Besitz der Planitze auf Rützengrün über, die jeweils einen Pachtmüller in diese Mühle einsetzten. Anfangs des 19. Jahrhunderts wurde diese Mühle geschliffen und an deren Stelle eine Lederfabrik namens Schillbach errichtet, die bis zum Jahre 1947 mit der Wasserkraft der Göltzsch über einen Mühlgraben über eine Wasserturbine angetrieben wurde. Jetzt befindet sich in diesem ehemaligen Gebäude die Elektrogenossenschaft Auerbach.

Der „Broterwerb" von einst

Bis zum Jahre 1980 bestanden in diesem Siedlungsgebiet zwei Gemeinden, die Gemeinde Chrinitzleithen und Mühlgrün. Beide Gemeinden zählten im Jahre 1834 in 28 Häusern 175 Einwohner. Im Jahre 1843 gibt es in 30 Häusern bereits 220 Einwohner. Nachdem sich Chrinitzleithen und Mühlgrün 1895 zusammengeschlossen hatten, stieg die Einwohnerzahl auf 496 Einwohner.

Im Jahre 1900 waren es bereits 1350, im Jahre 1905 1716 und im Jahre 1910 stieg die Einwohnerzahl auf 2858. Im Jahre 1912, als Mühlgrün und Chrinitzleithen nach der Stadt Auerbach eingemeindet wurden, zeigt man die stolze Zahl von 302 Häusern an, in denen 3000 Personen wohnen.

Die Einverleibung nach der Stadt Auerbach erfolgte am 1. Januar des Jahres 1912.

Die Einwohner des Ortsteiles Mühlgrün und Chrinitzleithen ernährten sich vorerst von Ackerbau und Viehzucht, später von der aufwärtsstrebenden Textilindustrie. Die Nebenarbeiten dieses Industriezweiges,

Spinnen, Klöppeln und das Auszacken der Stickereiindustrie vorerst die Handstickerei mit Rahmen und dann später die Handmaschinenstickerei ab 1900 die Automatenstickerei brachten im privaten Besitz und als Heimarbeit den Bewohnern ihren Broterwerb. Schon frühzeitig im Jahre 1552 wurde in Mühlgrün unterhalb des heutigen Maschinenteiches ein Waffenhammer betrieben, der dann zu Beginn des 18. Jahrhunderts in eine Spinnereifabrik umgewandelt wurde. In seiner Nähe, dort, wo der von Rempesgrün kommende Goldbach in die Göltzsch mündet, wurde schon von „Altersher" Gold aus seinem Sande gewaschen. Nach urkundlichen Angaben hat man die Goldsuche dort im Jahre 2842 eingestellt. Auch werden die Mühlgrüner und Christleithner Bürger dort mit dem Goldwaschen tätig gewesen sein. Vor dem Maschinenteich, der im Jahre 1837 neu angelegt wurde und eine Wasserfläche von 1 Hektar 9 Ar besitzt, wurde an der Hauptstraße 1882 eine Gardinenfabrik namens Müller Uhlmann und Schmohl in Jahre erbaut.

Dieses Werk produzierte bis Kriegsende Englische Gardinen. Eine Zeitlang stand es leer, und dann brachte die heutige Suppina hier ihr Lager unter. Nach 1900 gab die Suppina (heute Knorr-Lebensmittelwerk Auerbach), dieses Teilwerk auf, das heute leersteht. Die Erben von der ehemaligen Firma Schmohl namens Frau Vichi, haben vor, das Gebäude als Kaufhaus zu nutzen, ebenfalls das dazu gehörende Hintergelände zum Maschinenteich einer besonderen Nutzung zuzuführen. An der Falkensteiner Straße baute die Firma Nottrott eine Gardinenfabrik und eine Madrasweberei im Jahre 1884. Diese arbeitete nur bis Ende des ersten Weltkrieges, dann wurde es Fertigungslager für diese Firma. 1946 zog dort die Konsumgenossenschaft ein und nutzte dies als Großlager. Nach der Wende stand das Gebäude leer, und erst im Jahre 1994 zog dort die EDEKA ein.

Im Jahre 1897 errichtete die Firma Müller & Co an der Hauptstraße kurz vor dem Ortseingang zu Ellefeld eine Bleicherei und Appraturenanstalt. Nach 1946 wurde dieser Betrieb volkseigen und trug später den Namen Malitex. Heute ist er unter dem Namen in Privatbesitz. Gleich neben diesem großen Werk befindet sich seit dem Jahre 1767 die „Neumühle", die dann in den Folgejahren des 19. Jahrhunderts zu einer Papier- und Pappenfabrik umgestellt wurde. Die Produktion wurde mit dem Beginn des 2. Weltkrieges eingestellt. Heute befindet sich hier ein Hühnerhof. Am Maschinenteich, der im Jahre 1837 vergrößert angelegt wurde und 1 Hektar 9 Ar Wasserfläche besitzt, baute die Firma Notrott ein fünfstöckiges Gebäude für die Konfektionsindustrie. Im Ort gab es seit dem Jahre 1895 84 Handwerker, die im eigenen Hause ihr Handwerk betrieben. Die Frauen und Mädchen übten die Handstickerei mit dem Rahmen und die Spitzenklöppelei für Schleierherren in Plauen aus. Mit dem Einzug der Maschinenstickerei gab es im Ort 82 Handstickmaschinen. Da mit der Stickerei gute Verdienste erzielt wurden, erhöhte sich die Zahl der Sticker, die sich in Raten die Stickmaschinen kauften und sich nun „stolz" Stickmaschinenbesitzer nannten. Wie die Textilindustrie war auch dieser Inustriezweig zu jeder Krise vor allem während der Kriege, in denen diese Industrie als „Luxusindustrie" galt, mit dabei. So gab es ein „Auf und ab"! Die Blütezeit der Stickerei gab es bei der Einführung von elektrisch betriebenen Stickautomaten ab der Jahrhundertwende bis zum Ausbruch des 1. Weltkrieges. Die Textilbetriebe und die Weberei sowie die Stickerei gaben den Einwohnern vom Ortsteil Mühlgrün Arbeit und Brot. In diesem Ortsteil befinden sich geradlinig angelegte Straßen mit im „Karree" angelegten Häuserreihen. Bis zum Jahre 1960 gab es in Mühlgrün 6 Kolonialwarengeschäfte und zwei weitere in Chrinitzleithen, daselbst eine Bäckerei und einen Gasthof.

In Mühlgrün gab es drei Bäcker, eine Klempnerei und drei Fleischereien, zwei Tischlerwerkstätten und drei weitere Schusterwerkstätten. Nach dem Jahre 1970 gingen die Kolonialwarenläden ein oder wurden zu HO-Geschäften umgewandelt. Bis zum Jahre 1954 gab es in Mühlgrün drei Gaststätten. Es waren an der Hauptstraße der Gasthof Gerber (heute Großtankstelle), dann die Tonhalle mit Tanzsaal (heute Malergenossenschaft) und der Gasthof „Zum goldenen Anker", der heute noch besteht. Nach 1945 wurde wegen Holzknappheit der zwischen Falkensteiner und der Hauptstraße befindliche Wald (der Flügels-Wald) von der Bevölkerung abgeholzt. Im Jahre 1980 wurden auf diesem Gelände Wohnblocks erbaut. Dieser Wohnblockbau wurde im Jahre 1982 bis an die Hauptstraße (heute Göltzschtalstraße) fortgesetzt. Hier wohnten größtenteils Vietnamesen, die in die damalige DDR zur Arbeit herangeholt wurden. Heute gibt es außer Wohnungen in diesem Gebiet Niederlassungen von Ärzten, Schleckerkaufhalle, Fahrschulen und Amtsräume des Grundbuchamtes.

Die in Mühlgrün schon im Jahre 1750 betriebene Schule am Schlosserberg wurde in den 80er Jahren des 19. Jahrhunderts zu klein. Der Gemeinderat beschloß im Jahre 1890, eine neue größere Schule an der Hauptstraße zu errichten. Diese wurde im Jahre 1900 erweitert und erhielt zusätzlich eine Turnhalle. Nach dem 2. Weltkrieg wurde dort das Auerbacher Krankenhaus untergebracht. Alle Kinder des Ortsteils Mühlgrün mußten nach Auerbach in die Goetheschule gehen. Im Jahre 1980 wurde aus dem ehemaligen Krankenhaus ein Pflegeheim, das sich auch heute noch dort befindet. Eine Besonderheit dieses Ortsteil sist der neu hergerichtete Sportplatz an der Falkensteiner Straße, der sehr gut genutzt wird.

Auerbach, Blick auf die katholische Kirche.

Repro: Verlag

Friedrich Anton Heinz aus Grünbach, 1836 geboren, sitzend am Handwebstuhl in der Grünbacher Muldenberger Straße. Webkette, Webschäfte, Weblade, Petroleumlampe und die Handbewegung für den Schützen sind zu erkennen. Es war die Zeit, in der man mit dem Schubkarren liefern fuhr, sogar bis zur Leipziger Messe. *Archiv: Verlag*

Ludwig Stich:

Die Petroleumlampe – eine treue Lichtspenderin von ehedem

Wenn es dunkel wird, betätigen wir den Lichtschalter, und schon ist das ganze Zimmer hell erleuchtet. Elektrische Beleuchtungen haben wir auch in allen anderen Räumen des Hauses, im Keller, auf dem Dachboden und in der Garage. Elektrisches Licht erhellt Straßen und Wege in der Nacht. Große Reflektoren schütten ihr gebündeltes Licht auf die Stadien herab, so daß Austragungen von Sportereignissen auch in den Nachtstunden durchgeführt werden können. Das elektrische Licht ermöglicht es uns, die Nacht zum Tage zu machen.

So einfach hatten es die Menschen in früherer Zeit wahrlich nicht. Sie mußten sich mit wesentlich unvollkommeneren Beleuchtungshilfen zufriedengeben.

Kienspan und Fackeln waren wohl die ältesten Lichtquellen, denen später Öllampen und Kerzen folgten. Öllampen benutzten besonders Griechen und Römer.

Licht verbreitete Behaglichkeit und beflügelt Dichter und Denker zu tiefsinnigen Gesprächen. Neben der Öllampe war es die Wachskerze, die dem Menschen Licht spendet ob in Bauernstuben oder in Fürstenhäusern. Geschickte Hände haben die Kerzen zu wahren Kunstwerken gestaltet, und Kunsthandwerker schufen prachtvolle Leuchter und Ständer. Aber sowohl Öllampen wie auch Kerzen hatten Nachteile aufzuweisen. Der Docht verkohlte und qualmte und rauchte dann. Da war es notwendig, ihn mit der Lichtputzschere zu „schneuzen", das verkohlte Dochtende abzuschneiden. Kein Geringerer als Goethe hat diese Störung bei seiner Geistesarbeit als höchst unangenehm empfunden.

Rosegger uns seinem Meister bereitete der flackernde Schein der Unschlittkerze bei ihren Näharbeiten in den Bauernstuben in den steierischen Bergen große Schwierigkeiten, so daß sie alle freieren Arbeiten lieber bei Tageslicht ausführen.

Die Leute waren deshalb von großer Erwartungsfreude erfüllt, als sie hörten, daß es eine neue Lampe gebe, die man nur ab und zu einmal schneuzen brauchte und die nicht bei jedem Luftzug flackerte. Die Kunde von dieser Lampe sprach sich schnell herum, und man erfuhr auch ihren Namen: „Petroleumlampe", weil sie mit Erdöl, Petroleum betrieben wurde. Im Brockhaus kann man über ihre Herkunft folgendes lesen: „1855 konstruierte der Amerikaner Siliman die erste Petroleumlampe, die dann ständig vervollkommnet wurde. Dieser Konstruktion waren die Erfindung des Flachdochtes und die des Glaszylinders zum Schutz der Flamme gegen Luftzug durch die Franzosen Leyer und Argand vorausgegangen. Eine Verbesserung war die Einführung von Lampenschirmen aus Milchglas, Pergament und anderen lichtundurchlässigen Stoffen, die die Blendung milderten und eine gleichmäßige Lichtverteilung bewirkten."

Konnte man die Wunderlampe noch verbessern? Tüftler dachten an einen noch breiteren Docht und schufen den „Rundbrenner", bei dem der kräftige Dochtstreifen durch eine Rundfassung geschoben wurde, und an Lampen mit vielen im Kreis angeordneten dünnen Volldochten, die zusammen einen Rundbrenner ergaben.

Der Flammenkranz dieser Lampen war ungleich größer als der einfache Flammenstrich der gewöhnlichen Zimmerlampe.

Es gab wohl keine Neuerung, die so rasch Eingang gefunden hatte, wie damals die Petroleumlampe. Man verwendete sie in Dörfern wie in Städten, in der Hütte wie im Palast, in der Werkstätte wie im Stall. Die Petroleumlampe erkletterte in kurzer Zeit den Gipfelpunkt ihres Ansehens, und Petroleum wurde in großen Mengen verbraucht. Die Petroleumlampe war auch bei uns zu Hause jahrzehntelang in Gebrauch. Es gab sie als Steh- und Hängelampe, als Hängelampe an der senkrechten Zimmerwand oder von der Decke herab.

Die Bestandteile waren bei allen Lampen im wesentlichen die gleichen: Der Glasbehälter mit der Petroleumfüllung, der aufgeschraubte Brennerhals mit Luftöffnungen, die Halterung des Dochtes und der Docht selber, das Schraubgewinde für die Dochtverstellung und die eichelförmige geschlitzte Kapsel und Brennerhalswand aufgesteckt wurden. Die Flamme war hell und ruhig, es gab kein Flackern.

Wir besaßen zu Hause eine Steh- und eine Wandhängelampe, die gewöhnlich benutzt wurde. Für die Stehlampe gab es auf dem Tisch zu wenig Platz, sie wurde nur manchmal an Feiertagen zusätzlich angezündet.

Am Abend nahm Mutter den Zylinder der Wandhängelampe ab, riß ein Streichhölzchen an und hielt es an den Docht. Jetzt flammte das Licht auf. Nun steckte sie den Zylinder auf und drehte an der Stellschraube, daß die Flamme die gewünschte Größe hatte. Das mußte mit großem Bedacht geschehen, denn eine zu große Flamme hätte den Zylinder verrußen lassen oder er wäre durch die plötzliche Hitzeentwicklung gar zersprungen. Bei richtiger Einstellung aber verstrahlte die Lampe ihren Schein und machte den Raum behaglich und hell genug, sodaß man seine abendlichen Besorgungen durchführen konnte.

Sie erreichte zwar höchstens die Leuchtstärke einer 40-Wattlampe, aber man war auch damit zufrieden.

Der Schnitzer. *Zeichn.: W. Müller*

Unter ihrem Licht verbrachte man die Abende in Familiengemeinschaft. An den Winterabenden gab es auch oft nachbarliche Besuche, und dann ging es immer recht unterhaltsam zu. Es wurden schaurige Geschichten erzählt, daß man das das Fürchten lernen konnte.

Frauen betrieben das Federnschleißen, und im Bratrohr surrten Bratäpfel, die man zwischendurch mit Genuß verzehrte.

Das Ende des Hutscherabends bestimmte die Lampe. Sie verbrauchte Sauerstoff und reicherte die Luft nach langer Brenndauer mit übelriechenden Gasen an. Da war es notwendig, den Besuch zu beenden, meist gerade dann, wenn es am spannendsten war. Danach mußten die Stube gelüftet und die Lampe ausgeblasen werden. Das geschah vor der Haustür, denn die erlöschende Flamme war besonders reich an Abgasen.

Ab und zu mußte der Glasbehälter mit neuem Brennstoff aufgefüllt werden. Das war nicht angenehm, und nach getaner Arbeit bedurfte es einer gründlichen Reinigung der Hände, um den Ölgeruch loszuwerden.

Gewöhnlich verrichtete man diese Arbeit im Freien, weil es sich kaum vermeiden ließ, daß man etwas Öl verschüttete. Nach dem Abnehmen des Zylinders schraubte man den Brennerhals ab und legte ihn zur Seite. Ein Teil des Dochtes verblieb im Glasbehälter. Danach steckte man einen Trichter in die Öffnung des Brennerhalses, griff nach der geöffneten Petroleumflasche und ließ Öl einfließen. Jetzt wurde der Brennerhals wieder aufgeschraubt, das Hütchen abgenommen und der Docht „geschneuzt“, sodaß die Flamme wieder richtig brennen konnte. Schwierig war es, wenn der Docht zu kurz geworden war und durch einen neuen ersetzt werden sollte.

Es war nicht leicht, ihn durch die rechteckige Öffnung des Dochthalters einzuführen, weil das Dochtende faserte und dann nur schwer einzuschieben war. Wenn alle Teile wieder zusammengebaut waren, mußte auch der Zylinder gereinigt werden. Die Aufgabe des Ölnachfüllens oblag manchmal auch mir, und ich hatte dabei meine Schwierigkeiten.

Einmal drehte sich der Docht zu weit nach unten, so daß er in das Glasgefäß fiel. Mutter mußte ihn herausfischen und ihn unter großer Mühe wieder einsetzen. An diesem Abend hing der Haussegen schief. Trotz aller Unannehmlichkeiten, die mit der Benutzung der Petroleumlampe zusammenhingen, war diese ein unentbehrliches Gerät im Haushalt, und man hielt es kaum für möglich, daß sie durch ein noch besseres Beleuchtungsmittel abgelöst werden könne. Doch jede Herrlichkeit geht einmal zu Ende, und auch der Petroleumlampe blieb es nicht erspart, an Bedeutung zu verlieren.

Es war zunächst das Gaslicht und später die elektrische Glühbirne, die wegen ihrer Vorzüge die Petroleumlampe verdrängten. Nun brauchte man kein Öl mehr nachzufüllen, keinen Zylinder mehr zu putzen und sich mit dem Petroleumgeruch herumzuärgern.

Die neue Lampe, die der Amerikaner Edison erfunden hatte, besaß so viele Vorteile gegenüber der Petroleumlampe, daß ihr Siegeszug nicht mehr aufzuhalten war.

Die Glühlampe bot den Menschen Licht immer und überall, in Haus und Hof und Stall, Licht im Schaufenster, über der Straße, Lichtbänder in Geschäftshäusern, Licht über dem Tisch und am Arbeitsplatz und Lichtstärke nach Wunsch.

Aber aus technischen Gründen war es nicht möglich, alle Orte mit den Segnungen der Elektrizität gleichzeitig zu beglücken. Während sich die Städter der Annehmlichkeiten des elektrischen Lichts erfreuen konnten, mußten sich die Bewohner des flachen Landes weiterhin mit der Petroleumlampe zufrieden geben. Auch unser Ort Hals mußte lange warten.

Erst 1930 wurde hier die Elektrifizierung durchgeführt. Dazu mußte die Gemeinde von der Landesbank in Prag eine Hypothek von 380 000 Kronen aufnehmen.

Die Freude über die elektrische Beleuchtung wurde durch den hohen Strompreis bald vergällt. (1 KWh kostete 5 Kronen) Die erste Monatsstromrechnung belief sich in unserem Haushalt auf über 30 Kronen.

Mein Vater meinte, dafür hätte man Petroleum für ein ganzes Jahr kaufen können. Manche Leute verwendeten deshalb eine lange Zeit noch neben dem elektrischen Licht auch die Petroleumlampe, um Strom und damit Geld zu sparen. Es gab auch Fälle, wo die Leute wegen der hohen Arbeitslosigkeit in den dreißiger Jahren die Stromrechnung nicht mehr bezahlen konnten. Es wurde ihnen deshalb die Stromleitung gekappt, und sie mußten wieder auf die Petroleumlampe zurückgreifen. Aber die Elektrifizierung war nicht mehr aufzuhalten und die Zeit der Petroleumlampe endgültig vorbei. Die Lampe, die früher einen so trauten Schein verstrahlt hatte, rostete nun auf dem Dachboden dahin und wurde schließlich weggeworfen. Manchem wird dies nicht leichtgefallen sein, denn die Petroleumlampe hatte den Menschen wirklich lange Zeit treue Dienste geleistet. Ob einmal eine Zeit kommt, wo auch die elektrische Glühbirne durch ein noch besseres Beleuchtungsmittel abgelöst wird?

Böhmische Knödel

Neben vogtländischen Klößen gibt es auch böhmische Knödel, hier mal ein altes Rezept. Vielleicht kocht es jemand nach. *Der Herausgeber*

Gebe 1 Pfund Mehl in eine Schüssel, sodann 2 große Eier, einen halben Eßlöffel Salz und für 5 Pfennige würflig geschnittene Semmel, die man vorher mit für 15 Pfennige würflig geschnittenem Speck ausröste. Alles das verarbeitet man unter vorsichtigem Zugießen von lauem Wasser zu einem festen Teig, der nicht mehr an der Hand kleben darf. Den läßt man möglichst 1 Stunde ruhen, worauf man aus der Masse 6 bis 8 Knödel formt und sie ca. 20 Minuten in stetig kochendem Salzwasser garkocht.

(Aus dem Verlagsachiv)

Herbert Feustel, Wilkau-Haßlau:

Das Zügel zum Teufel gefahren

Am 16. August 1903 nahm eine Kleinbahnfahrt auf der von Wilkau über Kirchberg bis Carlsfeld führende Strecke ein schreckliches Ende. An jenem Sonntag fuhr der letzte Zug in Rothenkirchen ab, der die Ausflügler, darunter den Planitzer Gesangsverein, nach Hause bringen sollte. Der Lokführer hatte in Schönheide mächtig einen über den Durst getrunken. Um die damit verbundene Verspätung aufzuholen, ließ er den Zug talwärts rasen. Beim Halt in Rothenkirchen sammelten sich Fahrgäste um die Lok und beschwerten sich. Der Lokführer soll geäußert haben: „Heute fahre ich das Zügel zum Teufel!" Daraufhin verließen etliche Fahrgäste den Zug. Der Lokführer machte seine Ankündigung wahr, indem er auf der abschüssigen Strecke zwischen Rothenkirchen und Obercrinitz nicht bremste. In jener Kurve, die den schönsten Ausblick auf Bärwalde bietet, sprang die Lok mit den Wagen aus den Schienen. 40 Meter vom Bahnkörper entfernt rammte sie sich in ein Stoppelfeld. Die Bärenwalder und ihre Feuerwehr eilten als erste herbei. Das Unglück hatte auf der Stelle drei Todesopfer gefordert.

Die Schwerverletzten wurden in vielen Häusern des Ortes untergebracht, insgesamt gab es 63 Verletzte. Bald traf ein Hilfszug aus Kirchberg ein. (Wilkau, ab 1934 Wilkau-Haßlau)

Ein Rückblick in die „Gute alte Zeit", die oben geschildert wird.

Archiv: Verlag

Siglinde Auer, Dresden:

Gründung der Horlbeckschen Stiftung in Greiz im Jahre 1855

Konsistorialrat Christian Friedrich Horlbeck wurde am 31. 5. 1807 in Hohndorf nahe Elsterberg geboren und starb am 22. 3. 1887 in der Stadt Greiz, seinem langjährigen Wirkungsort. Er war Schulinspektor und ein angesehener und bedeutender ernannter Schulrat, der das unzulängliche Greizer Schulwesen reorganisierte und die Fortbildung von Lehrlingen maßgeblich vorantrieb. Ihm zu Ehren wurde in Greiz noch im 19. Jahrhundert eine Straße benannt, die Horlbeckstraße. In der Mitte der 40er Jahre des 19. Jahrhunderts hatte er die Idee und den Plan einer Fortbildungsschule für die Lehrlinge von Greiz und naher angrenzender Orte. 1849 war Horlbeck entscheidender Mitbegründer der allerersten Fortbildungschule, die zunächst nur als Sonntagsschule ins Leben gerufen wurde.

Schulrat Horlbeck 1865

Er trug maßgeblich zur äußerst erfolgreichen Entwicklung in den Anfangsjahren bei und erwarb sich außerordentlich große Verdienste diesbezüglich.

Leider plagte ihn ein stark beeinträchtigendes Augenleiden so sehr, daß er schon im Jahre 1855 sein Amt als Vorsitzender im Vorstand der Fortbildungsschule aufgeben mußte. Aus diesem Anlaß wurde am 13. September 1855 eine große Festlichkeit zu seiner Verabschiedung im Rotherschen Saal in Greiz vorbereitet. Mehr als siebzig Personen nahmen an dieser bedeutenden Feierlichkeit teil.

Er erhielt als Ehrengeschenk einen inwendig vergoldeten Pokal mit gravierter Inschrift: „Dem Herrn Schulrat C. F. Horlbeck in dankbarer Anerkennung seiner großen Verdienste um Gründung und Leitung der Fortbildungsschule von Freunden derselben, Greiz, den 13. September 1855.“ Weiterhin zierten ihn noch verschiedene Bibelzitate.

Außerdem bekam er einen Kredenzteller aus echtem Silber verfeinert mit ziselierter und getriebener Handarbeit, eine besondere Uhr mit Glasgehäuse und ein großes Album mit vielen würdigenden Widmungen und sehr sinnigen Denksprüchen aller Vorstandsmitglieder, Aufseher und Freunde der Fortbildungsschule.

Eine besondere Widmung lautete:
Wirst, Hochgeehrter, Du uns heute fragen:
„Was wollt Ihr mir? Was ist's, das Ihr mir bringt?"
Wir möchten schüchtern trauen die Antwort wagen:
„Ein Wunsch ist's, der von Herzen aufwärts drängt!"
Es möchten diese Blätter* gern Dir sagen,
wie alle Herzen Dir entgegenschlagen."
„Wirkt ohne mich!" – Wir können's nicht begreifen,
Du unter uns, das war ja unser großes Glück!
Drum ließ den Blick auch jeder heute schweifen
auf Deines Tun und Schaffenszeit zurück.
Wohin wir blicken, sehen wir durch Dein Walten
nur Gutes werden, wachsen, sich entfalten.
Wir sah'n Dich rastlos Zeit und Kräfte spenden,
Du standst bei uns mit Rat und Kraft zur Tat!
Die Liebe sätest aus mit vollen Händen
und reichlich sind die Spuren solcher Saat.
Wenn jeder voll sie gegen Dich empfindet,
Du bist es, der zuerst sie angezündet.
Und soll nun auch die Bitte laut erschallen,
die jedes Herz hinauf zum Himmel trägt?
„Nein." – Doch im Stillen ist sie von uns allen
dem treuen Gott ans Vaterherz gelegt,
dort, wo Erhörung, legen wir sie nieder
und sind geweiß**: Er schenkt Dich bald uns wieder!

Welch wunderschöne Zeilen, welch große überwältigende Verehrung spricht aus diesen. Die unermeßliche Beliebtheit, die grenzenlose Wertschätzung und die große starke Persönlichkeit dieses Mannes sind beeindruckend und sicher ausschlaggebende Gründe für die Idee einer Stiftung in jener Zeit. Alles in allem war dies eine sehr gelungene, außerordentlich würdige Abschiedsfeier für den Vorstandsvorsitzenden der Fortbildungsschule, Konsistorialrat Christian Friedrich Horlbeck, der von allen nur in den höchsten Tönen gelobt wurde.

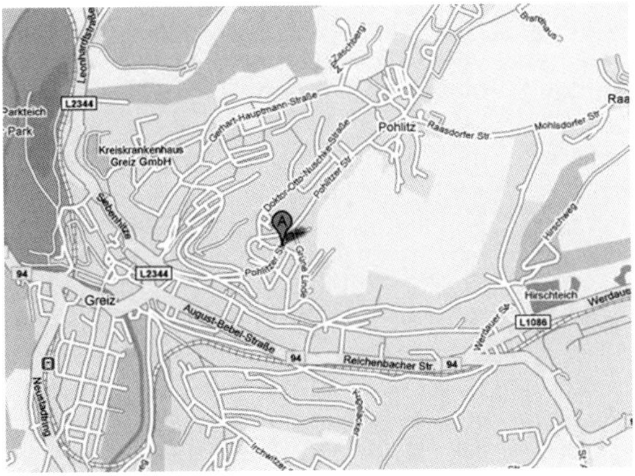

Lage der Horlbeckstraße im Ausschnitt des Greizer Stadtplanes.

Mit viel manuellem Aufwand wurde das Wohngebäude errichtet. Hier Horlbeckstraße 7–11.

Der Überschuß der eingegangenen Beiträge in Höhe von 43 Talern wurde sodann auf Vorschlag des Herrn Kirchenrates Dr. Schmidt zur Gründung einer Stiftung mit dem Namen „Horlbecksche Stiftung" eingesetzt. Dieser Betrag erhöhte sich im Folgejahr durch ein zugunsten dieser Stiftung organisiertes Konzert bereits auf 102 Taler.

Zur Aufführung kam dabei die „Schöpfung" von Josef Haydn am 16. September 1856.

In einem von Kassenwart Fabrikant G. Knüpfer am 31. Oktober des gleichen Jahres verfaßten Brief heißt es: „... würde zu diesem Zweck wohl eine Zusammenberufung aller derjenigen sich notwendig machen, welche durch ihre Beiträge zu den Ehrengeschenken mittelbar auch den Grund zur Horlbeck-Stiftung gelegt haben. Außerdem scheint mir eine solche Versammlung auch deshalb noch wünschenswert, weil die Teilnahme für unsere Fortbildungsschule durchaus einmal einer frischen Anregung bedarf und es sehr erwünscht wäre, wenn die Betätigung

Die Horlbeckstraße in Greiz, fast unverändert seit dem Bau im 19. Jahrhundert. Durch die Neubauten jenseits der Pohliser Straße erhielt sie im 20. Jahrhundert eine entscheidende Veränderung.

nicht mit dem schönen Abend (Anm. der Abschiedsfeier für Horlbeck) ihren Abschluß erreicht hätte, sondern zu einem fortgehenden werden könnte."

Und weiter heißt es: „Ich würde deshalb (ganz unmaßgeblich) auch vorschlagen, die Veröffentlichung des Resultats unseres Konzerts zuerst in jener Versammlung zu bewerkstelligen und erst dann durch unser Wochenblatt. Wir würden den beabsichtigten Verein für die Horlbeck-Stiftung faktisch schon ins Leben gerufen haben, wenn wir anerkennen, daß wir alle Mitteilungen, welche denselben betreffen, zuerst ihm machen, ehe sie dem großen Publikum bekannt werden ... Bei der Stimmung des Publikums, die sich in einer Äußerung bei der letzten Vorstandssitzung kund gab, schien es mir, als könne durch rasches Handeln die Horlbeck-Stiftung zu einem Mittel gemacht werden, was auf lange Sicht segensreiche Folgen für die Schule haben würde."

Diese Einschätzung sollte sich erfreulicherweise als richtig und wahr erweisen.

Ein weiteres solches Konzert erbrachte dem Fonds 64 Taler.

Durch verschiedene größere und kleinere Vermächtnisse von Freunden und Gönnern der Fortbildungsschule erreichte die Horlbeckstiftung im Jahre 1874 nach nunmehr fast 20 Jahren eine stattliche Größe von 500 Talern. Spätestens jetzt war es an der Zeit, ein richtiges Statut für diese Stiftung festzulegen.

Konsistorialrat Horlbeck selbst schlug uneigennützig vor, die Bezeichnung Horlbecksche Stiftung durch Legatenfonds der Handwerker-Fortbildungsschule zu ersetzen.

Laut vereinbartem Statut war vorgesehen, alljährlich einen Teil der erwirtschafteten Zinsen dem Kapital zuzuschlagen, während der restliche Teil zur finanziellen Unterstützung begabter Schüler zu verwenden sei. Davon wurde dann auch starker Gebrauch gemacht. Außerordentlich begabte Absolventen bekamen Stipendien zum Besuch einer Kunstschule. Zum Beispiel die ehemaligen Schüler Röder, Seidemann und Möschke aus Greiz sowie Schulz aus Daßlitz. Der Hälfte von ihnen wurde somit auch ein längerer Aufenthalt in Rom finanziert.

Gedenkplatte an der Friedhofsmauer.

Fotos: Schneider/Auer

Im Jahr 1899, nach 44 Jahren seit Gründung dieser Stiftung, war dieser Fonds nunmehr auf insgesamt 3000 Mark angestiegen und leistete in der Folgezeit weiterhin hilfreiche Dienste zur Förderung besonders talentierter Lehrlinge.

Obgleich die Initiative zum Entstehen der Stiftung mit einem einschneidenden Verlust des C. F. Horlbeck als Vorstandsvorsitzender verbunden war, hat dieses unerfreuliche Ereignis dennoch eine gewaltige positive Wirkung von großer Tragweite erzeugt und über einen sehr langen Zeitraum äußerst förderliche, gute Folgen für die Fortbildungsschule hervorgerufen. Das ist beispielgebend.

Anmerkungen: *des überreichten Albums, **gewiß

Literatur:
Akten der Fortbildungsschule zu Greiz II (zweiter Band, Original) von 1855–1863, S.29
Aufzeichnungen der Handwerker-Fortbildungsschule zu Greiz II (Chronik), 1851, S.9 ff.

Aus dem Verlagsarchiv:

Eine englische Königstochter und ihre Kupferstichsammlung in Greiz

Seit 1922 birgt das ehemalige fürstliche Sommerpalais im Greizer Park, in dem seit der im Jahre 1779 erfolgten Erbauung bis zum Weltkrieg die fürstlichen Familien die Sommermonate in grünumfangener Stille zu verleben pflegten, einen kostbaren Schatz, mit dem unser Greiz in die Reihe berühmter Kunststätten eingetreten ist.

Diese Kupferstichsammlung und die Bücherei des Fürsten Heinrich XI. lagen jahrzehntelang in der Kapelle des oberen Schlosses in einer Art Dornröschenschlaf. Die Bücher mit ihren goldverzierten Lederrücken standen in hohen Regalen bis zur Kapellendecke, einen feierlichen Anblick bietend. Die Kupferstich Prunkbände wurden in sachgemäß gebauten Schränken aufbewahrt, wodurch die vorzügliche Erhaltung der wertvollen Blätter gesichert war.

Einigen Kunstkennern war die Sammlung zwar bekannt, und bei Hoffesten wurden früher gelegentlich einige Bände gezeigt, aber die große Kunstwelt wußte nichts davon. Fürst Heinrich XXII. hatte nicht viel Interesse dafür, wenn auch seine kunstliebende Mutter, Fürstin Karoline, die diese Sammlung geerbt hatte, schon die Absicht gehabt hatte, sie in einem Museum auszustellen.

Die Greizer Kupferstichsammlung ist zwar nicht nach ihrem Umfang, worin sie von anderen Kupferstichkabinetten Deutschlands weit übertroffen wird, aber in ihrer Eigenart der Sammlung von englischen Schabkunstblättern nächst der im Britischen Museum in London die wertvollste und reichhaltigste dieser Art und übertrifft in diesem Sondergebiet auch die Sammlung auf der Koburg und die Sammlung des Königs Friedrich August II. des Gerechten in Dresden. Sie enthält rund 8000 Blatt, wovon 1400 Schabkunstblätter sind und hiervon über 800 allein nach Porträten von Reynolds gearbeitete. Außer verschiedenen seltenen Farbstichen sind auch einige hundert bunte englische Karikaturen aus der Zeit der französischen Revolution vorhanden.

Die besondere Herkunft der Sammlung erklärt zugleich die märchenhafte Tatsache, daß Greiz jetzt einen so kostbaren Besitz an englischen Schabkunstblättern besitzt.

Es war eine englische Königstochter, hochbegabt, künstlerisch sowohl wie wissenschaftlich, Elisabeth, die Tochter Georgs III, 1770 geboren, eine Zeitgenossin des großen Porträtmalers Reynolds, ihres Lehrers, Cainsborough, Romney u. a. sowie der berühmten englischen Meister der Schabkunst, die deren Ölgemälde vervielfältigten: Dean, Dickinson, Faber, Faitborne, Fischer, Green, Houston, Jones, Mac Ardell, G W. Reynolds, der Neffe des Malers Josua Reynolds, Smith Turner, Watson u. a. Prinzessin Elisabeth war eine eifrige, kenntnisreiche und geschmackvolle Sammlerin. In große, goldgezierte, meist dunkelblaue Lederbände klebte sie die von ihr gesammelten Blätter ein und schrieb zu einer Anzahl von ihr chronologisch nach den englischen Herrschern geordneten Bänden noch einen Text zur englischen Geschichte, geziert mit bunten Wappenbildern, von denen 10 Bände bei deren Auflösen pietätvoll erhalten wurden. Die Sammlerin erhielt offenbar die wertvollsten Schabkunstbilder ihrer Sammlung von den Künstlern selbst, wie dies die zahlreichen Blätter in Abdrücken vor aller Schrift und in weiteren seltenen Plattenzuständen beweisen, die die Künstler ja immer nur in wenigen Abdrücken während des Fortgangs ihrer Arbeit an der Kupferplatte herstellten. Diese Sammlung füllte und erhöhte ihr ganzes Leben, sie war ihr Lebenswerk.

Durch einen Vertrag vom 8. Februar 1921 zwischen dem Fürstenhaus und der Landesregierung des Volksstaates Reuß ist die Kupferstich- und Büchersammlung des Fürstenhauses von diesem dem Staat geschenkt worden als „Stiftung der Aelteren Linie des Hauses Reuß" mit der Bestimmung, daß sie dauernd in Greiz verbleiben und der Öffentlichkeit zugängig sein muß, nachdem sie bisher in der Kapelle des oberen Schlosses verwahrt worden und auswärts wenig bekannt war. Wer hätte auch in dem abgelegenen Greiz eine solch wertvolle Sammlung von Kupferstichen und besonders von Schabkunstblättern aus der Blütezeit der englischen Bildnismalerei vermutet?

Nach meiner Berufung als Verwalter der „Stiftung" wurde von der Gebietsregierung mein Vorschlag angenommen, die Sammlungen im Sommerpalais unterzubringen, wo sie in der Tat ganz anders zur Geltung kommen als im oberen Schloß und den Besuchern leichter zugänglich sind. Das anmutige Palais ist ja wie geschaffen für ein Museum und gerade für die eigenartigen und kostbaren Schätze unserer Sammlungen. Und so wurde 1922 die Kupferstichsammlung und Bibliothek der „Stiftung" ins Sommerpalais übergeführt und dort von mir eingerichtet und in den nächsten Jahren ausgebaut. Die feierliche Einweihung fand am 20. August 1922 statt, die Eröffnung am 5. November.

Die Gebietsregierung, an der Spitze der kunstsinnige Minister Oberländer, scheute kein Opfer für die würdige Unterbringung der Sammlung. Die Räume des Palais wurden erneuert, Bücherschränke, Schautische und Möbel, die der Innenarchitektur angepaßt wurden, wurden hergestellt. Von Prof. Singer vom Dresdner Kupferstichkabinett war bereits vorher ein Prachtkatalog mit 40 Bildern in Kupfertiefdruck von Prof. Götz-Leipzig hergestellt worden. Dann wurden die Bände der Sammlung bis auf 10 aufgelöst und die einzelnen Blätter auf Kartons montiert, damit sie in Schaukästen wechselnd ausgelegt werden konnten.

Als ich auf dem Rückmarsch aus Frankreich im Dezember 1918 durch Homburg vor der Höhe ritt und am Denkmal der Landgräfin Elisabeth von Hessen-Homburg vorüberkam, ahnte ich noch nicht, daß ich zu dieser Dame einmal in Beziehung treten würde und daß sie posthum eine Wende meines Lebens herbeiführen würde. Ich wußte auch noch nicht, daß dieses Denkmal der Kaiserin Friedrich zu danken ist und das Elisabeth, wie Viktoria, eine englische Königstochter

Diese Landsknechte flankieren und „schützen“ seit „jeher“ den Eingang zum Greizer Sommerpalais. Archiv:: Verlag

war. Die Inschrift des Denkmals belehrte mich über ihre Verdienste um Bad Homburg, der ehemaligen Residenz ihres Gatten Friedrich VI., Landgraf von Hessen-Homburg.

Es dämmerte mir wohl, daß sie eine Verwandte der Fürstin Karoline (Reuß ältere Linie), der Gattin des Fürsten Heinrich XX., einer hessischen Prinzessin, sein konnte, aber daß sie eine große Kunstsammlerin war und ihre Sammlungen nach kinderloser Ehe an ihre Nichte Karoline vererbt hatte, soweit sie nicht in Homburg blieben, davon wußte ich schon gar nichts. Es war für mich a long way vom flüchtigen Beschauen des Denkmals der Landgräfin durch die Nachkriegswirren in Leipzig bis zur Übernahme der Sammlungen der Prinzessin Elisabeth in Greiz als deren Betreuer und Pfleger im Jahre 1921.

Prinzessin Elisabeth wurde am 22. Mai 1770 geboren, als 7. Kind und 3. Tochter König Georgs III. von Großbritanien aus dem Hause Braunschweig-Lüneburg und seiner Gemahlin Sophie Charlotte, Prinzessin zu Mecklenburg-Strelitz. Zart und kränklich, verlebte sie ihre Jugend in Windsor, von ihren

Eltern in einem vorbildlichen Familienleben umhegt und gepflegt und aufs sorgfältigste von guten Lehrern und Künstlern unterrichtet, die namentlich auch ihren Sinn für Geschichte förderten. Er hatte in der Familienkunde mit ihrem Kunstsinn, der sich zuerst in einem geborenen Talent für Zeichnen und Malen äußerte, zu ihrer Sammlertätigkeit.

Zunächst sammelte sie die Porträs, ihrer Familie und ihrer Vorfahren in Holzschnitten, Kupferstichen und Schabkunstblättern, dann auch von deren Zeitgenossen. Wir dürfen annehmen, daß der große Porträtsammler Reynolds ihr Lehrmeister als ausübender Künstlerin, zum mindesten ihr Berater war als Sammlerin.

Das Hofleben war ziemlich einfach, große Feste wurden nicht gefeiert, zumal sich das physische Leiden ihres Vaters, des Königs Georg III., immer mehr verschlechterte, bis er in geistiger Umnachtung endete.

Neben ihrer wissenschaftlichen und künstlerischen Ausbildung ging einher die Stärkung ihres Charakters, der in einem tiefen Pflichtgefühl und kluger Selbstbeherrschung sich festigte.

Elisabeth war wie auch ihre Schwestern ein schönes Kind, was wir auch aus einem Schabkunstblatt nach einem Gemälde von Reynolds ersehen können, wo sie im Kreise ihrer Geschwister dargestellt ist. Auch Bilder aus reifen Jahren zeigen dies noch, so zwei Schabkunstblätter, die gleichfalls im Besitz der Kupferstichsammlung sind, und ein großes Ölgemälde, das nach dem Tode des Fürsten Heinrich XXIV. an die Fürstin Ida zu Stollberg-Roßla gekommen ist.

Prinzessin Elisabeth fand in den Jahren ihres stillen, zurückgezogenen Lebens ihre Freude und Befriedigung an ihren wissenschaftlichen und künstlerischen Regungen. Erst mit 42 Jahren bekam sie einen eigenen Hausstand mit kleiner Hofhaltung, und so blieb sie bis zu ihrem 48. Lebensjahr unvermählt. „In den letzten Jahren ihres Aufenthalts in England sah man sie als solche Autorität in Kunstfragen an, daß keine größere Festlichkeit und Ausstellung arrangiert wurde, ohne daß man vorher ihren Rat eingeholt hätte. Ihr eigenes Heim war ein Muster guten Geschmacks und ein kleines Museum von Kunstgegenständen."

(vom Verlag gekürzt)

Ein Blick in die Staatliche Bücher- und Kupferstichsammlung in Greiz in den 50er Jahren.

Archiv: Verlag

Manfred Peter, Büsum:

Eine Begegnung mit dem Landsherrn Heinrich XXII.

Es begegneten sich mein Urgroßvater und sein Landsherr Fürst Heinrich XXII. Reuß ältere Linie (1846–1902). Es war eine folgenfrohe Begegnung. Mein Urgroßvater Christian Pfeifer (geb. um 1835) lebte mit seiner Frau Christiane und seinen fünf Kindern in Kleinreinsdorf bei Berga an der Weißen Elster. Mein Vater (1895–1967) war gern bei seinen Großeltern. Er erzählte mir das Folgende. Christian Pfeifer hatte Maurer gelernt. Er war 28 Jahre alt, als ihn die Kinderlähmung zwang, seinen Beruf aufzugeben. Er konnte nicht mehr laufen, nur noch auf den Händen und Knien bewegte er sich fort. Einmal war die Durchfahrt seines Landsherrn vom nahegelegenen Greiz angesagt. Mein Urgroßvater kroch auf allen Vieren an die Straße. Der Fürst erkannte die schlimme Behinderung, ließ halten und fragte nach der Ursache. Als die Urgroßmutter ausführlich geantwortet hatte, erkannte der Landesfürst meinem Urgroßvater eine kleine Rente zu, die seine Frau von nun an monatlich im Greizer Schloß, ca. 2,5 km entfernt, abholte. Die wohltätigen Wirkungen der Bismarckschen Sozialgesetzgebung liefen erst gegen Ende des 19. Jahrhunderts an. Die Kinder holten aus dem Wald Reisig, woraus ihr Vater Sträuße band, die ihre Mutter auf dem Wochenmarkt zum Verkauf anbot. Christian Pfeifer strickte wollene Herrensocken und Damenstrümpfe. Christiane Pfeifer arbeitete die meiste Zeit als Hausgehilfin im Rittergut zu einem Tagelohn von 60 Pfennigen. Hinzu kamen nach der Ernte ein Deputat an Kartoffeln, Weizen und Roggen und täglich Milch, die sie allerdings verkaufte, weil sie selbst Ziegen hielten. Ein oder zwei Schweine und viele Stallhasen sorgten für eine ausreichende Ernährung. Fleiß, Sparsamkeit und eine lobenswerte Lebenseinstellung ermöglichten meinen Urgroßeltern, sich ein Haus zu bauen. Gemauert hat trotz seines Leidens Christian Pfeifer, geholfen haben die Kinder und Bekannte. Bezugsfertig war das Haus 1895. Diese Jahreszahl

Rechts Heinrich der XXII. mit Fürstin Ida und den Kindern Heinrich, Marie, Emma, Hermine und Caroline (v. l.).

Foto: Autor

Heinrich XXII., souveräner Fürst Reuß ältere Linie

№ 47. 1902.

Fürstlich Reuß-Plauisches

Amts- und Verordnungsblatt.

Mit Wahrnehmung der Redaktions- und Verlagsgeschäfte beauftragt: Walther Jahn, Fürstlicher Commissionsrath, in Greiz.

Das Fürstlich Reuß-Plauische Amts- und Verordnungsblatt erscheint wöchentlich 3 Mal, und zwar Dienstag, Donnerstag und Sonnabend Abends; außerdem, so oft ein Bedürfniß dazu vorliegt. — Inserate sind spätestens Tags vorher bis 6 Uhr Abends in der Expedition (Bureau Fürstlicher Landrentenbank) abzugeben. Der Insertionspreis beträgt für die breite Corpuszeile oder deren Raum 20 Pfennige. — Das Abonnement kostet 3 Mark jährlich.

Greiz, Sonnabend, den 19. April.

Regierungs-Bekanntmachung.

Nachdem es Gott gefallen hat,

Seine Hochfürstliche Durchlaucht den regierenden Fürsten und Herrn, Herrn Heinrich XXII. Aelterer Linie souverainen Fürsten Reuß, Grafen und Herrn von Plauen, Herrn zu Greiz, Kranichfeld, Gera, Schleiz und Lobenstein ꝛc. ꝛc. ꝛc.

aus dieser Zeitlichkeit abzurufen, wodurch außer den Hohen Angehörigen des Hochfürstlichen Hauses auch alle getreuen Unterthanen in Stadt und Land in tiefste Trauer versetzt sind,

ist der zeitherige Durchlauchtigste Erbprinz, Herr Heinrich XXIV., als verfassungsmäßiger Nachfolger Seines Höchstseligen Herrn Vaters nunmehriger Fürst und Landesherr.

Der Fürstlichen Landesregierung liegt es ob, den von Gottes unerforschlichem Rathschluß über unser Land verhängten schweren Trauerfall und den damit in Verbindung stehenden Regierungswechsel hierdurch zur allgemeinen Kenntniß zu bringen.

Greiz, den 19. April 1902.

Fürstlich Reuß-Plauische Landesregierung.

v. Meding. Dr. Hanitsch. Cammann.

Buchdruckerei Franz Trommer, Greiz.

trug das Haus. Anfang 1964 stand mein Vater vor dem Haus, die eisernen Ziffern zierten noch den Giebel. Im April 1989 stand ich vor dem Haus und fragte sogleich nach der Jahreszahl. Sie war in der Zwischenzeit einer Hausausbesserung wegen des überhand genommenen Rostes entfernt worden. Schön, daß ich mit Hilfe einer alten Dame, die die Geschichte Kleinreinsdorfs schrieb, dieses Haus gefunden habe. Mein Vater weilte oft bei seinen Großeltern, daran dachte ich.

Das für die damalige Zeit eher unübliche soziale Handeln eines Landesherrn verdient eine Würdigung dieses Regenten. Heinrich XXII. stand der kleinsten Monarchie des deutschen Kaiserreiches (1871–1918) bevor. Dennoch schreckte er nicht davor zurück, der größten Monarchie, den Preußen samt ihrem Ministerpräsidenten Otto von Bismarck, seine antipreußische Gesinnung spüren zu lassen. Sein Herz schlug wie das seiner Vorgänger für die andere deutsche Großmacht, für Österreich. Bismarck war entsetzt, als der Greizer Fürst als einziger im Bundesrat gegen das Sozialistengesetz, dem Gesetz gegen die gemeingefährlichen Bestrebungen der Sozialdemokratie, stimmte. Heinrich XXII. war gewiß kein Sozialdemokrat. Doch er setzte sich stets für die Belange der Schwächeren ein. Er war ein ungewöhnlich sparsamer Mensch, es gab keine kostspieligen Hofbälle, kein Hoftheater. So hinterließ er sein Fürstentum schuldenfrei und darüber hinaus Greiz als einen bedeutenden Industriestandort. Eine Ironie des Schicksals ist Heinrich XXII. erspart geblieben. 1922 heiratete seine Tochter Hermine den ehemaligen deutschen Kaiser Wilhelm II., den Chef des preußischen Königshauses.

Trauerzug auf dem Weg durch die Greizer Innenstadt im Jahr 1902. Fotos: Archiv Verlag /S. Klein

Robert Hänsel (†), Schleiz:

Aus dem Volkstum der Kreise Schleiz und Lobenstein

Einer der bekanntesten Verse betrifft das Stadttrio Greiz–Schleiz–Lobenstein, von dem behauptet wird, die Lobensteiner hätten ihn bei Prozessionen gesungen, und er sei daher auch in ihr Gesangbuch aufgenommen worden. Das ist jedoch ins Reich der Sage zu verweisen.
Der Vers, den 1916 auch das Lobensteiner Notgeld trug, lautet:

O Herr, gib Regen und Sonnenschein
für Greiz und Schleiz und Lobenstein,
und woll'n die andern auch was ha'n,
so mögen sie dir's selber sa'n.

oder in anderer Fassung:

Greiz, Schleiz, Lobenstein,
Gott gibt Regen und Sonnenschein,
woll'n die andern auch was hab'n,
sollen sie's ihm selber sag'n.

Kam man vor 1919 nach dem Osten, Süden, Westen oder Norden unseres Vaterlandes, so herrschte in den meisten Fällen Unklarheit über die beiden Staaten Reuß. Hatte man jedoch zur besseren Orientierung den Namen einer der drei Städte gesagt, so konnte man gewiß sein, wenn nicht den ganzen Vers, so doch wenigstens die Städte in einem Atemzug zu hören.

Deshalb schrieb auch ein Reußenländer in das Stammbuch in Jewer den Vierzeiler und fuhr fort:

Dies Verschen ist doch allbekannt
in Süd- wie auch in Norddeutschland;
doch wo sie liegen, diese drei,
ist meist ein Rätsel, darum sei
in Eil' es jetzt kurz aufgesagt,
was mancher immer wieder fragt:
Greiz und Schleiz und Lobenstein
liegen in einem Ländchen klein,
das Reußenland ist es genannt,
es ist auch mein lieb Vaterland.

Eine Ansichtskarte, hergestellt in Greiz, trägt die Ansichten der drei Städte und den Vers:

Burgen aus Thüringens Sagenhain,
Perlen im reußischen Schilde
siehst du als Greiz, Schleiz, Lobenstein
hier auf dem Kartenbilde.

Über die Entstehung des Vierzeilers ist nichts bekannt. Ich vermute, daß die Einrichtung einer wöchentlich einmal verkehrenden Reitpost 1781 von Greiz über Schleiz nach Lobenstein, die 1821 in einen fahrenden Postkurs verwandelt wurde, die Ursache.

Alfred Holzbock schreibt in seinen „Wanderungen durch deutsche Residenzen" (1910): „Will man das Winzigste an Staatengebilden charakterisieren, so zählt man in einem Atemzug auf: Greiz, Schleiz, Lobenstein! Wieviel Ehre und wieviel Unrecht erweist man diesen drei Orten, wenn man sie heutzutage noch als den Typus der Duodez-Residenzen hinstellt. Das war einmal! Es gab wohl ein halbes Dutzend reußischer Dynastien, jede Dynastie hatte ihren Liliputstaat und dieser wiederum seine Liliputresidenz; so entstand das residenzliche Trio Greiz, Schleiz, Lobenstein, das man zwar für etwas Einheitliches, Zusammenhängendes hielt, von dem aber jedes einst die Hauptstadt eines regierenden Fürsten bildete."

Die Frage über seine Entstehung hat aber seiner Beliebtheit und seiner Verwendung in anderen Gedichten keinen Abbruch getan und wird es auch in Zukunft nicht tun. Besonders in den Jahren 1848-49 gab es häufig Gelegenheit, es zu verwenden. Nur einige Beispiele seien genannt. Das „neue Lied vom Deutschen Kaiser", das mit den Worten schloß:

„Sagt, wem gebührt die Majestät?
Vielleicht der Volkssouveränität?
Die soll es sein allein!
Das ganze Volk soll Kaiser sein!"

lautet in seiner ersten Strophe:

„Wer soll der Deutsche Kaiser sein?
Der Fürst von Greiz, Schleiz, Lobenstein?
Vielleicht der Fürst von Birkenfeld?
Vielleicht gar Windischgrätz, der Held?
O nein, o nein, o nein,
der Kaiser soll ein andrer sein!"

Als der Erzherzog von Österreich zum Reichsverweser gewählt werden sollte, erschien in Berlin ein Flugblatt, in dem August Strampelmeier, Bierjer, schreibt: „I, seh mal, det sollte se jefallen, wenn se Preußen mit det bloße Maul rumkriegten! Nee, Männeken, dadervor sin mir nich eene Jroßmacht jewesen un habn in nen Freiheitskriech jeblut't un Deutschland jeret't, daß wir nun Reuß–Schleiz–Greiz–Lobenstein uf en Prinzip reiten sollen …!“

In dem in Frankfurt a. M. erschienenen Gedicht „Der Eckenförder Spaß am 5. April 1849“ heißt die 10. Strophe:

„Seid willkommen, Kameraden,
deutsche Brüder von dem Rhein!
Hier sind Schleswigs Feldsoldaten
und von Greiz, Schleiz, Lobenstein,
und ein tapfrer deutscher Mann
Ernst von Gothe führt uns an!“

Auch Hoffmann von Fallersleben fand Veranlassung, das Stadttrio in einem Scherzgedicht zu verwenden. Das Amts- und Nachrichtenblatt für das Fürstentum Lobenstein–Ebersdorf brachte 1845 folgende, an Unterwürfigkeit nicht zu überbietende Nachricht:

„Serenissimus haben die Wehrmänner zu Hirschberg, welche zu dem jüngst in der benachbarten und verwandten Stadt Tanna ausgebrochenen Feuer mit der aufopferndsten Bereitwilligkeit geeilt waren und dort ihre Dienste angeboten hatten, am 28. Dezember des vorigen Jahres vor der Front öffentlich zu beloben und dem Ältesten derselben zum Zeichen Höchstihrer Anerkennung die Hand darzureichen geruht.“

Diese Nachricht gab dem Dichter Veranlassung zu folgendem Gedicht, das das Datum des 11. November 1845 trägt:

Es hat in unsern Tagen
sich Großes zugetragen.
Jetzt höret die Geschichte!
Wahr ist, was ich berichte.

Verdient gemacht hat sich neulich,
das ist gar sehr erfreulich,
die Landwehr bei einem Brande
im großen Reußenlande.

Als das der Fürst vernommen,
sind Allerhöchst gekommen
und haben dann in Gnaden
die Soldaten vorgeladen.

Sechs Landwehrmänner stehen
in Front, schön anzusehen.
Serenissimus loben jeden
in gnädigst holden Reden.

Dann lassen sie sich höchsteigen
vom Ältesten den Trauschein zeigen
und reichen ihm höchstverständigst
die Hand höchst eigenhändigst.

O Nation der Nationen,
wo man noch weiß zu belohnen!
O, wär ich doch auch so einer,
ein Greiz–Schleiz–Lobensteiner!

Auch in seinem „Lied vom deutschen Auswanderer“ weiß er das Stadttrio zu verwenden. Hier lernt ein Mann schon in seiner Kindheit um ein einiges Deutschland zu Gott beten; doch als er später den Wunsch auch laut ausspricht, wird er immer aufs neue aus dem Ländchen seines Aufenthalts verbannt:

„Er durfte nicht einmal hinein
in Reuß, Greiz, Schleiz und
Lobenstein.“

In „Wiener Blut“ singt der Kammerdiener Joseph:

„O Reuß, Greiz, Schleiz,
i hab’ mit dir ein Kreuz.“

Auch der als Dichter bekannte Ludwig Pfroepffer (geb. 1835 in Schleiz) wußte den Reim in einem größeren Gedicht zu verwenden, mit dem er 1900 die Schüler des Schleizer Lehrerseminars in Regensburg begrüßte, und in dessen letzter Strophe sagt:

„In den Reihen ehrenhafter, treuer
und gesinnungsreiner Deutscher
steht auch – glaub es sicher – manch
ein Greiz–Schleiz–Lobensteiner.“

Von sonstigen Wendungen mit dem Stadttrio kann man noch hören:

Greiz, Schleiz, Lobenstein
könnten etwas größer sein.

Greiz, Schleiz, Lobenstein,
schwarze Mädle, weiße Bein’.

Greiz, Schleiz, Lobenstein
hab’n die Mädle krumme Bein’.
Hab’n die Mädle grade Bein’,
sind sie nicht aus Lobenstein.

Greiz, Schleiz, Lobenstein,
Schwarzburg, Sondershausen,
gehst um dreie ’nein,
bist um fünfe draußen.

Greiz, Schleiz, Lobenstein,
gehen in ein Mausloch nein.

Die Aufzählung der Beispiele von der Verwendung des Stadttrios sind damit nicht erschöpft – sie sei geschlossen mit dem Geleitwort des Gedenkblattes, das die Ortsgruppe Schleiz des Volksbundes zum Schutz der deutschen Kriegs- und Zivilgefangenen 1919 den Heimkehrern überreichte:

Gott beschere Sonnenschein
für Greiz, Schleiz und Lobenstein.

Einmal fand der Vers auch eine Fortsetzung. Ein Hamsterer schrieb nach schlechter Erfahrung im Oberland 1919 auf die Rückseite eines Lobensteiner Notgeldscheines, der den Vers vom Stadttrio auf der Vorderseite trug:

„Wolln andre ein Stück Butter ha’n,
da kommen erst wir selber dran.
Der Reuße ist ein Egoist,
der alles lieber selber frißt!“

Die Ortsneckereien, die besonders von der Jugend noch ausgenützt werden, mögen uns heute zum Teil derb erscheinen, aber sie zeugen von einem frisch-naiven Zug, der in den Bewohnern unserer Heimat sitzt, wenn auch bei manchen Orten heute vorher gesagt werden muß:
Niemand zu leide, aber allen zur Freude; Übelnehmen gibt’s nicht.

Herbert Feustel, Wilkau-Haßlau:

Der Froschbann

Ein fremder Müllerbursche kehrte an einem Sommerabend in der Grochwitzer Schenke bei Gera ein.

Die Bauern waren in lebhafter Unterhaltung über die anstehende Ernte. Freilich mußten sie sich gegenseitig gewaltig anschreien. Denn im Teich, der sich mitten im Dorfe befand quakten der Frösche so viele und so laut, daß man kaum sein eigenes Wort verstehen konnte. Da meinte der Müllerbursche zu den Leuten, wenn er einige Schnäpse bekommt, so wolle er den Fröschen schon Ruhe gebieten. Für diesen billigen Preis war man einverstanden, die Ruhestörer los zu werden. Der Müllerbursche ging dann hinaus, während jene über sein Unterfangen spotteten. Kaum aber hatten sie gesehen, wie er dreimal mit der Rute in den Teich geschlagen hatte, da war im Wasser eine Totenstille eingetreten. Von da an ließ sich kein Frosch mehr im Grochwitzer Teich hören.

Ja, gäb' es keine Senioren

Ja gäb' es keine Senioren,
ging aller Wohlstand schnell verloren,
die Konjunktur hätt's furchtbar schwer
und die Senioren müßten her.
Seht euch die Urlaubszentren an,
wer füllt die Busse, füllt die Bahn,
wer gibt dem Fahrer gar am Ende,
noch manchen Euro als Zubrotspende?
Mallorcas Strände wären leer,
gäbs' keine Senioren mehr.
Die Alten sind's ganz einwandfrei
an uns Senioren kommt keiner vorbei.

Wer sagt, ich geht heut noch zur Kur,
sind doch meist Senioren nur!
Wer schaut uns Alten in den Rachen,
wer läßt Gebiß und Zähne machen.
Und sei es noch so 'ne Tortur.

Wir schaffen das mit viel Bravour.
Der Zahnarzt müßte Däumchen dreh'n,
ließ sich bei ihm kein Rentner sehn'.
Wer füllt die leeren Wartezimmer,
ja, das sind wir Senioren immer.

Wer stürzt sich in den Einkaufsrummel
und hat noch Zeit für einen Bummel.
Manch Kaufhaus wär zur Hälfte leer,
und manches Geschäft, das gäb's nicht mehr.
Der Zustand wäre nicht zu fassen,
wo sollte man die Rente lassen.
Ob Kaufhaus, Bäcker, Konditorei,
an uns Senioren kommt keiner vorbei.

Kein Enkelkind würde je geboren,
gäb es nicht vorher uns Senioren,
zwar sind wir nur noch halb gesund
und leiden an Gedächtnisschwund.
Trotzdem lebt sich's nicht unbequem,
als Rentner lebt man angenehm.
Was sonst auch immer ist und sei,
an uns Senioren kommt keiner vorbei.

Die Ärzte wären ungehalten
wir müssen sie am Leben halten.
Gäb's keine Senioren mehr,
die Wartezimmer ständen leer.
Wer kennt sich aus mit Rheuma, Gicht,
gäb's die Senioren nicht.
Wer sonst als wir ist richtig krank?
Wer stapelt Medizin im Schrank?
Obwohl wir die Gebühren hassen,
füll'n wir die Apotheker-Kassen.
Wer schreitet stolz voll Heldentum
mit neuen Hüftgelenken rum?
Das ganze Leben war nicht leicht,
bis man dies Alter hat erreicht,
man sah manch schwere Jahre zieh'n,
man hörte viele Melodien.
Macht euch das Leben jetzt nicht schwer
denn wir Senioren sind doch wer!

Daß wir nicht zu entbehren sind,
das weiß inzwischen jedes Kind.

Opa mit seinem Enkelkind in den 30er Jahren.

Archiv: Verlag

Die Altenheime, bitte sehr,
wo kämen die Bewohner her,
wer füllt die Räume dort, wer immer,
dort gäb' es nur noch leere Zimmer.
Sind wir auch alt und schon betagt,
wir sind noch überall gefragt,
nur – die uns Rentner so umwerben,
die wollen meistens etwas erben.
Jedoch, Senioren, da seid helle,
niemals vererben auf die Schnelle!

Doch gäb's uns nicht, die munt'ren Alten,
die alles fröhlich mitgestalten,
dann käm auch heute niemand her
und dieser Raum, er wäre leer.
Wir können jederzeit beweisen,
wir sind noch längst kein „altes Eisen",
in diesem Sinne, wie es auch sei,
an uns Senioren kommt keiner vorbei!!!

(zugesandt von Manfred Peter, Büsum)

„Senioren" damals in den 30er Jahren beim Schwammesuchen (ganz rechts steht er) gezeichnet von Paul Winslöw. Wer kennt sie noch mit dem Namen?

Archiv: Verlag

Rundas

Drei Dutzend alte Weiber
– Gott verzeih mr de Sünd! –
zn Arbeten senn se langsam,
zn Essen geschwind.
Wildenau, Zaulsdorf, Unterlosa, Thiergarten

Werner Flach, Helmsgrün:

Das Vogtland und seine Grenzen in der jüngeren Zeit

Vor 1989 war das Vogtland mit seinen 5 Landkreisen (Plauen-Land, Oelsnitz, Auerbach, Klingenthal und Reichenbach) und der kreisfreien Stadt Plauen ein Teil vom Bezirk Karl-Marx-Stadt mit dem Autokennzeichen T bzw. X. Im Norden und im Nordosten grenzt es an den Bezirk Gera mit dem Autokennzeichen N und den Kreisen Greiz, Zeulenroda und Schleiz. Nordöstlich und östlich waren es die Kreise Werdau, Zwickau und Aue vom Bezirk Karl-Marx-Stadt. Administrative Grenzen, von denen man nichts merkt. Anders war die Situation an der Südgrenze zur CSSR (Tschechische, Slowakische, Sozialistische Republik). Ein Überschreiten der grünen Grenze, die hinreichend mit Schildern versehen war, war generell verboten. Grenzübergänge konnten mit dem Personalausweis passiert werden, auch mit den Fahrzeugen. Der einzige Straßengrenzübergang im Vogtland zur CSSR war der in Schönberg – Voytanov (Voitersreuth). Der nächste war dann erst wieder in Oberwiesenthal – Bozi Dar (Gottesgab). Über Schönberg verlief noch die Eisenbahn in die CSSR. Hier verkehrten aber nur Güterzüge und der Dieselexpreßzug Karlex von Berlin nach Karlovy Vary (Karlsbad). Der Personenzugverkehr aus Plauen endete in Bad Brambach. Mit dem Zug von Herlasgrün aus über Falkenstein war in Klingenthal Schluß. Alle anderen ehemaligen Straßen- und Bahnübergänge waren zu. In Schönberg und in Oberwiesenthal konnte man jederzeit mit dem Privatauto ein- und ausreisen. Bei Tagesfahrten mußte man vorher in Bad Brambach in der Wechselstube DDR-Mark in Kronen umtauschen. Pro Tag und Person konnten 30 Mark getauscht werden. Dafür erhielt man 90 Kronen. Der Umtausch wurde im Personalausweis registriert. Dazu wurde extra ein Beilagenblatt auf der hinteren Seite des Ausweises eingeklebt. Die Grenzkontrollen erfolgten auf deutscher und auf tschechischer Seite, jeweils einmal vom Zoll und einmal von den Grenzpolizisten. Es konnte schon einmal vorkommen, daß bei einer Grenzkontrolle einem das Auto vollständig durchsucht wurde. Auch war vorgeschrieben, welche Waren man zollfrei in die DDR einführen durfte. Bei dem wenigen Wechselgeld blieb für größere Einkäufe bei den Tschechen kaum etwas übrig. Trotzdem wußten findige DDR-Bürger schon, was es in der CSSR zu kaufen lohnte und was nicht.

Vielleicht hierzu eine Episode, die man sich heute kaum mehr vorstellen könnte. Die Sache ereignete sich vor 1965. Einmal im Jahr wurde für die Rentner von Helmsgrün eine Busfahrt organisiert. Diesmal ging es in die CSSR nach Karlsbad. Wechselgeld und andere Formalitäten wurden schon vor dem Fahrtantritt erledigt. Bei der Grenzkontrolle in Schönberg das Übliche durch Grenzer und Zoll und die Registrierung der Anzahl der Fahrgäste im Bus. Abend bei Antritt der Rückfahrt fehlte eine Person. Paul Weber war nicht auffindbar, und die Rückfahrt drängte von der Zeit her. Man mußte zu einer bestimmten Zeit wieder am Grenzübergang sein. Es wurde entschieden zur Rückfahrt auch ohne Paul. Das nächste Problem kam dann bei der Grenzkontrolle. Den tschechischen Grenzern fiel auf, daß eine Person fehlte, und der Bus durfte deshalb vor der Klärung dieser Sache die Grenze nicht passieren. Nach einigem Hin und Her konnte der Bus dann schließlich weiterfahren, auch ohne Paul. Die Aufregung unter den Fahrgästen und bei den Verantwortlichen der Fahrt war groß. Alles klärte sich am nächsten Tag, als mittags ein Polizeiauto unseren Paul wohlbehalten nach Hause brachte. Die Tschechen hatten Paul in Karlsbad hilflos gefunden und ihn an der Grenze den deutschen Behörden übergeben. Wo Paul abhanden gekommen war, ist heute nicht mehr zu klären.

Ein weiteres noch größeres Problem war der vogtländische Teil zur Westgrenze der BRD (Bundesrepublik Deutschland) zum bayrischen Kreis Hof.

Es braucht nicht näher erläutert werden, daß dieser Grenzabschnitt für den überwiegenden Teil der DDR-Bürger tabu war. Einziger Straßenübergang in unserem Gebiet war der Autobahnübergang der A 9 bei Hirschberg zum bayrischen Rudolphstein. Dieser Übergang diente ausschließlich für die Transitreisenden nach Westberlin. Die Eisenbahn von Plauen nach Hof passierte in Gutenfürst bei der GUS (Grenzübergangsstelle) die Grenze. Diese Bahngrenze passierten die Interzonenzüge und Güterzüge. Personenzüge aus Plauen endeten in Gutenfürst. Nach dem Fahrplan von 1977 kamen in Gutenfürst täglich 7 Personenzüge an. Dieselbe Zahl fuhr wieder zurück nach Plauen. Ab Reuth konnten nur Fahrgäste zusteigen, die eine Einreisegenehmigung ins Grenzgebiet hatten (Einwohner), denn das Gebiet zur BRD hin war durch ein 5 km breites Grenzgebiet abgeriegelt. Dort hinein kamen in der Regel nur die Leute, die dort wohnten oder dort arbeiteten. Letzere waren es wohl die Wenigsten. All diese Menschen mußten die entsprechenden Ausweispapiere mit Passierschein bei der Einreise ins Grenzgebiet vorlegen. Und so war für die restlichen Autofahrer z. B. hinter Pirk Schluß. Ein Vollsperrschild mit dem Hinweis „Weiterfahrt nur mit Sondergenehmigung“ forderte zur Umkehr auf. Oben am Berg kurz vor Großzöbern stand dann am Straßenrand das Kontrollhäuschen der Grenzbehörden. Dort war dann für jeden Schluß, der ohne Papiere einreisen wollte. Und querfeldein hatte man auch nicht viel Glück, ohne von einer Kontrolle erwischt zu werden. Als ein nie ins Grenzgebiet Einreisender hatte man diese Häuschen auch nicht kennengelernt, noch viel weniger die umfangreichen Grenzanlagen direkt an der bayrischen Grenze. Sichtbar von Weitem war der Radarturm auf dem Kandelstein bei Gutenfürst, der heute noch steht. Und so standen weitere Sperrschilder an den Zufahrtsstraßen bei Haidefeld – Gebersreuth (Thüringen Richtung Mödlareuth), bei Mißlareuth – Grobau, bei Dehles – Kemmnitz, bei Triebel – Haselrain und Eichigt – Ebmath. Andere kleine Ortsverbindungsstraßen ins Grenzgebiet waren generell gesperrt.

Dazu vielleicht eine weitere kleine Begebenheit, die meinen Vater Otto Flach in den 1970er Jahren passierte. Mein Vater ist in Grobau geboren und in Ruppertsgrün aufgewachsen. Letztmalig konnte er seinen Geburtsort 1960 besuchen, als er eine Einladung zum Schulfest nach Grobau erhielt. Doch er wollte wieder einmal dorthin, erhielt aber keinen Passierschein. Und so machte er sich eines Tages zu Fuß auf vom Bahnhof Reuth in Richtung Grobau und über die freien Flächen seinem Geburtsort zu, ohne die nötigen Papiere. Kaum im Grenzgebiet angekommen, hat man den Fremden kontrolliert und postwendend wieder zurückgeschickt. Passiert ist ihm weiter nichts. In den 1980er Jahren stellte ich beim Rat des Kreises Plauen, Abt. Inneres, offiziell den Antrag zur Einreise mit dem eigenen PKW ins Grenzgebiet für mich und meinen Vater. Dieser Antrag wurde kommentarlos abgelehnt. Und so hatte mein Vater seinen Geburtsort nie wieder gesehen. Seit 1989 war ich mehrmals in Grobau. Für meinen Vater kam die Grenzöffnung zu spät.

Und was die 5-km-Sperrzone auch für andere Gemeinden für Folgen hatte, zeigt dieses Beispiel. Die im Sperrgebiet liegende Gemeinde Krebes (heute Ortsteil von Weischlitz) plante 1987 den Bau des Abwasserkanals in der Gemeinde. Die Planungen selbst lagen damals beim Rat des Kreises Plauen, Abteilung Umweltschutz, Wasserwirtschaft und Erholungswesen. Die für den Kanal benötigten Steinzeugrohre wurden im Steinzeugwerk in Zwickau bestellt. Zu diesem Zeitpunkt war der Bau des Abwasserkanals in Helmsgrün angelaufen, auch mit diesen Rohren aus Zwickau. Und die Rohre wurden in Helmsgrün am Bellwitzbach zwischengelagert. Auch die bestellten Rohre für Krebes rollten an. Aber die Fahrer aus Zwickau durften nicht ins Grenzgebiet einfahren. Da war das Problem groß. Helfen sollte da die Gemeinde Helmsgrün, die ja zum Zeitpunkt einen großen Lagerplatz für ihre Rohre eingerichtet hatte. Und so wurden neben den für Helmsgrün bestimmten Rohren auch die Rohre für Krebes mit zwischengelagert und sollten bei Baubeginn in Krebes von Fahrzeugen aus Krebes abgeholt werden. Aber es kam anders. Der Baubeginn in Krebes verzögerte sich, und dann kam 1989 die Wende. Jetzt wollten die Krebeser die Steinzeugrohre nicht mehr haben und verbauten in ihrem Kanal die moderneren KG-Rohre aus Plaste. Und so blieben die Rohre in Helmsgrün liegen und liegen heute noch dort am Bach, und keiner will sie haben.

So war es bis zum 9. November 1989, als die Grenze zwischen der DDR (Deutsche Demokratische Republik) und der BRD geöffnet wurde. Da nun jetzt alle reisen konnten, sollten die DDR-Bürger sich einen Reisepaß besorgen, um über die Grenze zur BRD zu gelangen. Nun hat jeder dieses Papier beantragt und auch bekommen. An der innerdeutschen Grenze wurden die Kontrollen aber nur bis Mitte Dezember 1989 durchgeführt. Von da an fielen sie auf beiden Seiten weg, und man fuhr ungehindert gen Westen. Und so war die Reisepaßaktion, zumindest für Reisen in die BRD übereilt und eigentlich unnötig gewesen. Es hat ja auch niemand zu der Zeit daran geglaubt, daß der Wegfall der Grenzen so schnell vor sich gehen wird.

Zuerst wurde die 5-km–Sperrzone nicht mehr kontrolliert und schließlich aufgehoben. Nun war es mit der Ruhe in den verschlafenen Grenzdörfern vorbei, überall nur noch Autos. Jeder wollte das Gebiet kennenlernen und schließlich seine erste Fahrt in den Westen unternehmen. Die GUS in Hirschberg an der Autobahn konnte jeder passieren. Eine Zeitlang wurden von Grenzern der DDR und der BRD die Ausweise kontrolliert. Ein erster Straßenübergang nach Bayern wurde an der B173 bei Blosenberg-Ullitz freigegeben. Die Zufahrt dorthin war lange Zeit völlig von Fahrzeugen verstopft. Über Nebenstraßen versuchten viele Fahrzeugführer an den Übergang zu kommen. Auch hier gab es lange Staus. Die Bayern mußten sich nun an den süßlichen Geruch der DDR- Zweitakter gewöhnen. Heute riecht man jeden Trabi oder jede Schwalbe, die vor einem vorüberfährt, damals kaum zu glauben. Nun wurden alte ehemalige Straßenübergänge wieder befahrbar gemacht. Die Bayern bauten zuerst die Autobahn vom Abzweig Bayrisches Vogtland bis an die Sächsische Landesgrenze. Eine neue Straße wurde von Grobau nach Münchenreuth gebaut und ein Übergang freigegeben. Weitere Straßenübergänge entstanden bei Gassenreuth–Gattendorf, Posseck–Nentschau und Tiefenbrunn –Prex. Ab 1992 wurde der 1938 begonnene und durch den II. Weltkrieg eingestellte Autobahnbrückenbau in Pirk fortgesetzt und 1992 beendet. Damit war freie Fahrt auf der A72 von Chemnitz bis nach Bayern zur A9. Am 22. 5. 1993 war Lückenschluß an der Bahnlinie von Plauen nach Hof, und der reguläre Bahnbetrieb nach Hof wurde wieder eröffnet. Seitdem fahren Regionalzüge von Nürnberg bis Dresden und die Vogtlandbahn bedient den üblichen Personenverkehr auf den Strecken.

Und wie sah es an der Grenze zu Tschechien nach 1989 aus? Das Interesse der meisten Vogtländer bestand natürlich erst einmal in Richtung Bayern. Obwohl man nach Bayern jetzt auch über Asch–Selb fahren konnte oder über Eger nach Waldsassen. Alles wurde nach und nach möglich. Die Umtauschstelle in Bad Brambach verwaiste, weil die Tschechen auch Westgeld nahmen und heute den Euro. Das Gebäude steht heute noch. Daß es bereits viele Jahre leer und ungebraucht so dasteht, sieht man dem Gebäude an. Zu Tschechien wurden auch so nach und nach weitere Übergänge mit Paßkontrollen freigegeben, wenn auch einige vorerst nur für Radfahrer bzw. Fußgänger, so von Ebmath nach Hranice (Roßbach), von Bad Elster nach Doubrava (Grün) bzw. nach Hranice, von Bad Brambach nach Horni Passeki (Oberreuth) und nach Plesna (Fleißen). Weiter wurde die Straße geöffnet von Wernitzgrün nach Luby (Schönbach) und von Klingenthal nach Kraslice (Graslitz) sowie vom Aschberg nach Bublava (Schwaderbach). An einigen dieser Übergänge entstanden auf tschechischer Seite Asia-Märkte, die von Vietnamesen betrieben wurden. Nach dem Schengener Abkommen fielen auch nach dem neuen EU-Land Tschechien die Grenzkontrollen weg. Der Asia-Markt in Graslitz-Markthausen brannte 2013 ab und wurde durch Neubauten mit neuen Verkaufseinrichtungen weitergeführt. Ein kleiner Markt besteht

Unterwegs auf der A 93 in Fahrtrichtung Hof. Ein Windpark von vielen. Wer möchte hier wohnen oder gar Urlaub machen? „Es wendet sich der Gast mit Grausen …“
Foto: Röder

noch gleich hinter der Grenze bei Ebmath und ein großer Markt in Asch.

Am 28. 5. 2000 fuhr der erste Zug über eine Behelfsbrücke in Klingenthal hinüber nach Graslitz. Somit war der 1945 eingestellte Zugverkehr nach Böhmen über Klingenthal wieder hergestellt. Heute steht dort längst eine neue moderne Brücke, und auch hier fährt die Vogtlandbahn hinunter bis Sokolov (Falkenau) und Karlovy Vary (Karlsbad). Auch über Schönberg–Voytanov (Voitersreuth) fahren die Züge der Vogtlandbahn nach Böhmen gemeinsam mit anderen Bahnunternehmen innerhalb der EgroNet.

Die Tschechen locken die Deutschen in ihr Gebiet, insbesondere durch den Bau von Tankstellen direkt hinter der Grenze. Ist doch das Super-Benzin (Natural 95) manchmal bis zu 20 Cent billiger als in Deutschland. So steht eine Tankstelle bei Hranice (Roßbach), drei in Asch, drei in Hrancna (Markthausen-Graslitz), eine in Luby (Schönbach) und zwei in Voytanov (Voitersreuth). Von den Deutschen aufgesucht wird auch die Tankstelle in Hazlov (Haslau) zwischen Franzensbad und Asch gelegen. Neu ist, daß die Tschechen noch eine Tankstelle in Doubrava (Grün) hinter Bad Elster planen. Und so hält sich auch hier überall der Verkehr in Grenzen.

Im ehemaligen Grenzgebiet zu Bayern ist längst wieder der normale Alltag eingekehrt. Man fährt durch die Dörfer und kommt sich vor, der einzige Fahrer am Tage dort zu sein. Die Euphorie der Fahrzeugströme gen Westen hatte sich beizeiten gelegt. Auf jeder Straße kann man von einem vogtländischen Dorf aus ins benachbarte Bayern fahren, so wie die Situation vor der deutschen Teilung war.

Kaum zu glauben, daß die zahlreichen Windräder am westlichen Horizont, die von Helmsgrün aus sichtbar sind, bereits in Bayern stehen, wie die bei Gattendorf, bei Trogen und bei Münchenreuth (von Süd nach Nord). Nur die beiden sichtbaren Windräder bei Mißlareuth stehen noch im Vogtland.

(aufgeschrieben November 2015)

Arno Jehring, Zwota, (†):

Zwiegespräch um Mitternacht

Der Friedrich kommt recht spät nach Haus,
Längst ist es Mitternacht.
Leis zieht er seine Schuhe aus.
Doch seine Frau erwacht.

„Fandst wieder mal den Heimweg nicht,
den du so gern vergißt!
Und denkst auch nicht an deine Pflicht!
Weißt du, wie spät es ist?"

Da meint der Friedrich: „Liebe Frau,
beim Skatspiel war's so schön!
Wie spät es ist, weiß ich genau:
Es schlug soeben zehn!"

Sie spricht: „Ich glaube ohnehin
von deinen Worten keins.
Du hörtest wohl nicht richtig hin?
Die Turmuhr schlug jetzt eins!"

Da hat der Friedrich ungestört
sich was zurecht gelegt:
„Hast du schon mal 'ne Uhr gehört
die Nullen auch mit schlägt?"

(1977)

Christine Müller, Dorfstadt:

's liebe Alter

Wenn mr älter wird, stellt siech sue manichs ei,
is Kreiz wird lawed, mr braucht falsche Zäh,
dr graue Stoar is aa miet drbei
do koa mr ner Nebl nuch sehe!
U eines Tages do is e sue weit
nooch Aue zr OP muß mr hie,
do wird mr vum graue Stoar befreit
u sue tut die Sach vuer siech gieh.
De Schwestern, die tropfn wie vrrückt,
de Pupilln die wern riesngrueß,
nooch wird mr mit Hem u mit haibl geschmückt
un is Bettnrenne gieht lues!
Nei ne Foahrstuhl un nuntern OP,
do kriechste de Spritz glei,
un wenn de denkst, des tut arch weh,
irrst diech gewaltig fei.
Mit ruhiger Hand setzt dr Operateur
die neie Lins an denn Fleck,
wue r zevur denn altn Schrott
vum graue Stoar macht weg!
Dann biste fertig, aa weng hey,
de schlefst fast Toch e Nacht
un staunst, kaste dann wieder sehe,
wos Gott for Fraad dir macht.
De Wänd sei wie frisch tapeziert
de Teppich stroahln hell diech oa,
des kimmt, weil mr prozentuell
fast täglich meh sehe koa!

(ca. 2006)

Druckers Mühle,

Grünbach Zeichn.: P. Wendler

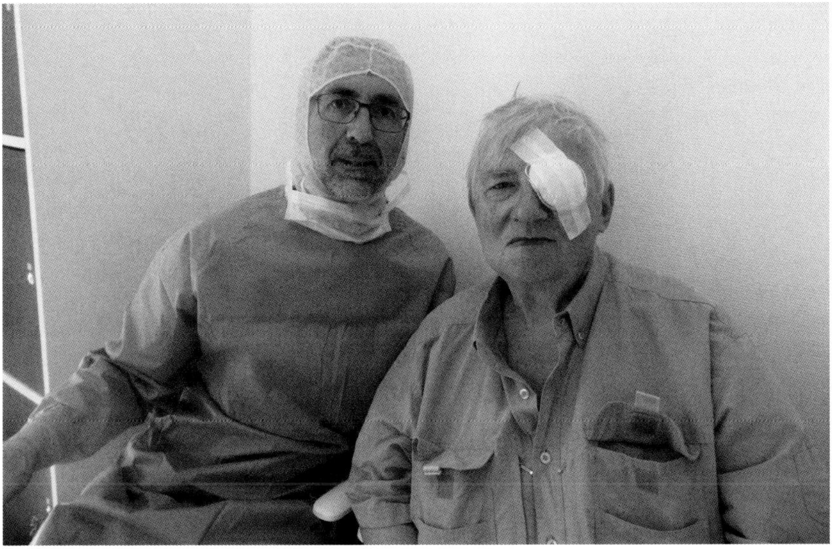

Der behandelnde Augenarzt Dr. Lindner aus Hof und Verleger Curt Röder nach der zweiten Augen-OP: Foto: Röder

Der Herausgeber mit einer persönlichen Äußerung:

Mich hatte es mit dem grauen Star auch getroffen. Es wurde mir immer erzählt, das sei das Alter. Ich glaubte es auch sehr lange, zum Schluß hatte ich 8 Lesebrillen, hatte eine Gleitsichtbrille und trotzdem immer mehr den Eindruck, daß mir der „Durchblick" fehlte.

Irgendwann hatte meine bessere Hälfte die Faxen dicke, denn sie mußte mir immer helfen die Brillen zu finden, also ging ich dann halt doch einmal zum Augenarzt, es war Frau Dr. Thiel in Plauen. Diese stellte an beiden Augen Grauen Star fest, also nichts mit das ist das Alter.

Wie das bei uns in der BRD nun mal so ist, nach entsprechender Wartezeit ließ ich beide Augen in Hof in der Augenarztpraxis Dr. Lindner der Reihe nach operieren.

Als man mir beim ersten Auge am nächsten Tag die Augenklappe abnahm, dachte ich, mich hat ein Pferd getreten. Kurz und gut, das Endresultat ist jetzt so, ich brauche keine Brille mehr, höchstens noch beim Kleingedruckten, ansonsten sehe ich wie ein Adler. Dies als warnender Hinweis, wem es ähnlich wie mir erging, der sollte seinen inneren „Schweinehund" überwinden und nicht auf das Gerede vom „Alter" hören, sondern zum Augenarzt gehen. Er wird vermutlich dieselbe Überraschung erleben wie ich.

Älter werden

Alles ist weiter weg als früher.
Es ist zweimal so weit bis zur Ecke, und nun ist auch noch ein Berg dazwischen habe ich bemerkt.
Ich habe es aufgegeben zum Bus zu rennen,
denn der fährt jetzt schneller weg als früher.
Es kommt mir auch so vor, als würde man heutzutage die Treppen steiler machen.

Haben Sie schon gemerkt, daß die Zeitungen jetzt kleinere Schrift haben?
Es hat keinen Sinn, jemanden zu bitten, etwas vorzulesen, denn jeder spricht jetzt so leise, daß man es kaum hören kann.
Die Kleider sind jetzt immer so eng geschneidert, besonders um die Hüften und die Taille: Ich kann mich kaum bücken, um die Schuhe zuzubinden.

Auch die Menschen haben sich verändert.
Sie sehen alle viel älter aus als ich, als ich so alt war wie sie.
Kürzlich traf ich eine Klassenkameradin. Die ist so gealtert, daß sie mich nicht mehr erkannt hat.

Als ich heute Morgen meine Haare bürstete, dachte ich an die Ärmste.
Und als ich mich im Spiegel sah, merkte ich, das sogar die Spiegel nicht mehr das sind, was sie früher einmal waren.

(zugesandt von Manfred Peter, Büsum)

***

Aus dem Verlagsarchiv:

Wer nicht kämpft, kann nicht gewinnen.

***

Haarscharf
Laßt sie ruhig ihre Gesetze beschließen.
Die nächste Regierung hebt sie wieder auf.

Stimmung August 1993

Eberhard Gerischer, Oelsnitz (1936–2009):

Die Hausspinne

Die Spinne ist ein feines Tier,
sie ist mal da und mal hier.
Hier ist sie aber gerade nicht.
Vielleicht ist sie da reingekriecht.

Des Nachts hat es die Spinne schwer.
Sie läuft mal hin und auch mal her.
Und wenn sie hingelaufen ist,
ist dort 'ne Fliege, die sie frißt.

Wenn's finster ist, da sieht sie nichts,
fällt in die Spüle mangels Licht.
Die Hausfrau find't sie morgen dann,
weckt mittels Schreckschrei ihren Mann.

Ihr superstarker Ehegatte,
der fürchtet nichts, nicht mal 'ne Ratte.
Er steht auf undbefreit ohne Klage
die Spinne aus ihrer mißlichen Lage.

Eine Spinne! Da macht ihr so ein Geschrei!
Hättet ihr sie zerquetscht? Was wär' schon dabei.
Schaut sie euch an. Nehmt euch dazu die Zeit!
Auch ihr seid dann zu ihrer Rettung bereit.

So klingt das Lied vom braven Mann.
Auf andre Art zieht's uns in seinen Bann.
Doch braucht man einen solchen Held,
damit uns die Welt auch in Zukunft gefällt.

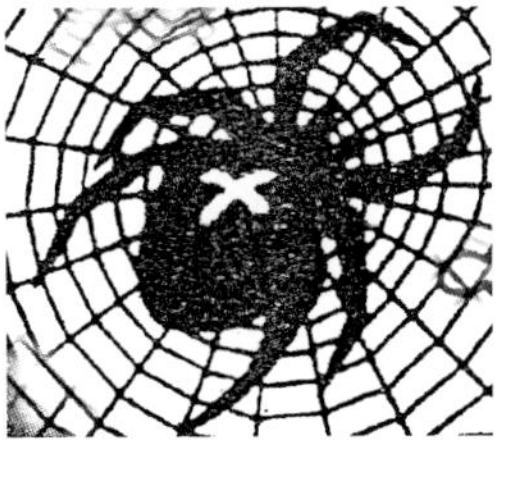

Irene Kasselmann, Auerbach:

Dr Mop

Fer miech hoot dös Kehrn und Putzn
goar kaan Sinn und goar kaan Nutzn.
Iech ho's ball soot, dös Raaneviern,
mer tutt när sue viel Zeit vorliern.
Mer fängt scho frieh miet Fummeln oa.
Dr ganze Tooch rennt ann drvoa.
Sötte Arbet sott's net gebn.
Mer vorsaut siech när sei Lebn!
De Woahning, die wärd när verseicht,
wall de Milbn wern afgescheicht.

E Freindin hatt miech eigelodn,
hoot mr wos Putzisches vorrotn.
Se soogt: „Iech putz scho lang net meh.
Lieg lieber af ne Kanapee.
Wer heit nuch putzt, ist selber schuld,
drümm ho iech mr e Katz gehullt.
E Katz, die kimmt nei jede Eck,
is wie e Mop, putzt alles weg!
Unner de Bettn, af ne Schrank,
be mir is zengstrüm blitzeblank.
Gardinestange, Fensterbrett,
kaa Mensch be mir e Steibl sett!
Sue e Mop as Flaasch und Blut,
der tutt manner Woahning gut."

Mensch, die Idee woar mr wos wert!
Nu wörd be mir net meh gekehrt.
Iech ho gekaaft mer sue e Vieh
und hock miech aah af's Sofa hie.
Vorm Raaneviern ho iech nu Ruh,
iech guck dr Katz ben Putzen zu.

Edmund Enders:

Beziehungen Ellefelds zu Falkenstein in vergangenen Zeiten

Es ist eine unbestrittene Tatsache, daß die beiden Nachbargemeinden Falkenstein und Ellefeld in wirtschaftlicher, kultureller und gesellschaftlicher Beziehung in enger Verbindung miteinander stehen. Ellefeld steht Falkenstein näher als Auerbach, obgleich diese Orte eine wirtschaftliche Einheit bilden. In den Jahren vor dem Kriege haben die Ellefelder ihren Warenbedarf, soweit sie das im Ort nicht selbst tun konnten, immer in Falkenstein befriedigt. Heute besteht diese Notwendigkeit so gut wie nicht mehr, oder wenigstens nur in seltenen Ausnahmefällen. Noch stärker tritt dieses enge Bezogensein der beiden Orte in kultureller und gesellschaftlicher Hinsicht zu Tage. Größere Veranstaltungen Falkensteins, seien es Konzerte, Theater, Festtage, seien es sportliche Ereignisse, weisen immer einen hohen Prozentsatz Ellefelder Besucher auf. Nach Auerbach kommt der Ellefelder bei derartigen Veranstaltungen seltener. Und wer Verlobungs- oder Eheschließungsanzeigen aufmerksam verfolgt, wird feststellen können, daß auch hier die Liebe zwischen Ellefeld und Falkenstein im wahrsten Sinne des Wortes eine größere ist als die zwischen Ellefeld und Auerbach. Welches sind die Gründe dieser Erscheinung? Gewiß spielt die räumliche Entfernung beider Orte eine Rolle. Auerbach liegt etwas entfernter. Aber der Entfernungsunterschied ist nicht der tiefste Grund. Dieser liegt vielmehr in der geschichtlichen Entwicklung beider Gemeinden.

Als am 10. November 1469 der große Trützschlersche Besitz das erstemal geteilt wurde, entstand in Ellefeld ein selbständiger Wohnsitz eines der Söhne Conrads v. Trützschler. Damit war der Grund zu Ellefelds Selbständigkeit gelegt worden. Es hatte, wirtschaftlich gesehen, einen Mittelpunkt bekommen. Die Tochter Ellefeld hatte sich von der Mutter Falkenstein gelöst. Eine völlige Trennung war diese Lösung indes noch nicht. Auch in den folgenden Auseinandersetzungen der Trützschlerschen Familie (1533 und 1551) bleiben immer noch Bindungen zwischen Ellefeld und Falkenstein. Ellefelds Gutsherrschaft hatte zwar nach der letzten Teilung 1551 den vierten Teil des ehemaligen Besitzes bekommen, blieb aber dennoch in engster Verbindung mit dem Mutterschloß Falkenstein. Das Rittergut Ellefeld war mit einem Viertel, und nach der Abspaltung des Gutes Mühlberg (1559) mit einem Achtel Miteigentümer am Schloß. Die Ellefelder Trützschler hatten einen besonderen Oberrichter in Falkenstein und die Berechtigung, aller acht Jahre Bürgermeister und Ratsherrn zu bestätigen und dabei die Gerichtsbarkeit in Polizei-, Handwerks- und Kommunen-Angelegenheiten auszuüben. Beim Aufdingen und Lossprechen der Handwerkslehrlinge und beim Zuspruch der Meisterwürde in Falkenstein erhielt das

Falkenstein

dem Dach eingerichtet. Der Pfarrer von Falkenstein erhielt von allem erbauten Getreide die 30. Garbe. Dem Falkensteiner Schulmeister waren die Ellefelder Trützschler zwei alte Näpfe Korn, zur Erntezeit drei Garben Korn, zwei Garben Hafer, ferner für das Neujahrssingen 16 Groschen und für die Heilige Abendbitte 4 Groschen schuldig.

Rittergut Ellefeld den achten Teil der einkommenden gerichtsherrschaftlichen Gelder. Ellefeld hatte andererseits auch Pflichten. Es mußte den achten Teil des Bauholzes für Kirche, Pfarre, Schulwohnung und Fronfeste liefern. Zum Brennholz für das Hospital und Armenhaus hatte es ebenfalls den achten Teil beizusteuern. Das Hospital benötigte jährlich 10 Klafter Feuerholz (etwa 30 Festmeter). Dafür hatte Ellefeld entsprechenden Anteil sowohl an der Fronfeste oder dem Stockhaus (Gefängnis), in das es seine Kriminalgefangenen gab (Ellefelder Unternehmer mußten auch Wachen stellen), als auch am Hospital, wohin es seine Kranken mit einlieferte. Als das 1763 erbaute Armenhaus im Jahre 1833 erweitert werden mußte, weil 18 Menschen beiderlei Geschlechts in einer Stube lagen, hatte der Staat als Besitzer des ehemaligen Rittergutes 9 Taler 3 Groschen 6 Pfennige Kosten mitzutragen. Das war der achte Teil von den Gesamtkosten, die sich auf 73 Taler 3 Groschen 6 Pfennige beliefen. Damals wurde eine zweite Stube unter

Ebenso bestand eine Abhängigkeit in der Organisation der Weber. Die Ellefelder durften bis in die Mitte des vorigen Jahrhunderts keine eigene Innung gründen, sondern gehörten zur Falkensteiner Weberinnung. Und wollten sich die Ellefelder Weber oder auch Bauern an einem Trunke Bier laben, dann durfte es kein anderes sein als das der Falkensteiner Brauberechtigten, mochte es nun gut oder schlecht sein. Nur die Hammerleute machten eine Ausnahme, weil sie ein eigenes Brauhaus besaßen.

Einen guten Teil zur Annäherung trugen auch die Fröner bei. Da Ellefeld verschiedenen Gerichtsbarkeiten angehörte, mußten seine Untertanen an verschiedenen Orten frönen. So gingen Bauern und Häusler nach Falkenstein, und Falkensteiner kamen nach Ellefeld, um auf dem Rittergut Dienst zu tun.

Sogar des Nachts stand Ellefeld in Falkensteins Obhut, dessen Nachtwächter auch Ellefeld mit betreute, da dieses keinen eigenen Wächter hatte. Für seine Arbeit erhielt Falkensteins Hüter des Nachts von jedem

Häuschen und Bauern wöchentlich 3 Pfennige und überdies noch von jedem Begüterten 2 Viertel Erdäpfel jährlich. Das stetig wachsende Falkenstein nahm aber im Laufe der Zeit seinen Nachtwächter so in Anspruch, daß Ellefeld immer stiefmütterlicher behandelt wurde. Des Wächters Horn erscholl nur noch selten im Dorfe. Im Jahre 1819 stellte dann Ellefeld einen eigenen Nachtwächter an. Was aber Ellefeld am innigsten mit Falkenstein verknüpfte, war die enge kirchliche Verbindung. Ellefeld besaß kein eigenes Gotteshaus, sondern war seit seiner Gründung nach Falkenstein eingepfarrt. In der Kirche des Nachbarstädtchens hatte die Ellefelder Gutsherrschaft eine eigene Kapelle, ein Erbbegräbnis, etliche Kirchenstühle und eine Empore für das Gesinde. Die Dorfbewohner steuerten ihr Teil zur Kirchenkasse bei und wandelten sonntags auf dem Kirchsteig oder dem Weißmühlenweg zum Kirchlein. Dort wurden die Kinder getauft, die jungen Paare eingesegnet, Falkensteins Pfarrer bestatteten die Toten Ellefelds. Alte Ellefelder erzählen gerne, daß zum Aufgebot die jungen Paare verschiedene Wege gingen. Während der Bräutigam den Kirchsteig benutzte, ging die Braut auf dem Weißmühlenwege zum Pfarramt und umgedreht. Die Leute sollten ja nichts erfahren, aber die wußten es schon längst. Einige Zeit beherbergte Ellefeld auch den Falkensteiner Pfarrer, und zwar nach dem großen Brande von 1859. Der obdachlos gewordene Seelsorger fand im ehemaligen Rittergut Aufnahme.

Erst im Jahre 1913 löste sich Ellefeld auch in kirchlicher Hinsicht von Falkenstein, indem es zur Gründung einer selbständigen Kirchgemeinde schritt und wenige Jahre später (am 4. Oktober 1924) den Grund zu einem schönen Gotteshause legte, das am 17. Oktober 1926 seine Weihe erhielt. Damit war das letzte Band zerschnitten, das beide Orte ein halbes Jahrhundert verbunden hatte. Aber die gemeinsam getragenen Nöte und Sorgen, die Bande des Blutes, die die beiden Brudergemeinden zusammengeschmiedet hatten, konnte die rein äußerliche Trennung nicht auslöschen. Trotz der Kinderschlachten, die früher jahraus, jahrein auf der Pfarrwiese und der übrigen Gemarkung beider Orte ausgetragen wurden, reichen Ellefeld und Falkenstein auch heute noch einander die Hand, aber nicht mehr in alter Abhängigkeit, sondern wie Bruder zu Bruder.

Die Falkensteiner Kirche

Willy Rudert, Falkenstein (1884–1949):

Alt-Falkensteiner Bilderbogen

Der Peters Karl war seiner Zeit nicht groß aus Falkenstein hinausgekommen. Nüber zum „Puolnischen Michel“, wo's einen guten alten Korn gab, ja. Auch nach Treuen, wo er seine „Tüchle“ hingeliefert hat. Aber weiter kam er nicht. Da hat ihm einmal ein guter Bekannter die Freude gemacht und hat ihn mit nach Dresden genommen. Dort da hat freilich der Peters Karl die Augen aufgerissen, wie er die Elbe, den Großen Garten und die prächtigen Schlösser alle gesehen hat.

Da ist er zuletzt vor lauter Staunen dortgestanden und hat gesagt: „Sprooch, schaff Ausdruck.“

Ein alter bekannter Falkensteiner hatte die Gewohnheit, von früh bis abends aus seinem Fenster unten im Parterre herauszusehen, und hat, wenn es ihn ankam, da gleich sein Nätzerchen so im Heraussehen mit weggemacht. Das hatte ein freches Bürschel schon längere Zeit beobachtet, und wie wieder einmal unser guter Falkensteiner zum Fenster herauslehnte und seine Augen in süßem Schlummer zugefallen waren, da schlich das Bürschel knapp am Haus hin und klitschte dem Träumer im Vorbeirennen „e ordnliche Schell“ nein. Da hebt der Geohrfeigte sachte seinen Kopf, reibt sich umständlich seine Augen aus, blinzelt die Straße hinauf, dem Lausejungen nach. Dann dreht er sich langsam zu seiner Frau in der Stube um und sagt: „Fraa, schmier mir emoll de Stiefel, denn mach iech nooch!“

In früheren Jahren hat in Falkenstein große Armut geherrscht. Die Familien waren sehr kinderreich, aber der Verdienst recht klein. Da hieß es haushalten, auch mit der Kleidung. Darum saßen die Alten auch nur in Unterhose und blauer Schürze im Wirkstuhl. Vor allem aber wurde mit dem Schuhzeug bei den Kindern gespart. Die mochten barfuß laufen. Zu dieser Zeit waren einmal in einer Familie sechs Jungen da, aber nur ein einziges Paar Stiefel für die sechs. Und als einmal der Kantor Brückner so einen Jungen fragt, wer denn nun von den Sechsen die Stiefel anziehen dürfe, da meinte der Bengel: „Nu, wersche halt eem früh zeerscht derwischt!“

Die Leuchtens Nicke hat ein wenig durch die Nase gesprochen und hat für die Leute die Gräber begossen. Überall wo sie einkehrte, bekam sie einen großen Bottich Kaffee vorgesetzt, denn Kaffee, das war ihre große Leidenschaft, und häufig sagte sie: „Wenn iech emoll gestorm bie, do müßt ihr mei Grob mit Kaffee benetzen!“ Einmal, da hatte sie sich bei einer Auktion ein paar alte tönerne Töpfe erstanden, die aber unten gar keinen Boden mehr hatten. Und wie die anderen Leute darüber verwundert ihre Köpfe schütteln, wie sie sich nur solche zerbrochene Töpfe kaufen könne, da meint die Nicke nur: „Nu, se hamm doch aa net viel gekost!“ Als der alte Bleys Heinrich Totengräber war, da ist einmal im „Falken“ eine Festlichkeit gewesen. Der Bley steht gerade vor der Tür, als der Organist Weller kommt. Und als der Organist fragt, ob das denn auch Eintritt kostet, da sagt der Bley: „Naa, Herr Organist, mir Geistling hamms frei!"

Ein heiteres Geschichtchen, das weit über Falkenstein hinaus weitererzählt wurde, ist folgendes: „Der G… Paul hatte sich seiner Zeit freiwillig zu den Husaren gestellt und wollte, ehe er eintreffen mußte, das Reiten erst lernen. Nun ist das aber nicht so einfach, denn ein solches Hamperle hat oft einmal so seinen Kopf für sich, und wenn der Paul rechts herum wollte, da ist das „daamische Pfer" gerade links herum. Und wenn der Paul links wollte, da ist das Pferd eben gerade rechts herum gemacht. Darüber kommt Pauls Freund, der G … Walter, unten die Straße herauf. Wie der den stolzen Reiter sieht und fragt: „Nu he, Paul, wu wist'n du hie?, da meint der Paul kleinlaut nur: „Waß iech's? Frög's Pfer!" Ein andermal läuft das Pferd, ohne daß es der Paul will, stracks aufs Kirchentor zu. Da kriegt es der Paul mit der Angst zu tun und sagt: „Naa, naa, mei Hamperle, do nei net. Do zankt der Harr Paster!" Der „Spaartzer", ein alter Tagelöhner, der gern einen großen Bogen um die Arbeit gemacht hat, hatte sich letzten Endes drüben im „Land" aufgehängt. Erst nach langer Zeit haben ihn Schwarzbeerleute gefunden, und an Ort und Stelle sollte er begraben werden. Aber niemand wollte es tun, bis sich sein Saufkumpan, der alte Glaß, dazu bewegen ließ, unter der Bedingung, wenn er dafür zwei Kannel Korn bekäme. Dies wurde ihm natürlich gerne bewilligt, und der Glaß illuminiert erst gehörig, ehe er an seine Arbeit geht. Wie das Loch tief genug ist und er den Toten hineinziehen will, da will es das Unglück, daß der Glaß stolpert und der tote Spraatzer auf ihn drauffällt. Da wird aber der Glaß wutig und schreit: „Wos" du Sauhund du! Erscht blaabst de mir zwee Neigrosch schuldig und itze wist de diech aa noch an mir vergreifen?"

Der Siegelfelsen bei Falkenstein

Aus dem Verlagsarchiv:

Etwas über die Falkensteiner Waldhäuser

Am Ende des 16. Jahrhunderts entstanden auf dem Territorium der jetzigen Hammerbrücke die ersten Häuser. Der kurfürstliche Floßmeister Peter Ficker hatte im Jahre 1595 von Caspar Trützschler aus Falkenstein die Erlaubnis erhalten, auf dessen Grund und Boden an der Mulde ein Hammerwerk samt Hochofen zu erbauen und dieses später nach einem Brand im Jahre 1597 durch die Hütte mit Schneide- und Mahlmühle zu ersetzen. Die Häuser um diese „Hammergut" genannte Mühle herum wurden Hammerbrücke genannt. Der Flußmeister Ficker bemühte sich sehr um die Erweiterung der neuen Siedlung in der Mulde. Er ließ in der Gegend des Thierberges Teiche und Floßgräben anlegen. Auf dem Thierberg begann die Köhlerei, und die Köhler siedelten sich in der Hauptsache im heutigen Ortsteil Friedrichsgrün an. Die Holzkohlen wurden auf der damals angelegten „Kohlenstraße" über Hohengrün und Sorga nach Niederauerbach gebracht, wo Ficker ein Messingwerk betrieb. Die Muldensiedlung war dem Herrn von Trützschler auf Falkenstein zinspflichtig und wurde von diesem unter der Bezeichnung „Waldhäuser" noch im Jahre 1715 der Stadt Falkenstein zugerechnet. Aus diesen Falkensteiner „Waldhäusern" entstand dann im Jahre 1768 die Gemeinde Friedrichsgrün, der dann im Jahre 1790 die Gemeinde Hammerbrücke folgte.

Im Jahre 1936 wurde Friedrichsgrün mit seinen damals 850 Einwohnern nach Hammerbrücke eingemeindet. Hammerbrücke und Friedrichsgrün, die lange nach Falkenstein eingepfarrt waren, wurden 1889 kirchlich selbständig, erhielten bereits 1875 Eisenbahnanschluß und nahmen durch Waldarbeit, Weberei, Sticken und Klöppeln eine gute wirtschaftliche Entwicklung, die man dem Ort an der Mulde auch für die Zukunft wünscht.

Die Rißfälle um 1900

Sommer

Arno Jehring, (†):

Augusttage

Noch einmal öffnen sich der Schönheit Tore.
Wie Märchenzauber ist des Tages Glanz.
Es steht die Welt im vollsten Blütenflore
und bindet uns des Sommers bunten Kranz.

Der Tag ist schwül und voll Geruch der Rosen,
im Nelkenduft der Atem still verhält,
den bunten Astern gilt des Sommers Kosen,
bevor des Herbstes grauer Nebel fällt.

Und durch der Lüfte silbergleißend Glühen
schon leis ein Singen vom Vergehen klingt.
Es läßt uns sinnend ahnen das Verblühen,
das neuen reichen Früchtesegen bringt.

(1977)

Gerhard Stark, Auerbach:

Su war se, de gute alte Zeit

Manche Leit red'n noch heit
von dr gut'n alten Zeit.
Aber sei mr doch mol ehrlich,
war net manches sehr beschwerlich,
in dr gut'n alten Zeit.

E' ganzes Goahr mußte dein Uf'n schier'n,
mußt kacheln wie verrückt.
Und mannigsmol hot dr Hund geraacht,
do biste bald dr'stickt.
Ach, wie oft host'ne ausgeputzt
und hoste goar e langes Rohr,
do kimmste dr mannigsmol selber schoah
wie e Essenkehrer vor.

Am Wochenend' hoste diech geploogt
mit deiner Wurzelbürscht,
bist rimgerutscht auf deine Knie,
dachst: Wenn de ner glei fertig werscht.
Heit hoste en Teppichbud'n dort
oder Linoleum,
do nimmste en Staubsauger nei de Händ'
und fährst emol rundimedim.
Dr Waschtog, des war doch e Tortur,
mußt rumpeln auf'n Brett;
heit stehste auf, drickst nauf'n Knopf
und legst diech wieder nei dei Bett.

Do hot's noch ka Schlaraffia gehm,
oft blues en Sack voll Struh,
und oft worschte a net allahne im Bett,
do hatt'ste hier und do en Floh.
Und unterm Bett, oje, oje
hatt'ste immer en Nachttopf steh,
meist aus Email, mit blaue Rand.
Und wer sich e biss'l besser stand,
do war de Vasen for de Nacht
sogar schoah aus Porzellan gemacht.

In de Ferien mußt iech fleißig
mit man Troogkorb naus'n Reißig.
Und wehe is ham de Flieg'n gebiss'n
wenn mr ham schwarze Beer geriss'n,
oder a e Kann'l Preiß'lbeer –
ja,wenn mir ham sei, war nie wos leer.

E Hering war de Hauptmahlzeit,
mir ham Erdepfel drzu gessen.
Und hot dr Bauer schoah gegro'm
do mußt'n mir nochles'n.
Zen Ähr'n sammeln mußt'n mir gieh,
de Kerner ließ'n mir uns mohl'n,
do drfür hot de Mutter e Laib'l Bruet kriegt –
den braucht se net ze bezohl'n.

Nei de Fabrik mußt mr gieh,
gleich nooch dr Konfirmation.
In dr Stund gab's 14 Pfeng,
7 Mark war dr Wochenlohn.
Dr Jugend hot mr fei nischt geschenkt,
mußt'n schaff'n wie de Alt'n
und von den sauer verdienten Geld
durfste 50 Pfeng behalt'n!
De Mutter is oft bis nei dr Nacht noch droa dr Nähmaschine gesess'n
se hot is Zeig zum Ahzieh alles selber ahgemess'n,
während sich heit die gunge Leit
in dr Discothek rimdrick'n.

Ä Auto war e Seltenheit
in dr gut'n alt'n Zeit.
Wer konnt sich denn ä Auto kaf'n?
De Fabriker mußt'n laaf'n,
schah vor Viere in dr Frieh,
von Treie und Pfaffengrieh.
Und aaner kam von Falk'nstaa –
und Falk'nstaa is weit.
Er kam mit Rucksack, Stock und Stief'l
ob's gerengt hot oder geschneit;
Vom Kopf bis ze de Fieß oft durchgewaacht; –
Wer macht denn des noch heit?

Jedoch verträglich woarn de Leit,
arm zwar, aber hilfsbereit.
Omsd soß'n se vorm Haus,
tauschten de Gedanken aus.
Denn trotz dr vielen Arbeit
hatt'n se mehr als mir noch Zeit.
Ob's in dr gut'n alt'n Zeit
net doch gemütlicher war wie heit?

Am Fenster.
Zeich.: O Schmidt

Charlotte Freitag, Plauen (1918–2000):

Mandelbäumchen

In einem kleinen Garten
im Abendsonnenschein
träumt still ein Mandelbäumchen
so ganz für sich allein.

Und seine rosa Blüten
in wundervoller Pracht,
die haben schon von weitem
mich freundlich angelacht.

Ich steh' davor und schaue
dies kleine Paradies –
vom Liebsten nur die Grüße,
die sind – wie du – so süß.

Fritz Alfred Zimmer, Zwickau (1880–1954):

Einsamer Sommergang

Die wilden Wälder wiegen
sich still im Mittagslicht,
die goldenen Felder liegen
in himmelblauer Sicht.
Und weit und wunderleise
ziehen übern Silberrand
die Sommerwolkenreise
durchs blütenfrohe Land.
Ich geh' auf bunter Krume
In wunderbarer Stund':
Als rote Sehnsuchtsblume
blüht mir im Duft dein Mund.
Hast auch dich sehnen müssen
wohl heute wälderwärts?
Von erdneerfrischen Küssen
träumt still mein heißes Herz.

Hölleite–Muckenmühle.

Rast

Eugen Roth: (†)

Billige Reise

Ein Mensch holt sich für die bezweckte
Fahrt in die Ferien viel Prospekte,
die, was verdächtig, unentgeltlich
in reichster Auswahl sind erhältlich
und die in Worten wie in Bildern
den Reiz jedweder Gegend schildern.
Begeisternd sind die Pensionen,
in denen nette Menschen wohnen.
Ganz herrlich sind die Alpentäler,
wo preiswert Bett und Mittagsmähler.
Doch würdig reifer Überlegung
ist auch am Meere die Verpflegung.
Es fragt sich nur ob Ost, ob Nord?
Und schließlich wie wäre es an Bord?
Nicht zu verachten bei den Schiffen
der Lockruf „Alles inbegriffen!“
Der Mensch, an sich nicht leicht entschlossen,
hat lesend schon genug genossen
und bleibt, von tausend Bildern satt,
vergnügt in seiner Heimatstadt.

Tourist unterwegs

Gerhard Müller, Treuen:

Wer net vrraast, koa nix drziehln …

Wie iech die Tog drinne Glotzkastn geseh ho, wos sue e Mistwetter alles oarichtn koa, is mr ball eweng Angst wuern. Wu und wie dös überoll sauliert hot! Wie se Bilder vun den vieling Wasser drin dr Donau aah be Bratislawa gezeigt habm, ho iech miech drinnert: Zwaamol woar iech drin der schän Stadt, is erschte Mol 1957 af 'r e Oart Hochzigsraas und is annere Mol 1997 vun Piestany aus, wu mir mit 'r en Reisebus hiegefoahrn sei und „Wellness – Urlaub“ gemacht habm.

Wos iech itze drziehln will, hot nix mit den toglange Regn vun uebm ro ze toa, oaber iech muss heit nuch über dös lachn, wos mr do drlebt habm, und iech schreib's halt emol auf, vielleicht habm aah annere ihrn Spoaß droa.

Waal mr net ne ganzn Tog drin den Thermalwasser bodn kunntn, is hot aan ganz schie geschlaucht, habm mr uns de Welt rund üm Piestany oageguckt, und sue sei mr mit unnern Ausflugsbus aah af Bratislawa kumme. Nooch den vieling Goahrne wollten mr nuch emol dort hie, wu meiner Fraa und mir kloar wuern is, ass mr zammgehärn und ass mr uns enanner brauchn – net ner e poar Wochn oder Moanet. Is warn bis 1997 värzig Goahr draus 'wuern, und mir habm's bis heit nuch net bereit.

Oaber aah dös is net dös, wos iech aagntlich drziehln will.

Also mir zwaa sei dorch de Stadt geschlenkert, habm uns drinnert, wu mr 1957 gewoahnt habm, wu mr eigekehrt warn, wu mr Schuh gekaaft habm, wu mr droan Donauufer standn, mitn Dampfer drauf rüm gefoahrn sei und drbei den grueßn, braatn Fluss bwunnert habm.

Drin Zentrum hattn mr mit aanmol Appetit af e Stück Kuhng und e Tüpfel Kaffee.

„Da ist ein kleines Cafe", weist mei Fraa af e Schild, und mir zwaa genne nei. Klaane Tisch mit zwaa Stühln drin o'getaaltn Nieschn habm af uns en gutn Ei'druck gemacht, oaber do woar nix mehr frei. „Da neben der Tür gehen Stufen nach unten, da ist sicher auch noch etwas", soocht mei Fraa, „wir probieren es halt mal!" Braat woar de Trepp net, oaber schiene bunte Bilder warn droan Wändn.

Untn sei mr nei e Oart ausgebautn Keller kumme, hübm und drübm standn Viermanntisch mit Pärchn droa, hintn goangs nuch emol korz üm de Eck, aah do warn nuch zwaa Tisch, drnooch in dr Mitte e Oart holzvrschlogne Buedntrepp mit 'r Tür. Drvuer drin dr rechtn Eck woar e Bar ei'gericht' mit huechbaanign Hockern droa. Af aan soß lässig e Moa; e güngere Fraa mit'n Minirock is hie und her geschwänzelt und hot'n Hintern droarüm gedreht wie e Enterich. Mir zwaa setzn uns noa ne linkn Tisch vuer dr Holztür. E Ober hot siech u'schlüssig be uns rümgedrückt, eh 'r unnere Wünsch entgegn genumme hot. Mir zwaa guckn uns üm. Droa den Tisch uns gegnüber sitzn vier ziemlich aufgeputzte Weiber, die uns intressiert mustern und tuscheln. In den Aungblick nickt der Moa droa dr Bar, stieht auf und gieht mit den Minirockmaadel Richtung Buedtrepptür. Die sperrt de Tür auf, und mitenanner steign se de Trepp nauf. Mir genießn unner Gedeck und bstelln uns nuch e Eis. Do gieht de Tür vun inne auf, und die zwaa kumme wieder raus. Die vier „Damen" droan Nachbortisch kichern. Do kimmt wieder aaner üm de Eck, schnappt siech aane vun den aufgemotztn Weiberschvölkern, und wu gieht's hie? Iech glaab, iech muss dös net waatter drziehln. Wie die zwaa nooch 'r Värtelstund de Buedntrepp wieder ro koame, hot's be uns gedämmert, wu mr hiegerotn warn.

Mir habm uns nix oamerkn lossn, habm unner Eis aufgegessn, habm bezohlt und sei de schmole Trepp wieder nauf. Draußn habm mr uns ball ausgeschütt' vr Lachn. Wos wern wu'l die „Damen" und „Herren" gedacht habm, wie mir zwaa do drinne aufgetaucht sei!

Jednfalls ho iech die Geschichte haamzu drin Bus drziehlt, de Leit habm siech schie miet drüber amesiert, und dr Busfoahrer, aah e Vuegtländer, hot übers Busmikrofon kundgetoa: „Dös här iech is erschte Mol, ass e Moa, der 40 Goahr vrheirat' is, mit seiner Fraa nei 'r en Puff gieht!"

Vun unnerer Goldnen Hochzig is be mir drin Gedächtnis net sue viel hänge gebliebm wie vun unnern 40. Hochzeitstog in Bratislawa.

M. H. Fiedler (†), Plauen:

Der Heuschreckenkreuzzug 1693

Was unsere Vorfahren in den früheren Jahrhunderten einst erlebt haben, furchtbare Feuersbrünste, verheerende Wasserfluthen, schwere Kriegsdrangsale, ansteckende Krankheiten und Seuchen, anhaltende Stockungen des Gewerbes und Handels, Mißwachs und Theuerung, das alles ist auch im Laufe dieses Jahrhunderts für Plauens Bewohner wiedergekehrt. Wie Manche unter uns wissen davon aus eigener Erfahrung zu sagen und dürfen wohl in diesem Sinne mit dem Propheten Israels ausrufen: „Wir sind nicht besser, denn unsere Väter!" Aber eines haben doch die Väter erlebt, wovon die verschiedenen Generationen des 18. und 19. Jahrhunderts verschont geblieben sind, eine Landplage ganz eigenthümlicher Art, wie sie seit länger, denn 180 Jahren nicht wieder dagewesen ist.

Wie bereits in den Jahren 873, 1336, 1475, 1541 und 1547 die Länder Mitteleuropas von schlimmen Gästen aus dem Orient, den Heuschrecken, heimgesucht worden waren, so wird uns eine solche Heimsuchung noch später aus dem Jahre 1693 berichtet, und dieser sollte auch unser Vogtland und besonders Plauen, nicht entgehen.[1] In zwei großen Schwärmen oder Heeren waren die Zug- oder Wanderschrecken (Acridium migratorium) am 3. August 1693 von Ungarn aus, wo sie große Verwüstungen angerichtet, nach Deutschland gekommen. In der Gegend von Wien theilte sich das Heer, ein Zug wendete sich nach Schlesien, der andere nahm seinen Weg über die Donau nach Mähren und Böhmen. Von dort trieb sie ein Südwind in's Vogtland, am 14. August langten die ungebetenen orientalischen Gäste in Markneukirchen an, „etwa um 3 Uhr nach Mittag nach einer genauen chronikalischen Angabe, und wehret denselbigen Tag und auch den zweiten und dritten Tag und haben großen Schaden gethan". Über Adorf und Oelsnitz, wo sie sich ebenfalls niederließen, erreichte der Vortrab des Heeres am 15. August unser Plauen und am 16. und 17. August folgte das Hauptcorps nach. Zwei Stunden lang zogen sie, wie uns Büchners erläutertes Vogtland S. 251 berichtet, in solcher Menge über die Stadt, daß man den Himmel kaum hat sehen können, indem sie wohl eine halbe Meile breit neben einander flogen." Wenn sie nicht bloß vorüberflogen, sondern sich niederließen, so lagen sie in dichten Handbreit hohen Haufen aufeinander und schwärmten dann von einer Gasse zur anderen, so daß „kein haus war, da sich nicht etliche einquartiert hätten, doch die Kirche ließen sie unberührt" – so versichert

1 Nach Schleiden in seinen „Studien" haben solche bis in das südliche Europa und zuweilen selbst bis in das Herz von Deutschland vordringenden Heuschreckenzüge durch ihre rasende Verwüstung alles vegetabilischen Stoffes nicht selten Theuerung und Hungersnoth, sowie durch die Verpestung der Luft von Myriaden zurückgelassener Leichen häufig ansteckende Krankheiten zur Folge gehabt. Und diese Übel traten auch nach dem Heuschreckenzug des Jahres 1693 in allen von demselben heimgesuchten Gegenden ein, auch unser Plauen hatte kurz nach dieser Zeit mehrere schlimme Hunger- und Krankheitsjahre zu bestehen und nicht besser ging es nach chronikalischen Nachrichten im übrigen Vogtland.

uns der obengenannte Berichterstatter, von dem wir uns noch Folgendes über diese „Einquartierung“, die unsere Väter damals gehabt, erzählen lassen wollen. Diese Heuschrecken waren, „von einer ganz ungewöhnlichen Größe, auch sonst den unsrigen, so auf den Wiesen herumhüpfen (Gryllus campestris) ganz ungleich eines Daumens dick und ziemlich lang“. Sie waren ferner „von unterschiedlicher Farbe, bräunlich, gelb, grün, aschfarben, blau, weiß, hatten vier Flügel, sechs Beine und lange Schnäbel, auf den Köpfen hatten sie gleichsam einen Sturmhut und Kragen um die Hälse. Das Gesicht aber war fast einem Pferdegesicht ähnlich“. Auch machten unsere Vorfahren die interessante Wahrnehmung, daß die Heuschrecken auf den Flügeln „unterschiedliche Punkta, woe fremde Figuren“ hatten. Aus diesen wollten nun die Einen „einige arabische, die Anderen hebräische Buchstaben zusammenbringen“ und wieder Andere darin lateinische Buchstaben finden, ja die Lateiner entdeckten auf den Heuschreckenflügeln die Worte: nos sumus exercitus dei (wir sind Gottes Heer) oder: exercitus dei magni (des großen Gottes Heer) oder: annona moriemini (ihr werdet Hungers sterben[2]. „Doch um solches zu lesen, ist eine starke Einbildung nöthig gewesen“ sagt Büchner und bemerkt weiter, daß „wenn auch die künstlich spielende Natur öfters allerhand Figuren und Charactere Steinen, Metallen, Bäumen, Kräutern und Thieren einpräge, doch bei deren Auslegung sehr behutsam und ohnpartheiisch zu verfahren sei“. Nicht weniger war nach derselben Relation auch der Flug der Heuschrecken „rechts wunderns-würdig“. Sie zogen nehmlich „allezeit in fester Ordnung, als wenn ein Kriegsheer ankäme“ und schienen gleichsam in Regimenter abgetheilt zu sein. Auf ihrem einem militärischen Marsch ähnlichen Zug ging ein Schwarm dem Hauptheer voraus, das seine Rasttage da hielt, wo es Fourage genug gab. Hatten sie an einem Ort gehörig abgefüttert, so zogen sie unter einem Geräusch „nicht anders, als wenn ein schneller Bach an starke Kieselsteine stieß oder ein unfreundlicher Wind durch die Bäume fuhr[3] ihres Weges weiter und ließen auf den von ihnen gebrandschatzten Feldern und Wiesen „einen häßlichen Gestank nach sich“. Zwar waren, als Mitte August die Heuschrecken das Vogtland heimsuchten, die Feldfrüchte zum großen Theil schon in den Scheunen geborgen, aber trotzdem richtete die Räuberbande noch großen Schaden an. Auf den Wiesen fraßen sie das Gras „wohl drei bis vier Fuder in einer Nacht hinweg, als ob es weggebrannt wäre“ und wo noch Getreide anstand, verzehrten sie es ebenfalls bis auf den Grund. Ebenso machten sie es mit den Früchten und Blättern der Bäume und Sträucher, an denen sie bisweilen so dick an einander saßen, daß unter dieser Last die Äster herabbrachen.

[2] Diese Worte fand ein Geistlicher in Schlesien, wohin, wie schon bemerkt, der eine Heuschreckenzug sich gewendet, der Archidiaconus Acoluthus zu Breslau, auf den Flügeln der Heuschrecken. Nach seiner Meinung sollte die ein Zuruf dieser „Diener des Herrn der Heerscharen“ an die Menschen sein, während ein anderer schlesischer Geistlicher, Caspar Neumann, in einer „zur Stärkung der bangen Seelen“ gehaltenen Predigt das annona moriemini übersetzte: ihr (die Heuschrecken) sollt euch an dem Gewächs des Jahres zu Tode fressen.

[3] Nach einer anderen Schilderung war das Geräusch, das diese fliegende Armee machte, noch stärker, es war „als wenn ein großer Strom sich von einer Höhe in die Tiefe hinabstürzt“. Wenn einem Schwarm in seinem Fluge Tauben oder andere Vögel in der Luft begegneten, so stießen die Heuschrecken diese mit Gewalt zu Boden, und wo die Heuschrecken niedriger flogen, „da mußten die von ihnen umschwärmten Reisenden sich ihrer Stecken erwehren“, wie ein Correspondent aus Jena versichert.

Nach den beiden Rasttagen in Plauen und Umgegend am 16. und 17. August ging der Marsch der Heuschreken weiter über Schleiz nach Jena, wo sie am 19. August, und Weimar, wo sie am 21. August eintrafen und ihr Zerstörungswerk begannen. Von dort aus unternahmen sie auch Streifzüge in die Gegend von Naumburg und weiter östlich in's Altenburgische, bis endlich ihre Stunde schlug, als Ende September ein sehr regnerischer und ungewöhnlich rauher Herbst eintrat. Diesen konnten die an ein warmes Klima gewöhnten Orientalen nicht vertragen und so unterlagen sie sehr bald dem für sie verderblichen, aber für die von ihnen zuletzt occupierten Landstriche heilsamen Einfluß der Witterung. Fern von der Heimath fanden die Wanderer auf Thüringen's Fluren ihr frühes Grab.

Zur Erinnerung an den merkwürdigen Heuschreckenzug des Jahres 1693 wurden nicht weniger als fünf Medaillen geprägt, deren genaue Abbildung im zweiten theile von Rathlefs Akridotheologie sich befindet. Die Inschriften derselben deuten darauf hin, daß man das Ereigniß allgemein als eine Strafe des Allmächtigen für die damals im Schwange gehenden Sünden und Laster oder doch als ein Warnungszeichen des Himmels („Denk an das schreckliche Heuschreckenfeuer, daß dich nicht Gottes Zorn verzehr") angesehen habe. Dieser Anschauung gemäß hat damals auch ein Geistlicher in Plauen sich vernehmen lassen. „Die dem sündigen Juda gedrohte Plage der Heuschrecken, als Gott das Vogtland den 15. und 16. August mit grausamen Heeren derselben heimsuchte, betrachtet von M. Christian Feusteln. P. L. C. und Archidiacono zu Plauen" so lautet der Titel der in Druck erschienenen Predigt, die der Verfasser des Localgeschichtlichen leider bis jetzt noch nicht aufzufinden vermochte. Jedenfalls hat Feustel seiner Predigt die lebendige Schilderung des Propheten Joel von dem Erscheinen der Heuschrecken im jüdischen Lande cap. 1 und 2 zu Grunde gelegt oder doch darauf Bezug genommen, um seinen Zuhörern recht ans Herz zu legen, was ihnen nach einem solchen die Gemüther aufregenden Ereigniß nütze war zu Lehre und Strafe, zur Besserung und Züchtigung in der Gerechtigkeit.

Von einer anderen Seite hat aber auch ein anderer Bewohner Plauenes das Ereigniß aufgefaßt und benutzt. Wie uns Rathlef in seiner obengenannten Akridotheologie erzählt, so hat „ein vornehmer Doctor der Medicin in Plauen etliche Heuschrecken wie Krebse gesotten, so auch ohne Schaden zur Speise sind versucht worden, zur Nachfolge Johannis des Täufers in der Wüsten, Evang. Matth. 3, 4.[4]" Ob der vornehme Doctor dies lediglich in naturwissenschaftlichen Interesse gethan oder ob er dabei mehr ein gastronomisches Experiment gemacht muß unentschieden bleiben, da über die Persönlichkeit des Mannes keine Kunde, ja nicht einmal sein Name auf die Nachwelt gekommen ist. Übrigens sind damals auch anderwärts solche Versuche gemacht worden, z. B. von einem Frankfurter Gelehrten Hiob Ludolf, der in einem den Heuschreckenzug von 1693 schildernden Anhang

[4] Diese Notiz hat Rathlef aus der biblischen Concordanz des Pastor Georg Michaelis zu Reuth im Vogtlande (1671–1717) genommen, der gelegentlich 3. Mos. 11, 22. „die vogtländischen Heuschrecken" des Jahres 1693 beschreibt, wie sie „gleich einer dicken Wolke aus Böhmen daher gezogen kamen, davon es ganz trübe und finster ward u.s.w".

zu seiner Geschichte Aethiopiens uns mittheilt, wie er die Heuschrecken nach Anweisung eines Juden aus der Berberei angerichtet habe. Nun ist zwar unsere Stadt und Provinz seit 180 Jahren von jenen Gästen aus dem Morgenlande verschont geblieben[5] und wird es hoffentlich auch bleiben, indeß könnte diese Hoffnung doch trügen und darum findet es der Verfasser am Schluss dieser Skizze für den Fall, daß auch wir noch einmal die sechsfüßigen Orientalen hier zu sehen bekämen, doch räthlich, das Ludolfsche Kochrecept der Mittwelt nicht vorzuenthalten. Nach demselben werden die Heuschrecken lebendig in kochendes Salzwasser geworfen und wie Fische und Krebse ohngefähr eine halbe Stunde gesotten. Beim Kochen werden sie etwas roth und riechen gut, nachdem man die Füße, Flügel und den Kopf weggeworfen und darauf mit den Fingern den Leib aus der Heuschreckenschale, wie eine Frucht aus der Hülle, herausgedrückt hat, verspeist man diesen mit Pfeffer, Salz und Oel, was sich, wenn diese Mittheilung auch Leserinnen finden sollte, Dieselben in ihrem Lehmann'schen Kochbuch notieren mögen.

5 Nach dem Heuschreckenzuge von 1693 kamen diese Plagegeister in den Jahren 1729, 1730 und 1731 wieder nach Deutschland und fouragierten in Schlesien, Ober- und Niederlausitz und Brandenburg, ingleichen in der Gegend um Großenhain, im Jahre 1748 wurden wiederum Schlesien, Böhmen und Mähren von ihnen heimgesucht und 1749 erschienen sie nochmals in Schlesien und Böhmen, zogen aber von dort bald nach der Oberpfalz, Franken und Baiern und zurück durch Ober- und Niederösterreich. Ob sie später noch einmal in Deutschland sich sehen ließen, ist dem Verfasser nicht bekannt.

(geschrieben 1876)
(leicht gekürzt vom Verlag)

Feinschmecker (das sind 2016 die, die „Alles essen") würden sicher ein Glas Sekt dazu trinken oder ne Cola!

Aus dem Verlagsarchiv:

Berühmte Adorfer Orgelbauer

Der Beitrag entstand ca. 1960 von Walter König

Als die St. Michaeliskirche in Adorf mit ihrem charakteristischen „geweißten" Turm einem Großfeuer zum Opfer fiel, ging auch die Kostbarkeit in den Flammen zu Grunde, die sich unter Kennern höchsten Ansehens erfreute: die Trampeli-Orgel. Um sie wurde im ganzen südlichen Vogtland mehr getrauert als um den historischen Kirchenbau, war sie doch ein klingend-lebendiges Beispiel für die musikalische Größe und kulturelle Vergangenheit der Stadt. Der Name Trampeli erinnert an eine Orgelbauwerkstatt, die sich rühmlich in die Zahl der bedeutendsten Stätten dieser Kunst einreiht. Man sollte nicht nur Gottfried Silbermann kennen, wenn von der Blüte des sächsischen Orgelbaues gesprochen wird. Tüchtige Meister waren damals ebenso in anderen Landesteilen tätig, und nicht von ungefähr hatte Adorf einen guten Ruf in der Musikwelt. Seine Orgeln konnten es an Tradition mit dem Geigenbau des benachbarten Markneukirchen aufnehmen. Ihre Anfänge gehen sogar noch weiter zurück. Ehe böhmische Exulanten ihr Können über die Grenze mitbrachten, erklangen schon die ersten Orgeln aus Adorf. Allerdings, muß man hinzufügen, waren sie das Werk eines Einzelnen, wie überhaupt die Orgelbaukunst selten bodenständig wurde und an der Persönlichkeit hing. Deshalb ist Adorf besonders achtenswert, weil hier im 18. und zum Beginn des 19. Jahrhunderts in Kontinuität eine Werkstatt zu hause war, deren Leistung zeitweilig höchsten Rang beanspruchen konnte.

Ein handwerklich interessierter Organist machte den Anfang. Caspar Kerll hieß er und war 1625 von Joachimsthal an die Adorfer Michaeliskirche berufen worden. Mehr aus Freude am Musizieren und Basteln als zur Erlangung materiellen Gewinns fertigte er Orgeln. Zwar wissen wir nur wenig über sein Schaffen, doch muß er sich hohes Ansehen gewonnen haben, denn er wurde später nicht allein ausdrücklich als „Organist und Orgelbauer" bezeichnet, sondern die Forschung entdeckte Spuren, die den Kreis seiner Auftraggeber weithin nach auswärts wiesen. So stand seit 1639 eine Kerll-Orgel in der Schloßkapelle von Burgk bei Schleiz, und 1646 erhielt die Kirche von Auerbach ein größeres Werk von seiner Hand, das ihm 250 Taler und viel Lob einbrachte. Berühmt indes wurde er durch seinen Sohn Johann Caspar, der am 9. April 1627 in Adorf zur Welt kam. Dieser hatte die musikalische Begabung des Vaters geerbt und das Glück, in jungen Jahren das Wohlwollen des kaiserlichen Generalissimus Erzherzog Leopold Wilhelm zu gewinnen, der ihn mit nach Wien nahm und ausbilden ließ. Zum Katholizismus konvertiert, wurde Johann Caspar einer der größten Orgelkünstler und Kapellmeister seiner Zeit. Von 1656 bis 1673 leitete er die kurfürstliche Hofkapelle in München. Sein Wirken wurde 1664 mit dem erblichen Reichsadel belohnt. Dann kam er als Organist an den Wiener Stephansdom und erhielt 1677 die Hoforganistenstelle, doch zwangen ihn die Folgen der türkischen Belagerung, 1684 nach München zurückzukehren, wo er am 13. Februar 1693 in ärmlichen Verhältnissen starb. Auf kirchenmusikalischem Gebiet und als Opernkomponist gilt er neben Heinrich Schütz als bester deutscher Meister des 17. Jahrhunderts.

Adorfs großer Sohn Johann Caspar von Kerll hat uns ein wenig vom heimischen Orgelbau entfernt.

Nach Vater Kerlls Tod trat eine Pause ein, bis einige Menschenalter später wieder ein Organist der Michaeliskirche, Adolf Heinrich Gruber, neben seinem Amt eine kleine Orgelwerkstatt aufzieht. Dies war 1723, obwohl er schon zuvor seine Kunst an Einzelstücken versucht hatte. Gruber baute ein paar kleine Orgeln und machte sich um die Restaurierung der Schädlich-Orgel in der Plauener Johanniskirche verdient, doch ging seine Werkstatt 1734 an einen jungen Handwerker über, der den Ruhm der Trampeli-Orgel begründete. Er selbst hielt sich noch schlicht an seinen ehrbaren Familiennamen Trampel, und erst seine Söhne fügten das besser klingende i hinzu. Johann Paulus Trampel aus Oberlauterbach bei Falkenstein, dort geboren am 16. Januar 1708 und gestorben in Adorf am 7. September 1764, war ein wackerer Meister, doch kein Spitzenkönner des Orgelbaues. In seiner Werkstatt, die zwischen unterem Markt und Stadtmauer, angebaut an das Wohnhaus, lag, sind 52 Orgeln gefertigt worden, darunter keine von überdurchschnittlicher Qualität, wenn man von der recht ordentlichen Stadtkirche zu Selb absieht, die noch vorhanden ist. Die hohe Zeit der Adorfer Orgelkunst verbindet sich mit den Söhnen Johann Gottlob und Christian Wilhelm. Der ältere, Johann Gottlob, wird sogar als größter sächsischer Meister nach Gottfried Silbermann bezeichnet.

Johann Casper Kerll Archiv: Verlag

Nun beginnt die Zeit der Trampeli, die, und das Gegenteil wurde früher oft behauptet, niemals bei Silbermann in der Lehre waren oder sonst unmittelbare Beziehungen zu ihm hatten. Johann Gottlob Trampeli (geb. Adorf 16. März 1742, gest. das. 21. März 1812) und Christian Wilhelm Trampeli (geb. Adorf 16. März 1748, gest. das.

25. Februar 1803) bauten eine Werkstätte auf, die ihresgleichen suchte. Bis 1796 hatten sie 54 Werke geschaffen, darunter (1788–90) ihr größtes, die 3 Manuale und 49 Stimmen umfassende Orgel von St. Nikolai in Leipzig. Es wird berichtet, daß die Brüder wesentliche Erkenntnisse über Silbermanns Arbeitsmethoden dadurch gewannen, daß sie die Reparatur der beim Stadtbrand von Reichenbach 1773 schwer beschädigten Orgel der Peter-Paul-Kirche übertragen erhielten und in ihrem Inneren Instruktionen des Meisters fanden. Für die Reichenbacher Trinitatiskirche bauten sie außerdem ein neues Werk. Ihre klanglich schönste Orgel schufen sie 1795 für ihre Heimatstadt Adorf. Sie wurde, wie erwähnt, 1904 vom Feuer vernichtet, ebenso ihr Instrument für die Dresdner Kreuzkirche, die 1897 ausbrannte. Wie weit in die Ferne die Brüder Trampeli lieferten, erhellt am Beispiel der Orgel für die St. Reinoldiskirche in Dortmund, die 1805 aufgestellt wurde, bei 3 Manualen 47 Stimmen umfaßte und bis 1908 in Gebrauch war. Reste sind für die heutige Orgel von Berchum (Westf.) verwendet worden. Im Vogtland haben sich noch zahlreiche Trampeli-Orgeln erhalten.

Mit dem Sohn von Christian Wilhelm, Friedrich Wilhelm Trampeli (geb. und gest. in Adorf am 25. Februar 1790 bzw. 2. November 1832), erlosch die Produktion der berühmten Werkstatt. Von ihm stammten beispielsweise neue Orgeln für die Johanniskirche in Plauen und die Hauptkirche in Weimar (1815). Letztere machte ihrem Verfertiger viel Kummer, denn schon zehn Jahre später war sie defekt, und Trampeli zögerte die verlangte Instandsetzung beharrlich hinaus, bis sein frühzeitiges Ableben ihn der Verpflichtung entzog. Doch den großen Erfolg des Adorfer Orgelbaues konnte diese kleine Abschlußpanne nicht beeinträchtigen. In der deutschen Musikgeschichte wird der Name der Stadt noch heute mit Auszeichnung erwähnt.

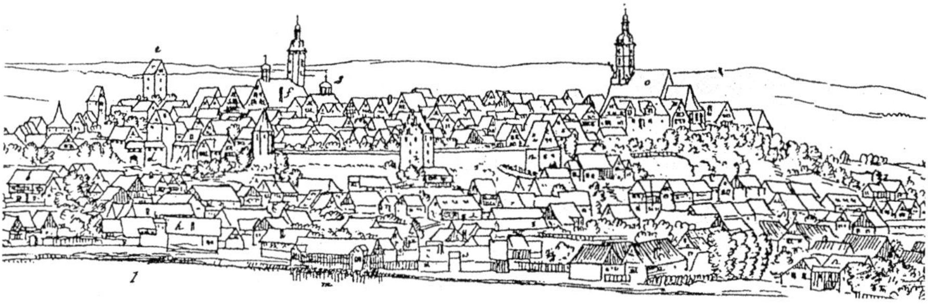

Adorf um 1626, nach Dilich

Aus dem Verlagsarchiv:

Die Adorfer Muschlerei einst

Von der Perlensuche zur Perlmuttindustrie, ein Beitrag von Karl Lotze

Das Flußgebiet der Weißen Elster war von der Natur, gleich vielen anderen Gewässern in den deutschen Mittelgebirgen, mit einer Eigentümlichkeit beschenkt worden, die an Reiz den Bodenschätzen Sachsens nicht viel nachstand. Das klare und kalkarme Wasser seiner Zuflüsse und eine rasche Strömung, die Schlamm und Schmutz nicht zur Ablagerung kommen ließ, bildeten ideale Lebensbedingungen für die Flußperlmuschel (Margaritana maragaritifera). In dichten Bänken siedelte sie sich in den Bachläufen und Mühlgräben an, und als der Mensch entdeckt hatte, daß ihre unscheinbare Hülle unter bestimmten Umständen ein sehr wertvolles Geheimnis barg, wurde sie gepflegt und geschützt, da der Mensch andere volkswirtschaftliche Belange höher wertete und sie zum allmählichen Aussterben verurteilte. Die Verseuchung des Wassers durch Verwendung von Chemikalien im agrarischen Bereich und durch Abfälle der Industrie machte auch im Vogtland so rasche Fortschritte, daß der Tag nicht mehr fern ist, an dem man dort vergeblich nach dieser Muschelart suchen wird, und mit Perlenfunden ist es ohnehin schon zu Ende, denn seit 1928 wurde keine Perle mehr entdeckt. In den letzten Jahren sank die Zahl der Muscheln von 35000 auf 5000, und ob ihr letztes Reservat im Triebelbach noch lange gehalten werden kann, erscheint höchst ungewiß.

Daß die unscheinbaren Perlmuscheln der Elster sehr schöne, den

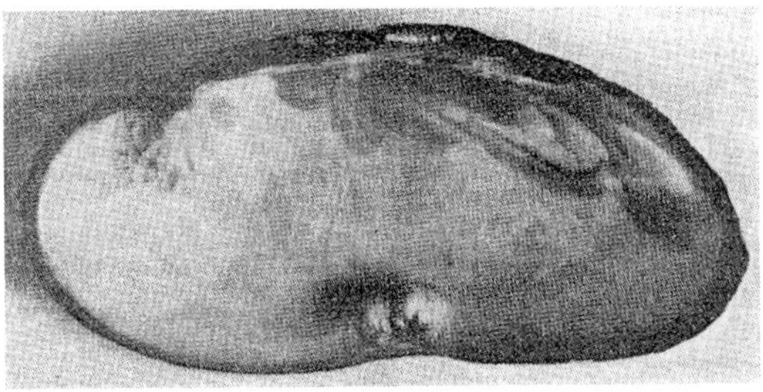

orientalischen an Reinheit kaum nachstehende Perlen hervorbrachten, war mindestens seit dem 13. Jahrhundert bekannt. Fahrende italienische Händler kauften die Ausbeute auf. Zu den Vorrechten, die von den absolutistischen Herrschern für sich in Anspruch genommen wurden, gehörte auch die Perlmuschelsuche. 1566 fügte sie Kurfürst August den landesherrlichen Regalien ein, und als 1577 durch Erlöschen der Grafen von Hartenstein der Kern des Vogtlandes im Erbgang an die Wettiner gelangt war, hatten sie alle Fundplätze an der Weißen Elster fest in der Hand. 1590 kam das Amt des kurfürstlichen Perlenfischers an die Familie Schmerler in Oelsnitz, der es durch eine Verfügung vom 8. Juli 1621 vererblich zugesprochen wurde und die es bis heute, von wenigen

Ausnahmen abgesehen, ununterbrochen ausgeübt hat. In der Regel war es so, daß zwei Perlenfischer gleichzeitig amtieren mußten, von denen einer die verantwortliche Leitung innehatte. Auf diese Weise wurden die Erfahrungen der älteren Generation weitergetragen. Die Perlenfischer unterstanden dem Oberforstmeister in Auerbach, der den Ertrag zu sammeln und nach Dresden weiterzuleiten hatte. Vor dem ersten Weltkrieg war es üblich, die besten Exemplare des Fundjahres zunächst im Staatsbad Elster auszustellen. In jedem Sommer wurde ein Teil der Muschelbänke abgesucht. War eine Muschel ihrem Äußeren nach perlenverdächtig, öffnete sie der Fischer, ohne ihr Leben zu verletzen, mit einem Messer oder einem anderen scharfen Instrument. Fand er eine ausgebildete Perle, entnahm er sie vorsichtig. Unreife Perlen blieben in der Schale, die der Fischer mit der Jahreszahl bezeichnete, um sie später unter Kontrolle behalten zu können. Perlen, die nicht rechtzeitig herausgelöst wurden, verkrüppeln und galten als verdorben. Außer solchen verdorbenen Perlen unterschied man drei Qualitätsstufen. Am kostbarsten waren die hellen Perlen, während die halbhellen oder gar die Sandperlen weniger begehrt wurden. Noch um die Jahrhundertwende galt als Faustregel, daß etwa jede hundertste Muschel eine Perle trug und ein Zehntel der Perlen hohen Ansprüchen gewachsen war.

Die Perlenfischerei aus der Weißen Elster und ihren Nebenbächen brachte ihre höchsten Erträgnisse im 17. Jahrhundert. Im Spitzenjahr 1672 wurden 294 Perlen gefunden, aber sogar noch zwei Jahrhunderte später, im Jahr 1874, kamen 203 Stück, darunter 15 einwandfrei weiße, zur Ablieferung. Im 18. Jahrhundert verursachte die Holzflößerei viel Schaden, so daß in dem Zeitraum von 1719 bis 1804 insgesamt „nur" 11266 Perlen dem Dresdener Depot zugeführt werden konnten. 1805 wurden die ausgesuchtesten Exemplare zu einer Halskette vereinigt, die seitdem zum Kronschatz gehörte und im Grünen Gewölbe zu bewundern ist. Es galt als selbstverständlich, daß die sächsischen Königinnen keine anderen als Elsterperlen tragen durften. Die Industrialisierung räumte nicht nur unter den Perlmuschelbeständen auf, sondern ließ auch die Perlenfischerei ständig unrentabler werden. Konnten 1891 noch 123 Perlen gesammelt werden, erreichte die Gesamtausbeute der Jahre 1903–12 nicht mehr als 466, davon 140 helle Perlen. Inzwischen gehört das Kapitel vogtländische Perlen der Vergangenheit an. Dafür hatte sich ein neues Gewerbe heimisch gemacht, die Verarbeitung von Perlmutter, in Adorf, ihrem Hauptsitz, die „Muschlerei" genannt.

1621 war Moritz Schmerler Erb-Perlenfischer geworden. 1838 trat wieder ein Moritz Schmerler in die traditionelle Perlensucherei ein, zunächst als Adjunkt, 1849 als „wirklicher Perlensucher". Er lebte in Adorf und beschäftigte sich in seiner Freizeit damit, das Perlmutt aus den Muschelschalen herauszulösen, zu probieren und aus ihm kleine Gegenstände zu basteln. Da er Anklang fand, entschloß er sich zu kommerzieller Nutzung. 1852 erhielt er widerruflich die Genehmigung, Perlmuscheln für seine Zwecke zu verwenden. In Zusammenarbeit mit Adorfer Handwerkern fertigte er Broschen, Ohrgehänge, Feuerzeuge und namentlich Portemonnaies mit

Perlmuttauflagen, die in Bad Elster als „Souvenirs de Saxe" guten Absatz fanden. Während Schmerler die Muschelschleiferei in kleinem Stil betrieb, stieg der Adorfer Buchbinder Friedrich August Schmidt von vornherein größer in das Geschäft ein. 1851 zog er in Bad Elster den Handel mit Schmerlers Perlmuttwaren auf, eröffnete aber bald danach eine eigene Fertigung, die rasch florierte und Nachahmer fand. 1861 waren in Adorf bereits drei Betriebe (außer Schmidt Julius Ebner und Ernst Schmalfuß) für den Verkauf in Bad Elster und den Erwerb von Rohmuscheln konzessioniert. Moritz Schmerler (gestorben 1881) und Friedrich August Schmidt, gestorben 1885 als Königlicher Hoflieferant) sind als Väter der Adorfer Perlmuttindustrie zu betrachten, deren Aufstieg ab 1871 sprunghaft voranging und bis 1914 dauerte. Den Rückschlag nach dem ersten Weltkrieg konnten nur einige Betriebe überwinden, obwohl Adorf neben Hamburg und Solingen noch heute als Vorort dieses Wirtschaftszweiges gilt. Friedrich August Schmidt erkannte, daß die Elster-Perlmuschel als Rohstoffbasis nicht ausreichte, und studierte die Arbeitsmethoden im In- und Ausland, um international konkurrenzfähig zu werden. Sein Sohn mußte das Goldschmiedehandwerk lernen, damit die Produktion künstlerisch wurde, und seinen Schwiegersohn Louis Nicolae entsandte er zur technischen Ausbildung nach Birmingham und Paris. Der Erfolg blieb nicht aus, und wenn sich auch die Familie zeitweilig geschäftlich trennte, weil Schmidt mehr die Heimarbeit bevorzugte, Nicolae aber Fabrikarbeit für vorteilhafter hielt, blieb ihre führende Rolle erhalten, da sich die Betriebe 1906 unter Nicolae als „Vereinigte Perlmutterfabriken" wieder zusammenfanden. Die anderen Firmen, von denen als ältere Gründungen aus den Jahren 1868 bzw. 1870 noch C. W. Lots und B. L. Bang zu erwähnen sind, standen an Bedeutung zurück. Um 1900 beschäftigte die Fertigung von Perlmutterzeugnissen im Raum Adorf mehr als 2500 Menschen, in Adorf selbst waren es 1912 rund 1000, von denen aber nur etwa ein Fünftel reine Fabrikarbeit leistete, weil einfache Produktionsvorgänge von Heimarbeitern verrichtet werden konnten. Die aufkommende Textilindustrie nahm viele Arbeitskräfte weg. Andererseits ließ sich durch Verwendung von Elektrizität und Maschinen rationalisieren. Wandlungen in Mode und Geschmack haben der Perlmuttindustrie oft mitgespielt. Einlege- und Auflegearbeiten begrenzten den Käuferkreis. Konnte um 1900 eine Adorfer Firma noch mit einem Katalog von 5000 verschiedenen Artikeln aufwarten, beschränkte sich das Angebot jetzt auf rund 120 Muster, meistens Gegenstände, die unter dem Begriff Galanteriewaren fallen. Perlmuttknöpfe sind in Adorf nur vorübergehend hergestellt worden, weil sie eine starke Spezialisierung, hohe Umsätze und große Investitionen erfordern. Seit hundert Jahren wird regelmäßig die Leipziger Messe beschickt, und daß fast zu allen Zeiten drei Viertel und mehr der Erzeugung in den Export gingen, unterstreicht die volkswirtschaftliche Bedeutung der Industrie, auch wenn die Zahl der Firmen auf vier und die Zahl der Mitarbeiter auf 100 zusammengeschmolzen sind.

Schon zeitig hatten sich die Adorfer Muschler nach fremden Rohstoffquellen umsehen müssen, denn die Elster-Muschelbänke sollten geschont werden. Bis strenge Vorschriften die wilde Vernichtung der Bestände verhinder-

Medaillon aus Perlmutt (Gravur mit Stahlstich). Archiv: Verlag

ten, waren Bayern und Württemberg die Hauptlieferanten.

Dann kam man (schon vor 1880) immer mehr von der Flußmuschel ab und wandte sich den Gehäusen der Seeschnecken zu. Die besten und teuersten Perlmuttsorten kommen von den hellen Seeperlmuscheln aus Makassar auf Celebes und den dunklen Muscheln aus Tahiti. Daneben sind die schillernden Perlmutterschichten der „Burgos"-Schnecke aus Ostasien (nach Burgo in Japan genannt), die Haliotisschnecken des Stillen Ozeans, die der deutsche Fachmann als Seeohr bezeichnet, die Nautilus-Schalen aus dem Indischen Ozean und die afrikanische „Pinnermuschel" am beliebtesten. Der Anteil der Flußmuschel, früher vor allem durch Einfuhren vom Mississippi vertreten, ist stark zurückgegangen. Da die Verarbeitung in Adorf ihr Schwergewicht auf die Herstellung von Zier- und Gebrauchsgegenständen legt, kommt dem Schleifen und Zersägen der Perlmuttschicht größte Wichtigkeit zu. Die guten Meister sind in der Branche rar geworden, und der Nachwuchs drängt nach leichter Arbeit. Daß sich Adorfs Perlmuttindustrie ihren hohen Ruf erhalten konnte, ist der handwerklichen Kunstfertigkeit und der Betriebstreue weniger Männer zu danken, und die Zukunft wird zeigen, ob sie ebenso zum Aussterben verurteilt ist wie die vogtländische Perlmuschel. Noch lebt die Muschlerei, und es wäre schade, wenn ihre liebenswerte und geschmackvolle Arbeit im Zeitalter der „volkseigenen" Normen und Planwirtschaft verloren ginge.

(ca. 1960)

Aus dem Verlagsarchiv:

Rudolf Schuster, ein vergessener Sohn des Musikwinkels

„Ich muß sterben, aber meine Werke leben fort“

Dieser Satz stammt von Rudolf Schuster. Ich hätte ihm gewünscht das diese Worte wahr werden. Leider ist es nicht so, Schuster war eine Kapazität.

Der Herausgeber

Eine Stadt wie Markneukirchen, die mit und in der Musik lebt, läßt den Eindruck entstehen, als könnten dort Menschen mit anderen künstlerischen Interessen kaum verwurzelt gewesen sein. Wer das Musikinstrumentenmuseum besucht, wird deshalb mit einiger Verwunderung eine größere Zahl von Gemälden betrachten, die mit den zur Schau gestellten Sammlungen nichts zu tun haben, hier aber eine Heimstatt fanden, weil sie ein Sohn der Stadt schuf, ein Mann, dessen Meisterschaft aus jedem der 15 dort gezeigten Bilder spricht und der trotzdem wenig bekannt ist, obwohl er ein Landschaftsmaler von hohem Rang war und fast alle Teile des deutschen Vaterlandes bereist und auf Zeichenpapier oder Leinwand interpretiert hat. Rudolf Schuster, am 1. September 1848 in Markneukirchen geboren, gehörte zu den befähigsten Schülern des Altmeisters der Zeichenkunst, Ludwig Richters, an der Dresdener Akademie, die er von 1863 bis 1873 besuchte. Als er sich danach als freischaffender Maler und Illustrator niederließ, wirkte zwar die Darstellungsweise eines großen Lehrers noch eine Weile fort, doch allmählich entfernte sich Schuster von seinem Vorbild und fand seinen eigenen Stil in der realistischen Landschaftsdarstellung. Um ungebunden zu sein, lehnte er 1880 einen Ruf an die Kunstschule Stuttgart ab. Von Dresden aus erwanderte er die deutschen Gaue, und in Dresdener Privatbesitz kamen auch die meisten seiner Arbeiten. Wie einst Caspar David Friedrich, schuf er sich durch Riesengebirgsbilder einen Ruf, und die Berge, ob die Eifel oder die Alpen, wurden ihm die liebsten Motive, während er zu Italien, das er auf Anraten von Ludwig Richter aufsuchte, keine inneren Beziehungen fand. Zeichenstift und Pinsel standen bei ihm gleichwertig nebeneinander, und mit beiden konnte er Stimmungen ausdrücken,

Rudolf Schuster

die ihn als Nachfahren der Romantiker kennzeichneten.

Ein Nachlassen des Augenlichts und andere körperliche Gebrechen zwangen Rudolf Schuster, schon frühzeitig seine Arbeit einzuschränken. Als er sich nicht mehr allein behelfen konnte, kehrte er 1900 nach Markneukirchen zurück, wo ihn seine hochbetagte Mutter betreute. Hier ist er nach langem Leiden am 30. Juni 1902 gestorben.

Sein umfangreiches Werk ist merkwürdigerweise in der Öffentlichkeit kaum beachtet worden. Ganz selten taucht sein Name einmal in kunstgeschichtlichen Übersichten auf. Seine Vaterstadt Markneukirchen widmete ihm 1927 und 1952 Gedenkausstellungen, die nicht genügten, um auf breiteren Widerhall zu stoßen. Ebenso wenig konnte der Sächsische Kunstverein erreichen, der 1936 in der Kunsthütte im Chemnitzer König-Albert-Museum eine groß angelegte Ausstellung veranstaltete. Rudolf Schuster ist, sehr zu Unrecht, bis heute unbeachtet geblieben. Zwar kündet seit 1953 eine Tafel an seinem Geburts- und Sterbehaus in Markneukirchen von ihm, und dem Instrumentenmuseum wurde ein „Rudolf-Schuster-Archiv“ angegliedert, doch könnte sicherlich noch mehr getan werden, um diesen ausgezeichneten Landschaftsmaler der Vergessenheit zu entreißen.

(1960)

Gunzener Köhler. *Zeichn.: R. Schuster*

Wer guckt denn da und mopst? Archiv: Verlag

Aus dem Verlagsarchiv:

St. Peter auf der Kottenheide um 1960

Im Herzen des Musikwinkels, zwischen Schöneck und Klingenthal, dehnt sich ein großes Waldgebiet, die Kottenheide. Mitten auf der Hochfläche ist eine weiträumige Lichtung geschlagen, auf der eine Siedlung von wenigen Häusern Platz gefunden hat. Auch sie heißt Kottenheide. Ein Forstamt gibt es hier, ein bescheidenes Gasthaus und eine winzige Schule, die schon vor dreißig Jahren den Ruhm hatte, die kleinste Sachsens zu sein, weil sie es höchstens auf 6 bis 7 Schüler brachte. Forstbedienstete und Waldarbeiter wohnen hier, und wenn sie einmal zu ihrem Bürgermeister wollen, müssen sie sechs Kilometer nach Norden bis nach Muldenberg fahren, denn dorthin wurde der Weiler, der vorher zu Zwota gehörte, 1906 eingemeindet. In der Nähe der Straßengabel bei Kottenheide entspringt der Glasbach, ein Zufluß des Muldenteiches, von dem die Weiße Mulde ihren Anfang nimmt. Nach kurzem Lauf ergießt sie sich in die Muldentalsperre, wo sich ihr Wasser mit dem der Roten Mulde vereinigt, um die Sohle der Sperrmauer als Zwickauer Mulde zu verlassen. Auf den Meßtischblättern unserer Tage ist die Quelle des Glasbaches noch immer als „Sankt Peters Brunnen" verzeichnet, letztes Überbleibsel einer denkwürdigen Stätte, von deren Baulichkeit sich keine Spur mehr finden läßt.

Eine einzige Urkunde, niedergeschrieben im Herbst 1487, löst das Rätsel. Damals hatten sich im Städtlein Neukirchen (Markneukirchen) der Besitzer von Schöneck, Herr Wenzislaus Schlick, Burggraf von Eger, und der kursächsische Amtmann zu Vogtsberg und Plauen, Friedrich von Reitzenstein, eingefunden, um einen Streit zwischen den Pfarren und Gemeinden von Schöneck und Wohlbach zu schlichten. Es ging um die Opfergelder einer dem Heiligen Petrus geweihten Wallfahrtskapelle auf der Kottenheide, die beide Pfarrer für sich beanspruchten. Die Wallfahrt fand jährlich am Namenstag des Heiligen, dem 29. Juni, statt. Nach dem Spruch der Schiedsrichter sollte der Wohlbacher Pfarrer federführend die Einnahmen verwalten, dem Pfarrer von Schöneck aber ein Mitspracherecht bei der Verwendung der Mittel lassen, die für die Erhaltung der Kapelle und der Kirche in Wohlbach bestimmt waren. Die St.-Peters-Kapelle dürfte in der Nähe jenes Quells zu suchen gewesen sein, mit dem der Glasbach beginnt, und man geht kaum fehl in der Annahme, daß dem St.-Peters-Brunnen wundertätige Wirkung nachgesagt wurde, um das Interesse an der Wallfahrt zu erhöhen. Ferner ist zu folgern, daß die Kapelle, als der Schiedsspruch zustande kam, erst wenige Jahre vorher errichtet war. Nirgends wurde sie später wieder erwähnt, so daß sie bereits zur Reformationszeit eingegangen sein muß. Aber ihr Name hielt sich. So wurde die Weiße Mulde noch jahrzehntelang „Petersmulde" bezeichnet. Speziell in einer Abrechnung von 1537/38 ist erwähnt „Ein vischbach, die Mulda genant, bei sant Peter uf der Kottenheida". Selbst die Vogtland-Karte von Zürner und Schenk (1725 bzw. 1758) lokalisiert noch „St. Peter und Cotten-Heyd". Wie kam eine Wallfahrtskapelle in diese einsame Gegend?

Die größte Wahrscheinlichkeit hat, daß ihre Entstehung mit dem Bergbau zusammenhängt. Vergleiche mit dem Burgstein bei Krebes drängen sich auf. Wenn auch erst ab 1504 sichere Belege über Erzsuche auf der Kottenheide vorhanden sind, werden auch früher Bergleute die Wälder durchforscht haben. Außerdem war bekannt, daß sich an den Bachläufen des oberen Vogtlandes die Goldwäsche lohnte. Aus dem Jahr 1517 ist überliefert, daß ein „Wahle" (ein welscher Abenteurer) auf der Kottenheide beim Goldwaschen aufgegriffen worden war, und 1535 trafen die Schönecker Förster einen Angehörigen des Deutschritterordens bei der Goldwäsche an. Daß Eisenerze geschürft wurden, ist vielfach nachgewiesen, und die Hammerwerke, die gegen Ende des 16. Jahrhunderts ringsumher konzessioniert wurden, griffen auf die Ausbeute der Bergwerke auf der Kottenheide zurück. Ebenso spielte die Pechgewinnung, der sich vor allem die Schönecker Bürger zugewandt hatten, eine große Rolle, so daß für eine Waldsiedlung in der Heide Grundlagen vorhanden waren, die auch den Bestand einer Kapelle rechtfertigten. Übrigens kann man heute noch an der Quelle der Weißen Mulde Halden mit Antimonerzen finden, die an früheren Goldbergbau hindeuten, und nachweislich hat August der Starke noch 1726 hier eine erloschene Goldgrube namens „Waagsfort" wieder in Betrieb setzen lassen. Ergiebig ist der Bergbau auf der Kottenheide nie gewesen. Dagegen dienten die Wälder dem Holzbedarf, und in die Häuser der Bergleute zogen die Hilfskräfte der Forstverwaltung ein. 1688 nahm ein kurfürstlicher Forstknecht seinen Sitz in der Siedlung, der dem Schönecker Oberförster unterstand. Das Forstamt Kottenheide ist neueren Datums. Kaum einer, der Kottenheide als Wanderziel wählt, weiß etwas von der Vergangenheit als Wallfahrtsort. An ihn zu erinnern sollte Aufgabe dieser Zeilen sein.

(um 1960)

Aus dem Verlagsarchiv:

Die sächsischen Topasfelsen um 1865

Mitten in einer öden und rauhen, fast unbewohnten Waldgegend im Voigtland zwischen Schöneck und Gottesberg, ragt ein gegen 60 Fuß hoher weißgrauer Felsen aus dem granitartigen Gneussgebirge hervor, der Schneckenstein genannt. Frei und kahl steht er da und ist, von einer gewissen Entfernung aus gesehen, gar nicht auffallend. Durch eine offene senkrechte Spaltung wird er in zwei Hälften, eine östliche und eine westliche, getheilt, von denen die letztere ein wenig niedriger ist. Das Gestein besteht aus einem feinen, sandigen Gemenge von Quarz, mit dunkel- und schwarzgrünen Schörlstrahlen durchzogenen und beigemengten Glimmertheilchen. Eine unzählige Menge von Höhlungen durchziehen die Felsmasse, an deren inneren Wänden die schönsten Quarzkrystalle sich herausgebildet haben. Dazwischen ist die gelbbraune, hellgelbe oder weissliche Topasmasse gelagert, und die Topaskrystalle sind meist auf den Quarzkrystallen, von denen sie sich aber leicht losbrechen lassen, festgewachsen. Sie erscheinen als achtseitige Prismen, die oben in eine stark abgestumpfte Pyramide auslaufen, und sind so hart und nehmen beim Schleifen einen so vortrefflichen Glanz an, daß sie als Edelsteine sehr geschätzt werden, und die weißen fast den Diamanten gleich kommen.

Die Elsterperlen

Dasselbe Voigtland birgt noch einen Schatz, die Perlmuscheln in der Weißen Elster. Innerhalb der Bezirke Adorf, Oelsnitz, Plauen und Elsterberg wird die Perlenmuschel angetroffen und ist da ein Gegenstand besonderer Aufmerksamkeit und Pflege. Acht einzelne Bäche und 23 Mühlgraben sind gleichfalls muschelführend. An einsamen Orten, wo das Wasser ruhig über den mergel- und kalkhaltigen Boden wegfließt, wo das Erlen- und Weidengebüsch nicht allzusehr das Sonnenlicht verhindert, wo namentlich die Fischerei und andere Hindernisse dem Gedeihen der Perlmuscheln nicht entgegentreten, da haben die drei verpflichteten königlichen Perlenfischer eine ziemlich sichere Ausbeute zu erwarten. Jedes Jahr wird ein kleiner Theil des ganzen Bezirkes durchsucht, so daß man in 10 Jahren mit dem Durchsuchen etwa zu Ende ist. Die Muscheln werden geöffnet und im Falle die Perle noch nicht groß genug ist, mit einem Zeichen versehen wieder ins Wasser gesetzt. Die Perlenmuschel ist unserer gewöhnlichen Fluß- und Teichmuschel sehr ähnlich. Das in der Schale lebende Tier gehört zu den kopflosen, ist in einen rauhen, fleischigen Mantel eingehüllt, der nach unten eine Öffnung hat, aus welcher die Perlen beim Öffnen der Schalen herausfallen. Die auf der Schale festgewachsenen sind nicht vollständig ausgebildet. Nach Beobachtungen der sächsischen Perlenfischer entsteht zuerst ein Bläschen mit rötlicher Flüssigkeit, das mehr und mehr verhärtet, verschiedene Farbstufen durchläuft und an Glanz immer mehr zunimmt, bis es endlich rein weiß und zur vollkommenen Perle wird.

(nach Traug. Sachse)

Baden in der Elster

Aus dem Verlagsarchiv:

Statt nach Rußland – ins Vogtland am 16.10.1929

Wie der französische Langstreckenflieger von Loudenberghe durch Nebel ins Vogtland verschlagen wurde. Noch viel Glück im Unglück. Die Maschine auseinandergeborsten. Der Pilot heil davongekommen.

Die Gegend Muldenberg, Jägersgrün, Mühlleithen, Buschhaus, Winselburg oben im südöstlichen Vogtland zwischen Klingenthal und Auerbach, in der Nähe des vielgerühmten Aschberges, der im vorigen Winter durch die Deutschen Ski- und Heeres-Meisterschaften in aller Munde war, ist den vogtländischen Skifahrern als ein ideales Schneeschuh Fahrgebiet nur allzu bekannt. Braucht man es darum näher zu schildern? Es ist romantisch bergig, hat mächtige bewaldete Höhen und tief eingeschnittene Täler. Und die Dörflein ziehen sich malerisch in den Gründen, in den Waldschonungen und an den Berghängen hin. Dem Städter bieten diese Orte mit ihrer reinen Waldluft und ihrer wundervollen Stille willkommenen Sommerfrischen Aufenthalt. Wenn ein französischer Berufsflieger in einem Kleinflugzeug einen Langstreckenflug über 3000 Kilometer von Paris nach Moskau unternimmt, dann denkt er gewiß nicht im Traum daran, in diesem Vogtland-Winkel im Herbst unfreiwilligen Aufenthalt zu nehmen.

Das zertrümmerte Flugzeug von vorn.

Nun das Schicksal hat seine Tükken, und der französische Pilot von Loudenberghe ist durch Zufall in eine Gegend gekommen, in der er sein Lebtag nicht verschlagen worden wäre, wenn ...! Ja, dieses Wenn's und Aber!

Am Dienstag Vormittag gegen ½ 11 Uhr ist der französische Berufsflieger von Loudenberghe auf dem Flugplatz Le Bourget bei Paris zu seinem geplanten Langstrecken-Rekordflug nach Moskau aufgestiegen. Gewiß mit den allerbesten Hoffnungen und in froher Zuversicht, von vielen anderen Wünschen begleitet. Vor allem wird ihm der Stifter der Rekordmaschine, der französische Privatmann Eduard Albert in Rue de vetit Draucn (Dev. Seine) ein erwartungsfrohes „Glück ab!“ mit auf den Weg gegeben haben.

Ja, der Lotse denkt und lenkt, verläßt sich auf sein Können, auf seine Maschine, seine untrüglichen Instrumente. Und doch gibt es höhere Gewalten, die manchmal anders wollen und lenken als der Mensch und seine Werkzeuge.

Vom Dienstag Vormittag $\frac{1}{2}$ 11 Uhr bis zum Dienstag abend um $\frac{1}{2}$ 7 Uhr ist er in direktem Ostkurs mit seinem Flugzeug bis nach Magdeburg gekommen. Acht Stunden befand er sich in der Luft. Da entzog dicker Nebel ihm die Sicht. Er verlor die Orientierung. $1\frac{1}{2}$ Stunden lang irrte er umher. Nacht war inzwischen hereingebrochen. Vom Antlitz der Erde war nichts mehr zu erkennen.

Da um die achte Abendstunde entschloß er sich, obwohl alles an seiner Maschine intakt war, notzulanden, mochte es sein, wo es wolle. Kurz entschlossen nahm er das Gas weg, stellte den Motor ab und ging nieder.

Die Bruchstelle hinter dem Führersitz.

Archiv: Verlag

Aber, o weh! Wo war er hingeraten! Ziemlich steiles Wiesengelände steigt an. Häuslein stehen verstreut darauf. Ringsum breitet sich hoher Wald. Unten gähnt ein tiefes Tal. Die Kuppe des Berges krönen mächtige Baumriesen. Davor streckt sich ebenfalls Wald, ein Fichtenbestand mit $1\frac{1}{2}$ bis 2 Meter hohen Bäumen. Da hinein prasselt die Maschine! Da mag er schön geguckt und gelauscht haben, als es so um ihn krachte und krachte! Aber er hatte bei allem Mißgeschick, bei allem Pech doch noch mächtigen Dusel, noch Glück im Unglück. Die linke Tragfläche, an der die Benzinkanister angebracht waren, brach ab. Der Rumpf barst mittendurch, gerade hinter dem Führersitz. So bekam der Pilot, der beim Aufprall mit dem Gesicht mächtig gegen die Vorderwand der Maschine geprallt sein muß, denn seine linke Backe wies einen tüchtigen blutigen Riß auf, Luft und konnte sich selbst aus seiner wenig erquickenden Lage befreien. Das Flugzeug war allerdings, wie sich bei der Besichtigung am folgenden Tage, am Mittwoch, zeigte, arg zugerichtet, ja in einzelnen Teilen völlig zersplittert. Rumpf und Flügel bildeten Fetzen, der Propeller war zu Bruch gegangen und so blieb als Einziges das völlige Auseinandernehmen. An ein Weiterfliegen war nicht zu denken.

Etwa 40 bis 50 Meter unterhalb der Notlandestelle im Wald–Marktflecken Winselburg mit dem romantisch phantastisch, ja gespenstlich klingenden Namen, wo nur drei oder vier Häuslein verstreut liegen, fand der vom Mißgeschick Verfolgte für die Nacht Unterkunft.

Licht wird aus dem Fenster des einsamen Hofes in die Nacht geblitzt haben und dem Fremden aus fernem Land ein Hoffnungsstrahl gewesen sein. Die Verständigung mag nicht einfach gewesen sein, wenn am Abend plötzlich Einer aus dem Dunkel auftaucht, in Fliegerdreß, das Gesicht zerschundenen, und sich nun durch Zeichen, da er keines Wortes deutsch mächtig ist, verständlich zu machen sucht. Doppelt beschwerlich, weil er auch noch in das Haus eines blinden Mannes (Bernhard Klein) geraten ist. Aber durch Zeichen läßt sich ja alles deutlich machen, und man wird in Winselburg bald darüber im Klaren gewesen sein, was sich begeben hatte.

Am Mittwoch Morgen verbreitete sich die Kunde von der Notlandung des französischen Fliegers wie ein Lauffeuer in der Umgegend. Neugierige strömten in Scharen von allen Seiten auf den Waldwegen herzu. Uns meldete der Draht am Mittwoch kurz vor Redaktionsschluß einiges von dem Vorkommnis. (In der Mittagsausgabe vom Mittwoch haben wir auf Seite 1 unter der Überschrift „Ein französischer Flieger im Vogtland notgelandet“ darüber berichtet.)

Um die Mittagsstunde begab sich ein Mitglied unserer Redaktion mit dem Kraftwagen sofort an Ort und Stelle. Er ergänzt unseren gestrigen Bericht noch durch folgende Einzelheiten:

Gegen 2 Uhr langten wir am bekannten „Buschhaus“ in Mühlleithen an. Zahlreiche Autos, die um die Gaststätte herum gruppiert standen, belehrten uns, daß wir gerade zu rechter Zeit gekommen seien. Die Gaststube saß voller Leute. Auch in der Küche war eine größere Ansammlung. Drei Herren von der Flugwache Plauen saßen am Tisch mit dem Gendarmerie-Kommissar von Klingenthal, der seine Feststellungen zu Protokoll gab. Zwei Zivilisten standen umher: der eine in dunkelblauem Anzug war der französische Pilot, ein schmächtiger junger Mann von 33 Jahren, der typische Franzose, mit dunklem Haar, ovalem Gesicht, lebhaft mit einem Herren aus der Umgegend plaudernd, der ihn nach allem Möglichen ausfragte.

Die erforderlichen Auskünfte waren bald eingeholt. Dann ging's eine Viertelstunde Weges nach Winselburg zur Notlandestelle. Hier drängten sich Kinder und Frauen im übermannshohen Fichtenwald in dichten Scharen. Um das Flugzeug herum hatte man eine Leine gezogen, und schon war man beim Abmontieren, Zerlegen und Verladen des Flugzeuges. Etwa in der dritten Nachmittagsstunde war diese Arbeit getan. Auf dem Lastkraftwagen einer Klingenthaler Fuhrwerks-Firma wurden die Flugzeugteile nach Plauen gebracht, wo sie verladen und von wo aus sie nach Paris befördert werden.

Dem Flieger wandte sich reges Interesse zu. Er war fortwährend der Mittelpunkt zahlreicher Gaffer, auch den Fotografen stellte er sich gerne zur Verfügung, und einem freudig lächelnden Gesicht sah man an, daß er froh war, mit heiler Haut und „blauem Auge“ davongekommen zu sein.

Ortsteil: Winselburg
Klein Bernh. Inv.-Rentner 3
Leonhardt Otto Fabrikarb. 1
Leonhardt Rich. Inv.-Rentner 1 B
Meinel Reinhard Harm.-Arb. 2
Meinel Walter Harm.-Stimmer 3

Aus dem Adressbuch von 1928

… man hammer do gewercht

Magnus Wohlrab:

Loblied af de Schwamme

S gitt viel Sorten Schwamme
bo ins draußen en Wald,
ich will eich derva derzehln,
des is fer gong on alt.

Der aane der sieht gire aus,
e annerer ist blau,
der nechste is zinnoberrot,
on welche die saan grau.

Der aane wechst beren Stock raus,
der annere zwischen de Staa,
der dritte drenne en Moos,
der vierte onner der Straa.

En de Schwamme giet mer wenns Tog werd,
do laaft mer aa net gschwend,
on fend ich e orndlichs Kerwel voll,
do fraa ich mich wie e Kend.

En Friehgahr em de Hemmelfahrt rem
ho ich meistens de erschten gfonden,
deß ich mer e Pfaannl broten ka,
do laaf ih gern e paar Stonden.

Weil de Schwamme schwer ze verdaue sei,
do muß mersche orndlich keie
wer sich kaa Zeit zen Essen nemmt,
nemmt siche re beschtimmt zen Schpeie!

Gobs meitog derhaam saure Schwamme,
do war mei Mutter froh,
do leckten mr als Kenner
aa noch de Teller o.

On kom emol Besuch
oder kehrer sonnst aans ei,
noch gobs beschtemmt ze Mittog
gebrotene Schwamme on Brei.

On wen ich eher glebt hätt,
des wär ewos gwesen, der Daus!
Mit en Pfaannl gebrotene Schwamme
Schpannet ich en Paris de Helena aus!

Aus dem Verlagsarchiv:

Ein Blick in das Erzgebirge um 1865

Es umfaßt den größten und volkreichsten Theil des Königreiches Sachsen. Dort erheben sich die meisten und höchsten Berge, dort sind die größten Waldungen, dort ist der Born mehrerer größeren Flüsse, das Vaterland des sächsischen Bergbaues und der Bergfabriken, des Klöppelwesens, zum Theil auch der Baum- und Schafwollweberei und Holzwarenarbeiten. Dort ist der größte Reichtum in und oft größte Armuth über der Erde, denn während man oben klöppelt, spinnt, webt, wird in und unter der Erde geklettert, gehämmert, gekarrt usw. Die Fälle sind nicht selten, daß während Mutter und Tochter am Klöppelsack sitzen tief darunter Vater und Söhne als Bergknappen arbeiten. Von der Leipziger, Wurzener und Oschatzer Gegend steigt das Land allmälig an, und erhebt sich wellenförmig, in stetem Wechsel von Berg und Thal, bis zu den höchsten Punkten an

Es ist Feierabend

Archiv: Verlag

Böhmens Grenze. Es ist reich an Naturschönheiten aller Art, aber auch an Gegenden, wo nur düstere Wälder und kahle Bergrücken dem Auge sich darstellen, wo nur selten eine Biene summt, weil sie den Rauch der Hammer- und Schmelzhütten flieht, wo keine Rebe prangt, wenig Obst und selten oder gar kein Korn gedeiht (wie in Karlsfeld, Weitersglashütte und Weiterswiese), und wo gewiß sehr viele sterben, die nie einen Pfirsich oder eine Weintraube gesehen, geschweige denn gegessen haben. Die Waldungen versorgen einen großen Theil der niederen Gegend mit Holz, neben welchem es auch nicht an Torf und Steinkohle fehlt. Des Bodens wellenförmige Gestalt und meist zu steinreicher Gehalt erschweren Feld- und Gartenbau, und rauhes Klima vereitelt in den höchsten Gegenden nicht selten die größten Anstrengungen des Landmanns. Der Felder bester Segen sind Hafer, Lein und Erdäpfel. Letztere, welche man in der Mitte des 18. Jahrhunderts statt Butter zu Brod aß, vertreten jetzt nicht selten dessen Stelle und sind die wahre Brodfrucht des Erzgebirges, woran der Arme den größten Theil des Jahres hängt. Ohne Getreidezufuhr aus Böhmen und den angrenzenden Ländern würde der arme Erzgebirger oft hungern müssen, obschon er mit unglaublicher Anstrengung, gleich dem Tiroler und Schweizer, der Erde gleichsam abzuzwingen sucht, was sie ihm versagt. Bergabhänge bepflügt er, die der Niederländer kaum beklettern kann. Gras mäht er auf Höhen, wo ein Fehltritt ihn verunglücken läßt. Heu holt er in einigen Gegenden mitten im Sommer auf Schlitten, wo er mit dem Wagen nicht fortkommen kann. Mit Centnergeduld liest er Steine von den Feldern und doch wird ihm meist nur eine dürftige Ernte zu Theil. Den Erzgebirger charakterisieren Zufriedenheit mit Wenigem, Treuherzigkeit mit Geradheit im Umgange, etwas Singendes beim Sprechen, ein häufiges Verdrehen üblicher, auch Einmischen fremder oder selbstgeschmiedeter Wörter und noch so manche andere Eigenheiten. Ganz besonders eigen sind ihm Fleiß und Sinnen auf Erwerb, wozu ihm die Natur gleichsam spornt. Sogar das Gehen erschwert sie ihm. Kaum viertelstündig sind im Erzgebirge die Ebenen. Frühzeitiger wird wohl nirgends die Jugend zur Arbeit angehalten. Mit dem 6. bis 7. Jahre schon hilft das Kind verdienen in der Klöppelstube, wie am Spinnrocken und in der Hütte. Eigen ist ferner dem Erzgebirger, gleich dem Tiroler und Savoyarden, das gewerbfleißige Wandern in ferne Gegenden und die doch ewig lebendige Sehnsucht nach den Bergen und Thälern der Heimath. Den Strichvögeln gleich, ziehen aus manchen Gegenden, besonders des Obergebirges, im Frühjahr Hunderte mit Bändern, Spitzen, Blechwaren, Körben, blauer Farbe usw. in verschiedene Länder deutscher Zunge, von der Schweiz bis Rußland, ja oft nur mit Axt und Kelle, anderwärts zu zimmern oder zu mauern. Zum Winter aber kehrt fast Alles heim, um nicht selten in verschneiter, ärmlicher Wohnung den sauer errungenen Verdienst mit Weib und Kind zu verzehren. Knaben von 14 bis 15 Jahren fahren entweder auf eigene Faust oder als Gehülfen ihrer Väter mit Karren voll kleiner Handelsartikel in andere Länder, und manche Familie hat auf diese Art wohl 3 bis 5 Söhne in der Fremde, während die Töchter daheim klöppeln, nähen, spinnen usw. Nebel, welche die nächsten Häuser kaum erkennen lassen, und die höchstens in der Mittagsstunde weichen, kündigen dem Erzgebirger den Winter an, der gewöhnlich in der fürchterlichsten Gestalt erscheint, denn wochenlang schneit es oft in einem fort, ja wohl in der Nacht so, daß man sich in Dörfern aus den Häusern schaufeln muss, um einen Gang zur Hausthüre oder Gucklöcher für die Fenster der Unterstuben zu schaffen, die meist düsteren Kellern gleichen. Ein 2 bis 4 Ellen hoher Schnee ist in strengen Wintern nicht selten, und Stürme, die nirgends fürchterlicher heulen, bilden oft 10 bis 12 Ellen tiefe Windwehen. Unglück zu verhüten, werden zwar Signalstangen gesetzt, auch bei starkem Schneewetter dem Wanderer, besonders Abends, durch Glockengeläute oder Trompeten Zeichen gegeben, in welcher Richtung er zu waten habe. Doch vergeht selten ein Winter, wo nicht Menschen im Schnee umkommen. Dessen ungeachtet heißt der Erzgebirger den Winter allemal freundliche willkommen, denn er bringt ihm eine seiner liebsten Erscheinungen, Schlittenbahn, welche die Wege ebnet, Verkehr und Geselligkeit befördert und gewöhnlich länger dauert, auch weit schöner ist, als im Niederlande. Man fährt nicht, sondern fliegt gleichsam, der Gefahr trotzend, über Berg und Thal, und selbst Kinder gleiten in Ruschelschlitten, meist zwei und zwei, die steilsten Höhen hinab. Überhaupt ist die Jugend dort weit abgehärteter, als im Niederlande, und oft, wenn man hier schon nach Pelz und Mantel greift, springen dort die Kinder unter freiem Himmel barfuß in blosen Hemden herum. So spielen sie auch vor den Thüren, so begleiten sie, um eine Gabe bittend, den Wagen des Reisenden.

(nach Engelhardt, 1865)

Klingenthal *Archiv: Verlag*

Jutta Kurzenberger, Klingenthal:

Eine Wunderheilung?!

Zwischen Himmel und Erde gibt es Dinge, die man mit seinen realistischen, logischen Gedankengängen einfach nicht fassen und erklären kann, und doch geschehen sie. Man kann sie nicht einfach als Märchen abtun. Ich war noch ein Kind, als ich eines dieser „Wunder" erleben durfte:

Mein Großvater war ein Frühaufsteher. Sein Tag begann meist zwischen 5 Uhr und 5.30 Uhr. Da konnte er in Ruhe seine Gartenarbeit erledigen. Nach dem Frühstück wurde der Kolonialwarenladen geöffnet, und am Nachmittag machte er dann ein kleines Nickerchen.

Eines Tages aber wachte er einfach nicht mehr auf. Er schlief und schlief, und kein Arzt konnte daran etwas ändern. Oma hatte ihm Tee und etwas Suppe eingeflößt und fühlte sich so hilflos. Die Kunden fragten immer wieder nach ihm, aber es gab keine Änderung. Bis eines Tages eine Kundin von einer Heilerin aus Plauen erzählte, von der sie gehört hatte und die große Erfolge haben sollte.

Nun, ein Ertrinkender klammert sich an jeden Strohhalm, und auch meine Familie wollte nichts unversucht lassen. Mein Vater fuhr nach Plauen und suchte Frau Holzheimer auf. Diese hatte aber zu diesem Zeitpunkt schon nicht mehr praktiziert und wollte ihn wieder wegschicken. Ihr Mann war verhaftet worden, und sie hatte Angst.

Zu recht, wie sich später erwies.

Schließlich ließ sie sich aber doch erweichen, und sie wollte sich Opa wenigstens mal ansehen und kam zu uns ins Haus. Sie untersuchte ihn eingehend und setzte sich schließlich an den Tisch, wo sie ihre Utensilien ausbreitete.

Ich durfte im Zimmer bleiben und verkroch mich in eine Ecke, von der aus ich sie gut sehen konnte, und verfolgte mit ungläubigem Staunen, was sie tat. Niemals vorher und auch nie wieder danach habe ich auch nur etwas Ähnliches gesehen.

Ganz ruhig setzte sie sich an den Tisch und versetzte ein Pendel in Bewegung und wiederholte den Vorgang mehrfach. Das Pendel schlug mal in verschiedene Richtungen aus, mal kreiste es gleichmäßig, und es dauerte lang, bis es endlich stehen blieb. Wie man einen Finger so lange bewegungslos halten kann, ist mir bis heute schleierhaft.

Schließlich sagte sie, sie wisse, was meinem Opa fehlt, und stand auf. Wir mußten ihm nun regelmäßig kleine Kügelchen mit Wasser einflößen, und Frau Holzheimer kam regelmäßig und machte Übungen mit ihm.

Nach 3 Monaten wachte mein Großvater tatsächlich wieder auf und hatte Hunger, aber er war auch verärgert, weil doch tatsächlich jemand die Kalenderblätter abgerissen hatte. Daß er die ganze Zeit geschlafen hatte wollte er uns einfach nicht glauben.

Heute würden die Ärzte vielleicht eine Art Wachkoma diagnostizieren, aber vielleicht wären sie auch genau so ratlos wie damals.

Wir waren Frau Holzheimer alle unendlich dankbar für ihre Hilfe. Um so mehr überraschte es uns, als vom Amtsgericht Hof eine Vorladung zur Zeugenaussage kam. Frau Holzheimer war verklagt worden.

Natürlich fuhren Opa und Vater hin, um ihr zu helfen und zu erklären, wie absurd die Anklage sei, und mit ihnen waren noch viele andere, teils sehr bekannte Persönlichkeiten vorgeladen, die ebenfalls nur Gutes über die Angeklagte berichteten. Der Prozeß zog sich über einige Wochen hin, und so mußten sie mehrmals nach Hof, und obwohl die meisten auf ihr Zeugengeld und die Erstattung ihrer Auslagen verzichten wollten (der große Teil war nicht darauf angewiesen und wollte die Angeklagte nicht belasten), bestand das Gericht aber auf der Annahme des Geldes.

Trotz der zahlreichen positiven Aussagen wurde sie am Ende doch verurteilt. Frau Holzheimer war Jüdin!

Von seinen Fahrten nach Hof brachte Vater immer etwas mit. Mal war es eine kleine Kristallvase, mal eine Zuckerdose oder Ähnliches. Immer wenn ich eines dieser Dinge ansehe, muß ich voller Dankbarkeit an die nette ältere Frau denken und wie ihr so übel mitgespielt wurde.

Maria Dietzel, Werdau:

Iech brach mei Daham

Poor Wochn foah i gean mal fuat,
weng Urlaub is duch schäa.
Koa hiefoahn eitz, wuo i gean will,
im wos va'd Welt za seah.

Woa schu aff Kreta, aff da Krim,
ho aah Tunesien gsah;
kunnt eitazt nouch Amerika,
u üwerall woas schäa.

Duch täit aans soong: „Dou möißt eitz bleibn!",
künnt iech dös niat vasteah,
u denk i mi sue richtig nei,
bleitts Herz va Schrack bal steah:

Wöi sott dös saa, künnt'st nimma ham,
weil Kröig dei land vabrennt –,
kaa Mensch, dea möiha redt wöi du,
kaa Nachber, dea di kennt –.

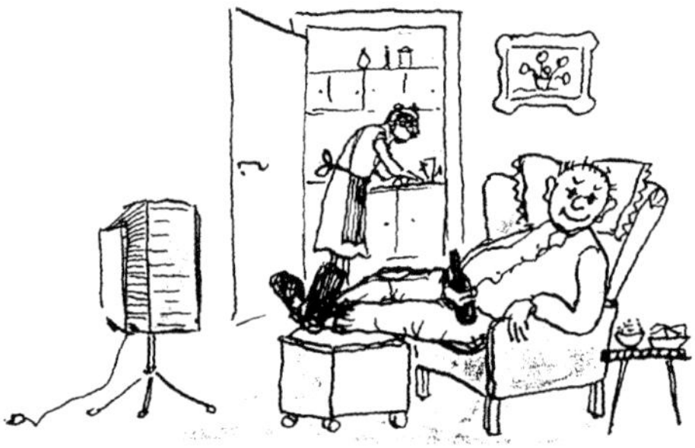

Daham is daham!

Duch wöi vieln Menschen göiht's heit sue,
vatriebn – in fremme Land,
aah deanen tout's bestimmt ganz org
nouch ihrer Heimat ant.[1]

Ma fräiggt si nou: Möiß dös sue saa,
dea Hader, Kröig u Streit?
Künnt's niat vielleicht aah annasch heah,
mit wenger Haß u Neid –?

Iech brach mei Heimat, mei Daham,
dou hout mi's Leebn hiegstellt.
Mei Vogtland, seine Leitt zenstrim,
dös is mei klaane Welt –!

[1] Heimweh haben

Jutta Kurzenberger, Klingenthal:

Kaffee niedlich

Es ist schon lange her. Ich war noch ein kleines Schulmädchen und spielte noch mit Puppen. Da sagte meine Schulkameradin Marianne G. oft zu mir: „Iech muß e moll zen Onkel Heber geh und e wos ausrichtn. Gehst mit?“ Ich mochte den gutmütigen älteren Herren und sagte nur zu gerne zu. So machten wir uns am Nachmittag mit unseren Puppenwagen auf den Weg.

Der „Hebr-Bäck“ war damals in Klingenthal an der Kirchstraße, gegenüber dem Pfarramt. Dort hat er früh gebackem und während seine Frau dann im Laden verkauft hat, machte er sich auf den Weg zur Alberthöhe, wo er seine „2. Schicht“ antrat.

Sein Weg war nicht allzu weit, denn gleich gegenüber dem Pfarramt entlang den kleinen Steig rauf, an der Musikschule vorbei und ganz oben, gegenüber dem Tierpark (den es damals allerdings noch nicht gab) einen kleinen Pfad lang bergab. Nach wenigen Schritten kam man an ein kleines Plateau, und das war sein Ziel.

Dort stand ein kleines Holzgebäude, eigentlich nur eine Art Baracke, aber immer sauber gestrichen in Weiß mit grünen Leisten, das „Kaffee Niedlich“. Im Innenraum war höchstens Platz für 3 bis 4 Personen, aber außen an der Wand war eine einfache Bank (2 Pfosten und 1 Brett) und ein ebenso einfacher Tisch, aber es hat ausgereicht. Bei Bedarf konnten die Sitzplätze noch mit Klappstühlen ergänzt werden, die aus einem Metallgestell und hölzernen Sitz- und Lehnflächen bestanden.

Besonders den leckeren Erdbeerkuchen habe ich noch in guter Erinnerung, aber beim Heberbäck gab es auch Limonade, Bier, belegte Semmeln, Kaffee und anderes. Wenn wir zu ihm kamen, bekamen wir immer etwas geschenkt, und er hat sich zu uns gesetzt und wir haben uns unterhalten. Hinterher hat mein Vater immer geschimpft und gemeint, ich sollte doch Geld mitnehmen und meine Sachen bezahlen. Als Kind hatte ich das aber nicht so recht verstanden und habe die kleinen Geschenke immer dankend angenommen.

Viele erschöpfte Wanderer hatten sich im Kaffee Niedlich wieder stärken können, und auch manch kurzer Spaziergang führte dorthin zu einem Kaffee und einem Plausch mit dem Wirt, der für alle ein freundliches, gutes Wort hatte.

Später wurde oben, gegenüber des jetzigen Tierparkeingangs, eine Gaststätte mit Wohnung für den Pächter gebaut. Eine Brauerei aus Hof hatte das Grundstück erworben und den Bau hingesetzt. Von da oben hatte man einen herrlichen Blick ins Dürrenbachtal, aber die Gemütlichkei wie im Kaffee Niedlich gab es da nicht, dafür gab es da einen Stammtisch, zu dem sich die Männer zum Frühschoppen trafen.

Nach dem Krieg ist das Gebäude leider abgebrannt. Ich kann mich nicht mehr erinnern, warum es zum Brand kam, aber der Feuerschein war weithin sichtbar, und obwohl die Feuerwehr schnell zur Stelle war, ist das Haus bis auf die Grundmauern abgebrannt.

Als die Wende kam, dachten viele, die Brauerei würde sich an ihre Liegenschaften erinnern und eine neue Gaststätte bauen, aber die hatten wohl kein Interesse mehr.

Die Gaststätten kommen und gehen, aber in meiner Erinnerung ist das niedliche kleine Kaffee vom Heber-Bäck das Schönste von allen.

Aus dem Verlagsarchiv:

Klingenthaler Klänge

Wo die Zwota und die Brundöbra zusammenfließen, entstand 1591 ein Hammerwerk, der Hellhammer. Die Familie Klinger besaß ihn, und die Siedlung, die bei ihm wuchs, hieß deshalb Klingenthal. So wird sie schon 1604 genannt. An Musikinstrumente, die später einmal den „klingenden Tälern“ zu Ruhm und Nahrung verhalfen, dachte noch niemand. Auch noch nicht, als 1628 das Alte Schloß gebaut wurde, das dann die Herren von Boxberg bewohnten, bis man es in einen Gasthof verwandelte. Heute ist es abgerissen, und zur DDR-Zeit war es ein sozialistisches Klubhaus. Sehenswürdigkeiten sind rar in Klingenthal. Allein die evangelische Stadtkirche „Zum Friedefürsten“ verdient einen Besuch, eines der seltenen Zeugnisse des Zentralkirchenbaues in Sachsen, der in George Bährs Dresdener Frauenkirche seinen Höhepunkt fand. Carlsfeld (1688) ist das älteste, Klingenthal das jüngste Beispiel. Das regelmäßige Achteck, dessen Innenraum den Prediger in den Mittelpunkt stellt, als Dach von einer schlanken Kuppel mit Laterne bedeckt, ist 1736/37 entstanden. Inzwischen hatten die Exulanten aus Graslitz und Umgegend den Geigenbau hereingebracht, zu dem sich später Celli und Streichbässe, Waldhörner und Zupfinstrumente gesellten. Und die Harmonika. Durch sie drang der Name Klingenthals in alle Welt. Die

Zungeninstrumente, wie Mundharmonika und Ziehharmonika im Sammelbegriff heißen, sind jung an Jahren, so technisch vollendet sie sich in der Gegenwart präsentieren. Sie wurden auch nicht in Klingenthal erfunden, sondern sind, wenn man von ihren asiatischen Vorfahren absieht, Berliner. Dort lebte Friedrich Buschmann, der sich mit dem Einfluß von Luftströmen auf die Klangwirkung beschäftigte. Angeregt durch die chinesische Mundorgel, die im 18. Jahrhundert über Rußland in Europa bekannt geworden war und Bambusrohre mit eingesetzten Durchschlagzungen verwendete, bastelte er 1821 ein Instrument aus Metall mit 15 Stahlzungen, die durch Tonlöcher vom Munde her geblasen wurden. Bachmann war Klavier- und Orgelstimmer und schuf sich damit ein Hilfsmittel, um reine Töne zu erzeugen. Sein Instrument, das er „Aura" nannte, hatte in der Konstruktion alle Merkmale der Mundharmonika. Geschäftstüchtige Leute nahmen sich der Sache an. 1829 entdeckte der Klingenthaler Geigenhändler Johann Wilhelm Rudolf Glier auf der Rückreise aus Italien in Frankfurt am Main eine solche Mundharmonika, kaufte sie und brachte sie in die Heimat. Sein Nachbau wurde ein voller Erfolg, und in Klingenthal war der Keim für eine neue Industrie gelegt.

Klingenthaler Akkordeonstimmer

Archiv: Verlag

Der brave Friedrich Buschmann in Berlin hatte sich indes noch nicht zufrieden gegeben. Seine „Aura" besaß den Fehler, daß er die Hände nicht frei hatte, wenn er sie blies. Er tüftelte weiter und baute sich 1822 ein Instrument, bei dem der Luftstrom durch einen Lederbalg in Bewegung gesetzt wurde. An der Oberseite befestigte er eine Tafel mit 200 Metallzungen, die er temperiert stimmte. Durch Ventile konnten die Zungen unabhängig voneinander betätigt werden und einen anhaltenden Ton bringen. Buschmanns „Handäoline" wurde zum Vorläufer der Ziehharmonika. Eine verbesserte Ausführung mit größerem Balg und Doppelzungen, wobei eine Art Klaviatur die Ventile bediente, nannte Buschmann „Konzertina". Von ihm profitierte der Wiener Cyrillus Demian, der sich 1829 sein „Akkordeon" patentieren ließ. Das Instrument war bereits diatonisch, also so angelegt, daß jede Taste bei Auf- und Zuschieben des Balges verschiedene Töne hervorrief. Die Entwicklung lief nun getrennt. Während Buschmanns Konzertina den Ziehharmonikabau einleitete, wurde Demians Akkordeon als „Wiener Modell" bekannt, von Karl Friedrich Uhlig aus Chemnitz 1835 zur „Deutschen Konzertina" verbessert und 1846 von dem

Krefelder Heinrich Band zum „Bandonion" weitergeführt. Als 1852 die Klingenthaler, die Familie Glier wieder an der Spitze, die Produktion von Akkordeons begannen, war schon eine Vielfalt ähnlicher Instrumente vorhanden. Alle Formen, von der einfachen Ziehharmonika bis zum Konzertbandonion, wurden in Klingenthal gebaut.

Wir können die verschlungenen Wege der Harmonikaindustrie nicht im einzelnen verfolgen. Bis in die Zeit des ersten Weltkrieges herrschten die Kleinbetriebe vor, und es war üblich, daß die Einzelteile getrennt hergestellt wurden und die Fabriken nur die Montage zum fertigen Instrument übernahmen. Mund- und Handharmonikas entstanden überwiegend in rein handwerklicher Arbeit. Eine gewisse Konzentration brachte erst 1929 die Gründung der Rauner-Seydel-Böhm AG. Unter den kleineren Firmen waren zahlreiche mit bedeutendem Namen. Hauptträger der Klingenthaler Industrie waren zur DDR-Zeit der VEB Vereinigte Mundharmonikawerke (Vermona) und der VEB Klingenthaler Harmonikawerke. Die Marke „Weltmeister" war auf dem sozialistischen Markt fast ohne Konkurrenz. Daneben gab es noch einige selbständige Betriebe, so Gebr. Gündel oder Rauner oder Fritz Rockstroh. Sie alle waren eingespannt in das Wunschdenken der Planwirtschaft, die den vogtländischen Musikwinkel auch äußerlich absonderte, indem sie ihn zum Gebiet einer eigenen Kreisverwaltung und Klingenthal zur Kreisstadt machte.

(der Beitrag entstand ca. 1960)

1923, ein Blick auf Untersachsenberg-Georgenthal *Archiv: Verlag*

Jutta Kurzenberger, Klingenthal:

Hotel Produktionsstätte Ruine

Steht man in Klingenthal an der Bushaltestelle „Königsplatz", fällt der Blick unweigerlich auf ein Gebäude gegenüber, das langsam aber sicher verfällt. Im Dach des Hintergebäudes klaffen große Löcher, bei etlichen Fenstern sind die Scheiben kaputt, das Regenwasser läuft an der Wand runter usw.

Kaum einer weiß noch, daß das Haus auch schon viel bessere Zeiten gesehen hat, denn das Haupthaus an der Auerbacher Straße wurde einst als Hotel erbaut.

Mein Vater hat mir mal von einer Wette erzählt. Dabei ging es dann darum, hoch zu Roß in die Eingangshalle zu reiten. Das hat dann tatsächlich einer gemacht, und das muß wohl verständlicherweise zu einem großen Auflauf geführt haben.

In einer Zeit ohne TV und Computer war das schon eine kleine Sensation und Gesprächsstoff für Wochen.

Später übernahm die Familie Schunk das Gebäude und baute auch das Hintergebäude an, um darin Mundharmonikas zu produzieren. Auch in der DDR wurde alles noch genutzt, und unter dem Namen „VEB Fahrzeugelektronik und Fahrzeugbeleuchtung" wurde fleißig gearbeitet.

Im ehemaligen Hotel war sogar zeitweise ein Laden untergebracht und darüber waren Wohnungen, die teilweise noch bis kurz nach der Wende bewohnt waren.

Einer der letzten Bewohner war arbeitslos und wohl auch Alkoholiker. Wenn dieser Feuerholz brauchte, ging er einfach auf den Dachboden und hat sich dort die Dachsparren und Ähnliches zersägt. Das hat dem Dach natürlich auch nicht gut getan, und nun kommt das Wasser oft aus der Haustüre heraus statt aus der Regenrinne.

In einer kalten Silvesternacht ist dieser Mann im Treppenhaus gestürzt und leider erfroren.

Nun steht alles schon seit vielen Jahren leer und verfällt. Wie so viele Gebäude in Klingenthal, wird wohl auch dieses bald abgerissen werden.

Von zwei historischen Fotos blicken uns Menschen an, die einst im und um das Waldgut wohnten. Etwas nachdenklich kann man sagen: Was sie damals waren, sind wir heute, was sie heute sind werden auch wir in absehbarer Zeit sein, Staub. Fotos: Archiv

Aus dem Verlagsarchiv:

Die Geschichte vom Waldgut Untersachsenberg

War es wirklich ein so unheimlicher Ort?

Den Sagen nach, die Arthur Müller in seinem Buch „Blicke in die Vergangenheit Klingenthals“ veröffentlichte, muß das Untersachsenberger Waldgut ein recht unheimlicher Ort gewesen sein. Hier verschwanden spurlos Menschen, erschienen nachts die Geister verstorbener Bewohner, spukte es in verschiedenen Zimmern und wurden sonderbare Feste im Saal gefeiert, während der Wirt nebenan schlief. Ein Ort also, an dem sich Meisterdetektive der berühmtesten Sorte hätten treffen können.

Am 10. Juli 1626, so der Klingenthaler Historiker Kurt E. Dörfel, erhielten Matthäus Knaspe und Hans Wilhelm Boxberge, der Bruder des Klingenthaler Gutsherrn, Lehen auf dem Kriegberg, wie er damals hieß. Dieser Berg taucht bereits 1591 in der Bestandsbeschreibung der kursächsischen Wälder auf, wobei vermerkt ist, daß er damals Buche, Berg- und Spitzahorn, Tanne und Fichte trug. Bis 1650 bestand das Gut Sachsenberg nur aus 35 Waldlehen (ca. 252 Hektar), später sollen weitere Lehen hinzugekommen sein.

Sie scheint eine recht resolute Frau gewesen zu sein, denn aus den Nachforschungen von Kurt Dörfel geht hervor, daß sie durchsetzte, das Untersachsenberger Gut von Schöneck auszupfarren und Klingenthal anzuschließen.

1696 zählte Untersachsenberg 16 Häuser. Durch die spätere Parallierung der vom Unteren Waldgut in das Steindöbratal hinabreichenden Flächen und ihrer Vergabe an Siedler wuchs der Ort stärker im Talgrund als auf der Höhe des Waldgutrückens. Bis 1806 blieb das Gut im Besitz der Familie Boxberger. Der letzte Besitzer, er hatte das Gut 1796 an einen gewissen Weidlich verpachtet, war jedoch nur noch selten hier. Er diente als Leutnant in der französischen Armee unter Napoleon und starb am 10. Januar 1806. Von seinen sieben Kindern blieb nur die älteste Tochter am Leben. Sie heiratete zunächst den Rittmeister von Feilitzsch bei Hof in Bayern und nach dessen Tod den Hauptmann Friedrich Wilhelm Alexander von Feilitzsch, wohin sie schließlich auch zog. Damit erlosch auch die Bedeutung dieses Namens für Klingenthal und seine Umgebung. Die Boxberger hatten 1621, aus der Würzburger Gegend kommend und über einen Aufenthalt in Graslitz, das Klingenthaler Hammergut gekauft.

Die Bewohner des Untersachsenberger Waldgutes waren Bergbauern,

Der Boxberger soll bereits kurz darauf den Lehensteil von Knaspe mit aufgekauft haben. Jener Knaspe, mitunter auch Gnaspe geschrieben, taucht um 1630 auch im Zusammenhang mit dem Waldgut Obersachsenberg auf und wird als Hammerherr geführt.

In den Gründerjahren gab es Versuche, den böhmischen Bergbau, der durch die Gegenreformation und der damit verbundenen Vertreibung vieler Menschen zum Erliegen gekommen war, auf den Kriegberg zu übertragen. Diese Unternehmen scheiterten jedoch. Das nahe an der böhmischen Grenze gelegene Gut war in der Zeit des 30jährigen Krieges immer wieder Übergriffen ausgesetzt. In der Graslitzer Chronik ist u. a. vermerkt, daß 1634 in der Stadt beherbergte Soldaten die Grenze überschritten, das Gut plünderten, das gesamte Vieh und den größten Teil der Futtervorräte mitnahmen.

Hans Wilhelm Boxberger starb 1638. Seine Frau zog mit den Kindern zeitweilig ins nahe gelegene Graslitz.

deren Nachfolger aber die Landwirtschaft auf kargen Höhen aufgaben und zumeist im Musikinstrumentenbau Arbeit suchten. Während oben auf dem Waldgutrücken noch immer die alte Form der früheren Streusiedlung erkennbar ist, unterscheidet sich das Siedlungsgebiet an der Steindöbra bis zum Zusammenfluß von Stein- und Mühlbach kaum von den übrigen Ortsteilen im Döbratal.

Am Staffelweg 40 befand sich übrigens die älteste Schule von Untersachsenberg.

Sie wurde 1828 gebaut und bis zum Neubau der Bergschule (heute „Sachsenberghaus") im Jahr 1900 für den Unterricht genutzt.

Die Rundkirche „Zum Friedefürsten" in Klingenthal

Archiv: Verlag

Aus dem Verlagsarchiv:

87 Jahre Jugendherberge am Aschberg (1960)

Die Zeit hat diesen Beitrag zwar „überholt", aber er wird bei vielen Erinnerungen wecken. *Der Verlag*

Der Gipfel des Aschbergs (932 m) liegt heute unerreichbar hinter den Grenz-

Die Jugendherberge am Aschberg

sperren, mit denen sich die kommunistische Tschechoslowakei vor ihren Gesinnungsbrüdern in der Sowjetzone Deutschlands absicherte. Auf tschechischer Seite ist es seither still geworden. Die einstigen Skibuben von Schwaderbach und Silberbach sind inzwischen wohlbestallte Familienväter in Klingenthal, denn dort haben sich die meisten Vertriebenen aus den böhmischen Grenzdörfern gesammelt. Im Tal des Silberbachs, zwischen dem Aschberg und dem Spitzberg (993 m), gab es früher unweit des Jagdschlosses Nancy der Grafen Nostitz eine herrliche Kneipe, die „Zum Ende der Welt" hieß. Die Kriegsfolgen haben für uns Deutsche das Ende der Welt ein Stück vorverlegt. Diesseits herrscht sommers wie winters reges Leben, denn nach wie vor ist das Gelände entlang der Grenze für Wanderer, Sportler und Ferienreisende ein beliebtes Ziel, und vor allem die Jugend trägt dazu bei, das Kammgebiet zu bevölkern. Für sie stellt die Jugendherberge am Aschberg einen Mittelpunkt dar, wie er schöner kaum zu denken ist. 2016 feiert das Heim seinen 87. Geburtstag.

Eigentlich wollte man nach dem ersten Weltkrieg dort einen Aussichtsturm errichten, denn auch damals bereitete die Grenze manchmal Schwierigkeiten. Aber der Verkehr mit der Tschechoslowakei normalisierte sich, und als der Skisport immer stärker um sich griff, nahm sich das Jugendherbergswerk der Sache an. Bekanntlich sind die Jugendherbergen eine deutsche Erfindung. Zur Förderung des Jugendwanderns wurden sie seit 1909 eingerichtet und nahmen in den zwanziger Jahren einen steilen Aufstieg. Der Aschberg bot gute Voraussetzungen. Am 30. Juni 1929 konnte die neue Jugendherberge eingeweiht und kurz danach eröffnet werden. Sie gehörte bald zu den besuchtesten Sachsens, bot 200 Übernachtungsplätze und trug durch ihre landschaftlich reizvolle Lage dazu bei, daß Klingenthal und Mühlleithen zu Begriffen im deutschen Wintersport wurden. Im Krieg mußte die Jugendherberge zweckentfremdet den Nationalsozialisten als HJ-Schulungsheim und Wehrsportlager dienen, und als der Krieg vorüber war, hatten deutsche und alliierte Soldaten sie völlig verwüstet.

Interessenten nutzten es dann für ihre Zwecke. Zuerst machte die Stadt Chemnitz daraus ein Schullandheim, dann übernahm es die kommunistische FDJ, und schließlich wurde der Bau seiner ursprünglichen Bestimmung zurückgegeben.

1952 kam er in den Besitz der Stadt Klingenthal, die ihn als Jugendherberge renovieren ließ und auf den Namen des 1953 verstorbenen tschechischen Präsidenten Klement Gottwald taufte. Schon im ersten Jahr nach der Wiedereröffnung kamen über 30000 Gäste, und inzwischen ist der Nutzraum immer mehr erweitert worden.

(Der Beitrag entstand ca. 1960)

Aus dem Verlagsarchiv:

Der Aschberg

Kömmst du emol en Vogtland a,
so steig en Klengethol aus,
on fahr' dann mit der Stroßenbaah
gleich nuch bis hentennaus.
Des Baahnel schlängelt sich su schie
dorchs Tal en Bergel na,
auf Stroßen on auf Wiesen hie,
ben Aschberg helt se a.

Aan Berg ann annern, groß on klaa,
kast schu zenst henter seh,
on krakelst dann en Aschberg na,
nooch siehste nuch vielmeh
on host es Klettern du gekost
on kömmst bis auf de Höh,
do kast, wenn du schiens Wetter host,
ens ganze Vogtland seh.

Fast jeder Ausblick, der dir wenkt,
den ziert e schiener Wald,
aus dem jeds Wörtl, wos mer sengt,
e paarmoll widerhallt.
On früh, do hüllt der Nebel ei
des Tal, es is es Reiz,
mer fühlt, des kast mer sicher sei,
sich grad wie en der Schweiz.

De Haisle stehn an Aschberg dra
wie gemolt, es is kaa Witz,
wie auf der Kripp, so wonnerba,
bis auf de höchste Spitz.
On bricht de Donkelheit ohm rei,
ons Licht werd ahgebrennt,
do waß mer net ob's Sternle sei,
nu hot mer sich verkennt.

Recht gut on freindlich sei de Leit,
vergnügt on aufendamm,
Musik is gar kaa Seltenheit,
die pfleng se allezamm.
Wos mer en alle Länder kennt
on wos mer do aa schaut
an manning guten Enstroment,
des werd be ons gebaut.

Recht sie spieln schu Harmonika
de allerklaansten Buum,
on lustig geht's 'n Ohmd erst zu
en allen Hutzenstuum.
Korzom, des Leem on alles Treim
von Tal bis auf de Höh,
des kammer werklich net beschreim,
en Aschberg muß mer seh.

(Der Beitrag entstand von Herrn Bruno Leonhardt ca. 1960)

Alte Ansicht von Marieney

Walter Lukas, Plauen:

Marieney

2017 zum 150. Todestag von Julius Mosen

Deine Heimatliebe wurde hier geweckt,
wie auch die Kräfte zum Gestalten.
Hast du später auch die große Welt entdeckt, -
jene Wurzeln haben stets gehalten.

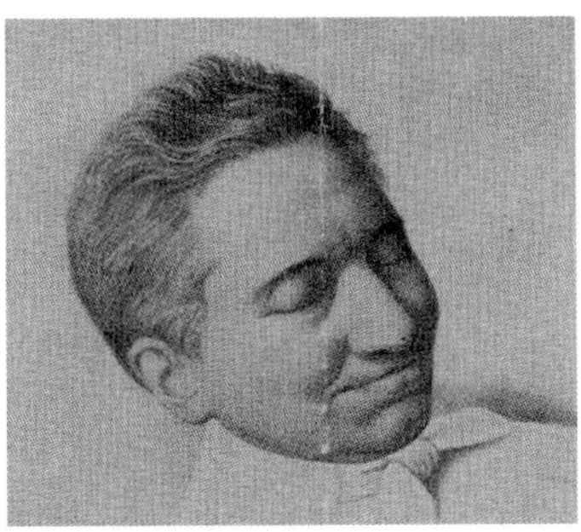

Der Dichter Julius Mosen auf dem Sterbebett im Jahr 1867 *Archiv: Verlag*

Günter Nuhr, Plauen:

Kerbe im Vogtland

Im Vogtland, do is Kerbe heit.
Hurra! Die Blosmusik spielt auf.
Ob im Walzer- oder Polkaschritt,
sue tanzen ausgelassen alle heit.
Mit Brotwurscht, Bier und edlen Tropfen
de Stimmung steigt, weil Jung und Alt tut hupfen.
Auzsgelossen und voll Heiterkeit
stimmt ei, singt alle mit, denn es is Kerbe heit.

Dor Kerbetanz im Dorf is Treffpunkt vieler Leit.
Im Saal, in trauter Runde sitzt de Rosa aa,
schaut zu und denkt, wer wohl de Lisa austanzt heit.
Denn ihr Lisa sucht sche lang en Mah.
Doch der, mit dem de Lisa feste tanzt,
der sett dor Rosa gar ne ah.

De gunge Burschen hams eilig heut ze tanzen,
den jeder will e sShiene für sich ham.
De Maadle ham heit ihr neistes Dirndl ah,
damit mor aa sieht, wer de schänste saa kah.
Do werd fei getanzt und gekämpft stundenlang,
weil jeder will aane zen Haamschaffen ham.
Zwischendurch werd manches Alkoholisches genossen
und de Liebschaften dadurch enger geschlossen.

Dor Kerbetanz brängt net ner Heiterkeit.
Do wern aa de Reichen zor Schau gestellt heit.
E manches Paar werd aa verkuppelt gar,
wie is meistens bei de Bauern sue üblich war.
Aber manch Liebespärchen entzieht sich der Schau,
schleicht haamlich sich dorvah, ganz schlau,
um sich ze liebn inniglich im Mondenschein
und genießen, ohne Aufsicht is Allaanesein.

Und neb'ne Wertshaus in dor Wies,
do schimmort was ganz ruet.
Und schaut mor näher hie, gewiß,
dös is ja ne Max sei Hut.
Der liegt net ellaa im Gros,
mir ham's ball gedacht, und lustig drüber gmacht,
daß noch'n Kerbetanz dor Max e Schlefel macht.

Willy Rudert, Falkenstein (1884–1949):

Mitn Pantoffel derschloong

De Gette hoot vuor der Kirmis raagemacht. Wie se drin der Stu mit ihrn Beesen untern Schrank nofährt, kumme af aamoll zwee gruoße, runde Viecher dingefürgeloffen, wie zwee Igel, dennen nooch allen Seiten weiße Stacheln nausgestärzt sei.

De Gette lößt ihrn Beesen falln und schreit gähling auf. Mit gleing Banne kümmt ihr Ma gesprunge, zeiht san Pantoffel ro und klitsch! klatsch! warn die zwee Luder braat. Oder wos war dös? He, als Innegewaa hamm die Viecher braune Röstele drinne gehatten.

Do is der Gette der Saafensieder aufgange.

Ne erschten Pfingstfeiertog hatts ze Mittig Grügeniffte geem. Do sei ihr zwee sötte Klüös von der Schüssel rogeporzelt, warn der Stu noochenanner hiegebuoselt und sei af aamoll weg geween. Itze wie se mit ihrn Beesen untern Schrank nofährt, do sei se halt, ganz mit Schimmel überzuong, sachte wieder noochenanner fürgekullert.

Hoot ihr Maa eem emoll mit san Pantoffel zwee Grügeniffte derschloong.

Tja, hinterher ging mir ein Licht auf …

Johannes Michel, Frankfurt a. Main:

Kirmes

Zer Kirmes sinn mir Stadtleit zu de Verwandten affs Land eigeloden worrn. Wos war des immer ä Ereichnis. Des viele Flaasch, die vieln Kuhng, dies do gehm hot, mer konnt gar net alles neibringe. Nirngdwo warn aber de Tisch äsu vollgeloodn wie bei der Gmaanhardsmathilde in Lauterbach zer Kirmes. Die hott affm Bauerhof noch lang 's Kommando gehattn, obwohl der Hof scho lang übergehm war. Und zer Kerwe do hot se siech net lumpn lossn. Voa alem war wos do. Gäns, Hühner, Enntn ä Sau is gschlacht worn und dr Brootn ze Hauf affn Tisch komme. Und Kuhng hot se gebacken; „esst ner soot", hat se ihre Gäst gedrangseliert, „'s is genuch doo".

De Gmaanhards Familie war ja scho allaa ganz schee gruoß; 7 Kinner warn do, do is scho ganz schöö was gessen worn, aber jeder kunnt siech, und des net nor zer Kerwe, satt essen. Aber doch hot ämol der Klaanste noch em Kirmessunntich gelammentiert, doß er gestern noch gern ä Stück Flaasch gessen hätt. „'s war doch genuch do, warum hoste denn kaans mehr genomme?" – „Nu, wenn ich doch satt gehattn ho", hot er gemaant. Ja, 's is scho schlimm, wenn noch su viel zen essen do is, un mer kaa nix mehr neibringe.

Im Gengsatz zur Mathilde hatt iech ä Tante, die wu äweng arch geizich war. Do kam ämol aaner, der ä weng schwerhörich war, nei de Stumm, wie grod Schlachtfest war. De Schüssel mit Worscht hot affm Tisch gstandn, se hattn woll grod gefrühstückt. Ne Besuch is es Wasser im Maul zamgeloffen.

Wies halt su gett, wemmer en Besuch kricht, 's werd zeerscht übers Wetter gereddt. „Schenns Wetter heit draußen", maant de Tante. „Naa, iech ho kaan Hunger, antwort dr schwerhöriche Besucher. „Naa", meint de Tante, „iech ho gesacht, daß mer ä schöns Wetter draußen ham." – „Iech ho werklich kaan Hunger", soch der annere, „iech ho grod erscht gessen." „Naa doch, iech redd doch übersch Wetter", maant de Tante. „Inusse", maant der annere widder, „wenn des grood net annersch willst, nooch pack iech mer halt ä weng ei." Sachts und tutts und macht siech naus. Naa, su ä alter Luhmich, denkt de Tante, der soll mer noch ämol komme.

Aus dem Verlagsarchiv:

Der ewige Irrtum

Haariges Indiz

Rot und geil
vertreibt die Langweil.

Blond und herb
als Freundin süperb!

Asch und voll
treibt's irgendwie zu toll.

Braun und glatt
hat Sex beizeiten satt.

Mollig und brünett
ist fabelhaft im Bett.

Grau und klein
sagt lieber„ja“ als „nein“.

Schlank und weiß
will's heißer als heiß.

Schwarz und weich
führt dich ins Himmelreich.

Rosa gelockt, gepflegt
die beißt und kratzt und schlägt!

Anthrazit, lila gesträhnt
hat Goethe schon als fad' erwähnt.
Aubergine, die wilde Pflaume
erscheint dir nicht nur nachts im
Traume.

Beaujolais letzter Versuch
ist für den Mann das „rote Tuch“.

Granat rot hell und stupsgenast
denkt stets, daß sie etwas verpaßt.

Wasserstoffbleich mit Schminkgesicht
hält niemals nicht, was sie verspricht.

Strohgelb, Sommersprossen, flach
hält dich im Grabe auch noch wach!

Vollbusig, tizianrot
paß auf! Die macht dich tot!

Aufgeputzt, mehrfach getönt
tut nur, als sei sie sexverwöhnt!

Ganz gleich, ob schlicht, ob abgefeimt –
am Ende bist du doch geleimt.

(BZ 23.4.1994)

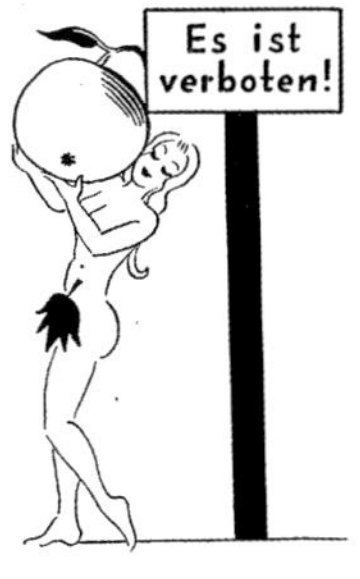

Leopold Eckstein:

Die nahe Verwandtschaft des Südvogtländers mit dem Egerländer

Obwohl ich aus Erlbach im Vogtland, nahe der tschechischen Grenze, stamme, fühle ich mich doch als Egerländer. Dies möchte ich kurz darlegen.

Meine Mutter, geb. Buchner, stammt aus Absroth, die weiteren Vorfahren aus Schönbach, Dürngrün und Gossengrün. Dazu kommt noch ein Ur-Ur-Großvater väterlicherseits, ein gewisser Johann Thomas Krautmann aus Oberneugrün/Krs. Falkenau, der nach Erlbach ins Vogtland einwanderte. Des weiteren trägt die Tatsache dazu bei, daß das südliche Vogtland vom Egerland aus besiedelt wurde.

Also ein weiterer egerländrischer Einschlag. Dies beweist auch die starke Ähnlichkeit des Dialektes in diesem Gebiet mit dem egerländischen Dialekt. In Raun und Bad Brambach klingt es genau wie im Egerland.

Ein Beweis ist auch die Stadt Markneukirchen. Sie wurde von Angehörigen des Geschlechts der Nothafte –böhmischeR Adel – gegründet. Es hieß jahrhundertelang Nothafte.

Die nördliche Dialektgrenze des Südvogtländischen – zum oberdeutschen Dialektbereich gehörend – dürften die Orte Erlbach; Markneukirchen und Adorf bilden – in etwa.

Die Dialekte in Klingental, Zwotau und Oelsnitz sind grundlegend anders.

Die nördlichen Gebiete wurden von Oberfranken und Thüringen aus besiedelt.

Der Dialektunterschied wird auch in der Aussprache deutlich. Im Südvogtländischen heißt es: „Das Brätt is breet", mit weichem Gaumen-R.

Weitere Dialektmerkmale und Unterschiede: Süd-V.: Ki(n)d, Wi(n) d, Hu(n)d. S.-V.: oapaßt und geloffen; E.: agepaßt und gelafen. Der S.-V. läßt die Vorsilbe „ge" weg, der E. betont sie. Ein weiteres Merkmal des S.-V. ist das Stürzen der Vokale und Diphthonge. Z. B.: Krieg – Kraìch: Hut – Häut; groß - gräuß. Die Besiedlung des Südvogtlandes von Böhmen aus war wahrscheinlich der Grund dafür, daß die Tschechen dieses Gebiet nach dem Zweiten Weltkrieg beanspruchten. Im Jahre 1996 war ich nach 52 Jahren zum ersten Male wieder in Schönbach und Fünfhaus – der Heimat meiner Mutter.

Aus dem Verlagsarchiv:

Sächsische Bäder im Jahre 1865

Wenn die schöne Jahreszeit kommt, so redet der Arzt wohlmeinend so manchem Kranken zu, in ein Bad zu reisen, damit sich der geschwächte Körper wieder erhole. Außerdem denkt aber auch noch eine große Anzahl reicher Leute daran, sich eine Zerstreuung zu schaffen und die schönsten Monate des Jahres in einem der vielen und meist schön gelegenen Badeorte zu verleben. Da sieht man denn nun im Mai, Juni, Juli und August jedes Jahres Reisende zu diesem Zwecke Posten, Eisenbahnen und Dampfschiffe besteigen. Das Land, welches viele Bäder hat, muß viele Fremde anlocken, und mit ihnen kommt viel Verdienst, denn daß in einem Badeort sich ein erhöhter Verkehr entwickelt, bedarf keines Beweises. Böhmen, und Nassau haben von alter Zeit her berühmte Bäder.

Aber auch Sachsen ist in diesem Punkte von der Natur nicht stiefmütterlich behandelt worden, und einige seiner Bäder haben in der Neuzeit an Ruf gewonnen.

Bad Elster

Am stärksten besucht ist das Bad Elster im oberen Vogtland. Es hat seit dem Jahr 1849 gar viele Badegäste an sich gefesselt, die sonst ins Ausland gereist wären. Auch hat es durch viele Neubauten an Schönheit sehr gewonnen, ist gesund gelegen und hat sehr romantische Umgebungen. Das mineralische Wasser, welches in Elster in 5 Quellen zu Tage kommt, wirkt theils innerlich als Getränk, theils äußerlich als Bad heilend auf den menschlichen Körper. Außerdem wirken auch die Moorbäder (d. h. Bäder, in denen man eisenhaltige Erde auflöst) sehr kräftig. Während die Quellen in Elster eine kalte Temperatur haben, finden wir bei Wolkenstein warme Mineralquellen, und im Warmbade daselbst hat schon mancher Gichtkranke den Gebrauch seiner Gliedmaßen wieder gewonnen. Die kalten Eisenquellen im Augustusbad (seit 1716) und zu Liegau bei Radeberg haben einen wohlverdienten Ruf gewonnen. Das Bad bei Hohenstein, das zu Pausa, das Hermannsbad bei Lausig, der Marienborn zu Schmeckwitz bei Kamenz, die Bäder zu Berggieshübel, Deutscheinsiedel bei Sayda, Raschau bei Schwarzenberg und Georgengrün bei Auerbach haben ebenfalls mineralische Wasser. Tharandt im plauenschen Grunde und Schandau an der Elbe verdanken ihren Ruf weniger den Heilquellen als ihrer herrlichen Lage.

Nun sind aber auch noch die Kaltwasserheilanstalten zu erwähnen, zu deren Bestehen es mineralischer Quellen nicht bedarf. Die bekanntesten derartigen Anstalten sind: der Königsbrunnen und die Schweizermühle bei Königstein. Wohl dem, der das edle Gut der Gesundheit sein eigen nennt und daher an einem Badeorte nicht Hilfe zu suchen hat! Gesegneten Erfolg aber denen, die an irgend einen der genannten Orte ihre Genesung erlangen wollen.

(H. nach Stiehler)

Brigitte Raffel, Plauen:

Wilder Wein

Frei wachsend, wie wilder Wein
so sollte die Liebe sein.
Ich habe Dich gefunden,
fühl' mich frei, obwohl gebunden.

Und bläst im Herbst der
Sturmwind um's Haus,
und kehrt die Winterruhe ein.

Der Lenz weckt alles wieder auf,
die Liebe und den wilden Wein.

Gerhard Müller, Treuen:

Reiche Leit!

Korz noonge Krieg habm mr alle Kohldampf schiebm müssn. Ze dere Zeit sei de Familien enger zammgerückt und habm siech gegnseitig geholfm, wu's und wie's när goang.

Wenn's Schwamme gob, wuredn die net när gehult, se sei aah vun allen gern gegessn wuern, und is Beste, wos mr do be uns heit nuch draus macht, sei Schwammespalkn.

Nu is de Schwammezeit aah Kerwezeit.

Mir habm in Rasche gewoahnt, meine Onkeln in Rodersdorf, Brambich und Klingethol, de Cousinen in Mogwitz und in Thiergartn, und is wured siech öftersch gegnseitig besucht, und immer hot aans ne annern wos mietgebracht.

Zr Kerwe goang's be uns immer af Thiergartn. Is woar guter Rot teier; wos känntn mr mietnemme? Waal mr nix annersch hattn und waal's grod en Haufm Schwamme gob, hot mei Mutter ebm en Kübel Schwammespalkn gekocht. Busse sei net af Thiergartn gefoahrn, und waal ze dere Zeit kaaner vun uns net emol an e Auto hot denkn känne, is ebm geloffm wuern. Dr Weg vun Rasche do nüber woar ganz schie weit, und dr grueße Topf mit unnern Mietbringsel woar ganz schie schwer. Mir habm uns ze dritt mit'n Trogn o'gewechselt, und mir habm uns tüchtig plogn müssn drbei. Ganz schie kaputt warn mr, wie mr oakumme sei.

Is hot siech ben Kreils Paul drin ganzn Haus schnell rümgered't, ass de Raschener Schwammespalkn mietgebracht habm. Wie se ze Mittog woarm gemacht wuern sei, is dr Geruch überoll hiegezuegn. Kaa Löffele is vun den grueßn Kübel übrig gebliebm, sue hot's alln geschmeckt.

Nu is oaber zr Kerwe net när gegessn, is is aah getrunkn wuern, und wos uebm neilaaft, will aah untn wieder naus. Do, wu mr dös hieschaffm musst', woar's net sue komfortabel wie heit zetog. När e braate Tonrähr' goang vun uebm bis untn dorch's ganze Haus, dös dodorch oarg hellhärig woar.

Iech woar druebm Paul seiner Hütt' grod ‚beschäftigt', do goang untn de Tür. Droa saan Brumme und Muerfeln wusst' iech's scha, wer do koam: Is woar dr Wildn Gustav, der wos e Etag' tiefer miet be saan Maadel gewoahnt hot.

„Hm, aahch hm, hm!" här iech's vun untn rauf schmatzn und brumme, „Schwammespalkn, Schwammespalkn, Schwammespalkn, die habm eich alles!"

Aus dem Verlagsarchiv:

Ein ständiges Eilen, ein ewiges Wandern

Es eilt das Bächlein durch die Täler und Wiesen,
um schließlich sich dort in den Fluß zu ergießen.
Der Fluß eilt zum Strom, er kennt keine Ruh'
und wieder der Strom eilt dem Meere zu.
Es fügt auf der Welt sich eines zum andern,
im ständigen Wechsel und ewigen Wandern.
So eilen und wandern auch wir ohne Ruh'
durchs irdische Leben der Ewigkeit zu.

Zeichn.: Sachsenberg

Aus dem Verlagsarchiv:

Als noch die Bärentreiber kamen

Ob sie aus der Niederen Tatra in der Slowakei oder gar aus Rumänien kamen, konnte ich nicht erfahren. Fest steht jedenfalls, daß man sich kaum mit ihnen verständigen konnte, weil sie weder die tschechische noch die deutsche Sprache beherrschten.

1930, so verdienten sie ihren Lebensunterhalt auch im Vogtland – der Zigeuner und sein Bär, immer unterwegs ...

Archiv: Verlag

Ich meine die gestikulierenden Bärentreiber, die noch Anfang der dreißiger Jahre ab und zu mit einem oder zwei Tanzbären erschienen und vor allen von den Kindern bei ihren Vorführungen bewundert wurden. Zuletzt sah ich sie im Frühjahr 1938, kurz vor der von der Prager Regierung angeordneten Mobilmachung in unserer Stadt.

Zwei Bärenführer, die mit ihren beiden Tanzbären umherzogen, und eine Frauensperson mit einer Tamburin, einer kleinen Hand- oder besser gesagt Schellentrommel, waren da.

Die Bären wurden an einer Kette geführt, und man hatte ihnen auch einen ledernen Beißkorb vorsichtshalber umgelegt, obwohl sie sicher ungefährlich waren. Auf Befehl der Treiber erhoben sich die Bären und drehten sich auf den Hinterbeinen im Kreis herum, wozu die Frauensperson rhythmisch auf die Schellentrommel klopfte und unverständliche Worte wie „Tjarama, tjarama, tjarama, tja...“ im Halbgesang beisteuerte. Füttern durfte man die Bären nicht, aber für ein Stück Würfelzucker winkten sie scheinbar dankend mit einer ihrer Vorderpfoten. Für die Darbietung wurde anschließenden ein kleines Scherflein eingesammelt, und dann ging es zum nächsten Vorführungsplatz weiter.

Wohlhabend waren Bärentreiber sicher nicht, denn zur damaligen Zeit herrschte ausgesprochene Geldknappheit unter den Leuten, und die Kinder konnten von ihrem kargen Taschengeld, soweit sie überhaupt ein solches bekamen, höchstens ein Sechserl abzweigen.

Oberlauterbach

Marga Koch, Plauen (†):

Die dritte Jahreszeit

In Farborgien blutet der Herbst aus.
Wetter im Sturmgetöse
gegen den Verfall,
vergeudet seine letzte Kraft.

Wirft ab,
die reiche Früchtelast,
ist plötzlich müde all der grellen
Buntheit.
Zieht aus, das allzu oft gefärbte Kleid.

Hüllt seine graue Unlust ein
in winterfestes, tannengrünes Loden.
Verbrämt mit braunem Hasenfell
die warme Mütze,
holt sich als Stütze einen Knotenstock.

Braut sich aus blauen Schlehenbeeren
einen guten Wein –
und lädt die weißen Nebelfrauen
zum Schleiertanze ein.

Viele Sehenswürdigkeiten unseres Vogtlands auf kleinstem Raum beieinander. Dias bietet die Miniaturausstellung „Kleinvogtland“ bei Adorf. Foto: Heckel

Ein Besuch des Hochmoors Soos ist zu jeder Jahreszeit ein Erlebnis.
Foto: Schneider

Ein Blick über die Wasserspiele der modernen Art auf dem totberuhigten Plauener Altmarkt. Foto: Schneider

Im Mühltroffer DDR-Museum läßt es sich so richtig schön in der eigenen Vergangenheit stöbern. Foto: Heckel

Stolz präsentieren sich junge Vogtländer im Eubabrunner Freilichtmuseum in ihrer Landestracht. Foto: Schneider

Sonntägliche Beschaulichkeit an einem Sommertag in Auerbach. Foto: Röder

An diesem idyllischen Fleckchen Erde sagen einem sicher Fuchs und Hase jeden Abend „Gute Nacht“. Foto: Röder

Häusern ergeht es wie Menschen, irgendwann sind sie überflüssig. Hier ein Stück Alt-Falkenstein mit der Hausnummer 3. Das Umfeld ist als Wohnlage unattraktiv geworden. Eine Werbetafel hat sich als Zeichen der Neuzeit schon niedergelassen. Foto: Röder

2 kleine Klingenthaler auf Besuch in Plauen. Mutter und Tochter haben die beiden von Kopf bis Fuß selbst in Handarbeit geschaffen. Alle Achtung!

Foto: Röder

Das Museum auf der Schloßhalbinsel in Rodewisch bot im Sommer 2016 dem Besucher einen Blick in eine Welt längst vergessenen Spielzeugs.

Foto: Röder

Die Schloßstraße in Falkenstein bietet einen attraktiven Anblick, aber nicht nur diese Straße war an dem Sonntag menschenleer, als ich dort war.

Foto: Röder

Auf Schwammejagd bei Korna.

Foto: Röder

Ein Blick vom Hainberg auf das winterliche Greiz. Foto: Freund

Ein Schnappschuß aus Erlbach. Das erstemal auf „Brettern“. Aller Anfang ist schwer … Foto: Schneider

Morgenröthe-Rautenkranz: Es ist schon etwas Eigenes, sich einmal in aller Beschaulichkeit in der Vorweihnachtszeit in die Kirche zu begeben, um sich auf das kommende Fest einzustimmen. Foto: Schneider

Adventmarkt in Bad Brambach 2015: Sind das zwei von den sieben Zwergen, oder sollte es der Weihnachtsmann in doppelter Ausführung sein? Wenn ja, wer ist dann der Echte? Foto: Schneider

Manfred Zill, Willitzgrün:

Herbestkürbisfosnetgrusl

Neilich umst klinglts an meiner Tür.
E Herd verputzte Kinner stand do vor mir.
„Süßes, sist gitts Saures“ ham se gschriern.
Zer Herbestkürbisgruslfosnet kue des passiern.

Mit ne Hund geh iech de Strooß dingehie,
sieh in de Gärtn zengstrim Kürbis stieh,
sieh Fratzn, die mich gruslich uestiern.
Mit Herbestfosnetgruslkürbis kue des passiern.

De Lädn voller Larvn u Gruslklamottn,
in wos fer e Welt sen mir do neigrotn!
Tun aus Amerika jedn Sch...dreeck eiführn.
Der Herbestfosnetkürbisgrusl kue ner uns passiern.

Mit sonem Kürbis kaa mer ah schießen un gut treffen.

Archiv: Verlag

Irene Kasselmann, Auerbach:

De Arznei

Iech kunnt wochenlang net schlofn.
Sue ging dös Nacht fer Nacht.
Do bie iech ze mann Dokter hie,
der hoot när laut gelacht:
„Iech kenn e gute Medizin.
Iech gibb dr kaa Tablett,
de machst e Gleesel Bier dr woarm,
bevur de gesst ze Bett."

Refr.: Denn sue e Woarmbier
is Arznei.
Dös laaft wie Iel no.
De schleefst glei ei.
Im Bier is Hopfn drinne, Hefe, Malz.
Iech trink gern Woarmbier!
Dr liebe Gott drhalt's!

Iech ho miech hunnertmoll bedankt.
De Fraad woar grueß be mir.
Und als de Schlofenszeit koam roa,
trank iech e Glos woarm's Bier.
Kaum hatt iech manne Baa drinn Bett,
hatt iech de Sorgn scho lues.
Iech ho geschlofn wie e Ratt
im Abraham sann Schueß.

Refr.: Denn sue e Woarmbier
is Arznei.
Dös laaft wie Iel no.
De schleefst glei ei.
Im Bier is Hopfn drinne, Hefe, Malz.
Iech trink gern Woarmbier!
Dr liebe Gott drhalt's!

„Naa!", bläkt de Fraa. „Dös koast net nebn!
Härst miech net moll zanne!
E Nebenwörking hott dös Bier!
Dös tutt diech fei entmanne!"
Wos de Fraa nuch gespreißelt hoot,
dös kunnt miech nimmer steern.
Denn seit iech mei Glos Woarmbier trink
koa iech nachts nischt meh härn!

Refr.: Denn sue e Woarmbier
is Arznei.
Dös laaft wie Iel no.
De schleefst glei ei.
Im Bier is Hopfn drinne, Hefe, Malz.
Iech trink gern Woarmbier!
Dr liebe Gott drhalt's!

Rundas

Ich klaner Vugtlänner
bi a lustiger Bu,
kan'n Dreier in'n Beutel,
und Wasser in Schuh.

Wildenau

Herbert Feustel, Wilkau-Haßlau:

Der Förster und der Teufel

Einst wohnte in einem Walddorf des Vogtlandes ein älterer Förster. Er kannte keine Angst, auch vor dem Teufel nicht. In aller Frühe ging er mit der Doppelflinte in sein Revier. Er wollte nach dem rechten schauen. In einer dichten Schonung stand der Teufel. Guten Morgen grüßte der Teufel. Wie geht es Dir? Du kannst lange auf mich warten, sagte der Förster. Als der Teufel die Doppelflinte sah, fragte er, was das sei. Das ist meine Tabakspfeife, meinte der Förster. Der neugierige Teufel bat, einmal eine Probe rauchen zu dürfen. Der Förster nahm sein Gewehr, füllte beide Läufe mit Pulver und Schrot und sagte: „Nimm die Mündung in den Mund, ich brenne unten an.“ Die Doppelladung fuhr dem Teufel in den Rachen, der spuckte Schrot und Kugeln wieder aus und blies den Rauch durch die Nasenlöcher. Du rauchst einen starken Tabak, sagte der Teufel. Dann verschwand er in die Büsche und schimpfte tüchtig.

Der Teufel: „Drham is es doch am besten.“

Rundas

Wenn er net will,
und sie net mog,
do streiten sie sich
alle Tog.

Plauen, Oelsnitz

Manfred Zill, Willitzgrün:

Herbesttanz

Dr Wied rupft vom Baam ro drei Bleetter zegleich
vo dr Lind, dr Buch u aans vo dr Eich.
Die schwebn dorch de Luuft, fühln endlich sich frei,
se tanzn u sechln u gauchzn dreinei.

Se wirbln üm Kreis rim, bis dörmlet se wern.
Do kimmt aa scho aaner u will se zamkehrn,
will se verbrenne, damit Ordning eikehrt
u Qualm dorchs Dorf zieht, weils Laab doch blues stört.

Se pfeifn ne aans, fliegn huech übersch Haus
u lachn den Kerl mit ne Besn noch aus.
Geel ruet u brau kreisln se alle dreie
über Heckn u Zai in Ringlreihe.

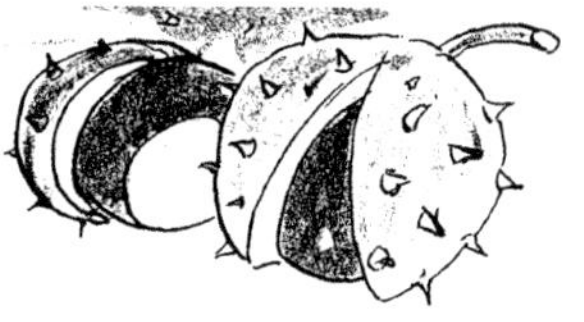

Bis dr Wied se legt in rern Winkl zer Ruh.
Dort deckn se waach en Iechl zu
ber untern Mühll nebn dr Schei in dr Eck
als warme Winterschlofzudeck.

Herbst in der alten Zeit, als der Bauer noch mühsam mit Pferd und Pflug sein Feld beackern mußte. Aber es galt: „Das Feld ist leer und voll das Haus, nun kann es Winter werden!“ Im Rahmen des Bildes sieht man die Fülle der Herbst-Erntefrüchte. *Zeichn.: Fritz Röhrs 1930*

Max Schmerler, Dresden (1873 –1960):

Gedicht in vogtländischer Mundart

Mei Vugelbaum

Mei Vugelbaum dra'n Bergl dort
ben Vaterhaus, der is verdorrt.
Sei Stamm is huhl, dörr sei de Äst',
ond leer en Zweinge hängt e Nest.

Ich lahn mein Kopp gedankenschwer
na'n alten Stamm. – Do is, als här
ich flüstern widder 'n alten Baum
ven Kennerglück ond Kennerglaum.

Do is, als sitz ich widder druhm
en meiner lusting Blätterstubn,
mein Arm fest öme Stamm nömglegt,
ven Luftzug hie ond her bewegt.

Ond halt nu Zwiesprooch mit mein Baum,
derzähl'n mein allerschännsten Traum,
derzähl' aa, wos mich sönst beglückt
ond wos mei Kennerherz bedrückt.

Nooch nippen seine Äst' m'r zu,
de Blätter flüstern uhne Ruh
ond straakeln m'r öme Gsicht su röm,
als wollten se m'r Antwort gebn.

Dös alles is verbei wie Schaum,
der Kennerglaubn, der Kennertraum,
de Hamet fremm – ben Vaterhaus
da gucken annere Gsichter raus.

Ond der Vugelbaum an Bergel dort
ben Vaterhaus is aa verdorrt.
Sei Stamm is huhl, dörr sei de Äst',
ond leer en Zweinge hängt e Nest.

Aus dem Verlagsarchiv:

Ein Reisebericht über eine Fahrt mit dem „Roßbicher Bockel".

„Wies daheim einst war"

Es müßte Anfang der 30er Jahre gewesen sein, und ich kann mich noch gut erinnern, daß meine neuen Bat'a - Schuhe, die in der Geschichte noch eine gewisse Rolle spielen werden, etwa 15 cm groß waren. Und als wir die Schuhe kauften – es waren feine Lackschuhe mit einer Schnalle – sagte Vater ganz kategorisch: „Mit dern Schouen wird fei nird gorkst."

Eigentlich hatte ich dies auch nicht vor, denn mich interessierte der rote Gummiball, den wir beim Schuhkauf in frühkapitalistischer Manier „draufbekamen", mehr. Konnte man doch damit mit Hilfe von drei Kreidestrichen quer über die Straße wunderbar Tennis spielen, und Boris Becker hätte heute seine wahre Freude über unsere Schmetterbälle, wenn auch ohne Netz.

Also: nach der mir noch bekannten Schuhgröße müßte ich damals so vier bis fünf Jahre alt gewesen sein.

Was sich bis in die heutigen Tagen erhalten hat, ist meine unbedingte Reiselust.

Mutter nannte es Reisefieber, wenn ich schon vor Antritt der Reise – und war es auch nur zur Tante nach Eger – nicht mehr schlafen konnte vor Aufregung. So war es auch damals, als mir Vater mitteilte, daß wir beide mit der Bahn nach Roßbach fahren werden, um dort Pfeifen einzukaufen.

Hier muß ich einblenden, daß meine Eltern in Neuberg ein Tabakwarengeschäft betrieben, schon im alten Österreich „Trafik" genannt. Seit Gründung der Tschechoslowakei war an der Hauswand eine ovale Tafel angebracht: Prodej tabaku.

Der Tabakwarenverkauf war bereits in der Monarchie ein sogenanntes Staatsmonopol, die Konzession erhielten als Ersatz für eine Beschädigtenrente nur Kriegsinvaliden. Eine vernünftige Lösung, wie ich meine.

Neben Zora, Dagmar, Vlasta und Sport waren in unserem Laden auch Zuckerwaren zu haben. Brustzucker, Rumkugeln, Bärendreck und unsere Spezialitäten: das Studentenfutter, bei dem meine Mutter, die im Ort nur mit ihrem Vornamen Linda angesprochen wurde, größten Wert auf beste Qualität legte. Der Schokoladenüberzug über Nüsse und Rosinen mußte stets glänzen und durfte niemals matt werden.

Wie beim Juwelier die besonders wertvollen Angebote stets unter Glas verwahrt werden, so hing an der Wand eine verschließbare Glas-Vitrine, in der die Tabakspfeifen auf ihre Abnehmer warteten. Es waren Pfeifen, wie sie ältere Leute meist in der Landbevölkerung bevorzugten. Alles erlesene Exemplare, vom Bernstein-Mundstück – der Spitze – über das Rohr aus Weichselholz zum kunstvoll

Zug nach Adorf, Lok –981325 1940 im Bahnhof Freiberg/Vogtland.

Archiv: Verlag

angefertigten Kopf aus Ton, Holz oder Porzellan, ja bis zum Pfeifendeckel.

Warum im österreichischen Heer die sogenannten Putzer auch etwas geringschätzig „Pfeifendeckel" genannt wurden, ist mir niemals klar geworden, denn Pfeifendeckel konnten zwar sehr einfach sein, sie konnten aber auch zu wahren Kunstwerken aufsteigen, wenn es dem Abnehmer einige Kronen wert war. Praktisch waren diese langstieligen Pfeifen besonders dann, wenn der Besitzer eine Zahnlücke aufzuweisen hatte (wer hatte damals keine Zahnlücke? So brauchte unser Nachbar – der Räider's Hannl – nicht auf den Genuß seines Pfeifchens zu verzichten, wenn er allabendlich in das Konzert der Dengler mit einstimmte und beide Hände frei zum Schärfen seiner Sense verfügbar hatte. Ganz unten in der Vitrine lagen die kleineren Pfeifen, sogenannte „Tschibuk", wie sie von der heranwachsenden Jugend bevorzugt wurde, um vor allem dem anderen Geschlecht die erwachende Männlichkeit kundzutun.

Endlich – nach wiederum einer schlaflosen Nacht mit Reisefieber – machten wir uns auf den Weg zum Roßbacher Pfeifenmacher. Es war ein schwül-heißer Sommertag, als wir am „Gottesacker" vorbei, die Läu hinauf pilgerten, dem Bahnhof Neuberg - na sagen wir der Haltestelle Neuberg – entgegen.

Viele Ortseinwohner haben die Bahnstation wohl in ihrem ganzen Leben nicht benützt, und es soll sogar einige geben, die unseren Bahnhof überhaupt nicht gekannt haben. Befand er sich doch im Ortsteil Elfhausen, am Finkenberg gelegen, und ein sehr anstrengender Fußweg von gut zwei Kilometer Länge war erforderlich, um dorthin zu kommen.

Eigentlich waren wir „Neibricher“ mit stattlichen Gebäuden gesegnet – drei Grafenschlösser, sechs Wirtshäuser, eine alte Kirche und sogar ein Rittergut – die sich sehen lassen konnten. Aber mit unserem Bahnhof war wirklich kein großer Staat zu machen, wenngleich der Ortsname in drei Himmelsrichtungen prangte, und selbst heute noch ist an den drei Wänden das „Podhradi“ weiterhin sichtbar. Nur schade, daß hier keine Fernzüge verkehren, die unseren Ortsnamen in alle Welt hinaustragen.

Auf dem Wiesenweg zur Station befanden wir uns, als von Asch herüber unser sich nähernder Zug mit Pfeifen und Läuten ankündigte.

„Mir wär'n schlechtes Weder kröing“, sagten die Leute, wenn man den Brocken vom Westen herso laut hörte. Aber er hatte es nicht leicht, die Steigung zu überwinden und mußte ständig Signale geben, denn außerhalb von Asch gab es keine beschrankten Bahnübergänge mehr. Auch mein Vater wurde nervös, weil das Gepfeife immer näher kam und wir noch eine gehörige Strecke des Weges vor uns hatten. „Du moußt schneller gäi, sonst der zwischen mir unnern Zug nimmer“, forderte er mich mehrfach auf. Vielleicht war es die schlaflose Nacht, die meine körperliche Verfassung ungünstig beeinflußt hatte oder war es das schwüle Wetter, ich konnte einfach nicht mehr. Schon war der Brocken in Sichtweite, mit seinem schwarzen Rauch aus dem einen und dem weißen Dampf aus dem anderen Schornstein.

In seiner Not nahm mich Vater auf den Arm und lief dem Zug entgegen, der nun schon zum Halten ansetzte. Durch sein Winken machte er sich bemerkbar, daß wir mitfahren wollten und fand Verständnis beim Lokführer, der mit seinem geschwärzten Gesicht und seiner speckigen Lederkappe geduldig wartete. Selbst der Heizer, der sich vom Lokführer nur durch sein noch schwärzeres Gesicht unterschied, begrüßte uns mit seinen blendend weißen Zähnen, die jeder Reklame Ehre gemacht hätten.

Aber dann passierte das Malheur: Längst hatte ich schon gemerkt, daß ich meinen Schuh – meinen neuen Lackschuh – verloren hatte, als mich Vater auf den Arm nahm, ich aber fürchtete, daß wir den Zug nicht mehr erreichen würden, wenn ich ihn in seinem Lauf stoppte. Jetzt aber, beim Einsteigen, verließ mich der Mut und ich beichtete weinerlich: „Vater, ich ho fei mein Schou verläuern.“ Vater, dem der Schweiß von der Stirn rann, schaute zunächst auf meine Füße, dann in mein Gesicht und dann zum Lokführer und sagte eigentlich gar nichts, bis dieser die Funkstille unterbrach und fragte: „No, wäi hammers denn?“ – „Gäih fahrt's weiter, ez häut der dumme Bou sein Schou verläuern“, so fand er seine Sprache wieder. Die zwei mit den schwarzen Gesichtern und den leuchtend weißen Zähnen amüsierte offenbar unsere mißliche Lage sehr, jedenfalls lachten sie über unsere bedepperten Gesichter.

„No dau laf ner oich und souch dein Schou.“ Vater ließ sich dies nicht zweimal sagen, stellte mich bei der Lok ab und lief den Berg hinab.

Ich weiß heute nicht mehr, war es das Geschnaufe der Lok neben mir, mit seinem ständigen pschsch – pschsch – pschsch – das Ungetüm zischte und fauchte, oder war ich mir nicht sicher, ob Vater zurückkommt: jedenfalls fing ich ganz fürchterlich zu schreien an. Überall im Zug gingen die Fenster herunter, damals war es noch mit Hilfe der Leingurte leicht möglich, die Fenster zu öffnen. „Wo's is denn läus, gaihts dennird weiter, tönte es aus den Fenstern.

Unterdessen tauchte Vater wieder auf und winkte schon von weitem mit dem verlorenen Schuh. Und da soll mein jämmerliches Weinen plötzlich übergegangen sein in ein lautes Kinderlachen. Von Fenster zu Fenster sprach es sich herum, was vorgefallen war, und nicht nur wir zwei freuten uns über den verlorenen Schuh, aber wiedergefundenen Schuh.

Bevor Vater 95jährig verstarb, schweiften seine Gedanken immer mehr zurück in die alte Heimat. Unser tägliches Gespräch leitete er immer ein mit der Feststellung: „Dahäum war's fei schäi, hoi ich die Geschichte scha derzlt, wej mer in Roßbe Pfeifen ghult ham?"

W. Jäger

Die Eisenbahn — *Federzeichnung: A. Kubin*

Ruderitz

Walter Lukas, Plauen:

Unser Herbst

Noch einmal strahlt er heut als Held
und nimmt den Beifall gern entgegen.
Bedroht ist seine bunte Welt,
denn Weißes lauert schon auf Wegen.

Doch er will es noch einmal wissen,
spart und geizt nicht mit den Farben.
Wir werden ihn wohl sehr vermissen,
wenn wir in dunklen Zeiten darben.

Drum laßt uns heut ihn noch genießen,
an seiner Farbpracht uns erfreun!
Wenn wir ihn übers Jahr begrüßen,
soll er uns neu willkommen sein!

Gerhard Stark, Auerbach:

Erinnerung

Schweigender Wald, funkelnde Sterne, der Bergwind weht kühl von der Höhe. Aus des Tales Tiefe von „Goldenen Höhe“ (Zlaty kopec) ein schwacher Laut – dann wieder Stille. Naßkalt prickelt es um Stirn und Wangen, feucht fühlt sich mein Stock. Leises Frösteln durchschauert den Körper, und fast mit Bedauern wende ich den Blick zurück nach der Jagdhütte, der wohldurchwärmten, die im Dunkel der Nacht nur noch schemenhaft zu sehen ist.

Vor mir mein tschechischer Jagdkamerad, Jirschi, stumm und bedächtig geht er bergan, den schmalen Pfad im stetigen gleichmäßigen Schritt. Wortlos folge ich den leisen klirrenden Tritten bergauf. Ob's heute gelingt? Die Jagd geht auf einen Rehbock, der sein Revier beherrscht und keinen Nebenbuhler duldet. Seine langen Stangen auf seinem Haupt setzt er als tödliche Waffe ein. Es ist ein Spießer – ein Mörderbock. Er hat schon einige seiner Artgenossen geforkelt. Ich bin gespannt, ob es uns heute gelingt, diesen Rehbock zur Strecke zu bringen. Träumend sahich wechselnde Bilder von Erfolg und Unstern des Weidmanns vorüberziehen. Ein rollender Stein bringt mich in die Wirklichkeit wieder zurück. Staunend erkenn ich Felsgestein, welches am Hang aus dem Erdboden lugt und Bäume, knorrige Riesen, die kurz zuvor nachtschwarz unförmig zum Himmel ragten. Ein fahler Schimmer zeigt sich im Osten, wallende Nebelschwaden decken die Sicht ins Tal. Kalt weht die Luft vom Berg. Schneller stoßen die Lungen den Atem. Da horch, ein Laut – herrisch und hart, schreckt ein Rehbock. „Das war der Rehbock“, flüstert leise mein Freund und deutet in die Richtung einer Kiefernschonung. Jäh packt's mich an, doch ich zwing die Erregung – wir gehen weiter. Lichter wird der Wald, die Sterne verblassen. Rosige Linien verkünden am Himmel den Sonnenaufgang.

Schweiß netzt die Stirn und warm wird es unter dem Loden. Doch jetzt winkt schon der Stand, der Ersehnte, an dem wir vor zwei Tagen abends vergeblich auf den Rehbock warteten. Nur seine Stimme schallte dröhnend an unsere Ohren auf dem Heimweg.

Wir kauern nieder – hinter einem grünumsponnenen Felsblock. Im Arm ruht die Büchse, prüfend streifen die Augen über das Gelände vor uns. „Dort soll er kommen“, raunt mir Jirschi leise zu. Und ich folge gespannten Blickes der sehnigen Hand, die zum Wechsel weist. Freudiges Hoffen, fürchtende Zweifel, Glühen und Frieren ist in mir. Ein Schluck aus dem Becher geben der Beherschung wieder Ruhe. Jetzt ist Warten angesagt – Minuten kommen einem wie Stunden vor. Lodernde Strahlen zucken über die Wipfel der Bäume – ein Bussard kreist über unseren Häuptern.

Plötzlich ein Schrei, so kraftvoll und brunftig wie die Natur nur dem starken und stolzen Tier verlieh'n.

Mein Freund greift behutsam nach dem Locker und schwächer reizt entgegen. Fester umfassen meine

Hände die Büchse, mannhaft versuche ich die klopfende Brust zu beruhigen. „Er kommt“, hör ich noch, dann stockender Herzschlag – der Traum des Morgens hat sich erfüllt. Auf hundert Schritte wie hingezau- bert – das Haupt stolz erhoben, steht er vor mir. Der König in diesem Revier, er sichert. Im Rot sucht mein Auge das stolze Herz. Der Finger tastet nach vorn zum Stecher, – „Drück ab“, – „Drückab“, – des Gedankens Schnelle befiehlt das Geschehen. Es peitscht durch den Raum – eine hohe Flucht, ein Poltern und Rauschen, dann wieder Ruhe und Frieden. Das Auge verweilt auf dem einsamen Platz, wo der Rehbock stand. Ein zufriedenes Gefühl versagt mir den Dank für das „Weidmannsheil“, das mein Jagdfreund behaglich schmunzelnd mir zuruft. Stumm nur drücke ich seine Hand – er versteht mich.

Leuchten und Glühen überall, die Kuppe des gegenüberliegenden Berges ist rosig beschienen von den ersten Sonnenstrahlen des neuen Tages. In satten Farben beginnt der Wald im Schein der aufgehenden Sonne zu leuchten. Ein Glöcklein läutet einen Morgengruß vom Tal herauf. Wir gehen zum Anschuß.

Jirschis Schweißhund nimmt die Fährte auf. Zweifeln und Hoffen ist in mir beim Blick auf die spärliche Schweißfährte des abgehenden Rehbockes.

Es dauert nicht lange, da gibt der Hund Standlaut – er wartet am Stück. An der Schulter packt mich Jirschis nerviger Arm, mit dem Bergstock weist er den Hang hinab, wo zwischen Strauchwerk der verendete Rehbock liegt.

Bald steh ich vor ihm, vor meinen ersten Rehbock in Jirschis Revier.

Freude und Trauer empfinde ich zugleich. Morgenfrisch leuchtet ringsherum das Leben – dort ein Gestreckter, von meiner Hand!

Eine Einladung zur Jagd von meinen Jagdfreund Jirschi nehme ich immer wieder gerne an. Die Jagden sind immer erlebnisreich, hinterlassen unvergeßliche Eindrücke, die man nicht vergißt und schweißen unsere Freundschaft noch fester zusammen.

Bernd Müller, Markneukirchen:

„Köhler, Breitfeld & Co."

Von den Sandmännern und Sandfrauen aus der böhmischen Grenzregion bei Aš/ Asch

Noch zu Beginn der Dreißiger Jahre des 20. Jahrhunderts gingen die Sandhändler in der böhmisch–vogtländischen Grenzregion ihrem Gewerbe nach. Auch andere Sandmänner wie der „Sand-Ernst" aus Klinghart/ Krizovatka waren in der Region unterwegs. Er trug seine Ware auf dem Rücken im Sack.

Das Familienunternehmen „Köhler, Breitfeld & Co. Sand-Export" bekam seinen Namen durch einen Fotografen aus Bad Brambach, der die Gruppe dort auf ihrem beschwerlichen Durchzug in den 20er Jahren fotografierte. Zu der Gruppe gehörte Johannes Breitfeld, genannt „Hanni". Er stammt aus dem bei Landwüst gelegenen Dorf Dürrengrün. Seine Frau ist namentlich nicht belegt. Jene war die Schwester des Ernst Köhler. Er war auch bekannt unter dem Spitznamen „Gockl Ernst". Im weiteren gehörte die Mutter der beiden, Rosine, genannt Sine und das damals ca. 5jährige Töchterchen der Breitfelds dazu. Es ist anzunehmen, daß alle in Wernersreuth wohnten, wahrscheinlich im Armenhaus.

Ihren kärglichen Lebensunterhalt verdienten sie sich, indem sie den feinen Quarz-Sand in der Nähe von Velký Luh/Großloh abbauten, trockneten, siebten, auf ihren Wagen luden und dann in den umliegenden Dörfern – auch in Sachsen – als Scheuersand verkauften. Dieser Handel war äußerst anstrengend; der Wagen wog beladen bis zu 6 Zentner – und brachte kaum das Notwendigste ein.

Durch eine Erkältungskrankheit starben die beiden Frauen bald nach der

Fotoaufnahme in den 20er Jahren. Das kleine Mädchen kam in ein Waisenhaus, und Johannes Breitfeld verbrachte seine letzten Lebensjahre im Armenhaus.

Ein übler Scherz wurde am Montag dem 19. Juni 1922 in einer Wernitzgrüner Schänke mit dem

Das Grab des Sandmanns. Foto: I. S.

„Soadmoa“ Ernst Köhler getrieben. Er wurde betrunken gemacht und verunstaltet. Man amüsierte sich köstlich über den Gockl Ernst, der geschändet und betrunken sich auf den Weg in Richtung Landwüst machte. Dort kam er jedoch nicht an. Am folgenden Tag früh um 4.30 Uhr fand ihn Hermann Meinel aus Wernitzgrün unweit des Weges mitten im Wald erhängt. Wegen der Schmach und wohl auch seiner hoffnungslosen Armut wegen hatte der 29jährige Sandmann sein Leben selbst beendet. Als Todesursache stand in der amtlichen Urkunde „Lebensüberdruß“.

Die Beerdigung am Tatort wurde vom Amtsgericht Markneukirchen am 21. Juni 1922 genehmigt. Die Kosten mußten vom Gutsbesitz Landwüst erstattet werden. Der Fundort lag auf dessen Flur.

(siehe auch Vogtland Jahrbuch 1995 S. 91-92)

Bernd Müller klärt anschaulich im Museum Landwüst am 11. 10. 2015 die anwesenden Kinder über das mühsame Gewerbe der damaligen „Soadmoa“ auf. Foto: Müller

Friedegard u. Joachim Jahn, Auerbach:

Die Räuber von Maria Kulm

Eine Sage aus dem Egerland

Zwischen Franzensbad (Frantiskovy Lazne) und Falkenau (Sokolov) erhebt sich oberhalb der kleinen Stadt Königsberg a. d. Eger (Kynsperk nad Ohri) auf dem Mariahilfberg der bedeutendste Wallfahrtsort des Egerlandes, die Wallfahrtskirche Maria Kulm (Chulm Svate Mari). Seit dem 15. Jahrhundert im Besitz des Kreuzherrenordens mit dem Roten Stern und seit 1687, bis heute, dessen Propstei.

Folgende Sage berichtet uns Interessantes über diesen Wallfahrtsort: Ein Handwerksbursche aus Falkenau, der sich auf dem Weg nach Katzengrün befand, setzte sich ermüdet auf dem heutigen Mariahilfberg unter einen Haselstrauch und schlief ein. Er hörte dreimal im Schlaf seinen Namen rufen und erblickte, nachdem er erwacht war, mitten in der Haselstaude ein Marienbild, das er mit nach Hause nahm. Am nächsten Tag war das Bild verschwunden. Er entdeckte es nach langem Suchen wieder in der Haselstaude auf dem Mariahilfberg. Dies veranlaßte den frommen Mann, für das Gnadenbild an der Stelle, wo er es gefunden hatte, eine kleine Kapelle zu errichten.

Maria Kulm (Aufnahme 2011).

Foto: Autor

Viele Jahre später trieb auf dem Berg eine Räuberbande ihr Unwesen, so daß die ganze Gegend in Verruf kam, da die Räuber durch ihre schlimmen Taten Furcht und Schrecken verbreiteten.

In dieser Zeit begab es sich, daß der Ritter Heinrich von Reißengrün, Herr der Burg Katzengrün, als er einst von Falkenau zurückkehrte und in der Kapelle zur Andacht einkehrte.

Dabei vergaß er sein kostbares Schachbrett in der Kapelle, das er mit nach Falkenau genommen hatte, um beim Brettspiel mit Freunden einige Stunden zu verbringen. Als er in Katzengrün ankam, bemerkte er, daß er das Schachbrett in der Kapelle vergessen hatte. Er bat seinen Sohn Ottomar, das Schachbrett zu holen. Der Junker weigerte sich, da die Gegend bei der Kapelle durch die Räuberbande in Verruf gekommen war und er sein Leben wohl für Menschen, aber nicht für ein Schachbrett, und sei es noch so kostbar, aufs Spiel setzen wollte. Um des Ritters Befehl auszuführen, entschloß sich Bibiana, des Burgvogts Tochter, die vom Junker Ottomar geliebt wurde und ihn ebenfalls liebte, den gefahrvollen Weg für ihren Geliebten auf sich zu nehmen und das Schachbrett zu holen. Allein, und ohne jemanden in der Burg zu informieren, begab sie sich zur Kapelle auf dem Berg. Da es eine mondhelle Nacht war, fand sie das Schachbrett auch sehr schnell und wollte sich schon wieder auf den Heimweg begeben. Da vernahm sie Stimmen, und sie begab sich sicherheitshalber in die Kapelle und verbarg sich hinter dem Gnadenbild. Von dort aus beobachtete sie, wie Kust, der Räuberhauptmann, und das vornehme Fräulein Leokadia, Ritter Hartwigs Tochter, sich der Kapelle näherten. Das Gespräch, was Bibiana nun vernahm verriet ihr Entsetzliches. Der Räuberhauptmann hatte sich als Edelmann verkleidet und Leokadia genähert, ihr Herz gewonnen und sie durch falsche Liebesschwüre zur Flucht mit ihm überredet. Hier bei der Kapelle aber enthüllte er der Unglücklichen die Wahrheit und forderte von ihr ihre wertvollen Kleider und ihren Schmuck und sich auf den Tod vorzubereiten. Der Unglücklichen blieb nichts anderes übrig, als sich in ihr grausiges Schicksal zu ergeben. Als nun der Räuber sein Opfer zu einer Grube führte, um sie dort zu töten, nahm Bibiana sämtlichen Mut zusammen, trat entschlossen aus der Kapelle, nahm Kleider und Schmuck Leokadias an sich und ergriff die Flucht. Der Räuber ließ von seinem Opfer ab und verfolgte das kühne Mädchen, das jedoch unbeschadet die heimatliche Burg erreichte. Der Bericht Bibianas versetzte die Bewohner der Burg in Schrecken. Der Ritter beschloß, den Räuber durch eine List in seine Gewalt zu bekommen. Die kluge Bibiana wußte auch hier Rat. Auf ihren Vorschlag hin wurde auf der Burg ein Fest veranstaltet, zu dem Edelleute von nah und fern geladen wurden. Man erwartete auch das Erscheinen des Räuberhauptmannes, den Bibiana, welche als Edelfräulein verkleidet war, ja kannte. Und tatsächlich erschien der verkleidete Räuber und erkor sich Bibiana als nächstes Opfer. Diese ließ sich zum Schein betören und willigte in die Flucht ein. Die Gegend bei der Kapelle war zuvor bereits von bewaffneten Reißigen (gewappnete Dienstleute) und Bauern umzingelt, als Bibiana mit dem Räuber an dem Ort so vieler schauderhafter Verbrechen kam. Auf ein Glockenzeichen des Mädchens brachen die Leute hervor und nahmen den Räuberhauptmann und seine Gesellen gefangen. Die Unholde ereilte die verdiente Strafe. Aus den reichen Schätzen, die sich in der Räuberhöhle befanden, wurde die Maria Kulmer Wallfahrtskirche erbaut. Bibiana aber hatte durch ihre kühne Tat die Gunst des Ritters Heinrich von Reißengrün gewonnen, so daß dieser sie mit seinem Sohn Ottomar vermählte.

Literatur: Otto Zerlik, Das geweihte Brünnlein Karlsbader Badblatt, Geislingen/ Steige 1952

Aus dem Verlagsarchiv:

Stalin wollte Oberfranken

Erst jetzt ausgewertete Dokumente belegen den Schacher um die Viermächte-Verwaltung Deutschlands

Washington / Ingolstadt.

Obwohl schon fast ein halbes Jahrhundert vergangen ist und die Geschichtsschreibung über Nachkriegsdeutschland gesichert erscheint, liefern neue Aktenfunde in ausländischen Archiven immer wieder zusätzliche Erkenntnisse.

Das stellten Mitarbeiter der „Zeitgeschichtlichen Forschungsstelle Ingoldstadt“ (ZFI) fest, als sie in diesen Wochen aus den „National Archives“ in Washington zurückkehrten. Neben Tausenden anderen Akten sichteten sie auch Aufzeichnungen von Verhandlungen, welche die Regierungen in Washington, London und Moskau über die Besetzung und Verwaltung des besiegten Deutschlands miteinander führten.

Drei Vorschläge

Entsprechend ihrer gemeinsamen Erklärung aus dem Jahre 1943, nur die bedingungslose Kapitulation der Deutschen Wehrmacht entgegennehmen zu wollen und sich auf keine weiteren Waffenstillstandsverhandlungen einzulassen, faßten sie eine totale Besetzung des Deutschen Reiches ins Auge, nachdem sie den Plan einer staatlichen Zersplitterung Deutschlands fallengelassen hatten.

Dieser war besonders von Roosevelt und Churchill ins Gespräch gebracht worden, hatte aber bei Stalin keinen Anklang gefunden. Der Kremelchef wollte nicht bloß einen Teilstaat Deutschlands unter seinen Einfluss bringen, sondern ganz Deutschland kommunistisch machen. Lediglich mit der – gleichfalls von den Westmächten vorgeschlagenen – Zerschlagung Preußens erklärte er sich einverstanden, umfaßte doch dessen Staatsgebiet ganz Norddeutschland von der Memel im Nordosten bis zum Aachener Land im Westen und sollte erklärtermaßen um polnische und sowjetrussische Ansprüche verkleinert werden.

Auseinander gingen jedoch dann die Vorstellungen, welche Gebiete die drei vorgesehenen Besatzungszonen umfassen sollten. In den Washingtoner Nationalarchiven fanden die Ingolstädter Forscher drei verschiedene Vorschläge:

Nach dem „American Proposal“ sollte Nordwestdeutschland vom Main im Süden bis kurz vor Stettin im Osten die amerikanische Besatzungszone bilden, wobei Berlin gleichteilig von allen drei Siegermächten verwaltet werden sollte. Die britische Zone sollte nach diesem Vorschlag die nachmaligen Bundesländer Rheinland-Pfalz, Baden-Württemberg und Bayern sowie den südlichen Zipfel von Hessen umfassen und von Österreich die Landschaften Vorarlberg, Tirol und Salzburg einschließen. Als

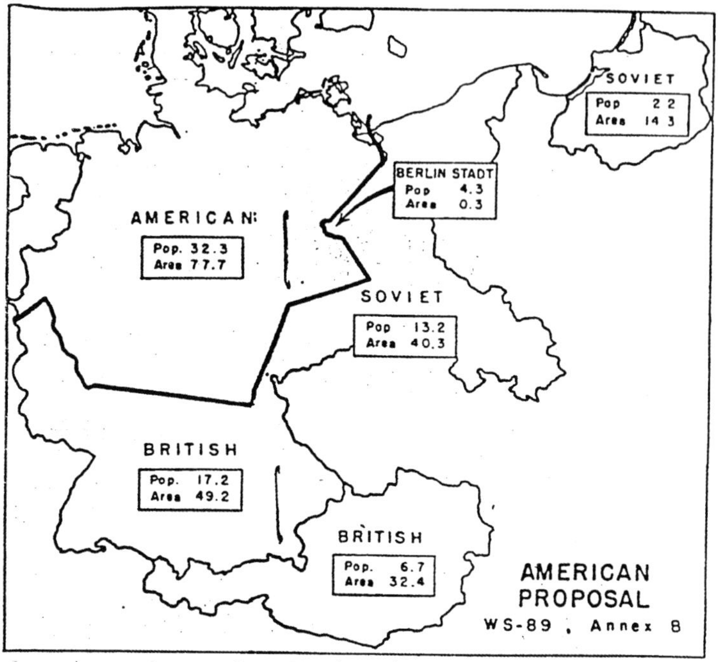

Der erste amerikanische Vorschlag (Karte) ging noch vom Reichsgebiet von 1937 aus und hätte auch große Teile Mitteldeutschlands vor einer sowjetischen Besetzung bewahrt. Eine französische Zone war noch nicht vorgesehen, Süddeutschland wäre gemeinsam mit Österreich unter britische Verwaltung gekommen. Gegen einen von London unterstützten Stalin hatte der Plan keine Chance. Archiv: Verlag

sowjetische Besatzungszone waren die Länder Sachsen, Brandenburg, Pommern, Schlesien und Ostpreußen vorgesehen. Die Amerikaner gingen also bei ihrem Vorschlag von Deutschland in den Grenzen von 1937 aus.

Nach dem „British Proposal" für die künftigen Besatzungszonen gehörte Ostpreußen nicht mehr zum Verwaltungsgebiet der Sieger und war Thüringen der sowjetischen Militärregierung unterstellt.

Vormarsch nach Torgau

Der sowjetische Vorschlag „for the Occupation of Germany" wies den Briten Nordwestdeutschland bis Kaiserslautern und Fulda im Süden zu und beließ den Amerikanern das übrige süddeutsche Gebiet. Ost- und Mitteldeutschland bis nach Oberfranken hinein sollte die sowjetische Besatzungszone ausmachen und damit rund 40 Prozent des Deutschen Reiches der Oberhoheit des Kreml-Reiches unterstellt werden. Zwischen dem amerikanischen und dem sowjetischen Aufteilungsplan klaffte ein Gebietsunterschied von rund 60000 Quadratkilometern mit annähernd 12 Millionen Deutschen, von denen sich die Amerikaner nach ihrem „Proposal“ neun Zehntel zugeschrieben hatten. Um ihrem Vorschlag, auch große Teile Mitteldeutschlands in ihre Besatzungszone einzubeziehen, Nachdruck zu verleihen, ließen sie ihre Armee bekanntlich durch Thüringen und Sachsen bis nach Torgau vordringen, während Stalin seinen Hauptstoß über Schlesien, Pommern und Brandenburg auf Berlin richtete.

Wochen zuvor hatte er aber bereits auf der Krim-Konferenz bei Roosevelt und Churchill durchgesetzt, daß der sowjetische Vorschlag („Soviet Proposal“) mit kleinen Abstrichen im Westen als endgültiges sowjetisches Besatzungsgebiet festgelegt wurde. Die Westmächte haben dafür von ihm die Zustimmung zur Errichtung einer eigenen französischen Zone zwischen Koblenz und dem Bodensee erhalten.

Allerdings hatten für diese vierte Besatzungszone die Briten und Amerikaner jeweils Gebiete an die Franzosen abzugeben und das Rheinland mit der Pfalz sowie Südbaden und Südwürttemberg der französischen Militärverwaltung zu unterstellen. Im Gegenzug durften die Westmächte dann wiederum die Franzosen am „Alliierten Kontrollrat für Deutschland“, der zentralen Fremdregierung über das besiegte Reich, beteiligen und von Stalin auch die Zusage erreichen, über drei sogenannte „Luftkorridore“ nach Berlin zu gelangen, wo Franzosen, Briten und Amerikaner auch je einen Sektor der Reichshauptstadt zur Verwaltung zugewiesen erhalten hatten.

Dieses offensichtliche Geschäft von Geben und Nehmen zwischen Stalin und den Westmächten ging freilich nicht so glatt ab, wie es bisher den Anschein hatte, vielmehr zeigte sich der Kremlchef von der Idee, auch die Verwaltung Deutschlands zu beteiligen, ganz und gar nicht begeistert und hatte bittere Worte über die Franzosen und ihren „mangelnden Kampfgeist 1940“ gefunden. Seiner Meinung nach hatten die Polen ungleich mehr Anspruch (sie kämpften tapfer und litten mehr als die Franzosen“ über das besiegte Deutschland mitzureden als die Franzosen („die sich den Hitler-Kollaborateur Petain leisteten“).

Offenbar dienten seine Elogen über die Polen als vorweggenommene Rechtfertigung für die eigenmächtige Ziehung der soganannten „Oder-Neiße-Linie“ als künftiger polnischer Westgrenze und die Zuweisung der deutschen Ostgebiete an das westverschobene Polen. Mit Schlesien, Ost-Brandenburg und Ostpommern sowie dem südlichen Teil von Ostpreußen samt Stadt und Umland von Danzig hatten die Polen jedenfalls auch eine Art „Zone“.

Das Beispiel des auf deutsche Kosten vergrößerten Polens ließ dann weitere europäische Staaten nach Beteiligung an der Besetzung Deutschlands rufen. So äußerten nach Kriegsende auch die Tschechoslowakei, die Niederlande, Belgien und Luxenburg sowie Griechenland den Wunsch, Truppen in Deutschland zu stationieren und an der „Kontrollmaschinerie“ mitwirken zu dürfen. Ein Verlangen, das die vier Hauptsiegermächte durch Akkreditierung von Militärmissionen beim Alliierten Kontrollrat in Berlin sowie die Zulassung einzelner belgischer und holländischer Truppenteile in Nordwestdeutschland abzufangen verstanden. 45 Jahre später hatten die vier Hauptsiegermächte dann nochmals ein Mitsprachebegehren dieser Staaten an den Verhandlungen über die deutsche Einigung abzufertigen und konnten es wiederum erreichen , dass eine Konferenz der 4+2 - Staaten blieb.

(Alfred Schickel)

Aus dem Verlagsarchiv:

Die Beneš-Dekrete

Beneš-Dekrete, nach dem Ende des 2. Weltkrieges zwischen dem 19. Mai und dem 27. Oktober 1945 unter der Federführung von Edvard Beneš verfügte Erlasse zur Behandlung der in der Tschechoslowakei lebenden sudentendeutschen und ungarischen Minderheiten sowie der ehemaligen Kollaborateure mit den Nationalsozialisten.

Die Beneš-Dekrete sahen u. a. die „nationale Verwaltung der Vermögenswerte der Deutschen, der Madjaren, der Verräter und Kollaboranten“ vor, ferner die „Bestrafung der nazistischen Verbrecher, der Verräter und ihrer Helfershelfer“ durch außerordentliche Volksgerichte sowie die „Konfiskation und beschleunigte Aufteilung des landwirtschaftlichen Vermögens der Deutschen, Madjaren wie auch der Verräter und Feinde des tschechischen und slowakischen Volkes“. Sofern sie nicht ohnehin bereits „nach den Vorschriften einer fremden Besatzungsmacht die deutsche oder madjarische Staatsangehörigkeit erworben“ hatten, wurden die „tschechoslowakischen Staatsbürger deutscher oder madjarischer Nationalität“ zu Ausländern erklärt und zur „Beseitigung und Wiedergutmachung der durch den Krieg und die Luftangriffe verursachten Schäden“ zum Arbeitsdienst verpflichtet. Die Beneš-Dekrete dienten Behörden und vielen Bürgern gleichermaßen als Freibrief für einen brutalen Rachefeldzug, der Millionen Menschen um ihr Eigentum und Tausende um das Leben brachte, und sie leiteten 1946 in die „geregelte Vertreibung“ der Sudetendeutschen und Ungarn aus der Tschechoslowakei über.

(Roland Detsch)

Hausbrunnen in Schwaderbach. Zeichn.; A. Böhm

Josef Weiss:

Im Juni 1946 wurden wir aus unserer Heimat Schwaderbach vertrieben

Juni 1946, die meisten Bewohner unseres Ortes waren schon ausgewiesen und durch das ehemalige russische Gefangenenlager (Emo) geschleust worden. Wir Zurückgebliebenen hoffen immer noch auf eine Wende und mehr Menschlichkeit. Unsere Nachbarn, die Thürmers, hatte man schon einmal in ein Lager geholt, dann ließ man sie wieder nach Hause, und deshalb klammerten wir uns an etwas Unmögliches: „Wenn auch nicht auf Aussöhnung, so doch auf ein Miteinander leben können."

Jedoch, nach wochenlangem Bangen und unruhigen Nächten erhielten auch wir den Vertreibungsbefehl der Tschechen, von kommunistischen Boten überbracht.

„Binnen drei Tagen am ... haben Sie sich mit 50 kg Gepäck, je Person, einem Bett, einwm Anzug, einem Kleid, usw. am Schulhof einzufinden! Die Wohnung, das gesamte Haus ist in sauberen Zustand zu verlassen. ...Ein Bett ist frischbezogen zurück zulassen."

Mutter stelle für die neue Bewohner sogar Blumen auf den Tisch!

Der Haustürschlüssel an der Tür, ganz wie man es von uns verlangte. Wertgegenstände usw., verschiedene Artikel, die in der Wohnung zu verbleiben hatten, waren aufgeführt.

Trotz der Tatsache des Wissens um Vertreibung konnten wir es kaum fassen.

Wir nahmen an, die ersten Anweisungen dienten als Abschreckung und wollten nicht wahrhaben, daß wir wie räudige Hunde vertrieben werden sollten.

Wo fangen wir an, was nehmen wir mit? Wohin werden wir verjagt? So stellte sich Frage um Frage.

Wie lautet doch die tschechische Hymne?

Der erste Teil gefiel mir besonders gut, er war passend auf unsere Heimat geschrieben:

Wo ist meine Heimat, mein Vaterland?
Wo durch Wiesen Bäche brausen,
Wo durch Felder, Wälder sausen,
Wo ein Eden uns entzückt.
Wenn der Lenz die Fluren schmückt.
Dieses Land, so schön vor allen,
Böhmen ist mein Heimatland,
Böhmen ist mein Heimatland.

Ob der Tatra blitzt es, dröhnt es, Donner krachen, wo der Winde Wehen wird gar bald vergehen / Brüder wir erwachen.

Drei Kisten, zwei wurden schnell zusammengestellt, ein alter Koffer von „Mutters Aussteuer" mit Eisenbeschlägen war wie geschaffen dafür, und eine alte Schmelzbutter-Zinkwanne hatten unsere zugebilligten Habe zu bergen.

Es wurde ein- und ausgepackt, hin -und hergeschlichtet, zur Seite gelegt. Geschirr, alles so viel Vertrautes, es hatte keinen Platz, die buntbemalten Porzellanteller mit Nymphen an der Wand aus alten Zeiten. Die guten Bücher, die Weihnachtskrippe mit den vielen liebgewordenen, geschnitzten Holzfiguren, die Wagen, Geräte für die Landwirtschaft, Maschinen und Werkzeuge und vieles andere mehr. Wie gelähmt, hastig, kopflos in Gedanken versunken rannten wir durch die Räume im Haus, im Kuhstall zu den Tieren. Dann plötzlich war die Stunde des Abschiednehmens angerückt. Das Viehzeug blieb im Stall, wo Onkel Elias einstweilen den Auftrag hatte, es zu versorgen.

Während der letzten Tage wurde unter Lebensgefahr versucht, einige Gegenstände, ob Geschirr, Wäsche, Sparbücher usw. über die wieder errichtete, scharf bewachte Grenze zum Sachsenberg in Sicherheit zu bringen.

Mein Nachbar, Steinmüller Fred, ehemaliger tschechischer Sprungmeister in den dreißiger Jahren, von den Tschechen als bester Sportler gefeiert, dann beim Versuch, einige Sachen zu retten – erschossen!

Dank gebührt unseren Sachsenfreunden, die unsere Habseligkeiten aufbewahrten, und die wir im Laufe der ersten Jahre bis zum Mauerbau nach Bayern holen konnten. Onkel Elias spannte unsere Kuh ein, ein Trauergespann, und fuhr unsere Habseligkeiten zum Schulhof. Wir sprachen kein Wort. Kein Zurückschauen. – welche Abschiedsszenen beim Schulhof, wie viele Tränen der noch wenigen Zurückgebliebenen, Verwandten und Freunde, alle fanden sich ein.

Schon kamen die Tschechen mit Befehlen, die ersten besten Kisten werden abgenommen, egal was darinnen war. Dann ging es mit den bereitgestellten Lastwagen nach Graslitz in das Lager. Im Lager setzten uns die massenhaft auftretenden Wanzen fürchterlich zu. An Schlaf war nicht zu denken.

Ich zog meine Decke ins Freie, ein kleines Holzbrett unter dem Kreuz als Liege, denn der Boden war naß. Der Himmel stand mir offen, was macht der Regen mir aus. Er vermischte sich mit Tränen. So ging es mit anhaltenden Schikanen eine Woche lang. Weitere Registrierungen, Durchsuchungen und weitere Wegnahme der letzten Wertgegenstände, ein Ring, etwas Schmuck, der letzte Silberlöffel. Wir ersehnten ein Ende der Demütigungen. Dann gab es pro Kopf 500,– RM. Wie großzügig das Reisegeld – wertloses Papier. Dies war unsere Abfindung für den Aufbau unseres Heimes und Vaterlandes durch viele Generationen.

Ein Viehwaggon Nr. 38 vollgestopft mit Kisten und zusammengeferchten Menschen sollte für die nächste Zeit unsere Bleibe sein.

Was mochte mit unserem Vater geschehen im KZ zu Heinrichsgrün?

Wo wird unser künftiges Heim, unser Vaterland sein. Am Tag Peter und Paul 1946 durften Einzelne vor dem Abtransport mit „Passierschein" zum Abschiednehmen noch einmal unsere Heimatstadt Graslitz besuchen.

Mutter kaufte für ihre restlichen uns verbliebenen Tschechenkronen zwei Flaschen Schnaps. „Nichts anderes durfte für uns Deutsche abgegeben werden", obwohl die Läden voller Waren der bereits vertriebenen Geschäftsinhaber waren. Die herbei geeilten sogenannten tschechischen Kommissare hatten jeden Laden, jeden Betrieb und jedes Geschäft in Besitz genommen. Alles Hab und Gut wechselte in ihre Hände, wir hatten schon lange alle Rechte verloren!

Diese Vertreibung, diese Ausplünderung, all die Verfolgungen geschahen mit Zustimmung und ausdrücklicher Billigung der Siegermächte. „Amerika, England, und Russland!"

Die Räder unter uns rollten nicht mehr zum Sieg! Was hatte man uns alles auferlegt nach der „Heimkehr ins Tausendjährige Reich!" Was mußten wir erdulden nach dem Zusammenbruch, was wird noch folgen?

So viele immer wiederkehrende Fragen. „Es gab keine Antwort."

Die Stadt Eger erkannten wir aus einem Schlitz, die Waggontüren blieben verriegelt. Dann kam schnell die Grenze, wir haben unsere alte Heimat hinter uns.

Marktredwitz – Bayern. Wir atmeten auf, in Bayern zu sein. Endlich konnten wir einmal aus dem bisher verschlossenen Waggon steigen, etwas frische Luft – Freiheit – atmen.

Mit Brot und Wurst wurden wir bewirtet, was wir schon lange nicht mehr kannten.

Während der acht Tage im Lager gab es nichts zu essen, außer was jeder noch hatte, oder von Daheimgebliebenen gütigerweise ins Lager gebracht wurde.

Es folgten wieder Registrierungen – Antreten zum Entlausen, hieß es. „Waren wir selbst schon Läuse?"

Eine notwendige Vorsichtsmaßnahme, sagte man uns. Jedoch war die Prozedur ziemlich demütigend. Viele Frauen und Kinder hatten mehrere Kleider auf dem Leib. Man merkte es ihnen nicht an,

Altes Bauernhaus in Schwaderbach.

sie konnten es leicht tragen. Dann gab es das von den Amerikanern zur Verfügung gestellte Wundermittel „DDT Puder“, das man uns haufenweise in die Haare streute.

So wurden wir noch lange hin- und hergeschoben.

Weiter ging die Fahrt nach Augsburg, nochmaliges Ein- und Ausladen der Kisten. Wir jungen Burschen mußten Schwerstarbeit leisten. Nach dem Verteilerschlüssel wurden wir auseinandergerissen und in verschiedenen Lagern untergebracht. Wir kamen nach Mindelheim in die „Maristenschule“.

Eine saubere und gute Unterbringung mit dem ersten warmen Essen. Wir konnten endlich etwas verschnaufen.

Nach einer erneuten Verteilung kamen wir nach „Wörishofen“. Am Bahnhof Mindelheim begrüßte uns der Landrat mit freundlichen Worten, „woher, wohin, was geschah?“ Ich könnte mich jederzeit an ihn wenden, wenn ich Hilfe brauche.

„Hm, ... brauche ich jetzt keine Hilfe?“ Während des langen Gesprächs habe ich die Zugabfahrt mit meiner Mutter und Schwester versäumt.

Ich mache mir Sorgen, sie werden auf mich warten müssen. Nach ein paar Stunden waren wir dann in Wörishofen wieder vereint.

Das Nebengebäude, Hotel Sonnenhof, wurde unsere vorläufige Bleibe. Wir hatten ein Zimmer allein.

Zwei Betten, einen Tisch, zwei Stühle, einen Schrank, das Bad im Flur mit Toilette. Wir atmeten auf. „Der Hunger jedoch läßt sich nicht austreiben.“

Mutter ging sofort mit anderen Frauen und Mädchen auf die abgeernteten Felder und sammelten Ähren, dafür gab uns der Müller etwas Mehl. Auf einem schnell zusammengebastelten Kocher, das Material entnahmen wir aus den Trümmern beim Flugplatz, gab es endlich die erste selbstgekochte Suppe. Die Gemeinschaftsverpflegung reichte bei weitem nicht aus. Wie oft gab Mutter uns ihr Stückchen Brot mit den Worten: sie habe keinen Hunger und sie sei satt. Bei Erkundungswanderungen kamen Mutter und mein Schwesterlein nach Schöneschach, ein Weiler mit einzelnen Bauernhöfen. Der Bauer war auf dem Felde, Mutter fragte die Bäuerin, ob sie ein paar Kartoffeln kaufen könne.

Diese war freundlich und lud in ihrer netten schwäbischen Art Mutter und Schwester ein zum Mitarbeiten, dafür bekämen sie eine Brotzeit. Schon halfen beide auf dem Feld mit. Spät kamen sie zurück. Für mich, welche Überraschung, sie ließen sich ihre Brotzeit mitgeben, daß auch ich an den langersehnten Köstlichkeiten teilhaben konnte. Mutter und Schwester dürften dann täglich etwas aushelfen, bis der Bauer uns ganz auf den Hof holte.

Im Hause „Alex Nägele“ aufgenommen, brauchte ich eine längere Zeit, mich anzuschließen, aber auch ich wurde ein Hilfsknecht für Essen und Schlafen.

Es vergingen einige Wochen. Nach meiner ständigen Zurückgezogenheit holte man mich doch in die „gute Stube“, die ich ja bisher mied, wo sich alsbald die Jugend des Weilers traf.

Mutter half in der Küche, die Schwester war bei allen Arbeiten zu gebrauchen, sogar zum Kühe melken.

Ich versorgte die Pferde und half im Kuhstall. Waschen mußten wir Burschen uns, so wie der Bauer selbst, ob Sonn- oder Feiertage, in einem Tränkeimer im Pferdestall. Die Schwarzhändler kamen fast täglich ins Haus. Das selbstgebackene Brot, Fleisch, Butter, Eier und Milch und Speck wechselten für gute Sachen den Besitzer. Wir kümmerten uns darum nicht, wir hatten eine vorläufige Bleibe und keinen Hunger mehr. Nach über einem Jahr kam die erste Post, ein Telegramm vom Vater, er befand sich im Auslieferungslager in Goldbach bei Aschaffenburg und erwarte eine Zuzugsgenehmigung. Freudig lief ich in die 2 km entfernte Stadt Wörishofen zum Bürgermeister Stöckle.

Welche Enttäuschung mußte ich erleben, welche abweisenden Worte hören, wir bekämen keine Zuzugsgenehmigung, wir sollten dorthin ziehen, wo Vater herkommt! Vater kam aus dem tschechischen KZ!

Wie war mir zumute, wer kann es heute noch ermessen, was in uns vorging?

Nach den Auseinandersetzungen sagte ich, ich sch... auf die Zuzugsgenehmigung und evtl. Zuteilungen von Lebensmittelkarten. Ich holte meinen Vater mit dem nächsten Zug auf den Bauernhof zu uns, es gab einen Knecht mehr. Vater war gezeichnet von den Entbehrungen des KZ in Heinrichsgrün des vergangenen Jahres, aber endlich war die Familie wieder vereint.

Nach längerer Zeit wurde es für die Eltern auf dem Hof dann doch zu schwer, auch ich mußte mich um eine andere Existenz umsehen, so bekamen wir, wie viele andere, ein Zimmer im Hotel Viktoria.

Ein Kanonenöfchen von unserer Bäuerin, das Rohr aus dem Fenster, gab uns Wärme. Der Bauer half uns oft mit etwas Eßbarem aus. Beim Viehaustrieb hatten wir manchesmal die Möglichkeit zu diskutieren. Seine These war damals, „wer nicht arbeitet, braucht auch nichts zu essen!" Ich hatte viel zum Nachdenken. In der Kirche gab es eine strenge Trennung, die Bänke waren mit Namensschildern versehen, es wurde streng darauf geachtet, daß kein Unbefugter einen solchen Platz einnahm. Einmal übermannten mich die Tränen in der Stille: Die Leute schauten und mußten denken, was ist doch jener für ein Sünder? Meine Schwester kam nach einem Jahr vom Hof auch zu uns. Von ihrem Jahreslohn konnte ich auf dem Schwarzmarkt eine Ami -Wolldecke (600,– RM) kaufen. Wir hatten endlich die Möglichkeit, Besuch zu empfangen.

Und waren es auch acht bis zehn Personen in einem 16 Quadratmeter Raum, wir hatten Platz am Boden zum Schlafen, Essen und Wohnen. Beim Kochen fielen unserer Mutter bei Abnahme der Ring zum Nachschüren manchmal in den Topf oder die Pfanne auf den Boden, es gab dann zum Essen nur noch, was zu retten war.

Wieder und oft Tränen der Trostlosigkeit und der Verzweiflung, bis sie schwer erkrankte.

Im Jahre 1948 kam die Währungsreform. Von diesem Tag an konnte jeder alles kaufen, soweit er nur zur Verfügung hatte. Das Warenangebot wurde von Tag zu Tag größer, da auch die gehamsterten Warenlager wieder mit auf den Markt kamen.

Wir haben dank unseres Zusammenhaltens und Dank der ersten bäuer. lichen Hilfe unser Vertrauen in die Zukunft nicht verloren. Wir haben eine neue Bleibe, ein Heim, ein neues Vaterland gefunden!

Egerländer Schererhof, Oberndorf

Aus dem Verlagsarchiv:

Erinnern

Am entlaubten Baume sah ich
heute noch ein welkes Blatt,
das sich trotz der Winterstürme,
fest am Zweig erhalten hat.
So erhält sich auch im Herzen
von dem Jugendglück ein Rest,
den wir dann mit ganzer Seele
halten bis ins Alter fest.
Dem wir in den Weihnachtswochen
oft ein süß' Erinnern weih'n,
wenn ans Elternhaus wir denken,
an des Christbaums hellen Schein.

Trauerweide

Der Franziskanerplatz in Eger.

Holzschnitt: Martin Rößler

Aus dem Verlagsarchiv:

Allerseelen

Das Fest der Allerseelen wurde 998 vom hl. Odilo, Abt von Cluny, in den Klöstern des Ordens eingeführt. Allmählich über die ganze Christenheit verbreitet, setzte sich Papst Urban VI. besonders um dasselbe ein. Das Konzil zu Trier setzte 1549 dieses Fest, das vordem auch außerhalb der Kirche als Feiertag begangen worden war, auf ein „festum medium" herab. Womit es wohl zu dem uns daheim bekannten „halben Feiertag" abfiel.

Unser „Fest-Kalender aus Böhmen" merkt an: In Deutschböhmen, besonders auf dem Lande, wird Allerseelen mit großer Pietät begangen. Jede Familie feiert das Andenken der Toten. Schon am Vorabend versammelt sich die ganze Familie, es wird von den angehörigen Abgeschiedenen gesprochen, Züge aus ihrem Leben erzählt und dann gemeinsam für sie gebetet. Während des Betens zünden die Kinder die kleinen Wachslichtlein an, welche man ihnen an diesem Tag zu kaufen pflegt. Nach dem Gebet wird still ein diesem Abend eigentümliches Nachtmahl, bestehend aus Semmelmilch und gekochtem Backobst, verzehrt.

Am eigentlichen Allerseelentag geht man zuerst in die Kirche, wo Messen für die Verstorbenen gelesen werden, und dann auf den Kirchhof, wo man die Gräber seiner Angehörigen besucht, sie mit Blumen und Kränzen schmückt und kleine Lichter darauf anzündet. Und diese Stille, am Festtag oder der Vigilie von Allerseelen die Gräber zu beleuchten und zu bekränzen, herrscht überall, so gut wie auf dem Lande, bei den Tschechen wie bei den Deutschen. Auch werden an diesem Tage allen Armen reichliche Almosen gespendet. In Mies im Pilsner Kreis findet laut der auf einem Jelinek-Ugatius'schen Felde haftenden Stiftung eine Brotverteilung an die Stadtarmen statt.

Josef Bernklau

Otto Zerlik:

Allerseelen

A Löchtl brennt,
fräifgh niat: Vawaa,
es tout sein Däinst,
's brennt niat valaar.

Es gecht da Wind,
es föllt da Schnäi
dear is sua kolt
u tout sua wäih.

A Kinnerl greint
u harmt sich schwar,
's Löichtel valöscht
a bittra Zahr.

A Nächterl klägts,
stad sagts da Wind:
„Dan Mutterl schlaft,
gäih hoim, man Kind."

Totensonntag — *Zeichn.: A. Vogt*

Gustav Brandl:

Ein Holzrückerschicksal aus dem Kaiserwald

Die Holzhauer hatten es in der Winterzeit sehr schwer. Wegen der hohen Schneelage und des starken Frostes war die Holzarbeit fast unmöglich, und so mußten sie sich meist nach einer anderen Arbeit umsehen. Ihre Familien waren in der Regel mit Kinderreichtum gesegnet, der Verdienst jedoch gering. Um nicht ganz ohne Einkommen zu bleiben, überbrückten die Männer daher die Wintermonate mit dem „Holzrücken", denn eine Arbeitslosenunterstützung kannte man damals noch nicht. Diese Arbeit wurde mit hölzernen Zugschlitten, an die sie sich selbst mit einem dicken Seil vorspannten, durchgeführt. Damit hatten sie im Auftrage der Holzhändler das Scheitholz und die Schleifriegel (Papierholz) aus ungünstig gelegenem Waldgelände an die mit Fuhrwerken erreichbaren Wege zu transportieren. Das war eine harte und auch oft gefahrenvolle Arbeit für die unterernährten und ausgemergelten Männer, die nicht immer ohne Unfälle verlief.

So war einmal eine Holzrückerpartie damit beschäftigt, die Holzriegel mit dem Schlitten vom Waldteil „Bärenlager" über die alte, steile und für Fahrzeuge kaum noch passierbare Bergstraße vier Kilometer weit zum Lagerplatz zu transportieren.

Auf Grund des sehr starken Gefälles erreichten die Schlitten bald eine zunehmend größere Geschwindigkeit. Als notwendige Bremsvorrichtung wurden daher hinter einer starken Kette einige Riegel angehängt.

Dabei ereignete sich einmal ein schweres Unglück. Die Schlitten fuhren zwar in vorschriftsmäßigen Abständen von etwa fünfzig Metern, aber, wie es das Unglück will, löste sich jedoch von einem Gefährt die Kette, der Riegelbund machte sich frei, und der Schlitten nahm immer mehr Fahrt auf. Der Mann, der den Schlitten führte, saß vorne auf einem Querholz hinter der Deichsel und war trotz aller Anstrengung nicht mehr in der Lage, abzubremsen oder seitlich an den Hang zu lenken. So nahm das Unheil seinen Lauf: Er holte den Schlitten des Vordermannes ein und rammte ihn von hinten. Dabei drang die Deichsel von hinten in den Oberkörper seines Arbeitskameraden. Der Mann verstarb noch an der Unfallstelle, da ihm niemand mehr helfen konnte. Es war der Giebel Thomas aus Perlsberg und Vater von sechs unmündigen Kindern.

(leicht gekürzt)

Aus dem Verlagsarchiv:

Tag und Nacht im Schützengraben

Labasseville 19. Dezember 1914

Wie ein gefallener Oelsnitzer zwischen den Fronten unter Lebensgefahr seinen letzten Ruheplatz fand

Auszug eines Landwehrunteroffiziers aus seinen Feldpostbriefen:

Im Schützengraben 2 Kilometer nordwestlich von Warneton, den 2. Dezember, nachmittags 3 Uhr, naßkaltes Wetter, klamme Finger, schlechtes Schreiben.

... Ich will Euch mal ungefähr die Erlebnisse, so innerhalb 24 Stunden im Schützengraben abspielen, schildern.

Der Gefreite Otto Gemeinhardt aus Oelsnitz. Fotos: Gemeinhardt

Abend 6.15 Uhr Antreten zum Abmarsch in der vorderen Linie. Die ganze Kompanie tritt raus. Einer hat einen Ofen, ein anderer ein Bündel Stroh, wieder andere Bretter, Säkke, Tücher, Balken usw., alles zum Deckungbauen. Pünktlich 6.30 Uhr Abmarsch die Straße entlang bis zu einem einzelnen Haus (Au Chasseur-Jägerhaus), wo die Kompanie hält. Hier biegt unsere Straße links ab. Der Zugführer befiehlt: „In Reihen gesetzt und rechts um! Zigarren verlöschen, Ausrüstungsstücke festschnallen, damit nichts klappert, nicht sprechen! Marsch!" Nun läuft alles einer hinter dem anderen links der Straße dicht an der Hecke so schnell als möglich, denn wir befinden uns im Bereich des feindlichen Feuers. So geht es vorwärts bis 300 Meter an unsere Schützengräben am Anfang des Laufgrabens. Der Abschnittskommandat mahnt nochmals: „Leise!", und nun verschwindet einer nach dem anderen im Laufgraben. Keiner verläßt ihn, denn gestern Abend wurde hier an dieser Stelle ein Dresdener Jäger von einer feindlichen Kugel erreicht. Je länger man dem Feind gegenüber liegt, umso dreister wird man. Die Laufgräben sind zum größten Teil sehr schlammig und an manchen Stellen steht das Wasser 30 Zentimeter hoch.

— Beim Sturmangriffe auf St. Ivon gefallen ist am 30. Oktober der im 29. Lebensjahre stehende Gefreite der 2. Komp. des Res.-Inf.-Reg. 134 Otto Max Gemeinhardt von hier. Ehre seinem Andenken!

Nachtrag vom Verlag: Das 134. Infanterie Regiment kehrte am 17. Dezember 1918 nach Plauen zurück. Es hatte mehr als 2400 Soldaten, die gestorben waren oder vermißt wurden.

Unser 2. Zug liegt im Schützengraben Abschnitt A, rechter Flügel, 2 Kilometer linkes Messin. Unsere Gegener versuchen auf der ganzen Linie durchzubrechen, und wir brennen darauf, den Engländern mal ordentlich den Kopf zu waschen. Während bei Tag der Wachdienst in den Schützengräben für die Sicherheit genügt, müssen bei eintretender Dunkelheit Horchpatrouillen vor die Schützengräben gestellt werden, um einer Überrumpelung vorzubeugen. Meine Gruppe lag am rechten Flügel und hatte diese Patrouillen zu stellen. Ich krieche vor, suche für meine drei Mann geeignete Stellungen aus, stelle die Posten aus und lasse diese aller Stunden ablösen.

Seit dem 31. Oktober liegen noch 4 Tote zwischen unseren und den feindlichen Schützengräben, kein Mensch hat es bisher gewagt, sie zu beerdigen. Da kam mir in der stillen Nacht ein Gedanke, diesen Kameraden eine letzte Ruhestatt zu besorgen. Ich frug: 2 Freiwillige?!, und sofort meldeten sich 2 Mann meiner Gruppe. Ich nehme den Revolver in die Hand, die Soldaten die Gewehre. Ich rufe halblaut: „Auf mit Gott!“ und schon setzen wir über den Damm, um uns hinzulegen und langsam vorzukriechen. Kaum sind wir 5 Meter gekrochen, steigt eine Leuchtkugel auf und die Landschaft ist taghell. Wir liegen flach auf der Erde, kein Glied rührt sich. Nachdem das Licht verschwunden, geht es schneckenartig weiter. Wir müssen 90 Meter vor, bis zum feindlichen Schützengraben sind es 150 Meter. Die Zeit wird uns zur Ewigkeit. Bei Dunkelheit kann man auf höchstens 5 Meter einen liegenden Mann erkennen. Jetzt taucht ein schwarzer Punkt auf. Ich flüstere 5 Minuten liegen bleiben, denn es kann eine feindliche Patrouille sein. Der schwarze Körper regt sich nicht. Ich krieche weiter vor und gebe zurück: „Ran, es ist ein Toter!“

Wird es ein Deutscher oder ein Engländer sein? Ich greife nach dem Kopf und erwische einen deutschen Helm. Der hat neben der Helmspitze ein Loch wie ein 5 Mark Stück groß, wahrscheinlich Granatsplitter oder Dumdumgeschoß. Ich greife nach den Stiefeln, auch deutsche Stiefel. Meine 2 Mann graben ein Loch. Da steigt wieder eine Leuchtkugel auf, und wir werfen uns sofort zur Erde neben den Toten. Gott sei Dank, vorbei! Wir sind nicht bemerkt worden. Ich reiße dem Toten den Rock auf, nehme die Erkennungsmarke und den Brustbeutel ab und ziehe sein Seitengewehr heraus. Das Loch ist fertig, wir legen den Toten hinein, schaufeln wieder zu, stecken das Seitengewehr am Kopfende in die Erde und stülpen den Helm darauf, bekleiden den Grabhügel mit ausgestochenem Rasen, nehmen das Gewehr des Toten mit und Marsch-Marsch! geht es zurück. Wir laufen weit rechts, stürzen über unsere Stacheldrähte, liegen wieder auf der Erde, auf halb links ein Sprung und wir sind wieder glücklich im Schützengraben. Ich brenne die Taschenlampe an und lese auf der Erkennungsmarke: 2. Kompanie 134. Inf. Regiment Nr. 210. Im Brustbeutel die Adresse und ein Schutzbrief. Es war der Gefreite der Landwehr Otto Gemeinhardt aus Oelsnitz, der in der Verlustliste als vermißt aufgeführt ist. Eine Frau und 3 Kinder beweinen den Ernährer. Nun liegen noch 3 Mann vor uns. Wenn Du diesen Brief in Händen hältst, habe ich vielleicht schon wieder einen beerdigt. Gott stehe mir bei! …

(Der Beitrag wurde im Plauener Sonntagsanzeiger am 17.1.1915 veröffentlicht und von Herrn Manfred Gemeinhardt aus Oelsnitz dem Verlag zur Verfügung gestellt.)

Ehefrau Rosa mit Tochter Marianne und Sohn Alfred.

René Weidlich, Plauen:

Weihnachtsmarkt

Kurz vorm Advent das ist die Zeit
da öffnen Weihnachtsmärkte weit und breit.
Die Kinder können es kaum erwarten
mit ihren Eltern loszustarten.
Während die Kleinen Bratäpfel lecken
lassen die Großen sich Glühwein schmecken.
Der Duft von Plätzchen, Zimt und mehr
ist allen Kindern größtes Begehr.
Der Nikolaus kommt mit Sack und Kron
er wird begierig erwartet schon.
In den Buden stehn viele Pyramiden
es soll auf Erden nun werden Frieden.
Die Weihnachtschöre ihre Lieder intonieren
die Menschen vergessen das Frieren.
Der Markt von tausend Lichtern still erhellt
Knecht Ruprecht nun bald die Glocke schellt.

Weihnachten Dezember 1961

Zeichn.: B. Paul

Winter

Theodor Moder (1922–2013):

Dezember

Als letzter in des Jahres bunter Schar erscheint der Dezember. Er ist vielen von uns der liebste Monat, bringt er doch das schöne, alljährlich neu erwartete Familienfest. Mit frohen Gaben füllt er unser Herz. In einer frosthellen Nacht entzünden wir den Lichterbaum.

Wenn auch Stürme durch die Wälder fegen und Schnee das weite Land einhüllt, so ist doch bald die dunkle Zeit vorbei, und wieder erstrahlt die Sonne. Zur Weihnachtszeit schmoren auf glühendem Ofen die leckeren Äpfel und verbreiten einen süßen Duft. Geheimnisvolles Raunen und Erzählen begleitet die vorweihnachtlichen Tage. Der letzte Monat ist uns noch insofern ein willkommener Gesell, weil er uns bis ans Tor zu einem neuen Jahr begleitet, in das wir sicher und glücklich gehen wollen.

Vogtländischer Weiler im Winter.

Helmuth Steglich:

Roprich Vaarscheln

Hans Roprich, kumm du ruhig rei,
dä des de 's bist, iech wußt es glei,
sei schie willkumme in dr Stob,
wall ollmeitog gefulgt iech hob!
Greif tiff in Üppelsackel nei,
willst de e richtger Roprich sei!

Roprich, Roprich, lieber Ma,
bi iech heiern epper dra,
Üppeln, Nüß un Pfafferkuchn
do in Stöbel zammzesuchn?
War fei stets e gutes Mad,
ho gemacht 'n Ellern Fraad!

Zeichn.: M. Seybold

Roprich, Roprich, Sapperlot,
gab mer mol enn guten Rot,
deß iech krieg dei ganzes Zeig
itzen of'm Flack geleich,
wos de rümschleppfst in ne Sok
heit den lieben langen Tog!
Roprich, tu mer dan Gefolln,
wetter ma ich gar nischt wolln!

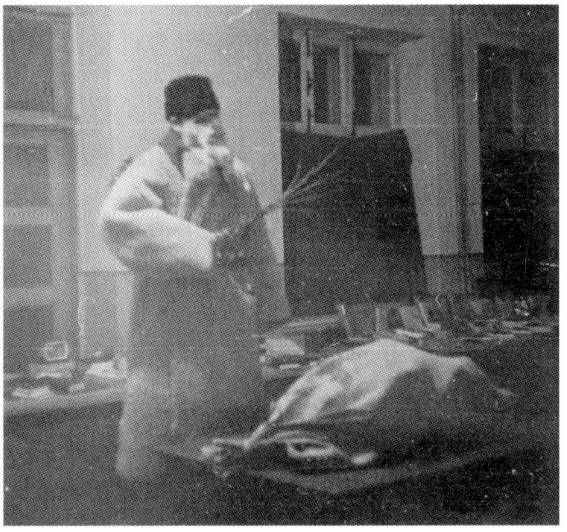

Der vogtländische Rupperich ist da! 30er Jahre

Dr. Friedrich Barthel, Falkenstein (1903–1989):

Naa, sue e Rupperich

Is war ze Weihnachten 1942. Iech war daun den elenden Krieg. Mei Fraa hot siech alle Müh gebn, mit unnern zwee Gungen sue schiene Weihnachten ze feiern wie ze dere Zeit, wue iech noch drhamm war. Se hot de Stu mit Tannereisig und bunten Gloskugeln ausstaffiert, hot ne geschnitzten Adventskranz aufgehängt und, wos is schenste war, enn Haufen Pfefferkuhng und Keksle gebacken, aß de zwee Gunge de Weihnachtszeit über immer wos ze knappern hatten.

Freilich, aans hot'r net nein Straafen gepaßt, aß zen 1. Advent net wie sinst dr Rupperich kumme is und ne Gungen zewingsten e poar Epfel und Nüss' gebracht hot. Do is'r doch eigefalln, aß ne 6. Dezember, ne Nikelaustog, manche Leit ne Kinnern ihre Pantoffeln vur de Tür stelln, aß dr Nikelaus klaane Geschenker neilegn koa. Also war noch Zeit, ne zwee Gungen e Fraad ze machen.

Ne 5. Dezember ubnds, eh sich de Gunge niedergelegt habn, hot mei Fraa ze ihne gesogt: „Sue, nu stelln mir eire Pantoffeln vur de Tür. Heit dr Nacht kimmt dr Nikelaus und legt eich seine Geschenker nei." Dr klaa Eberhard, der ewos über fünf Goahr alt war, maant: „Wos, när de Pantofeln? Do paßt doch nischt nei. Waßte, Mutti, iech stell lieber meine Stiefeln naus!" „Du bist aber e Nimmersott", sogt mei Fraa, „do stell zewingsten när ann Stiefel naus. Du waßt doch, aß itze in Krieg aah dr Rupperich net viel hot, und die vieln annern Kinner wölln doch aah ewos habn." Dös hot dr Eberhard eigesehe, und de zwee Gunge habn jeder ann Stiefel vur de Vursaaltür gestellt.

Ne nächsten Früh kunnten die zwee Gunge kaum derwarten. Schnell hot dr Eberhard noch sann Stiefel gegrabscht. Wie hot' gestrahlt! E poar Nüss' logn ubn drauf. In bunten Weih-

Na, warst du das Jahr über brav gewesen?

nachtspapier war e ruetbäckiger Epfel eigewickelt. In erer klann Tüt warn Zuckerle, sauer e süß. Und noochert zieht'r e Tüt raus. Sei Gesicht wird länger, wie er se afn Tisch ausleert. E poar Pfefferküchle kollern raus, gerod sötte wie se de Mutti gebacken hot. Noch e Tüt zerrt'r aus den Stiefel. Wos wird'n do drinne sei? Seine Aagn wern immer größer, wie'r e poar Keksle afn Tisch schütt, die gleing, wie se de Mutti gebacken hot. Do koa dr Klaane nimmer oa sich halten. „Mutti", sogt'r ganz derbuest, „na, sue e Rupperich! Erscht maust'r uns unnere Pfefferkuhng und Keksle, und noochert schenkt'r se uns wieder. Sue e Beschiß!"

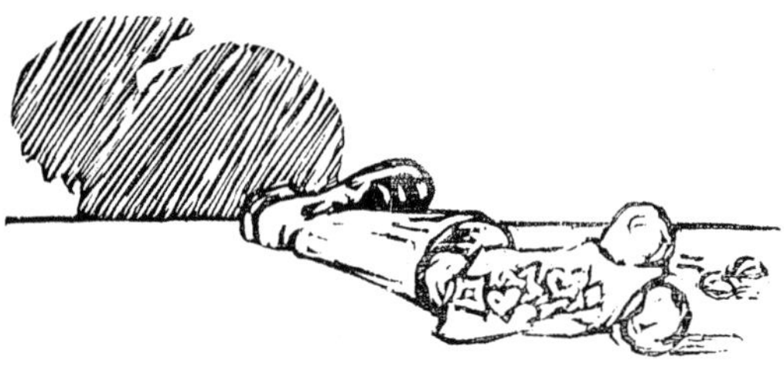

Christin Gottlob Wild:

Wiegnlied

Poiheia, mei Maadela, schlof ball ei!
Sift ruff ich geleich ne Hans Rupperich rei.
Daar fackelt fei net, daar nimmt dich miet,
nort wärscht de dich wunnern, wie dersch gieht.

Poiheia, mei Maadla, schlof nu ei!
Do ruff ich aah morgn es Bornkinnel rei!
Dos brengt der Rosining un Äppln un Nüss',
do werscht de mol schmatzen, die schmecken fei süß.

Poiheia, mei Maadela, schlof fei ei!
Ich ruff aah es Hahnel un's Hühnel rei!
Mei Hühnel legt Gackela, weiß un schie,
mei Hahnel tut krähe: Kikeriki!

Poiheia, mei Maadla, schlof vollnds ei!
De Engela kumme schu ball ze dir rei!
Se setzen sich alle mit nei in dei Wieg',
spielen noochert mit dir un herzen dich!

Poiheia, mei Maadela, schlof vollnds ei!
Se söll aah a Maadel vo Zucker sei!
Nu schleft se! O schlof när in Gottes Arm!
Ich setz der derweile dei Millich warm!

Aus dem Verlagsarchiv:

Unsere Pyramide

Max Schmerler (1873 Zwota – 1960 Dresden):

's schönste Fest

Ihr Leit', wos kah denn schänner sei,
als wie de Weihnachtszeit!
Wenn's draußen störmt ond schneite tut,
onds herrscht a Finstrigkeit.

Grod do werds neue Licht geborn,
de Sonn kehrt wieder öm,
onds geht aufs neue Frühgahr zu,
mogs aa viel Kält nuch gebn.

De Kinner wolln ihrn Ruprich hobn
ond ihr Bornkinnel aa,
onds Bäumel ond de Pfeffernüß
ond zu essen neunerlaa.

De Alten wern ze Gonge mit
ond glaubn an bessre Zeit
ond hoffen, daß bal Frieden werd
ond aufhört aller Streit.

Ond dröm kah's ebn nix Schännersch gebn,
als wie de Weihnachtszeit:
nu steht se wieder vor der Tür,
ihr Leit, macht euch bereit!

Dr. Friedrich Barthel, Falkenstein (1903–1989):

Von der Wand im Falkensteiner Schnitzzimmer leuchten von Johannes Wagner kunstvoll geschrieben die Verse:
„Du erfüllst in stillen
einen höchsten Willen
ohne Ruhm und List,
mag dich niemand nennen,
deine Leuchter brennen,
wenn du nicht mehr bist.“
Sie entstammen dem Gedicht „Der Schnitzer“, mit dem der Dichter Otto Lindner (†) den Volkskünstlern seiner Heimat ein literarisches Denkmal gesetzt hat.

Dr. Friedrich Barthel, Falkenstein (1903–1989):

Wie dr Bleys Louis is Schnitzen gelernt hat

Dreiefuffzig Goahr is dös nu schoa her. Wie dr Louis, ’r war e englischer Weeber, vur Weihnachten emal vun dr Faberik ehammgange is, do hot’r siech enn Modellierbuegn kaaft. Ze Weihnachten wott’r e Christi Geburt aufstelln. ’r hot nu ausgeschnieten, zammgeleimt und de Kripp afn grueßen Pappdeckel aufgebaut. De Männle aus Papier wotten ne net recht gefalln. Die warn goar ze leinig. „Iech kennt mr aagntlich selber welle baue“, hot dr Louis gedacht. Daun Holz hot ’r siech e poar Knüpfel Flatterweid gehuelt, und scho gung de Männelbauerei lues. Ganz aafach warn se. Is Gesicht wured bluеß oagdedatt. Drei Schniet nei de Rind warn de Aagn und is Maul, und e Spoa, den ’r drzwischen neigesteckt hot, mzß halt de Nos ogebn. Noochert hot ’r zwee Ästle als de Arm noageleimt und de Männle zamm mit bunten, selber geschneiderten Klaadern as Stofflecken oagezuegn. Aß se alle wegn dr Rind schwarze Floaten hatten, hot ne net gestärt.

Zufälligerweise koam dr Uefensetzer Büttner, der wos as ne Erzgebörg war und gut schnitzen kunnt, nei’n Louis seiner Stu. ’r market gleich, aß dr Louis Gefalln an Schnitzen und aah Geschick drzu hatt. ’r hot ne Louis ze siech eigeloden. Der hot fei halweg gespannt, wie’r den schänn Weihnachtsbarg mit den vieln Figurn zamm gesehe hot, die wos dr Büttner alle selber geschnitzt hatt. Fern Louis stand’s fest: Sue enn Barg wott’r siech aah baue und de Männle selber schnitzen. Aller Oafang is schwer. Erscht mußt dr Louis e Schof schnitzen, wos liegt. Noochert koam aans droa, wos stett. Wie dr Louis wieder zen Büttner koam, hatt der gerode ne Kenig Herodes in dr Kur. „Harr Büttner", hot dr Louis gesogt, „gebn Se mer ne Kenig Herodes miet, iech will ne noochschnitzen." – „Wos", hot dr Büttner gemaant, „is dös net geleich e racht grußer Sprung vom Schof zen Kenig?" – „Iech koa do kann grueßen Unnerschied finne", gob dr Louis zerück, der när ans Schnitzen gedacht hot. 'r dorfet ne Kenig miet ehammnemme, aber is Gesicht sott'r net selber schnitzen. Dös wott ne dr Büttner erscht vürmachen. Dr Louis hot derbei aufgepaßt wie e Luchs. Koa Schniet is ne entgange. Dr Kenig Herodes is net ella gebliebn. Noch maniche Figur is drzukumme, wenn's an Oafang aah manchmol net gleich klappen wott. Dr Louis hot aber net lucker geloon,bis 'r sann schänn, grueßen Weihnachtsbarg fartig hatt.

Dös muß mr ne Louis noochsogn. 'r hot sei Kunst net fer siech behalten. Wie viel Gunge hot'r oagelarnt und ihne immer wieder gezeigt, wie mr e Gesicht schnitzen muß. Alle mußten se, wie 'rsch selber gelarnt hatt, mitn Schof oafange. Enn Kenig hot'r kann meh schnitzen loon, der hot nimmer nei'n Straafen gepaßt.

(ca. 1960)

Dr. Friedrich Barthel, Falkenstein (1903–1989):

Von Paradiesgarten zum Heimatberg

Weihnachtliche Volkskunst im Falkensteiner Umkreis

Zur 1. Falkensteiner Schnitz- und Bastelausstellung, die Willy Rudert als Leiter des Heimatmuseums vom 7. bis 21. Januar 1933 unter dem bezeichnenden Namen „Weihnachtsbergausstellung" durchführte, stellte ein Kritiker folgende Fragen: „Wie kommt es, daß in Falkenstein, einer vogtländischen Stadt, Weihnachtsberge gezeigt werden können, die Falkensteiner Einwohner selbst angefertigt haben? Sind die Weihnachtsberge nicht erzgebirgisches Volksgut?" Als Antwort führte er an, daß der kurz nach der Jahrhundertwende von Lößnitz i. E. nach Falkenstein verzogene Ofensetzer Adolf Büttner den Weihnachtsberg, einen bis dahin im Vogtland unbekannten Volksbrauch, aus dem Erzgebirge ins Vogtland verpflanzt habe.

Dem ist zu entgegnen, daß bereits vor dem Zuzug des Erzgebirgers Büttner die Falkensteiner Bastler und Schnitzer, soweit von solchen die Rede sein kann, Weihnachtsberge nach ihrer Art bauten, die sie als „Weihnachts- oder Paradiesgärten" bezeichneten. Es ist erwiesen, daß bereits um 1860 der Töpfermeister August Acker, im Volksmund der „Ackergustel" genannt, zu Weihnachten einen „großen Weihnachtsberg" aufstellte, der die „halbe Stube einnahm und neben der Geburt Christi viele andere bewegliche Figuren" zeigte. Höchst wahrscheinlich handelte es sich auch bei diesem Weihnachtsgarten um einen der mechanischen Falkensteiner Weihnachtsgärten, wie sie zum Beispiel von Carl und Hermann Pohland, von Eduard Roth (Kutschers Edeward) und Moritz Schädlich (Resmoas Moritz) gebaut wurden. Im allgemeinen war der Weihnachtsgarten nicht lebendig. Er wurde auf einem Brett aufgebaut und mit einem Zaun umgeben. In der Mitte stand die Krippe, die Darstellung der Geburt Christi, und ringsherum stellte der Bastler Bäume, Tiere, Häuser und Menschen der Heimat auf, so wie es ihm seine Fantasie eingab. Um Leben in den Weihnachtsgarten zu bringen, errichteten andere in seiner Mitte einen Drehturm. Die fähigsten Köpfe unter den Bastlern aber gingen daran, die gekauften oder auch selbstgeschnitzten Figuren beweglich zu machen, wobei sie charakteristische Bewegungen aus ihrem Erfahrungs- und Beobachtungsbereich zur Darstellung brachten. Bei der Mechanisierung der Weihnachtsgärten mögen die kleinen beweglichen Bergwerke, die in Falkenstein gerne gebaut wurden, von besonderem Einfluß gewesen sein. Der Weihnachtsgarten vereinigte in sich alle Fertigkeiten und Einfälle seines Erbauers, nicht selten zeugte er von Künstlerei und einer geradezu spielerischen Lust am Mechanischen.

Der Schnitzer. *Grafik: A. Hofmann-Sachsenberg*

In sinnfälliger Weise veranschaulicht der Weihnachtsgarten, den der Dorfstädter Eisenbahner Wilhelm Hennebach ab 1896 erbaute, die Entwicklung des Falkensteiner Weihnachtsgartens. In dem mit einem Zaun umgrenzten Garten erhebt sich ein Berg, in welchem sich ein Bergwerk befindet. Den Berg selbst krönt ein hoher Drehturm, der auf der einen Seite von der Krippe, auf der anderen von einer Puppenstube flankiert wird. An beweglichen Figuren beobachten wir wie so oft: Schafe, Schäfer und Hund, Engel, Essenkehrer, Handelsmann, Schlittenfahrer.

In Dorfstadt finden wir ein zweites Musterbeispiel des typisch Falkensteiner Weihnachtsgartens, der hier bereits die Form eines Berges angenommen hat und außer dem üblichen Zaun nichts mehr mit einem Garten gemein hat. Der jetzt 82jährige Sticker William Seidel, der den sehenswerten Berg in einem Block auf engstem Raume in vielen Jahren erbaute, bezeichnet ihn heute noch als „Weihnachtsgarten".

Es ist sehr zu begrüßen, daß in Dorfstadt einer der jüngsten Generation, der Klempner Gerhard Männel, die Tradition des vogtländischen Weihnachtsgartens weiterführte und einen mechanischen Berg baute, auf dem er neben der Krippe in klarer, übersichtlicher Form eine allerdings nicht vogtländische Berglandschaft darstellte.

Die angeführten Beispiele zeigen wohl deutlich, daß in Falkenstein und Umgebung ein mechanisierter Weihnachtsgarten bestand und noch lebt, der im Laufe seine Entwicklung ganz unabhängig von dem nach Falkenstein eingeführten erzgebirgischen Weihnachtsberg die Form und den Aufbau eines Berges angenommen hat. Erst mit dem erzgebirgischen Schnitz- und Bastelwerk kam der Ausdruck „Weihnachtsberg", der schließlich auf den vogtländischen Weihnachtsgarten übertragen wurde.

Der Erzgebirger Adolf Büttner brachte nach Falkenstein einen im biblisch-orientalischen Stil erbauten Berg mit unbeweglichen, aber selbstgeschnitzten Figuren mit. Von Büttner angeregt, gingen die Falkensteiner Ernst Fetzer, Max Löffler, Alfred Friese, Ernst Heinz und nicht zuletzt Louis Bley daran, in der dem Erzgebirger wie Vogtländer angeborenen Neigung zum Realismus christliche Weihnachtsberge nach Vorlagen und Bilderbibeln stilgerecht zu bauen.

Die im christlich-orientalischen Stil erbauten Berge der Falkensteiner Ernst Heinz und Louis Bley sind in den Falkensteiner Weihnachtsschauen schon gezeigt worden. Beide Berge führen den Beschauer an die heiligen Stätten und veranschaulichen die Geschichte Christi von der Geburt bis zur Kreuzigung. Im Gegensatz zu den vogtländischen Weihnachtsgärten sind diese christlichen Berge aus mehreren Baublöcken zusammengesetzt, so daß sie von Fachleuten als „Kompositionsberge" bezeichnet wurden.

Zweier Berge ist noch zu gedenken, die in ihrem Aufbau eine Mittelstellung zwischen dem alten vogtländischen Weihnachtsgarten und dem erzgebirgischen Weihnachtsberg einnahmen: das sind der christliche weihnachtliche Berg von Alfred Friese, der noch von einem Drehturm gekrönt wird, und der Berg von Otto Pohlands, der, wie ein Kritiker einst schrieb, in „drei Abteilungen eine typisch vogtländische, eine märchenhafte und eine biblische Ausgestaltung weihnachtlichen Gedankengutes" darstellt.

Im Laufe der Entwicklung hat der Weihnachtsberg insofern eine Wandlung durchgemacht, als die Krippe samt dem orientalischen Aufbau schwand und der Darstellung der Heimat in der Vielfalt ihrer Erscheinungen Platz machte. Der Krippenberg, als solcher ist auch der vogtländische Weihnachtsgarten zu bezeichnen, wurde vom Heimatberg abgelöst, wie ja auch die Schnitzer begannen, die Christgeburt in die heimische Landschaft zu stellen, als wollten sie sagen, daß hier ihr heiliges Land sei.

Neben dem Bastler Albert Michael in Grünbach, der auf einem kleinen Weihnachtsberg die Landschaft des Schwarzwaldes darstellte, erbaute der Reumtengrüner Bauer Kurt Schädlich im Verlaufe von 45 Jahren einen vogtländischen Heimatberg. Bereits als Schuljunge begann er mit der Arbeit, als er sich zur Dampfmaschine bewegliche Modelle selbst herstellte. Das Lesebuch gab ihm erste Anregungen. Er beobachtete das Leben im Dorfe und fügte im Laufe der Jahre Block an Block, so daß ein stattlicher Berg von 2 m Breite und 1,50 m Tiefe entstand. Bemerkenswert ist, daß die Figuren von Kurt Schädlich selbst aus Blei geschnitzt wurden und daß er beim Bau der Häuser kleine Fichtenäste benutzte.

Der Weihnachtsberg erfordert viel Arbeit. Es gehört zu seinem Wesen, daß er laufend erweitert wird. Da sein Bau zudem eine hohes technisches Können voraussetzt, ist es nicht verwunderlich, daß er nicht so zahlreich vorhanden ist wie zum Beispiel der vogtländische Drehturm. Der Weihnachtsberg eignet sich in besonderer Weise für kollektive Arbeit. Die rührigen Falkensteiner Schnitzer haben einen Weihnachtsberg ganz im heimatlichen Stil erbaut, wie sich ihn einst der Heimatdichter Willy Rudert erträumte. Unter dem treffenden Namen „Wue mir derhaam sei“ kündet er von friedlicher Arbeit in unserer Waldheimat. Er ist ein Hauptanziehungspunkt unseres Heimatmuseums und schenkt uns besonders zur Weihnachtszeit Glück und Freude. Wir Falkensteiner können uns keine Weihnachten mehr vorstellen ohne unseren Heimatberg, der in der großen Schnitz- und Bastelausstellung nach Weihnachten alt und jung wieder ins seinen Bann ziehen wird.

Hans Wild, Zwota (1898–1970):

Wenn de Mutter Waschfest hot

Eh die Feiertooch komme, dös waaß jeder Mah,
do lief er am liebstn gleich auf on devah.
Die Fraa, ach du liebe Zeit, ho die ihrn Trasch,
die waaß net wohie ond wo na vo de Rasch.
Oem die Zeit steht be dere kaa Steckn grod.
Kaa Wort kah ma’ redn, dös kriecht ma’ oft sood.
Do is scho gut, ma’ kömmt ihr net öns Geheg,
denn die is sich weiß Gott oft selber ön Weg.
Ond alle Ried härt ma’ se seufzn ond soong:
„Der Dreck, naa, der Dreck, suviel Dreck kah kaans hom!“
Nix blabt a sein Fleckl, naa alles muß weg,
ond überoll sieht se ond fönd se när Dreck.
Dös rompelt ond poltert ond huscht hie ond her,
wie wenn ’s drönne ’n Stübel net ganz richtig wär.
Von Schrank müssn Schüsseln ond Töpp alle raus,
die Vorhangle ronter, es Kannepee naus.
Die Betten wer’n glüft ond die Decken gekloppt.
Es Rohr is voll Ruß ond dr Ufn verstoppt.

Dorch de Fenster kah se bal' nömmer dorchseh.
Oen de Stubnecken fönd se nuch Spönnewee.
A de Uhr werd römmgfommelt sulang, bis se steht.
Die Türn wer'n ogsaaft, deß dr Lack mit fortgeht.
Dr Besen, dr Hader flieng kreiz ond de quer,
ond wo die net raang, muß die Worzelbörscht her.
Ond alle Ried härt ma' se seufzn ond soong:
„Der Dreck, naa, der Dreck, suviel Dreck kah kaans hom!"
Ze setter Zeit is dr Mah ebn zeviel.
Der is stets ön Weg, er kah sei, wo er will.
„Geh weg do – stell Dich nüber", su gehts ön aan fort.
„Bleibt sitzn, siehst net, deß ich gwaschn ho dort?
Tu die Baa weg – ruck höher – kännst die Vorhäng rotah,
es greift doch jedes Mannsen en Augnblick mit na.
Eich Männern, Eich muß ma' aa alles noochtroong,
die Liederlichkeit, dös is net ze soong.
Die Pfeif ond dr Tobak ham aa do kaan Fleck,
dös is Sudelei, dös tust emol weg.
Kännst überhaupt aufhärn mit der Qualmerei,
der Gstank on der Brudel braucht net ze sei.
Von früh bis Nacht werd' gepafft ond gepufft.
Verraacherst die Vorhäng, bläst 's Geld ön de Luft.
Wo käm mer denn hie, dös därfst net vergessen,
wenn ich tät egal Schockelade fressen.
Die Vögelzucht, die hau ich aa scho nuch naus,
dös sieht be ons egal wie Hühnerstall aus.
Die Maad, dös is aa e setts liederlichs Döng,
ön jeder Eck liegt vo denn Mensch e wos römm.

Wos ho ich scho gepredigt, dös Könd machts aan schwer.
Die mog när net heiern, dös gäb e Malheur.
Wos die Maad nuch aufraamt läßt der Boß bestimmt liegn.
Oen den is kaa Ordnung neizekrieng.
No freilich, der Aeppel fällt net weit von Stamm,
dr Boß ond dr Alte, die passen scho zsammm!"
Dozu kömmt nuch die Backerei
ond eikaaft muß wer'n aa nuch dronternei.
No do erst, do kah ma' erst e wos härn,
do müßtn die Hannler allezamm eigsperrt wer'n.
Es Fleisch is ze moger, ze knapp is es Gewicht.
Die Worscht is aa – wie wenn se scho riecht.
Es Brot is versalzen, oft is aa ze lönn.
Die Butter is ranzig, die Millich ze dön.
Die Kuchen sei wie Bretle, ze flach ond ze hell.
Dr Taag net sood gwörkt, 's war aa kaa guts Mehl.
Ond die Preis, naa die Preis, es is net ze bezohln,

die Leit wissen net, wos se verlange solln.
Su lang se römbuhlt, sulang spreißelt die Fraa.
Es werd kaans verschunt, es kömmt jeds emol drah.
Sie maants ober net su, maants aa net schlecht,
ond mir wollns ruhig zugebn, sie hot oft emol recht.
Wenn de Feiertooch do sei, sitzt ön Stübl blitz blank,
dr Mah mit sein Pfeifel ond denkt: „Gott sei Dank!“

Kleine Wäsche 1944. Archiv: Verlag

Rundas

Es is halt mein Voter
sei anziger Trost,
döss er su an' Bubn hot,
den ka Kreuzer Geld reut.
Hof

Gieh ich den Gänsberg nauf,
und weck de Madle auf,
krieg ich a su viel Geld,
als wos ich brauch.
Coschütz, Triebes, Breitenfeld, Rodersdorf

Der Adam und die Eva
hamm's Lieben erdacht,
und ich und mei Schotzel
hamm's a asue gemacht.
Oelsnitz, Wildenau

Dr. Friedrich Barthel, Falkenstein (1903–1989):

Der Moosmann

Das Symbol vogtländischer Weihnachten ist der Moosmann. Obwohl er für das gesamte Vogtland typisch ist, stellt er nur noch in einigen Gegenden lebendigen Brauch dar.

In den weiten Waldgebieten im Osten, Südosten und Nordwesten des Vogtlandes wurde der Moosmann als Träger des Weihnachtslichtes noch in der 2. Hälfte des 19. Jahrhunderts gebastelt. Kernstück der Figur war der sogenannte „Bankert“, ein einfaches Holzskelett, aus ungefügem Rumpf mit angenagelten Armen und eingefügten Beinen. Hände und Füße, meist von geübten Schnitzern bezogen, wurden an Arme und Beine geleimt. Auch die Köpfe lieferten die Schnitzer, sofern sich die Bastler nicht begnügten, ihren Moosmann mit einem Kopf aus Porzellan oder später aus Zelluloid zu versehen. Der Moosmann erhielt einen Anzug aus Pappe, den meist die Frau anfertigte und der — das ist das Wesentliche — ganz und gar mit Moos beklebt wurde. In der einen Hand trug der Moosmann das Weihnachtslicht, in der anderen einen Baumast als Wanderstab.

Bei dieser primitiven Form sind die Bastler nicht stehen geblieben. Im Laufe der Jahre sind Moosmänner in der Gestalt von Rittern, Soldaten, Jägern, Förstern und Waldgängern entstanden, die an Stelle des einfachen Weihnachtslichtes einen kleinen Drehturm, einen Schwibbogen oder ein Tannenbäumchen trugen. Was aber allen gemeinsam ist, das ist das Kleid von grünem Moos aus dem Heimatwald.

Im östlichen Vogtland, wo sich nach 1945 die Volkskunst des Schnitzens unter staatlicher Förderung stark entwickelt hatte, sind vor allem die im Kulturbund der DDR vereinten Schnitzer mit Erfolg daran gegangen, den fast in Vergessenheit geratenen Moosmann zu neuem Leben zu erwecken, ihn ganz aus Lindenholz zu schnitzen und ihm ein der Sage gemäßes Aussehen zu geben. Der Moosmann ist auf dem besten Wege, wieder die dem Vogtland eigene Weihnachtsfigur zu werden.

Wenn die Alten Moosmänner bastelten, dann trieb sie nicht selten bittere wirtschaftliche Not dazu. „In den Städten suchen arme Kinder einige Groschen zu verdienen, sie bauen Pyramiden von Holzstäben, die mit Moos oder buntem Papier umkleidet und an welche Dillen mit Lichtern befestigt werden. Oder sie verfertigten in Reichenbach Moosmänner, um sie am Christmarkte feilzubieten.“ Das schrieb Dr. Joh. Aug. Ernst Köhler im Jahre 1867 in seinem bedeutsamen Werk „Volksbrauch, Aberglauben, Sagen und andere alte Überlieferungen im Voigtlande“, der ersten Gesamtschau vogtländischer Volkskunde. Der Moosmann als Weihnachtsfigur geht auf den Moosmann der Sage zurück, der — selbst in tiefster Not lebend — guten Menschen in ihrer Armut jederzeit helfend zur Seite stand. Moosmann und Moosweibel, nur drei

Fuß hoch, lebten im tiefen Wald unter Baumstöcken und in Höhlen, nährten sich kümmerlich von Wurzeln und Früchten des Waldes und kleideten sich notdürftig mit Moos und Tannenzweigen. Sie hatten nur einen Feind, den „Wilden Jäger". Vor ihm und seinen Gefolge waren sie sicher unter den Baumstämmen und -stocken, in die die Holzhauer drei Kreuze geschlagen hatten. Dem Menschen waren die Moosleute freundlich gesinnt. Sie halfen besonders den Armen, und das Laub — drei Handvoll mußten es sein —, mit dem sie gute Taten belohnten, verwandelte sich in Gold, so daß die Not der armen Wäldler ein Ende nahm.

Nach Ansicht der Volkskundler erinnert der das Weihnachtslicht tragende Moosmann an das im Winter unter warmen Moosen ruhende Leben und an die wiederkehrende Sonne. Sollte der vogtländische Moosmann im Grunde nicht das Ebenbild des fleißigen, hilfsbereiten und doch so bitterarmen Waldarbeiters vergangener Zeiten sein, der sich aus Not und Unterdrückung nach einem freien, glücklichen Leben sehnte, und dem das in der Finsternis strahlende Weihnachtslicht Glauben und Kraft gab?

Willy Rudert, Falkenstein (1884–1949):

Der Muosmah[1]

Iech bie e Mah,
ho e hellgrün's Röckel a,
und dös is ganz aus Muos
bie iech aa net gruoß,
wür iech do tausend Gahr oft alt,
und wahn daun Wald.
Ober zer Weihnachtszeit
do mach iech ne Leuten e Freud,
do stell iech mich drinne ihrn Stübel
af de Kummod
ganz exter neebn der Peremitt,
und wenn's Bornkinnel ne Kinnern beschert,
do fraa iech miech miet.

[1] Moosmann

Zeichn.: H. Scheffler

Johannes Arnold:

Der Moosmann ist immer noch im Lande

Schon manchen traf ich und sprach mit ihm, auf dem Weg und Steg zwischen Oelsnitz und Schnarrtanne, auch in den Wäldern über Klingenthal und um Morgenröthe-Rautenkranz. Alle waren sie freundlich, wenn auch zumeist wehleidig und voller Klagen und Wünsche. Sobald sie ihnen aber erfüllt wurden, kam ich stets gut mit ihnen aus. Und so manche Erinnerung nahm ich von ihnen mit nach Hause, einen unansehnlichen Stein, der in Wirklichkeit ein guter Batzen Gold ist, eine Handvoll Heu, das in Wahrheit ein Silberbäumchen ist …

Ich schwör's, es ist die Wahrheit. Als Zeugen rufe ich alle Moosmänner und alle Moosweiber des Vogtlandes auf.

Wer sie treffen will, muß wissen, wie sie aussehen. Die Moosleute sind nur drei Schuh groß, und sie sind tausend Jahre alt. Wie sie genannt werden, so sehen sie aus: Moosgrün ist ihr Rock, der Hut und das Kleid, Stiefel und Schuh. Also, sie sind nicht zu verfehlen.

Ihre Wohnungen allerdings müssen gesucht und auch noch gefunden werden. Am besten, man schaut unter jeder Baumwurzel nach, unter jedem Felsen, wenn da eine Höhle ist. Am meisten Glück, sie zu finden, hat man an Baumstämmen, in die die Holzfäller drei Kreuze geschlagen haben.

Wer eine Begegnung mit den Moosleuten dem Zufall überläßt, ist am besten beraten.

Die Moosleute haben eine arge Zeit. Nämlich leben sie nur von Wurzeln und Beeren und von dem, was sie von den Menschen bekommen, das aber darf nicht gezählt werden. Seit aber in der Konsumbäckerei die Brote gezählt werden und von den Frauen auch die Klöße in den Topf, ist für die Moosleute beinahe Hungerszeit. Auch vertragen sie Fluchen und grobe Worte nicht …

Gleich hinter Oelsnitz schenkte ein Moosmann einer armen Frau, es ist noch keine fünfzig Jahre her, und die Frau lebt noch im Haus gleich unter Voigtsberg, einen Knäuel Garn, damit sie sich Strümpfe stricken konnte. Das Garn aus dem Knäuel wurde nie alle, als aber einmal eine andere Frau davon strickte, war der Faden gleich zu Ende.

Ich habe diesen Sommer ein Moosweib in meiner Rocktasche drei Stunden lang verborgen gehalten, weil es vom wilden Jäger verfolgt wurde. Es belohnte mich, indem es meine Zigaretten in Zuckerstangen verwandelte. Von diesem Tag an fehlt mir jeder Appetit auf Zigaretten.

Wie man sieht, sind die Moosleute durchweg dankbar, nur reizen darf man sie nicht oder etwa ihrer Größe oder ihres Aussehns wegen verachten.

Den meisten Spaß haben die Moosleute, wenn sie gute Taten der Menschen mit Laub abdanken. Zum Beispiel einen Sack voll Birkenlaub für ein Stück Brot (aber ohne Kümmel, denn Kümmel mögen die Moosleute nicht), einen Laubzweig vom Ahorn, wenn sie ein Stück des Weges mitgenommen werden (aber niemals in Autos). Das Laub wird in den meisten Fällen zu Gold. Man braucht nicht Obacht zu geben, wie es sich verwandelt, man merkt es am Gewicht.

Der Bursche aus Schöneck, der die Nachbarstochter mangels Geld und Gut nicht heiraten konnte, spürte es gleich. Als er in die Fremde ziehen wollte, um sich zu verdingen, schenkte ihm ein Moosweib einen Zweig, der immer neue Blätter trug, die stets wieder zu Gold wurden. Der Baum ist später aus irgendeinem Grunde doch eingegangen, aber das heute uralte glückliche Ehepaar kann die Geschichte noch bezeugen.

Jetzt, da alles auf die Weihnachtstage rüstet, werden ungezählte Moosleute vorgerichtet. Mit Moos beklebt, mit Köpfen versehen, geleimt und gemalt. Sie bekommen neue Kerzen aufgesteckt, damit sie dem Suchenden auch den richtigen Weg leuchten können. Wer einen Moosmann sein eigen nennt ist glückliche, wobei die einen sagen, die geschnitzten wären die echten, während die anderen behaupten, die mit Porzellankopf kämen den wirklichen Moosleuten im Aussehen näher.

Was macht's, wer Bastelgeschick oder eine Schnitzerhand hat, macht sich über seinen Moosmann her, denn Wintertage ohne Moosmann in der Stube sind im Vogtland gar nicht denkbar.

Ich sah schon Moosmänner mit Pfeife, kleine Moosmänner und solche von fünf Schuh Größe, den Moosmannkönig und solche mit großem Hut, mit Stock, mit Pilzkorb und die Moosweiber mit dem Holzkorb. Ich sah keinen, dem ich nicht gut gewesen wäre.

Wenn man einen von den Moosleuten trifft und man hört genau hin, wird man ihn seinen Spruch sagen hören: „Ich bin so alt, wie Wind und Wald …"

Theodor Moder (1922–2013):

Die Augen der Kinder strahlten

Einen Tag vor dem dritten Advent versammelten sich die Kinder der Volkspolizisten zu einer gemeinsamen Weihnachtsfeier. Das Klubhaus der „MEWA“ war für diesen Zweck vorgesehen und entsprechend hergerichtet worden.

Vor jedem Kind stand ein bunter Teller mit süßen Gaben, die Musik spielte weihnachtliche Weisen. Endlich, alle Blicke der Kinder richteten sich zum Eingang, ein „Ah“ und „Oh“ war zu hören. Einige der Kleinen klatschten sogar vor Freude in ihre kleinen Hände. Die Augen der Kinder strahlten mit den Kerzen an den Bäumen um die Wette.

Für jedes Kind hatte der Weihnachtsmann ein liebes oder mahnendes Wort, und jedes Kind ging mit seinem Geschenk und zufriedenem Gesicht auf seinen Platz zurück. Mit weihnachtlicher Musik klang die kleine Feier aus, und die Muttis und Vatis hatten alle Hände voll zu tun, um das Erhaltene gut zu verstauen.

(1956)

Schöneck, strahlende Kinderaugen zur Bescherung. *Archiv: Verlag*

Kinder beim Rodeln

Theodor Moder, (1933-2013):

Ein vorweihnachtlicher Bummel durch Markneukirchen im Jahre 1956

Die Vorweihnachtszeit mit ihrem geheimnisvollen Treiben hat begonnen. Unsere Kleinen drücken ihre Nasenspitzen an den Schaufensterscheiben platt, um möglichst viel zu sehen, so auch in dem neu eröffneten Spielzeugladen des Konsums in der Klingenthaler Straße. Eine Miniatureisenbahn ist dort aufgebaut. Die freundliche Verkäuferin, Frl. Wunderlich, fragt nach den Wünschen. Es ist ein dauerndes Kommen und Gehen. Klein-Christel kann es nicht länger für sich behalten: „Mutti, in meiner Puppenstube fehlt noch ein elektrischer Herd, oh, da könnte ich brutzeln für all meine Pippis, und hier Mutti, die vielen Roller."

Wenige Schritte weiter, direkt an der Bayerischen Bierstube, befindet sich ein Konsumladen, der speziell allen Büro- und Schulbedarf führt. Herr Pöpel ist der richtige Mann in dieser Verkaufsstelle. Seine Bedienung ist beispielgebend. Gut eingerichtet ist der Konsum für Industrie- und Haushaltwaren und Optik. Das Angebot ist reichhaltig, nur die Auswahl in Rundfunkgeräten ist auf das mindeste beschränkt. Der Leiter der HO-Verkaufsstelle, Herr Glaß, sagte mir:

„Seit der Einführung des neuen Teilzahlungssystems sind bei mir Radios und Musikschränke wie warme Semmeln weggegangen."

Am Roten Markt zeigt ein Schaufenster die modernsten Polstermöbel. Einige Leute stehen davor, darunter auch ein junges Paar. „Du Rolf", hör ich plötzlich flüstern, „sieh mal, wie schön, Couch und Sessel wie für uns geschaffen." Nach einer Weile hörte ich ihn sagen: „Du hast recht, Inge, diese Polstermöbel werden wir uns kaufen."

Die Hohe Straße bergaufgehend, einige Stufen steigend, erreiche ich nach wenigen Schritten das HO-Wismut-Geschäft, das einzige in unserer Stadt. Von Lebensmitteln bis zum Abendkleid oder Fahrrad ist hier alles zu haben, wenn es auch in den Räumen etwas eng zugeht.

Auch in den privaten Geschäften ist eine große Auswahl zum Weihnachtsfest vorhanden.

Langsam beginnt es zu dunkeln. In den Schaufenstern erstrahlt hier und dort Neonlicht. Beim Eintreten in die Buchhandlung von Theodor Voigt umfängt mich die richtige vorweihnachtliche Stimmung. Höflich wird man bedient.

Und schnell noch einen Sprung in das Privatgeschäft für Eisen- und Haushaltwaren. Die Firma C. G. Friedrich hat einen tüchtigen Geschäftsmann gefunden. Herr Meixner, seine Frau und das übrige Personal zeigen gute Verkaufskultur.

Ja, so ist es. Von Jahr zu Jahr wird das Angebot immer größer und die Qualität besser. Ein Erfolg der Arbeit unserer Werktätigen und der Friedenspolitik unserer Arbeiter- und Bauern-Macht. So soll es bleiben. Mit jedem Jahr sollen unsere Geschenke wertvoller werden. Mit vollgepackten Taschen verlassen unsere Bürger die Verkaufsstellen und Läden, um zum Weihnachtsfest Freude zu bereiten. Denken wir bei unseren Einkäufen in der Vorweihnachtszeit immer daran, daß es nur so schön bleiben kann, wenn Frieden ist. Ihn zu erhalten ist nicht nur unser Wunsch, sondern unsere Pflicht.

Weihnachtsmarkt in Auerbach

Gertrud Drechsler:

Ball kimmt Weihnachten

Es hot fei seit gestern
lang tüchtig geschneit.
Weihnachten kimmt wieder,
ball is esu weit.

Mer freie uns alle,
ob gruß oder klaa.
Es Hannel möcht heit lang
'n Rupperich sah.

De Mutter, die Gute,
die hot viel ze tu,
se kimmt in den Tonge
vern Fest net ze Ruh.

De Stolln sei lang fartig,
e Gans wird geschlacht.
Es Baamel hot gestern
dr Fred mietgebracht.

Kaum känn mersch derwarten,
bis Christbaamel brennt.
Nooch legt aah de Mutter
nei'n Schoß mol de Händ.

Mer sei e su glücklich
und wünschen derbei,
deß Frieden fer immer
möcht überoll sei.

Elisabeth Baumgarten:

Fest des Friedens

In weiches weißes Schweigen
ist eingehüllt die Welt.
Schon will der Tag sich neigen,
die ersten Sterne steigen
hell glitzernd auf am Himmelszelt.
Bald bricht die hohe Stunde
der heiligen Nacht herein.
Da kam aus Engelsmunde
einst eine frohe Kunde:
Nun soll auf Erden Friede sein!
Die Botschaft hat getrogen,
wie oft seit jener Zeit,
ward nicht das Schwert gezogen,
hat nicht voll Blut gesogen
sich jede Scholle weit und breit?
Doch wenn vom Weihnachtssterne
eine Schimmer zu uns dringt,
dann glaubt das Herz es gerne:
Der Tag sei nicht mehr ferne,
der allen Völkern Frieden bringt!

(ca. 1960)

Walter Forberg:

Weihnachtslied

Leise fallen weiße Flocken
auf die Erde … Übers Land
trägt der Wind den Klang von Glocken,
und in silbernem Gewand
kündet festlich Baum um Baum
wieder uns der Weihnacht Traum.

Lieblich klingen alte Weisen
und in weitem, weitem Rund
strahlt ein Stern, der einst verheißen
aller Menschen Friedensbund.
Und manch heller, neuer Klang
schwingt durch alter Sehnsucht Sang.

Golden leuchten tausend Kerzen,
wo die Taube Botschaft bringt
Frieden, Frieden allen Herzen,
daß in allen Ländern klingt
mit dem Wunsch nach Ewigkeit
das Gebot der Weihnachtszeit.

Weihnacht, Weihnacht es bedeute
Frieden, Frieden dein Geläute:
Wunschtraum der Vergangenheit
Wahrheit für die Ewigkeit!

Hans Heinrich Schlobach:

In unserer kleinen Stadt

Gedanken fliegen übers Land
in eine kleine Stadt,
zu Berg und Schloß und Muldenstrand,
zur Mühle, wo meine Wiege stand
in unserer kleinen Stadt. –

Bald kommt die liebe Weihnachtszeit
in unsere kleine Stadt. –
Die Straßen liegen tief verschneit
und Weihnachtsbäume stehn bereit
in unserer kleinen Stadt. –

Sankt Kunigunden läutet hell
in unserer kleinen Stadt,
und viele Menschen folgen schnell
dem Glockenruf zum Christappell
in unserer kleinen Stadt. –

Die Lichter strahlen am Altar
in unserer kleinen Stadt.
So hell erklingt und wunderbar
der Weihnachtschor in jedem Jahr
in unserer kleinen Stadt. –

Viel bunte Kerzen brennen schon
in unserer kleinen Stadt.
Die Lieder preisen Gottes Sohn
und bitten, daß er immer wohn
in unserer kleinen Stadt. –

Erloschen ist der Kerzenschein
in unserer kleinen Stadt. –
In tiefem Schlaf liegt Groß und Klein.
Lieb', Glaube, Hoffnung zogen ein
in unsere kleine Stadt. – – –

Weihnachtsabend in Treuen.

Aquarell: P. Kober

Dr. Friedrich Barthel, Falkenstein (1903–1989):

Weihnachten im Spiegel vogtländischen Wortgutes

Welche Fülle von seligen Erinnerungen und frohen Erwartungen weckt das Wort Weihnachten, dessen Deutung den tiefen Sinn des Festes offenbart.

Die Umgangssprache wendet das Wort fast ausschließlich in der Einzahl an. Man wünscht sich „ein fröhliches Weihnachten“ oder man sagt es sei „ein gutes oder schlechtes Weihnachten“ gewesen. Die Einzelform ist von Haus aus nicht richtig. Zum Hauptwort erhobene Tätigkeiten wie „das Lesen, das Schreiben“ mögen bei der Bildung der falschen Form „das Weihnachten“ von Einfluß gewesen sein. Und doch kann die Wortfindung „das Weihnachten“ richtig sein, wenn es sich eben auch bei ihr um ein zum Hauptwort erhobenes Tätigkeitswort handelt. Wie läßt doch Theodor Storm seinen Knecht Ruprecht sprechen? „Von drauß' vom Wald e komm' ich her, ich muß euch sagen es weihnachtet sehr.“ Wenn wir das vom Dichter geschaffene Tätigkeitswort „weihnachten“ zum Hauptwort erheben, dann schließt „das Weihnachten“ all das Tun und Treiben in der Vorweihnachtszeit in sich. Das ist aber doch nicht gemeint. Das Wort Weihnachten stellt vielmehr eine alte Mehrzahlform dar, und zwar im 3. Fall. „Ze den wihen nahten“ hieß es im Mittelhochdeutschen. Weihnachten ist also die Zeit „zu den heiligen Nächten“. Die Erinnerung an diese „heiligen Nächte“ lebt in den „Unternächten“ weiter, die einst im vogtländischen Weihnachtsbrauchtum eine große Rolle spielten. Die traumschweren Nächte zwischen dem 24. Dezember und dem 6. Januar, auf Grund der Formen „Inner“- oder „Internächte“ als „Zwischennächte“ gedeutet, kennzeichnen die Weihnachtszeit als die Zeit zwischen den Jahren, als eine „zeitlose Zeit“. Wir wissen, daß die Germanen nicht nach Tagen, sondern nach Nächten rechneten, weil eben in jener lichtarmen Zeit die Nacht den Hauptteil des Tages als Zeitmaß ausmachte. Neben „Weihnachten“ und den „Unternächten“ unterstreichen die „Fastnacht“, die ja im wesentlichen bei Tage begangen wird, und das englische Wort „fortnight“ in der Bedeutung „14 Tage“ diese Erkenntnis. Weihnachten ist somit ein rein germanisches Fest, es ist das Julfest, das Fest der Wintersonnenwende. In Anwendung der richtigen Pluralform die „Weihnachten“ sagen wir „zu Weihnachten bleibe ich daheim" oder wünschen wir anderen „fröhliche Weihnachten". Mit Einzug des Christentums wurde Weihnachten, das Julfest, in das Christfest umgewandelt, das heißt die heiligen Nächte schrumpfen auf eine heilige Nacht, die Christnacht, zusammen. So mag es auch kommen, daß sich der Sprachgebrauch wandelte und Weihnachten nunmehr in der Einzahl, zunächst noch unter Beibehaltung der alten Pluralform, angewendet wird, wie die folgenden Beispiele besagen: „Wieder ist Weihnachten da", oder „Weihnachten ist gekommen" – wir denken an den Liedtext „Fröhliche Weihnacht überall ..." – auch der alte, ursprüngliche Plural ist verschwunden.

Zu den vogtländischen Weihnachtsgestalten zählte ehedem der „Rupperich", das heißt Knecht Ruprecht. Ohne ihn, den Sack mit Äpfeln und Nüssen, die Rute wären es keine Weihnachten gewesen. Klingen uns Älteren nicht noch die urwüchsigen Ruprechtverse in den Ohren?

Rupperich, Rupperich Beesenstiel,
deine Kinner fressen viel,
alle Tog ee Laabel Bruet,
nimm de Hack und hau se tuet.
oder:
Zwirn, Zwirn, Zwirn,
drei gebackene Birn,
drei gebackene Äpfel,
Rupperich, bist e Stepfel.

Dabei war der scheltende, polternde und furchterregende Rupperich von Haus aus gar von vornehmer Herkunft, er war im Grunde kein Knecht, sondern ein Herr, ja der Herr Rupperich, auf hochdeutsch Ruprecht, geht auf das germanische Wort „Ruamprecht", d. h. der Ruhmstrahlende (precht/Pracht = Glanz), zurück. Der Ruamprecht war kein anderer als Wotan, der gütige Allvater, der nach dem Glauben unserer germanischen Vorfahren zur Zeit der Wintersonnenwende auf seinem Schimmel, einem weißen Wolkenroß, den blauen Himmelsraum durchritt und den Menschen die Erntegaben brachte. Mit Einzug des Christentums wurde Wotan, der Ruamprecht, entthront. An seine Stelle trat der fromme Bischof Nikolaus, der ab 6. Dezember, seinem Namenstag, als Gabenspender und Kinderfreund durchs Land zog.

Der ehemalige „Herr" Ruprecht wurde ihm als Knecht, als Kinderfresser zugesellt. Er sank schließlich auf Grund seines rohen Benehmens zum „Rüpel" herab. Als Nachfahr des degradierten „Ruamprecht" trieb noch vor Jahren in unserer engeren Heimat der „Kettenrupperich", dessen Arme und Beine mit klirrenden Ketten umwunden waren und der nicht selten „der Biese von der Winselburg" genannt wurde, sein Wesen. Der Rupperich erscheint kaum mehr. Der Nikolaus hat ihn verdrängt. Doch lebt das Wort „Rupperich" in unserer Mundart weiter. Seine Deutung unterstreicht, daß Weihnachten im Anfang ein germanisches Fest war.

„Wos host'n heier zen Bornkinnel kriegt?" hört man noch oft in unserer Mundart sagen. Gemeint ist: „Was hast du dieses Jahr zu Weihnachten bekommen?" – „Ich ho enn Haufen Bornkinnle kriegt", kann die Antwort lauten. Das heißt: „Ich habe viele Geschenke bekommen." So lebt das Wort „Bornkinnel" als Bezeichnung sowohl für das Weihnachtsfest als auch für die Weihnachtsgeschenke weiter. Was aber das „Bornkinnel" im Grunde darstellt, wissen die wenigsten, weil eben das Bornkinnel, neben dem Rupperich eine alte vogtländische Weihnachtsgestalt, nicht mehr erscheint. Das Bornkinnel, wie das Christkind gekleidet, wandelte in der Vorweihnachtszeit durch die vogtländischen Dörfer und Städte und „wies“ durch die Fenster der niedrigen Hütten die für die Kinder bestimmten Geschenke „ein“. In der Deutung des Wortes „Bornkinnel“ besteht noch keine restlose Klarheit. Diejenigen, die es als „neugeborenes Kindel“ deuten, berufen sich u. a. auf eine Rechnung der Marien-Kirche zu Zwickau vom Jahre 1567/68, in der es heißt: „Jacob Helwige hat das newe geborene Kindlein renoviert, das man auf den Altar stellt.“ Andere führen das Bestimmungswort „Born“ auf das althochdeutsche Wort „barn“ in der Bedeutung Kind zurück. Da das alte Wort „barn“ in seiner Bedeutung verblaßte, wurde es durch das Wort „Kind“ erläutert, so daß die Doppelnennung „Bornkinnel“ entstand. (vgl. Schalksknecht, Schal=Knecht!) Schließlich wird das Wort „Bornkinnel“ als „Krippenkindel“ gedeutet, da das Wort „Barn“ in der Bedeutung „Krippe“ zum alten vogtländischen Wortschatz zählt. Wie man das Wort auch im einzelnen deute, das Bornkinnel war ursprünglich das „Christkind“, das als Weihnachtsgestalt umherwandelte oder als Weihnachtsfigur auf dem Altar mancher Kirche aufgestellt wurde. Solche Bornkinnelfiguren sind u. a. im Kreismuseum Plauen und in der Kapelle am Schloß Burgk zu sehen. Wie gesagt, die Bedeutung des Wortes Bornkinnel wurde von der Person auf das Fest und die Geschenke übertragen.

Was wäre Weihnachten im Waldgebiet des Vogtlandes ohne den Tannenbaum! Wenn es auch meist eine Fichte ist, spricht der Vogtländer doch nur vom „Tannenbaum“. Freilich bürgert sich immer mehr das einfache Wort „Baam“ ein, unter dem eine Tanne, eine Fichte oder selbst eine Kiefer gemeint sein kann. Mit welcher Liebe wird „’s Baamel oageputzt“! Werdaer Zuckermännle durften früher nicht fehlen, und daß einstmals „is Baamel“ in den niedrigen Bauern- und Weberstuben an die Decke gehängt wurde, ist vielen nicht mehr bekannt.

Zu den schönsten Weihnachtsdingen zählt die Pyramide, die aus dem Weihnachtsland, dem Erzgebirge, ins Vogtland gekommen ist. Auf sie wurde der vogtländische Name „Drehtorm“ übertragen. Der „Drehtorm“ ist in unserer ostvogtländischen Heimat entstanden. Er wurde besonders in Falkenstein zur Weihnachtszeit gebastelt und stellte eine Kirche mit Turm dar, die inmitten des Paradiesgartens stand. Durch den Kirchturm ging eine Welle mit Scheiben, auf denen Figuren standen. Über der Turmspitze war das Flügelrad angebracht, das durch die von den Rüböllämpchen aufsteigende Wärme angetrieben wurde. Die Aufzählung weihnachtlichen Wortgutes in der vogtländischen Mundart wäre nicht vollständig, fände der „Muestmoa“ nicht Erwähnung. Er ist die typische Weihnachtsfigur unserer ostvogtländischen Heimat. Mit seinem Kleid aus „Muest“, das heißt Moos, kommt er zur Weihnachtszeit aus unserem Wald zu uns. Er verkörpert die enge Naturverbundenheit und das starke Heimatgefühl des vogtländischen Menschen. Weihnachten steht vor der Tür, und die Wörter „Rupperich, Bornkinnel, Tannebaam, Drehtorm, Muestmoa“ werden in unserem heimischen Wortschatz wieder lebendig. Ihre Deutung sollte helfen, Klarheit über den tiefen Sinn des Weihnachtsfestes mit seinen Sitten und Bräuchen zu schaffen.

Theodor Moder (1922–2013):

Dezember

Als letzter in des Jahres bunter Schar erscheint der Dezember. Er ist vielen von uns der liebste Monat, bringt er doch das schöne, alljährlich neu erwartete Familienfest. Mit frohen Gaben füllt er unser Herz. In einer frosthellen Nacht entzünden wir den Lichterbaum.

Wenn auch Stürme durch die Wälder fegen und Schnee das weite Land einhüllt, so ist doch bald die dunkle Zeit vorbei und wieder erstrahlt die Sonne. Zur Weihnachtszeit schmoren auf glühendem Ofen die leckeren Äpfel und verbreiten einen süßen Duft. Geheimnisvolles Raunen und Erzählen begleitet die vorweihnachtlichen Tage. Der letzte Monat ist uns noch insofern ein willkommener Gesell, weil er uns bis ans Tor zu einem neuen Jahr begleitet, in das wir sicher und glückliche gehen wollen.

(1956)

Ilse Jahreis, Netzschkau (1921–1992);

Schlof, mei Kinnel, halt Ruh
's giht af Weihnachten zu.

Schlof, mein Kinnel, un traam
von bunten Tannebaam.
Lichtle, die funkeln sue raa
wie deine Guckele aah.
Schlof, mein Kinnel, un traam
vun bunten Tannebaam.

Schlof, mein Kinnel, bist gut,
schlof dr de Bäckle ruet,
sue ruet wie Äpfele sei,
die brengt dr Rupperich rei.
Schlof, mei Kinnel, bist gut,
schlof dr de Bäckele ruet.

Kurt Jakob:

Weihnacht

Leis klingen Weihnachtsglocken
über tiefverschneites Land,
und nach zarten weißen Flocken
hascht entzückt die Kinderhand.

Tiefe Nächte breiten Schleier
über Berg und Feld und Tal,
alle Augen leuchten freier,
glücklich – hier und überall.

Friedenssehnen, Weihnachtsklang
ziehen warm durch das Gemüt.
Lebensfreude, Chorgesang
aus verschneiter Schönheit blüht.

Hell erstrahlen tausend Kerzen.
Jedes Auge trinkt ihr Licht,
und für alle, alle Herzen
ist's ein Fest der Zuversicht.

Aus dem Verlagsarchiv:

Weihnachten vor 100 Jahren

Am heiligen Abend, wenn die Arbeit weggeräumt und die Stube gescheuert war, wurde der Baum angeputzt, wobei ich darauf drang, daß die gleichartigen Sachen korrespondierend angehängt und die zwölf Dreierlichte gleichmäßig auf den Baum verteilt wurden. Dann gingen wir alle zeitig zu Bett, denn am anderen Morgen sehr früh wurde beschert. Die Mutter stand da schon um 4 Uhr auf, machte Feuer, kochte Kaffee, schnitt das Gebäck und zündete Lichter an, so daß wir Kinder gleich beim Eintritt den ganzen Zauber vor uns hatten. Nach soviel halbdunklen Nächten, in denen wir bei Blechlämpchen und dem Pfennigdocht gearbeitet hatten (erst 1865 kaufte die Mutter eine billige Solaröllampe), war uns Weihnachten hauptsächlich das Fest des Lichts. Im übrigen konnte es uns ja nicht viel bringen. Die Mutter war froh, wenn sie uns etwas an die Füße oder ein unumgänglich notwendiges Kleidungsstück unter den Baum legen konnte. Von Spielsachen wollte sie nichts wissen. „Doderzu hamm mir kaa Geld“, war ihre Rede. Als ich dennoch mit zehn Jahren den längst gewünschten Bergmann, sogar einen mit zwei Dillen, bekam, dünkte ich mich reicher als ein König. An diesem Festmorgen habe ich in den Metten, die wir regelmäßig besuchten, von Gesang, Predigt und Weissagung soviel wie nichts gehört, meine Augen hingen allein an meinem Bergmann und den beiden flackernden Flämmchen, und ich wunderte mich nur darüber, daß er die schwarze Schürze hinten statt vorne hatte.

(Aus: Oskar Förster, „Wie ich noch e plauischer Gassenbu war“, Erinnerungen eines Achtzigjährigen, Plauen 1932)

Wiegenlied zer Weihnachtszeit

Schlof, mei Kinnel, halt Ruh!
's gieht af Weihnachten zu.
's Bornkinnel guckt gede Nacht,
wos wull mei Maadele macht.

Paul Fuchs:

Is schänste Fest

Is dr erschte Schnie gefalln,
nooch is nimmer weit
hie zen allerschännsten Fest,
af de Weihnachtszeit.
Voater, Mutter fange oa,
kaafen sachte ei,
denn sue' Haufen Wünsch drfülln
is net aafach fei.

Is dr heilig Ubnd nu do,
stiehet be uns drhamm
oageputzt, es is e Stoat,
stets e Tannebaam.
Wenn de Mutter deckt ne Tisch,
fraat sich jedes Kind,
denn nooch wern zen erschtnmoll
de Lichtle oagezünd.

Ja, die Stunn zen heiligen Ubnd
is es Schännste miet,
wenn mr sue ben Lichterglanz
singt e Weihnachtslied.
's is, als kimmt vun Starnezelt
nei in jeder Stub
Himmelsfrieden, Glück und Fraad,
und dös spürst aah du.

Weihnachtsdichter Kurt Arnold Findeisen mit Gestalten seines „Goldenen Weihnachtsbuches".

Zeichn.: A. Hofmann-Stollberg

Kurt Arnold Findeisen, Dresden (1883–1966):

Vom Himmel hoch, da komm ich her

Wie unsere Weihnachtslieder entstanden

Über die beschneiten Dächer und Giebel der kursächsischen Stadt Wittenberg senkte sich eine milde Dezembernacht. Gesprenkelt mit Eisschollen, zog die Elbe an den dunklen Mauern vorüber, es war, als wenn auf jeder der Schollen ein kleiner Weihnachtsengel geschwommen käme, so feierlich sah das aus. Auch in dem Flockentreiben, das in die Gassen und Höfe niederging, war eitel Weihnachtswesen. Faßten sie sich nicht bei den Händen, die zierlichen Flocken, strampelten mit kleinen Beinen in der Luft und schlugen Purzelbäume, kichernd und lachend, wie ausgelassene Bübchen, die den Nikolaus nicht erwarten können, oder wie weiße Mägdlein, die auf einem Bein hüpfen vor Ungeduld, weil der Knecht Ruprecht noch immer nicht kommen will?

Der Mann, der im ersten Geschoß des Augustinerklosters hinter Schriften und schweinsledernen Folianten saß, war ebenfalls ein wenig in das heranschwebende Fest verstrickt. Nicht nur, daß aus dem fünfstöckigen Kachelofen im Hintergrund der Stube Bratäpfelmusik kam und aus dem Nebenzimmer Gezwitscher von Kinderstimmen, sondern seine Hausfrau Käthe hatte ihn auch bereits dreimal gefragt im Laufe der letzten Wochen, welcher Gestalt er dieses Jahr für Familie und Tischgemeinde das Fest auszurichten gedenke. Sie wußte, daß er es liebte, die hohen Begebenheiten des Kirchenjahres in seinem Hause bedeutsam zu unterstreichen, sie wußte aber auch, daß bei solchen Gelegenheiten immer ein gerüttelt Maß unterschiedlicher Geschäfte auf ihren Schultern liegen blieb. Und so wollte Frau Käthe Luther wenigstens beizeiten wissen, worum sie sich zu kümmern habe.

Der Mann bei der kleinen Leuchte hatte den mächtigen Bauernschädel in die Linke gestützt. Sein Blick ging nach dem Fenster, an dessen bleigefaßten Scheiben der Tanz der Flocken niederraschelte. „Wie kleine weiße Engel!" nickte er, „wahrlich, sie drücken die

Näslein am Glase platt und möchten gern rein!" Und als in der Nebenstube der fröhliche Lärm plötzlich jäh anstieg, schien sein Blick zu den Flocken zu sagen: Späht doch nebenan durchs Glas, ihr kleinen weißen Geisterlein, da gibt's Gesellschaft!

Und das Herz wurde ihm warm, als er weiter bedachte, daß da nebenan sein Hänschen aus vollem Hals die Trompete blies und das Lenchen mit der Nürnberger Docke spielte. Dazu krähten Paul und Martin, die zwei rechte Pommer waren, mit der ungeschmälerten Lungenkraft ihrer drei, vier Jahre, indes aus der Wiege das quäkende Stimmchen des Margitleins schrillte.

Mit einmal grub sich eine Falte in seine Stirn: Noch ein fröhliches Stimmlein müßte von rechts wegen da drüben mit zwitschern und schallen, noch ein kleines Herz müßte sich eigentlich mit auf den Knecht Ruprecht freun, das Lisabethlein, das so ein süßes reines Kind gewesen! Aber seit eher denn sieben Jahren lag es schon draußen auf dem Kirchhof, Gott sei's geklagt! Und heute, wahrlich war sein Geburtstag! Aber es lag ja gar nicht auf dem Kirchhof, es war ja selber ein Englein und wohnte bei Gottes Thron, es fittichte mit silbernen Flügeln durch die Luft und guckte den Leuten in die Fenster, insonderheit jetzt, hinter dem vierten Sonntag im Advent. Wahrhaftig, es wuselte mit den Flocken draußen und drückte sein feines Näslein platt und wollte herein zu Eltern und Geschwistern.

Der Mann stand auf und trat ans Fenster, mit schwerem Schritt, unter dem die Dielen ächzten. Und ein großes Gefühl kam über ihn, indem er seines toten Kindes gedachte: Es ist allhier nur ein Anheben und Zunehmen, welches wird in jener Welt vollbracht, aber die aus jener Welt sind zu Boten erkoren für diese. Und nun, mein Lisabethlein draußen im Winterwind, was hast du mir zu melden in diesen Weihnachtstagen?

Und da der schwere Mann mit dem Bauernschädel eine dichterliche Seele hatte, antwortete ihm alsbald eine süße Kinderstimme, und sein Federkiel brauchte nur hinter dieser Stimme dreinzugleiten:

Vom Himmel hoch, da komm' ich her,
ich bring euch gute neue Mär,
der guten Mär bring' ich soviel,
davon ich sing'n und sagen will.

Euch ist ein Kindlein heut' gebor'n
von einer Jungfrau auserkor'n,
ein Kindelein, so zart und fein,
das soll eu'r Freud' und Wonne sein.

Es ist der Herr Christ, unser Gott,
der will euch führ'n aus aller Not,
er will eu'r Heiland selber sein,
von allen Sünden machen rein.

Also sprach das Lisabethlein durch die Scheiben.

Die breite Stirn des Schreibers leuchtete. Er holte Atem aus tiefer Brust: So war das Lisabethlein sein kleiner Weihnachtsengel worden! So war ihm sein totes Kind wieder lebendig worden. Ei, so war es an der Zeit, den vertrauten himmlischen Boten aus eigenem Vermögen in Empfang

Martin Luther

zu nehmen und zu begrüßen. Und er lächelte, wie er als kleiner Bub zu Eisleben und Eisenach gelächelt hatte, indem er weiterschrieb:

Bist willkommen, edler Gast,
den Sünder nicht verschmähet hast
und kommst ins Elend her zu mir,
wie soll ich immer danken dir?

Lob, Ehr sei Gott im höchsten Thron,
der uns schenkt seinen eig'nen Sohn!
Des freuet sich der Engel Schar
und singet uns solch neues Jahr.

Noch lange glomm an diesem Abend ein Licht wie ein sehnsüchtiges Auge aus der schwarzen Klosterwand, und die weißen Flocken, die noch Stunden in seinem Scheine auf- und niedersteigen, hatten alle Ursach', sich seiner zu freuen.

Die Frage, wie für die Familie und Tischgemeinde Weihnachten festlich zu richten sei, ward in Doktor Martin Luthers Hause diesmal der Maßen dramatisch geregelt: Es trat am heiligen Abend, in weiße Laken gehüllt, eine Gestalt in die Tür, die sollt' einen Engel fürstellen.

Und sie sang nach einer alten Weise: „Vom Himmel hoch, da komm ich her …"

Und Hänschen und Madgalenchen antworteten in demselben Ton mit herzigen Stimmen, ja auch Martinlein und Peterlein und Margritlein wollten dazu nicht schweigen. „Bis willkommen, edler Gast –" sangen sie.

So war da zwischen Himmel und Erde wundersam ein geschwisterliches Wechselspiel. Und heute noch rücken Menschen als gute Schwestern und Brüder zusammen, wenn sie dieses Lied singen.

De Raacher-Nachtwächter

Unter meiner Weihnachtsficht
stiehet e alter Herr,
hoot enn Spieß, mit denn 'r sticht
und aah e Latärr!
Kinner, Kinner sett när fruhe,
aß'r blueß as Holz!
Ober, ober, der hoot heit
sann besundern Stolz!

Wenn der fei lebendig wär,
heet er's uns gezeigt,
heet uns, wu's an schännsten woar,
lustig hammgegeigt!
Kinner, Kinner sett . . .

Waal 'r sinst nix machen kah,
is der Kerl instand,
pafft de Zuckermännle ah!
Des is allerhand!
Kinner, Kinner sett . . .

Edwin Moser, Oelsnitz (1904–1982)

Aus dem Verlagsarchiv:

Tormglückauf

Na, na, do sog mir, wos der möchtest,
wenn's of Weihnachten gieht,
wan de aus Heberg do frögst,
ob's dan aham net zieht.

Es ist im Niederland aah schie
un in der grußen Stodt,
kimmt's oder of Weihnachten hie,
mer'sch Anig[1] ferrner hot.

Su wie derham do in Geberg
hot's nerngds en heiligen Christ,
un in der Stub, wie in der Kerch,
gieht's zu, wenn ihr'sch när wüßt't!

Ich will's eich när emol beschreibn,
wie dos bei uns do is,
müßt ober aah fei ruhig bleibn,
denn dos werd schie, gewiß!

Ne erschten Feiertog ganz früh,
su in der sechsten Stund',
do zieht's fei nooch der Kerch hie,
wos när halbnwag gesund.

Noch ehnder, epper su
um viere rüm, paßt auf,
do singe se vun Torm fei schu
's „Ehre" und 's „Tormglückauf[2]".

U Stücker vörzig, alt un gung,
war su wing schreie ka,
die schune weder Kahl noch Lung,
klattern ne Kerchtorm na.

Mog's nu su kalt sei, doß de Seel
friert aus ne Leib bal raus,
die kröhe lustig un fidel
mit ne Pusaue naus!

Dos klingt nu dorch de stille Nacht
bis zu ne Sternle nauf:
Trompetenschall, es is a Pracht,
es „Ehre" un 's „Tormglückauf"!

[1] and tun- Sehnsucht haben, das Andig Sehnsucht
[2] das „Ehre sei Gott" und das „Turmglückauf"

Turmbläser

Kurt Arnold Findeisen, Dresden (1883–1966):

Es ist ein' Ros' entsprungen

Den Mönch, der aus dem Zwielicht des Waldes in den öden Dezembertag heraustrat, fröstelte. Er zog die Kapuze tiefer in die Stirn und versuchte, die starken Hände über Kreuz in seinen Ärmeln zu bergen.

Schnee knirschte nicht mehr unter seinen Tritten, der eisige Wind, der das Moseltal entlang stob, hatte ihn vom Weg geweht. Wohl aber sprang dieser Wind den Mann jetzt selber an und schlug ihm die Kutte knatternd gegen die Schenkel. Er senkte den Kopf, um leichter vorwärtszukommen. Als eine weiße Wolke wurde ihm der Atem vom Munde gerissen.

Außer dem Getümmel des Sturms schien nichts Lebendiges um ihn. Er war der einzige Mensch im weiten Tal, das verfroren in fahlem Dunste lag. Bäume schossen düster aus dem Schnee und stießen die Arme in die Luft gleich Bettlern. Gesträuch spreizte Krallen, schwarz und freudlos. Jetzt endlich eine Stimme: ein Krähenschrei, gierig, tückevoll, dem der Angstpfiff eines Häsleins antwortete. Der Tod ging um im seelenlosen Gelände.

Der Einsame erschauerte. Verfluchte die Welt sich selber, gab sie selber ihren guten Willen preis, zwölf Stunden vor Christi Geburt? War kein Herz im lichtlosen Raum außer seinem, das dem Weihnachtswunder sehnsüchtig entgegenpochte?

Plötzlich stutzte er, hemmte den Schritt, beugte sich nieder: Kicherte da unten nicht etwas auf der Windblöße im verwelkten Gras? Nein, das Kichern scholl in seinem Innern, hier unten duckte sich nur etwas in Frost und Wind, das Glück und Lenz und Wunder zugleich war: eine Blüte, eine Blume mit fünf zarten weißen Blättern, sternrund im kalten Schnee, und in der Mitte ein Büschlein gelber Strähnchen wie eine kleine Sonne, wahrlich eine weiße Rose im Schnee, eine Winterrose, ein schlagendes Herz, doch noch eins zur vorfestlichen Stunde von Christi Geburt!

Der Mönch kniete vollends nieder, löste mit seinen verklammten Fingern das Pflänzlein mühsam, aber säuber-

Christkindle Zeich.: L. Richter

lich mitsamt den Wurzeln aus der erstarrten Erde und bettete es an seine Brust.

Als er sich nun weiter durch Wind und frühe Dämmerung gegen sein Kloster kämpfte, glich er einem Manne, der Geblüt von seinem Blut im Arme trug und es wärmte und hütete vor aller Fährde.

Er schmunzelte in sich hinein wie ein Kindstaufsvater. Ihn fror nicht mehr.

Als um die zwölfte Stunde in der schmalen Klosterkirche die Novizen „Eia Weihnacht“ sangen und die älteren Mönche, über zitternde Lichter hin, zu der Himmelsmutter am Altar aufblickten in verzückten Gebeten, da saß keiner so froh und so gnadenreich im knarrenden Gestühl wie der Bruder Wendelin.

Er wußte jetzt zu deuten, was ihm geschehen war. Das heiligste Wunder der Welt war auf ihn niedergesunken: Mitten in Frost und Sterben hatte das Leben gelacht, mitten im harten Winter war die Rose erblüht.

Und wahrlich, er kannte sie wohl, die „Blume im Tal“. Er wußte gar wohl, wen sie meinten mit der „Rose von Saron“, die greisen Propheten. „Es fiel ein' Ros' vom Himmel“, im Marienmonat sangen das alle Wallfahrer, wenn sie gen Trier zogen. „Es wird ein Reis aufgehen vom Stamme Jesse und ein Zweig aus seiner Wurzel Frucht bringen“, sangen sie. Die blasse süße Blume, die jetzt drüben in seiner Zelle in einem Scherben sproßte, und die Jungfrau da vorn, die das lichte Kind geboren, sie waren all-eins. O Wunder der heiligen Mitternacht! O Fülle der Gnade!

Wie das Halleluja verklungen war und die Menge der Kerzen längst verhuscht, kam der Bruder Wendelin noch einmal in die Kirche getastet, schlich sich auf Zehenspitzen vor zum Altarbild und pflanzte den Scherben mit seiner Christrose vor der holdseligen Mutter auf. Und er wußte nachher ganz genau, daß sie ihm zugenickt hatte.

So war es nicht verwunderlich, wenn aus diesem Kloster im Trierer Land alsbald ein Lied erwuchs, dessen ebenbürtige Weise nicht lange auf sich warten ließ und das in der Folge die deutschen Weihnachtskirchen mit unvergänglichem Duft erfüllte. Hundert Jahre später, um 1600, war es schon das „alt katholisch Triersche Christliedlein“, mit dem alle Lippen sich den Weihnachtsfrieden ersangen, ja, ein gelehrter Mann, der ein erstes Gesangbuch herausgab, nannte es bereits „ein schön andächtig uraltes Psalmieren im Advent“.

Es brauchte nur noch der ehrwürdige protestantische Kantor und Kapellmeister Michael Prätorius aus Thüringen zu kommen und ihm die innige Melodie im Diskantschlüssel zu geben, dazu einen vierstimmigen Tonsatz, und vorhanden war der fromme Gesang, in dem heute noch etwas Unnennbares von den geheimnisvollen Verschlingungen zwischen Mensch und Gott und Stern und Blume rätselt:

Es ist ein' Ros' entsprungen
aus einer Wurzel zart,
wie uns die Alten sungen,
von Jesse kam die Art,
und hat ein Blümlein bracht,
mitten im kalten Winter,
wohl zu der halben Nacht.

Das Röslein, das ich meine,
davon Jesaias sagt,
ist Maria, die reine,
die uns das Blümlein bracht:
Aus Gottes ew'gem Rat
hat sie ein Kind geboren
und blieb die reine Magd.

Das Blümelein so kleine,
das duftet uns so süß.
Mit seinem hellen Scheine
vertreibt's die Finsternis,
wah'r Mensch und wahrer Gott
hilft uns aus allen Leiden,
rettet von Sünd und Tod.

Irene Kasselmann, Auerbach:

„Ner kann Schnie“

Letzte Weihnachten kunnten siech de Kinner aber net übern Schnie beschwern. Vun früh bis zen Ummd sei se miit „Hallo“ ne Schulbargel neigerodelt. Aber vur zwee Goahrn, do sohch's fei traurig aus! Dr klaa Bernd hatt vun sann Grueßvoater enn schenn Schlieten kriegt. Den hatt siech dr Klaa lang längst gewünscht. Dr Schlieten war nu do, aber des, wos drzu gehärt, hot gefehlt, nämlich dr Schnie.

Hunnertmoll ne Tog hot dr klaa Bernd zen Fenster nausgeguckt. Aber 's hot siech nischt getoa. 's hot aafach net geschneit.

Wu 'r nu wieder emoll droan Fenster stund und sue sehesüchtig zen Himmel naufgeguckt hot, is ne plötzlich wos eigefalln. Ganz vursichtig hot 'r siech mit ne Kellerschlüssel zer Küch nausgeschlichen, aß ne de Mutter net merkt. Aber wu'r daun war, is'r sue fix de Treppen nunter, aß'r de Nachbarschfraa, die ne gefregt hot: „Na, Bernd, wue wist de denn suue fix hie?“, gar net gesehe und gehärt hot.

Wu dr Voater im viere vun dr Arbet hammkoam, hot'r gerode gesehe, wie sei Gung vun Keller raufkumme is. „Wos greinst de denn?“ freget'r ne Klann, den de Träne ner esu übersch Gesicht gerennt sei. „Alles“, hot'r geschluchzt, „alles hot de Mutter eigekocht, Äpfel, Pflaume, Bir, alles, ner kann Schnie!“

(1970)

Herbert Feustel, Wilkau-Haßlau:

Bleigießen auf dem Weg vom Aberglauben zum Party-Gag

Der Silvester, der Altjahresabend wird nicht wie der 24. Dezember gefeiert. Geschenke gibt es nicht, dafür ein Feuerwerk mit Raketen und Knallern. Manche Leute sehen in der Nacht des Jahreswechsels eine Losnacht, in der man die Zukunft erfahren kann. Aberglauben oder Brauch?

Manche glauben eben an Schicksal, für andere ist es eine unterhaltsame Sache am Silvester. Da gibt es das Bleigießen. Ein alter Brauch der Heimat. Das weiche Metall wurde einfach erhitzt und ein Löffel davon in eine Schüssel mit Wasser gegossen. Die Figuren durfte dann jeder auf seine Weise deuten. Geldsack, Brautkranz oder Stern ließen so manchen Ausblick aufs neue Jahr zu. Die moderne Gesellschaft hat das Ganze jetzt kommerzialisiert. Das Blei und die Beschreibung für mögliche Deutungen gibt es gleich als Massenware verpackt im Supermarkt. Das Geschäft mit dem Aberglauben floriert noch immer. Aber auch andere Bräuche sind noch überliefert.

Um Mitternacht öffnet man das Fenster, um das neue Jahr hereinzulassen. In manchen Dörfern kommen am Neujahrsmorgen Dorfmusikanten ins Haus und spielen ein Ständchen. Dafür gibt es etwas Geld.

Der Ausklang der Weihnachtszeit ist der 6. Januar, in unserer Heimat „Hochneujahr" genannt. Zum letzten Mal werden die Kerzen am Christbaum angebrannt.

Bis zum Jahre 1918 war der 6. Januar übrigens im gesamten Deutschland ein Feiertag, heute nur noch in einigen Bundesländern.

Winter auf dem Aschberg in den 50er Jahren. *Archiv: Verlag*

Aus dem Verlagsarchiv:

Warum Silvester?

Silvester trägt seinen Namen nach dem Papste Silvester I., der den Kaiser Konstantin zum Christentum bekehrte und am 31. Dezember 335 starb. Im Familienkreise wie in größerer Gesellschaft wird der Silvesterabend festlich begangen. Allerlei Kurzweil nach altem Brauch, Befragen des Schicksals über die Ereignisse im kommenden Jahre durch Bleigießen usw. kürzen die Zeit, bis die 12. Stunde schlägt und das neue Jahr, das sich noch ganz in den Schleier des Ungewissen und Unbekannten hüllt, seinen Einzug hält.

Warum Prosit Neujahr? Die Dorfleute oder die in den kleinen Städten sagen wohl noch auf deutsch: „Glückliches Neujahr!“ oder „Gesegnetes Neujahr!“ Die in den großen Städten indessen glauben, daß sie sich etwas vergeben, wenn sie nicht „Prosit Neujahr!“ oder gar in seiner verstümmelten Form „Prost Neujahr!“ oder „Proscht Neujahr!“ anbringen können. Nicht viele von ihnen werden wissen, welche Bedeutung das lateinische prosit eigentlich hat. Trinkfeste Kreise haben das lateinische Verbum prodesse (förderlich sein, nützlich sein) in einer Form des Konjunktivs in ihre frohe Stammtischsprache aufgenommen. Von dort ist es in die Allgemeinsprache gedrungen.

(1926)

Renate Schlott, Plauen:

Jahresausklang

Durch der Monate stürmischer Gang
über Berge und Täler des Daseins,
neigt sich ein Jahr wieder zur Erde zurück,
entschwindet am Horizont.
Macht einem neuen Jahr
wieder den Weg frei.

Nach und nach
steigen die Monate aus der
Vergangenheit auf den
Erdenstufen
in die Unendlichkeit der Erinnerungen
unwiederkehrbar
und unwiderruflich hinab.

Neue Träume kommen
empor geschwebt,
fassen die Menschen
an den Händen der Seele,
führen sie durch die Ungewißheit
des Lebens.

Glück und Erfüllung
aller Wünsche im Jahre 2017
möchten Ihnen der Verlag
sowie alle Mitarbeiter und Inserenten
des Jahrbuches
an dieser Stelle vermitteln

Vogtländischer Heimatverlag Neupert

Der Heimatverlag des Vogtlandes im Herzen von Plauen

Verleger: Jean-Curt Röder
Klostermarkt 9 · 08523 Plauen
Tel.: (03741)226820
E-Mail: neideitel@t-online.de

Ausschnitt aus dem Verlagsprogramm

Stand Herbst 2016

· **„Wo auf hohen Tannenspitzen"** Reprint Paul Apitzsch.
Ein vogtl. Wander- und Lesebuch, 326 Seiten
ISBN-Nr. 3-929039-00-1 Preis: € 14,80

· **„Rund um de Griegenifften"**, 20 verschiedene Arten des Vogtländers Leibspeise, Grüne Klöße herzustellen, zusammengestellt von Curt Röder
ISBN-Nr. 3-929039-99-0 Preis: € 4,40

· **„Rundas und Reimsprüche aus dem Vogtlande"**,
Reprint Dr. Hermann Dunger, 307 Seiten,
ISBN-Nr. 3-929039-01-X Preis: € 10,99

· **„Melodien aus dem Vogtland"**, Arbeitskreis Trad. Volksmusik u. Mundart im Vogtl. u. in Nachbargebieten, 44 Seiten,
ISBN-Nr. 3-929039-52-4 Preis: € 3,99

· **„Im Vogtland ist Weihnachten"**, Gedichte und Geschichten, zusammengestellt von Curt Röder, 144 Seiten, viele Illustrationen u. a. von Hermann Vogel, Bruno Paul, ISBN-Nr. 3-935801-07-6 Preis: € 11,00

· **„Zuckermännle hie und Zuckermännle her"**, Gosels Zuckermännle, heitere Begebenheiten um die Adventszeit, Bernd Holzmüller
ISBN-Nr. 3-929039-93-1 Preis: € 5,45

· **„Als die Marionetten bei Bonesky spielten ..."**, Von Puppenspielern, Komödianten und Schaustellern, Andreas Raithel, 116 Seiten
ISBN-Nr. 3-929039-58-3 Preis: € 9,90

· **„Durch Land und Zeit – Ein Vogtlandjahrbuch"**, jährlich neu

Band 11 (1994), ISBN-Nr. 3-929039-36-2	Sonderpreis: €	5,10
Band 15 (1998), ISBN-Nr. 3-929039-62-1	Preis: €	8,69
Band 17 (2000), ISBN-Nr. 3-929039-82-6	Preis: €	9,20
Band 18 (2001), ISBN-Nr. 3-929039-88-5	Preis: €	9,20
Band 19 (2002), ISBN-Nr. 3-929039-92-4	Preis: €	9,20
Band 20 (2003), ISBN-Nr. 3-935801-03-3	Preis: €	9,20
Band 21 (2004), ISBN-Nr. 3-935801-09-2	Preis: €	9,50
Band 22 (2005), ISBN-Nr. 3-935801-15-7	Preis: €	10,50
Band 23 (2006), ISBN-Nr. 3-935801-21-1	Preis: €	10,50
Band 24 (2007), ISBN-Nr. 3-935801-25-6	Preis: €	10,50
Band 25 (2008), ISBN-Nr. 978-3935801-28-7	Preis: €	10,50
Band 26 (2009), ISBN-Nr. 978-3935801-30-0	Preis: €	10,50
Band 27 (2010), ISBN-Nr. 978-3935801-32-4	Preis: €	11,00
Band 28 (2011), ISBN-Nr. 978-3935801-33-1	Preis: €	11,00
Band 29 (2012), ISBN-Nr. 978-3935801-34-8	Preis: €	12,50
Band 30 (2013), ISBN-Nr. 978-3938501-35-5	Preis: €	12,50
Band 31 (2014), ISBN-Nr. 978-3938501-36-2	Preis: €	15,00
Band 32 (2015), ISBN-Nr. 978-3938501-37-8	Preis: €	15,00

· **„Kindermärchen von Rudolphi"**, illustriert von Hermann Vogel neu gesetzt, 117 Illustrationen, 168 Seiten ISBN-Nr. 978-3935801-27-0 Preis: € 29,95

· **„Der Feind, den wir töteten, mein Freund“,** Erinnerungen an den Plauener U-Boot-Kommandanten W. Hartenstein, David C. Jones, ISBN-Nr. 3-929039-83-4 Preis: € 20,00

·**„Hinter den Vorhang geschaut …“,** „Zeitzeugen II“, Ein Wirtschafts- und Staatsfunktionär der DDR erinnert sich, C. Wünsche, 136 S., ISBN-Nr. 3-929039-67-2 Preis: € 10,99

· **„Ein kleines vogtl. Textilunternehmen im Strom der Zeit 1919–2000“,** „Zeitzeugen III“, Roland Taubner, 270 S., ISBN-Nr. 3-929039-89-3 Preis: € 15,30

· **„Ein Leben für die vogtländische Gardinenindustrie“,** „Zeitzeugen IV“, Manfred Seidel, 312 S., ISBN-Nr. 3-935801-06-8 Preis: € 16,80

· **„Zivilcourage“,** Die Ereignisse im Herbst 1989 in Plauen anhand von Statistiken und Augenzeugenberichten, Rolf Schwanitz, 384 S., ISBN-Nr. 3-929039-65-6 Preis: € 19,00

·**„Schloß und Amt Vogtsberg bis Mitte des 16. Jh. und das Erbbuch vom Jahre 1542“,** Reprint Dr. C. v. Raab, 527 Seiten, ISBN-Nr. 3-929039-79-6 Preis: € 29,65

·**„Urkundliche Chronik der Stadt Oelsnitz und des Schlosses und Amtes Voigtsberg“,** Reprint Dr. J. G. Jahn,Teil I vergriffen – Teil II, ISBN-Nr. 3-929039-42-7 Preis: € 9,60

· **„Alt Auerbach“,** Ein historischer Stadtrundgang, Teil I, Helmut Martin, 107 Seiten, ca. 136 Fotos, ISBN-Nr. 3-929039-96-6 Preis: € 18,00

· **„Erinnerungen an Plauen“,** Bilder und Ansichten vor der Zerstörung, 80 Seiten, Werner Storl, ISBN-Nr. 3-929039-55-9 Preis: € 5,88

· **„Plauen 1945 … und die schweren Nachkriegsjahre“,** Das zerstörte Plauen und der Wiederaufbau. Andreas Krone, Curt Röder, 624 S., ISBN-Nr. 3-929039-56-7 Preis: € 45,50

· **„Als der Krieg zu Ende war“,** 392 Seiten, über 400 Abbildungen, ISBN-Nr. 3-935801-20-3 Preis: € 35,00

· **„Ein weiter Blick zurück, Plauener Kindheits- und Jugend-erinnerungen“** (Teil I) ISBN 3-935801-04-1 Preis: € 26,50

· **„Ein weiter Blick zurück, Plauener Kindheits- und Jugend-erinnerungen“** (Teil II) ISBN 3-935801-05-X Preis: € 26,50

· **„Die König-Friedrich-August-Brücke“,** Die einzige ihrer Art weltweit in Plauen im Vogtland, zum 100-jährigen Jubiläum, ISBN-Nr. 3-935801-22-X Preis: € 15,80

· **„Auf zur Jagd“,** Erinnerungen eines alten Vogtlandjägers, Wolfgang Oertel, 176 Seiten, ISBN-Nr. 3-929039-91-5 Preis: € 13,20

· **„Bau- und Kunstdenkmäler“** der Amtshauptmannschaften Auerbach, Oelsnitz und Plauen, über 100 Jahre vergriffen und jetzt als Reprint erhältlich, ISBN 3-935801-01-7 Preis: € 17,50

· **„Gehannesfünkele“,** Gedichte und Geschichten in vogtl. Mundart von Erich Thiel, ISBN 3-935801-03-3 Preis: € 9,90

· **„Das lustige Neideitel-Buch“,** Geschichten, Gedichte in Mundart, 24 Bändchen, Reprint, je 96 Seiten (Bände 2, 3,8,11,12,13,15,16,19 vergriffen) Preis: € je 3,80

· Neuperts Kleine Reihe, Band I: **„Mosen-Büchlein“,** Gedichte und Erzählungen J. Mosens v. C. Forberger zusammengestellt, 88 S. ISBN-Nr.3-929039-77-X Preis: € 7,45

· Neuperts Kleine Reihe Band II: **„Vun allen ewos“** vogtl. Schnurren und Gedichte 48 Seiten, ISBN-Nr. 3-929039-98-2 Preis: € 4,25

· Neuperts Kleine Reihe Band III: **„Lausbubengeschichten aus dem Göltzschtal“** von Walter Juppin 42, Seiten, ISBN-Nr. 3-935801-17-3 Preis: € 4,20

· Neuperts Kleine Reihe Band IV: **„Heimwege“** von Fritz Alfred Zimmer 80 Seiten, ISBN-Nr. 3-935801-24-6 Preis: € 7,35

· **Neideitel-Sammelband,** Das lustigste aus 24 Neideitel-Bänden, **Band 1**
102 Seiten, ISBN-Nr. 3-935801-18-1 **(vergriffen)** Preis: € 4,60
· **Neideitel-Sammelband,** Das lustigste aus 24 Bändchen, **Band 2**
ISBN-Nr. 978-3935801-26-3 Preis: € 4,60
· **Neideitel-Sammelband,** Das lustigeste aus 24 Bändchen, **Band 3**
978-3935801-31-7 Preis: € 4,60
· **„Von Stadtbränden, Seeräubern und anderen Begebenheiten aus meinem Leben ...“,** Erinnerungen des Ferdinand Mohr, 104 S.,
ISBN-Nr. 3-929039-78-8 Preis: € 7,55
· **„Vergnügliche Buschgeschichten auf vogtländisch“,** Wilhelm Buschs Bildgeschichten in vogtländischer Mundart von I. Kasselmann, 56 S.,
ISBN-Nr. 3-929039-81-8 Preis: € 6,10
· **„Alt Plauen, Erinnerungen aus den Jahren 1840–1850“,** Begebenheiten und Erzählungen aus d. Vogtland, Reprint Ferdinand Mohr, 80 S:,
ISBN-Nr. 3-929039-04-4 Preis: € 5,00
· **„Mein Vogtland, mei Haamet“,** Sagen und Erzählungen des reußischen und sächsischen Vogtlandes, Reprint Hermann Schiller, 152 S.,
ISBN-Nr. 3-929039-14-1 Preis: € 7,55
· **„Sagen des Greizer Reußenlandes“,** Franz Weidmann, erstmals erschienen 1907, 159 Seiten, ISBN-Nr.3-935801-08-4 Preis: € 9,20
· **„Sagen Reußenlands“,** Julius Wilke, erstmals erschienen 1873,
40 Seiten, ISBN-Nr. 3-935801-10-6 Preis: € 4,10
· **„Was mein einst war“,** Jugenderinnerungen an die vogtl. Dorfheimat Mitte des 19. Jahrhunderts, Reprint Emil Schuster, 122 S.,
ISBN-Nr. 3-929039-02-8 Preis: € 7,05
· **„Ketzer unterm Kelch“,** Histor. Erzählung über die Hussiteneinfälle 1430 ins Vogtland, Bernd Kemter, 139 S., ISBN-Nr. 3-929039-95-8 Preis: € 8,10
· **„Dr Geenij“,** Humorvolle Anekdoten über den letzten sächs. König Friedrich August III., Reprint Hans Reimann, 72 S.,
ISBN-Nr 3-929039-06-0 Preis: € 6,45
· **„1000 un zwee Worde Säggsch“,** Ein humorvoller Führer quer durch die sächsische Sprache mit z.T. äußerst merkwürdigen „Ausdrücken“,
Reprint A. Kunze, ISBN-Nr. 3-929039-07-9 Preis: € 1,55
· **„Frage mal!“,** Ein humorvolles Frage- und Antwortspiel, u.a. über Leipzig und alles, was man sonst wissen sollte, will man als gebildet erscheinen,
Reprint A. Kunze, 16 Seiten, ISBN-Nr. 3-929039-10-9 Preis: € 1,55
·**„Säk'sche Märchen“,** Der Leipziger Humorist verlegt die Handlung von Aschenbrödel, Rotkäppchen, Dornröschen sowie 3 Rätsel in die Zeit der 20er Jahre, Reprint A. Kunze, 16 Seiten, ISBN-Nr. 3-929039-09-5 Preis: € 1,55
· **„Dausend und eine Nacht“** Märchen auf sächsisch,
Reprint Albert Kunze, 16 Seiten; ISBN-Nr. 3-929039-08-7 Preis: € 1,55
·**„Plau'n bleibt Plau'n“** – Eine Stadt im Wandel der Zeiten, historische Videodokumentation 6 Teile, je 90 Minuten, Teile I-IV (vergriffen) Preis: € je 20,45
Teil V ca. 20 min. umfangreicher Preis: € 22,00
· **„Geschichtliches über den Burgstein im Vogtland und seine Umgebung“**
Reprint Eduard Johnson, 31 SSeiten, ISBN-Nr. 3-929039-03-6 Preis: € 2,45
· **„Praktischer Wegweiser für die Umgebung von Bad Elster“**
Mit einer Karte, Reprint Friedrich August Schmidt, 44 Seiten
ISBN-Nr. 3-929039-33-8 Preis: € 2,55
„Blick auf die König-Albert-Brücke“
Gemäldereproduktion nach einem Bild von Kurt Geipel, 45 x 39 cm Preis: € 6,00
· **„Vogtländerin mit Klößen“**
Gemäldereproduktion nach einem Bild von Oskar Gräf, 33 x 45 cm Preis: € 6,00
·**„Der Plauener Weihnachtsmarkt in den 50er Jahren“**
Gemäldereprod. nach einem Ölbild von Manfred Feiler, 45 x 59 cm Preis: € 10,00

Klassiker des Verlages zur Zeitgeschichte

Vogtland DEMO Lied '89
jetzt auf CD zum Preis von
6,00 Euro

„Rudolphis Kindermärchen", nach 100 Jahren wieder erhältlich, mit 117 Illustrationen und farbigem Innentitel des Vogtländers Hermann Vogel, neu gesetzt, 168 Seiten.
2011 jährte sich der Todestag von Hermann Vogel zum 90. Mal.
ISBN 978-3935801-27-0

Preis: 29,95 Euro

„Zivilcourage", 384 Seiten
ca. 50 Zeitzeugen
über 50 Originaldokumente
153 s/w Fotos
40 Farbfotos
ISBN 978-3929039-65-8
Preis: 19,00 Euro

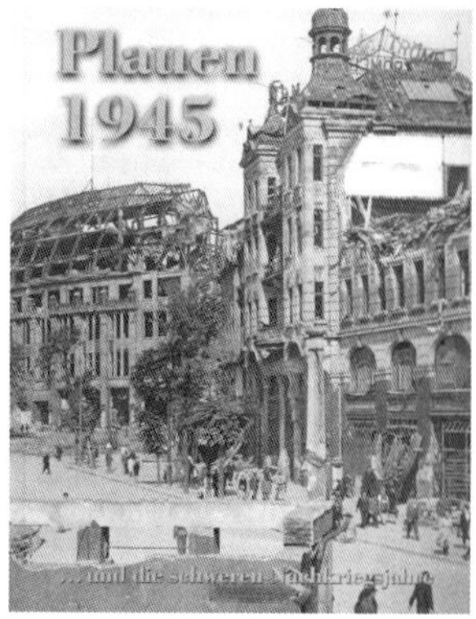

„Als der Krieg zu Ende war"
von Curt Röder, 392 Seiten,
über 400 Abbildungen
ISBN-Nr.: 3-935801-20-3
Preis: 35,00 Euro

„Plauen und die schweren Nachkriegsjahre",
Curt Röder, 624 Seiten
ISBN-Nr.: 3-929039-56-7
Preis: 45,00 Euro

6. Juni 1939; Einweihung der Brauchwassertalsperre Pirk, welche eigens für die Zellwolle Plauen gebaut wurde. An der Anlegestelle der Fahrgastschiffe herrscht reges Gedränge.